Feuertod

Claudia Magerl

SWB
Verlag

Umwelthinweis:
Dieses Buch wurde auf chlor- und
säurefreiem Papier gedruckt

1. Auflage 2010

Titelfoto: Julia Karl
Titelgestaltung: Julia Karl, www.juka-satzschmie.de

Satz: Heinz Kasper, www.printundweb.com

Druck und Verarbeitung: E. Kurz + Co., Druck und
Medientechnik GmbH, Stuttgart www.e-kurz.de
Printed in Germany
ISBN: 978-3-938719-30-5

www.swb-verlag.de

Danksagung

Auch „Feuertod“, der zweite Band des „Agrippa“, ist ein Gemeinschaftswerk. Herzlich danken möchte ich daher erneut allen, die sich bereits beim „Bruderschwur“ so sehr engagiert haben!
Nun sind weitere Helfer dazugekommen. Eine wirklich große Freude waren mir die Mitglieder der Bitburger Reenactment-Gruppe „Milites Bedenses“. Von Herzen Dank auch Dorothee Heimes und Ursula Siemes für ihren lieben Beistand!

Claudia Magerl

INHALT

KLEOPATRA

Im Lager des Imperator Caesar Divi Filius bei Actium, Westgriechenland, im September 723 nach Gründung der Stadt Rom (31 v. u. Z.)

Ein seltsames Geräusch weckte Gaius Octavius mitten in der Nacht – ein gequältes Stöhnen. Verzweifelt wehrte er sich dagegen, aus dem gnädigen Schlummer zu erwachen, in den er erst weit nach Mitternacht gefallen war. Aber da war wieder dieser Laut, dieses seltsame Keuchen.

War es etwa sein eigenes Stöhnen, das ihn aus dem Schlaf riss? Gaius Octavius hatte große Sorgen. Die letzten Wochen waren vielleicht die härtesten seines Lebens gewesen. Dabei war sein Schicksal noch nie leicht gewesen! Wer hatte schon, in nur 31 Jahren, so viel Schreckliches ertragen müssen wie er? Seit sein Großonkel Gaius Julius Caesar vor 18 Jahren die Macht an sich gerissen hatte, tobte in Rom ein blutiger Bürgerkrieg. Fünf Jahre später war Caesar ermordet worden – Octavius' geliebter Beschützer, Förderer und mittlerweile auch Adoptivvater.

Danach war die Todesangst Octavius' ständige Begleiterin geworden, eine bedrohliche Chimäre, die ihm immer und überall auflauerte, in all den Jahren, in denen es stets nur um eine alles entscheidende Frage gegangen war: Würden seine Feinde auch ihn töten, wie zuvor Caesar – oder er sie?

Wie lange kämpfte Octavius nun schon um Caesars Erbe, unerbittlich mit sich selbst und anderen: um die Macht im Römischen Reich. Endlich, vor einer Woche, schien das Ende seines Leidensweges ganz nah! Endlich hatte er seinen letzten und stärksten Gegner gestellt: seinen Todfeind Marcus Antonius.

Mit einer riesigen Flotte waren Antonius und seine Geliebte und Verbündete Kleopatra, die reiche Königin von Ägypten, vor einem Jahr hier, vor der griechischen Stadt Actium, erschienen. Welch entsetzlicher Anblick! Das Meer war von feindlichen Schiffen übersät gewesen, von gewaltigen Kriegsgaleeren, die erheblich größer waren als die seinen. Verzagt hatten viele von Octavius' Männern damals geäußert, diese Flotte sei unmöglich zu besiegen.

Doch genau das war vor einer Woche geschehen: Vor den Gestaden von Actium hatten Antonius und Kleopatra die Entscheidungsschlacht verloren. Er, Imperator Caesar Divi Filius, der Sohn des vergöttlichten Caesar, wie er sich offiziell nannte, hatte gesiegt! Welch grandioser Triumph!

Alle feindlichen Schiffe waren in Flammen aufgegangen – alle, bis auf eines: das Flaggschiff der Kleopatra. Auf dem war ihr und Antonius die Flucht gelungen.

Wenn nicht irgendein gnädiger Gott Octavius zu Hilfe kam, würden die Flüchtigen in wenigen Tagen Alexandria erreichen. Zweifellos würden sie dort ein neues Heer aufstellen. Dann ging dieser Krieg, dieser elende Bürgerkrieg, in eine weitere Runde – und zwar nicht hier, nahe der Heimat Italien, sondern weit in der Ferne, in Ägypten.

Nahm dieses Elend denn nie ein Ende? Ächzend warf Octavius den Kopf von einer Seite auf die andere. Nicht auszudenken, was dieser Feldzug kosten würde! Denn selbstverständlich stand außer Frage, dass Octavius mit seinen Soldaten nach Ägypten ziehen würde. Überall würde er hinziehen, um diesem liederlichen Schwein von Antonius endlich das Schwert in den fetten Wanst zu rammen, bis ans Ufer des Styx, wenn es sein musste!

Was die Senatoren in Rom zu diesem neuen Feldzug sagen würden, konnte sich Octavius lebhaft vorstellen. Seine Legionäre hatten ihm in den letzten Tagen einen Vorgeschmack darauf serviert: Obwohl sie doch gesiegt hatten, war die Stimmung im Heer äußerst gespannt. Die Männer wollten jetzt endlich ihren versprochenen Sold haben. Seit einer Woche lagen sie Octavius mit einer einzigen Frage in den Ohren: „Wo ist das Gold der ägyptischen Königin?“.

Sie glaubten ihm nicht, wenn er beteuerte, es sei Kleopatra gelungen, ihre Schätze mit nach Ägypten zu nehmen. Die Soldaten unterstellten ihm doch tatsächlich, er habe das Gold unterschlagen! Wie konnte er ihnen nur klar machen, dass er die Wahrheit sagte? Mit welchen Worten sollte er sie davon überzeugen, einen weiteren Winter auf ihren Lohn zu warten, auf Gelder, die er ihnen auch dann erst auszahlen konnte, nachdem er sie im Frühling erneut in den Kampf geführt hatte – und diesen endlich auch gewann?

Er *musste* gewinnen! Es gab nur diese Möglichkeit – oder den Tod. Aber wie sollte er das schaffen? Octavius war sich bewusst, dass er ein erbärmlicher Feldherr war. Diese niederschmetternde Erkenntnis hatte ihn schon früh dazu bewogen, begabteren Männern den Oberbefehl über seine Truppen zu übertragen.

Keiner hatte sich dabei so hervorgetan wie Marcus Vipsanius Agrippa, sein Flottenpräfekt. Was für ein Mann! Wenn einer das militärische Genie eines Julius Caesar besaß, dann er. Nicht eine Schlacht hatte Agrippa bislang verloren, mochte sie zuvor noch so aussichtslos erschienen sein. Selbstverständlich hatte er vor einer Woche auch das Kommando gegen Antonius innegehabt – und einmal mehr gesiegt.

Normalerweise war es für Octavius tröstlich, an Agrippa zu denken. Seit Jugendtagen kannten sie sich. Wie oft hatten sie seitdem beieinander gesessen, im Kopf die kühnsten Ideen, die Herzen übervoll! Sie, die im Krieg aufgewachsen waren, hatten vom Frieden geträumt, von einer besseren Zukunft für ihre geschundene Heimat, von einem Reich, in dem alle Menschen glücklich leben konnten.

Zumindest Octavius war immer davon überzeugt gewesen, dass niemand anderer als sein verehrter Adoptivvater Julius Caesar dazu ausersehen war, sie in dieses goldene Zeitalter zu führen. Aber dann war Caesar ermordet worden.

Seit jenen Tagen, seit Octavius versuchte, dessen Erbe anzutreten, stand Agrippa an seiner Seite: unerschütterlich, sein Tröster in der Not, seine starke Stütze, sein bester Feldherr, sein engster Freund.

Doch ausgerechnet jetzt, da Octavius dessen Hilfe im bevorstehenden Feldzug dringend brauchte, verweigerte sich Agrippa. Noch während die feindliche Flotte in Feuer und Rauch aufgegangen war, hatte er Octavius erklärt, er werde den Oberbefehl gegen Antonius nicht weiter führen. Er habe in all den Jahren schon zu viele seiner Landsleute getötet. Gegen die Feinde Roms wolle er gerne kämpfen, aber nicht mehr gegen Römer.

Das war unfassbar! Welcher Präfekt hatte sich seinem Imperator gegenüber je eine solche Ungeheuerlichkeit herausgenommen? Keinem seiner Gefolgsleute hätte er so etwas durchgehen lassen! Wegen Hochverrats hätte er so einen angeklagt!

Aber nicht Agrippa. Schließlich gab es nur zwei Männer, denen Octavius blind vertraute: Agrippa und Gaius Maecenas, seinem politischen Ratgeber – ein hochintelligenter, gerissener Taktierer. Aber nicht einmal ihn liebte Octavius so sehr wie Agrippa.

Wer tat das nicht? Außer den Senatoren, die Agrippa wegen seiner Herkunft aus einer unbedeutenden Landritterfamilie verachteten, liebte ihn eigentlich jeder: Die Soldaten riskierten ohne zu zögern ihr Leben für ihn, das Volk verehrte ihn. Auch deshalb war es sicher sinnvoll, nachsichtig mit ihm zu sein.

Nur: Wie sollte Octavius den Menschen erklären, warum er ohne seinen besten Feldherrn nach Ägypten zog? Die Wahrheit konnte er ja unmöglich eingestehen!

Und wem sollte er die Verantwortung für die Kriegsführung übertragen? Seinem resoluten Landtruppenführer Statilius Taurus? Agrippas Stellvertreter bei der Flotte, Valerius Messalla? Oder dem ehrgeizigen Cornelius Gallus? Wahrlich, niemand musste so schwere Sorgen tragen wie Caesars Erbe!

Wieder drang Stöhnen an Octavius' Ohr – ein gequältes Keuchen. Endlich gelang es ihm, aus seinem unruhigen Halbschlaf zu erwachen. Eindeutig: Da röchelte jemand! Plötzlich durchzuckte Octavius ein schrecklicher Verdacht. Abrupt richtete er sich auf. „Agrippa?"

Seit Jahren teilten sie im Feld das Zelt miteinander. Oft besprachen sie bis tief in die Nacht hinein alle wichtigen Entscheidungen, gemeinsam gaben sie morgens die Losung und die Befehle aus.

Statt einer Antwort hörte Octavius nur ein angestrengtes Keuchen. Er sprang aus dem Bett. Im schwachen Schein des Öllämpchens, das nachts immer brannte, sah er, dass Schweiß auf Agrippas Stirn glitzerte. Dessen Brust hob und senkte sich mühsam.

Octavius ließ sich auf die Bettkante des Freundes fallen, schüttelte ihn an den Schultern. Das hatte er schon einmal erlebt! Panik erfasste ihn. „Was ist mit dir los? Agrippa! Sag doch was!"

„Mir – ich – keine Luft."

Octavius war sofort klar, was da geschah. Er rannte zum Zelteingang. „Den Arzt!", brüllte er mit sich überschlagender Stimme. „Los, los, holt meinen Arzt! Er soll sich beeilen! Es geht um den Präfekten!"

Hastig kehrte er zu Agrippa zurück, setzte sich erneut an dessen Bett und ergriff seine Hand. „Halt durch, mein Guter! Der Medicus ist gleich da! Atme, ja, so! Ganz tief! Weiter so. Es geht doch! Noch einmal."

Wenige Augenblicke später stürmte der Arzt ins Zelt.

Octavius machte ihm augenblicklich Platz. „Gut, dass du da bist!"

Der Medicus fühlte Agrippas Puls. Octavius stand mit weit aufgerissenen Augen dabei, die Hände vor den Mund geschlagen.

Plötzlich zuckte der Arzt zusammen. Hektisch riss er seinen Medizinkasten auf und entnahm ihm eine Phiole. „Schnell, Wein oder Wasser!"

Octavius holte einen Becher, dienstfertig wie ein Sklave. Der Arzt schüttete den Inhalt des Fläschchens in das Wasser und flößte es Agrippa ein. Wieder ergriff er dessen Handgelenk und zählte tonlos, lange Zeit.

Irgendwann ließ er den Arm los. Sorgenvoll sah er zu Octavius auf, der noch immer regungslos dastand.

„Ist es wieder das Herz?", fragte Octavius gepresst.

Sein Gegenüber nickte. „Es sieht nicht gut aus, Caesar. Es ist das zweite Mal, dass er einen Herzanfall hat, nicht wahr?"

„Vor vier Jahren hatte er schon mal einen."

Der Arzt wandte den Kopf ab. Mühsam suchte er nach Worten. Endlich sah er wieder zu Octavius auf. „Du kannst froh sein, dass dieser Krieg nicht jetzt schon weitergeht. Du müsstest ihn ohne den Präfekten führen."

„Ist er ... ist es so ernst? Du meinst, er ...? Stirbt er?"

„Nicht unbedingt. Aber wenn er es schafft, braucht er Ruhe, sehr viel Ruhe. Du musst ihn nach Rom zurückschicken. Wenn du das nicht tust, wirst du ihn nicht mehr lange an deiner Seite haben."

Octavius biss sich auf die Lippe. „Bleib heute Nacht hier! Ich beschwöre dich bei Apoll, bei allen gütigen Göttern: Tu, was du kannst, hörst du, was auch immer – aber lass nicht zu, dass – ihm etwas geschieht!"

Die nächsten Tage verbrachte der Medicus im Zelt des Imperators.

Agrippa überlebte. Als es ihm wieder besser ging, besuchten ihn seine Freunde und Kollegen. Auch die Legionäre schickten Abgesandte, wünschten gute Genesung und zeigten sich ernstlich besorgt. Doch niemand hätte ihm in jenen Tagen treusorgender zur Seite stehen können als Octavius.

Endlich beschloss der, dem Kranken seine weiteren Pläne mitzuteilen. Die Zeit drängte. Vorsichtig setzte er sich an Agrippas Bett. „Wie fühlst du dich heute?"

Der Freund sah ihn aus müden Augen an. „Bestens. Das weißt du doch."

„Mach keine dummen Scherze! Du bist noch immer blass wie ein Leintuch." Octavius lächelte gezwungen. „Sag mal, Agrippa, irgendwie werde ich den Verdacht nicht los, dass du das absichtlich getan hast."

„Um dir eine Entschuldigung zu liefern, dass ich nicht nach Ägypten mitkomme?" Agrippa seufzte bitter. „Nein, Caesar, da überschätzt du mich nun doch."

Octavius tätschelte ihm aufmunternd die Hand. „Wichtig ist jetzt allein, dass du wieder gesund wirst. Du musst zurück nach Hause. Du musst dich erholen. Wer weiß, möglicherweise war es ja der Wille der Götter, dass du nach Rom zurückkehrst. Vielleicht brauche ich dich dort noch mehr als in Ägypten."

„Du trägst mir meine Verweigerung nicht nach?"

Octavius' Miene wurde ernst. „Nein, Agrippa, ich bin dir nicht böse. Dir nicht. Vielmehr sorge ich mich sehr um dich. Aber wenn Apoll uns gnädig ist, wirst du wieder gesund, und dann kannst du in meiner Abwesenheit in Rom viel für mich tun."

„Was hast du vor?"

„Ich fahre mit der Flotte nach Kleinasien und bereite dort alles Weitere vor. Den Winter werde ich auf Samos verbringen. Die Legionen lasse ich im Frühjahr nachkommen." Er seufzte. „Ich hoffe, dass sie bis dahin ruhig bleiben. Ein bisschen Geld haben wir ja noch. Vielleicht geben sie sich damit vorerst zufrieden."

„Wem willst du den Oberbefehl geben?"

„Ich weiß es noch nicht genau. Ich dachte entweder an Gallus oder an Messalla."

„Beide sind eine hervorragende Wahl. Wen favorisierst du?"

„Gallus. Er hat in den letzten Monaten sehr gut gekämpft, er ist mir treu ergeben, und er brennt vor Ehrgeiz. Ich bin sicher, er wird alles tun, um mir und dem Senat zu zeigen, was in ihm steckt. Wen würdest du denn nehmen?"

„Messalla. Er kennt sich im Osten bestens aus, er ist ein großartiger Organisator, er ist kampferprobt und die Soldaten lieben ihn. Darüber hinaus gehört er zum Senatorenadel, das würde den ehrwürdigen

Vätern gefallen. Kaum einer ist so redegewandt wie Messalla. Wenn einer die Begabung hat, die Männer aufs Frühjahr zu vertrösten, dann er – und sie davon zu überzeugen, ein hoffentlich letztes Mal zu kämpfen."

„Es wird das letzte Mal sein."

Agrippa seufzte. „Ich hoffe es, Caesar. So sehr."

„Du wirst es erleben." Octavius straffte den Rücken. „Aber kommen wir jetzt zu dir. Du musst so schnell wie möglich nach Hause. Nun, Maecenas fährt in drei Tagen nach Rom zurück. Du wirst also mit ihm fahren."

Unwillig runzelte Agrippa die Brauen. „Willst du mich umbringen? Maecenas und ich – auf dem gleichen Schiff?"

„Du kannst sicher sein, dass ein Schiff, das Maecenas ausstatten lässt, das komfortabelste sein wird, das in den nächsten Monaten von Griechenland nach Italien fährt. Du wirst an Bord bestens versorgt sein, und darauf lege ich größten Wert. Du bist krank, hast du das schon vergessen?"

„Kein Schiff kann so komfortabel sein, dass es Maecenas' Gegenwart ausgleichen könnte."

„Wenigstens nach außen hin solltest du versuchen, Eintracht vorzutäuschen – mir zuliebe. Du weißt, wie sehr ich Maecenas brauche, seine Gewandtheit, gerade jetzt, wenn es darum geht, die Gemüter in Rom zu beruhigen."

„Ich kann ihn nicht ausstehen."

„Das ist mir bekannt. Er kann dich ebenso wenig leiden. Aber in diesem Fall ist es die beste Lösung."

Resigniert schloss Agrippa die Augen.

Octavius betrachtete schweigend sein Gesicht. Agrippas Lider flatterten. Bläuliche Schatten lagen unter seinen Augen.

Behutsam ergriff Octavius seine Hand. Sie war eiskalt. Er drückte sie. „Du wirst wieder gesund, ganz bestimmt. Aber du musst dich ausruhen. Wenn du wieder in Rom bist, dann lenk dich ab! Es gibt so viel zu tun. Planst du nicht schon seit langem, die Karten auszuwerten, die du in den letzten Jahren gezeichnet hast?"

Agrippa öffnete die Augen. Erstmals erhellte wieder ein träumerisches Lächeln sein Gesicht. „Es soll das präziseste Kartenwerk werden, das es je gegeben hat."

„Eines Tages wird es das ganze römische Reich umfassen, ich weiß es – ein Reich des Friedens und des Wohlstands."

„Ein neues Rom, das wolltest du doch sagen?"

Octavius nickte. „Ja, mein Bester: ein völlig neues Rom. Unser Rom."

Octavius' Befürchtungen bestätigten sich nicht: Nachdem Agrippa und Maecenas nach Rom zurückgekehrt waren, zeigten sich die Senatoren von ihrer verbindlichsten Seite. Keiner wagte es, gegen den siegreichen jungen Caesar aufzumucken. So brach ein ruhiger Winter an.

Schon bald fühlte sich Agrippa wieder besser. Das war das Seltsame: Er fühlte sich sogar sehr schnell wieder voller Tatendrang. Aber nach diesem zweiten Herzanfall wusste er, dass in seiner Brust der Tod lauerte, jederzeit bereit, wieder auszubrechen.

Also versuchte er, ein ruhiges und gesundes Leben zu führen: Er aß leichte Kost, nahm seine Arznei und trieb regelmäßig Sport. Die übrige Zeit verbrachte er vor allem an seinem Schreibtisch. Endlich kam er zu jenem Projekt, das er in den vergangenen hektischen Jahren immer wieder hatte aufschieben müssen: Er wertete das umfangreiche Kartenmaterial aus, das er auf seinen Reisen und Feldzügen gesammelt hatte. Stunde um Stunde saß er da, zeichnete Flüsse und Berge, Straßen, Städte und Kastelle ein, notierte Entfernungen und schrieb Kommentare. Langsam entstand so ein Kartenwerk von nie zuvor erreichter Genauigkeit und Ausführlichkeit.

Auch in sein bislang nicht sonderlich zufriedenstellendes Eheleben schien Ruhe einzukehren. Noch vor seiner Abreise nach Griechenland hatte Agrippa seiner bildungsbeflissenen Gattin Caecilia einen Hauslehrer engagiert, einen gewissen Epirota.

Der war ein Freigelassener ihres Vaters Pomponius Atticus. Nach seiner Freilassung hatte sich der ehemalige Schreibsklave bald einen hervorragenden Ruf als Gelehrter erworben. Natürlich kannte auch Maecenas ihn. Es war schließlich seine Passion, die gebildetsten Geister und begabtesten Dichter um sich zu scharen. So hatte er Epirota wärmstens empfohlen, als Agrippa ihm erzählt hatte, dass er einen Lehrer für seine Frau suche.

Tatsächlich schien Caecilia der Umgang mit dem ebenso kultivierten wie eleganten Griechen Freude zu machen. Obwohl Epirota sie nun schon ein Jahr lang unterrichtete, leuchteten ihre Augen noch immer auf, wenn er das Haus betrat. Ihrem Gatten gegenüber wurde sie nicht müde, Epirotas Unterricht in den höchsten Tönen zu loben.

Sehr zu Agrippas Bedauern wirkte sich dieses Glück allerdings nicht auf die erotische Seite ihrer Ehe aus. Nach seiner Rückkehr aus Griechenland war Caecilia ihren ehelichen Verpflichtungen zwar klaglos nachgekommen. Begeisterung hatte sie dabei allerdings, wie gewohnt, in keinster Weise gezeigt.

Agrippa hatte die vage Hoffnung zu Beginn ihrer Ehe, dass zwischen ihnen je so etwas wie eine romantische Liebe entstehen könnte, längst aufgegeben.

Aber wozu sollte die auch gut sein? Er hatte ja schon zu oft beobachtet, dass die viel beschworene Leidenschaft nur Schwierigkeiten verursachte: Pompeius Magnus, Julius Caesar, Marcus Antonius, Gaius Octavius und noch so viele andere hatte Gott Amor schwach und irr gemacht. Die Liebe ließ die klügsten Männer und die tugendhaftesten Frauen Anstand und Sitte vergessen, machte sie haltlos, riss sie zu den tollsten Dummheiten hin.

Da war eine solide Beziehung, die auf Vernunft und Tradition fußte, zweifellos sinnvoller. Caecilia hatte ihm vor gut einem Jahr eine Tochter geschenkt, die kleine Vipsania. Sicher würde irgendwann noch der erhoffte Sohn folgen. Dafür bedurfte es doch keiner Leidenschaft! Die notwendige Lust ergab sich nachts auch so. Und tagsüber genügte die Übereinkunft gegenseitiger Loyalität und Treue für ein zufriedenes und achtbares Leben.

So dachte Agrippa. So tröstete er sich über die Leere hinweg, die ihn zuweilen beschlich, leise nur, aber doch immer wiederkehrend. Er verkannte, dass es nicht im Ermessen der Menschen liegt, ob und wann Amor seinen Bogen spannt – und auf wen sein unfehlbarer Schuss zielt. Agrippa merkte nicht, dass er mit seiner Haltung ausgerechnet jenen Gott verspottete, dessen leichte Hand selbst den mächtigen Göttervater in ein zitterndes Tier verwandeln konnte.

Mochte der Winter noch so geruhsam scheinen – es war die Ruhe vor dem Sturm. Denn über Rom hing das Damoklesschwert, ob es Gaius Octavius im Frühjahr gelingen würde, seine Erzfeinde Antonius und Kleopatra in Ägypten endgültig zu besiegen. Dann wäre der blutige Bürgerkrieg, der Rom schon so viele Jahre in Atem hielt, endlich zu Ende. Dann wäre der Weg für Agrippas und Octavius' Jugendtraum von einem Reich des Friedens und des Wohlstands endlich frei! Andernfalls drohte das Chaos. Agrippa mochte sich nicht vorstellen, welche Schrecken und Willkür ein Sieg des grausamen und zügellosen Marcus Antonius und der machtbesessenen Kleopatra nach sich ziehen würde.

Doch selbst wenn Agrippa seine Entscheidung, den Oberbefehl abzulehnen, rückgängig gemacht hätte – denn mit diesem Gedanken spielte er immer wieder, wenn ihn die Sorge um Octavius zu sehr marterte – seine Gesundheit hinderte ihn daran.

Octavius' Leibarzt, Antonius Musa, untersuchte Agrippa regelmäßig. Dessen Einschätzung war eindeutig: „Selbst wenn du die Seereise nach Ägypten überstündest, Präfekt, die Entbehrungen eines Feldzugs wären dein sicherer Tod."

Also blieb Agrippa in Rom.

Sein Stellvertreter bei der Flotte, Marcus Messalla, und Gaius Octavius schrieben ihm häufig. So war Agrippa über die Geschehnisse im Osten bestens informiert.

Dort versuchten Antonius und Kleopatra, Octavius milde zu stimmen, kaum dass er sein Winterquartier auf der Insel Samos erreicht hatte. Die Königin sandte ihm kostbare Geschenke, sogar ihre Krönungsinsignien. Sie bot an abzudanken, wenn ihre Söhne weiter über Ägypten herrschen dürften. Antonius gelobte seinerseits, in diesem Fall ein Leben als Privatmann in Alexandria oder Athen zu fristen.

Octavius glaubte ihnen kein Wort. Antonius hatte ihn schon zu oft hintergangen! Und wenn Kleopatra wollte, dass er ihr Glauben schenkte, musste sie ihre Loyalität *beweisen*.

Also sandte er seinen Freigelassenen Thyrsus nach Ägypten. Heimlich solle er der Königin Octavius' Bedingung unterbreiten: Wenn sie weiter herrschen wolle, müsse sie Antonius töten. Kleopatra war bei ihren Untertanen für ihr aufbrausendes Temperament gefürchtet. Doch trotz dieses ungeheuerlichen Vorschlags, behandelte sie Thyrsus äußert ehrenvoll – zu ehrenvoll, wie Antonius fand. Er ließ den Boten beobachten. So kam er eines Tages hinter die Mordintrige. Wütend ließ er Thyrsus auspeitschen und sandte ihn an seinen Herrn zurück.

„Mein Bester!“, schrieb Octavius an Agrippa. „Wie gerne wäre ich jetzt ein Mäuschen in Kleopatras Palast! Ihr Bettgenosse wird ihr wegen dieser Sache sicher kräftig einheizen! Leider hatte mein guter Thyrsus nicht genügend Zeit, sie völlig von meiner Vertrauenswürdigkeit zu überzeugen. Nun muss es wohl leider doch zur Schlacht mit Antonius kommen. Immerhin konnte Thyrsus ihr noch das Versprechen abringen, dass ihre Flotte im Falle einer Konfrontation nicht gegen die unsere kämpfen wird.

Ich bin gespannt, ob sie Wort hält. Diese falsche Schlange! Antonius kann einem fast leid tun: Erst lässt sie ihn bei Actium im Stich, und jetzt schachert sie mit mir, um ihren Thron zu retten!

Im Übrigen habe ich viel zu tun. Noch immer treffen ständig Vasallen des Antonius bei mir ein, um nunmehr mir Treue zu schwören. Ein besonders beeindruckendes Schauspiel hat Herodes von Judäa geliefert. Er lobte mich in den höchsten Tönen und beteuerte, er glaube an ein neues, goldenes Zeitalter unter römischer Herrschaft. Stell dir vor, Erlöser hat er mich genannt, und Heilsbringer!

Die blumigen Worte glaube ich ihm nicht ganz. Immerhin nehme ich ihm ab, dass er künftig treu zu Rom stehen will. Messalla hat sich sehr für ihn eingesetzt. Er kennt den Judäer ja noch von früher recht gut, aus seiner Zeit als Legat im Osten. Also werde ich Herodes als König von Judäa belassen. Aber auch von ihm verlange ich einen Beweis seiner Loyalität: Er soll mir Truppen stellen und Rom Tribute zahlen.“

Herodes hielt Wort: Als Octavius' Heer im Frühjahr auf seinem Weg nach Ägypten durch Judäa marschierte, ließ er die Soldaten bestens versorgen. Außerdem schenkte er dem Imperator die unfassbare Summe von 800 Talenten; Das entsprach drei Vierteln seines königlichen Jahreseinkommens.

Im Juli riet der Arzt Agrippa, Rom wegen der Hitze vorsichtshalber zu verlassen. „Fahr doch nach Kampanien“, schlug Musa vor, während er den Präfekten untersuchte. „Da ist es doch herrlich! Hier ist zurzeit ohnehin nichts los. Jeder, der kann, fährt jetzt aufs Land. Außerdem ist doch Gaius Maecenas noch hier.“

Agrippa zog sich seine Tunika wieder über den Kopf und fuhr sich nachdenklich durch die Haare. „Es widerstrebt mir, Rom zu verlassen, während Caesar in Ägypten Krieg führt.“

„Ob du nun in Rom oder in Kampanien bist, ändert für Caesar gar nichts. Wofür gibt es Boten? Und ich bin sicher, dass Caesar in erster Linie eines von dir erwartet: dass du alles für deine Genesung tust. Übrigens, ich habe gehört, dass die Damen ebenfalls planen, nach Kampanien zu fahren.“

„Ach? Davon hat mir niemand etwas erzählt.“

„Die Schwester des Imperators will mit ihren Kindern nach Baiae fahren. Ich habe vor wenigen Tagen Octavias kleine Tochter Antonia behandelt. Bei der Gelegenheit erzählte Octavia mir von ihren Plänen.“

„Was ist mit Antonia?“

„Nichts, nur eine hässliche Schramme, die sie sich beim Ballspielen zugezogen hat. Wie auch immer, warum fährst du nicht mit Octavia und den Kindern nach Baiae?“

Agrippa rieb sich nachdenklich den Nacken. „Vielleicht hast du recht. Bei der Gelegenheit könnte ich auch gleich nachsehen, was die neue Wasserleitung für Pompeji macht, die ich in Auftrag gegeben habe.“

Musa brummte unwillig. „Du solltest einmal nicht schon wieder nur an die Arbeit denken! Was du brauchst, ist Ruhe und Sorglosigkeit: Ausflüge mit dem Schiff, Ausritte, Mittagsschläfchen im Schatten alter Bäume, meinetwegen auch ein paar fröhliche Feste – allerdings ohne zu viel Wein und fette Speisen.“

Agrippa versprach, sich die Sache durch den Kopf gehen zu lassen. Ihm graute vor allzu viel Untätigkeit. Mittlerweile fühlte er sich wieder gesund und voller Kraft. Trotzdem sprach er Octavia auf Musas Idee an.

Sie war begeistert. Mit Agrippa hatte sie sich schon immer gut verstanden. „Du könntest doch mit uns in Caesars Villa wohnen“, schlug sie vor. „Dort bist du ja seit deiner Zeit in Misenum fast schon zuhause. Und was mich betrifft, so würde ich mich sehr freuen, wenn du und deine Frau mit uns kommen würdet! Dann wäre ich nicht so allein mit den Kindern.“

Noch am gleichen Tag teilte Agrippa sein Vorhaben Caecilia mit: „Es wird uns sicher beiden gut tun. Dann können wir in aller Ruhe den Sommer genießen, wie ganz normale Privatleute. Na, wäre das nicht nach deinem Geschmack – ein paar Wochen in Kampanien?“

Seltsamerweise war sie alles andere als begeistert. „Ich will nicht. Baiae ist unendlich langweilig. Ich habe mich auf dem Land noch nie wohl gefühlt."

„Aber Caecilia", wandte er verdutzt ein. „Baiae ist doch nicht langweilig! Es gibt Vergnügungen aller Art, Musik und Feste. Wir könnten nach Pompeji ins Theater fahren, nach Capua zum Einkaufen oder nach Sizilien auf unsere Landgüter. Wir könnten Schifffahrten unternehmen und das Gestüt besuchen. Das wäre doch herrlich!"

„Pferde, Schiffe! Das mag dich interessieren, aber mich nicht. Ich will in Rom bleiben. So wie Vater früher. Mutter ist ja auch oft alleine aufs Land gefahren. Bitte, tu mir das nicht an, dass du mich in diese trostlose Gegend mitschleppst."

„Aber willst du denn nicht mit mir zusammen sein, ganz in Ruhe, wie du es immer gefordert hast? Nur du und ich und Vipsania, tagelang und ohne Geschäfte?"

„Natürlich will ich mit dir zusammen sein. Aber nicht in diesem kampanischen Kaff. Versteh das bitte."

Agrippa ergriff ihre Hand. „Caecilia, was ist mit dir los? So kenne ich dich gar nicht."

Sie sah ihn trotzig an.

Er drückte ihre Hand. „Komm mit mir! Es wird mir gut tun, mich auf dem Land zu erholen." Er hob ihr Kinn. Sie wich seinem Blick aus. „Es wird unserer Liebe gut tun, wenn wir gemeinsam nach Kampanien fahren", drängte Agrippa. „Caecilia! Ich brauche dich – dich und Vipsania."

Caecilia entzog ihm die Hand. „Du brauchst mich nicht, Marcus Agrippa. Du brauchst niemanden außer deinen Caesar. Mich brauchst du nur, um Kinder zu machen – kaum mehr als irgendeine deiner Zuchtstuten."

„Das ist nicht wahr!" Er suchte nach Worten. „Und was ist so falsch daran", fragte er endlich leise, „dass ich mir Kinder von dir wünsche? Welchen Grund sollte eine Ehe sonst haben?"

Caecilia schluckte hart. „Liebe vielleicht? Freundschaft? Aber diese Begriffe kennst du nicht. Du bist ein herzloser Holzkloben. Ich verstehe nicht, wie Vater dich so lieben konnte! Du … du ungehobelter volskischer Metzger."

Entgeistert starrte er sie an. Er verstand nicht, warum sie ihn so beleidigte. Hat er ihr nicht gerade angeboten, sich Zeit für die Familie zu nehmen? Ihre Worte schmerzten. Er nickte bitter. „Wie du willst."

Ohne ein weiteres Wort drehte er sich um und verließ den Raum. Am nächsten Morgen reiste er nach Baiae ab – allein.

Zur gleichen Zeit erreichten Octavius' Truppen Ägypten. Nach wenigen, halbherzig gekämpften Schlachten, zog sich Antonius nach Alexandria zurück. Mit dem Mut der Verzweiflung forderte er Octavius am folgenden Tag zum Zweikampf heraus, Mann gegen Mann.

Der lachte schallend, als er die Aufforderung erhielt. Dann setzte er sich hin und schrieb eine Antwort: „Guter Antonius, ein Zweikampf ist doch nun wirklich nicht nötig! Es stehen dir doch auch ohne einen solchen so viele Wege zum Tode offen!"

Daraufhin ließ Antonius Pfeile mit Flugzetteln ins feindliche Lager schießen, auf denen er jedem Überläufer 6.000 Sesterzen anbot.

Octavius nahm einen dieser Papyri, stellte sich vor seine Soldaten, las ihnen den Text laut vor und verspottete dessen Verfasser. Die Legionäre zeigten sich voller Abscheu, dass Antonius ihnen einen solchen Verrat zutraute. Dann jubelten sie ihrem Caesar zu.

Am nächsten Morgen schickte Antonius seine Flotte gegen die des Octavius. Er konnte es nicht glauben, als seine Seeleute, statt zu kämpfen, grüßend die Ruder hoben, als sie in die Nähe des Feindes kamen. Dann vereinten sich die Flotten – und griffen gemeinsam das Landheer des Antonius an.

Als seine Reiterei das sah, floh sie. Nur seine Fußtruppen zögerten noch.

Octavius ritt auf Rufweite zu ihnen hin. Bereitwillig standen sie still und hörten zu, was er ihnen zu sagen hatte. Der Imperator erinnerte sie an Actium und wie schmählich ihr Feldherr dort ihre Kameraden im Stich gelassen hatte. „Wollte ihr für einen solchen Menschen noch euer Blut vergießen?", rief er ihnen abschließend zu. Da legten auch sie die Waffen nieder.

Entsetzt sah Antonius der sang- und klanglosen Auflösung seines am Morgen noch so stolzen Heeres zu. Mit seinen letzten Getreuen, kaum mehr als einer Handvoll, zog er sich in den königlichen Palast von Alexandria zurück.

Sehnsüchtig rief er nach Kleopatra. Doch er bekam keine Antwort. Suchend hastete er durch die Räume und Korridore. Einst hatten sie von den Klängen rauschender Feste widergehallt, von den Tönen der Flöten und Sistren, vom Gelächter seiner Freunde, ihrem lustvollen Stöhnen. Hier hatte Kleopatra ihm einst ins Ohr geraunt, sie werde ihn ewig lieben, nur ihn, ihren Dionysos. Dann hatte sie ihn angefleht, sie zu nehmen. Jetzt war alles totenstill.

Plötzlich eilte ein Bote auf Antonius zu. Die Nachricht, die er überbrachte, ließ ihn verzweifeln: Nachdem Kleopatra von seiner Niederlage erfahren hatte, sei sie mit ihren Lieblingssklavinnen in ihr unvollendetes Grabmahl geeilt. Dort habe sie sich eingeschlossen, um zu sterben.

Kleopatra tot? Antonius brach zusammen. Zutiefst entmutigt, stieß er sich das Schwert in die Brust.

Gellend schrie einer der Sklaven an der Tür auf. Mit den Worten „Antonius stirbt!" rannte er nach draußen. Bald klagte ganz Alexandria über den Tod des Römers.

So erfuhr auch Kleopatra davon. Wie gern wäre sie jetzt nach draußen geeilt, um mehr zu erfahren! Doch ein Sicherungsmechanismus an der Tür verhinderte das: War die erst einmal zugefallen, konnte niemand sie mehr öffnen.

Es gab nur noch eine Verbindung mit der Außenwelt: eine Luke unterhalb des Daches, die noch nicht zugemauert war. Über ein Baugerüst kletterte sie hinauf und sah nach draußen.

Als die Menschen ihr Gesicht sahen, schrien sie auf: „Die Königin lebt!"

Das hörte der sterbende Antonius. Trotz allem liebte er sie noch immer. „Bringt mich zu ihr!", verlangte er mit letzter Kraft.

Seine Getreuen trugen ihn zu Kleopatras Grabmahl. Aber wie sollten sie ihn zu ihr hineinbringen? Es gab nur einen Weg: die Luke unterhalb des Daches! Kleopatra ließ Seile daraus herab. Antonius' Männer legten ihren Herrn in einen Baukorb. Unter größten Anstrengungen hievten Kleopatra und ihre Dienerinnen den Todwunden nach oben, zogen ihn durch die Luke und legten ihn unten auf ein Bett.

Weinend beugte sich Kleopatra über ihn, zerfetzte ihre Kleider und zerkratzte ihre Brüste. Sie tauchte ihre Hände in Antonius' Blut und schmierte es sich ins Gesicht. „Oh, mein geliebter Mann!", schluchzte sie immer wieder. „Mein Herr! Mein Imperator!" Dann nahm sie seinen Kopf auf ihren Schoß. Kohleschwarze Tränen wanden sich durch das Blut auf ihren Wangen.

„Rette dich, meine Frau", flüsterte Antonius mit letzter Kraft, „und weine nicht über meinen Tod. Freue dich vielmehr für mich, der ich an deiner Seite so viel Glück erleben durfte. Und selbst mein Tod war nicht schändlich, sondern ehrenhaft, denn ich sterbe als Römer, der von einem Römer überwunden wurde." Dann schwieg er für immer.

Noch am gleichen Tag marschierte Octavius in Alexandria ein. Durch eine List gelang es seinem Freund und Gefolgsmann Proculeius, in das Grabmahl hineinzukommen und Kleopatra zu überwältigen. Danach ließ Octavius die Königin in ihren Palast bringen.

Er ließ sie bestens versorgen. Er ließ sogar zu, dass Antonius mit großem Pomp beigesetzt wurde. Kleopatra durfte seiner Bestattung beiwohnen. Doch Octavius ließ ihr auch alles wegnehmen, womit sie sich hätte verletzen können. Schließlich wollte er sie bei seinem Triumphzug in Rom mitführen.

Als dies geschah, hielt sich Agrippa noch immer in Caesars Villa in Baiae auf. Es war ein heißer Sommer, auch in Italien. In der Hauptstadt

Rom musste es jetzt unerträglich sein. Doch in Baiae wehte fast immer eine angenehme Seebrise.

Octavia logierte mit ihren Kindern im Haupthaus. Agrippa hatte es sich in einem von Caesars Gästehäusern bequem gemacht.

Es war ein luftiger Bau, dessen Terrasse auf das Tyrrhenische Meer hinausging. Die meisten Gäste hätten wohl eine Bleibe auf der östlichen Seite des Hügels bevorzugt, denn der Blick über den zerklüfteten Küstenbogen des Golfs, über dem sich in der Ferne der Vesuvius erhob, war phantastisch.

Doch Agrippa zog die Westseite vor. Er liebte die Weite des Himmels über sich und das offene Meer zu seinen Füßen. Manches Mal, wenn er dort an der Balustrade stand, hatte er das Gefühl zu fliegen.

Entgegen seinen Erwartungen, tat Agrippa die Muße gut. Ein solches Leben hatte er zuvor nie kennen gelernt. Fast jeden Abend setzte er sich auf die Terrasse und genoss den Ausblick. Fast fühlte er so etwas wie Glück – wäre da nicht immer wieder die Erinnerung an Caecilias verletzende Worte in ihm aufgestiegen. Selbst der prächtigste Sonnenuntergang konnte sie nicht vergessen machen. Er musste sich eingestehen, dass Caecilia nicht ganz unrecht hatte: Im Grunde waren sie sich immer fremd gewesen. Nicht aus Liebe, sondern aus einem politischem Zwang heraus hatten sie vor sieben Jahren geheiratet. Genau das war ihre Ehe immer geblieben: eine Notwendigkeit, mit der sich beide abzufinden hatten. Konnte er daran etwas ändern? Und wenn ja, wie? So sehr Agrippa nachgrübelte, ihm fiel keine Lösung ein.

Um Octavius machte sich Agrippa längst keine Gedanken mehr, seit er wusste, dass Antonius tot und Kleopatra gefangen war. Trotzdem war er gespannt, wie die Sache weiterging.

Mitte August kam wieder ein Brief aus Alexandria. Es war kurz nach Mittag. Nach dem Essen hatten sich alle in ihre abgedunkelten Zimmer zurückgezogen. Da betrat Agrippas liebster Freigelassener, Tychicus, sein Schlafzimmer und überreichte ihm den Brief des Octavius.

Agrippa stand wieder auf und setzte sich in den Schatten eines Säulenganges. So erfuhr er, dass Kleopatra Selbstmord begangen hatte: „Wie sie das geschafft hat“, schrieb Octavius, „ist uns nicht ganz klar. Wir fanden nur ein paar winzige Einstiche an ihrem Arm. Stammten sie von vergifteten Nadeln oder von Nattern? Die Ärzte sind der Ansicht, dass sie an Schlangengift gestorben ist. Es ist ja bekannt, dass sie in den letzten Monaten die Wirkung diverser Gifte an Verurteilten ausprobiert hat, um zu beobachten, wie der Todeskampf vor sich geht.

Schade. Es wäre zu erregend gewesen, Kleopatra im Triumph durch Rom zu führen! Aber vielleicht ist es besser so. Wer weiß, ob sie bei unserem sentimentalen Volk am Ende nicht noch Mitleid erregt hätte? Schließlich war sie nicht nur eine tapfere Frau, sondern auch die Geliebte des jungen Pompeius, meines vergöttlichten Vaters und des Antonius. Ein Glück nur, dass nicht auch ich ihren doppelzüngigen Schmeicheleien erlegen bin!

Die Schätze, die wir hier gefunden haben, sind unermesslich. So viel Gold habe ich noch nie gesehen! Die Veteranen müssen nur noch ein wenig Geduld haben. Bald kann ich ihnen ihren Sold zahlen, bis auf das letzte As und noch mehr dazu.

Was Ägypten betrifft, so liegt das Land danieder. Das Volk hungert und darbt, die Bewässerungskanäle sind versandet, die Straßen verwahrlost, die Menschen verarmt. Kleopatra mag eine kluge Frau gewesen sein, aber als Herrscherin war sie völlig unfähig. Für ihr Volk hat sie nichts getan. Im Gegenteil, sie hat es ausgesaugt bis auf den letzten Blutstropfen.

Es wird für den künftigen Statthalter eine harte Arbeit werden, diese neue Provinz wieder zum Blühen zu bringen. Ich gedenke, diese Aufgabe Cornelius Gallus zu übertragen. Er hat sich in den letzten Wochen als überaus fähiger Heerführer erwiesen. Jetzt soll er die Möglichkeit bekommen zu beweisen, dass er auch im Frieden Herausragendes zu leisten vermag.

Sicher fragst du dich auch, was aus Kleopatras Natternbrut geworden ist? Ihr Bastard Caesarion und Antyllus, Antonius' ältester Sohn aus seiner Ehe mit Fulvia, sind geflohen. Aber ich lasse überall nach ihnen suchen, und, glaube mir: Wir werden sie finden! Dann werde ich auch sie töten lassen. Schließlich sind sie schon zu alt, um noch hoffen zu können, dass jemals Römer aus ihnen werden.

Antyllus' Bruder Jullus dagegen ist erst fünfzehn. Ich werde meine Schwester fragen, ob sie ihn bei sich aufnehmen will. Antonius hat meiner armen Octavia während ihrer Ehe zwar übel mitgespielt. Trotzdem, Jullus ist immerhin sein Sohn und ein Römer. Vielleicht ist es ja ein Fehler! Vielleicht bin ich zu gutmütig! Aber ich finde, wenigstens dem Jullus sollte ich eine Chance geben.

Ob sich Octavia allerdings auch um die drei kleinen Kinder kümmern will, die Antonius mit Kleopatra hatte, ist fraglich. Schließlich hat die Ägypterin meiner Schwester sehr weh getan, als sie ihr Antonius entriss. Andererseits ist Octavia ja sehr großherzig und liebt Kinder über alles.

Ach, dieser Antonius hat Rom viel Geld und noch mehr Tränen gekostet! Gutes hat er nicht hinterlassen – außer vielleicht einer rührseligen Liebesgeschichte. Ich bin unendlich froh, dass diese die letzte Wunde ist, die er meiner Schwester schlagen konnte!

Lieber Agrippa, es wird wohl noch viele Monate dauern, bis ich hier alles geregelt habe. Nicht nur Ägypten, der ganze Osten ist eine immense Baustelle.

Messalla habe ich nach Judäa gesandt. Danach soll er auch in Syrien und Kleinasien nach dem Rechten sehen. Als Unterhändler und Organisator ist er ja kaum zu übertreffen! Außerdem wird ihm die Arbeit gut tun. Er leidet schrecklich, seit er kürzlich erfahren hat, dass seine geliebte Calpurnia gestorben ist. Ich kann ihn verstehen: Sie war eine Ehefrau, die alle Tugenden vereint hat.

Taurus werde ich bald nach Rom vorausschicken. Er soll Maecenas und dir zur Hand gehen. Ihr werdet künftig mit der Ansiedlung der Veteranen, mit der Verwaltung und dem aufblühenden Handel alle Hände voll zu tun haben! Da kann euch ein erfahrener Truppenführer wie Taurus sicher gut helfen.

Ach, Agrippa, du weißt nicht, wie sehr ich mich auf Rom freue: auf meine liebe Livia und meine süße, kleine Julia, und natürlich auf dich! Pass bitte weiterhin auf deine Gesundheit auf. Musa schrieb, er sei recht zufrieden damit. Weiter so!

Bald schreibe ich dir mehr. Sei bis dahin innigst umarmt!

Alexandria, den 20ten Sextilis 724."

Nach dieser Lektüre war Agrippa hellwach. So beschloss er, einen Spaziergang zu machen. Er setzte einen Strohhut auf und ging den steilen Pfad zum Meer hinunter. Kurz bevor er den Strand erreichte, bog er rechts in einen schattigen Waldstreifen ab, der sich am Ufer entlang zog. Unter den mächtigen Pinienkronen duftete es schwer nach Harz. Die weichen Nadeln schluckten seine Schritte mit einem kaum hörbaren Knistern. Immer wieder sah er auf das gleißende Meer hinaus, während er über Octavius' Brief nachdachte.

Plötzlich hielt er inne. Mit den geschärften Sinnen des Kriegsmannes hatte er hinter einem der Bäume eine Bewegung bemerkt. Wer trieb sich da auf Caesars Grund und Boden herum? Instinktiv spannte er seine Muskeln an und schlich näher.

Plötzlich streckte der Unbekannte zwei Beine hinter dem Baum hervor und setzte sie auf den Hang, der zum Strand abfiel – es waren Frauenbeine, lange, glatte Frauenbeine, nackt bis über die Knie!

Agrippa atmete auf. Jetzt war er neugierig geworden: Diese Waldnymphe musste er sich genauer ansehen! Er räusperte sich vernehmlich.

Sofort kam Bewegung in die Gestalt. Hastig schob sie ihr Kleid über die Knie. Ein Mädchenkopf tauchte hinter dem Baum auf und sah ihn erschrocken an. Es war Claudia Marcella, Octavias Älteste.

„Bei Herkules!", entfuhr es Agrippa. „Was machst du denn hier zur Stunde des Pan – und ganz allein?"

Marcellas atmete erleichtert auf. „Ach, du bist es. Du hast mich ganz schön erschreckt! Wie kommst du dazu, dich so anzuschleichen?"

Er trat zu ihr. „Ich habe dich zuerst etwas gefragt."

Marcella klopfte auf den Waldboden neben sich. „Setz dich doch." Sie sah mit großen Augen besänftigend zu ihm auf. „Und schau mich nicht so böse an."

Agrippa ließ sich neben ihr nieder.

„Ich konnte nicht schlafen", erklärte Marcella. „Da bin ich ein wenig spazieren gegangen. Was ist daran falsch?"

„An sich nichts", wandte er ein. „Aber ohne Begleitung solltest du nicht in den Wald gehen. Was ist, wenn jemand dir auflauert?" Er zwinkerte ihr zu. „Oder wenn dich der Gott Pan überfällt? Er soll ganz versessen auf unschuldige junge Damen sein, die allein im Wald unterwegs sind."

Marcella lächelte spitzbübisch. „Ich habe keine Flöte gehört. Weit und breit ist also kein Pan in Sicht. Außerdem bist du ja jetzt da. Könnte es einen besseren Bewacher meiner Tugend geben als den besten Feldherrn Roms?"

Agrippa lächelte. „Auf den Mund bist du nicht gefallen. Scheint das julische Blut in dir zu sein."

Marcella lachte übermütig.

Agrippa sah sie prüfend an. Dass Octavias ältestes Kind eine junge Frau geworden war, hatte er in den letzten Wochen schon mehrmals insgeheim festgestellt. Sie hatte den ebenmäßigen Körper ihrer Familie mütterlicherseits geerbt, dessen Gliedmaßen aufs schönste miteinander harmonierten. Noch war sie ein wenig dünn, aber das würde sich in ein, zwei Jahren sicher geben.

Ihr fein geschnittenes Gesicht umrahmten dicke, schwarze Locken, zweifellos ein Erbe ihres Vaters Claudius Marcellus. Aber das Schönste waren ihre großen, tiefschwarzen Augen, die ebenso lebendig und aufgeweckt in die Welt blickten wie einst die ihres Vaters.

Agrippa versuchte, sich an Claudius Marcellus zu erinnern. Seit zehn Jahren war der nun schon tot. Im Krieg war er ein hoch geachteter Feldherr gewesen. Im Frieden hatte er sich als kluger und unbestechlicher Bürger und Konsul einen Namen gemacht. Als Octavius nach Rom gekommen war, um sein Erbe anzutreten, hatte ihn sein Schwager Claudius Marcellus mit aller Kraft unterstützt. Octavius hatte ihn sehr gemocht. „Der erste Gatte meiner Schwester war ihr bester", pflegte er zu sagen.

Jetzt saß Agrippa also hier mit der Tochter dieses großen Mannes. Gerne hätte er sich mit ihr über ihren Vater unterhalten, aber er mied das Thema wohlweislich. Politik und Feldzüge waren nicht das, was junge Frauen interessierte – das hatte er in seiner Ehe gelernt. Also beschloss er, vorsichtig zu erkunden, was Marcella beschäftigte: „Was denkt eine junge Dame, wenn sie einsam am Strand sitzt und aufs Meer hinaussieht?"

„Ich denke über das Leben nach."
Agrippa stutzte. „Mit fünfzehn?"
„Fast sechzehn. Worüber hast du in meinem Alter nachgedacht?"
Er überlegte einen Moment. „Über Pferde. Und darüber, wie groß die Welt ist und dass ich sie kennen lernen will. Darüber, dass Cicero Konsul geworden ist und ich es wohl nie werden würde. Aber irgendetwas wollte ich schon werden. Zumindest wusste ich, was ich *nicht* werden wollte, nämlich Bauer in Arpinum."
„Arpinum ist doch ein hübsches Städtchen."
„Ja. Aber eben nur das."
„Wie bist du eigentlich nach Rom gekommen?"
„Das ist eine lange und vielleicht auch ziemlich langweilige Geschichte. Willst du sie trotzdem hören?"
Marcella nickte eifrig. Also begann er. Agrippa berichtete von seinem Vater Lucius Vipsanius, vom strengen, aber wohlmeinenden Cephalio, von seinem treuen Freigelassenen Tychicus und schließlich lange Zeit von Atticus.
Marcella hatte ihm aufmerksam zugehört. „Leben sie noch?"
„Wer?"
„Na, alle. Dein Vater und Cephalio zum Beispiel."
„Ja. Sie sind aber beide schon alt."
„Besuchst du sie oft?"
„Cephalio habe ich gerade vergangene Woche besucht, mit Tychicus. Die zwei sind wie Vater und Sohn."
„Und deinen Vater?"
„Meinen Vater habe ich seit Jahren nicht gesehen. Lass mich nachdenken – etwa so lange wie du auf der Welt bist."
Marcella schüttelte verständnislos den Kopf. „Und warum nicht?"
„Er will es noch immer nicht. Er ist ein stolzer alter Kerl. Ich habe ihm schon unzählige Briefe geschickt. Er hat nie geantwortet. Als es mir finanziell besser ging, habe ich ihm Geld gesandt. Er hat es zurückgeschickt. Immerhin weiß ich, dass es ihm gut geht. Mein Schwager verwaltet den Hof. Und ich versuche, wenigstens heimlich meine Hand über meine Familie zu halten, und sorge dafür, dass man ihnen ihre Waren zu einem guten Preis abkauft."
Marcella spielte mit einer Piniennadel. „Könnt ihr euch nicht irgendwie versöhnen?"
„Was schlägst du vor?"
„Warum reitest du nicht selbst hin?"
Agrippa schwieg. Dann seufzte er. „Vielleicht gibt es Dinge, die selbst einem großen Feldherrn, wie du mich genannt hast, schwer fallen."
„Die aber nicht unmöglich sind. Und ist es nicht auf Dauer schwerer, mit dieser traurigen Erinnerung zu leben, als noch einmal eine Versöhnung zu wagen?"

Agrippa sah sie ernst an. „Ich werde es mir überlegen."
Eine Weile hingen sie beide ihren Gedanken nach.
„Ich erinnere mich noch gut, als ich dich zum ersten Mal gesehen habe", brach Agrippa das Schweigen.
„Tatsächlich? Wann war das?"
„Vor circa vierzehn Jahren. Damals konntest du noch nicht laufen. Ich ließ dich auf meinen Knien hüpfen."
Marcella lächelte neugierig. „Und?"
„Ich sagte zu deiner Mutter, du seiest sehr niedlich und hättest viel Temperament."
„Daran erinnerst du dich noch?"
„Wie könnte ich dich je vergessen?"
Marcella knuffte ihm undamenhaft in die Seite. „Schmeichler!"
„Du bist die Erste, die so etwas zu mir sagt."
Sie lachten fröhlich.
„Hat sich das seitdem geändert?", fragte Marcella kokett. „Ich meine, dass du mich nett findest – oder niedlich, wie du gesagt hast?"
Er schmunzelte. „Keinesfalls. Aber ein winziges bisschen klüger bist du seitdem vielleicht geworden, so erwachsen wie du mittlerweile redest."
Marcella runzelte die Brauen. „Sollten Frauen das nicht?"
„Aber ja, doch! Ich weiß, es gibt viele Männer, die glauben, Frauen sollten möglichst wenig wissen und auch möglichst wenig sagen. Ich bin da anderer Meinung. Dumme Frauen sind unendlich langweilig."
Wieder lachte Marcella. „Dumme Männer auch!"
„Woher weißt du das denn schon wieder – mit fünfzehn?"
Sie zuckte mit den Schultern und sah aufs Meer hinaus. „Ich bin in einem Haus aufgewachsen, in dem großer Wert auf Tradition gelegt wurde. Mein Vater zum Beispiel muss ein wunderbarer Mann gewesen sein. Aber auch Onkel Gaius ist ein faszinierender Mensch – aber wem sage ich das? Mutter sagt, Onkel Gaius und du wärt wie die beiden verloren gegangenen Hälften einer platonischen Kugel, die sich glücklich wiedergefunden hätten."
Erstaunt betrachtete er Marcella. Solche Gespräche war er mit jungen Frauen nicht gewohnt. Ja, mit Livia konnte man über die verschiedensten Dinge reden, auch mit Octavia – aber mit einer Fünfzehnjährigen? Gespannt legte er den Kopf schräg.
„So, sagt sie das, deine Mutter? Was sagt sie denn noch?"
„Sie sagt, dass du einer der außergewöhnlichsten Männer bist, die sie je kennen gelernt hat. Dass alle, die mit dir zu tun haben, tief beeindruckt von dir sind. Dass sie niemanden kennt, der je anderes als nur Bewundernswertes über dich berichtet hätte."
„Octavia ist eine noble Frau, die immer nur das Gute in anderen

sieht. Glaube mir, Claudia Marcella, es gibt viele Menschen, die mir etwas nachtragen – vor allem aus deinem Stand."

„Mein Stand hat nichts damit zu tun, wie edel ein Mensch ist – sagt Onkel Gaius."

Agrippa lächelte. „Womit Caesar wieder mal Recht hat. Aber hören wir doch auf, von mir zu reden. Wie ist das mit dir: Wofür interessierst du dich?"

„Eigentlich für alles. Ich mag Tiere. Ich mag Musik. Und ich würde gern mehr reisen. Ich liebe es, wenn wir unterwegs sind und ich all die vielen Menschen und Landschaften kennen lernen kann. Leider sind wir in letzter Zeit nur sehr wenig gereist."

„Erinnerst du dich noch an Griechenland, als ihr mit Antonius in Athen wart?"

„Ganz schwach. Ich war damals erst fünf oder sechs Jahre alt. Aber ich würde so gerne wieder einmal hinreisen! Verstehst du das?"

„Natürlich!", lachte er. „Ich tu es doch selbst leidenschaftlich gern. Ich wollte schon als ganz junger Mann immer raus aus der Enge, wollte forschen und lernen. Jedes Land, das ich gesehen habe, und jedes Volk, das ich kennen gelernt habe, haben mich unendlich viel gelehrt. Vielleicht kannst du ja auch mehr reisen, wenn du erst verheiratet bist."

„Das käme auf den Ehemann an." Marcella sah nachdenklich in die Ferne.

Agrippa musterte sie neugierig. „Und? Ist noch keiner in Sicht? Irgend ein Statthalter oder ein schneidiger Feldherr?"

„Weit und breit keiner. Mutter und Onkel Gaius haben es nicht eilig. Ich im Übrigen auch nicht."

„Gefällt dir nicht wenigstens einer?"

„Oh, gefallen könnte mir schon der eine oder andere. Aber mehr nicht."

„Brav! Wie es sich für ein tugendhaftes Mädchen gehört – oder wenigstens gut auswendig gelernt, um als solches zu erscheinen."

Marcella sah ihn mit gespielter Entrüstung an: „Wie kannst du nur so etwas sagen! Glaubst du, ich schaue Männern nach?"

„Wie könnte ich! Aber ich glaube, dass junge Frauen in deinem Alter durchaus ihre Vorstellungen haben."

„Also gut, das schon. Aber was spielt das für eine Rolle? Meinen künftigen Mann suchen Onkel Gaius und meine Mutter aus, nicht ich."

„Aber vielleicht kannst du ja Vorschläge unterbreiten, weißt du, genau wie die Senatoren in den Sitzungen. Dann redet man darüber. Und vielleicht, wenn dein Vorschlag gut ist, könnte ich ihn ja unterstützen, quasi deine Partei übernehmen, als dein Anwalt."

Marcella sah ihn überrascht an. „Darüber habe ich noch nie nachgedacht: dass *du* mir helfen könntest."

„Siehst du? So ist das mit der Politik. Man muss sich möglichst früh möglichst viele Freunde suchen."

„Bist du mein Freund? Ich dachte, du seiest Onkel Gaius' Freund."

„Kann ich euch nicht beiden ein Freund sein?"

„Möglich, ja." Wieder lächelte sie ihn an. Agrippa wurde es warm ums Herz. Er fühlte sich wohl, unter dieser Pinie in der Mittagshitze, im Gespräch mit Octavius' fünfzehnjähriger Nichte, die ebenso kindlich und fröhlich wie ernst und nachdenklich sein konnte.

„Und jetzt verrate mir", flachste er, „für wen ich diesmal kämpfen soll, und dann auch noch mitten in Rom: für einen Aemilius, einen Cornelius, einen Fabius oder einen verwandten Claudier? Oder für einen Valerius?" Kaum war der letzte Name über seine Lippen gerutscht, da wurde Agrippa klar, welchen Vorschlag er Marcella soeben unterbreitet hatte. Betroffen schwieg er.

Marcella sah ihn mit großen Augen an. „*Ein* Valerius zumindest könnte bei Onkel Gaius in Frage kommen, einer ganz bestimmt – Marcus Valerius Messalla."

Agrippa nickte schnell und sah weg. Messalla, ja. Der war seit wenigen Wochen Witwer – und stand bei Octavius in höchstem Ansehen. Seltsamerweise sträubte sich alles in Agrippa gegen die Vorstellung, Messalla könne um Marcella werben. „Messalla ist sicher nicht so bald bereit, wieder zu heiraten", murmelte er. „Er hat Calpurnia sehr geliebt. Außerdem ist er viel zu alt für dich."

„Wie alt ist er denn?"

„Ein Jahr älter als ich. Messalla ist vierunddreißig. Neunzehn Jahre älter als du. Er könnte dein Vater sein."

„Vierunddreißig ist doch kein Alter! Und Messalla hat viele Vorzüge."

„Welche denn?"

„Er stammt aus einer der besten und ältesten Familien Roms. Er ist vermögend, genießt einen hervorragenden Ruf, als Politiker, als Feldherr, als Redner, Schriftsteller und Kunstfreund. Er ist weit gereist, ein überaus interessanter Mann. Er hat ein angenehmes Wesen – und er sieht sehr, sehr gut aus."

„Von seiner spitzen Nase einmal abgesehen."

„Wenn das alles ist! Damit könnte ich gut leben."

„Wenn man dich so reden hört, könnte man meinen, Messalla sei eine Art Herkules mit der Klugheit einer Minerva."

„Und wenn man dich reden hört, möchte man kaum vermuten, dass Messalla einer deiner besten Freunde ist. Habt ihr Streit?"

„Nein, ich möchte nur, dass du nicht vorschnell irgendwelche Dinge in Gang setzt, die du später bereuen könntest. So etwas will gut überlegt sein."

Marcella sah ihn stirnrunzelnd an. „Du bist wirklich ein komischer Freund! Erst willst du mir helfen – und dann tust du alles, um dein Versprechen nicht einlösen zu müssen. Hast du einen besseren Vorschlag als Messalla? Den Schwertrassler Taurus vielleicht? Oder Ciceros Sohn, den Saufkopf?"

„Der Saufkopf ist immerhin gerade Konsul geworden."

„Du willst doch nicht im Ernst vorschlagen, ich sollte diesen, diesen ... lallenden Konsul in Betracht ziehen – und einen Messalla nicht?"

„Natürlich nicht. Du sollst dir nur Gedanken machen." Agrippa wandte den Kopf ab. Was war eigentlich los? Warum nahm dieses Gespräch eine so unangenehme Wendung? Vor allem aber: Warum fiel es ihm so unendlich schwer, sich Messalla, seinen lieben Freund, als Marcellas Ehemann vorzustellen? Fürchtete er, Messalla könne ihm bei Octavius den Rang ablaufen, wenn der ihn durch eine Heirat an die Familie band?

Er sah Marcella wieder an. „Bist du denn in Messalla verliebt?"

Sie stutzte. „Verliebt? Wie kommst du denn darauf? Ich überlege nur ein wenig hin und her. Einfach so. Aus Spielerei. Als ich Messalla das letzte Mal gesehen habe, war er noch verheiratet. Er ist ein beeindruckender Mann, aber verliebt? Nein. Das geht doch gar nicht. Da müsste ich ihn erst einmal wiedersehen."

Agrippa fächelte sich mit seinem Strohhut Luft zu. Die Hitze schien ihm plötzlich unerträglich. „Lass uns ein wenig den Weg weitergehen", schlug er vor.

Erleichtert sprang Marcella auf. Die Veränderung, die in Agrippa vorgegangen war, war ihr unangenehm. Irgendwie war ihr anfangs so heiteres Gespräch viel zu ernst geworden. Und der zuvor so freundliche Agrippa hatte eine andere, eine verborgene, düstere Seite seines Wesens gezeigt.

Sie schlug ein anderes Thema an. Bald war Agrippa wieder ganz der Alte. Erneut setzten sie sich in den Schatten einer Pinie und redeten weiter.

Wie fröhlich Marcella war! So anmutig! Mit wie viel Begeisterung sie erzählte!

Agrippa wiederum erklärte ihr seine architektonischen Pläne und politischen Träume, zaghaft zuerst, aber als er merkte, wie gebannt die junge Frau lauschte, sprudelten die Worte nur so aus ihm heraus. Sie schien keinesfalls gelangweilt, wie er es bei derlei Themen von Caecilia gewohnt war. Weder Agrippa noch Marcella bemerkten, wie die Zeit verging, und keiner dachte auch nur einen Augenblick daran, dass die anderen mittlerweile aus ihrem Mittagsschlaf erwacht sein müssten und sich wohl fragten, wo sie steckten.

„Ich habe Durst", sagte Marcella irgendwann.

Agrippa nickte. „Ich auch. Da, hinter den Felsen am Strand, ist eine Hütte. Da wohnt einer der Männer, die für das Grundstück und den Zaun zu sorgen haben. Gehen wir dorthin. Sie geben uns sicher Wasser."

Hinter dem Haus saß eine Frau mittleren Alters und putzte Bohnen. Zu ihren Füßen spielten zwei nackte Kinder mit geschnitzten Holzsoldaten. Als Agrippa und Marcella zu ihr traten, sah sie auf. Auch die Kinder unterbrachen ihr Spiel.

„Salve, gute Frau", grüßte Agrippa. „Kannst du uns ein wenig Wasser geben? Wir haben einen weiten Weg hinter uns."

Die Hausherrin stand auf. „Natürlich. Setzt euch doch solange." Bald darauf kam sie mit einem Krug und zwei groben Tonbechern wieder. Agrippa und Marcella tranken durstig.

Neugierig beobachtete die Frau die beiden, wie sie noch einen zweiten Becher leerten. „Wo kommt ihr her? Und was macht ihr auf Caesars Grund?"

Agrippa sah sie über den Becherrand an. Ein Lächeln zuckte um seinen Mundwinkel, aber er blieb ernst. „Aus Cumae", log er, einer plötzlichen Eingebung folgend. „Meine – äh – Tochter und ich wollen nach Baiae. Dort wohnt ein Vetter von mir. Eigentlich kommen wir aus dem Norden – aus Arpinum. Wir sind nur zu Besuch hier. Mein Vetter hat mir immer so von dieser Gegend vorgeschwärmt. In der Tat, sie ist einmalig! So sind wir einen Nebenpfad entlang gegangen, um die Aussicht besser zu genießen. Und jetzt haben wir uns offenbar verlaufen."

Marcella setzte langsam ihren Becher ab und sah Agrippa verschmitzt an.

„Nach Baiae?", wunderte sich ihre Gastgeberin. „Aber von Cumae nach Baiae führt doch eine gute Straße! Wie konntet ihr euch da verlaufen? Und noch dazu auf Caesars Grundstück! Es ist ein Wunder, dass die Wachen euch nicht erwischt haben. Die machen nämlich zurzeit Sonderschichten. Caesars Schwester ist mit ihrer Familie hier, und der Präfekt der Flotte, Marcus Agrippa. Wenn die Wachen euch hier erwischen, dann gnade euch!"

„Was du nicht sagst!", tat Agrippa verwundert. „Der Präfekt auch? Aber er wird doch nicht zulassen, dass zwei verirrten Wanderern ein Leid geschieht."

„So was erfährt der doch gar nicht. Die Wachen werden sich hüten, ihm davon zu erzählen. Wie stünden sie denn sonst da!"

„Meinst du? Und was sollen wir jetzt tun?"

Die Frau griff Agrippa an den Arm, sah sich ängstlich um und raunte dann in verschwörerischem Ton: „Da hinten ist eine kleine Schlucht, mit einem Bach darin. Ich zeige sie euch. Sie ist voller Gestrüpp und Dornen, aber auch so unwegsam, dass keiner an dieser

Stelle Eindringlinge vermuten würde. Wenn ihr euch dort durchkämpft, könntet ihr es mit ein bisschen Glück schaffen, hier wieder rauszukommen, ohne dass euch einer sieht. Ich zeige euch den Einstieg."

„Was wird der Präfekt dazu sagen, wenn wir erwischt werden und gestehen, wer uns den Weg gezeigt hat?", fragte Agrippa.

Die Frau wurde einen Ton blasser. „Ich sage einfach, ich kenne euch nicht."

„Ach, und du meinst, er glaubt dir das."

„Warum sollte ich mein Leben für Fremde riskieren?" Die Frau wies auf Agrippas Strohhut. „Ihr seid unschuldige Wanderer, dass sieht doch jeder. Nicht vorzustellen, was deinem armen Kind geschehen könnte, wenn die Wachen euch erwischen." Mitleidig sah sie Marcella an. „Deshalb helfe ich euch."

„Jupiter, dem die Gastfreundschaft heilig ist, wird dich segnen", lobte Agrippa.

Marcella wandte sich ab und hustete krampfhaft.

Kurz darauf folgten sie der Frau an den Waldrand, wo der Einstieg in die Schlucht lag. Stirnrunzelnd sah Agrippa hinein. Wenn sie auch nur fünfzig Fuß da durch gingen, wären sie von oben bis unten zerkratzt und voller Zecken – und ganz sicher lebten dort Schlangen.

„Geh zurück in dein Haus, gute Frau", sagte Agrippa. „Ich will nicht, dass man dich am Ende noch mit uns sieht."

„Valete! Die Götter mögen euch beschützen", antwortete sie und kehrte zu ihrer Hütte zurück.

Agrippa ergriff Marcellas Hand und eilte tiefer in den Wald hinein. Nach einer Weile machte er Halt. Sie sahen sich an. Dann prusteten sie los.

Marcella rieb sich eine Träne aus dem Augenwinkel. „Marcus Agrippa! Ich hätte nie gedacht, dass du so sein könntest! Das war göttlich!" Sie senkte die Stimme und imitierte Agrippa: „Gute Frau, wir sind aus Arpinum und wollen zu meinem Vetter nach Baiae. In der Tat, welch schöne Gegend! Ach, der Präfekt selbst ist hier? Und Jupiter möge dich für deine Gastfreundschaft segnen."

Wieder lachten sie, übermütig wie die Kinder.

„Weißt du", seufzte Marcella, nachdem sie sich wieder ein wenig beruhigt hatten, „so einen vergnügten Nachmittag habe ich schon lange nicht mehr erlebt!"

„Ich auch nicht", antwortete er lächelnd.

Da bemerkte er, dass er noch immer Marcellas Hand in seiner Rechten hielt. Ein schmerzlicher Ausdruck huschte über sein eben noch so sorgloses Gesicht. Er blickte zu ihren Händen hinunter, dann wieder in Marcellas Gesicht.

Auch sie war plötzlich wie verändert – ganz ernst. Ihre Wangen waren vom Laufen gerötet. Winzige Schweißperlen glitzerten auf ihrer Stirn. Gebannt sah sie in seine Augen, und er in ihre.

Irgend etwas presste plötzlich sein Herz zusammen, ein seltsamer, nie da gewesener Schmerz. Aber er tat nicht weh, nicht wirklich, so wie ein Anfall. Agrippa griff sich mit der Linken an die Brust, während er noch immer in Marcellas schwarze Augen sah. Keiner von beiden konnte sich losreißen, keiner konnte auftauchen aus der Tiefe dieses Moments. Immer mehr versanken ihre Blicke ineinander.

Irgendwann zog er Marcella an sich, sanft und vorsichtig – oder drängte sie sich an ihn? Es geschah ganz automatisch, eine Bewegung, die natürlicher nicht sein konnte, getrieben von einer Kraft, gegen die es kein Wehren gab – nicht einmal einen Gedanken daran.

Sacht legte Agrippa seine Hände um Marcellas Nacken. Sie hob ihr Gesicht zu ihm hoch, öffnete die Lippen ein wenig, atmete tief ein. Noch immer sahen sie einander in die Augen.

Als er die Lider schloss und Marcella küsste, wehrte sie sich nicht. Vielmehr entgegnete sie seinen Kuss, ein wenig schüchtern zwar, aber auch so weich und – willig.

Wie lange sie so dastanden, wussten sie nicht. Irgendwann trennten sich ihre Lippen. Marcella lächelte. In Agrippas grauen Augen lag eine Wärme, die sie vorher noch nie bemerkt hatte.

„Was meinst du: Ist das Glück?“, flüsterte sie.

„Ich glaube schon, ja. Jetzt ist es Glück.“

„Ich liebe dich, Marcus Agrippa“, sagte Marcella.

Er legte ihr den Finger auf den Mund. „Das darfst du nicht sagen – nicht einmal denken.“

Sie schüttelte den Kopf. „Ich tue es trotzdem.“

Er drückte sie an seine Brust und streichelte sie zärtlich. Ihre Haarnadeln hatten sich beim Laufen gelöst. Jetzt fielen ihre dichten Locken über ihren Rücken. Sie hielt ganz still, das Gesicht an seine Brust geschmiegt.

Er seufzte tief. Noch nie hatte er eine Frau so in den Armen gehalten! Noch nie war er so glücklich gewesen – und gleichzeitig so unglücklich. Denn plötzlich wurde ihm bewusst, dass er Marcella nie wieder umarmen würde. Dass er es überhaupt tat, dass er sie sogar geküsste hatte, war fast schon ein Sakrileg! Sie war von höchstem Adel, sie war Caesars Nichte! Nie würde sie die Frau des kranken Volskers Marcus Agrippa werden – des verheirateten Marcus Agrippa.

Trotzdem konnte er Marcellas Hand nicht loslassen, während sie schweigend zurückgingen. Erst als sie in die Nähe des Hauses kamen, gab er sie frei. „Ich werde immer von dir träumen“, murmelte er traurig.

„Und ich werde dich immer lieben“, antwortete sie, „egal was passiert.“

Marcellas alte Amme war die erste, die sie entdeckte. Sie rang die Hände. „Kind, wo warst du denn? Verzeih, Präfekt, aber wir haben uns solche Sorgen um Marcella gemacht! Unser einziger Trost war, dass du möglicherweise bei ihr sein könntest. Den Himmlischen sei Dank, alles ist gut! Jetzt lauf aber schnell zu deiner Mutter, mein Kind! Sie wird ja so froh sein, dass du wieder da bist."

Marcella ging hoch erhobenen Hauptes davon. Agrippa sah ihr nach. Ein Würgen schnürte ihm die Kehle zu.

Er wandte sich ab und ging zum Strand hinunter. Dort riss er sich die Tunika vom Leib und warf sich ins Meer. Immer wieder tauchte er in die Wellen, fühlte das Salzwasser über sein Gesicht rinnen, wenn er an die Oberfläche kam, und erneut tauchte er unter, bis zur Erschöpfung.

„Lasst mich sterben!", rief er in den Himmel. Aber nichts geschah. Nur ein paar Möwen kreisten hoch über ihm.

Am Abend ließ er sich bei Octavia entschuldigen: Er fühle sich nicht wohl und könne daher nicht wie gewohnt zum Abendmahl kommen.

Tychicus brachte ihm Brot und Oliven auf die Terrasse. Gedankenverloren begann Agrippa zu essen, während er auf das Meer hinaussah. Blutrot versank die Sonne hinter dem Horizont, umflort von purpurfarbenen Wolken – ein Bild von fast angsterregender Schönheit.

„Es gibt wohl bald Sturm", versuchte Tychicus eine Unterhaltung zu beginnen. Er erhielt keine Antwortet.

Nachdenklich setzte er sich auf eine Bank im Hintergrund und betrachtete Agrippa. Irgendetwas stimmte nicht mit ihm. „Geht es dir gut?", brach er erneut die Stille.

Sein Patron sah ihn an, als habe er Tychicus noch nie zuvor gesehen. „Ja, ja." Dann starrte er wieder schweigend aufs Meer hinaus. Ein tiefer Seufzer entrang sich seiner Brust. „Lies mir etwas vor", bat er schließlich. „Geh ins Haupthaus und hol etwas aus der Bibliothek."

Wenig später kam Tychicus mit einer Schriftrolle zurück.

„Was hast du da?", fragte Agrippa.

„Ich habe nicht viel gefunden. Die Bibliothek war abgeschlossen und der Hausverwalter zum Gespräch bei Octavia. Aber ich habe in einem der Gästezimmer ein Buch gefunden – eine Gedichtsammlung. Hier, eine Liebesklage des Catullus. Oh, und das da muss ich dir gleich vorlesen: ein herrlicher Vers der Sappho! Sie nennt die Liebe darin ein süß-bitteres Untier. Schön, nicht wahr? Ein süß-bitteres Untier – wie treffend! Keine Macht ist so urgewaltig wie die der Liebe, so göttlich schön und doch so unerbittlich und abgrundtief grausam …"

„Halt den Mund!", schnitt ihm Agrippa das Wort ab. „Wenn ich eines heute nicht hören will, dann sind das Verse des Catullus oder der Sappho!" Ruckartig stand er auf. „Bring mir einen Krug Caecuber auf mein Zimmer."

Tychicus riss die Augen auf. „Caecuber? Aber Musa hat doch gesagt, du sollst keine schweren Weine trinken ...“

Sein Patron funkelte ihn an: „Wenn ich sage Caecuber, dann meine ich Caecuber, und wenn du bis ins Latium reiten müsstest, um mir welchen zu besorgen! Verstanden?“

Tychicus nickte eilig. „Caecuber, ja. Im Haupthaus findet sich bestimmt welcher.“

„Na also“, knurrte Agrippa. Dann wandte er sich ab und ging zur Tür.

Tychicus sah ihm verblüfft nach. So übellaunig hatte er seinen Patron nur selten erlebt – wenn überhaupt. Was er wohl hatte? Warum hatte er auf die Liebesepik so bösartig reagiert? Tychicus schwante Übles. „Oft habe ich versucht, den Liebeskummer mit Wein zu verscheuchen, aber der Schmerz verwandelte den ganzen Wein in ein Tränenmeer“, murmelte er einen Vers des Dichters Tibullus vor sich hin. Tychicus hatte ihn erst kürzlich bei einer Lesung in Messallas Haus aufgeschnappt. Die Worte waren ihm eben zufällig eingefallen, einfach so, ohne tiefere Absicht, und er hatte sie ganz leise vor sich hingesagt.

Aber Agrippa hatte sie doch gehört. Er drehte sich auf dem Hacken um. Finster funkelten seine Augen unter den dichten Brauen hervor. „Und wenn du noch ein Wort dieses Klageweibs von Tibullus zitierst, werfe ich dich eigenhändig über die Balustrade auf die Klippen runter!“

Jetzt begann Tychicus, sich ernsthaft Sorgen um seinen Patron zu machen.

Agrippa blieb zwei Tage in seinen Gemächern. Am dritten Tag ließ Octavia Tychicus zu sich rufen. „Was ist mit deinem Patron?“

„Es geht ihm nicht gut.“

„Das Herz?“, fragte Octavia.

„Nein, nein, er ist ganz gesund. Aber er schläft schlecht. Nun – er hat sich wohl – äh – erkältet.“

Octavia legte skeptisch den Kopf schräg. „Erkältet? Mitten im Hochsommer? Wie auch immer: Ich habe keine Angst, mich anzustecken. Bitte frage deinen Patron, ob er mich heute Abend empfangen kann. Nur er und ich. Und sage ihm, ich wäre sehr erstaunt, wenn sein Zustand das nicht zuließe.“

Agrippa stimmte wohl oder übel zu. So bereitete Tychicus ein Abendessen auf der Terrasse vor. Bei Sonnenuntergang erschien Octavia.

„Wir sind alle in Sorge um dich“, eröffnete sie das Gespräch, während die Sklaven die Vorspeisen servierten. „Woran leidest du denn? Tychicus meinte, es sei eine Erkältung. Sollten wir da nicht lieber den Arzt rufen?“

Agrippa sah auf seinen Teller nieder. Dunkle Schatten lagen unter seinen Augen.

„Wohl eher ein Sonnenstich", antwortete er. „Die Sonne ist um diese Zeit gar zu stark und hell. Man sollte nicht hineinschauen."

Mit sichtlichem Widerwillen angelte er sich eine eingelegte Zwiebel und schluckte sie.

Octavia sah ihn prüfend an. „Nun, so etwas geht vorbei", sagte sie leichthin, „wenn es nur nichts Ernstes ist."

„Hat dein Besuch einen besonderen Anlass?"

„Nur die Sorge um dich. Und der Wunsch, mit dir ein gutes Gespräch zu führen, wie schon so oft."

„Hat Caesar dir geschrieben?"

„Nein, in den letzten Tagen nicht."

Sie schwiegen bedrückt. Langsam versank die Sonne im Meer. Immer neue Feuertöne malte sie in die Wolken. Dann funkelten die ersten Sterne am Firmament.

Die Sklaven servierten das Hauptgericht. Agrippa winkte ab: „Für mich nichts, danke."

„Du isst wenig", ergriff Octavia nun wieder das Wort. „Musa wird das nicht gefallen."

„Musa soll mich in Ruhe lassen", brummte er.

Octavia legte den Löffel nieder. „Ich muss mit dir sprechen. Ernsthaft. Ich nehme an, ich kann dir vertrauen."

Er sah auf. Selbst das sanfte Licht der Öllampen konnte seine düsteren Züge nicht weicher machen. In seinen Augen las Octavia die Wut eines verletzten Tieres. Das genügte, um auch noch ihre letzten Zweifel zu zerstreuen.

„Was hast du denn für Sorgen?", fragte er.

Octavia sah zu den Sternen empor. „Die Sorgen einer Mutter."

„Und wie könnte ich dir da helfen?", fragte er ungeduldig.

Octavia beugte sich vor und fixierte Agrippa mit verengten Augen. Dann sagte sie nur ein Wort: „Marcella."

Erschrocken richtete er sich auf. „Was ist mit ihr?"

„Das wollte ich dich fragen."

„Mich?"

„Ja. Seit dem Tag, an dem sie weg war und du sie gefunden hast, ist sie wie verwandelt. Kannst du dir vorstellen, was sie erlebt haben könnte? Hat sie dir nichts erzählt?"

„Nein." Agrippa nahm ein Brot und riss ein Stück mit den Zähnen ab. Er kaute ausgiebig. „Wieso ist sie verwandelt?", fragte er endlich.

„Sie zeigt ähnliche Krankheitssymptome wie du: Appetitlosigkeit, Schlaflosigkeit. Zu ihren Schwestern und zu mir ist sie unerträglich: unhöflich und übellaunig. Sie will allein sein und mit niemandem reden. Dabei ist sie sonst nicht zum Schweigen zu bringen."

„Bin ich Musa?“, fragte er schnippisch.
„Unter Marcellas Kissen habe ich zufällig ein Goldstück gefunden – mit deinem Konterfei.“
„Sie wird sich etwas Schönes kaufen wollen.“
„Agrippa, ich habe jetzt langsam genug! Du bist ein miserabler Schauspieler, schon immer gewesen, und heute ganz besonders. Ich sage dir, was du hast, denn ich kenne diesen Zustand: Ich war einmal mit einem Mann verheiratet, den ich sehr geliebt habe.“
„Antonius.“
„Antonius, ja. Als er mich verstoßen hat, ist die Welt für mich zusammengebrochen.“
Er sah sie müde an. „Wenn du es doch weißt, warum kommst du dann und quälst mich auch noch?“
„Weil ich nicht will, dass es Marcella genauso geht wie mir. Und auch dich sehe ich ungern leiden. Es genügt, dass es überhaupt so weit gekommen ist wie es jetzt ist. Was auch immer passiert ist, ich kann nur hoffen, dass sie es schnell vergisst.“
„Ich habe ihre Ehre nicht berührt.“
„Die vielleicht nicht“, sagte Octavia, nunmehr ganz weich, „aber ihr Herz. Und das ist schlimm bei einem Mädchen wie ihr. Was hast du nur getan?“
„Ich wollte es ja gar nicht. Ich sah sie sitzen. Wir haben uns unterhalten, wir – haben miteinander gelacht. Die Zeit verging, einfach so, Octavia, und wir haben es nicht gemerkt. Das war alles.“
„Das war alles?“
Schuldbewusst kniff er die Lippen zusammen. „Nein“, murmelte er dann, „wir haben uns geküsst. Aber das war auch wirklich alles. Ich schwöre es beim Stein des Jupiter.“
Octavia seufzte bekümmert. „Und jetzt?“
„Was fragst du mich? Es wird wohl das Beste sein, wenn ich abreise. Vielleicht hilft mir die Zeit, sie zu vergessen.“
„Zurück zu Caecilia.“
Agrippa nickte deprimiert.
„Du hast sie nie geliebt, nicht wahr?“, fragte Octavia.
„Ich habe ihren Vater geliebt. Ich habe gehofft, dass ich seine Tochter ebenso lieben könnte wie ihn. Aber sie ist nicht Atticus.“
„Das darfst du ihr nicht vorwerfen.“
„Das habe ich nie getan. Aber wir haben einfach nie mehr füreinander empfinden können als Respekt und eine Art Freundschaft. Verstanden haben wir uns nie. Wir sind zu verschieden.“
„So eine Ehe kann trotzdem funktionieren. Alles, was du da aufgeführt hast, ist doch eine gute Grundlage. Sie schenkt dir Kinder. Was willst du mehr?“
„Nichts wollte ich bisher mehr – bis vor drei Tagen.“

„Marcella kannst du nicht haben."

„Das ist mir völlig klar, Octavia, keine Sorge! Ich kenne keinen Fall, in dem ein Mann von höchstem Rang seine Tochter einem Ritter von zweifelhafter Herkunft gegeben hätte. Bei aller Freundschaft wird auch Caesar das nicht mit seiner Nichte tun."

Mitfühlend legte Octavia die Hand auf Agrippas Unterarm. „Die Zeiten ändern sich. Ist Julius Caesar nicht angetreten, um die Standesschranken einzureißen? Verfolgt nicht auch mein Bruder dieses Ziel? Wahrer Adel, das sagst doch auch du immer, ist kein Geburtsrecht. Wärst du frei, so bin ich sicher, dass Octavius keinen besseren Mann für Marcella finden könnte als dich."

Agrippa schnaubte. „Spar dir dein Mitleid, Octavia. Ich kann die Wirklichkeit sehr wohl einschätzen. Schau mich doch an! Selbst wenn Caesar die Standesunterschiede außer Acht ließe, so hätte er noch lange keinen Grund, mich zu berücksichtigen: Während er und die anderen in Ägypten kämpfen, sitze ich hier wie ein Greis herum – zu schwach, um seine Schlachten zu schlagen! Da gibt es zweifellos bessere Partien. Außerdem kann ich Caecilia nicht verlassen. Das bin ich ihrem verstorbenen Vater schuldig, den ich sehr geliebt habe." Er sah zu Boden. „Vielleicht kann ich Marcella mit der Zeit vergessen. Und sie mich. Sie ist noch so jung. Gebt ihr bald einen guten Mann." Er lächelte bitter. „Es scheint, als habe sie eine gewisse Sympathie für Valerius Messalla."

„Messalla gehört sicher zu Gaius' Favoriten. Er ist ein wunderbarer Mann, in jeder Hinsicht. Aber dann, Agrippa? Wie würde das enden? Jedes Mal, wenn du in seinem Haus wärst, würdest du Marcella sehen. Du würdest vergehen vor Schmerz, wenn du dir vorstellen würdest, was er nachts mit ihr tut. Dafür würdest du ihn hassen. Und sollte Messalla je herausfinden, was Marcella und du füreinander empfindet, wie wird er sich dann fühlen? Zumal er weiß, was eine Ehe ist, in der beide einander innig lieben. Nein, Agrippa, von allen Kandidaten ist Messalla die denkbar schlechteste Wahl. Wenn Gaius ihm Marcella gibt, zerstört er eine große Freundschaft – die deine mit Messalla. Das werde ich meinem Bruder sagen."

„Das wirst du nicht!", brauste Agrippa auf. „Caesar braucht von dieser unseligen Sache nichts zu erfahren!"

„Glaubst du denn, Gaius ist so dumm, dass er es nicht auch so bemerken wird? Er müsste dich nur ein einziges Mal beobachten, wie du Marcella ansiehst."

Agrippa beobachtete einen Falter, wie er die Flamme einer Öllampe umflatterte und mit einem kurzen Zischen verbrannte. Er blickte Octavia traurig an. „Du bist eine große Frau."

Sie schüttelte den Kopf. „Ich weiß nur, wie elend du dich fühlen musst."

Am nächsten Morgen verabschiedete sich Agrippa von Octavia und ihren Kindern. Marcella kam nicht, um Lebewohl zu sagen. Aber als er beim Davonreiten noch einmal zurücksah, vermeinte er, eine schmale weiße Gestalt an eine der Säulen der großen Loggia gelehnt zu sehen – eine junge Frau mit schwarzen Locken.

Agrippa beschloss, sich ganz in die Arbeit zu stürzen. Der Zeitpunkt war günstig, denn wie er kehrten auch die meisten anderen Bürger Anfang September wieder nach Rom zurück. Als die Senatoren sich zu ihren ersten Sitzungen trafen, herrschte große Aufregung. Die Quästoren lasen die neusten Berichte aus Ägypten vor. Deren Zusammenfassungen wurden in der ganzen Stadt angeschlagen. Die ehrwürdigen Väter übertrafen sich gegenseitig mit Vorschlägen, wie Octavius auszuzeichnen sei. Auch Agrippa versuchten sie zu schmeicheln, aber der wehrte ab: Allein über ihren Caesar sollten sie reden – er selbst sei schließlich in Ägypten nicht dabei gewesen.

Das taten sie denn auch weidlich. Selbstverständlich sollte der siegreiche Imperator einen Triumphzug erhalten! In Rom und Brundisium begann man mit dem Bau von Ehrenbögen. Außerdem bestimmten die Senatoren, dass Octavius' Immunität auf Lebensdauer gelten solle. Die Priester erhielten den Auftrag, künftig nicht mehr nur den Senat und das Volk von Rom in ihre Gebete einzuschließen, sondern auch den siegreichen Caesar. Darüber hinaus solle man ihm bei allen Gastmählern, selbst bei den privaten, ein Trankopfer darbringen.

Am meisten aber freute sich Octavius, als er erfuhr, der Senat habe den Tempel des Gottes Janus schließen lassen. Dies tat man nur zu Friedenszeiten. Seit Octavius begonnen hatte, um die Macht zu ringen, geschah es zum ersten Mal.

Schon der Sizilianische Krieg hatte vielen Römern neue Lebensperspektiven eröffnet. Jetzt aber begann die Wirtschaft geradezu zu galoppieren. Den meisten Römern ging es so gut wie nie zuvor.

Doch nicht alle hatten von der neuen Handelsfreiheit Vorteile. Zu denen, die darunter litten, gehörten die italischen Kleinbauern. Sie konnten mit dem billigen Getreide aus Sizilien und Afrika nicht konkurrieren. Immer mehr waren also gezwungen, ihr Land zu verkaufen – meist für einen Schleuderpreis, denn das Angebot war groß, die Zahl der Interessenten aber minimal.

So sah sich eine kleine Gruppe ohnehin wohlhabender Käufer bald im Besitz riesiger Landgüter. Um billiger zu produzieren, setzten sie als Arbeitskräfte Sklaven ein – und stürzten so weitere Bauern in den Ruin.

Die neue Elite im Strahlenkranz des Octavius erkannte sehr bald, welche Gefahr diese Entwicklung barg. Sie war mit dem politischen Ziel angetreten, dem Volk mehr Rechte und Wohlstand zu verschaffen.

Doch jetzt mussten sie erkennen, dass ausgerechnet die Reichtümer, die neuerdings so üppig in die Heimat flossen – die Sklaven und das Gold – einen bedrohlichen gesellschaftlichen Bodensatz entstehen ließen: frustrierte Bauern, elend und ziellos. Vielen blieb gar nichts anderes übrig, als zu betteln – oder andere Bürger, die mehr Glück hatten, durch windige Geschäfte oder Diebstahl um ihrem Wohlstand zu erleichtern.

Um diesen Pöbel in Schach zu halten, mussten also Maßnahmen ergriffen werden. Im schlimmsten Fall hieß das: mit Waffengewalt. So versorgten die Gerichte den Gladiatorenausbilder Liternus und seine Kollegen mit reichlich unfreiwilligem Nachwuchs – sehr zur Freude der übrigen Bürger. Denn die forderten von den Regierenden neuerdings mehr als Brot: Spiele! Die Ärmeren taten es, um sich von ihrer Misere abzulenken, die Mehrheit aber, weil sie ihren neuen Wohlstand sorglos genießen wollte.

„Jetzt heißt es Trinken!", frohlockte auch der Dichter Horatius eines Abends. Die anderen Maecenas-Jünger um ihn herum stimmten mit ein und überboten sich mit Lobeshymnen auf das neue, glorreiche Zeitalter des Friedens und der Kunst.

Dann, endlich, nach über zwei Jahren im Osten, kehrte der Imperator und seit acht Monaten auch wieder Konsul Caesar Divi Filius nach Rom zurück.

Obwohl die Augustsonne heiß vom Himmel brannte, war die ganze Stadt auf den Beinen. Die Begeisterung der Menschen verwandelte sich fast in Raserei, als er wenig später verkündete, welche Geschenke er ihnen anlässlich seines bevorstehenden Triumphzuges übergeben wollte: Jeder römische Mann und jeder Knabe erhielt 400 Sesterzen. Außerdem erlasse er allen, die sich Geld von ihm geliehen hatten, die Verbindlichkeit. Und denen, die dem Staat gegenüber Schulden eingegangen waren, werde er sie aus eigener Tasche begleichen.

So feierten die Römer Octavius vom ersten Moment seines dreitägigen Triumphzuges an wie Besessene. Vergessen waren die Landsleute, die in seinen Kriegen gestorben waren, vergessen die Proskriptionen, vergessen all seine sonstigen Verfehlungen.

Der erste Festtag war den Siegen in Illyrien gewidmet, also über die Japyden, Dalmatier und Pannonier. Neben dem Triumphator war Messalla, der so lange Zeit gegen diese Völker gekämpft hatte, der große Held des Tages. Octavius ehrte ihn mit warmen Worten und hohen Auszeichnungen.

Der zweite Tag galt der Schlacht von Actium – und somit Agrippa. Doch das Volk musste lange warten, bis es ihn zu Gesicht bekam. Angeführt wurde der schier endlose Zug von den Senatoren und Octavius' Mitkonsul. Ihnen folgten die Musiker mit großem Getöse.

Dann kamen die Schauwagen. Auf ihnen waren die Gegenstände ausgestellt, die sie im Heerlager des Antonius bei Actium erbeutet hatten. Andere waren mit Schiffsschnäbeln beladen, die der besiegten Flotte entstammten, darunter der Bugzier von Kleopatras Prunkgaleere, der „Antonias“, sowie eines gigantischen Zehnruderers. Bildtafeln zeigten Szenen der Schlacht.

Prominente Gefangene wurden nicht mitgeführt – sie waren entweder gefallen, übergelaufen oder mittlerweile hingerichtet worden. Nur ein Grüppchen ägyptischer Seesoldaten erinnerte an die feindlichen Truppen.

Kaum jemand interessierte sich für sie. Alle reckten die Köpfe nach dem, der jetzt bald kommen würde: ihr siegreicher Caesar.

Schon als seine Liktoren um die Ecke bogen, begannen die Menschen euphorisch zu kreischen. Endlich! Da kam er, auf seinem Prunkwagen, gezogen von vier herrlichen Schimmeln! Wie es die Tradition verlangte, trug Octavius die mit goldenen Palmen bestickte Purpurtoga des Triumphators, den Lorbeerkranz und das Zepter. Sein blutrot bemaltes Gesicht wirkte starr wie eine Maske.

„Triumph!“, schrien die Menschen, während er vorbeizog, und „Hurra!“.

Bewegungslos sah Octavius über ihre Köpfe hinweg und tat, als höre er den Jubel nicht. Hinter ihm stand ein Staatssklave und hielt einen Goldkranz über sein Haupt. Wenn doch einmal ein Lächeln auf den Zügen des Triumphators aufleuchtete, ermahnte ihn der Sklave: „Bedenke, dass du ein sterblicher Mensch bist.“

Unmittelbar hinter dem Wagen ritt Agrippa, auch er mit steinerner Miene. Schon allein, dass er den Weg auf einem Pferd zurücklegen durfte, war eine Ehre. Auf seinem Kopf glänzte die goldene Seekrone.

Den Schluss des Zuges bildeten die Legionäre in weißen Tuniken. Ausgelassen schmetterten sie Spottlieder auf den Triumphator. Auch das war eine alte Sitte.

Nachdem sie den Kapitolshügel hinaufgezogen waren, bereitete Octavius das Dankopfer für Jupiter vor. Damit reinigte er das Heer und sich selbst vom Unsegen des Krieges.

Die Priester führten einen weißen, mit bunten Wollbinden geschmückten Stier vor den Tempel. Octavius ergriff eine Opferbinde und wand sie sich um den Kopf. Dann nahm er eine zweite und hielt sie Agrippa hin. Aufmunternd nickte er dem Freund zu.

Agrippa zögerte verwirrt – das Jupiteropfer stand allein dem Triumphator zu.

„Nimm sie schon!“, raunte Octavius. „Ich will es so.“

Endlich band sich auch Agrippa die Opferbinde um.

Als sei soeben nichts Ungewöhnliches passiert, wandte sich der Triumphator ab, bespritzte den Altar mit einem Weihwasserwedel und schüttete Wein in die Flammen. Dann packten die Opferdiener den Stier an den Hörnern. Octavius hob das goldene Zeremonienbeil und schlug es ihm in den Nacken. Mit einem kurzen Brüllen fiel das Tier auf die Seite.

Der Erste Jupiterpriester reichte Octavius das Opfermesser. Dann beugte sich der Flamen Dialis nieder und hielt dem Stier eine Auffangschale an den Hals. Irritiert sah er nach oben: Warum setzte der Imperator die Zeremonie nicht fort? Sehr zum Erstaunen des Priesters, gab der das Instrument an Agrippa weiter.

Der schien nicht weniger überrascht. Erneut musste Octavius ihm erst aufmunternd zunicken, bevor er das Messer endlich nahm. Endlich beugte Agrippa sich nieder und schnitt dem Stier die Kehle durch. Das erste Blut goss der Priester ins Feuer. Während dessen schnitt Agrippa den Bauch des Tieres auf.

Ein Opferbeschauer trat zu ihnen. Eingehend untersuchte er die Eingeweide, umgeben von den Auguren mit ihren goldenen Krummstäben. Abschließend nickte er würdevoll. „Die Götter sind dir gewogen, Imperator."

Nachdem Octavius seinen Lorbeerkranz in den Schoß des Jupiter gelegt hatte und die Gesänge der Priester verstummt waren, stiegen sie wieder zum Forum hinunter, gefolgt von den Senatoren. Als sie den Tempel der Concordia, der Göttin der Eintracht, erreichten, hielt Octavius inne. Er wies zur Plattform hinauf. „Komm mit!", forderte er Agrippa auf. „Wir sind noch nicht fertig."

Gemeinsam stiegen sie die Tempeltreppe empor. Nachdem sie oben angekommen waren, wandte Octavius sich um. Er ließ seinen Blick über das Forum schweifen. Bestens! Hier konnte sie jedermann gut sehen.

Atemlose Stille lag über dem Platz. Octavius gab seinem Mitkonsul ein Zeichen. Der trat vor. In der Hand hielt er eine Standarte, geschmückt mit einem meerblauen Seidentuch. Es war üppig mit Gold bestickt – eine Kostbarkeit von unschätzbarem Wert.

Der Triumphator nahm sie entgegen. „Marcus Agrippa!", rief er, so laut, dass jeder sie hören konnte. „Ich überreiche dir dieses Ehrenzeichen als Ausdruck der Dankbarkeit des römischen Senats und des Volkes sowie der meinigen. Nie hat ein Römer solch gewaltige Siege auf dem Meer erstritten wie du. Nie hatte Rom einen größeren Feldherrn zur See als dich." Lächelnd überreichte er Agrippa die Standarte.

Der bedankte sich mit nur wenigen Worten. Dann wandte er sich dem Volk zu. Alle erwarteten, dass Agrippa jetzt zum Zeichen des Sieges die Hand erheben oder wenigstens etwas sagen würde. Doch er senkte nur den Kopf.

Fast ehrfürchtig sah Octavius seinen Freund an. Obwohl er Agrippa nun schon so viele Jahre kannte, schaffte der es doch immer wieder, ihn zum Staunen zu bringen! Während er, Messalla und so viele andere stolz und glücklich ihre Triumphe feierten, senkte Agrippa nach dieser großen Ehrung nur demütig das Haupt.

Warum machte er sich so klein? War es noch immer der Einfluss des Epikuräers Atticus, dessen Philosophie ein gutes, aber einfaches Leben in Zurückgezogenheit lehrte? War es Bescheidenheit? Was war Agrippa nur für ein seltsamer Mensch! Trotzdem ging es Octavius nicht anders als den meisten Römern: Er liebte ihn, und in diesem Moment ganz besonders – in seiner Bescheidenheit war er großartiger als der stolzeste Triumphator!

Überrascht schwiegen auch die Menschen auf dem Forum. „Agrippa!", rief plötzlich einer. Dann brandete Applaus auf, immer lauter, immer begeisterter. „Hurra!", riefen die Menschen. „Segen dem Präfekten von Rom!" „Agrippa!"

Doch urplötzlich verstummten sie wieder. Ungläubig starrten sie zum Tempel der Concordia hoch, denn dort tat der Triumphator soeben etwas Unfassbares: Er trat zu seinem Präfekten und umarmte ihn, innig und lange.

Hatte man so etwas je erlebt? Dass ein Mann aus so einfachen Verhältnissen so hoch geehrt wurde? Nicht genug, dass der Imperator gemeinsam mit ihm das hochheilige Jupiteropfer beging! Dann schenkte er ihm ein kostbares Ehrenzeichen. Und jetzt umarmte er ihn auch noch wie einen Ebenbürtigen, vor aller Augen, mitten auf dem Forum!

Das hatte es noch nie gegeben: Ein Landritter aus kleinen Verhältnissen – und doch dem Konsul gleich, dem Imperator? Oh, jetzt brach wirklich ein neues Zeitalter an! Soeben hatte Caesar ihnen allen eines klar gemacht: Unter seiner Herrschaft könnte jeder Römer zu höchsten Höhen aufsteigen – wenn er sich entsprechende Verdienste erwarb. Der Jubel wollte kein Ende nehmen.

Nur die Adligen verzogen säuerlich die Gesichter, denn auch ihnen hatte der junge Caesar soeben eines nur zu deutlich gemacht: Dies war der Anfang vom Ende ihrer Alleinstellung.

Einer der wenigen aus ihren Reihen, der in den Jubel einstimmte, war Marcus Valerius Messalla. Warum auch nicht? Er hatte ja nicht nur einen großen Namen, sondern auch genügend Taten vorzuweisen, um auch künftig zu den Besten Roms zu zählen.

Auf einer Tribüne unterhalb des Tempels saßen die edlen Damen von Rom – auch Octavia mit ihren Kindern. Nach Agrippas Ehrung sprang Marcella auf, die Hände auf ihr Herz gedrückt. Tränen liefen ihr über die Wangen.

Niemandem fiel dies im allgemeinen Trubel auf – außer Octavia. Nach einem Weilchen berührte sie Marcella am Arm. „Setz dich wieder, Kind!"

Marcella folgte, aber Haltung bewahren, das konnte sie nicht! Sie barg ihr Gesicht in der Halsbeuge ihrer Mutter. Octavia streichelte ihr sanft den Rücken – das mit Agrippa war also noch immer nicht vergessen.

Octavia sah sich nach Caecilia um. Nichts in deren Haltung verriet ihre Gefühle. Noch einmal spähte Octavia hoch zum Tempel der Concordia. In diesem Augenblick wandte Agrippa ihnen den Kopf zu. Octavia hätte schwören können, dass er zu ihr und Marcella hersah.

Am dritten Tag erreichte Octavius' Siegesfeier ihren Höhepunkt. Thema war diesmal sein Sieg über Kleopatra in Ägypten. Noch einmal zog der Festzug durch Rom – diesmal allerdings in veränderter Ordnung: Entgegen jeder Tradition, gingen die hohen Beamten dem Gespann des Triumphators nicht mehr voraus, sondern folgten ihm. Ein deutlicheres Zeichen, wer jetzt das Sagen im Reich hatte, hätte Octavius nicht setzen können. Links des Wagens ritt Tiberius, Livias Ältester aus erster Ehe, rechts Marcellus, Octavias Sohn und Marcellas Bruder. Beide waren jetzt 14 Jahre alt – ein hoffnungsvolles Ehrengeleit.

So viel Gold, wie an diesem Tag auf den Schauwagen durch Rom gezogen wurde, hatten die Menschen noch nie gesehen: Statuen, Möbel, Kultobjekte, Tafelgeschirr und Schmuck, alles gleißte und blendete in der Augustsonne.

Eines der Schaubilder zeigte die tote Kleopatra in ihrem königlichen Prunkgewand bei ihrer letzten Ruhe. Hinter dem Wagen gingen ihre Kinder – ihre kleine Tochter im Gewand einer ägyptischen Prinzessin, die Jungen ausstaffiert wie Königssöhne, gerade wie zu Lebzeiten ihrer Mutter und des Antonius. Manche Leute beschimpften und bespuckten sie. Andere aber hatten Mitleid mit den verängstigten Kindern, die eng aneinander gedrängt durch die Menge stolperten. Zwölf Jahre waren die Zwillinge Alexander Helios und Kleopatra Selene alt, der kleine Ptolemaios gerade mal sieben. Er weinte und schnüffelte fast ununterbrochen.

Zum dritten Mal waberten verlockende Bratendüfte durch die Straßen und Gassen Roms, und der Wein floss in Strömen. Bis zum nächsten Morgen erklangen Gesänge und Flötenspiel, und die Menschen tanzten, mit Blumenkränzen im Haar.

Kaum hatte sich die Aufregung ein wenig gelegt, bestellte Octavius Agrippa und Messalla in sein Wohnhaus auf dem Palatinhügel: „Ganz privat und nur wir drei“, betonte er in seiner Einladung. Nachdem er die beiden begrüßt hatte, tat er sehr geheimnisvoll: „Ich möchte euch etwas zeigen. Kommt mit!“

Wenig später standen sie vor der ehemaligen Residenz des Antonius. Sie war um einiges größer als Octavius' eigenes Haus. Er führte sie in das große Empfangszimmer. Die Wände waren mit kunstvollen Gemälden bedeckt, der Mosaikboden gehörte zum Feinsten, was je in Rom verlegt worden war. Überall standen griechische Statuen von bester Qualität und kostbare Möbel. „Wie gefällt euch dieses Anwesen?“, fragte Octavius.

„Ich weiß nicht so recht“, gab Agrippa zögerlich von sich. „Für meine Begriffe ist es ein wenig zu üppig. Was meinst du, Messalla?“

„Antonius war ein Angeber“, kommentierte der despektierlich. „Aber man könnte vielleicht Ruhe in den Protz bringen, wenn man zwei Drittel der Dekoration entfernen würde.“ Er sah Octavius an, der verschmitzt lächelte. „Warum fragst du, Caesar? Möchtest du umziehen?“

„Nein, bestimmt nicht“, wehrte Octavius ab. „Ich finde mein Haus ideal. Livia auch. Aber ich fühle mich dort ein wenig – sagen wir mal – einsam, wisst ihr? Und deshalb würde ich mich freuen, wenn ihr zwei meine Nachbarn würdet. Das Haus wäre doch groß genug für euch?“

Messalla fand als erster die Fassung wieder. „Wir beide? Agrippa und ich? Hier oben, in der Residenz des Antonius?“

Octavius nickte lächelnd.

Agrippa grinste. „Dann hätten wir wieder ein paar schöne Brunnenfiguren mehr für Rom – eine gute Idee! Was meinst du, Messalla?“

„Caesar“, ereiferte sich der, „wenn du das wirklich ernst meinst, würde ich natürlich auch gerne zustimmen. Es ist ein wunderbares Haus, eine unvergleichliche Lage – und eine unverdiente Ehre.“

Octavius lächelte liebevoll. „Da irrst du dich, Messalla. Es ist nichts im Vergleich zu dem, was ihr für Rom getan habt.“ Er legte den Arm um seine beiden Freunde und sah erst Agrippa, dann Messalla an. „Wir gehören zusammen. Ohne euch wäre ich arm. Aber mit euch ist das Leben voll der reichsten Möglichkeiten. Das soll jedem Römer vor Augen stehen, der seinen Blick zum Palatin erhebt. Und jeder soll auch sehen, dass ein Valerius aus altem Adel und ein Vipsanius mit neuem Blut gemeinsam mehr zustande bringen als der verknöcherte Standesdünkel vergangener Zeiten. Euer Haus, nahe dem meinen, ist das Symbol einer neuen und starken Zukunft. Die Republik hat ihre kranke Seele ausgeröchelt. Jetzt brechen goldene Zeiten an. Wir werden sie gemeinsam angehen. Die Besten sollen über den anderen stehen, nicht die Söhne müder, alter Geschlechter! Deshalb regieren wir, denn wir haben gezeigt, dass wir gemeinsam stärker sind als jeder Feind!“

Messalla legte beide Hände auf sein Herz. „Wir gehören zusammen! Ich bleibe euer Freund bis ich sterbe. Ich schwöre es bei Jupiter – bei allen gütigen Göttern!“

Octavius klopfte ihm auf die Schulter. Dann sah er Agrippa an. Seltsamerweise runzelte der die Brauen.

„Was ist?“, fragte Octavius.

„Ich wünsche mir nichts mehr“, antwortete Agrippa ernst, „als dass unsere Freundschaft immer so bliebe wie heute. Aber ich habe Angst, dass es doch anders kommen könnte. Vor allem aber graut mir vor deiner toten Republik, Caesar.“

Octavius legte begütigend die Hand an Agrippas Arm. „Das, was kommt, hängt allein von uns ab. Also solltest du dich nicht fürchten.“

Schon am nächsten Morgen begannen die Sklaven, die kostbaren Statuen aus dem Haus den Antonius in städtische Lager zu schleppen. Bald darauf hielten Agrippa und Messalla Einzug auf dem Palatin. Agrippa bezog den Nordflügel, Messalla den im Südosten.

Lange sollten sie ihre gemeinsame Bleibe jedoch nicht genießen dürfen. Im Süden der Alpen hatte sich das gallische Volk der Salasser erneut gegen Rom erhoben. Wenig später revoltierten auch die Aquitanier. Messalla bekam den Auftrag, die Aufstände niederzuschlagen.

So blieb Agrippa mit Caecilia und Vipsania allein im ehemaligen Palast des Antonius. Die Stille in dem großen Anwesen bedrückte ihn. Mit seiner Frau hatte er in den letzten Wochen nur die nötigsten Worte gewechselt. Er verübelte ihr nach wie vor, dass sie ihn im Sommer so deutlich von sich gewiesen hatte. Außerdem plagte ihn sein schlechtes Gewissen. Noch immer hatte er jenen Kuss in Baiae nicht vergessen. Krampfhaft hatte er versucht, Marcella aus seinen Gedanken zu verbannen – ohne Erfolg. Als er sie am zweiten Tag von Octavius' Triumphzug aus der Ferne wiedergesehen hatte, war ihm fast das Herz zerrissen.

Seit Agrippa aus Baiae zurückgekehrt war, hatte er nicht mehr versucht, mit seiner Frau zu schlafen. Ihr schien das nur recht zu sein. Mehr noch, sie hatte darum gebeten, ein eigenes Schlafzimmer beziehen zu dürfen. Erleichtert hatte Agrippa zugestimmt. Seitdem trennte sie nachts eine Tür. Die Zeiten, in denen sich beide noch hoffnungsvoll um eine gute Ehe bemüht hatten, waren vorbei. Nur zwei Dinge verbanden sie noch: die kleine Vipsania und die Erinnerung an Atticus.

Messalla war kaum fort, da verließ Agrippa die bedrückende Stille seines neuen Anwesens. Er wollte raus an die Luft, wollte wieder freier atmen! Nachdenklich lenkte er seine Schritte zu Octavius' Haus. Er hoffte, sich mit einem guten Gespräch ablenken zu können.

Er wäre besser zuhause geblieben! Was ihn wenige Minuten später bei seinem Freund erwartete, sollte Agrippas Laune einen weiteren, schmerzhaften Dämpfer versetzen.

Er war nur noch wenige Schritte von Octavius' Haus entfernt, da hörte er von innerhalb der Mauer aufgeregte Stimmen. Plötzlich öffnete sich die Tür, und heraus kam – Marcella!

Wie vom Donner gerührt blieb Agrippa stehen. Wie sah sie nur aus! Sie hatte rot verweinte Augen und war sichtlich aufgeregt. Da entdeckte sie auch ihn. Abrupt hielt sie inne. Ihre Augen weiteten sich. Dann wandte sie mit einem Schluchzer den Kopf ab und zog die Kapuze ihres Mantels ins Gesicht. Gleichzeitig streckte sie ihre Hand nach ihm aus, als wolle sie um Hilfe bitten.

In dem Moment traten auch Octavius und seine Schwester aus dem Tor.

Octavia blieb wie angewurzelt stehen, als sie Agrippa bemerkte. Aber sie fasste sich bald wieder. „Salve!", stieß sie hastig hervor. Dann schob sie mit ungewöhnlicher Entschiedenheit ihre Tochter zur wartenden Sänfte.

„Salve, Agrippa", grüßte Octavius zerstreut. Er kratzte sich nachdenklich am Kopf, während er der verschwindenden Sänfte nachsah.

Endlich kam wieder Bewegung in Agrippa. „Was war da los?"

Octavius sah zu ihm auf. Er winkte müde ab. „Komm mit, ich erklär es dir drinnen."

„Verzeih", sagte Octavius, nachdem sie in seinem Arbeitszimmer Platz genommen hatten, „dass du diese unangenehme Szene miterleben musstest."

„Was ist denn passiert?"

„Tja, Marcella. Ein hübsches Mädchen – nein, bildschön. Die Bewerber laufen mir schon seit langem das Haus ein. All die Jahre habe ich jeden abgewiesen, wie auch bei meiner Tochter Julia. Aber jetzt, da Frieden herrscht, wird mir bewusst, dass ich mich auch wieder mit den Angelegenheiten meiner Familie befassen muss. Marcella ist jetzt sechzehn. Sie könnte längst verheiratet sein. Ich habe mir also Gedanken gemacht, wem ich sie geben soll. Messalla fiel mir ein, aber der trägt ja noch immer Trauer. Außerdem ist Octavia dagegen, was weiß ich warum. Aber gestern kam mir der Zufall zur Hilfe. Gaius Proculeius suchte mich auf – du weißt schon, nur seiner Gewandtheit verdanken wir es, dass wir Kleopatra lebendig aus ihrem Grabmahl holen konnten.

Er stieg ja durch die Dachluke und entwand ihr den Dolch, mit dem sie sich umbringen wollte. Ein kühner Mann! Als ich davon erfuhr, war ich ihm so dankbar, dass ich ihm sogar meine Julia zur Frau gegeben hätte. Nüchtern betrachtet, ist das natürlich Unsinn! Jedenfalls kam Proculeius gestern zu mir und bat um Marcellas Hand."

Agrippa krallte seine Finger in die Armlehnen. „Und?"

„Wunderbar! Das dachte ich zumindest. Ich bat ihn um Bedenkzeit, denn ich wollte zuvor noch mit meiner Schwester sprechen. Also ließ ich Octavia und meine Nichte heute zu mir kommen. Aber Marcella hat soeben einen Aufstand gemacht, als solle sie einen skythischen Wilden heiraten. Dabei sieht Proculeius doch nicht mal schlecht aus! Vor allem aber liegt mir sehr viel daran, ihn an mich zu binden. Wir sind schon sehr lange befreundet. Er passt gut in die Familie. Und was glaubst du, wie sehr sich Maecenas über diese Ehe freuen wird! Proculeius ist schließlich der Halbbruder seiner Gattin Terentia. So binde ich gleich auch noch Maecenas an mich. Einen besseren Mann als Proculeius könnte Marcella nicht bekommen! Aber das versteht sie nicht. Sie hat gebockt wie ein Fohlen. Ich habe ja schon viele Väter klagen gehört, wie Mädchen in Marcellas Alter sich aufführen können – aber sie hat es mir heute gezeigt." Er presste sich mit zwei Fingern die Nasenwurzel. „Warum will sie ihn nicht, Agrippa? Kannst du mir das sagen? Ich dachte, sie würde sich freuen!"

„Vielleicht", schlug Agrippa widerstrebend vor, „liebt sie einen anderen?"

„Blödsinn! In ihrem Alter kann sie doch gar nicht ermessen, was Liebe ist, und noch viel weniger, was gut für sie ist."

„Und jetzt?"

„Ich habe ihr bis zur Jahreswende Zeit gegeben. Falls sie bis dahin nicht einlenkt, werde ich andere Saiten aufziehen. Sie heiratet Proculeius und damit basta." Er schüttelte den Kopf, als habe er nasse Haare. „So, und jetzt zu etwas anderem." Plötzlich stutzte Octavius. „Agrippa? Ist alles in Ordnung? Du bist so blass!"

„Ich habe wohl etwas Unverdauliches gegessen. Nur ein Krampf. Geht schon vorbei." Agrippa wischte sich über die Augen. Er durfte sich jetzt nichts anmerken lassen. Alles in ihm schrie danach, diese Heirat zu verhindern. Aber dazu hatte er kein Recht – *er* nicht! Er stöhnte leise. „Gut", sagte er, nachdem er sich wieder halbwegs gefasst hatte. „Was wolltest du denn noch besprechen?"

„Ich will es kurz machen: Ich wollte über dich reden."

„Ich verstehe nicht ganz."

„Seit Antonius tot ist, quäle ich mich Tag und Nacht mit dem Gedanken herum, was aus Rom wird, falls mir etwas zustoßen sollte. Was dann? Wahrscheinlich käme es erneut zu Rivalenkämpfen wie nach dem Tod meines Vaters. Das aber muss ich unbedingt verhindern – nein, wir, du und ich. Wir dürfen nicht zulassen, dass alles, was wir so mühsam aufgebaut haben, wieder zerfetzt wird, von Männern ohne Moral und Ideale. Wenn mir etwas passieren sollte, Agrippa, musst du mit deiner festen Hand und deiner großen Liebe zu Rom die Führung übernehmen. Das Volk liebt dich. Ich will dich also für das kommende Jahr zum Konsul vorschlagen."

„Ein zweites Konsulat."

„Ja, Agrippa, eine friedliche Aufgabe an meiner Seite. Deshalb habe ich Messalla für den Feldzug gegen die Salasser vorgeschlagen, nicht dich. Und nicht nur das. Ich will, dass du im Jahr darauf noch einmal kandidierst."

„Zweimal hintereinander? Das ist gegen jede Regel."

Octavius zuckte mit den Schultern. „Na und? Die Umstände erfordern es."

„Welche Umstände?"

„Ganz einfach: Das Volk und der Senat sollen sich daran gewöhnen, dass du an ihrer Spitze stehst."

Agrippa stutzte. „Und jetzt sag mir bitte auch noch, warum sie sich daran gewöhnen sollten?"

„Weil wir an die Zukunft denken müssen, langfristig. Wenn mir etwas passiert, übernimmst du die Regierung – so lange bis ein Nachfolger da ist, der unsere Arbeit fortsetzt."

Agrippa wurde noch misstrauischer. „Und warum könnte der Senat einen solchen Nachfolger nicht selbst wählen?"

„Weil Marcellus mit seinen vierzehn Jahren noch zu jung ist, um gewählt zu werden. Weil wir seine Position erst noch sichern müssen. Weil bis dahin jemand in unserem Sinne regieren muss."

„Also doch! Du hast nicht nur vor, die Alleinherrschaft anzutreten. Du willst gleich auch noch eine Dynastie gründen – und dein Nachfolger ist Marcellus."

„Leider habe ich keine eigenen Söhne. Aber mein Neffe hat die besten Anlagen. Vor allem aber wird er in meinem und dem Geiste meines göttlichen Vaters erzogen. Deshalb habe ich außerdem beschlossen, ihn mit meiner Tochter zu verheiraten. Das ist so gut wie eine Adoption. Und du musst mir helfen, diese Nachfolge abzusichern, denn sonst wäre Marcellus' Leben in höchster Gefahr!"

Agrippa reagierte verstimmt: „Caesar, es ist nicht sehr klug, so früh schon einen Nachfolger aus deiner Verwandtschaft zu präsentieren. Damit heizt du die ungute Diskussion über deine Alleinherrschaft noch mehr an."

„Im Gegenteil. Es ist sogar sehr klug, dass die Römer sich frühzeitig an die Idee gewöhnen, dass Marcellus mein Nachfolger wird. Von dir, meinem Freund, wünsche ich mir deshalb nichts mehr, als dass auch du alles tust, um Marcellus zu schützen."

„Du weißt, dass ich trotz unserer Freundschaft immer ein Gegner der Monarchie geblieben bin."

„Du bist genauso vernagelt wie all die Republikaner, die wir besiegt haben! Wofür hast du dich so abgemüht? Doch nicht dafür, Rom nach meinem Tod wieder im alten Chaos versinken zu lassen! Der Senat ist den Herausforderungen der Zukunft nicht gewachsen. Verstehst du denn nicht, Agrippa: Es darf nie wieder einen Bürgerkrieg geben, nie mehr! Davor schütze ich Rom, indem ich die Alleinherrschaft antrete – und indem ich für fähige Nachfolger sorge. Mich hat mein Vater Julius Caesar zum Herrscher bestimmt, und die Götter haben seinen Willen gesegnet. Ich bin der Auserwählte, der unserem Reich den Weg in eine neue, bessere Zeit weisen soll. Und du bist dazu bestimmt, mich zu unterstützen."

„Dich ja! Ich bin davon überzeugt, dass du für Rom ein echter Glücksfall bist. Aber bei Marcellus weiß man das noch nicht."

„Aber Agrippa ..." Weiter kam Octavius nicht, denn es klopfte. Ungeduldig wandte er sich um. „Was ist denn schon wieder?"

Diomedes steckte den Kopf zur Tür rein. „Gaius Maecenas möchte dich sprechen."

Octavius' Miene hellte sich auf. „Wunderbar! Er soll reinkommen!"

„Auch das noch!", murrte Agrippa.

Gleich darauf trat Maecenas in den Raum. Mit einem behaglichen Seufzer ließ er sich auf einen Sessel fallen. „Schön warm hier. Draußen ist es unerträglich kalt."

„Gut, dass du da bist", begrüßte ihn Octavius. „Agrippa und ich hatten gerade ein sehr ernstes Gespräch. Ich bin sicher, du kannst dazu noch weitere wertvolle Aspekte beisteuern. Es ging darum, ob ich die Autorität an den Senat zurückgebe."

Maecenas nickte. „Verstehe."

„Agrippa ist der Ansicht, wir sollten dem Senat seine vollen Kompetenzen zurückgeben."

Maecenas schüttelte lächelnd den Kopf. „Das wäre Unsinn, Agrippa. Natürlich ist es eine völlig neuartige Sache, die Caesar vorhat. Mit seiner Alleinherrschaft endet die seit fast fünfhundert Jahren bestehende römische Republik endgültig. Die Frage ist: Wird dieser Moment eine Sternstunde unserer stolzen Geschichte oder eine Katastrophe?" Maecenas legte seine Rechte auf sein Herz. „Nun, ich für meinen Teil bin überzeugt, dass mit Caesars Herrschaft eine neue, bessere Ära anbrechen wird. Dabei werde ich ihn nach Kräften unterstützen."

Agrippa brummte unwillig. „Nein. Ich halte es für grundfalsch, unsere bewährte demokratische Tradition zugunsten einer Königsherrschaft aufzugeben. Ich bin dafür, dass Caesar die Verantwortung wieder auf viele Schultern verteilt, wie früher. Auch ich habe mir viele Gedanken über die Frage gemacht, ob ein einzelner Mensch über andere herrschen darf. Meine Antwort ist eindeutig: Nein! Warum? Weil wir Menschen zwar unterschiedlich geartet sind, aber trotzdem gleich vor dem Gesetz. Nur eine Gesellschaft, die diese Gleichheit gewährleistet, kann eine gesunde, glückliche Gesellschaft sein. So wie ihr bin auch ich von ganzem Herzen stolz darauf, Römer zu sein. Nur wir haben es verstanden, das hehre Ziel der Gleichheit in die Realität umzusetzen und diesen Schatz seit Jahrhunderten zu hüten. Wir sind alle Menschen gleicher Herkunft, und jeder von uns steht dem Staat mit seinem Körper und seinem Herzen in gleichem Maße zur vollen Verfügung. Folglich ist es nur gerecht, wenn umgekehrt jeder von uns Anteil an allem im Staat besitzt, auch an der Herrschaft. Gleiche Herkunft verlangt gleiches Recht. Nur wenn wir die Gleichheit bewahren, können wir uns alle zufrieden fühlen! Andernfalls kommen Missgunst, Neid und Hass auf. Dein Vater, Caesar, ist angetreten, die Standesunterschiede abzumildern. Eine unbegrenzte Dictatur, also ein neuer, noch höherer Rang, passt nicht in dieses Bild."

Maecenas ergriff erneut das Wort: „Agrippa, in einem gebe ich dir Recht: dass es das höchste Ziel eines jeden Bürgers sein sollte, seinen Mitbürgern zu dienen. Ansonsten teile ich deine Meinung nicht. Ich halte eine Gleichmacherei, wie du sie vertrittst, für zerstörerisch. Sie erstickt jegliche Initiative im Keim. Ich glaube, dass ein Mann, der durch seine guten Eigenschaften über alle anderen hervorragt, auch alleine das Schicksal seines Volkes lenken sollte – wohlgemerkt: wenn er tugendhaft ist! Der Grund ist ganz einfach: weil ein guter Mann gute Ergebnisse bringt. Auch ich lehne zwar eine zügellose Tyrannei ab. Im Falle eines außerordentlich begabten und guten Mannes aber unterstütze ich sie. Und Caesar besitzt alle Tugenden, die ein Herrscher haben sollte."

Agrippa beugte sich kämpferisch vor. „Was verstehst du unter Regierungstugenden? Autorität? Tatkraft? Klugheit?"

Maecenas nickte. „Natürlich, auch das. Wichtiger aber scheinen mir andere: Bescheidenheit, Gerechtigkeit und Milde. Wer herrscht, muss sich stets um allumfassende Tugendhaftigkeit bemühen. Die drei Eigenschaften, die ich eben genannt habe, heben einen Menschen aus der Masse heraus. Sie machen ihn übermenschlich, denn es sind göttliche Tugenden. Sie allein legitimieren den Herrschaftsanspruch über andere. Mehr noch: Wer diese Tugenden besitzt, *muss* herrschen! Es wäre ein Jammer, wenn ein Volk aus stupider Gleichmacherei eine solche Chance verstreichen ließe: geführt von einem durch seine Tugenden göttlichen Wesen über sich selbst hinauszuwachsen."

Agrippa schüttelte vehement den Kopf. „Nein, Maecenas, nein und nochmals nein! Warum sollte nur Caesar göttlicher Natur sein? Nicht nur wir Römer, nein, das ganze, große Menschengeschlecht ist den Göttern entsprossen. Wir blicken alle gleichermaßen himmelwärts zu unseren göttlichen Eltern. Deshalb ist keiner bereit, sich auf Dauer von einem einzigen Mann beherrschen zu lassen. Alle Menschen beanspruchen das Recht zu herrschen, denn jeder Einzelne ist göttlich, jeder trägt in sich den Funken der ewigen, lichten Göttlichkeit! Nur deshalb lassen wir uns doch freiwillig beherrschen, weil wir wissen, dass wir einander gleich sind, in Herkunft und Wert. So kann auch nur eine erlesene Gruppe gleichwertiger Männer Gutes entscheiden und Großes bewirken: der Senat!

Ich will euch ein Beispiel geben. Solange die Griechen unter Monarchen gelebt haben, haben sie nichts Bedeutendes zustande gebracht. Aber nachdem sie einmal begonnen hatten, als Demokraten zu leben, wurden sie groß! Selbst bei den Barbarenvölkern ist es so. Wenn sie ihre Anführer nur für kurze Zeit wählen, genießen sie auf Dauer Freiheit und Unabhängigkeit.

Aber was rede ich über ferne Barbaren? Hat nicht gerade die Demokratie Rom groß gemacht? Alle anderen Völker dagegen, die unter einem Tyrannen stehen, führen immer ein Sklavendasein. Was könnte denn einem geknechteten Volk auch Gutes entwachsen? Herdenvieh sind diese Menschen! Eine unterdrückte Person kann niemals in großen Dimensionen denken. Aber umgekehrt kann ein freier Mensch unmöglich ohne Geist sein!"

Er wandte sich Octavius zu. „Du brauchst dringend gute Männer, wenn du dieses riesengroße Reich lenken willst. Nur Bürger, die gebildet, wohlhabend und tapfer sind, werden den Ehrgeiz entwickeln, den Staat in die Höhe zu bringen. Welchen Grund sollten dagegen ängstliche Vasallen haben, sich für das Gemeinwohl aufzuopfern? Nicht den geringsten. Nur ein freies Volk kann tüchtige Männer hervorbringen! Freiheit und Gleichheit vor dem Gesetz brauchen wir! Das macht uns anderen Völkern überlegen, nicht die Herrschaft eines Einzelnen."

Maecenas schüttelte den Kopf. „Agrippa, wir dürfen nicht zurückschauen! Was wir brauchen, sind Zukunftsvisionen. Wir stehen vor der Frage, wie wir dieses Reich dauerhaft organisieren, zum Wohl aller, auch späterer Generationen. Wir Römer sind anderen Völkern überlegen. Wir sind stärker, unser Wissen steht haushoch über dem der anderen, unser Gemeinwesen ist so gerecht wie kein anderes. Aber denk doch mal an die Zukunft! Caesar soll über ein riesiges Völkergemisch regieren, über Menschen, die unterschiedlicher nicht sein könnten. Er soll ein Reich schaffen, in dem alle irgendwann einmal unseren Stand der Zivilisation erreichen – jeder auf seine Art, natürlich! Aber wir wollen eine Welt ohne Grenzen, in der alle freien Handel betreiben und sicher leben, in der alle dem gleichen Recht unterstehen. Wir wollen eine Welt, in der Kriege überflüssig werden.

Eines Tages sollen sich Judäer, Ägypter und Gallier gleichermaßen Römer nennen, so wie heute schon die Samniten, die Volsker und andere Italiker.

Aber wer, Agrippa, soll die Klammer sein, die dieses Riesenreich zusammenhält? Ein Mann allein nur kann das! Mit Hilfe anderer, natürlich, aber er darf seine Kraft nicht verschleißen, indem er mit anderen rivalisiert. Das führt zum Bürgerkrieg, wie du nur zu gut weißt.

Das Volk braucht Helden, es braucht Ideale, es braucht ein göttliches Wesen, zu dem es aufblicken kann. Nun sage mir, was am Senat heldenhaft und göttlich ist? Nichts!" Maecenas richtete den Zeigefinger auf Agrippas Brust. „Und ich sage dir warum: Weil ein Volksbeschluss noch nie aus einem Menschen einen Gott gemacht hat, ja, nicht einmal einen besseren Menschen – die Tugenden dagegen schon! Wenn die höchsten Tugenden in einem Menschen vereint sind, führt er den Staat zur Größe.

Zum Gott wird man nicht gewählt. Göttlich ist ein Mensch deshalb, weil er von Natur aus anderen überlegen ist! Wenn also ein Mann ein guter Herrscher ist, wird das gesamte Reich sein Heiligtum sein, dann werden alle blühenden Städte seine Tempel und alle Menschen seine Abbilder sein, die ihn von ganzem Herzen verherrlichen. Dann *ist* so ein Mann würdig, Alleinherrscher zu sein."

„Ich kann so schön wie du nicht reden, Maecenas. Aber du hast mich trotzdem nicht überzeugt. Ich glaube noch immer an die Republik. Noch ein Letztes will ich euch zu bedenken geben: Menschen, die viel Macht haben, haben auch viele Sorgen. Und wer reich ist, muss reichlich spenden. Unter diesen Umständen kann sich doch wirklich niemand, der bei Verstand ist, wünschen, Alleinherrscher zu werden!"

Octavius schwieg.

„Du wirst dir wohl überlegt haben, was du tust", knurrte Agrippa schließlich. „So wie ich weiß, was ich tun werde, falls du dich tatsächlich für eine Alleinherrschaft entscheiden solltest."

Seine Gesprächspartner fixierten ihn lauernd.

Agrippa richtete sich in seinem Sessel auf. „Wenn du das wirklich machst, werde ich alles tun, um dir dabei zu helfen, ein solcher Herrscher zu werden wie Maecenas ihn eben beschrieben hat: ein Mann der Tugend. Denn das nutzt Rom. Ich glaube fest, dass dich nicht in erster Linie Machtgier antreibt wie deinen Vater, sondern vor allem der Wille, ein gerechtes Reich zu schaffen, in dem es den Menschen gut geht. Aber ebenso werde ich mit aller Kraft dagegen kämpfen, falls ich auch nur das geringste Anzeichen bemerken sollte, dass du zum Tyrannen wirst. Genau deshalb werde ich mich nicht zum Wegbereiter einer Dynastie missbrauchen lassen. Caesar, dich unterstütze ich, aber keinen wie auch immer gearteten Nachfolger – keinen Marcellus."

„Na dann", kommentierte Maecenas spitz, „weiß Caesar ja nun Bescheid."

„Alles, was ich heute gesagt habe, dürfte nichts Neues für ihn sein. Ein Gegner der Monarchie war ich schon, als Pompeius noch lebte."

„Glaubst du denn, dein verehrter Pompeius wäre nicht Alleinherrscher geworden, wenn er gekonnt hätte?", brauste Maecenas auf.

„Pompeius wollte Macht, aber nie die verfluchte Königswürde!"

„Du wirst es ja wissen."

Octavius fiel ihnen ins Wort: „Hört auf! Das ist doch längst vorbei! Haben wir nicht Wichtigeres zu besprechen – Zukunftsweisendes? Dinge, die wir alle drei vertreten? Unsere Politik! Lasst uns lieber darauf unsere Kraft verwenden: Neueinteilung der Provinzen, Neuordnung der Beamtenschaft, Verbesserung der Bildung, Kampf der Korruption, Aufwerten der unteren Stände – habe ich noch etwas vergessen?"

„Ja", warf Agrippa ein, „das wichtigste: die Sanierung des Staatshaushalts. Und wenn wir schon über Roms Probleme reden, dürfen wir auch den Missbrauch der kultischen Freiheiten nicht vergessen."

„Wie meinst du das?", fragte Octavius.

„Es ist doch so: Jeder darf die Götter verehren wie es ihm gefällt, solange er diese Freiheit nicht missbraucht, um gegen den Staat zu agitieren. Genau das aber geschieht zurzeit: Unter dem Deckmantel kultischer Rituale versucht die ägyptische Isis-Priesterschaft, ihr staatsfeindliches Gedankengut zu verbreiten. Mittlerweile organisieren sie sogar schon Prozessionen. Zu meinem Erstaunen haben sich ihnen viele Menschen angeschlossen, auch Römer."

Maecenas winkte verächtlich ab. „Was können die paar Sistrenklapperer schon bewirken?

Octavius wackelte nachdenklich mit dem Kopf. „Vielleicht sollten wir sie nicht unterschätzen, Maecenas. Diese Leute sind fanatisch und unberechenbar. Ein seltsamer Kult ist das, um eine klagende, zauberkräftige Muttergöttin, die von ihrem Gemahl aus dem Jenseits einen Weltenherrscher empfängt. Weltenherrscher! Wenn ich dieses Wort nur schon höre ..."

„Ba!", beschwichtigte Maecenas. „Das ist doch nur das Gejammer von ein paar ewig Gestrigen, die noch immer nicht verwunden haben, dass wir die Spinnerei Kleopatras von der Herrschaft Ägyptens über die anderen Völker vereitelt haben. Das gibt sich mit der Zeit."

„Hoffentlich!", knurrte Agrippa. „Jedenfalls sollten wir verhindern, dass weiter Unzufriedenheit geschürt wird."

„Da hast du recht", bestätigte Octavius. „Allerdings müsste es vorerst genügen, die Isis-Priester aus der Stadt zu entfernen."

Agrippa nickte. „Besser als abzuwarten, bis die Hetze so weit eskaliert, dass sie Rom ernsthaft bedroht. In diesem Fall würden wir um Hinrichtungen wegen Agitation nicht mehr umhin kommen."

„So etwas wünscht sich niemand. Gleichzeitig sollten wir aber auch dafür sorgen, dass unsere Staatsgötter wieder zu Ehren kommen. Im nächsten Jahr wird der große Apollotempel auf dem Palatin fertig, den ich vor der Schlacht bei Naulochoi gelobt habe – für deinen Sieg, mein Agrippa." Octavius lächelte ihm verbindlich zu.

„Wir sollten noch weiter gehen", fiel Maecenas ein, „und alle wohlhabenden Privatleute verpflichten, einen Beitrag zur Restaurierung der zerfallenen Tempel in Rom zu leisten."

Octavius nickte begeistert. „Soweit das die finanziellen Möglichkeiten mancher Familien übersteigt, werde ich die Kosten dafür persönlich übernehmen! Denn es ist klar, dass die Menschen Götter brauchen – und die Götter Orte der Verehrung."

„Bevor wir mit der Sanierung der Heiligtümer anfangen", widersprach Agrippa, „sollten wir erst einmal unseren irdischen Haushalt in den Griff bekommen. Dafür brauchen wir zuverlässige Zahlen. Wir wissen doch nicht einmal, wie viele römische Staatsbürger es überhaupt gibt! Seit über sechzig Jahren sind keine Zahlen mehr erhoben worden. Aber wie sehr hat sich die Welt seitdem verändert!"

„Wir werden in der nächsten Senatssitzung einen Zensus beantragen", entschied Octavius.

Maecenas wandte sich erneut an Agrippa: „Es freut mich außerordentlich, dass du unsere Ansicht teilst, wie wichtig die Götter sind. Nur schade, dass du dich so vehement dagegen sträubst, den Menschen einen weiteren Gott zu schenken."

Agrippa verdrehte die Augen. „Ich kann es nicht mehr hören, Maecenas. Genug!" Abrupt stand er auf. „Ich gehe nach Hause."

Niemand widersprach.

Er war schon fast zur Tür hinaus, da wandte sich Agrippa noch einmal um: „Und eines sage ich euch: Selbst wenn ich Caesars Alleinherrschaft akzeptieren würde, so werde ich ganz gewiss nie zulassen, dass Rom den Launen eines grünen Jüngelchens wie Marcellus überlassen wird. Dafür habe ich nicht gekämpft und so oft mein Leben aufs Spiel gesetzt! Ich beschwöre dich, Caesar, vor allem dies noch einmal zu überdenken."

„Was machst du jetzt mit ihm?", fragte Maecenas, nachdem sich die Tür hinter Agrippa geschlossen hatte. „Er will dich nicht unterstützen. Wie ich ihn kenne, wird er sich vor den Senat stellen und gegen deine Alleinherrschaft wettern."

„Soll er doch! Das beweist nur, dass jeder seine Meinung frei äußern darf. Mir geht es um etwas anderes. Mir wäre viel wichtiger, dass er Marcellus unterstützt. Wie kann ich ihn davon überzeugen?"

„Agrippa überzeugen? Nie im Leben. Der ist so unnachgiebig wie Granit."

„Ich dachte, wenn ich ihm das Konsulat anbiete, könnte ich ihn erweichen. Aber das war ein Trugschluss."

„Er muss eine Achillesferse haben. Jeder hat sie."

„Nicht mein Agrippa. Der ist nicht zu kaufen. Treu ergeben ist er mir, da bin ich sicher, selbst wenn ich die Alleinherrschaft antreten sollte. Aber er muss helfen, sie auch zu sichern. Gerade da verweigert er sich jedoch."

„Wozu brauchst du ihn überhaupt noch? Seine große Zeit ist doch vorbei. Wer war denn mit dir in Ägypten? Gallus, Messalla und mein Schwager Proculeius."

„Maecenas! Agrippa war krank! Ich kann ihn nicht mehr im Krieg einsetzen."

„Eben drum! Hättest du statt Messalla lieber Agrippa gegen die Salasser geschickt. Die hätten dein Problem vielleicht gelöst."

Octavius' Miene verfinsterte sich. „Maecenas! Agrippa mag Schwierigkeiten machen. Aber ich werde ihm seine Liebe und Aufrichtigkeit nicht mit Niedertracht vergelten. Wenn Tugend regieren soll, werde ich nicht absichtlich das Leben meines Freundes riskieren. In dieser Sache brauchen wir nicht weiterzureden. Da bin auch ich hart wie Granit. Er ist einfach der Beste. Ihn will ich, keinen anderen. Ihm vertraue ich, gerade weil er so ist wie er ist. Wenn Agrippa davon überzeugt wäre, dass Marcellus mein Nachfolger werden müsste, würde er ihn mit Leib und Seele schützen. Aber wie gewinne ich dafür sein Herz?"

Maecenas schüttelte den Kopf. „Das kannst du vergessen."

Der Winter hielt Einzug. Agrippa war wieder einmal auf einer der zahllosen Einladungen, die sich in jener Zeit häuften. Tychicus hatte ihn begleitet, aber irgendwann bat er seinen Herrn, nach Hause gehen zu dürfen – er habe starke Kopfschmerzen. Agrippa ließ ihn gehen. Er hatte noch andere Diener dabei.

Mit einem Seufzer der Erleichterung trat Tychicus ins Haus, zog sich die Schuhe aus und schlüpfte in ein Paar warme Filzpantoffeln. Schon wollte er in seine Kammer gehen, da fiel ihm ein, dass er zwar Anweisungen gegeben hatte, Agrippas Schlafzimmer für dessen Rückkehr vorzubereiten. Allerdings hatte er den Auftrag einem der neuen Sklaven erteilt, und dem traute er noch nicht ganz. Also beschloss Tychicus, noch einmal selbst nach dem Rechten zu sehen.

Leise schlich er den Gang entlang. Sicher schlief Caecilia schon. Er wollte sie auf keinen Fall wecken. Gerade wollte er die Tür zu Agrippas Zimmer öffnen, da hörte er ein Geräusch.

Tychicus stutzte. Was war das gewesen? Da hörte er es wieder: Ein leises Seufzen. Angestrengt horchte er in die Dunkelheit. Da! Da war es noch einmal! Wo kam es nur her? Verwirrt drehte er den Kopf. Wieder dieses leise Wimmern. Kam es aus Caecilias Schlafgemach? Ob sie wohl schlecht träumte?

Tychicus legte das Ohr an die Tür. Ja, der Laut kam aus ihrem Zimmer! Er wollte schon klopfen, da hörte er noch ein weiteres Geräusch – und das ließ ihn vor Schreck erstarren: Das war nicht Caecilias Stimme, das war keine Frauenstimme! Was passierte da? War jemand dort eingedrungen? Ein Räuber, ein Mörder? Wo aber war dann Caecilia?

Das Herz schlug Tychicus bis in den Hals. Er war sich bewusst, dass er, schmächtig wie er war, einem starken Mann gegenüber keine Chance hatte. Sein erster Impuls war, davonzurennen. Aber er blieb stehen. Nein, er musste nachsehen, was da los war!

Unendlich vorsichtig versuchte er, die Tür zu öffnen. Sie war verriegelt. Jetzt blieb nur eins: Er musste in Agrippas Schlafzimmer gehen und nachsehen, ob die Verbindungstür zu Caecilias Gemach offen war. Sollte ein Gauner drin sein, würde er laut nach den Wachen rufen.

Tychicus stellte seine Lampe ab und schlich in Agrippas Zimmer. Seine Hand tastete nach dem Griff der Verbindungstür. Diesmal gab es keinen Widerstand. Er gab der Tür einen sanften Schubs. Mit gespenstischer Langsamkeit öffnete sie sich einen Spalt. Tychicus spähte hinein. Was er dann sah, ließ ihm das Blut gefrieren.

Nur das Licht einer kleinen Lampe erhellte die Szene notdürftig. Zwei Menschen lagen in Caecilias Bett, sie selbst und ein Mann. Sie kämpften miteinander … oder nein … sie kämpften nicht! Mit Entsetzen erkannte Tychicus in dem Mann Epirota, ihren Lehrer – und was sich da abspielte war auch kein Kampf zwischen Gegnern, sondern das Liebesringen zweier erregter Körper.

Tychicus schnappte nach Luft. Ein erstickter Laut stieg in seiner Kehle hoch, kaum hörbar – aber doch zu laut! Epirota drehte den Kopf zu ihm hin. Schreckensstarr starrten sie einander für einen Moment in die Augen.

Da blickte auch Caecilia zu ihm hin. „Tychicus!“, rief sie.

Aber der folgte nicht. Von dergleichen Fällen hatte er schon zu oft gehört, und sie hatten nicht selten das Leben der Bediensteten gekostet, die eine solche Entdeckung gemacht hatten. Immerhin riss der Ruf ihn aus seiner Erstarrung.

Blitzschnell machte Tychicus kehrt und rannte in die Dunkelheit. Bei Pluto, wo war er? Noch immer war ihm dieses Riesenhaus fremd! Mehrmals stieß er in der Dunkelheit gegen Wände, aber er wusste doch, wo er hinwollte: Raus in den Garten, raus aus dem Haus, und dann über die Mauer. Hinter sich hörte er seinen Verfolger fluchen, der versuchte, ihn in der Finsternis einzuholen und dabei ebenfalls gegen die Wände stieß.

Durch die Küche fand Tychicus den Weg ins Freie. Er rannte durch die gefrorenen Beete. Mit einem verzweifelten Satz sprang er auf die Umfassungsmauer. Dort hatte man kleine Eisenstücke eingelassen, um Eindringlinge abzuhalten. Tychicus schrie auf, als die messerscharfen Spitzen in seine Hände und durch die Filzpantoffeln in seine Füße eindrangen. Aber „weiter, weiter!“, dachte er nur und sprang von der Mauer.

Die Wachen, die um das Anwesen patrouillierten, bemerkten ihn sofort. „Halt!“ schrie einer der Männer. „Stehen bleiben!“

Aber Tychicus dachte nicht daran. Wenn sie ihn erwischten und wieder hineinbrachten, war es um ihn geschehen!

Wo aber sollte er hin? Er war nur ein zierlicher Mann, seine Verfolger dagegen gut durchtrainierte Wachleute.

Weit konnte er nicht laufen. Sollte er trotzdem versuchen, den Weg nach Rom hinunter zu rennen? Unsinn! Ihm blieb nur ein Ausweg: Caesars Haus! Auch dort waren Wachen, aber bei ihnen war er außerhalb von Caecilias Wirkungskreis.

Tychicus setzte alles auf diese eine Möglichkeit. Er hetzte die kurze Strecke auf Octavius' Haus zu.

„Stehen bleiben!“, brüllten Agrippas Leute hinter ihm. Sie kamen schnell näher.

Tychicus rannte um sein Leben. Schon tauchte Caesars Anwesen vor ihm aus dem Nebel auf. Auch dort bewegten sich plötzlich Wachen. „Was ist da los?“, rief einer. Mit Fackeln in den Händen liefen Männer auf ihn zu.

„Haltet ihn!“, hörte er noch hinter sich. Dann wurde er zu Boden geworfen und sein Arm auf den Rücken gedreht. Er schrie auf. Jemand setzte ihm einen benagelten Stiefel in den Nacken. Sie hatten ihn überwältigt – Caesars Wachen.

Nach wenigen Sekunden waren auch Agrippas Männer da. „Der Kerl kam aus dem Garten“, informierte einer von ihnen die Nachbarmannschaft.

„Dreht ihn um“, befahl eine Stimme. Der Druck des Stiefels ließ nach. Jemand trat Tychicus' in die Seite. Dann wurde er hochgezerrt. Mit rasendem Pulsschlag und schreckensweiten Augen sah er die Wachen an. „Bitte!“, flehte er Octavius' Männer an. „Lasst mich zu Caesar!“

Sein Gegenüber feixte. „Bist du wahnsinnig? Warum sollte ich Caesar wegen eines Spitzbuben wie dir belästigen?“ Er reckte sich. „Außerdem ist er nicht da. Er ist unten in der Stadt.“

Tychicus verzweifelte. Das war das Ende! Ängstlich sah er sich nach Agrippas Wächtern um.

In deren Augen leuchtete plötzlich Erkennen auf. „Tychicus!“, entfuhr es einem von ihnen. „Du?“

„Bitte!“, stieß Tychicus hervor. „Macht mit mir was ihr wollt! Aber bei Nemesis, nehmt mich nicht mit zurück ins Haus! Ich flehe euch an und fragt nicht warum, aber lasst mich bei Caesar!" Plötzlich schwammen seine Augen. „Bitte!", schluchzte er.

Die Wachmannschaften sahen einander ratlos an. „Letztlich ist es egal, wo er ist", gab schließlich einer von Agrippas Leuten nach. „Nehmt ihr ihn eben fest. Er wird seine Gründe haben. Das sehen wir morgen."

„In Ordnung", antwortete der Führer der anderen Schar. „Und ihr kennt ihn? Wer ist das?"

„Unser Hausverwalter. Agrippas Leibdiener."

Octavius' Wachhabender hob erstaunt die Brauen. Dann nickte er, wenngleich sichtlich verwirrt. „Na dann." Er wies seinen Untergebenen mit einer Geste an, den Griff um Tychicus' Arm ein wenig zu lockern. „Nehmen wir ihn also für heute Nacht bei uns auf."

Jetzt fasste Tychicus wieder Mut. „Habt Dank, ihr Edlen! Jupiter wird es euch lohnen!"

„Und du bist sicher, dass der da Agrippas Leibdiener ist?", hakte Octavius' Wachführer zweifelnd nach.

„Ganz sicher", bestätigte sein Gegenüber. Dann wandte er sich an Tychicus: „Ich bin sehr gespannt, was du morgen erzählen wirst. Bei Herkules, darüber musst du dir im Klaren sein: Es muss eine sehr gute Erklärung sein."

Er wandte sich wieder seinen Nachbarkollegen zu. „Valete." Dann stapfte er mit seinen Leuten davon.

Octavius' Wachmänner brachten Tychicus in eine kleine, finstere Kammer. Dennoch schien es ihm, als sei dies der schönste Raum der Welt – denn hier war er vorerst sicher.

Einer der Wächter warf ihm eine Decke zu. „Schlaf gut!", spottete er. Dann schlug er die Tür hinter sich zu.

Frierend kauerte sich Tychicus an die Wand und wickelte sich in die Decke. Der Schmerz in seinen Händen und Füßen brannte fast unerträglich. „Allen gütigen Göttern sei Dank!", flüsterte er trotzdem. „Ich lebe noch!"

Doch dann dachte er wieder an das, was er gesehen hatte. „Aber – wie lange lebe ich noch?"

Tychicus musste nicht bis zum Morgen warten, um sich zu rechtfertigen. Mit einem lauten Knall flog irgendwann nach Mitternacht die Tür auf. Ein Wächter mit einer Fackel kam herein. Schon als der Mann dahinter den Kopf einzog, um nicht am Türrahmen anzustoßen, wusste Tychicus, dass es nur Agrippa sein konnte. Ängstlich schob sich sein Diener an der Wand hoch.

„Was haben mir die Wachen gemeldet, du Unglücksvogel? Du bist über die Gartenmauer geflohen? Was soll das?"

„Oh, bester Patron!“, stöhnte Tychicus. „Ich wünschte, meine Augen hätten nicht gesehen, was sie gesehen haben, und ich müsste dir nicht sagen, was ich sagen muss. Aber es ist nun einmal geschehen. So bleibt mir keine andere Wahl, als dir heute Leid zu bringen.“

„Rezitieren kannst du ein andermal!“, schnauzte Agrippa. „Rede, los!“

„Ich kam in der Dunkelheit nach Hause. Ich wollte in deinem Schlafzimmer noch einmal nach dem Rechten sehen. Da hörte ich Geräusche von nebenan, aus dem Gemach deiner Gattin. Seufzen. Zwei Menschen.“

Agrippa packte Tychicus am Ausschnitt und zog ihn an sich. Sein Blick war eine einzige Warnung. „Pass auf, was du gleich sagst!“

„Wenn es doch die Wahrheit ist!“

Agrippa ließ ihn los. „Wer war es?“

„Epirota.“

Einen Moment lang stand Agrippa schweigend da. „Du hast genau gesehen, dass sie miteinander geschlafen haben?“

Tychicus' Hände begannen unkontrolliert zu zittern. „Sie haben mich bemerkt. Die Herrin hat nach mir gerufen, aber ich habe Angst bekommen und bin geflohen. Epirota ist hinter mir her. Mir ist nur eine Lösung eingefallen, um mein Leben zu retten, und das war, mich von Caesars Leuten fangen zu lassen. Wer weiß, was die Herrin befohlen hätte, wenn unsere Wachen mich festgenommen hätten?“

Agrippas Augen verengten sich misstrauisch. „Hat sonst noch jemand die Sache gesehen?“

„Nein.“

„Dann wird gleich Aussage gegen Aussage stehen: die meiner Frau gegen die meines Freigelassenen.“

„Warum sollte ich mir eine so schlimme Geschichte ausdenken?“

„Vielleicht, um eine andere zu vertuschen.“

Tychicus rang seine blutigen Hände. „Ich habe dich noch nie belogen, das weißt du, in all den Jahren!“

Agrippa wandte sich der Wache zu. „Gebt ihm noch eine Decke. Und verbindet ihm Hände und Füße. Er ist verletzt, seht ihr das nicht?“ Dann verließ er grußlos den Raum.

Zuhause angekommen, suchte Agrippa noch einmal die Wachstube auf. „Hat einer von euch gesehen, ob Epirota das Haus verlassen hat?“, fragte er die Männer.

„Ja, ich“, meldete sich einer, „und Lucrinus. Wir hatten Wache am Tor.“

„Wann war das?“

„Gerade eben. Kurz nach der Sache mit Tychicus.“

„Verdammt! Los, fünf Mann hinterher! Und kommt mir nicht ohne ihn zurück!“ Sofort stürzte eine Handvoll Männer nach draußen. Agrippa wandte sich den übrigen zu. „Ist euch an Epirota etwas aufgefallen?“

Der Wachhabende schüttelte verdutzt den Kopf. „Nein. Höchstens, dass er es heute offenbar eilig hatte. Aber sonst war alles wie immer. Er ist ja schon öfters erst spät nach Hause gegangen.“

„Was du nicht sagst!“

Der Wächter überlegte. „Das ist uns schon aufgefallen. Etwa seit einem Jahr.“

„Noch etwas: Ist euch auch an Tychicus in letzter Zeit irgend etwas Verdächtiges aufgefallen?“

„Nein. Nur heute Abend natürlich. Was war denn mit ihm?“

Agrippa antwortete nicht. Er drehte sich um und verließ die Wachstube.

Caecilia saß in ihrem Schlafzimmer in einem Sessel, eingewickelt in eine Wolldecke.

„Na, noch wach?“, fragte Agrippa spöttisch, als er eintrat.

„Nach diesem Schreck, mitten in der Nacht!“, seufzte sie.

„Erzähl mir mal, was genau passiert ist.“ Agrippa setzte sich aufs Bett. „Warum ist denn Tychicus wie ein Verrückter über die Mauer gesprungen? Wir haben doch Türen im Haus. Kannst du dir da einen Reim drauf machen?“

„Habt ihr ihn gefasst?“

„Ja.“

Caecilia sah zu Boden. „Es ist so schrecklich! Ich hätte das nie von Tychicus erwartet. Aber so sind die Menschen! Agrippa, ich kann wirklich nichts dafür! Er kam irgendwann in der Nacht in dein Zimmer. Ich habe es nicht bemerkt. Ich zog mich gerade aus. Plötzlich war er da und hat mich – berührt.“

„Und dann?“

„Ich habe geschrien. Zum Glück war Epirota noch in der Nähe. Er wollte gerade gehen. Epirota ist mir zur Hilfe geeilt. Er hat versucht, Tychicus zu überwältigen, aber er konnte ihn nicht mehr einholen. Ein Glück, dass die Wachen ihn doch noch erwischt haben.“ Caecilia hatte die ganze Zeit zu Boden geschaut. Jetzt schielte sie zu Agrippa hoch.

„Und warum ist Epirota nach Hause gegangen, nach einem so schrecklichen Vorfall? Du warst doch sicher völlig außer dir!“

„Na und? Er ist nur mein Lehrer.“

Agrippa verengte die Augen. „Tychicus hat mir eine andere Version erzählt.“

„Natürlich! Er versucht, seine Haut zu retten. Zu schade, dass du ihn freigelassen hast und daher jetzt nicht foltern lassen kannst. Er würde sehr schnell die Wahrheit gestehen!“

Agrippa richtete sich wieder auf. „Bist du das, Caecilia? Bist du Atticus' Tochter?"

„Wie meinst du das?"

Verächtlich zog er seine Mundwinkel nach unten. „Du bist eine Bestie."

Caecilias Augen weiteten sich. Plötzlich war ihre Gelassenheit dahin. „Du glaubst mir nicht?"

„Kein Wort."

„Ich bin doch deine Frau!"

„Das bist du nicht. Seit vergangenem Sommer nicht mehr. Oder war es schon früher?"

„Agrippa, nein!"

„Wann war das erste Mal?", brauste er auf. „Als ich in Baiae war? Oder schon früher? Wolltest du deshalb nicht mit mir kommen?"

Caecilia begann zu schluchzen. Sie sprang auf, setzte sich neben Agrippa und wollte seine Hände fassen. Er entzog sie ihr. „Ich wollte es nicht", weinte sie, „aber du warst ja immer weg! Immer unterwegs! Du hattest nie Zeit für mich. Immer warst du irgendwo – in Pannonien, in Griechenland. Und seit du wieder in Rom bist, warst du Tag und Nacht auf irgendwelchen Baustellen oder im Senat oder bei Caesar oder bei Messalla oder sonst wo. Fast neun Jahre sind wir nun verheiratet, aber du hast nur ein einziges Kind zustande gebracht."

„Ich wusste wirklich nicht, dass du Wert darauf gelegt hättest, mit mir zu schlafen. Du hast dabei immer nur einen sehr pflichtbewussten Eindruck gemacht. Und jetzt gehst du freiwillig mit einem freigelassenen Schreibsklaven ins Bett. Seinen Bastard hättest du mir untergeschoben!" Er schnaubte. „Und jetzt sag mir endlich: Wann war das erste Mal?"

„Was spielt das für eine Rolle?"

„Vor Baiae?"

„Ja", schluchzte sie.

„Weiß du, Caecilia, es ist sicher nicht leicht, treu zu sein. Wir haben alle unsere Anfechtungen. Aber ich habe nie mehr von dir verlangt als Kinder und Treue. Jetzt ist es doch geschehen. Aber weißt du, was ich noch schlimmer finde?"

Schniefend schüttelte sie den Kopf.

„Dass du nicht davor zurückgeschreckt bist, einen Unschuldigen in die Sache mit hineinzuziehen. Du hättest Tychicus sogar umgebracht, wenn du ihn in deine Gewalt bekommen hättest." Agrippa erhob sich.

Caecilia sprang ebenfalls auf. „Wo gehst du hin?"

„Rüber, in Messallas Trakt. Er wird nichts dagegen haben, wenn ich in einem seiner Gästezimmer schlafe – so weit weg von dir wie möglich."

Mittlerweile war das ganze Haus auf den Beinen. Verschüchtert stand eine Reihe von Dienern vor dem Schlafzimmer.

„Was steht ihr hier rum?", fuhr Agrippa sie an. „Castor, geh und hol mir noch einmal den Wachhabenden her. Ich warte im Arbeitszimmer."

Wenig später trat der Mann ein.

„Habt ihr Epirota gefasst?", fragte Agrippa.

„Nein. All der Nebel ...sollen wir ihn weiter suchen?"

„Ja, und zwar alle Mann. Und sagt Caesars Wachen, sie sollen Tychicus frei lassen. Er kann nach Hause kommen."

Kaum war der Wachhabende verschwunden, eilte einer der Haussklaven herein. „Caesar möchte dich sprechen!"

Noch bevor sein Herr antworten konnte, stand Octavius schon im Raum. „Agrippa, was ist denn geschehen? Mein ganzes Haus war in Aufruhr, als ich eben heimgekehrt bin. Meine Wachen haben irgend etwas gefaselt, sie hätten deinen Tychicus festgenommen, aber keiner konnte mir sagen warum. Und hier geht es zu wie im Taubenschlag!"

Agrippa erzählte ihm das Vorgefallene.

„Wir kriegen den Kerl schon noch", tröstete Octavius. „Epirota ist ja in ganz Rom bekannt. Dann bringen wir ihn vor Gericht. Was wirst du mit Caecilia tun?"

„Ich schicke sie auf das Landgut ihres Vaters am Trasimenischen See. Sie wird es dort nicht schlecht haben. Vipsania bleibt bei mir in Rom."

„Wirst du Caecilia die Scheidung aussprechen?"

„Würdest du das nicht?"

„Zweifellos."

Der Skandal zog weite Kreise. Trotz aller Mühe schafften es die Wachen nicht, Epirota zu fassen. Er war wie vom Erdboden verschluckt. Etwa zwei Monate nach der Unglücksnacht erreichte Octavius die Nachricht aus Alexandria, Epirota sei dort aufgetaucht.

Eigentlich war das ja ein Anlass zur Freude: Endlich wussten sie, wo er war! Allerdings brachten die Umstände, unter denen ihm die Flucht gelungen war, Octavius zur Weißglut. Epirota lebte nämlich nicht als Flüchtling in Ägypten. Im Gegenteil, der Statthalter Cornelius Gallus hatte ihm Asyl gewährt.

„Jetzt reicht es mir!", schimpfte Octavius. „Das war die letzte Beleidigung, die Gallus sich erlaubt hat."

Der war in letzter Zeit mehrfach negativ aufgefallen. Octavius hatte Gallus aus Dankbarkeit für seine Verdienste im Krieg gegen Kleopatra und Antonius zum Präfekten von Ägypten ernannt. Aber kaum hatte der Imperator das Land verlassen, begann Gallus sich aufzuführen, als sei er der neue Pharao. Er ließ Statuen von sich aufstellen und seine persönlichen Verdienste in die Pyramiden einmeißeln, in Obelisken, sogar in den Tempel von Philae im Süden der neuen Provinz. „Kein Monarch", prahlte er, „ist je weiter nach Süden vorgedrungen als ich."

Octavius schäumte. „Was meint er nur mit Monarch?" Hatte Gallus der ägyptische Wahnsinn erfasst, wie schon so viele zuvor, allen voran Antonius? Nicht genug, dass Gallus sich benahm, als sei er niemandem Rechenschaft schuldig. Jetzt gewährte er auch noch einem Mann Asyl, der wegen Ehebruchs mit der Frau des Agrippa angeklagt war, des designierten Konsuls und Caesars bestem Freund! Asyl für einen Mann, der von Rechts wegen gesucht wurde! Das war offener Aufruhr! Dafür gab es keine Entschuldigung – auch nicht, dass Gallus zum Umfeld des Maecenas gehörte und, wie fast all dessen Freunde, Agrippa nicht leiden konnte. Octavius kündigte Gallus die Freundschaft auf.

Der war dumm genug, daraufhin öffentlich über Octavius zu lästern. Eines Tages klagte ihn einer seiner ehemaligen Freunde wegen Hochverrats an. Das Gericht traf eine milde Entscheidung: Gallus wurde nur wegen Denunziation verurteilt. Er entging also der Todesstrafe. Allerdings wurde er als Statthalter abberufen und sein Vermögen eingezogen. Das schlimmste aber war, dass er mit der Verbannung außerhalb der römischen Provinzen bestraft wurde. Ein schrecklicheres Exil gab es für einen Römer nicht. In der Fremde schützten einen weder römisches Recht noch Legionäre, weder vor den Angriffen wilder Nachbarvölker noch vor den eigenen Mitbürgern. Nicht einmal Latein verstand man dort!

Für einen gebildeten Menschen wie Gallus war das undenkbar. Er entzog sich der Strafe durch Selbstmord.

Epirota brachte man zurück nach Rom, angekettet im Bauch einer staatlichen Galeere. Der Richter entschied wie schon zuvor bei Gallus: Exil außerhalb der römischen Provinzen. Sie würden ihn im Norden Germaniens aussetzen.

„Bestens!", knurrte Agrippa, als er von dem Urteil erfuhr. „Vielleicht kühlt ihm der Nordwind die Hitze."

Danach verlor sich Epirotas Spur für immer.

Caecilia, die das Landleben immer verabscheut hatte, verbrachte den Rest ihres Lebens auf dem Gut ihres Vaters. Dort brachte sie ihr zweites Kind zur Welt. Agrippa erlaubte nicht, dass es seinen Namen trug. Schließlich hatte er seit Monaten nicht mehr mit seiner Frau geschlafen.

Caecilia blieb der Trost verwehrt, das Kind ihres Geliebten aufwachsen zu sehen: Es starb früh. Seine kleine Urne wurde im gleichen Mausoleum beigesetzt wie später die seiner Mutter.

Wie geplant, wurden Agrippa und Octavius im neuen Jahr Konsuln. Ihre erste Amtmaßnahme war die Verkleinerung des Senats. Der hatte sich mittlerweile auf tausend Mitglieder aufgebläht. Nach der Ermordung Julius Caesars waren viele davon durch Protektion oder gar Bestechung in den Senat gekommen. „Orkusmitglieder" nannte Octavius sie nur spöttisch. Er schlug vor, 190 Namen zu streichen.

Erwartungsgemäß gab es viel Gezeter. Die beiden Konsuln trugen selbst in der Kurie unter ihren Tuniken Panzerhemden und an der Seite ihr Schwert. Doch am Ende erreichten sie ihr Ziel.

Danach nahm Octavius den Titel „Princeps Senatus" an. Der stand traditionell dem ranghöchsten Senator zu. Geschickt trat er damit all jenen Kritikern entgegen, die ihm vorwarfen, er wolle Monarch werden. Schließlich zeigte er sich mit dem Titel „Princeps" doch nur als Erster unter Gleichen – nicht als Tyrann oder König. De facto aber war Octavius jetzt Alleinherrscher. Er war nur nicht so dumm, dies offen zuzugeben. Schließlich hatte diese Anmaßung seinen Adoptivvater das Leben gekostet.

Jetzt musste Octavius seine Position nur noch dauerhaft verankern.

Doch ausgerechnet dagegen sträubte sich sein bester Freund und Mitkonsul Agrippa. In jeder anderen Hinsicht aber hätte sich Octavius keinen besseren Helfer wünschen können. Der Princeps staunte oft über Agrippas überbordende Schöpferkraft: Der konstruierte keine kühnen Gedankengebäude wie Maecenas. Er schuf Großes aus Stein, Marmor und Ziegeln, und mit besonderer Hingabe Dinge, die den Menschen im Alltag dienten. Die Entwürfe neuer Wasserleitungen, Bäder, Versammlungshallen und Foren stapelten sich auf seinem Schreibtisch.

Für ihre Entscheidungen standen ihnen nun auch endlich genaue Planungsdaten zur Verfügung. Der Zensus hatte ergeben, dass knapp über vier Millionen römische Bürger im Reich lebten, davon rund 800.000 außerhalb italischen Bodens. Innerhalb der letzten sechzig Jahre hatte sich die römische Bevölkerung also mehr als vervierfacht.

Unberücksichtigt blieb bei der Volkszählung die erheblich höhere Zahl der Reichseinwohner ohne Bürgerrecht und der Sklaven. Aber wozu sollte man die auch zählen? Vor allem bei Letzteren wäre das ganz und gar unsinnig gewesen. Schließlich war ein Sklave vor dem Gesetz nicht mehr als ein Rind oder ein Möbelstück – Eigentum.

Nachdem die Kämpfe im Senat überstanden waren, suchte Octavius eines Abends seine Schwester auf. Er wollte jetzt endlich Marcellas Heirat unter Dach und Fach bringen. Proculeius wurde langsam ungeduldig – mittlerweile war es Frühling.

„Wie geht es meinem Liebling?", fragte Octavius, nachdem er seine Schwester geküsst hatte. Weiches Abendlicht wärmte die bunten Kolonaden rund um das Atrium.

„Marcellus macht gute Fortschritte. Seine Lehrer sind sehr zufrieden. Wie war dein Tag?"

„Aufreibend. Ich hatte wieder einmal eine Auseinandersetzung mit Agrippa."

„In letzter Zeit habt ihr öfters Streit."

Octavius seufzte. „Zurzeit treibt seine Liebe zum Volk seltsame Blüten. Hast du nichts von dem Statuenstreit mitbekommen, den er angezettelt hat? Die ganze Stadt brodelt."

Octavia verneinte. „Seit Jullus und die drei Kinder der Kleopatra bei mir leben, geht es hier drunter und drüber. Dazu kommen noch meine eigenen fünf. Ich habe für nichts mehr Zeit. Erzähl schon, was hat Agrippa wieder getan?"

„Nun, vor einer Woche hat er eine Streitschrift veröffentlicht. Darin erläutert er seine Philosophie, dass jeder, der etwas besitzt, die moralische Verpflichtung habe, dies mit anderen zu teilen. Schönes und Gutes solle allen zuteil werden. Er glaubt fest daran, dass der Mensch nur zum Besseren erzogen werden kann, wenn er Tugend und Schönheit ständig vor Augen hat."

„Glaubst du das nicht?"

„Natürlich. Ich glaube sogar, dass ein gutes Beispiel auf Dauer der einzige Weg ist, andere zu erziehen. Aber Agrippa übertreibt. In seiner Streitschrift fordert er, man solle alle Kunstwerke, die in privater Hand sind, enteignen und der Öffentlichkeit übergeben. Er meint das todernst. Schließlich hat er das schon mit seinen eigenen Kunstgegenständen gemacht. Ganz Rom steht voller Statuen, die eigentlich Agrippa gehören. Nun gut, er kann ja mit seinem Besitz machen was er will, und wenn er Rom damit verschönert, soll mir das recht sein. Aber dass er mit dieser Idee an die Öffentlichkeit geht! Er ist ganz besessen davon und hofft, Gleichgesinnte zu finden. Er ist dem Irrglauben verfallen, dass andere sich ebenso leicht von ihren Besitztümern trennen können wie er selbst."

Octavia lachte. „Und? Hat er Gleichgesinnte gefunden?"

„Ich bitte dich: Gibt es einen zweiten Agrippa?"

Lächelnd verneinte seine Schwester.

„Das Gegenteil war der Fall", fuhr Octavius fort. „Er hat einen Sturm der Entrüstung entfesselt. Jeder, der auch nur eine ziselierte Öllampe besitzt, hat jetzt Angst, Agrippa wolle sie ihm wegnehmen, um die öffentlichen Plätze damit zu beleuchten. Gestern Abend waren wir zu einem Bankett bei Marcus Tullius eingeladen. Ciceros Sohn gehört ja auch zu denen, die einfach nicht genug Kunstschätze aus den Provinzen importieren können."

„Dass er Agrippa überhaupt eingeladen hat!“

„Tullius fürchtete wohl, dass ich andernfalls abgesagt hätte. Wir gingen also hin. Am Anfang war alles ganz schön, aber nach einer Weile kam wieder das Thema Kunstsammlungen auf. Tullius war ziemlich betrunken. Agrippa und er haben immer hitziger disputiert. Irgendwann konnte Tullius nicht mehr an sich halten und hat ihm Wein ins Gesicht geschüttet.“

Erschrocken hob Octavia die Hand an den Mund. „Und dann?“

„Es wäre fast zur Schlägerei gekommen. Das wäre ein Skandal gewesen: Der amtierende Konsul balgt sich mit dem von vor zwei Jahren herum, und beide stammen aus Ritterfamilien, beide aus Arpinum. Da hätten die alten Adelsgerippe wieder gewiehert! Sie geiern ja auf jede Gelegenheit, Agrippa als kleinen Bauern hinzustellen. Zum Glück habe ich die zwei beruhigen können.“

„Es schmerzt mich so, dass sie Agrippa wegen seiner Herkunft noch immer verachten.“

„Agrippa ist für die alten Adligen das Fleisch gewordene Symbol ihres Untergangs. Aber an der Meinung dieser verstaubten Knochen liegt mir nichts. Wir müssen das gewaltige Potential, das im Ritterstand schlummert, unbedingt nutzen!“

„Wichtig ist, dass du in deinen Bemühungen nicht nachlässt.“

„Ich tue alles, um ihn öffentlich als meinen Mitregenten zu präsentieren. Aber er trägt seine republikanische Gesinnung wie eine Standarte vor sich her. Das wäre alles nicht so schlimm, im Gegenteil, das Volk vergöttert ihn für seine Liebe zur Tradition. Nur ich kann sein Gehabe im Augenblick nicht brauchen. Es läuft meinen Plänen völlig zuwider.“ Octavius seufzte. „Vor allem darüber streiten wir in letzter Zeit immer wieder. Meine Alleinherrschaft lehnt er schlichtweg ab. Marcellus will er schon gar nicht unterstützen. Das sei gegen die Demokratie, sagt er. Gütige Götter, Octavia, was soll ich nur machen?“

„Du willst ihn unbedingt an deiner Seite, nicht wahr?“

„Wie könnte ich einen Mann wie ihn nicht an meiner Seite wollen? Er ist ein Ausbund aller Tugenden. Er ist der Einzige, der mein Werk fortführen könnte, wenn mir etwas zustieße. Er allein hat die Fähigkeiten, die nötige Kraft und einen unglaublichen Idealismus. Aber er wehrt sich mit Händen und Füßen dagegen, Marcellus zu unterstützen. Ich habe alles versucht, um ihn zu überzeugen. Nichts!“

„Will er deine Rolle vielleicht selbst übernehmen?“

„Agrippa? Nein! Er will, dass der Senat bestimmt, wer regiert. Wie ich ihn kenne, wäre er sogar in der Lage, selbst seine eigene Nachfolge zur Debatte zu stellen, der Wahnsinnige. So etwas ist doch nicht normal!“

Octavia lächelte. „Äußerst ungewöhnlich – aber sehr, sehr beeindruckend. Ein Mann wie aus einer alten Legende.“

„Zweifellos. Aber, Octavia, ich bin genauso stur. Ich sage: Auch der nächste Herrscher wird julisches Blut haben. Wenn ich nur einen Weg fände, ihn auf Marcellus einzuschwören. Wenn er nur irgendeine Schwachstelle hätte!"

Octavia schenkte ihrem Bruder nachdenklich Wein nach. „Gaius, ich muss dir etwas gestehen."

Er merkte auf. „Etwas Unangenehmes?"

„Bisher dachte ich das. Aber vielleicht ist es gerade das Gegenteil. Es geht um Marcella."

„Ach so, ja. Deswegen bin ich heute eigentlich hergekommen. Ich will sie nachher sehen. Mir reicht es jetzt! Proculeius war gestern schon wieder bei mir ..."

„Sei mal still", unterbrach ihn Octavia. „Bevor du weiterpolterst, musst du etwas erfahren."

„Also gut. Was ist los?"

Octavia holte tief Luft. „Nun, Gaius – hast du dir schon mal Gedanken darüber gemacht, warum Marcella sich gegen eine Heirat mit Proculeius so sehr wehrt?"

„Was spielt das für eine Rolle? Mädchengetue! Agrippa meinte letztens, sie würde vielleicht einen anderen lieben." Er legte den Kopf schräg. „Gibt es da etwas, was ich nicht weiß? Octavia, du willst doch nicht sagen, dass sie – gefehlt hätte?"

Octavia schüttelte lächelnd den Kopf. „Nein. Es wundert mich nicht, dass ausgerechnet Agrippa vermutet, dass Marcella einen anderen liebt."

„Wieso? Was hat der damit zu schaffen?"

„Naja. Weil es eine Zeit gab, da – kurz und gut, als wir im vergangenen Sommer in Baiae waren, da gab es einen – hm – Zwischenfall. Mit Agrippa. Er und Marcella."

Octavius fuhr auf. „Was für einen Zwischenfall?"

„Nun. Also – sie haben sich geküsst."

„Waaas!? Das ist ja die Höhe! Warum weiß ich nichts davon? Und wie kommt der Kerl dazu, meine Abwesenheit auszunutzen, um sich schamlos an meine Nichte ranzumachen? Ich lasse ihm sämtliche Knochen brechen, diesem ...Lüstling! Und ich habe ihm vertraut! Das ist unfassbar. Warum erzählst du mir das erst heute?"

„Bitte beruhige dich! Gaius, es ist nichts passiert – außer diesem Kuss. Mir war es sehr wichtig, einen Skandal zu vermeiden. Agrippa war damals noch verheiratet. Aber jetzt ... verstehst du denn nicht?"

Octavius hielt verdutzt inne. Plötzlich erhellte ein Lächeln frohen Erkennens sein Gesicht. „Du meinst ...?"

„Er war damals sehr verliebt. Marcella ist es noch immer."

„Octavia, das wäre – Heureka, das ist die Lösung!"

Octavia nickte mit strahlenden Augen. „Eben. Durch eine Ehe mit

Marcella bindest du ihn an seinen Schwager Marcellus. Ganz nebenbei machst du Marcella glücklich. Agrippa wird nicht ablehnen – vorausgesetzt natürlich, er liebt sie noch."

„Das lässt sich ja herausfinden."

„Und sein Blut?"

„Octavia! Welches Blut könnte edler sein als das eines Mannes der Tugend?" Er sprang auf. „Und jetzt verzeih mir, wenn ich dich heute so schnell wieder verlasse. Aber ich habe noch etwas zu bereden – mit meinem Mitkonsul."

„So spät noch! Ach ja, die hohe Politik", scherzte Octavia.

Ihr Bruder beugte sich zu ihr hinab und küsste sie. „Vale, meine Gute, du beste Seele in ganz Rom! Wie ich dich liebe!" Noch einmal küsste er sie stürmisch auf beide Wangen.

Octavia lachte glücklich. „Vale, Gaius! Und grüße Agrippa herzlich von mir."

Zu Fuß stürmte Octavius den Palatin hoch. „Melde mich deinem Herrn!", befahl er Agrippas Empfangssklaven, noch ganz außer Atem. „Ich warte im Atrium auf ihn."

Wenig später trat Agrippa ein. Er fuhr sich durch die zerzausten Haare. Gerade hatte er sich zum Schlafen hingelegt. „So spät noch? Was ist passiert?"

„Noch nichts", antwortete Octavius schnippisch, „aber gleich. Schick deine Sklaven weg."

Agrippa folgte verwundert. „Was hat das zu bedeuten?"

Octavius räusperte sich. „Ich bin der Ansicht, du solltest wieder heiraten."

Agrippa schüttelte verwirrt den Kopf. „Caesar, ich will dir nicht zu nahe treten, aber – hast du getrunken?"

„Ganz im Gegenteil. Ich bin stocknüchtern. Aber wenn du es schon ansprichst, ja, ich hätte gern ein Glas Wein, und du auch."

Agrippa legte fragend den Kopf schräg. Dann stand er auf, schenkte zwei Gläser voll und reichte eines Octavius.

„Auf dein Wohl!", prostete der seinem verdutzten Gegenüber zu.

„Auf deines!"

Octavius leerte sein Glas in einem Zug und schenkte sich nach. Erneut wunderte sich Agrippa, denn so viel zu trinken war nun wirklich nicht die Gewohnheit seines Freundes. Er schwieg gespannt, was der ihm gleich eröffnen würde. Was sollte das Gefasel mit der Heirat?

„Was sagst du dazu?", fragte Octavius knapp.

Agrippa hob die Brauen. „Zu deinem seltsamen Vorschlag? Ich sage nein. Nach Caecilia habe ich erst einmal genug von den Frauen. Eine zweite kommt mir nicht so schnell über die Schwelle."

„Aber du hast keinen Sohn. Außerdem bist du Konsul."

„Mir gefällt das Thema nicht."
„Also gut. Machen wir es anders. Was war in Baiae, hm?"
Agrippa stutzte. „Wie?"
„Tu nicht so dumm! Du weißt genau, was ich meine."
„Es ist nichts passiert."
„Du liebst Marcella? Stimmt das?"
„Nein. Ja. Es hat sich so ergeben ..."
„So! Du fährst mit meiner Schwester ans Meer und dann ergibt sich dort etwas mit meiner Nichte, einfach so. Wie das eben so geht! Man hat ja sonst nichts zu tun, und die Ehefrau ist gerade nicht zur Hand. Bist du von allen guten Geistern verlassen?"
„Es tut mir leid. Aber das ist kein Grund, mich in eine Ehe zu zwingen. Ich habe Marcella seitdem nicht wiedergetroffen. Ich habe mich auch so in der Gewalt, da brauche ich keinen Cerberus, der mich bewacht."
„Was ich von dir wissen will ist, ob du Marcella liebst – noch immer liebst, falls du das je getan hast."
Agrippa sah zu Boden. Er schwieg.
„Ich höre", bohrte Octavius nach einer Weile.
„Ja", murmelte Agrippa. Traurig sah er auf. „Ist das ein Vergehen?"
Um Octavius' Mund zuckte es. „Wenn man eine Frau liebt und die Umstände es erlauben, Agrippa, dann sollte man sie doch auch heiraten, oder nicht?"
„Wer – ich? Marcella? Du hast sie doch Proculeius versprochen!"
„Ich entscheide, wer meine Nichte heiratet. Für Proculeius findet sich eine andere. Du hast Marcella geküsst, nicht Proculeius." Er zwinkerte Agrippa zu. „Jetzt musst du sie auch nehmen. Oder glaubst du, Caesars Nichte ist irgendeine Küchenmagd?"
„Das meinst du doch nicht ernst!"
„Oh doch!" Octavius lachte verschmitzt. „Sehr ernst."
„Nein!" Agrippa sprang auf, riss den Freund aus dem Sessel hoch und umarmte ihn.
„Du erstickst mich!", beschwerte der sich. „Und sag nicht Nein, mein Bester! Sag lieber Ja."
Agrippa ließ ihn los. „Du bist sicher, dass du nicht betrunken bist?"
„Ganz sicher", lachte Octavius und strich seine zerzausten Haare wieder glatt.
Plötzlich hielt Agrippa verunsichert inne. „Und Marcella – will sie das denn auch?".
„Welche Rolle spielt das, hm? Aber ich kann dich beruhigen: So wie ich Octavia verstanden habe, gibt es nichts, was sie mehr will. Seltsam, nicht wahr?"
Agrippa ging nicht auf die Stichelei ein, sondern ließ sich wieder in

seinen Sessel fallen. „Gütige Götter! Ich glaube, einen schöneren Tag als den heutigen habe ich noch nie erlebt – mit einer Ausnahme."

„Ich weiß, vor einem Jahr in Baiae."

„Meinst du, Octavia schläft schon?"

„Davon gehe ich aus. Es reicht noch, wenn du morgen hingehst. Marcella läuft dir heute Nacht nicht davon."

„Das wird eine lange Nacht", seufzte Agrippa.

„Siehst du", schmunzelte Octavius, „jetzt weißt auch du, wie das mit der Liebe ist. Wie hast du damals über mich gespottet, als ich Livia kennen gelernt habe, weißt du noch? Du sagtest, du wünschtest dir, dass dir die Liebe erspart bliebe. Was sagst du jetzt?"

„Bis vorhin war ich noch genau dieser Ansicht. Caecilia, Marcella – es hat so weh getan, beides, der Betrug nicht weniger als die Entbehrung. Jetzt ist mir schwindlig."

„Weich wie Mangold! Du bist ein krankhafter Fall."

Agrippa lachte. „Sollte ich vielleicht Musa rufen, damit er mich mit kaltem Wasser und Kräutersäften traktiert?"

„Bei deiner Krankheit kann auch Musa nicht helfen."

Nachdem sich Octavius verabschiedet hatte, gelang es Agrippa tatsächlich, ein paar Stunden zu schlafen. Aber lange vor dem Morgengrauen war er schon wieder wach. Seufzend wälzte er sich im Bett herum. Endlich schimmerte Licht durch das Fenster.

Er sprang aus dem Bett und zog den Vorhang zur Seite. Am Himmel funkelten noch die Sterne. Aber am Horizont zeigte sich schon ein erster rosenfarbiger Hauch. In den Bäumen lärmten die Vögel. Die letzten Lieferkarren, die in der Nacht ihre Fracht abgeladen hatten, rumpelten in Richtung der Stadttore davon. Auf den Straßen waren die ersten Frühaufsteher unterwegs. Bald würde wieder der gewohnte Lärmpegel über Rom liegen: das Rufen der Marktleute, das Singen der Matronen, das Gequäke der Säuglinge und Geschrei der Kinder, das Hämmern und Klopfen der Schmiede und Bauleute, das Schimpfen der Bürger und Sklaven, aber auch ihr nicht enden wollendes Geplapper, wenn sie einander begrüßten und Neuigkeiten austauschten.

Agrippa atmete tief ein. Rom hatte tausend Gerüche. Es stank nach Fäulnis, Schweiß, Urin und Rauch, aber es duftete auch nach den Eintöpfen der Garküchen, nach den Ölen der Barbiere, nach dem Harz der Pinien und Akazien in den Parks und Gärten. Jetzt stieg Agrippa der verlockende Duft nach frisch gebackenem Brot in die Nase. „Mein Rom!", flüsterte er. „Meine Marcella!", jauchzte er dann und wandte sich wieder vom Fenster ab.

Er warf sich ein Badetuch über die Schulter und öffnete die Tür zum Korridor. Draußen wischte ein schlaftrunkener Sklave den Boden, einer der Neuzugänge. Verdattert sah er auf.

„Weck mir den Tychicus!“, befahl Agrippa. „Ich geh solange schon mal ins Bad.“

„Ja, Herr.“

„Und morgen hast du frei!“, rief ihm Agrippa gut gelaunt über die Schulter zu, während er in Richtung Bad verschwand.

„Ja, Herr“, murmelte der Mann erstaunt.

Auch Tychicus war überrascht. Normalerweise war er immer lange vor Agrippa wach. „Ist etwas passiert? Ist er krank?“, fragte er den Sklaven, während er sich über ein Becken beugte und wusch. Dann griff er zum Rasiermesser.

„Ich habe vielmehr das Gefühl, als sei der Herr ungewöhnlich gesund“, informierte ihn sein Gegenüber.

„Aha“, konstatierte Tychicus. „Das muss wohl mit Caesars Besuch gestern Abend zusammenhängen.“

„Stell dir vor, er hat mir morgen frei gegeben.“

Tychicus brummte missmutig. „Das kann nur daran liegen, dass er nicht weiß, was für ein unfassbar fauler Nichtsnutz du bist.“ Skeptisch betrachtete er sein Spiegelbild. „Nun ja, nichts zu ändern. Immerhin kannst du dich erkenntlich zeigen und heute noch ein wenig vorarbeiten. Wie wäre es mit Holz hacken? Und jetzt geh wieder putzen, sonst rutschen die anderen nachher aus, wenn der Boden noch nass ist.“

Der Sklave verließ Tychicus’ Kammer und schloss die Tür hinter sich. „Idiot“, knurrte er. Dann trollte er sich.

Wenige Augenblicke später folgte ihm Tychicus. Lange bevor er den Baderaum erreicht hatte, hörte er Agrippa ein fröhliches Frühlingslied singen.

„Was ist denn los?“, fragte Tychicus beim Eintreten. „Du scheinst ja bester Laune zu sein. Seit Jahren habe ich dich nicht mehr singen gehört.“

Agrippa schwamm an den Beckenrand und wischte sich die Tropfen aus dem Gesicht. „Stell dir vor, Tychicus: Ich werde wieder heiraten.“

„Gütige Götter!“. Ehrlich überrascht starrte ihn sein Freigelassener an. „Bist du sicher?“

„Völlig sicher.“ Agrippa bog genüsslich den Kopf nach hinten und tauchte die Haare bis zum Stirnansatz ins Wasser. „Gleich gehe ich meine Braut besuchen.“

„Wer auch immer das ist – sie ist bestimmt noch nicht wach! Die Hähne sind ja gerade erst am Krähen! Aber sag, wer ist sie denn, die Glückliche?“

Agrippa stieg aus dem Becken. Tychicus hielt ihm ein geöffnetes Badetuch hin.

„Die Frau meiner Träume.“

Tychicus begann, ihn trocken zu reiben. „So wie du dich benimmst, kann das nur eine sein. Ist es die, die ich vermute – Baiae? Catullus und so?“

Agrippa lachte. „Genau die. Ach, Tychicus, ich bin der dankbarste Mann in ganz Rom!“

„Gütige Götter! Das kannst du auch. Ich freue mich so mit dir! Es hat mir gar nicht gefallen, wie ich dich um Caesars Nichte habe leiden sehen – es geht doch um Marcella, richtig?“. Er grinste triumphierend.

Agrippa schüttelte ungläubig den Kopf. „Vor dir kann man wohl gar nichts verheimlichen!“

„Oh!“. Tychicus schmunzelte geschmeichelt. „Ich kann nur Eins und Eins zusammenzählen. Octavias Sklaven haben sich die Mäuler darüber zerrissen, dass Marcella so viele Stunden verschwunden war – und du auch. Hm! Und dann deine miserable Laune, mehrere Tage lang. Krank warst du nicht. Also musstest du eine Sorge haben – eine tiefe Sorge. Und welche größere mag es geben als die Liebe?“

Agrippa lachte. „Das süß-bittere Untier?“

Tychicus stimmte ein. Dann legte er sehr ernst die Stirn in Falten. „Das süß-bittere Untier, ja. Ach, und dann die traurige Sache mit Caecilia! Es war ein Jammer, dich nur anzusehen.“ Seine Miene hellte sich wieder auf. „Aber jetzt ist ja alles gut!“

Agrippa setzte sich auf einen Sessel. „Wenn du mich heute beim Rasieren schneidest, gebe ich dem Koch Anweisung, dich zu braten.“

„Das wäre sehr unklug. Einen so hervorragenden Diener wie mich bekommst du nie mehr. Aber wenn du nicht willst, dass ich als Braten ende, solltest du nicht so herumzappeln. Still jetzt!“

„Zedernöl?“, fragte Tychicus, nachdem er mit der Rasur fertig war. „Oder die neue Mischung aus Capua?“ Er beugte sich verschwörerisch zu Agrippas Ohr hinunter. „Ein Parfüm, versetzt mit dem Schweiß der erfolgreichsten Gladiatoren. Es heißt, die Frauen fielen reihenweise um, wenn man es trägt.“

Agrippa schob ihn von sich. „So was haben wir hier? Tychicus! So eine Dummheit. Bestimmt war das Zeug sehr teuer.“

„Naja, es ging.“ Sein Diener schnüffelte beleidigt. „Ich will ja nur dein Bestes.“

„Unsinn. Wir nehmen Myrtenöl. Im Übrigen muss mein persönlicher Geruch genügen.“

„Immerhin der Geruch eines Konsuls, des Präfekts der Flotte und des Siegers von Naulochoi und Actium, des …“

„Lass es gut sein“, unterbrach ihn Agrippa. „Das brauchst du mir nicht alles aufzuzählen. Ich war selbst dabei.“

Sein Freigelassener versuchte einen letzten Einwand: „Ist das nicht ein bisschen schlicht – nur Myrte?“

„Die Myrte ist die heilige Pflanze der Venus."
Tychicus seufzte ergeben. Dann schmunzelte er vor sich hin: Ein verliebter Agrippa war etwas ganz Neues! Aber die Braut war ja auch ein unfassbares Glück. Jetzt gab es also bald eine Liebesheirat – mit Caesars Nichte! Was für ein Segen!

Gleich nach dem Frühstück schickte Agrippa einen Boten zu Octavia, um seinen Besuch anzukündigen. Danach ließ er sämtliche berufliche Termine absagen. Tychicus staunte erneut: So etwas hatte sein Herr noch nie zuvor wegen einer privaten Angelegenheit getan. Endlich machten sie sich auf den Weg zu Octavia.
Je tiefer sie ins Tal hinabstiegen, desto heißer wurde es.
„Fast so heiß wie damals in Baiae", schmunzelte Tychicus.
Agrippa lächelte versonnen. Eingewickelt in seine Toga, tat er Tychicus, der selbst nur eine leichte Tunika trug, aufrichtig leid. Aber um formelle Kleidung kam sein Herr an einem solchen Tag natürlich nicht herum.
Octavia empfing Agrippa mit einer herzlichen Umarmung.
„Du weißt es schon?", fragte er mit leuchtenden Augen.
„Gaius war heute morgen hier, bevor er weiter in den Gerichtshof ist. Ach, Agrippa, ich freue mich so!"
„Weiß Marcella es schon?"
„Was glaubst du denn? Natürlich!"
„Und?" Agrippa spürte, wie seine Hände feucht wurden. „Wie hat sie reagiert?"
Octavia lächelte verschmitzt. „Sie hat ein ähnliches Gesicht gemacht wie du gerade eines machst."
Agrippa fühlte sich plötzlich seltsam verzagt. Er stand nur da und sah sich um, als suche er etwas.
„Willst du nicht, dass ich Marcella rufe?", schmunzelte Octavia.
Agrippa nickte. Das Herz schlug ihm bis zum Hals, sein Puls raste. Was war das nur? Angst? Die Hitze? Eine völlig unbekannte Nervosität tobte in ihm. Aufgeregt schnappte er nach Luft, nachdem Octavia hinaus gegangen war.
Wenig später kam sie mit ihrer Tochter an der Hand zurück.
Marcella blieb im Türrahmen stehen. Wie wunderschön sie war! Sie trug ein einfaches weißes Mädchenkleid, darüber ein pfirsichfarbenes Übergewand. Um ihren Hals lag ein schmales Goldkettchen mit funkelnden Glasperlen. Aber das schönste war ihr Gesicht! Ihre großen, schwarzen Augen glänzten, als habe sie Fieber, ihre Wangen glühten. Wie erstarrt stand sie da, die Lippen leicht geöffnet.
Auch Agrippa rührte sich nicht, auch er stand nur atemlos da, gefangen im Überschwang seiner Gefühle.
„Marcus!", flüsterte Marcella. Plötzlich stieß sie einen Jauchzer

aus, riss sich von Octavia los und flog in seine Arme. Er schloss die Augen, beugte seinen Kopf zu ihr hinab und sog ihren Duft ein. Sie hob das Gesicht. „Ist es wirklich wahr? Ich kann es noch gar nicht glauben!"

„Ich auch nicht." Zwei ernste graue Augen sahen sie zärtlich an. „Ich werde es nie glauben, Marcella! Nie! Niemals!"

„Ich bin ja so glücklich!" Sie barg ihren Kopf wieder an seiner Brust. „Marcus darf ich jetzt zu dir sagen! Mein Marcus – mein ganzes Leben lang!" Sie lachte übermütig, aber es klang wie ein Schluchzen. Erneut hob sie den Blick zu ihm. Sie berührte Agrippa vorsichtig an der Wange, als wolle sie prüfen, ob er wirklich aus Fleisch und Blut sei.

Er nahm Marcellas Hand und küsste sanft ihre Fingerspitzen. Unverwandt sah er ihr in die Augen. Plötzlich warf er den Kopf in den Nacken. Als würden ihn die Kräfte verlassen, senkte er die Lider. Plötzlich presste er Marcella so fest er konnte an sich. Sein Gesicht verzog sich zu einem stummen, unendlich glücklichen Lachen.

Octavia sah sich nach Tychicus um. Der stand nur da, die Hände auf den Mund gepresst, und betrachtete gerührt die Szene.

„Tychicus!", raunte Octavia ihm zu. „Kommst du mal mit? Ich möchte noch etwas mit dir besprechen."

Tychicus seufzte ergeben und folgte ihr nach draußen. „Du brauchst meinen Rat?", fragte er. „Ist Acastus krank?"

„Acastus geht es gut", antwortete Octavia lächelnd. „Du kannst deinen Kollegen ja gleich mal aufsuchen. So viel ich weiß, ist er hinten in seinem Zimmer. Nur, als erster Diener deines Patrons solltest du eigentlich wissen, dass es Dinge gibt, bei denen man nicht unbedingt naseweis dabeistehen muss."

„Ach so! Ja, edle Octavia, es ist nur einfach zu schön. Du kannst dir nicht vorstellen, wie sehr er gelitten hat! Er redet über solche Dinge nicht, aber ich kenne ihn schon sehr lange und sehr gut. Glaube mir, seit seinem Aufenthalt in Baiae habe ich ihn nur noch selten lachen gesehen. Nur Messalla und die kleine Vipsania konnten ihn ab und zu noch aufheitern. Wer hätte denn je zu hoffen gewagt, dass eine so aussichtslose Sache doch noch ein gutes Ende finden würde?"

„Da hast du recht. Ich wünsche mir nur, dass alle meine Kinder ihren Ehepartner einmal so lieben könnten wie Marcella den ihren."

„Es ist ein kostbares Glück, wenn man denjenigen heiraten darf, den man liebt."

Octavia lächelte wehmütig. „Ein sehr kostbares. Jetzt geh nur zu Acastus. Ihr habt ja immer viel zu erzählen. Ich lasse dich rufen, wenn Agrippa wieder nach Hause will."

So erfuhr Tychicus nie, was Agrippa und Marcella an jenem Morgen noch alles zu bereden hatten. Aber es musste etwas sehr Schönes gewesen sein, denn auf dem gesamten Heimweg lächelte sein Herr nur schweigend vor sich hin. Und immer wieder stiegen tiefe Seufzer aus seiner Brust auf.

Nachdem die heißesten Sommertage vorbei waren, fand Agrippas zweite Hochzeit statt. Vieles war wie vor Jahren, als er Caecilia heimgeführt hatte. Und doch war alles anders!

Ein strahlender Septemberhimmel leuchtete über Rom, als Agrippa und Octavius, angeführt von ihren 24 Liktoren, im Hause Octavias ankamen. Diesmal führte ihr Bruder selbst Agrippa die Braut zu. Wie es Tradition war, trug Marcella ein safrangelbes Hochzeitsgewand und einen blutroten Schleier. Ihr schwarzes Haar zierte ein Kranz aus Blüten, die aussahen, als hätten winzige Finger sie aus weißem Wachs geformt. Zarter Jasminduft umgab sie.

Agrippa hätte später nicht mehr wiederholen können, was der oberste Jupiterpriester, der die Vermählung durchführte, gesagt hatte. Immer wieder sah Agrippa staunend Marcella an, immer wieder erwiderte sie seinen zärtlichen Blick. Endlich legte der ehrwürdige Oberpriester die Hände der Brautleute ineinander. „Marcus Agrippa und Claudia Marcella! Mögen alle liebenden Götter euch segnen und beschützen und euch viele Kinder schenken."

Agrippa beugte sich zu seiner jungen Frau und küsste sie auf den Mund. Plötzlich rollten ihr Tränen über die Wangen.

Zärtlich wischte er mit den Fingerspitzen über ihr Gesicht. „Nicht weinen", flüsterte er.

„Oh, Marcus", schluchzte sie erstickt. „Ich bin nur einfach so glücklich!"

Der Jupiterpriester lächelte gerührt – eine Braut, die vor Glück weinte, war erheblich seltener als solche, die dies vor Angst oder Unglück taten.

Octavius trat zu dem Paar und umarmte beide. „Vesta, Juno Lucina und Venus sollen euch segnen! Von Herzen erflehe ich alles Glück der Welt: für dich, Agrippa, meinen Freund, nunmehr Mitglied meiner Familie – und für dich, meine Marcella!" Octavius kniff ihr in die Wange. „Meine Lieblingsnichte", zwinkerte er, „mach ihn recht glücklich, meinen Agrippa!" Noch einmal wandte er sich dem Freund zu: „Und du sie, verstanden?"

Das Esszimmer war ein einziges Blumenmeer. Während Octavias Sklaven das Hochzeitsmahl auftrugen, erklangen heitere Liebesweisen.

Agrippa und Marcella genossen die fröhliche Stimmung. Trotzdem versank die Welt um sie herum immer wieder, wenn sie einander ansahen, und jeder dachte dabei, dass er so zärtliche und schöne Augen noch nie gesehen hatte.

Die Kinder hatten einen eigenen Tisch. Mittlerweile waren sie zu einer stattlichen Gruppe angewachsen: Vipsania, Livias jüngster Sohn Drusus, die jüngere Marcella, die beiden Antonias, die drei Kinder der Kleopatra, die beiden Kinder Messallas sowie dessen Ziehtochter Sulpicia, die verwaiste Tochter eines seiner Freunde. Dagegen durften Marcellus, Tiberius und Jullus Antonius schon bei den Erwachsenen liegen. Sie genossen es sichtlich.

Am Nachmittag zog die Gesellschaft in Agrippas Haus um. Die Straßen waren verstopft von Menschen, die dem Brautpaar Segenswünsche zuriefen.

„Lauter, lauter!", feuerte Agrippa lachend die Hochzeitsgäste an, als sie die traditionellen zotigen Hochzeitslieder anstimmten, um die bösen Dämonen zu vertreiben.

Alle klatschten fröhlich, nachdem er Marcella ohne zu stolpern über die Schwelle seines Hauses getragen hatte. Das Paar opferte den Hausgöttern, Agrippa übergab der jungen Hausherrin Wasser und Fackel, zum Schluss fand wieder das ausgelassene Beschwören des Mutunus Tutunus statt.

Keiner schwitzte an diesem Tag mehr als Tychicus. Er hatte die Liegen und Sessel rund um das Wasserbecken im Innenhof aufstellen lassen. Im Garten standen unter blühenden Büschen weitere Tischgruppen. Sklaven machten die Runde, um die Gäste mit Getränken und kleinen Köstlichkeiten zu versorgen. Unermüdlich kontrollierte Tychicus, ob alles korrekt angerichtet war. Er zupfte hier an einer verrutschten Tunika, befahl dort einem Diener, sich den Schweißgeruch abzuwaschen, einem anderen gab er einen Schlag ins Genick, weil ihm nach Tychicus' Ansicht ein unverzeihlicher Fehler unterlaufen war.

Agrippa und Marcella hatten keine Augen für das Geschehen rundherum. Selig sahen sie einander an, flüsterten miteinander und neckten sich. Immer wieder winkte er die Sklaven herbei, wählte besonders feine Leckerbissen für seine junge Frau aus und reichte sie ihr. Verspielt ließ sich von ihm füttern. Als sie ihm einmal absichtlich auf die Finger biss, lachten sie übermütig.

„Ich finde, Marcus Agrippa übertreibt ein wenig", mokierte sich eine ältere Matrone. „Er müsste ja nicht ganz so offen zeigen, dass er verliebt ist."

Ihre Freundin pflichtete ihr bei: „Zumal als Konsul! Da könnte man doch ein wenig mehr Haltung erwarten. Der führt sich ja schon auf wie Pompeius Magnus mit seiner fünften Gattin. Weißt du noch? Einfach skandalös."

„Heutzutage haben die jungen Leute einfach keine Würde mehr. Das war früher anders."

So zogen es die beiden Damen vor, sich beizeiten zu verabschieden, denn von afrikanischen Tänzerinnen, pikanten Gedichtvorträgen der

Maecenas- und der Messalla-Jünger, muskelstrotzenden Akrobaten, nackten Ringern und was sonst Vermutlich noch so geboten würde, hielten sie nicht viel.

Die anderen Gäste feierten umso ausgelassener bis tief in die warme Septembernacht hinein. Selten hatten die Römer einen so herrlichen Abend erlebt, denn Agrippa hatte nicht nur für seine Hochzeitsgäste das Beste vom Besten ausgewählt, sondern überall in der Stadt Tische aufstellen lassen. Jeder konnte sich mit Braten, Ragouts, Kuchen und Süßspeisen satt essen, und der Wein floss in Strömen. So wurde das Volk nicht müde, auf das Eheglück des Konsuls Marcus Agrippa und auf Caesars Wohl zu trinken.

Agrippa hatte weder Augen noch Ohren für das fröhliche Treiben. „Du bist so schön", flüsterte er Marcella immer wieder ins Ohr, „so wunderschön!" Es war schon nach Mitternacht, als er ihre Hand nahm und ihre Innenfläche küsste. „Ich würde gern noch ein wenig hinausgehen ...auf die Stadt hinuntersehen." Sehnsüchtig blickte er in ihre Augen.

Marcella nickte lächelnd. Sie erhoben sich.

„Wohin?", rief Octavius. „Ist es schon so weit?"

Livia kniff ihren Mann in den Arm. „Sei doch still!"

Zu spät. Auch die anderen wurden jetzt auf das Brautpaar aufmerksam, das sich zum Gehen wandte.

„Wir vertreten uns nur ein wenig die Beine", grinste Agrippa.

„Aber ja!", rief Taurus. „Eine gute Idee! Wenn du Hilfe brauchst, ruf mich, ja?"

„Diese Schlacht schlägt er sicher lieber ohne dich, Taurus", grölte ein anderer.

Unter dem Gelächter der Gäste verließ das Paar den Saal.

Still war es auch draußen nicht. Diener hasteten hin und her, Damen wünschten kichernd Glück, wie der Schleier einer seligen Göttin schwebten Musik, Lachen und Stimmengewirr durch Innenhöfe und Gänge.

Agrippa ergriff Marcellas Hand. „Komm, lass uns auf den Balkon in Messallas Trakt gehen. Dort kommt heute Abend keiner hin."

Hand in Hand traten sie wenig später ins Freie. Zärtlich legte er den Arm um Marcellas Schultern. Sie schmiegte sich an ihn. Gemeinsam blickten sie ins Tal hinunter.

Er atmete tief ein. „Kannst du dir eine schönere Stadt vorstellen?"

Das Licht der Feuer und Fackeln tanzte auf dem Marmor der Foren, schimmerte auf den Kollonaden und Statuen, zitterte im Wasser der Brunnen. Zerbrechlich wie aus Alabaster schwebte die Mondsichel darüber und versilberte die Dächer der Tempel.

„Hier möchte ich immer mit dir leben", antwortete Marcella, „und wenn wir anderswo sind, möchte ich immer wieder hierher zurückkehren." Sie sah zu ihm empor. „Und doch wäre selbst Rom ohne dich trostlos wie die Unterwelt – und die Unterwelt mit dir noch hell."

Seltsamerweise verdüsterte sich plötzlich seine Miene. Besorgt strich Marcella mit der Fingerspitze über die Falten, die sich auf seiner Stirn eingegraben hatten. „Warum siehst du mich so traurig an?"

„Ich bin nicht traurig. Ich bin sehr glücklich. Aber ich habe Angst, dass all dies nur ein Traum sein könnte. Ich würde sterben, wenn ich jetzt aufwachen und feststellen müsste, dass dies nicht Wirklichkeit war."

„Es ist kein Traum, Marcus." Lächelnd reckte sie ihr Gesicht zu ihm hoch. „Küss mich! Ich beweise es dir."

Er schloss die Augen und küsste sie – vorsichtig erst, fast ängstlich, dann immer verlangender. Irgendwann ließ er von ihr ab. „Gütige Götter! Marcella ... ach, das ist wie ein Sturm!" Er riss sie an sich. „Ich liebe dich!", keuchte er zwischen zwei Küssen. „Nur dich! Immer und ewig!" Seine Hände wanderten zu ihren Hüften. Stöhnend presste er ihren weichen Körper an sich.

„Lass uns hineingehen", raunte sie, „in unser Zimmer."

Für einen Moment versteifte sich sein Körper. Dann schob er sie langsam von sich. Unsicher sah er sie an. „Willst du das wirklich?"

„Ja!" Marcella schmiegte sich wieder an ihn. „Heute ist mein Hochzeitstag – unsere Hochzeitsnacht. Marcus, ich liebe dich."

Behutsam berührte er ihr Haar. „Hast du denn keine Angst?"

Sie hob ihr Gesicht zu ihm empor. „Muss ich mich denn fürchten, wenn du bei mir bist?"

Er lächelte. „Nur wenn ich nicht bei dir bin."

Hastig zog Agrippa die Tür des Schlafzimmers hinter sich zu und lehnte sich mit dem Rücken dran, als müsse er sich gegen einen feindlichen Angriff stemmen. Er seufzte erleichtert. Endlich waren sie allein!

Mit erhitzten Wangen stand Marcella vor dem Brautbett. Ihre Brust hob und senkte sich, noch immer atemlos. Ihre schwarzen Augen funkelten.

Agrippa stieß sich von der Tür ab. Er nahm ihr Gesicht in seine Hände. „Du musst es sagen, wenn dir etwas nicht recht ist." Seine Stimme klang seltsam rau. Sie nickte wortlos.

Er zog sie an sich und küsste sie erneut, vorsichtig zuerst, dann immer leidenschaftlicher. Seine Hand glitt ihren Rücken hinunter, dann zu ihren Brüsten empor.

Als er sie berührte, zuckte sie zusammen. Sofort zog er die Hand zurück. Verunsichert suchte er Marcellas Blick.

Doch sie schloss die Augen und seufzte nur leise.

„Ich will dich so“, murmelte er, während er sich auf die Bettkante sinken ließ und sie neben sich zog. „Ich liebe dich.“

Marcella ließ ihren Kopf nach hinten sinken und öffnete ihre Lippen wieder. Während er sie küsste, streifte er ihr Kleid erst über die eine, dann über die andere Schulter.

Verklärt sah er sie an. „Bei der lieblichsten Göttin, du bist so schön, Marcella!“ Wieder streichelte er ihr Gesicht. Er beugte sich vor, küsste ihren Hals, fuhr mit den Lippen zu ihren Schultern, glitt immer tiefer. Zärtlich umspielte er ihre Brustspitzen, fast mehr mit seinem Atem als mit seinen Lippen. Marcella stöhnte auf.

Das Herz klopfte ihm wild gegen die Rippen, als er bemerkte, wie ihre Knie leicht auseinander strebten.

„Liebst du mich?“, raunte er.

„So sehr!“

Er lachte leise. Dann begann er, die Knoten ihres Hochzeitsgürtels aufzubinden. Erneut hielt er inne, sah sie fragend an.

Doch Marcella lächelte nur und ließ sich auf das Bett sinken. Zitternd vor verhaltener Ungeduld begann er, sie zu entkleiden. Als sie nackt neben ihm lag, richtete er sich noch einmal auf. „Du bist so schön wie Venus selbst.“

Sie hielt ihm den Zeigefinger an die Lippen. „So etwas solltest du nie sagen! Sie könnte sonst neidisch werden.“

Agrippa streifte seine Tunika über den Kopf. Marcella betrachtete ihn gebannt. Alles an ihm strahlte Männlichkeit aus: seine breite Brust, die muskulösen Arme, die Hände. Seine Haut schimmerte kupfern. Sie strich mit der Fingerspitze über eine Narbe auf seinem Oberarm, dann weiter zu seinem kräftigen Hals. „Auch du bist schön!“

Agrippa lächelte verschämt – solche Komplimente war er nicht gewohnt. Statt einer Antwort beugte er sich über sie, grub seine Hände in ihre Locken und küsste sie erneut. Lange Zeit tat er nicht mehr als das, küsste ihre Lippen, ihre Augen, glitt über ihre Wangen hinab zu den Brüsten, küsste ihren Bauch, ihre Arme und Hände, umfasste ihre Schenkel und liebkoste Beine und Füße.

Immer tiefer versank sie in einen Strudel seliger Besinnungslosigkeit. Sie wehrte sich nicht, als er sich über sie schob, auch dann nicht, als er vorsichtig begann, in sie einzudringen.

Es kostete ihn all seine Kraft, sich jetzt noch unter Kontrolle zu halten. Sein Körper schrie nach Erlösung. Ab und an hielt er stöhnend inne, rief sich seinen Vorsatz in Erinnerung, ihr keine Gewalt anzutun, sondern, wenn möglich, sogar Lust zu bereiten. Die Qual, sich zurückzuhalten, schien ihm übermenschlich.

„Ich liebe dich“, seufzte Marcella.

Tief atmete er ihren Jasminduft ein. Dann versank alles um ihn herum in warmer Finsternis. Er stöhnte auf. Endlich gab er seinem

Körper nach. Zu gewaltig riss ihn der Drang nach Vollendung voran. Immer tiefer drang er ein, bis er spürte, dass er die Grenze erreichte, die ihre Jungfräulichkeit ihm setzte. Mit dem letzten Rest seiner Vernunft riss er die Augen auf. „Marcella", keuchte er, „noch ..."

„Ich will es. Marcus! Mein Mann!"

Von da war er kein denkendes Wesen mehr. Er spürte, wie ihr Körper sich verkrampfte, wie er plötzlich nachgab. Rasend peitschte ihn die Lust voran, ein nie gekanntes, verschlingendes Verlangen.

Wie ein verletztes Tier schrie er plötzlich auf.

„Oh, Marcella!" Keuchend ließ sich auf sie sinken. „Marcella, Marcella!"

Sie streichelte ihm über die Stirn, wischte den Schweiß weg, fuhr ihm durch das Haar.

Er öffnete die Augen und sah sie an. Eine Träne rollte über ihre Wange.

Erschrocken richtete er sich auf. „Habe ich dir so weh getan?"

„Nur ein wenig."

„Das – das wollte ich nicht!"

„Dummer Mensch!" Sie zog ihn zurück, neben sich auf das Kissen. Um Vergebung bittend sah er sie an.

Marcella schmiegte sich an ihn, schob ihren Kopf auf seine Brust. „Ich weine, weil ich so glücklich bin, Marcus – so glücklich wie noch nie zuvor im Leben. Deine Frau! Das bin ich jetzt, und niemand kann das mehr ändern. Wie habe ich mich nach dir gesehnt! Ach, und doch dachte ich, dass ich dich nie haben könnte! Ich wollte nur noch sterben."

„Ich habe noch nie eine Frau so sehr geliebt wie dich." Sanft wischte er ihr die Tränen weg. „Es ist so schön und – so tief, dass es weh tut. Ja, es tut weh, du hast recht."

Sie lachte leise. „Das weiß jetzt ganz Rom, zumindest aber alle Gäste in deinem, nein, in unserem Haus – so wie du eben gebrüllt hast."

Endlich lächelte auch er. „Sollen sie doch!" Verspielt wickelte er eine ihrer Locken um seinen Finger. „Möchtest du noch einmal zu ihnen?"

„Ich möchte nur hier bei dir sein. Ich möchte dich fühlen und einfach glücklich sein, dass du bei mir bist – dass du mein Mann bist."

Agrippa schob sie sacht von sich und stützte sich auf den Ellbogen. Ungläubig sah er sie an. Dann ließ er sich wieder neben sie sinken und vergrub seinen Kopf an ihrer Schulter. „Dass es so schön sein kann, hätte ich nicht vermutet", flüsterte er.

Er hörte sie leise lachen. „Das klingt ja gerade so, als hätte nicht ich heute meine Jungfräulichkeit verloren, sondern du."

Er wühlte sein Gesicht in ihre Haare. „Vielleicht war es ja so."

Plötzlich krallte Marcella ihre Hände in seine Oberarme. „Verlass mich nie!"

Er stöhnte auf. „Nie! Ich würde ja sterben, wenn ich dich verlieren würde!"

„Schwöre es mir!"

„Beim Göttervater selbst."

Marcella ließ die Hände sinken und schloss die Augen.

Noch lange lag er da und streichelte ihren Arm, ihre Schultern, ihre Hüften. Als er merkte, dass sie eingeschlafen war, setzte er sich auf. Voller Staunen betrachtete er seine Frau. Immer wieder ließ er seinen Blick über ihren jungen Körper gleiten, der im Licht der Öllampen schimmerte als sei er aus Rotgold gegossen.

In seiner Brust fühlte er ein nie gekanntes Brennen, schmerzhaft – und doch so süß. Plötzlich musste er lächeln. „Amor, du uralter Schönster", murmelte er, sehr, sehr leise, denn er konnte es kaum fassen, dass er zu solchen Gefühlen fähig war. „Jetzt hast du auch mein Herz verwundet."

Sanft hauchte er einen Kuss auf Marcellas Schulter und schmeckte ihn genüsslich nach. Dann legte auch er seinen Kopf auf das Kissen. Noch lange betrachtete er seine schlafende Frau. Er wollte nicht einschlafen, wollte sie immer nur ansehen! Doch irgendwann schloss auch er die Augen.

Die nächsten Tage verbrachte Agrippa wie im Rausch. Immer wieder zog er sich mit Marcella ins Schlafzimmer zurück. Sie verbrachten Stunde um Stunde damit, ihre Körper zu erkunden und immer neue Freuden zu finden.

Trotzdem vergaß er seine Aufgaben nicht. Schon eine Woche nach der Hochzeit empfing er morgens wieder seine Klienten und Geschäftspartner und leitete die Senatssitzungen. Nachmittags kehrte er nach Hause zurück und vertiefte sich in seine Pläne und Berechnungen. Das Arbeiten war ihm noch nie so leicht gefallen. Fast schien es ihm, als könne er seine Ideen nicht so schnell zu Papier bringen wie sie in seinem Kopf entstanden. Fieberhaft skizzierte und zeichnete er, fügte Zahlenreihe an Zahlenreihe. In solchen Momenten konnte er sogar seine Frau vergessen.

Sie ihn aber nicht. Eines Tages streckte sie den Kopf durch die Tür seines Arbeitszimmers.

Agrippa sah erstaunt auf. „Marcella? Ist etwas passiert?“

Sie schlüpfte hinein, zog die Tür hinter sich zu und trat zu ihm hinter den Schreibtisch. „Nein. Ich hatte nur Sehnsucht nach dir. Und ich wollte wissen, was du machst.“

„Was ich mache?“ Er hob die Brauen und zuckte mit den Schultern. „Arbeiten.“

„Ja, aber was? Womit befasst du dich den ganzen Tag, wenn du dich hier vergräbst?“

Er stutzte. „Interessiert dich das denn?“

„Wie auch nicht?“ Sie setzte sich auf die Lehne seines Sessels und legte den Arm um seine Schultern. „Wenn du gerade ein wenig Zeit hättest, könntest du es mir ja erklären. Andernfalls würde ich dir einfach ein wenig zusehen.“

Agrippa räusperte sich. „Also gut. Du kannst mich ja unterbrechen, wenn es dich langweilt.“

„Bestimmt nicht.“

Er lächelte. „Komm mit. Zuvor muss ich dir etwas zeigen.“ Er zog sie zum Fenster. „Weißt du, wie viel Uhr es ist?“

Marcella sah sich verwirrt um. „Nein. Wie auch? Unsere Uhr ist im Atrium.“

Er grinste. „Unsere, ja! Aber könntest du dir vorstellen, dass es eine Uhr gäbe, die von jedem höheren Punkt von Rom aus zu sehen wäre?“

„Das müsste eine gigantische Uhr sein.“

„Eine völlig neue Uhr, ja. Eine die größer wäre als jede andere auf dieser Welt – so wie Rom größer ist als jede andere Stadt der Welt. Eine Uhr, Marcella, die nicht nur größer ist als alle anderen, sondern die auch die Stunden eines neuen Zeitalters misst – die Stunden unserer Zeit."

„Und du willst so eine Uhr bauen? Wie willst du das denn machen?"

Agrippa ging an den Schrank, zog eine große Rolle heraus und breitete sie auf dem Schreibtisch auf. „Das ist Rom. Hier im Norden ist das Marsfeld. Es ist fast unbebaut, weil sich ja die Truppen dort sammeln. Aber ich bin der Ansicht, dass das künftig anders werden sollte." Er sah zu Marcella auf. „Unsere Bevölkerung nimmt zu, und Rom blüht auf. Warum sollten wir das Marsfeld als Paradeplatz weiterhin brach liegen lassen, wenn die Stadt immer weiter wächst? Nein! So wie das römische Reich zurzeit neu entsteht, soll auch sein Kopf ein neues Gesicht bekommen!"

Er sah wieder vor sich auf den Stadtplan nieder. „Das jungfräuliche Marsfeld bietet sich hierfür geradezu an. Hier ist der richtige Ort für Neues – für Dinge, die in ihrer technischen Ausgereiftheit nirgendwo im Erdkreis ihresgleichen haben! Dinge aber auch, die nicht nur bewundernswert sind, nein, sie müssen auch einen praktischen Wert haben: Sie müssen vor allem dem Volk dienen. Das Zentrum dieses neuen Stadtteils wird eine riesige Uhr sein. Als Zeiger lassen wir einen Obelisken aus Ägypten kommen. Sein Schatten wird auf den Boden fallen und uns die Jahreszeiten, Monate und Uhrzeiten verkünden. Das ist mein Plan – einer meiner Pläne."

Marcella sah ihn mit großen Augen an. „Einer deiner Pläne?"

„Ja. Aber um welches Projekt es auch immer geht, zuvor müssen wir dafür sorgen, dass die Grundlagen für den Bau vorhanden sind. Dazu brauche ich zweierlei: Straßen und Wasser. Zurzeit arbeiten wir an den Straßen. Was das Wasser betrifft, sind wir mit der Aqua Julia vorerst gut versorgt. Aber langfristig wird auch die nicht reichen. Wir werden also eine weitere Leitung bauen, die hier, über den Pincius-Hügel, Wasser auf das Marsfeld führt."

Marcella sah ihn entgeistert an. „Wozu brauchst du auf dem Marsfeld Wasser? Es ist doch ohnehin schon viel zu sumpfig, um als Baugelände zu dienen!"

Agrippa schüttelte vehement den Kopf. „Noch, ja, aber nicht mehr lange. Wir legen es einfach trocken. Marcella, das haben unsere Ingenieure doch schon Hunderte Male und in den entferntesten Winkeln des Reiches gemacht! Pass auf: In einem ersten Schritt leiten wir alle Bäche, die durch das Marsfeld fließen, in einen See." Agrippa wies auf eine blau markierte Stelle nahe dem Ufer des Tiberis. „Hier werden wir eine Grube ausheben, das Wasser kanalisieren und hineinleiten. Das Gelände ringsum schütten wir mit dem Aushub aus dem See auf. Wozu ein solcher Aufwand, fragst du dich jetzt? Nun, Marcella, weil mein größter Traum nicht die Sonnenuhr ist."

„Sondern?"

Agrippa richtete sich mit leuchtenden Augen auf. „Sondern ein Badehaus! Eines, in dem sich alle Menschen kostenlos reinigen können, rund ums Jahr, wo sie Sport treiben und sich treffen können, ein Ort des Austauschs, der Ertüchtigung und der Kunst gleichermaßen! Und für diese ersten großen Thermen Roms brauche ich eine neue Wasserleitung. Sie bringt das Wasser in das Badehaus, von dort fließt es in den See und dann in den Tiberis." Erregt leckte er sich die Lippen. „Aber das ist noch lange nicht alles. Das Größte kommt noch! Denn du darfst die einzelnen Bauten nicht isoliert betrachten, sondern musst das Ganze als Komplex sehen. Im Norden der Thermen steht die Sonnenuhr und bewacht den Eingang eines Grabhügels, den ich für deinen Onkel bauen will. Hier sollen die Menschen seiner für alle Zeiten gedenken. Dieser Bauabschnitt ist der Vergänglichkeit gewidmet. Dann kommen die Thermen selbst, ein Ort der körperlichen Reinigung und des menschlichen Austauschs im Hier und Jetzt – das Zentrum des Baukomplexes. Und dort, im Süden der Thermen, sollen die Götter ihre Wohnstatt bekommen, hier sollen die Reinheit des Geistes und die Harmonie verehrt werden. Dorthin will ich einen Tempel bauen, der allen Göttern geweiht ist – ein Pantheon! Dieser Ort ist der Ewigkeit gewidmet. "

„Allen Göttern?"

„Genau. Denn jeder Gott und jede Göttin ist eine Facette des Lebens. Erst alle Götter zusammen bilden die vollständige Wahrheit und Harmonie. Aber denken wir mal nicht an den Olymp, sondern an die Erde! Das römische Reich soll ja irgendwann für alle Menschen ein Heim werden, für alle Völker rund um das große Meer. Nur dann bekommt unser Reich einen tieferen Sinn. Wie also alle Götter im Pantheon vereint sind in Harmonie und Frieden, so soll es auch auf Erden sein. Dieser Tempel ist das Symbol eines neuen Zeitalters. Das, Marcella, ist mein Lebenswerk: die Fundamente für dieses neue Reich zu legen. Nichts ist mir heiliger als dieser Traum."

Marcella sah Agrippa staunend an. Dann schlug ihr Ausdruck in ängstlichen Zweifel um. „Meinst du nicht, dass es dir eines Tages gehen könnte wie Prometheus? Jupiter hat ihn für seine Anmaßung grausam bestraft! Er sandte ihm seinen Adler, der ihm die Leber aus dem Leib riss."

„Aber zuvor hat Prometheus den Menschen das Feuer gebracht. Das konnte selbst Jupiter nicht mehr rückgängig machen!"

„Marcus, ich fürchte mich, wenn ich dich so reden höre."

Er schlang seine Arme um Marcella und presste sie fest an sich. „Jupiter sendet keine Adler mehr! Aber wenn er es tun würde, dann soll mir sein Adler eben die Leber aus dem Leib reißen! Verstehst du das denn nicht? Ich muss doch wenigstens versuchen, dieses neue Reich aufzubauen!"

Er hielt Marcella mit gestreckten Armen von sich. „Wir leben in einer Zeitenwende, in einer Sternstunde der Menschheitsgeschichte. Noch nie zuvor waren wir dem uralten Traum, ein Reich des Friedens zu schaffen, so nah! Wir Römer haben die Macht über viele Völker errungen. Jetzt müssen wir sie nutzen! Wir werden scheitern, wenn Gier und Selbstsucht uns leiten. Aber wir können auch siegen, wenn wir beseelt sind vom Glauben an das Gute, an den Frieden. Dafür haben dein Onkel und ich Jahr um Jahr gekämpft, haben all das Elend in Kauf genommen, das wir erlitten und verursacht haben, all die schrecklichen Kriege, all das Blut!

Jetzt aber sind die Tore des Janustempels geschlossen. Jetzt bricht die neue Zeit an. Noch nie zuvor gab es einen so großen, so begabten Mann wie deinen Onkel. Noch nie hat ein Herrscher so viel Macht besessen. Ich glaube an ihn! Er trägt unseren Traum aus tiefster Überzeugung, er liebt ihn von ganzem Herzen. Selbst der vergöttlichte Julius Caesar war kleiner als er, denn der war in erster Linie ein selbstherrlicher Mann. Dein Onkel ist anders. Er hat sich ganz dieser neuen Aufgabe verschrieben, den Menschen zu dienen, als Legionär einer besseren Zukunft. Maecenas hat einmal gesagt, nur der dürfe herrschen, der sich als Sklave des Volkes sieht. Ich konnte Maecenas noch nie leiden, aber er hat Recht! Er ist ein Visionär wie kein anderer.

Auch das ist ein Wunder: Gerade in diesem Moment haben die Götter nicht nur einen neuen, einen jungen Caesar auf die Erde gesandt, nein, ihm wurden auch noch außergewöhnliche Mitstreiter an die Seite gestellt: Messalla und Maecenas, die selbstlos die Künste fördern, eine Dichtergeneration, die ihresgleichen nicht hat. Dann ist da noch Taurus, ein begnadeter Heerführer. Sie alle bauen an unserem gemeinsamen Traum mit. Wenn so viele große Männer beisammen sind, dann müssen wir doch wenigstens versuchen, dieses Friedensreich zu gründen."

„Und wenn ihr scheitert?"

„Daran darfst du nicht einmal denken! Wenn der Geist des Friedens stirbt, der uns beseelt, werden schreckliche, dunkle Zeiten folgen. Ein Volk wird gegen das andere kämpfen, ein Gott wird den anderen verfluchen, und immer wieder werden sich neue Völker über andere erheben. Sie werden einander nicht töten, um Frieden zu schaffen. Nein, sie werden es tun, um andere zu knechten und auszubeuten. Schöne Worte werden auch sie reden, aber an dem, was sie tun, werden die Menschen erkennen, welcher Geist sie beseelt. Wahrhaftigkeit kann nur aus Wahrhaftigkeit geboren werden, niemals aus Lügen! Es geht nicht um Rom, Marcella, denn selbst wir Römer sind ja nur Menschen. Es geht um diesen Geist, der Frieden schaffen will. Er muss aufblühen, muss stark werden – dauerhaft stark!"

„Aber Marcus, was wird denn sein, wenn du und die anderen einmal sterben?“

„Bis dahin, Marcella, müssen unsere Kinder so weit sein, dass sie unseren Traum zu dem ihren gemacht haben. Es werden nicht nur die paar Adligen sein, sondern Abertausende, Ritter, Plebejer und Freigelassene, immer mehr, auf der ganzen Welt. Die besten von ihnen werden an unserem Traum weiterbauen! Deshalb müssen wir Verhältnisse schaffen, in denen die Kinder gesund groß werden. Deshalb müssen wir alle nur erdenklichen materiellen Grundlagen schaffen, damit der Geist daraus emporwachsen kann. Vor allem aber müssen wir unseren Kindern die Tugenden ständig vor Augen halten, damit sie die ihren werden, damit sie diese in die Zukunft tragen.“

„Welche Tugenden meinst du?“

„Die Tugenden, die Rom groß gemacht haben: Pflichtgefühl, Tapferkeit, Milde und Gerechtigkeit.“

„Und Liebe!“

Agrippa lachte. „Und Liebe, meinetwegen – Liebe zu den Tugenden.“

Marcella legte den Kopf schräg. „Und Liebe zu den Frauen?“

Agrippa zog sie an sich und küsste sie zärtlich. „Ich weiß nicht, ob es dir aufgefallen ist, aber alle Tugenden sind doch weiblich. Muss man sie da nicht lieben?“

„Marcus, ich meine nicht Göttinnen, sondern Menschen!“

Er blickte ihr tief in die Augen. „Wenn ich dich so ansehe, weiß ich am Ende nicht mehr, was du bist: eine Göttin oder eine Frau – oder beides?“. Erneut zog er sie an sich und küsste sie. „Ich glaube, du bist eine Frau“, sagte er rau und versuchte ein Grinsen. „Ich werde es sofort herausfinden.“ Er ging zur Tür und verriegelte sie. Dann wandte er sich zu Marcella um.

Herrlich war sie, wie sie so dastand! Ihr Atem ging noch immer schnell. Ein paar ihrer schwarzen Haarsträhnen hatten sich gelöst und hingen ihr ins erhitzte Gesicht.

Agrippa trat auf sie zu. „Oder doch eine Göttin“, murmelte er und streifte ihr zielstrebig das Kleid von den Schultern. Er schob sie zum Schreibtisch, hob sie auf die Platte und drängte seinen Körper zwischen ihre Beine. Dann beugte sich über sie und nahm eine ihrer dunkelroten Brustspitzen zwischen die Zähne. Marcella schrie auf.

Schwer atmend ließ er von ihr ab. „Hat das weh getan?“

Sie schloss die Augen und blähte die Nasenflügel. „Nein, du Ungeheuer! Es macht mich rasend.“

Er lachte. „Mich auch!“ Erneut beugte er sich über sie, um sich ihren Brüsten zu widmen. Er liebkoste sie mit seinen Fingerspitzen, saugte wie ein hungriges Neugeborenes daran, nahm sie dann wieder zart zwischen die Lippen, um sie kaum merklich mit der Zunge zu umspielen. Er genoss es, wie Marcellas Verlangen immer mehr zunahm. Gleichzeitig spürte er, wie sein Blut immer wilder durch sein aufgerichtetes Glied pochte.

Bald wand sich Marcella unter ihm, streckte ihm ihre Brüste entgegen und hob ihre Hüften an. „Marcus“, keuchte sie, „du zerknitterst das Pantheon.“

„Dann bau ich es eben anders“, murmelte er und schob ihr Gewand hoch. Fasziniert betrachtete er den zuckenden, geöffneten Frauenleib, der nach ihm zu schreien schien. Er beugte sich darüber und küsste ihn hungrig. Plötzlich richtete er sich abrupt auf. Mit einem Stöhnen, das tief aus seinem Innersten aufstieg, drängte er sich in den glühenden Schoß.

Er schloss die Lider. „Marcella!“ Agrippa spürte ihre Hände, wie sie sich in sein Gesäß krallten und seinen Körper tief in sich hinein zogen. Erstaunt riss er die Augen auf. Der Anblick raubte ihm den Atem: nacktes, lebendiges, heißes Fleisch zwischen raschelnden weißen Papyri, auf die er die Zukunft Roms geschrieben hatte, ein Körper, der wollüstig genoss, ihn gierig aufnahm, sich um seinen Phallus presste – eine Frau, ganz und gar, ein Weib, das ein Kind von ihm forderte – ewige, göttliche Natur!

Als würden die Götter selbst ihre Pläne segnen, gelang den beiden Konsuln in den folgenden Monaten alles, was sie anpackten. Agrippa entwickelte eine geradezu explosive Schöpferkraft, angespornt von seinen Erfolgen, beseelt von Marcellas Liebe. Seine ganze Energie verwendete er in sein gigantisches Bauprojekt auf dem Marsfeld.

Mit dem Mausoleum für Octavius begann er. Doch kaum waren die Fundamente gelegt, steckte er neue Baustellen ab. So baute er seinem Schutzgott eine Säulenhalle, die Porticus Neptuni. Der mit Abstand größte Bau aber war eine Versammlungshalle für die Volksabstimmungen, die Saepta Julia, benannt nach Octavius' Familie.

Die Idee stammte noch vom Dictator Caesar: Die römischen Bürger sollten für ihre Versammlungen eine überdachte Halle bekommen. Bislang hatten die Volksabstimmungen unter freiem Himmel stattgefunden, auf einem Gelände, das nur von einem Holzzaun umgeben war – kaum mehr als ein Viehpferch. Aber war die Wahl der Volksvertreter nicht eines der heiligsten demokratischen Bürgerrechte?

Auch für das Pantheon legte Agrippa den Grundstein. Mit der Planung beauftragte er Cocceius Auctus, der ihm vor Jahren schon beim Bau des Portus Julius unschätzbare Dienste geleistet hatte.

Agrippas ganze Liebe aber galt dem neuen Badehaus. Als einziges seiner Bauwerke sollte dieses seinen Namen tragen: Agrippa-Thermen.

Octavius staunte nicht schlecht, als sein Freund ihm die Pläne zeigte. Die Dimensionen und die Ausstattung waren einzigartig. Das

Erstaunlichste war die Halle für das Schwitzbad: ein kreisrunder Saal, über dem sich eine halbkugelförmige Kuppel spannte. Vierundzwanzig gewaltige Marmorsäulen trugen sie. Das Kühne aber daran war, dass sie nicht mit einem Schlussstein endete. Vielmehr öffnete sie sich im Scheitel in einem Rund, so dass das Sonnenlicht ins Innere fallen konnte.

„Diese Öffnung hat noch einen Vorteil", erklärte Agrippa, „wir versehen sie mit einer Metallscheibe, die man an Ketten herablassen kann. So können wir die Temperatur stets durch mehr oder weniger Luftzufuhr regulieren. Wenn wir die Luke öffnen, entsteht ein Sog wie in einem Kamin. Die warme Luft, die durch die Fußbodenheizung entsteht, steigt nach oben und kann durch die Öffnung entweichen."

„Und du meinst, die Kuppel stürzt nicht ein, wenn du nicht mit einem Schlussstein abschließt?", fragte Octavius skeptisch. „Ich gebe ja zu, es ist nicht der erste offene Kuppelbau, den es gibt – aber so groß?"

Agrippa schüttelte den Kopf. „Auctus und ich haben die Statik Dutzende Male nachgerechnet. Außerdem verwenden wir diesmal den neuen Baustoff aus Puteoli-Erde, mit dem wir Hohlräume ausgießen können. Caesar, die Kuppel wird halten! Kannst du dir die Raumwirkung vorstellen? Eine lichtdurchflutete, runde Halle? Es wird ein einmaliger, wunderbarer Bau! Baden wie unter dem Himmelsrund! Ich kann schon jetzt manchmal nicht einschlafen, wenn ich nur daran denke!"

Octavius schmunzelte: „Ich dachte immer, Marcella hielte dich vom Einschlafen ab."

„Mach jetzt keine Witze", entgegnete Agrippa ungeduldig. „Die Sache ist mir zu ernst. Jedenfalls wird dies das erstaunlichste Gebäude, das je in Rom entstanden ist. Sieh her! An das Schwitzbad schließen sich die anderen Räume an: Kaltbad und halbwarmer Saal je für Männer und Frauen, rechts und links der Kuppel spiegelbildlich angeordnet. Dazu Umkleide-, Massage-, Kosmetik-, Gymnastik- und Ruheräume, und hier die Speisezimmer. Neben den Thermen öffnet sich ein säulenumstandener Sportplatz. In die Nischen der Wandelgänge kommen Statuen."

Er zog kolorierte Skizzen hervor und breitete sie auf den Tisch aus.

„Prächtig!", entfuhr es Octavius.

Agrippa lächelte stolz. „Und die Begleitmusik zu diesem Werk wird das allgegenwärtige Rauschen des Wassers sein."

„Apropos – was macht deine neue Wasserleitung?"

Agrippa blies hörbar die Luft aus. „Das ist eine Plage! Ich bin der Ansicht, wir sollten die Virgo-Quellen nördlich der Via Collatina dafür nehmen. Die sind zwar insofern problematisch, als wir kaum

Gefälle bekommen. Auctus und ich müssen das noch genauer berechnen. Jedenfalls wäre das billiger als noch so ein Koloss bis in die Sabinerberge. Bei den Virgo-Quellen wäre die Strecke, die wir überwinden müssten, nur ein Viertel so lang wie bei der Aqua Julia. Allerdings haben wir ein Riesenproblem: Um das Virgo-Wasser zu nutzen, müssen wir die Hügel im Osten der Stadt durchstechen. Nur wie? Wenn wir das tun, müssen wir in einhundertzwanzig Fuß Tiefe einen drei Meilen langen Tunnel graben."

„Das ist ja verrückt!"

„Eben. Selbst der alten Wühlmaus Auctus sträuben sich beim Gedanken an den Aufwand die Haare."

„Könntest du das Wasser nicht um die Hügel herumleiten?"

„Das ginge dann wieder auf Kosten des Gefälles, und Druck habe ich bei der Virgo ja ohnehin zu wenig. Du kannst es drehen oder wenden wie du willst, diese neue Wasserleitung ist ein echtes Problem."

„Aber deine Thermen brauchen Wasser."

Agrippa nickte. „Sie werden Wasser bekommen, bei Jupiter!"

„Du kapitulierst wohl nie, hm?"

„Nicht vor einer Wasserleitung."

„Und die Kosten?"

„Meine Ländereien werfen gute Gewinne ab."

„Agrippa, willst du denn nie auch mal an dich denken? Willst du all dein Geld nur dafür ausgeben, Rom neue Wasserleitungen, Tempel und Bäder zu schenken?"

„Was soll ich sonst damit tun? Ich habe ein schönes Haus, zu essen und zu trinken. Ich habe Freunde, sogar eine Frau, die ich liebe, und noch dazu habe ich die schönste Aufgabe dieser Welt. Wozu soll ich Geld für mich anhäufen?"

„Weil jeder, den ich kenne, genau das tut – und nur immer noch mehr will."

„Die Stimme des Fleisches spricht: Ich will nicht hungern, nicht dürsten, nicht frieren. Wem aber all dies zuteil wird oder wer wenigstens gewiss darauf hoffen darf, der kann sich an Glückseligkeit selbst mit Gottvater Zeus messen."

„Du und dein Epikur! Eines Tages stellst du dich mal noch im Philosophengewand aufs Forum und predigst."

Agrippa lachte. „Das ist gar nicht nötig. Du weißt ja, ich mag die Menge nicht. Meine Bauten sollen meine Predigten sein, Stein gewordene Worte, wenn ich selbst schon längst zu Asche zerfallen bin. Jeder, der über sie nachdenkt, wird meine Stimme hören – und die deine. Er wird verstehen, dass der Mensch alles erreichen kann, was er will, selbst das, was nicht nur groß, sondern auch gut ist. Und wenn immer mehr Menschen eben dies wollen, kann kein Gott sie aufhalten."

„Wäre es doch nur so, dass dein Beispiel Schule machen würde!

Wäre es doch nur so, dass sich die Menschen alles Gute, das sie sehen, ebenso zu Herzen nehmen würden wie ihre Gier und ihren Neid! Dann wäre die Welt wohl erlöst. Aber wie besiegen wir unsere eigenen Passionen? Wie können Millionen von Menschen dazu gebracht werden, sich den Tugenden zuzuwenden?"

„Zuerst einmal, indem wir ihnen das Nötigste zum Leben geben. Dann aber, indem wir ihnen vorleben, was gut ist. Nur so kann es gehen. Es gibt keinen anderen Weg zur Tugend als den durch die Tugend."

Im Jahr darauf wurden Octavius und Agrippa erneut zu Konsuln gewählt, der Princeps zum siebten Mal, für seinen Freund war es die dritte Amtszeit. Natürlich zerrissen sich die Römer die Mäuler darüber. Um so erstaunter, ja, geradezu sprachlos waren sie, als Octavius gleich zu Beginn des Jahres im Senat eine völlig unerwartete Entscheidung bekannt gab.

Er betrat die Kurie bester Laune und setzte sich neben Agrippa auf seinen Konsulnsessel. Nachdem Ruhe eingekehrt war, stand er auf und begann mit einer ebenso kurzen wie wohlgesetzten Rede.

Hatte es anfangs noch Füßescharren, Gehüstel und Gemurmel gegeben, herrschte bald atemlose Stille. Kein Senator konnte glauben, was der Princeps da verkündete: „Ich werde nicht mehr länger euer Oberhaupt bleiben!", hallte Octavius' Stimme durch die Kurie. „Kein Einziger von euch wird mir künftig noch vorwerfen können, dass ich meine sämtlichen bisherigen Taten nur deshalb vollbracht habe, um die uneingeschränkte Macht an mich zu reißen – ein schmerzhafter Vorwurf, denn nichts lag mir je ferner! Nein, hier und jetzt gebe ich meine Privilegien im Staat vollständig auf. Ehrwürdige Väter, ich lege euch alles und jedes in die Hände: das Heer, die Gesetzgebung, die Provinzen, und zwar alle. Daran sollt ihr merken, dass ich nicht ein einziges Mal je auf eine Machtstellung aus war. Alles, was ich je wollte, war erstens, meinen grausam ermordeten Vater rächen, und zweitens, Rom aus großen, immer neuen Übeln befreien – obwohl ich dafür noch viel zu jung war, wie ihr alle wisst! Trotzdem konnte mich nichts davon abhalten, euch in euren Gefahren beizustehen, weder Mühen noch Furcht noch feindliche Drohungen noch Bitten der Freunde noch die große Zahl der Verschwörer noch der Wahnsinn der Gegner. Nein, bis zum Letzten habe ich mich für euch eingesetzt, und ihr wisst gut, wie viel Leid ich deswegen erdulden musste. Aber weil Fortuna euch jetzt durch meine Hand den Frieden zurückgegeben hat, so empfangt auch wieder eure Freiheit und die Demokratie! Übernehmt die Armee und die Provinzen und regiert euch selbst, wie ihr es gewohnt seid! Ich flehe euch an, meinem Vorschlag zuzustimmen. Erweist mir euren Dank für alles, was ich für euch getan habe, indem ihr mir erlaubt, endlich in Ruhe den Rest meiner Tage zu verleben."

Ungläubiges Gemurmel erhob sich.

Octavius hob noch einmal die Arme und bat um das Wort. „Ihr habt es gehört: Ich lege die Herrschaft in eure Hände zurück. Aber einen Wunsch möchte ich euch doch noch mit auf den Weg geben, wenn ihr erlaubt. Ehrwürdige Väter! Haltet mit aller Kraft an den Gesetzen fest! Übertragt alle Ämter nur euren besten und klügsten Männern. Kämpft nicht gegeneinander, sondern nur darum, die Sicherheit Roms und sein Wohlergehen zu wahren. Ehrt jeden, der so denkt, und bestraft jeden, der andere Ziele verfolgt. Darum bitte ich euch."

Octavius wandte sich Agrippa zu und lächelte ihn an – gleich würde er dessen Wünsche vorbringen: „Behandelt euer persönliches Eigentum wie Staatsbesitz und spendet es freigebig dem Volk. Lasst dagegen die Hände von öffentlichen Geldern! Misshandelt nicht die Bundesgenossen und Untertanen. Und wenn ihr mit Feinden zu tun habt, dann fügt ihnen kein Unrecht zu. Fürchtet sie aber auch nicht! Habt also immer eure Waffen bei der Hand, aber führt sie niemals gegeneinander oder gegen friedliebende Menschen, sondern nur gegen Feinde. Zu guter Letzt: Gebt den Soldaten einen auskömmlichen Lohn, damit sie nicht nach fremdem Eigentum greifen müssen. Haltet sie andererseits fest in der Hand, damit sie nicht übermütig werden und Schaden anrichten. Wenn ihr so handelt, werdet ihr glücklich. Einen größeren Dank könntet ihr mir nicht erbringen.

Aber wenn ihr meine Ratschläge nicht befolgt, werde ich diesen Schritt, den ich heute tue, bereuen. Ihr aber müsst mit der Schande leben, Rom von neuem in eine Unzahl von Kriegen und in große Gefahren gestürzt zu haben."

Nachdem er geendet hatte, erhob sich lauter Tumult. Octavius setzte sich wieder neben Agrippa. Aus dessen Blick leuchteten Stolz und Bewunderung. Er beugte sich zu seinem Freund: „Was auch immer jetzt geschieht, Caesar – es wird richtig sein, und dir nur Ehre einbringen. Du hast wirklich Mut!"

Octavius legte ihm die Hand auf den Arm. „Ich danke dir. Aber es war richtig so, Agrippa: Sollten sie sich jetzt für mich als ihren Herrscher entscheiden, geschieht dies nach dem Willen des Volkes, und niemand kann mich je beschuldigen, ich hätte die Macht an mich gerissen."

„Und wenn sie dich nicht wollen? Es gibt doch nichts, was du dir mehr wünschst als die Alleinherrschaft!"

Octavius zuckte die Schultern. „Dann werde ich mich wie versprochen zurückziehen." Er lächelte verschmitzt. „Aber glaube mir, es wird nicht lange dauern bis sie mich wieder zurückholen. Während dessen könnt ihr in Rom das Feuer am Glühen halten, du, Maecenas und Messalla." Er zwinkerte Agrippa zu. „Wofür sonst bist du mein Mitkonsul? Denn eines ist mir längst klar, mein Freund: Ein Herrscher ist immer so gut wie seine Stellvertreter. Wer das nicht erkennt, wird nie einen Staat begründen, der auf Dauer angelegt ist. Aber genau darum geht es mir! Natürlich will ich die Alleinherrschaft – aber nicht wegen des süßen Gefühls der Macht! Mir geht es vor allem darum, ein System zu schaffen, das stark genug ist, die Jahrhunderte zu überdauern."

Agrippa sah ihn nachdenklich an. Octavius' politische Winkelzüge waren ihm fremd. Doch ihn faszinierte der Gedanke, tatsächlich zu den Begründern einer neuen, gerechteren Welt zu gehören, jene Utopie zu verwirklichen, von der die Menschen seit jeher träumten. Er war fest davon überzeugt, dass Octavius nicht nur fähig, sondern ausersehen war, deren Fundamente zu legen.

Agrippa stand auf und gebot mit erhobenen Armen Schweigen. „Ehrwürdige Väter! Lasst uns alle hören, was ihr zu dem Vorschlag Caesars zu sagen habt!" Dann erteilte er den Anwesenden das Wort, wie es seine Aufgabe als Konsul war.

Die Sitzung endete damit, dass die große Mehrheit der Senatoren Octavius bat, die Alleinherrschaft anzutreten. Scheinbar widerstrebend gab der ihrem Drängen nach – erst einmal nur für zehn Jahre, wie er betonte.

Drei Tage später versammelte sich der Senat erneut. Auch diesmal meldete sich keine Opposition zu Wort. Vielmehr äußerten die Herren den Wunsch, sie wollten Octavius einen Ehrentitel geben. Aber welchen? Auf gar keinen Fall durfte er an die Königswürde erinnern!

Nach langem hin und her brachte Munatius Plancus einen Vorschlag ein, den alle guthießen. Mittlerweile hatte der ehemalige Parteigänger des Antonius, der „Meergott Glaukos", die Metamorphose zu einem der glühendsten Verehrer des Octavius durchlaufen. „Lasst uns Caesar einen Titel geben, der die hochheiligsten und ehrwürdigsten Dinge bezeichnet", rief er, „nur das ist seiner würdig! Ich schlage deshalb vor, dass wir ihn künftig Augustus nennen – den Erhabenen! So wollen wir ihn für seine Mühen ehren: als Imperator Caesar Divi Filius Augustus".

Caesar Augustus und seine Gefolgsleute bemühten sich mit Feuereifer, auch noch die letzten Kritiker zum Schweigen zu bringen, die ihren Idealismus anzweifelten. Auf eigene Kosten ließ Agrippa auf dem Marsfeld sein neues Viertel aus dem Boden stampfen und die neue Aqua Virgo bauen. Augustus bezahlte die Reparatur der Via Flaminia, die quer durch das Land von Rom bis zur Adria führte. Messalla beglich die Instandsetzung der Via Latina von Rom nach Capua aus eigener Tasche und ließ sämtliche Brücken der Hauptstadt mit Marmorstatuen schmücken. Taurus finanzierte die Via Popilia von Neapolis bis Rhegium in der Stiefelspitze. Außerdem eröffnete er auf dem Marsfeld ein Amphitheater. Auch viele andere Männer wetteiferten darin, Bauten für das Volk zu spenden.

Dessen Verehrung für Caesar Augustus wuchs ins Unermessliche: So viele Wohltaten und Glück hatte ihnen noch kein Senat je beschert. Nicht einmal die Götter!

Auch in den Provinzen schlug die Stimmung um. Mit dem Ausbau des Verkehrswesens nahmen der Handel und die Ausbreitung der römischen Kultur einen nie gekannten Aufschwung.

Auch die lateinische Sprache setzte zu einem Höhenflug an. In Rom wurden Bibliotheken eröffnet, die dem Volk frei zugänglich waren. Vor allem Maecenas und Messalla taten sich bei der Förderung des Lateinischen hervor. In einer Art spielerischem Wettstreit versuchten sie, sich gegenseitig zu übertreffen: Wer machte die begabtesten Poeten ausfindig? Wer unterhielt den besten Musenkreis? Ihre Rivalität hinderte die beiden jedoch nicht daran, sich gegenseitig zu besuchen. Auch ihre Schützlinge waren untereinander befreundet.

Nachdem Messalla seinen Triumphzug wegen seines Sieges über die Aquitanier und Salasser gefeiert hatte, lud er seine Freunde zu einem Fest ein – auch Maecenas. Als alle Gäste eingetroffen waren, kündigte Messalla seinen Lieblingsdichter Tibullus an.

„Bevor ich euch meine neue Elegie vortrage“, erklärte der Poet und zupfte nervös an dem Blumenkranz auf seinem Kopf, „möchte ich euch einen Kollegen vorstellen. Ich hoffe, liebe Freunde und Gäste, dass er euch ebenso gut gefallen wird wie mir.“ Er winkte einem jungen Mann, der sich schüchtern an eine Säule drückte. Es war ein hübscher Bursche mit leuchtenden Augen. Allein seine prominente Nase störte den schönen Anblick empfindlich.

Zaghaft trat er zu Tibullus. Der legte den Arm um ihn: „Das ist mein lieber Freund Publius Ovidius Naso. Ich bin sicher, ihr werdet seinen Vortrag genießen.“

„Die Männertoga trägt er wohl kaum länger als ein paar Tage“, warf Agrippa skeptisch ein, „und schon will er ein Dichter sein?“.

Ovidius, der ohnehin sichtlich Lampenfieber hatte, zuckte erschrocken zusammen.

Verschnupft holte Tibullus Luft. „Mit Verlaub, ehrwürdiger Konsul, Ovidius ist ein echtes Talent – sonst hätte ich ihn nicht mitgebracht."

„Bravo!", pflichtete Maecenas bei. „Ich vertraue dem Urteil des großen Tibullus – mehr als dem deinen, Agrippa. Literarischer Verstand hat schließlich noch nie zu den zahlreichen Begabungen gehört, die du zweifellos besitzt."

Ein paar Gäste kicherten. Die meisten aber hielten den Atem an: Maecenas und Agrippa waren ein Paar, das einfach nicht zusammenkommen konnte. Seit Maecenas Caecilia den Liebhaber vermittelt und der auch noch bei einem seiner Freunde Asyl erhalten hatte, konnte Agrippa seine Abneigung gegen den eleganten Parteigenossen nicht mehr verbergen. Rote Flecken traten auf seinen Hals.

Wie so oft, rettete Augustus die Situation: „Lasst uns doch erst einmal hören, was der junge Mann zu sagen hat!" Freundlich wandte er sich Ovidius zu. „Sag, was dichtest du denn?"

Der schluckte hart. „Liebes ... Liebeselegien."

Um Agrippas Mundwinkel zuckte es.

„Sag jetzt bitte ausnahmsweise einmal nichts", raunte Marcella ihm zu. „Du musst nicht immer Recht haben. Es ist Messallas Abend!" Besänftigend legte sie die Hand auf seinen Arm.

Zornig fuhr Agrippas Kopf herum – er hasste Widerspruch. Doch während er sie anblickte, legte sich sein Missmut sichtlich. „Wenn du mich so bittest, bleibt mir ja nichts anderes übrig, als zu gehorchen wie jeder gut erzogene Ehemann."

Marcella lächelte amüsiert. „Mein armer Marcus!"

„Du kannst sagen, was du willst", insistierte er flüsternd. „In dem Alter kann einer doch noch keine Liebeselegien schreiben!"

„Warum nicht? Ich war auch nur so alt wie Ovidius, als ich dich kennen gelernt habe."

„Moment! Ich rede nicht vom Küssen. Ich rede von Liebespoesie. Die bist du mir bis heute schuldig."

Marcella winkte ab. „Ich bin ja auch kein Dichter."

„Zum Glück", raunte er ihr ins Ohr. „Sonst könntest du nicht meine Kinder bekommen." Sanft legte er die Hand auf ihren gewölbten Leib. Ihn vor aller Augen zu streicheln, wagte er nicht. Aber sie verstand seine ebenso linkische wie zärtliche Geste auch so.

Augustus schüttelte tadelnd den Kopf. „Hört doch mal auf mit dem Getuschel!"

Agrippa hob beschwichtigend die Hand. Dann schwieg er folgsam und wandte sich Ovidius zu.

Augustus betrachtete ihn nachdenklich. Agrippa hatte sich in den letzten Monaten stark verändert. Früher hatte er fast immer eine strenge Miene zur Schau getragen. Er galt als wortkarg und herrisch. Nur wer ihn besser kannte wusste, wie tief er fühlen konnte, wie ernsthaft er sich über andere Menschen Gedanken machte.

Marcella hatte eine Saite in Agrippa zum Klingen gebracht, die bislang niemand gekannt hatte. Mit ihr sah man ihn lachen, mit ihr unterhielt er sich stundenlang, und wie niemand sonst hatte sie die Gabe, ihn zu beruhigen und aufzuheitern. Jetzt, da sie sein Kind trug, wirkte der große Mann neben ihr fast rührend ungelenk. „Wie eine Bärin“, dachte Augustus, „die ihr Junges beschnuppert.“

Er beobachtete, wie Marcella sanft Agrippas Hand streichelte. Der lehnte sich entspannt zurück. Der Ärger über Maecenas’ boshafte Worte war völlig aus seinem Gesicht gewichen. Augustus lächelte zufrieden. Erneut gratulierte er sich dazu, diese Ehe gefördert zu haben.

„Komm her, Ovidius!“, forderte Messalla nun den jungen Poeten auf. „Lass dich von unseren Sticheleien untereinander nicht durcheinanderbringen. Sie gelten nicht dir. Vielmehr lieben alle hier ein schönes Gedicht.“ Aufmunternd nickte er Ovidius zu. „Fang einfach an.“

Ovidius räusperte sich. Mit hochrotem Kopf trug er die ersten Reime vor. Aber mit jedem Wort beruhigte er sich. Immer flüssiger kamen ihm die Verse über die Lippen, immer freier unterstrich er seinen Vortrag mit den Händen.

Nachdem er geendet hatte, klatschten alle laut Beifall.

„Diese Runde geht an dich, Messalla!“, rief Maecenas. „Und ich bin sehr gespannt, was der junge Ovidius uns in nächster Zeit noch vortragen wird.“

Messalla lächelte stolz. „Ich nicht weniger. Und ich danke dir für dein großzügiges Lob, Maecenas. Du bist zu gütig.“

„Edler Marcus Valerius“, stotterte Ovidius mit roten Ohren, „wenn du möchtest, könnte ich dir gern noch ein paar andere Gedichte vortragen ...wenn du ...irgendwann einmal Zeit hättest?“

„Morgen früh?“

Ovidius nickte mit glücklichen Kinderaugen.

Bevor Tibullus seinen Auftritt hatte, servierten die Sklaven einen Imbiss und schenkten nach. Viele Gäste erhoben sich und gesellten sich plaudernd zueinander.

Agrippa sah sich um. Auch Augustus war aufgestanden. Er hatte sich zu Maecenas und dessen Frau Terentia gelegt. Sie war zweifellos der Stern des Abends. Ihre Schönheit ließ keinen der anwesenden Männer gleichgültig. Verärgert erwischte sich selbst Agrippa immer wieder dabei, wie er nach ihr schielte.

Livia dagegen langweilte sich alleine. Irgendwann stand auch sie auf.

Erfreut richtete sich Agrippa auf, als sie zu ihm und Marcella trat. „Livia! Schön, dass du kommst.“ Er rutschte zur Seite.

Mit einem gewinnenden Lächeln ließ sie sich auf der Kante der Liege nieder.

Vom ersten Tag an hatten sie und Agrippa sich hervorragend verstanden. Er war der Ansicht, Augustus hätte keine bessere Partie machen können als Livia. Sie hatte viele gute Eigenschaften: Sie war schön, intelligent, selbstbewusst und tugendhaft. Wie niemand sonst verstand sie es, das Temperament ihres Gatten zu lenken, ihn von seinen zuweilen vorschnellen Entscheidungen abzubringen.

Vor sieben Jahren hatte Augustus einen geradezu revolutionären Schritt getan: Er hatte Livia und seiner Schwester Octavia umfassende juristische Freiheiten eingeräumt, die die traditionellen Rechte römischer Frauen bei weitem übertrafen.

Doch obwohl Livia nun eine so herausragende Stellung hatte wie keine andere Frau im Reich, tat sie Agrippa zuweilen leid. Seit sie ein totes Kind auf die Welt gebracht hatte, war sie nicht mehr schwanger geworden, egal welcher Behandlung sie sich unterzog, egal zu welchen Göttern auch immer sie flehte. Augustus aber liebte Kinder. Er sehnte sich nach Erben. Doch dieser Wunsch blieb ihm versagt. Er hatte nur Julia, die Tochter aus seiner Ehe mit Scribonia.

Nachdem Agrippa an jenem Dichterabend bei Messalla eine Weile mit Livia geplaudert hatte, sah er zu Maecenas' Liege hinüber. Dessen Gattin Terentia genoss die unübersehbaren Aufmerksamkeiten des Princeps sichtlich. Augustus hob die Hand und berührte vorsichtig ihr prächtiges Rubincollier, als bewundere er die kostbare Arbeit. Mit zärtlicher Langsamkeit glitt sein Zeigefinger darüber, bis hinunter zu dem funkelnden Stein, der zwischen ihren üppigen Brüsten lag.

Terentia sah lächelnd auf seine Hand nieder. Die ruhte einen Augenblick zu lange in ihrem Ausschnitt, wie Agrippa fand. Er zog die Brauen zusammen. Noch nie hatte er den Freund wegen seiner Eskapaden kritisiert. Immerhin hatte Augustus bislang die Finger von den Frauen seiner engsten Freunde gelassen. Aber genau das war Terentia: die Frau des Maecenas!

Auch Livia war die Geste ihres Mannes nicht entgangen. Niedergeschlagen blickte sie Agrippa an. „Vielleicht wäre Gaius nicht so geworden, wenn ich ihm Kinder geschenkt hätte."

„Verlier den Mut nicht, Livia. Weißt du, je länger man auf ein Kind warten muss, desto überwältigender ist die Freude, wenn es endlich kommt."

Dankbar sah sie in seine grauen Augen. Auch dem mittlerweile 37-jährigen Agrippa war ja bislang nur ein Kind vergönnt gewesen. Erst jetzt kam das zweite.

Da trat Messalla wieder in die Mitte des Raumes und kündigte Tibullus' Vortrag an. Es wurde noch ein heiterer und unbeschwerter Abend. Für Ovidius war dies sogar ein großer Glückstag, denn wenig später nahm ihn Messalla in seinen Künstlerkreis auf. Bald schon gehörte der junge Poet zu den beliebtesten der Stadt. Messalla war sehr stolz auf ihn.

Im Spätsommer brachen erneut Aufstände in Gallien aus – keine besorgniserregenden. Jeder von Augustus' Feldherren wäre leicht damit fertig geworden. Dennoch beschloss er, die Strafexpedition persönlich zu übernehmen. Zum einen wollte er den Senatoren das Gefühl geben, sie regierten Rom eigenständig. Zum anderen hielt er den Feldzug für das ideale Übungsfeld, um seine beiden potentiellen Nachfolger mit dem Kriegshandwerk vertraut zu machen. Es war höchste Zeit: Sein Neffe Marcellus und Tiberius, Livias Sohn aus erster Ehe, waren schon 15 Jahre alt. Als militärischen Berater nahm er seinen erprobten Strategen Taurus mit.

Indes sollte Agrippa in Rom als Konsul die Stellung halten. Immer wieder besprachen sie, was während der Abwesenheit des Augustus zu tun sei. Doch über einen bösen Zweifel, der insgeheim an ihm nagte, sprach der Princeps nicht mit Agrippa: Was wäre, wenn der Gefallen an der Herrschaft fände? Konnte Augustus ihm *wirklich* vertrauen? Konnte ein Caesar überhaupt jemandem trauen? Bislang hatte Agrippa ihm treu gedient. Aber Augustus wusste auch, dass sein Ehrgeiz nahezu grenzenlos war. Gefährlicher noch: Die Soldaten vergötterten Agrippa geradezu.

Augustus beschloss also vorzubeugen. Es gab nur einen Mann, der Agrippa so abgrundtief verabscheute, dass er ihm mit Freuden in die Parade fahren würde: Gaius Maecenas.

Zwei Wochen vor seiner Abreise machte sich Augustus auf den Weg zu dessen Villa auf dem Esquilin-Hügel. Die Sonne stand schon über dem Horizont. Ein sanfter Hauch fächelte durch die müden Blätter und versprach ein wenig Kühlung. Dennoch klebte Augustus die Kleidung am Leib, als er aus seiner Sänfte stieg.

„Lass uns zum großen Teich gehen", schlug der Hausherr vor. „Dort ist die Hitze am erträglichsten."

Einmal mehr staunte Augustus über die Pracht, mit der Maecenas sich umgab. Selbst in dessen Garten gab es kaum einen Fleck, der nicht vom Kunstsinn und Reichtum seines Besitzers kündete. Unter den Kronen alter Bäume luden zierliche Pavillons zum Verweilen. Sie waren über und über mit kunstvollen Malereien und Marmor geschmückt. Zwischen den Büschen schimmerten bunte Büsten und Statuen hervor.

Maecenas führte Augustus zu einem halboffenen Rundbau. Aprikosenfarbene Säulen mit vergoldeten Kapitellen trugen das Kuppeldach. Ein künstlicher Wasserfall stürzte über die rückwärtige Wand und tränkte die Luft mit feuchter Kühle. Er mündete in einem mit

Fischmosaiken ausgekleideten Becken. Ein Kanal schlängelte sich mitten durch den Raum und führte das Wasser in den davor liegenden Teich. Hier ließen sie sich auf gepolsterten Sesseln nieder.

Es bedurfte nur weniger, versteckter Andeutungen, bis Maecenas verstand, was Augustus von ihm erwartete. Er legte seine Rechte aufs Herz. „Caesar, ich werde dir über alles, was hier geschieht, sorgfältig Bericht erstatten. Du kannst jederzeit auf mich zählen."

„Das weiß ich doch! Und ich bin sicher, dass dies auch bei Agrippa so ist. Aber es freut mich, dass du mir deine Treue noch einmal versicherst, so kurz vor meiner Abreise."

Maecenas lächelte einladend. „Wie sehen deine weiteren Pläne für heute noch aus? Hättest du nicht Lust, zum Essen zu bleiben? Heute sind Aalraupenlebern aus den raetischen Alpen eingetroffen. Die Fische sind im klarsten Gebirgswasser aufgewachsen. Könnte ich dich damit verlocken?"

Augustus räkelte sich genüsslich. „Wenn du mich schon so in Versuchung führst – gerne! Und dieser Ort ist das reinste Elysium an solch einem heißen Tag."

Maecenas lächelte geschmeichelt. Er wandte sich um und winkte einen Sklaven zu sich. „Geh, bitte meine Gattin her. Sie soll uns Gesellschaft leisten." Er warf Augustus einen fragenden Blick zu. „Das ist dir doch recht?"

„Zu gerne."

Der Diener verschwand. Gleich darauf erschien ein halbes Dutzend Sklaven, allesamt ausnehmend schöne junge Männer. Mit geschmeidigen Bewegungen goss einer von ihnen einen trockenen Weißwein und eisgekühltes Quellwasser in hauchdünne Glaspokale. Die Haut des Jünglings glänzte wie dunkler Honig. Die anderen Sklaven schleppten zwei Liegen aus geschnitztem Zedernholz herbei und stellten sie auf der gegenüberliegenden Seite des Raumes auf. Sie legten Polster darauf und bedeckten sie mit nachtblauen Seidentüchern.

Wenig später erschien Terentia. Ihr Kleid aus fast durchsichtigem Leinen umwallte sie wie eine duftige Abendwolke. Um den Hals wand sich ein mehrsträngiges Granatkollier. Dazu trug sie passende Ohrgehänge und Armbänder. Das feurige Glühen der Steine kontrastierte mit ihrem schwarzen Haar, das ihre zweifellos kunstfertigen Sklavinnen zu einer komplizierten Frisur aufgesteckt hatten.

Leichtfüßig trat Terentia zu den Männern. Sie lächelte Maecenas zu und reichte Augustus die Hand. Er küsste die Innenseite ihrer Finger. Ein betörender Duft nach Goldlack und Pfirsichen stieg von ihrem Handgelenk auf.

„Was für eine wunderbare Überraschung", schmeichelte er, „dass du uns die nächsten Stunden verzaubern willst." Er wies zum Himmel. „Selbst Phoebus' Strahlen verblassen, wenn du erscheinst."

Terentia lächelte gewinnend. „Ich kenne niemanden, der so freundliche Komplimente machen kann wie du. Fast bin ich versucht, sie dir zu glauben."

„Glaube es ruhig, es ist die reinste Wahrheit."

Wahrhaftig, sie war eine der atemberaubendsten Frauen Roms – wenn nicht die schönste! Unwillkürlich beschlich Augustus Unbehagen, dass ein körperlich so reizloser Mann wie Maecenas eine so herrliche Gattin haben durfte. Neben ihr wirkte er geradezu hässlich! Zu seinem schmalbrüstigen Körper und den unharmonischen Gesichtszügen kamen die ersten Spuren des Alters. Tiefe Falten durchzogen Maecenas' Stirn und Wangen. Sein meliertes Haar verriet an den Schläfen den Ansatz einer Glatze, weshalb er bei Gelagen immer besonders üppige Blumenkränze trug.

Vielleicht war dieses unglückliche Äußere der Grund, warum Maecenas geradezu ein Fanatiker alles Schönen war. Sein Palast, der Park, die Sklaven, jedes Detail in seinem Umfeld war auserlesen, teuer und zeugte von raffiniertem Geschmack. Selbstverständlich gehörten auch seine Köche zu den besten der Stadt. Wenn Maecenas seine Freunde zu einem intimen Abend einlud, gab es keine noch so ausgefallene Freude, die er ihnen nicht bot. Auch die wunderbare Terentia war Teil dieses Olymps der Schönheit und der Eitelkeiten.

Für den Bruchteil eines Augenblicks malte Augustus sich aus, wie Maecenas sie liebte – eine geradezu groteske Vorstellung! Sofort drängte er sie wieder zur Seite. Über Terentias Reize wollte er jetzt auf keinen Fall nachdenken. Schließlich war sie nicht irgendeine verheiratete Frau. Sie war die Gattin seines Busenfreundes und Ratgebers Gaius Maecenas. Also würde er sich ausnahmsweise zurückhalten müssen.

Die Dame des Hauses wies mit einer eleganten Geste auf die Liegen. „Ruhen wir uns noch ein wenig aus, bevor das Essen kommt." Sie ließ sich neben ihrem Mann nieder. Augustus legte sich auf das Sofa gegenüber.

Terentia war eine äußerst geistreiche Gesprächspartnerin. Leicht und vergnüglich perlten ihr die Worte über die Lippen. Wenn sie lachte, vergaß Augustus immer wieder, warum sie es tat. Dann betrachtete er fasziniert den sinnlichen Schwung ihres Mundes, ihre weißen Zähne, wie sie den Kopf in den Nacken warf und ihren zarten Hals darbot. Ebenso oft verbot er sich darüber nachzudenken, wie Terentia wohl unter ihrem Kleid aussehen mochte. Immer wieder betete er sich vor, dass der Preis für eine Nacht mit ihr einfach zu hoch war: Maecenas' Freundschaft – denn so augenscheinlich wie Terentias Schönheit war auch Maecenas' Liebe zu ihr.

Seltsamerweise schien sie sich vom Äußeren ihres Mannes keineswegs abgestoßen zu fühlen. Immer wieder berührte sie ihn zärtlich, legte ihm die Hand auf den Arm, stupste ihn gegen die Brust. All das geschah leichthin – aber ihre Zuneigung war trotzdem nicht zu übersehen.

Nein, Augustus blieb nichts anderes übrig, als seine gefährlich abschweifenden Gedanken immer wieder zu zügeln und sich zu dem mäßigen Trost zu zwingen, dass er wenigstens Terentias Anwesenheit genießen konnte. Immerhin schien sie seine Gesellschaft ebenso zu schätzen: Sie flirtete ganz unverhohlen mit ihm. Geschmeichelt brachte er seinen ganzen Charme auf, ihr zu gefallen – auch wenn das in letzter Konsequenz sinnlos sein musste.

Die Sklaven servierten ein mehrgängiges Menü, als exquisiten Höhepunkt die bereits angekündigten Lebern der Alpenaale. Beim Genuss dieser Delikatesse beschlich Augustus erneut Unbehagen: Was für eine Verschwendung! Die raetischen Alpen gehörten nicht zum römischen Territorium. Die Fischlebern mussten Maecenas ein Vermögen gekostet haben.

Der Princeps selbst lebte äußerst schlicht und bescheiden. Prassereien stießen ihn seit jeher ab. Aber auch mit diesem Gedanken wollte er sich heute nicht den Abend verderben – wegen ein paar Leberstückchen, die noch dazu hervorragend schmeckten, wie er zugeben musste.

Angeregt plätscherte das Gespräch dahin. Von irgendwoher perlte verträumtes Saitenspiel. Unauffällig füllte der schöne Mundschenk ihre Gläser, kaum dass sie leer waren.

Nachdem sie ihr Mahl beendet hatten, richtete sich Maecenas auf. „Wie schön, mein Caesar, dass du heute Abend noch einmal bei uns bist! Ich kann es gar nicht oft genug wiederholen."

Augustus nickte wehmütig. „Es wird sicher lange dauern, bis ich wieder einen solchen Abend genießen darf." Er hob sein Glas und lächelte seinen Gastgebern zu: „Und in so angenehmer Gesellschaft."

„Ich würde dir vor deiner Abreise gerne noch ein Geschenk machen", schlug Maecenas vor, „damit du dich immer wohlwollend an uns erinnerst."

Augustus lächelte. „Das tue ich doch ohnehin, mein Guter. Aber gespannt bin ich trotzdem. Wie ich dich kenne, ist es etwas ganz Besonderes!"

Maecenas gab einem seiner Sklaven einen Wink. Wenig später huschte ein Dutzend Tänzerinnen herein, eine lieblicher als die andere. Vor dem Wasserfall nahmen sie Aufstellung. Die Fragmente zahlloser Öllichter glitzerten in den Tropfen. Betäubender Blütenduft wehte in den Raum.

Der Tanz begann. Immer feuriger wurden die Blicke der Tänzerinnen, immer wilder ihre Sprünge, immer gefühlvoller wanden sie ihre Arme und kreisten mit den Hüften. Nach einem leidenschaftlichen Schlussakt sanken die Mädchen einander wie ersterbend in die Arme und ließen sich auf den Boden gleiten.

Augustus applaudierte begeistert. „Wunderbar, Maecenas! Eine neue Gruppe?“

„Sie steht dir jederzeit zur Verfügung.“

„Ich danke dir.“ Augustus warf Terentia einen glutvollen Blick zu. „Aber heute Abend nicht.“

Sie lächelte ihn offenherzig an. „Ich bitte dich, Caesar, tu dir wegen mir keinen Zwang an.“

„Nein, wirklich nicht“, wehrte Augustus ab. „Ich genieße lieber noch eure Gesellschaft, denn die ist einmalig. Tänzerinnen sind es nicht.“

Maecenas winkte den Mädchen zu verschwinden. Dann flüsterte er einem der Sklaven etwas ins Ohr. Wenig später verließen alle Diener den Raum. Nur der Mundschenk blieb. Wieder schwebten leise, einlullende Saitenklänge durch die milde Abendluft.

Eine Weile unterhielten sie sich über Politik. Irgendwann legte Maecenas den Arm um seine Frau und kraulte ihr versonnen den Nacken. Terentia schmiegte sich in seine Hand wie ein ägyptisches Kätzchen und schloss die Augen. Selbst als er begann, ihren Rücken und ihre Hüften zu streicheln, ließ sie ihn gewähren.

„Es ist noch immer sehr heiß“, stöhnte Augustus irgendwann.

„Zieh dich doch aus“, lachte Maecenas. „Bitte, tu dir keinen Zwang an. Wir sind doch unter uns.“

Augustus richtete sich abrupt auf seiner Liege auf und griff an den Saum seiner Tunika. „Sag das noch einmal, und ich mache Ernst!“, scherzte er. Dann ließ er sich wieder in die Polster fallen.

Maecenas’ Augen glitzerten hintergründig. „Ist es wegen Terentia? Vor mir hast du doch sonst keine Hemmungen.“

Augustus spürte, wie ihm das Blut ins Gesicht stieg. Seltsamerweise fiel ihm keine Antwort ein. Er räusperte sich. „Nun“, versuchte er einen leichten Ton, aber es klang gezwungen, „die Frage ist, ob wir einer verheirateten Frau den Anblick eines nackten Fremden in ihrem Hause zumuten sollten. Das scheint mir – unpassend.“

Terentia lachte laut auf. „Caesar! Rom ist voller nackter Männer!“

„Ja“, wandte Augustus ein, „aber die sind alle aus Stein oder Metall.“

Die Situation verwirrte ihn. Mit Livia wäre ein solches Gespräch unmöglich gewesen. In seinem Haus auf dem Palatin legten sie größten Wert auf Sittsamkeit. Aber er war ja nicht zuhause – er war bei Maecenas. Es war Nacht, und der Wein war frisch und spritzig. Die Blüten in dem Kranz, den Augustus auf dem Kopf trug, dufteten betörend. Er spürte das Blut in den Ohren rauschen, fühlte sich schwindlig. Einmal mehr fiel sein Blick auf Terentias üppige Brüste. Sie schimmerten hell im goldenen Lampenlicht – so zart und weich … In der Spalte dazwischen glitzerten winzige Schweißperlen.

Augustus fühlte schmerzhaft den Wunsch, an Maecenas' Stelle zu sein. Terentia war so anders als Livia. Seine Gattin war von zarter Statur, und ihre feinen Gesichtszüge riefen Bilder von Apfelblüten oder Frühlingslandschaften vor seinem inneren Auge hervor. Normalerweise bevorzugte Augustus Frauen wie Livia. Aber Terentia war so unglaublich weiblich! Sie war so prall, so unübersehbar Weib!

Maecenas war Augustus' Blick nicht entgangen. Er wusste, was sein Gegenüber wollte. Er kannte ihn seit Jahren. Sie hatten zahllose Feste miteinander gefeiert. Maecenas hatte ihn beobachtet, immer wieder. Er wusste, wie Augustus reagierte, wenn eine Frau ihm gefiel, wusste, wie sinnlich er veranlagt war, wie süchtig nach Körperlichkeit und wie leidenschaftlich er den Liebesakt genoss. Sie hatten alles miteinander geteilt, was Männer teilen können – nur eines hatte Maecenas nie gewagt: ihn wie ein Liebender zu berühren.

Sich genau das zu versagen, war ihm während all der Jahre immer schwerer gefallen. Augustus war mit seinen 36 Jahren noch immer ein ausgesprochen attraktiver Mann. Seine Gliedmaßen und Gesichtszüge harmonierten aufs Schönste miteinander, seine hellen Augen waren voller Lebensfreude. Maecenas begehrte ihn, eigentlich seit er ihn kannte. Wenn er Augustus bei der Liebe zusah, hatte er sich wenig später immer einen seiner jungen Sklaven vorgenommen – aber gedacht hatte er dabei an den Freund.

Augustus zeigte jedoch nie auch nur die geringste Neigung, sich mit ihm einzulassen. Schlimmer noch, wenn es einen Mann gab, den der Princeps offensichtlich liebte, dann war das dieser ungeschlachte volskische Koloss! Dieser Agrippa mit seinem hehren Getöse und dem philosophischen Getue! Auf ihn war Maecenas rasend eifersüchtig, seit er verstanden hatte, dass Agrippa derjenige war, den Augustus über alles liebte – und das war schon sehr früh gewesen.

Alles hatte Maecenas seitdem versucht, um seinen verehrten Caesar zu beeindrucken. Aber bis zum heutigen Tag war ihm Agrippa stets eine Nasenlänge voraus. Kläglich verloren hatte er gegen einen Mann, der Augustus nicht einen einzigen Augenblick sinnlichen Genusses geschenkt hatte, der sich vielmehr streng und verschlossen gab, der auf Maecenas so unerotisch wirkte wie ein Mauerquader.

Aber heute Nacht konnte vielleicht doch noch alles anders werden. Maecenas sehnte sich schmerzlich danach, Augustus' Körper zu sehen. Rasend gern hätte er ihn berührt. Alles in ihm drängte zur Eroberung. Da lag er, der Freund, den er von ganzem Herzen liebte und verehrte wie keinen Mann sonst. Aber das war ja genau das Verhängnis: dass er ihn nicht nur mit dem Herzen und dem Verstand liebte. Er wollte ihn berühren, seinen Körper liebkosen, seinen Rücken und seine Beine streicheln, er wollte ihn küssen, seine Gier genießen, ihn umarmen, seinen Phallus umfassen und ihm die größte Lust bereiten, die er je gekannt hatte. Und da lag nun Augustus und hatte genau den Gesichtsausdruck, den er immer hatte, wenn die Begehrlichkeit in ihm aufstieg. Aber Augustus wollte nicht ihn – sondern Terentia.

Maecenas dachte nicht weiter nach. Er wollte und konnte es nicht mehr. Er verzehrte sich nach dem Geliebten. Er musste ihn haben, und wenn das heute, an diesem verzauberten Abend, nicht gelang, dann niemals! Maecenas war ein Mann, er wollte erobern. Und heute hatte er einen mächtigen Trumpf in der Hand: Terentia.

Während er so nachdachte, glitt seine Hand immer zärtlicher über die Glieder seiner prachtvollen Gattin. Auch sie liebte er. Er wusste, wie er diese überaus sinnliche Frau aufs Äußerste erregen und beglücken konnte, so sehr, dass sie ihn trotz seines unglücklichen Äußeren begehrte. Auch jetzt fühlte er, wie ihr Körper immer weicher wurde. Wären sie alleine gewesen, hätte er sie geliebt. Aber sie waren nicht alleine. Da drüben lag Augustus, und Terentia lächelte ihn an. Maecenas fragte sich, ob sie das gleiche fühlte wie er, ob auch sie Caesars schönen Körper wollte.

Was für eine sonderbare Nacht! Die Sterne leuchteten tausendfach, die Blüten dufteten berauschend, und ein lauer Hauch streichelte durch die Blätter wie eine Verheißung. Alle Dimensionen schienen neue, unerklärliche Maße anzunehmen. Die Zeit verrann anderes, selbst die Luft schien dichter als sonst. Das Atmen fiel immer schwerer.

„Setz dich auf, meine Liebe“, flüsterte Maecenas seiner Frau ins Ohr.

Erstaunt sah sie ihn an. Dann tat sie wie geheißen.

Augustus folgte ihren Bewegungen mit hungrigem Blick. Auch Maecenas richtete sich auf. Sanft schob er sich hinter Terentia, legte den Arm über ihre Schulter und streichelte zärtlich ihre Wange.

Sie schien das Spiel mit dem Feuer zu genießen. Auch sie hatte gemerkt, dass eine besondere Stimmung eingetreten war, dass Augustus schon lange nichts Geistreiches mehr von sich gegeben hatte, sondern immer zerstreuter wirkte. Sie wusste genau, was in ihm vorging, und sie genoss die Verwirrung des sonst so schlagfertigen und überlegenen Gastes. Sie fragte sich, wie es wäre, ihm durch die blonden Haare zu streichen. Wie er wohl küsste – ein Mann, dem man so viel Leidenschaftlichkeit nachsagte? Wie sich seine Haut anfühlte? Welchen Ausdruck sein Gesicht bei der Liebe hatte?

Maecenas sah Augustus tief in die Augen. „Sie ist schön, meine Terentia, nicht wahr?“

Sein Gegenüber rang sich ein schräges Lächeln ab. „Das muss ich dir neidvoll zugestehen.“

Maecenas strich über den Hals seiner Gattin, wanderte immer tiefer. Für einen winzigen Moment versteifte sich Terentia überrascht. „Bleib ruhig, Geliebte“, flüsterte Maecenas ihr zärtlich ins Ohr.

Ungläubig wandte sie sich zu ihm um. Dann verstand sie. Den Bruchteil einer Sekunde schien es Maecenas, als husche ein wissendes Lächeln über ihr Gesicht. Sie entspannte sich wieder. Jetzt wusste Maecenas: Sie war nicht nur einverstanden mit dem heiklen Spiel – sie suchte es sogar, wie er selbst.

Augustus' Augen weiteten sich, als Maecenas' Hände ihre üppigen Brüste erreichten, als er sie von unten nahm und wiegte als seien sie Melonen. Durch den purpurfarbenen Stoff ihres Kleides zeichneten sich die Brustspitzen ab, rund und hart. „Die würdest du wohl gerne auch mal sehen?", fragte Maecenas rau.

Jetzt konnte es keinen Zweifel mehr geben: Maecenas bot ihm tatsächlich Terentia an!

„Ja", hauchte Augustus gebannt.

Maecenas knabberte an Terentias Ohrläppchen. „Bitte, tu es!", flehte er leise.

Sie sah Augustus fragend in die Augen. Ihre Lippen waren leicht geöffnet, ihre Wangen vom Wein gerötet.

„Tu es, ja. Bitte", bat auch Augustus heiser und richtete sich ebenfalls auf, gespannt wie ein Raubtier vor dem Sprung.

Sie verzog den Mund zu einem weichen Lächeln. Dann griff sie an die Schulterspangen ihres Kleides. Dabei sah sie Augustus unverwandt an.

Wie eine reife Frucht schien ihm Terentia, verlockend und saftig. Jetzt ließ sie das Oberteil ihres Kleides über ihre herrlichen Brüste hinabgleiten, mit einer so grazilen Bewegung – Venus selbst hätte es nicht vollendeter tun können!

Beim Anblick ihrer prallen, endlich nackten Brüste zuckte sein ohnehin erregtes Geschlecht begehrlich. Hektisch rang er nach Luft.

Terentia klaubte eine Traube aus einer Schale und ließ sie zwischen den Zähnen zerplatzen. Ein Tropfen Saft perlte über ihre Lippen.

Während sie so stumme Zwiesprache hielten, wandte Maecenas sich ab. Herrisch winkte er der Kithara-Spielerin und dem Mundschenk zu verschwinden. Erneut wandte er sich Augustus zu. „Was auch immer du willst, du sollst es haben."

Für einen Moment war nur das Zirpen der Grillen zu hören. Augustus legte den Kopf schräg. Noch einmal drang der letzte Nachhall seiner Vernunft in sein Bewusstsein: Wenn er jetzt seinem Begehren nachgab, überschritt er eine gefährliche Grenze. Andererseits – wie nur sollte er Terentia widerstehen? Er brannte vor Lust! „Maecenas", flüsterte er kraftlos, „Terentia. Ich weiß nicht ..."

Aber Maecenas lachte nur leise. „Kein Marmor und auch keine Bronze", raunte er, „sondern weich und lebendig." Sanft drückte er Terentia in die Polster. Er streifte seine Tunika über den Kopf und beugte sich über sie. Zärtlich begann er sie zu küssen und zu liebkosen. Sein nackter Körper wirkte plötzlich gar nicht mehr ungelenk, sondern schlank und sehnig, seine Haut schimmerte kupfern. Vorsichtig löste er Terentias Gürtel und schob langsam ihr loses Kleid nach unten.

Augustus schloss kurz die Augen, schaffte es aber nicht mehr, dem Anblick zu widerstehen. Er wollte sehen, was Maecenas da tat – nicht mit einer Sklavin und auch nicht mit einem Lustknaben, wie so oft, sondern mit seiner eigenen Frau.

Das war ein Szenario von solcher Intimität wie Augustus es noch nie erblickt hatte. Die Vereinigung zweier nackter Körper war Natur und als solche Teil des Alltags. Das galt allerdings nicht für den Liebesakt zweier verheirateter Menschen. Das war eine heilige Sache, die sich nur hinter verschlossenen Türen abspielen durfte – ein Tabu. Folglich war es zutiefst unsittlich, dem Liebesspiel dieser beiden Menschen zuzusehen – aber genau deshalb war es gleichzeitig von solch urgewaltiger Faszination!

Mit flachem Atem verfolgte Augustus die Zärtlichkeiten der beiden. Er litt Tantalusqualen, während Maecenas die Erregung seiner Frau immer weiter steigerte, mit unermüdlicher Geduld, mit endloser Hingabe, mit raffiniertem Feingefühl, und je länger die süße Marter andauerte, um so mehr ergriff die Begierde auch von Augustus Besitz.

Terentia begann zu stöhnen. Maecenas' Liebkosungen wurden dreister, aber keineswegs ungeduldig. „Auch das", dachte Augustus, „macht er so kunstvoll wie kein anderer."

Irgendwann sah Maecenas auf. Er lächelte. Seine Züge waren ungewöhnlich weich. Kaum merklich winkte er mit dem Kopf. „Komm doch näher. Komm doch zu uns. Was tust du da drüben alleine?"

Langsam richtete sich Augustus auf und glitt von seiner Liege.

„Geliebter!", flüsterte Terentia. Maecenas wandte sich ihr wieder zu. Erneut begann er, sie zu liebkosen, ihre Brüste zu küssen, ihren Leib zu streicheln. Augustus schluckte hart, als Maecenas seine Hand zwischen ihre Beine führte, um sie auch dort vorsichtig zu berühren, als sei sie eine zerbrechliche Blüte. Terentia bog den Kopf nach hinten. Ein langes, entrücktes Stöhnen drang über ihre geöffneten Lippen. Immer tiefer riss Maecenas sie in einen Strudel aus Sehnsucht und Genuss.

Auch er selbst veränderte sich zusehends. Seine Haut glänzte schweißnass, sein Körper spannte sich. Wieder sah er auf. In seinen Augen paarten sich Begierde mit flehentlichem Bitten. „Was soll ich tun?", fragte er Augustus, wie ein unschuldiger junger Sklave, der nicht wusste, wie er es seinem Herrn recht machen sollte.

Der schüttelte atemlos den Kopf. „Was du willst!"

Maecenas ließ von Terentia ab und rollte sich auf den Rücken. Sie gab einen unwilligen Laut von sich, er aber ergriff sie am Arm und zog sie zu sich. „Mach mir Lust", bat er.

Terentia ging darauf ein. Sie umfasste sein aufrechtes Glied und versuchte nun ihrerseits zärtlich, seine Begierde weiter anzufachen. Er schloss seufzend die Augen.

Plötzlich geschah etwas völlig Unerwartetes. Maecenas presste die Kiefer aufeinander, umklammerte Terentias Hand und schob sie von sich. Augustus traute seinen Augen nicht: Wo nahm er die Kraft her, sich ihr zu entziehen?

Mit einem Gesichtsausdruck, als sei er soeben verletzt worden, richtete sich Maecenas auf. „Du, Terentia! Jetzt sollst nur noch du Genuss verspüren“, keuchte er, drückte sie zurück in die Kissen und fuhr mit seinen Liebkosungen fort wie zuvor, gerade so, als sei zwischenzeitlich nichts passiert. Terentia begann laut zu stöhnen. Er kniete hinter ihr. Nichts von dem, was er tat oder seiner Frau über die Lippen kam, entging Augustus. Hingegossen lag sie da, hell schimmernd, vor Sehnsucht halb wahnsinnig.

„So saftig bist du wie ein Frühlingstrieb“, hauchte Maecenas ihr zu. „So schön wie Sonne und Sterne.“

„Gaius!“, rief sie Maecenas bei seinem Vornamen, „oh, Gaius!“.

Er aber dachte nicht dran, sie zu nehmen, sondern küsste und liebkoste sie nur immer weiter – bis sie verzweifelt den Kopf hin- und herwarf. „Nimm mich endlich, Gaius! Bitte!“, wimmerte sie und hob ihm ihre Hüften entgegen.

„Du willst mich noch nicht genug“, raunte er nur und fuhr fort, ihren Leib zu streicheln, die Lust zwischen ihren Schenkeln weiter zu reizen. Irgendwann begann sie, ihn zu beschimpfen, doch statt ihre Glut immer wilder anzufachen, wie zuvor, berührte er sie plötzlich nur noch sehr vorsichtig.

Terentia verlor völlig die Fassung. „Gaius!“, schrie sie. „Ich hasse dich!“

„Mehr! Sag mir mehr!“

„Du Schwein!“

Er lachte. „Sag mir, was du willst.“

„Ich will dich, in mir, jetzt, sofort!“

„Du willst Liebe“, raunte er. „Du willst nur noch genommen werden. Terentia, Göttin! Du zerfließt vor Lust.“

„Tu es endlich, Gaius!“

Maecenas sah Augustus an, der noch immer mit aufgerissenen Augen und unbeweglich wie eine Statue vor ihrer Liege stand und kaum zu atmen wagte. „Gaius hat sie gesagt“, flüsterte Maecenas. „Komm, Gaius Caesar, tu, worum sie bittet.“

Endlich kam Bewegung in Augustus. Hastig riss er sich die Kleider vom Leib, ergriff Terentias Körper und zog sie zu sich herum. Wimmernd bot sie sich ihm dar.

„Wie eine Blüte in der Sonne“, raunte Maecenas. „Vor dir erheben sich die Säulen des Tempels der höchsten, der schaumgeborenen Göttin."

Es gab kein Halten mehr. Augustus packte Terentias Beine und schob sich dazwischen. Dann drang er in sie ein. Sein Rücken straffte sich, als er sich endlich am Ziel seines Sehnens spürte. Er warf den Kopf nach hinten und schrie lustvoll auf.

Maecenas lächelte glücklich und küsste Terentias Brüste, während Augustus sich in ihr zu bewegen begann. Als Maecenas von der Liege glitt, bemerkte Augustus es gar nicht. Erst als er dessen Hände spürte, die plötzlich sanft von hinten seine Oberarme umfassten, hielt er irritiert inne und riss die Augen auf. „Maecenas!", keuchte er.

„Mach weiter, du Herrlicher!", schmeichelte der. „Befriedige deine Lust. Sei ein Mann!"

Da schloss Augustus seine Augen wieder.

„Du tust nichts Unrechtes", flüsterte Maecenas ihm beschwörend ins Ohr. „Paris hat es getan. Selbst Jupiter konnte nicht widerstehen, wenn Amor befahl." Er ließ seine Hände über Augustus' Rücken gleiten. „Und schön bist du wie Apoll!"

Maecenas hätte vor Glück weinen können. Endlich hatte er den Freund da, wo er ihn schon immer haben wollte! Endlich durfte er ihn berühren, seine weiße Haut liebkosen, ihm Lust bereiten! Dass es eigentlich Terentia war, die das tat, störte ihn nicht. Er, Maecenas, schmeckte den Schweiß auf Augustus' Haut, wenn er ihn zwischen den Schulterblättern küsste, er spürte dessen irrsinnige Lust, wenn er ihm sanft die Hände auf die sich wild hebende und senkende Brust legte, er genoss das fiebrige Spiel der Muskeln, mit denen der so lange so heiß begehrte Freund seine Lenden in unersättlicher Begierde immer wieder nach vorne schob.

Beglückt ließ Maecenas seine Hände auf den kleinen, festen Backen ruhen und vollzog deren Bewegungen mit. „Caesar", murmelte er, schloss die Augen, legte den Kopf genussvoll nach hinten, als würde er einem süßen, tief bewegenden Lied lauschen, und atmete Augustus' männlichen Geruch ein, der sich mit dem Liebesduft Terentias mischte.

„Caesar", stöhnte auch sie. „Oh, Caesar, du Schönster! Ich liebe dich! Ich danke dir, dass du mich erlöst! Oh Caesar! Mach weiter, oh ja, Göttlicher! Tauche in mich! Schenk mir deinen herrlichen Phallus!"

Plötzlich schrie sie auf. In einem unbändigen, schnellen Rhythmus presste sie sich immer wieder wie verzweifelt an Augustus' Leib. Ihr Körper versteifte sich, bog sich nach hinten, ihre Beine verkrampften sich in wilder Lust. Da stieg auch aus seiner Kehle ein Schrei des Triumphs auf, seine Hüften stießen ein letztes Mal nach vorne.

Nichts und niemand hätten Maecenas davon abhalten können, genau in diesem Moment der höchsten Ekstase das Geschlecht des

Geliebten zu berühren, mit den Fingerspitzen das krampfhafte Zucken des letzten, beglückenden Aufbäumens zu erfühlen, dann das langsame Abebben seiner Lust. Wie sterbend ließ sich Augustus auf die nun still daliegende, gesättigte Terentia fallen.

Während er keuchend dalag, warf sich Maecenas über seinen gebeugten Rücken – und im gleichen Augenblick, in dem sein aufs Höchste erregtes Glied die schweißnasse Haut des innig begehrten Freundes berührte, war es ihm, als zerfließe er in einer rauschhafte Explosion der Freude und innerer Seligkeit. „Caesar", stammelte er, streichelte zitternd den klebrigen Rücken des Freundes und küsste ihm dankbar weinend den Ansatz seiner weichen, blonden Haare. „Mein geliebter Caesar!"

Wenige Tage später, es war schon Nacht, meldete ein Sklave Augustus, dass Agrippa im Atrium warte. Der Princeps, der auf seinem Bett gelegen und vor sich hin geträumt hatte, streckte sich unwillig. „Ich komme." Schicksalsergeben erhob er sich. Was Agrippa jetzt wohl noch von ihm wollte? Seit der wusste, dass Augustus vorhatte, nach Gallien zu ziehen, kam er täglich, um irgendwelche Fragen zu erörtern.

Als Augustus den Freund sah, breitete er die Arme aus. „Mein Agrippa! Was führt dich zu so später Stunde noch herüber?"

Der ließ die Umarmung unwillig über sich ergehen. „Mir ist ein ungutes Gerücht zu Ohren gekommen."

„Ach?" Augustus wollte sich gerade hinsetzen, als Agrippa den Kopf schüttelte. „Nicht hier. Die Wände haben Ohren. Lass uns in dein Arbeitszimmer gehen."

Augustus stutzte. „Das muss ja wirklich ernst sein!"

„Das ist es."

Sie gingen die wenigen Schritte bis in Augustus' Zimmer. Sorgsam verriegelte er die Tür. Sie setzten sich an den kleinen Tisch am Fenster.

„Was ist passiert?", fragte Augustus.

Agrippa holte tief Luft. Er suchte sichtlich nach Worten. „Was ist dran an dem Gerücht, du würdest mit Terentia schlafen?", stieß er endlich hervor.

Augustus zuckte erstaunt zurück. „Wegen so was kommst du hierher, mitten in der Nacht?"

„Weich mir nicht aus."

Augustus hob trotzig das Kinn. „Es stimmt. Im Übrigen geht es dich nichts an."

„Da irrst du. Es geht mich, der ich dich hier vertreten soll, sehr wohl etwas an."

„Nein, du irrst dich: Es geht niemanden etwas an, außer mich und Terentia. Damit dürfte das Gespräch beendet sein."

„Oh, nein. Es fängt gerade erst an."

Augustus hob überrascht die Brauen. „Seit wann interessiert es dich, mit wem ich schlafe?"

„Seit es um die Frau eines deiner engsten Vertrauten geht – deines Busenfreundes Maecenas."

„Dann lass es auch dessen Sorge sein."

„Weiß er es denn?"

Augustus rieb sich zufrieden die Hände und grinste. „Aber ja. Er war sogar einverstanden."

Entgeistert sah Agrippa ihn an.

Augustus schnaubte spöttisch. „Da staunst du, was? Mehr noch: Er war sogar dabei. Jetzt guckst du dumm! Es rührt mich, mein Freund, wie sehr du dich um mich sorgst. Aber du siehst: Deine Sorge ist völlig fehl am Platz."

„Das glaube ich nicht."

„Was? Dass ich selbst weiß, was ich tue? Oder dass Maecenas mit von der Partie war?"

„Letzteres. Wie konnte er nur?"

Augustus betrachtete eingehend seine Fingernägel. „Maecenas ist ein Mann ohne falsche Scham."

Agrippa schüttelte den Kopf. „Maecenas ist ein zügelloses Schwein! Jeder weiß das. Nur du verschließt die Augen davor. Ich kann es einfach nicht glauben: Er überlässt dir seine eigene Frau? Er liebt sie doch über alles! Und selbst wenn es nicht so wäre, bietet ein Mann seine Gattin doch nicht einfach an wie eine Hure." Agrippa kratzte sich hilflos am Hinterkopf.

Augustus beugte sich vor. „Jetzt verrate ich dir mal was: Er hat es sogar genossen." Er lehnte sich wieder zurück. In seiner Miene spiegelte sich reinste Zufriedenheit.

Agrippa schluckte. „Das hätte ich nie gedacht – dass er so weit geht."

„Deine Phantasie in solchen Dingen war schon immer ein wenig, sagen wir, beschränkt."

Agrippa schüttelte ungläubig den Kopf. „Und wie ist das passiert?"

„Ich will es dir erzählen, mein edler Hüter der Tugend. Es war eine schöne Nacht, wenige Tage nach Messallas Lesung. Wir saßen in Maecenas' Garten und redeten über dies und das. Terentia leistete uns Gesellschaft. Sie ist nicht nur überaus schön, sie ist auch eine glänzende Gesprächspartnerin – eine kluge, humorvolle Frau, und sehr gebildet."

„Wie Livia", warf Agrippa bissig ein.

„Verflucht, Agrippa, an dir ist ein Cato verloren gegangen! Willst du mir zuhören oder schickst du mich gleich wegen Unzucht in die Verbannung?"

Agrippa brummte unwillig.

„Also weiter. Wir unterhielten uns lange. Vielleicht haben wir ein bisschen mehr Wein getrunken als gewöhnlich." Augustus nahm einen Stapel Papyrusblätter vom Tisch und fächelte sich Kühlung zu. „Da ist es eben passiert. Was sollte ich tun? Gegen Lust ist kein Kraut gewachsen. Wie heißt es so schön: Wenn Amor befiehlt, wird jeder Mensch zum Sklaven. Schau mich nicht so kritisch an! Terentia ist ja bekanntermaßen kein Kind von Traurigkeit. Und sie ist schön, Agrippa! Da soll es vorkommen, dass ein Mann schwach wird."

Sein Gegenüber presste tadelnd die Lippen aufeinander. „Du wärst besser nach Hause gegangen."

„Bist du übergeschnappt? Agrippa! Manchmal frage ich mich ehrlich, ob du deine catonische Strenge tatsächlich ernst meinst oder ob du nur so tust." Er beugte sich vor wie zu einem dummen Kind. „Kapierst du überhaupt, wovon ich rede?"

„Ich verstehe dich sehr gut, keine Sorge. Trotzdem missbillige ich es. Im Gegensatz zu dir, sehe ich die Konsequenzen dessen, was du getan hast. Zum Beispiel, dass all jene, denen du Tugend predigst, dir künftig kein Wort mehr glauben werden. Welcher deiner Freunde wird dir noch trauen? Jeder muss doch Angst haben, dass du auch ihn erniedrigst. Was haben Maecenas und du für herrliche Reden geschwungen, als es um deine Alleinherrschaft ging! Das Wort Tugend habt ihr dabei ständig strapaziert. Und jetzt? Wo ist deine Tugend geblieben? In den Schwanz ist sie dir gerutscht! Vor einer solchen Tugend wie sie dir steht, muss es doch jedem Römer grausen!"

„Agrippa!"

Der winkte ab. „Ach, sei doch still! Und was ist mit deiner Familie? Deiner Tochter predigst du Sittsamkeit. Aber du nimmst sogar die Ehefrau eines deiner engsten Freunde ran! Was gibst du ihr für ein Beispiel?"

Verärgert biss sich Augustus auf die Lippen.

„Und Maecenas?", ergriff Agrippa wieder das Wort. „Du sagst, dass er dabei war?"

„Wir hatten noch nie körperliche Geheimnisse voreinander."

„Und das Ganze hatte kein Nachspiel? Ich meine, als Maecenas wieder bei Sinnen war?"

„Im Gegenteil. Er hat diese Nacht sehr genossen. Zum Abschied hat er mich sogar geküsst."

Agrippa beugte sich ungläubig vor. „Was meinst du damit?"

„Was ich gesagt habe: geküsst." Er spitzte die Lippen und gab einen schmatzenden Laut von sich. „So."

„Bei Herkules, hör auf, so überheblich zu tun! Was ich wissen will – jeder weiß, dass Maecenas auch Männer liebt. Und ich bin mir sicher, dass er es wahnsinnig gern mit dir treiben würde. Hast du …? Bist du auch mit ihm …? Hat er dich zum Weib gemacht?"

„Nicht so wie du denkst.“

Agrippa hob die Hand in einer fragenden Geste. „Aber doch irgendwie?“

„Gegen eine freundschaftliche Umarmung ist nichts einzuwenden.“

„Maecenas und eine freundschaftliche Umarmung! Dass ich nicht lache! Dann war das also der Preis, den du für Terentia bezahlt hast!“

„Es ist nichts geschehen zwischen Maecenas und mir – nicht wirklich.“

„Also doch!“

„Nein! Nur eines: Terentia. Ich kann sie nicht mehr vergessen. Ich habe danach noch mehrmals mit ihr geschlafen – auch heute.“

Agrippa richtete sich entgeistert auf. „Mit Maecenas?“

„Mit ihr! Und, mein spröder Freund, es war wieder herrlich.“

„War Maecenas wieder dabei?“

„Und wenn?“

Agrippa sah zu Boden. „Caesar“, sagte er nach einer Weile, „hör auf damit. Aus der Sache kann nichts Gutes werden. Du wirst Maecenas über kurz oder lang verlieren, wenn das mit Terentia weitergeht. Ein Mann mag noch so freizügig sein, aber ein Mann ist ein Mann, sogar Maecenas ist einer. Irgendwann wird er dich dafür verabscheuen. Irgendwann wird er eifersüchtig werden, selbst er! Oder er wird einen Lohn für seine Großzügigkeit verlangen. Das kannst du dir nicht leisten! Weder darfst du dich in die Abhängigkeit von einem Maecenas begeben noch darfst du zum Gespött des Volkes werden. Erinnere dich, wie die Menschen über Antonius und dessen Ausschweifungen gelästert haben.“

„Es war Antonius egal. Mir ist es im Übrigen auch egal.“ Augustus verzog trotzig den Mund. „Sie reden immer über mich, die Römer.“ Er zuckte mit den Schultern. „Daran kann man nichts ändern.“

„Bitte, sei doch nicht so blind! Der Klatsch hat Antonius geschadet, und zwar sehr. Ich erinnere mich, dass gerade du solche Gerüchte immer mit größter Genugtuung verbreitet hast. Also erzähl mir nicht, dass du glaubst, ein solches Gerede sei ungefährlich.“

„Agrippa, es ist nichts passiert!“

„Also gut, wenn du mit Terentia schläfst, mag das tatsächlich deine Sache sein. Aber wenn herauskommt, dass auch Maecenas mit dir schläft, wird es heikel. Für deine Feinde wird es ein gefundenes Fressen sein, dich als weibischen Lüstling zu diffamieren. Schon die Knabenliebe wird von vielen verachtet. Aber wenn du, Caesar, selbst einem Mann den Arsch hinhältst, dann machst du dich zur Hure eines Mannes, der von jedem aufrechten Römer verachtet wird, dessen Zügellosigkeit stadtbekannt ist!“ Zornig machte er eine ausgreifende

Geste. „Es wäre ein Skandal: Der Herrscher des Imperiums schläft mit einem Mann! Jeder Zivilist wird schräg dafür angesehen, den Soldaten ist es verboten. Aber du, der Princeps, der göttliche Caesar, der Hort der Tugenden, ausgerechnet du tust es selber! Du kannst doch nicht ernsthaft wollen, dass man so etwas über dich sagt. Und ich glaube einfach nicht, dass du plötzlich Männer liebst! Du hast doch noch nie ... du und ich, wir haben tausend Mal nebeneinander geschlafen ..."

Augustus sah betreten zur Seite. Tatsächlich war es ihm nicht recht gewesen, was Maecenas mit ihm getan hatte. Immer wieder hatte er Augustus' Kopflosigkeit beim Liebesakt dazu benutzt, sich ihm körperlich zu nähern. Agrippa hatte natürlich Recht: Es war keine freundschaftliche Annäherung gewesen. Aber in seiner rasenden, alles erfüllenden Begierde nach Terentia hatte er die unbequeme Erinnerung an Maecenas stets zur Seite geschoben – zumal der nie in ihn eingedrungen war. Allerdings war es Augustus durchaus klar, dass der sich in jeder anderen Hinsicht an ihm befriedigt hatte, mit Küssen, Liebkosungen und sicher auch in der Phantasie. Bis zum alles entscheidenden Detail hatte beim letzten Mal nicht mehr viel gefehlt.

Agrippa ergriff die Hand des Freundes. „Ich beschwöre dich: Halte dich von Maecenas fern! Caesar, das darfst du nicht tun! Und wenn du es schon getan hast, tu es nicht wieder!"

„Also gut", lenkte Augustus ein. „Ich werde vorsichtiger sein. Die Sache mit ihm erübrigt sich in einer Woche ohnehin."

Agrippa atmete erleichtert auf. „Es ist gut, dass du bald nach Gallien gehst."

Augustus ballte die Faust und öffnete sie wieder. „Eines muss ich dir jetzt noch sagen, und zwar damit es dir nicht wieder irgendwer erzählt: Terentia wird mich nach Gallien begleiten."

„Was?" Agrippa sprang auf und hob die Hände in einer abwehrenden Geste. „Du musst wahnsinnig sein!"

„Ja, wahnsinnig vor Freude und Glück und Lust!"

„Du hast das Gehirn im Gemächt!"

Augustus sprang ebenfalls auf. „Du vergisst dich!"

Agrippa wurde laut. „Nicht so sehr wie du! Sei froh, dass du überhaupt noch einen Menschen hast, der dir die Wahrheit sagt! Maecenas wird nicht mehr lange dazu gehören. Müssen wir uns bald alle vor dir fürchten? Oder, besser gesagt, vor deiner aufgeblasenen Männlichkeit?"

„Tu doch nicht so sittsam, Agrippa! Wenn es um Marcella geht, wirst du doch auch zum Satyr, oder nicht? Du weißt doch, wovon ich rede! Du weißt doch, was Liebe ist, was sie mit uns macht!"

„Oh ja, das weiß ich!" Agrippas Gesichtszüge glätteten sich. „Die Liebe zu einer Frau, die wahre, tiefe Liebe, ist ein Geschenk des Himmels. Mit einer Frau, die man von ganzem Herzen liebt, zu schlafen, versetzt uns in den Zustand, in dem wir eins sind mit den Göttern. Es ist das Schönste, was einem Menschen geschehen kann." Seine Miene verfinsterte sich wieder. „Aber zwischen deiner Liebe zu Terentia und der meinen zu Marcella gibt es einen Unterschied: Marcella ist *meine* Frau, nicht die meines besten Freundes. Das ist ein gewaltiger Unterschied, findest du nicht? Maecenas wird dir diese Affäre eines Tages ganz sicher nachtragen! Denk doch auch mal an ihn: Wie steht er denn vor dem Volk da? Soll er ungerührt zusehen, wie du seine Ehefrau zu einer billigen Feldhure machst? Er hat es ohnehin schwer genug, von anderen respektiert zu werden. Du machst es ihm völlig unmöglich! Und trotzdem willst du mir allen Ernstes weismachen, er ließe diese Liebschaft ohne jeglichen Grund zu, nur aus lauter Zuneigung zu dir – selbst dann, wenn du Terentia mit nach Gallien nimmst und er hier zurückbleibt?"

„Ja."

Agrippa fasste sich an den Kopf. „Aber – versteh doch endlich: Warum tut er das?"

„Ich wiederhole mich ungern: Weil es ihm gefiel. Weil es Terentia gefiel – und mir, du Essigtopf."

„Ohne jeglichen Hintergedanken?"

„Ich schulde ihnen nichts."

„Das glaubst auch nur du!"

„Ich liebe Terentia. Ich liebe Maecenas. Und sie lieben mich."

Agrippa lehnte sich zurück und schlug mit der flachen Hand auf den Tisch. „Du willst mich nicht verstehen!"

„Nein, das will ich nicht. Denn du bist derjenige, der nichts versteht, gar nichts."

„So! Dann will ich dir mal ein Beispiel geben. Vielleicht kapierst du dann, was ich meine. Du sagst, Maecenas und du wäret Freunde und könntet alles miteinander teilen? Du Tor!". Sehr leise fuhr er fort. „Auch wir sind Freunde, nicht wahr?"

Augustus nickte.

„Und was wäre, mein Freund", fauchte Agrippa plötzlich kampflustig, „wenn ich mit Livia schlafen würde?"

Augustus wurde selten wütend. Aber jetzt vergaß auch er sich. „Hat ein Mensch sich je so etwas gefallen lassen müssen?", schrie er, rot vor Wut. „Was glaubst du, hätte Antonius mit dir gemacht, wenn du ihm so gekommen wärst? Oder mein Vater? Allein der Gedanke ist Verrat! Was nimmst du dir raus, Marcus Vipsanius? Wer glaubst du, wer du bist?"

Agrippa packte Augustus hart an den Oberarmen und schüttelte ihn. „Dein Freund!"

Augustus entzog sich ihm mit einer abrupten Bewegung. „Aus dieser Sache hältst du dich raus, verstanden? Entweder du gehörst zu meiner Familie und stehst dazu. Oder du bist die größte Enttäuschung meines Lebens. Das ist meine Privatsache, Agrippa, und du hast keine Staatsaffäre daraus zu machen – du nicht, Maecenas nicht und auch sonst keiner."

„Denk an Tiberius und Marcellus. Was lehrst du sie, wenn du Terentia mit nach Gallien nimmst?"

„Taurus wird ihnen beibringen, erfolgreich Schlachten zu schlagen. Von mir werden sie lernen, wie man Provinzen verwaltet. Vor allem aber werden sie eines lernen: Wie sehr ich sie liebe. Dass es sie aber trotzdem nichts, aber auch gar nichts angeht, was ich nachts in meinem Bett tue. Jeder Mensch, auch ein Caesar, hat ein Privatleben. Das solltest auch du einmal verinnerlichen!"

Agrippa schüttelte verständnislos den Kopf. „Und Livia?", brachte er leise sein letztes Argument vor.

„Livia ist erheblich klüger als du: Sie macht mir wenigstens keine Szene."

„Sie weiß es?"

Augustus sah ihn herausfordernd an. „Natürlich."

„Dein letztes Wort? Du nimmst Terentia mit nach Gallien?"

Augustus verzog den Mund zu einem bissigen Lächeln. „Du hättest Philosoph werden sollen, so eisern wie du die Moral hochhältst." Er verdrehte die Augen und wackelte spöttisch mit dem Kopf. „Der unberührbare Agrippa, der Mann, der selbst den Gott Amor besiegt!" Augustus stieß ihm den Finger in die Brust. „An dir wird sich Amor eines Tages rächen, du Blinder, nicht an mir – für deine Gefühllosigkeit und für deine Selbstgerechtigkeit! Und dann werde ich lachen, hörst du? Lachen werde ich, und ganz Rom mit mir!"

Agrippa schüttelte entgeistert den Kopf. „Du bist so unfassbar bösartig und verbohrt – ach, was rede ich! Es ist ja sinnlos. Weißt du was? Mach doch was du willst!" Er drehte sich um, entriegelte die Tür und ging grußlos hinaus.

„Da kannst du sicher sein!", brüllte Augustus hinter ihm her. Agrippa blieb stehen. Er drehte sich noch einmal um. Plötzlich sah er gar nicht mehr wütend aus. Sorge und schmerzliche Enttäuschung spiegelten sich in seinen Zügen. „Auch wenn du es nicht glaubst, Caesar: Es ist meine Liebe zu dir, die mich getrieben hat, dir heute Abend das zu sagen, was ich gesagt habe." Er senkte den Kopf, wandte sich ab und ging.

Bald darauf zog Augustus mit Livia, Tiberius und Marcellus nach Gallien. Immerhin war er diskret genug, Terentia bei seinem Auszug mit den Legionen nicht mit sich zu führen. In der Sänfte, in der er nach Norden reiste, lag Livia neben ihm. Seine Geliebte folgte dem Heer mit einer eigenen Eskorte.

Agrippa hatte erwartet, Maecenas werde sich eine Weile nicht in der Öffentlichkeit blicken lassen. Aber der tat so, als sei alles in bester Ordnung. Trotzdem konnte es ihm unmöglich entgehen, wie die Leute hinter seinem Rücken tuschelten. Agrippa staunte über die Fassung, mit der Maecenas ihre Häme ertrug.

Doch der Schein trog. Jetzt, da die beiden Menschen fort waren, die Maecenas über alles liebte, schien ihn die Einsamkeit zu ersticken. Immer wieder musste er an seine schöne, heißblütige Terentia und an Augustus denken. Wenn er sich ausmalte, wie sie miteinander lachten und sich liebten, kam es ihm plötzlich so vor, als müssten sie sich über ihn, den verlassenen Dritten, lustig machen. Augustus hatte sich nicht, wie erhofft, in ihn verliebt. Dafür hatte sich Terentia, seine herrliche Frau, in Augustus verliebt – und der sich in sie.

Wie ein grausamer Dämon marterte Maecenas die Vorstellung, die beiden könnten ein offizielles Paar werden. Das war gar nicht abwegig. Livia war unfruchtbar. Bisher hatte Augustus sich trotzdem nicht von ihr scheiden lassen. Doch keine seiner zahllosen Liebschaften war an Intensität der mit Terentia gleichgekommen! Nie hatte Augustus eine Frau vor aller Welt zur Geliebten genommen. Es war also durchaus denkbar, dass er sie auch heiraten würde.

Diese Qual blieb Agrippa verborgen. Er wäre der Letzte gewesen, dem Maecenas sich anvertraut hätte. Agrippa hatte ohnehin andere Sorgen. Als Stellvertreter Caesars sollte er nun Rom regieren. Und dann war da noch Marcella: Sie stand kurz vor der Entbindung.

Es war ein strahlender Herbsttag, als er sich von Tychicus für eine Senatssitzung ankleiden ließ. Die hochschwangere Marcella und Messalla saßen dabei, letzterer bereits fix und fertig angezogen.

Messalla schaute interessiert zu. „Wirklich bewundernswert, wie du das machst“, kommentierte er Tychicus’ Fingerfertigkeit, wohl wissend, dass er damit Agrippa in Rage brachte.

Wie erhofft, reagierte der prompt mit einem ärgerlichen Blick. „Fast hatte ich mich gefreut, dass du wieder zurück in Rom bist. Wie dumm von mir!“

Messalla grinste breit, als habe Agrippa ihm das schönste Kompliment gemacht.

Tychicus, der dieses alte, liebevoll-raue Spiel der beiden nur zu gut kannte, machte sich lächelnd an den Schulterfalten zu schaffen. „Hand ausstrecken“, kommandierte er und drapierte die Toga über den linken Arm seines Herrn, zupfte an dem Bausch vor Agrippas Bauch und kehrte noch einmal zur Schulter zurück. Er trat einen Schritt zurück und betrachtete kritisch sein Werk – nein, perfekt war es noch nicht.

Plötzlich erklangen draußen Stimmen.

„Das muss Aurelia sein“, warf Marcella ein. „Sie wollte mich heute besuchen und ein wenig ablenken.“

„So weit ist es also schon", stichelte Agrippa, „dass du dich von mir ablenken musst."

Marcella schüttelte lachend den Kopf. „Wie kannst du so etwas auch nur denken!"

Gleich darauf betrat eine hübsche, junge Frau den Raum. Vorsichtig umarmte und küsste sie Marcella.

„Salve, Aurelia", begrüßte Agrippa sie. „Geht es zuhause allen gut?"

„Soweit ja", antwortete sie. „Nur Großvater kränkelt ein wenig. Er hat sich eine Magenverstimmung zugezogen."

„Zu bedauerlich. Richte ihm meine Genesungswünsche aus."

Freundlich plauderten sie ein Weilchen.

„Fertig!", konstatierte Tychicus endlich.

Agrippa wandte sich Messalla zu. „Gehen wir?"

„Hm?" Messalla sah ihn verwirrt an. Offenbar war er mit seinen Gedanken ganz woanders.

„Ich sagte, wir können gehen", wiederholte Agrippa.

Seltsamerweise wurde Messalla plötzlich rot. „Aber ja!"

Agrippa zog die Brauen zusammen – mit dem Freund stimmte etwas nicht! Sie verabschiedeten sich von den Damen und machten sich auf den Weg.

„Ich bin gespannt, wie die Sache mit dem Konsular Crassus heute weitergeht", überlegte Agrippa unterwegs laut. „Er lässt nicht locker mit seiner Forderung nach zusätzlichen Ehrungen wegen seines Sieges über die Geten. Was meinst du?"

„Tja", antwortete Messalla einsilbig und schwieg weiter.

Agrippa blieb stehen. „Sag mal, Messalla, was ist eigentlich mit dir los? Du bist schon die ganze Zeit so seltsam. Fühlst du dich nicht wohl? Machst du dir Gedanken wegen der Sitzung?"

„Ach, die Sitzung. Nein, wir sind ja gut vorbereitet. Aber sag mal, von welchem Großvater war vorhin die Rede?"

„Großvater?"

„Ja, der Großvater Aurelias. Welcher Aurelius ist das, dem es schlecht geht?"

„Cotta."

„Der Cousin der Mutter des göttlichen Caesar?"

„Genau der, Lucius Aurelius Cotta, der ältere."

„Ach! Hm. Und das war seine Enkelin?"

Endlich verstand Agrippa. Er nahm Messalla am Arm. „Eine hochnoble Familie", lobte er, während sie weitergingen, „alter Adel wie du, und treue Gefolgsleute Caesars. Konsuln, Prätoren, Zensoren, alles war schon dabei. Und nicht unvermögend. Aurelius Cotta ist ein angenehmer Mensch, ebenso sein Sohn, Aurelias Vater. Gebildet, traditionsbewusst und doch aufgeschlossen für neue Ideen."

„Ich schätze die beiden auch sehr.“
Agrippa grinste. „Und noch mehr die kleine Aurelia, hm?“
Betreten sah Messalla zur Seite. „Sie ist ein nettes Mädchen.“
„Soviel ich weiß, ist sie nicht verlobt.“
Messalla wischte sich den Schweiß von der Stirn. „Hör doch auf!“
Agrippa lächelte breit. „Gib es zu: Du bist verliebt.“
„Unsinn!“
„Na, na, na!” Er knuffte Messalla mit dem Ellbogen in die Seite. „Wie wäre es, wenn wir zwei morgen mal bei Cotta vorbeischauen, um uns nach dem Wohlbefinden des ehrwürdigen Großvaters zu erkundigen?“
„Meinst du nicht, das wäre zu auffällig?“
Agrippa lachte laut auf. „Gütige Götter, Messalla! Bist du derjenige, der einmal der Königin von Ägypten die Stirn geboten hat? Nun, ich kann auch alleine zu Cotta gehen.“
Jetzt musste auch Messalla lachen. „Ich komme mit!“
„Na also. Vielleicht sehen wir Cotta ja gleich im Senat. Du solltest dir heute also sehr genau überlegen, was du vorträgst. Du willst doch einen guten Eindruck machen, hm? Und pass auf, dass du nicht wieder rot wirst.“
Die Sitzung verlief ruhig und geordnet, wie schon alle anderen zuvor seit Augustus’ Abreise. Agrippa war höchst zufrieden. Offenbar hatte er sich umsonst Sorgen gemacht.
Doch schon in der kommenden Nacht sollte es mit seiner Ruhe vorbei sein. Unsanft rüttelte Marcella ihn wach. „Marcus!“
Verwirrt richtete er sich auf. Sie sah ihn mit aufgerissenen Augen an. „Es kommt, glaube ich.“
„Gütige Götter!“ Mit einem Satz war er aus dem Bett, streifte seine Untertunika über den Kopf und rannte nach draußen. „Weckt die Hebamme!“
Nachdem sich die erste Aufregung gelegt hatte, verbannte ihn die Hebamme ohne Gnade aus dem Geburtszimmer. Die Zeit schien still zu stehen. Bis zum späten Nachmittag versuchte Messalla, den werdenden Vater mit endlosen Brettspielrunden abzulenken.
„Du hast schon wieder einen Stein verloren“, konstatierte Messalla. „Das beweist endgültig, dass ich der bessere Feldherr bin. Schon mein Vorfahr, der große Marcus Valerius Corvus …“
„… ich weiß, er schlug meine volskischen Ahnen bei Antium. Aber das war vor über 300 Jahren. Gleich schlage ich dich. Noch eine Runde!“, blaffte Agrippa – und verlor schon nach wenigen Zügen erneut eine Spielfigur.
Messalla grinste schadenfroh. Dann fegte er mit zwei aufeinanderfolgenden Zügen gleich drei von Agrippas Spielsteinen vom Brett. „Tja“, bemerkte er genüsslich. „So viel zu den strategischen Talenten von Volskern.“

Agrippa klatschte die Hände auf die Sessellehnen. „Halt doch einfach mal den Mund!“

„Also gut.“ Messalla nahm seelenruhig einen weiteren Stein seines Gegners vom Brett. „Das wenigstens sei dir gewährt.“

In verhaltenem Zorn schloss Agrippa die Augen.

Plötzlich drang ein Schrei an ihre Ohren. Tychicus stürzte herein. „Er ist da!“

Sein Patron sprang auf. „Er ist da?“

„Ja!“ Tychicus fuchtelte wild mit den Händen. „Dein Sohn!“

Agrippa stieß ihn zur Seite und rannte in das Geburtszimmer, Tychicus und Messalla hinterher. Dort bremste er abrupt. So vorsichtig seine Aufregung es zuließ, öffnete er die Tür.

Die Hebamme wandte sich ihm lächelnd zu. „Herzlichen Glückwunsch!“

Agrippa trat zu ihr. Der brüllende Kleine sah mit seinem roten, zerknitterten Gesichtchen nicht sonderlich hübsch aus. Aber alles war an ihm dran: Arme, Beine, Zehen, der kleine Unterschied zwischen den Beinen – das ganze Kerlchen schien gesund. Staunend betrachtete Agrippa seinen Sohn.

„Bei Juno“, flüsterte er. „Ist alles in Ordnung mit ihm?“

Die Hebamme lächelte. „Alles, ehrwürdiger Konsul.“

Agrippa suchte Marcellas Blick. Blass lag sie in den Kissen. Eine Sklavin tupfte ihr vorsichtig den Schweiß vom Gesicht. Sie wich zur Seite, als Agrippa an das Bett trat und sich daneben niederließ. „Kleine Königin, ist alles gut?“

Marcella lächelte ihn erschöpft an. „Gefällt er dir?“ Eine Träne rollte über ihr Gesicht.

„Die Welt hat noch nie einen schöneren Jungen gesehen.“

„Unser Sohn“, flüsterte sie und schmiegte ihr Gesicht in seine Hand. Sacht streichelte er ihr Haar.

„Konsul?“, meldete sich nach einer Weile die Hebamme zu Wort. „Wir sind soweit.“

Agrippa drückte Marcella liebevoll die Hand, dann erhob er sich.

Feierlich trug die Geburtshelferin das nackte Neugeborene aus dem Raum. Ein ganzer Schwarm Hausdiener folgte ihnen, und natürlich weitere Angehörige der Familie: Vipsania, die Kinder Messallas aus seiner Ehe mit der verstorbenen Calpurnia und der junge Drusus, Livias Jüngster, der bei ihnen wohnte, solange seine Mutter und Augustus in Gallien waren.

Als die Hebamme an der Haustür angelangt war, legte sie das Neugeborene auf die Schwelle. Es brüllte markerschütternd.

Die Umstehenden lächelten gerührt, als sein Vater sich bückte und den Kleinen vom Boden aufhob. Zärtlich drückte er ihn an sich. „Ich werde dich Marcus Agrippa Marcellinus nennen. Willkommen, mein Kind.“

Die Hebamme sah glücklich in die Runde – das Kind war nach einer überraschend leichten Entbindung auf der Welt, und sein Vater hatte es angenommen.

Tychicus kämpfte sich zu seinem Patron durch. „Darf ich es sagen?“, bestürmte er Agrippa. „Bitte! Darf ich es sagen?“

Der nickte.

Im nächsten Augenblick stürmte Tychicus zurück ins Haus. „Er ist da!“, hörten sie ihn brüllen. „Agrippas Sohn ist da!“

Weitere Diener, die dazukamen, klopften Tychicus auf den Rücken und umarmten ihn, gerade als sei er selbst Vater geworden. Die Wachleute hoben den Hausverwalter johlend auf die Schultern und trugen ihn zur Terrasse.

Tychicus ließ es sich lachend gefallen. Nachdem sie ihn abgesetzt hatten, sah er auf die Stadt hinab. Tief sog er die Abendluft ein. Er formte die Hände zum Trichter. „Agrippa hat einen Sohn!“ brüllte er so laut er konnte über Rom hinweg. „Der Konsul hat einen Sohn!“ Dann schloss er die Augen.

Nie würde er diesen Augenblick vergessen, in dem der Jubel der Menschen im Tal immer lauter und lauter zu ihm empor klang, um das Kind zu begrüßen, wie anschwellende Meeresbrandung, wie ein sich nahender Bienenschwarm: „Marcus Agrippa! Glücklichster! Hurra!“

Hunderte stürmten alsbald den Palatin. Lachend verteilten Agrippas Diener Münzen, Wein und süße Mandeln. Erneut feierte Rom bis spät in die Nacht hinein ein fröhliches Fest.

Augustus gratulierte überschwänglich, als er von der Geburt seines Großneffen erfuhr. Schließlich war Octavias Sohn Marcellus bisher der einzige männliche Nachkomme mit julischem Blut – Tiberius und Drusus waren ja Livias Söhne, aus dem Geschlecht der Claudier.

Abgesehen von dieser Freude, hatte Augustus allerdings wenig zu lachen. Der gallische Feldzug entwickelte sich völlig anders als gedacht. Was als lehrreiche Schultage für die potentiellen Nachfolger und sinnliche Liebesnächte für den Princeps geplant gewesen war, verwandelte sich schon bald in einen waschechten militärischen Konflikt.

Dabei hatte der Feldzug so gut angefangen! Nach Augustus' Ankunft hatten die aufständischen Gallier kampflos die Waffen gestreckt. Danach waren er und seine zwei Zöglinge erst einmal Wochen damit beschäftigt, Verwaltungsdinge zu regeln und Steuerlisten zu überprüfen.

Und in den Nächten? Livia ließ sich keinerlei Eifersucht gegenüber Terentia anmerken. Sogar als Augustus von ihr forderte, sie solle im Wettstreit gegen seine Geliebte antreten, machte Livia die Posse mit. Sie legte ihr atemberaubendstes Kleid an und trat mit der Rivalin vor den Gatten. Der mimte genüsslich den Sagenhelden Paris, der zu urteilen hatte, welche die Schönste sei: die zarte Livia oder die rassige Terentia?

Solche Spielchen liebte er.

In der Öffentlichkeit trat er allerdings nur in seiner Lieblingsrolle als Retter des Vaterlandes auf. Augustus war zweifellos ein begnadeter Schauspieler, und bis ans Ende seiner Tage würde er den liebenden Volksvater meisterhaft darstellen. Oder war er das tatsächlich? Oft wusste Augustus selbst nicht mehr, wer er im tiefsten Innern war.

Neuerdings gefiel er sich außerdem in der Rolle des Eroberers. Genüsslich malte er sich aus, wie es sein würde, unter den bewundernden Augen des Tiberius und des Marcellus das zu vollenden, was sein Adoptivvater nicht geschafft hatte: Britannien zu erobern.

„Eines verstehe ich nicht", fragte Marcellus, nachdem Augustus ihm und Tiberius seinen Plan offenbart hatte. „Warum müssen wir überhaupt nach Britannien? Nur weil der göttliche Caesar es schon versucht hat?"

„Was meint ihr?", fragte Augustus zurück. „Glaubt ihr, ich würde meine Legionen riskieren, nur um des Ruhmes willen?"

Tiberius versuchte eine Antwort: „Ein Angriff macht nur Sinn, wenn es in Britannien etwas zu holen gibt. Aber was? Diese Insel ist ein kaltes, barbarisches Waldland."

Augustus ergriff einen Dolch, der vor ihnen auf dem Tisch lag, und zog ihn aus der Scheide. „Das ist der Grund."

„Eisen?“, fragte Tiberius.

„Nein.“ Augustus streichelte zärtlich über die reich mit Ornamenten geschmückte Hülle des Dolches. „Bronze. Im Süden Britanniens gibt es unermessliche Zinnvorkommen. Und das brauchen wir, um Bronze herzustellen – Bronze für Waffen, aber auch für Haushaltsgeräte, für Baumaschinen und Werkzeuge. Wir brauchen viel mehr als wir zurzeit beschaffen können. Deshalb ist es teuer – zu teuer. Ich werde also dafür sorgen, dass Bronze billiger wird, damit die Völker des Reiches damit arbeiten können.“ Mit einer entschlossenen Bewegung stieß Augustus den Dolch zurück in die Scheide. „Das Wohl Roms verlangt es. Was sonst, Tiberius?“

Schon standen sie kurz davor, mit den Legionen überzusetzen, da traf die Nachricht von Rebellionen der Salasser im Alpental des Flusses Aosta ein. Erst vor wenigen Jahren hatte Messalla sie unter großen Mühen besiegt. Jetzt erhoben sie sich erneut.

Es sollte noch viel schlimmer kommen: Kurz darauf erhielt Augustus die Unglücksbotschaft, in Nordspanien seien die Völker der Asturer und der Cantabrer in römisches Gebiet eingedrungen. Dort hatten sie mehrere Dutzend Bürger getötet und marodierten weiter. Der Senat beschloss, den Janustempel wieder zu öffnen.

Augustus fluchte: Den Traum von den britannischen Zinnminen konnte er vergessen! Im Reich herrschte wieder Krieg, und es gab nichts, was er mehr verabscheute als einen Ernstfall. Aber selbstverständlich musste der Angriff auf römisches Territorium geahndet werden! Andernfalls könnte er nur zu leicht Nachahmer finden. Nicht auszudenken, wenn dies in dem bereits seit fast 200 Jahren unter römischer Herrschaft stehenden Teil Spaniens geschah! Dann standen nicht nur Menschenleben auf dem Spiel, sondern auch hohe Steuereinnahmen. Also musste Augustus ein Heer ins Krisengebiet führen.

Vor dem Abmarsch übertrug er noch in aller Eile das Kommando gegen die aufständischen Salasser dem jungen Aulus Terentius Varro Murena, dem Bruder seiner Geliebten Terentia. Die Ernennung war Augustus’ Abschiedsgeschenk, denn in Spanien konnte er weder sie noch Livia gebrauchen. Unter den Soldaten aber kursierte ein anderer Begriff: „Terentias Hurenlohn.“

Schweren Herzens schickte Augustus die Frauen nach Rom zurück. Anders als für ihren ehrgeizigen Bruder Aulus, hatte sich Terentias Beziehung mit dem mächtigsten Mann des Reiches für sie selbst nicht gelohnt. Nach einer letzten heißen Nacht hatte Augustus sie zwar liebevoll verabschiedet. Er hatte ihr aber keinerlei Hoffnungen gemacht, sie könne eines Tages Livias Platz einnehmen – zumal Terentia nicht schwanger geworden war. Bedrückt machte sich Maecenas’ Gattin auf den Heimweg.

Ihr Geliebter zog nicht weniger deprimiert nach Nordspanien. Es war Augustus klar, dass ihm ein schwieriger Feldzug bevorstand. Nach einem entsetzlichen Marsch über die Pyrenäen, durch eisige Herbstregen und Schneestürme, vorbei an schwindelerregenden Klüften, erreichten sie das umkämpfte Gebiet.

Kaum hatte der Frühling Einzug gehalten, teilte Augustus das Heer: Den Kampf gegen die Asturer im Westen übertrug er den berüchtigten Legaten Titus Carisius und Gaius Antistius Vetus. Sie enttäuschten ihn nicht: Bald meldeten sie erste Erfolge gegen die asturischen Stämme.

Augustus zog mit Taurus nach Norden gegen die Cantabrer. Die waren eindeutig der härtere Gegner. Unerschrockene Kämpfer waren sie, und sie verstanden es, die Beschaffenheit ihres gebirgigen, mit undurchdringlichen Wäldern bedeckten Territoriums geschickt zu nutzen. So griffen sie nie offen an. Aus dem Hinterhalt warfen sie ihre Speere, schleuderten Steine und wälzten Felsen in die Tiefe, wenn sich der schwerfällige römische Heerwurm durch die engen Schluchten wälzte. Probleme bereitete den Römern auch die schwierige Versorgungslage.

Obwohl Taurus sich und seinen Soldaten das Äußerste abverlangte, musste er sich bald die Hoffnungslosigkeit ihrer Bemühungen eingestehen: Sie hatten keinen nennenswerten Sieg errungen, dafür Dutzende Verwundete und Tote zu beklagen. Im Herbst schlug er Augustus zähneknirschend vor, eine weitere Legion zur Unterstützung anzufordern. Widerspruchslos diktierte der Imperator den Marschbefehl an den Legaten Antistius Vetus in Asturien.

Augustus war am Ende seiner Kräfte. Da er von Natur aus kein martialischer Mensch war, zermürbte ihn das harte Kriegsleben zusehends. Einmal mehr übertrug sich seine Nervosität auf den Körper. Fiebernd lag er im Zelt und wand sich vor Schmerzen.

Seine Ärzte wussten sich keinen Rat mehr. So rieten sie ihm dringend, zur Erholung nach Tarraco, dem römischen Zentrum an der nordspanischen Mittelmeerküste, zu reisen. Tiberius und Marcellus begleiteten ihn. Augustus hatte sich mittlerweile ein genaues Bild von seinen potentiellen Nachfolgern gemacht. Beide hatten ihre Talente.

Tiberius war wissbegierig und intelligent, im Kampf zäh, umsichtig und mutig. Humor hatte Livias Sohn allerdings nicht einmal ansatzweise. Er war verschlossen und für sein Alter viel zu ernst.

In Tarraco wurde ihm die Zeit bald lang. Tiberius hasste es, untätig dazusitzen, Gesellschaften verabscheute er. Immer öfter beklagte er sich. Entnervt schickte Augustus ihn eines Tages zurück ins cantabrische Feldlager. Als die kalten Monate vorbei waren und das Heer seinen verbissenen Kampf wieder aufnahm, sandte Taurus einen anerkennenden Bericht über Tiberius nach dem anderen nach Tarraco.

Trotzdem stand für Augustus mittlerweile fest: Sein Favorit war Marcellus. Der war geradezu ein jüngeres Abbild seines Onkels. Er lernte leicht und erwarb sich mit seiner gewinnenden Art schnell Freunde. Bei Verhandlungen mit den Einheimischen bewies er diplomatisches Geschick. In schönster Harmonie besprachen Onkel und Neffe neue Bauprojekte und Verwaltungsangelegenheiten.

Wie Augustus zeigte allerdings auch Marcellus wenig Begabung für den Krieg. Er hasste das raue Lagerleben und fürchtete sich vor den schroffen cantabrischen Gebirgsschluchten. Immer wieder klagte er über Heimweh, und niemand verstand ihn so gut wie sein Onkel.

Dessen Gesundheitszustand blieb miserabel. Oft konnte er wochenlang das Bett nicht verlassen. Nachts plagten ihn Albträume: Er blickte auf das glucksende Wasser eines schwarzen Flusses, er sah Rom brennen und das Reich unter dem Wehklagen der Völker zerbersten. Tagsüber grübelte er immer wieder über den Tod nach. Musste er hier sterben, fern der Heimat? Würden mit seinem Ende auch all seine Gedanken, seine Pläne und Ideen verlöschen?

So beschloss er, seine Lebenserinnerungen niederzuschreiben. Als sie nach einem Jahr fertig waren, ließ er Kopien anfertigen und sandte sie nach Rom. Traurig sah er dem Boten nach, der sie mitnahm. Was die Adressaten wohl sagen würden, wenn sie die Widmung lasen: „Meinen Freunden und Gefährten: Marcus Agrippa und Gaius Maecenas, in Dankbarkeit, Imperator Caesar Divi Filius Augustus“? Ach, Rom! Wie sehnte er sich nach Hause!

Dort schien ihn allerdings niemand sonderlich zu vermissen. Der Senat lenkte die Staatsgeschäfte mit ruhiger Hand. Agrippa versuchte nur selten, in dessen Entscheidungen einzugreifen. Wenn er es aber tat, erhielten seine Vorschläge meist die Mehrheit. Kaum einer der ehrwürdigen Väter wagte es, sich dem engsten Vertrauten des Caesar Augustus zu widersetzen.

Auch privat ging es Agrippa gut: Sein Eheglück mit Marcella wurde durch ein zweites Kind gekrönt, Vipsania Minor.

Messalla heiratete Aurelia, die Tochter des Senators Cotta – mit unmittelbaren Folgen: Marcus Aurelius Cotta Maximus Messallinus nannten sie den Kleinen.

Zweieinhalb Jahre war Augustus nun schon fern von Rom. Der blutige Cantabrische Krieg zog sich zäh in die Länge. Doch trotz seines besorgniserregenden Zustandes, trotz seines jämmerlichen Heimwehs, weigerte sich der Imperator, nach Rom zurückzukehren. Auf keinen Fall würde er das Heer im Stich lassen, schrieb er Agrippa, selbst wenn es ihn das Leben kosten sollte! „Weil ich dem Tod aber täglich ins Auge schaue, muss ich an Roms Zukunft denken – an eine Zukunft, in der ich nicht mehr sein werde. Damit nicht alles, was ich war und bin, mit meinem Körper verlöscht, sende ich meine geliebten

Neffen zu euch. Marcellus hat als mein Nachfolger glänzende Anlagen, das hat er mir in den letzten Jahren immer wieder bewiesen. Sorge also dafür, dass er so bald wie möglich meine Julia heiratet, mein teures, mein einziges Kind. Ich wünsche mir, dass du, der du mir bist wie ein Bruder, mich als Brautvater bei der Hochzeit vertrittst. Und sei Marcellus stets nach Kräften ein treuer Ratgeber, sei ihm Freund und Stütze, wie zuvor mir."

Obwohl sich Marcella zweifellos Sorgen um ihren Onkel machte, freute sie sich doch unbändig, dass sie ihren Bruder bald wieder sehen würde. „Ach, Marcus, wie schön! Marcellus hat mir so gefehlt! Und dass er Julia heiraten wird! Das heißt, dass Onkel Gaius seine Entscheidung getroffen hat: Marcellus ist der künftige Caesar."

Ihr Mann war nicht so euphorisch. „Ich weiß nicht. Meinst du, Marcellus wird mit Julia fertig? Dein Onkel hatte mit ihrer unbändigen Art immer seine liebe Not."

Marcella überlegte ein Weilchen. „Es stimmt schon, Julia war immer aufbrausender als wir alle. Aber Onkel Gaius war auch viel zu streng zu ihr. Dagegen muss ein Mensch sich doch auflehnen! Er und Livia ließen sie weben, tagelang. Stell dir das mal vor! Wir leben doch nicht mehr zu Catos Zeiten! Und als einmal ein junger Mann in Baiae sie besucht hat, hat Onkel Gaius ihm verboten, seine Schwelle noch einmal zu übertreten. Wie peinlich! Dabei war Julias Verehrer ein sehr netter und anständiger junger Mann von einwandfreier Herkunft."

Agrippa massierte sich nachdenklich das Kinn.

Marcellas Miene erhellte sich wieder: „Marcus, aber was heißt das schon, wenn Julia als Kind Temperament gezeigt hat? Meine Mutter hat früher auch immer gesagt, wenn ich so weitermachen würde, bekäme ich ganz sicher keinen Ehemann! Und jetzt habe ich sogar den besten, begabtesten, schönsten, heldenhaftesten ..."

Lachend legte Agrippa ihr die Hand auf die Lippen. „Wirst du wohl still sein! Sonst glaube ich deine Schmeicheleien am Ende noch und werde zum Tyrannen."

Sie küsste die Innenfläche seiner Hand. „Das wirst du nie. Dafür kenne ich dich zu gut." Ihre dunklen Augen glitzerten zärtlich. „Und selbst wenn, ich würde dich trotzdem lieben. Dich werde ich immer lieben – bis zum letzten Atemzug."

Im Juni traf Marcellus in Rom ein. Als er vor Agrippas Haustür stand, flog ihm seine Schwester stürmisch um den Hals. „Endlich bist du da!"

Er lachte glücklich. „Erwürg mich nicht! Marcella!"

Grinsend schielte er zu seinem Schwager. „Agrippa, wie hältst du es mit dieser Skylla nur aus?" Endlich ließ seine Schwester ihn los.

Jetzt umarmte ihn auch Agrippa. „Willkommen zuhause!“ Er hielt Marcellus mit ausgestreckten Armen von sich. „Lass dich ansehen! Ein Mann bist du geworden! Achtzehn Jahre! Caesar hat recht, da wird es tatsächlich Zeit, etwas für Roms nächste Generation zu tun!“

Mittlerweile waren auch Messalla und die anderen Hausbewohner dazugekommen. Alle umringten Marcellus, begrüßten und bestürmten ihn.

„Wie war das mit den Cantabrern?“, wollte der ältere Messallinus wissen. „Bist du verwundet worden?“

Drusus fragte nach seinem Bruder Tiberius, und Aurelia präsentierte stolz den kleinen Messallinus.

Agrippa nahm den völlig überforderten Schwager kurzerhand am Arm und zog ihn mit sich ins Atrium. „Lasst Marcellus erst einmal zu Atem kommen!“, schimpfte er. „Ihr zerreißt ihn ja! Schlimmer seid ihr als entfesselte Mänaden!“

Niemand kümmerte sich um den Tadel. Aufgeregt plappernd folgte ihnen die Schar ins Atrium.

„Stimmt es, dass die cantabrischen Frauen ihre Stirnhaare abrasieren, weil sie glauben, dass eine hohe Stirn schöner ist?“, erkundigte sich Marcella neugierig.

Ihr Bruder lachte. „Ja, bei manchen Stämmen. Bei anderen setzen sie sich ein Stöckchen auf den Kopf, winden die Haare darum, um es zu festigen, und legen als Sonnenschutz schwarze Tücher darüber. Wieder andere tragen Reifen um den Hals, an denen Stangen befestigt sind, die sich nach vorn über den Kopf biegen, und auch darüber legen sie einen Schleier.“

„Das muss ja ulkig aussehen!“

Marcellus verzog das Gesicht zu einer skeptischen Grimasse. „Ja und nein. Ich glaube, dieser Putz dient den Frauen nicht nur dazu, sich vor der Sonne zu schützen, sondern auch, um größer und damit stärker zu wirken als sie tatsächlich sind.“

„Wozu sollte das gut sein?“

„Du musst bedenken, dass sie ganz anders sind als wir – eher so wie die Aquitanier nördlich der Pyrenäen. Mit denen sollen sie ja verwandt sein. Die cantabrischen Frauen sind viel mannhafter als unsere. Sie beschränken sich keineswegs nur auf den Ackerbau und die Erziehung ihrer Kinder, sondern stehen ihren Männern auch im Kampf bei: Dann stehen sie hinter den Linien und drohen ihren Männern, bloß nicht feige zu sein.“

„Wie aufregend!“

„Das kann man wohl sagen!“, schnaubte Marcellus. „Unsere Legionäre hätten sich in den letzten zwei Jahren sicher ein bisschen weniger Aufregung gewünscht.“

„Verzeih! Das war eine unbedachte Bemerkung."

„Schon gut."

„Erzähl uns mehr von den cantabrischen Sitten!", versuchte Aurelia das Gespräch wieder in verbindlichere Bahnen zu lenken. „Da du gerade von den Frauen sprichst: Ist es wahr, dass sie ihre Töchter ebenso zu Erben einsetzen wie ihre Söhne?"

„Das stimmt."

„Aber wie", mischte sich Messalla ein, „können die Männer dann einen Hausstand gründen?"

„Wenn ein Cantabrer sich eine Frau nehmen will, müssen seine Schwestern ihn auszahlen. Damit kann er dann den Brautpreis an seine Auserwählte entrichten."

„Die Männer zahlen eine Aussteuer?", hakte Messalla ungläubig nach, „und dann auch noch direkt an die Bräute, nicht an den Brautvater?"

Marcellus nickte. „Genau. Wobei ich mich immer frage, wie sie überhaupt zusammen kommen können." Er schnitt eine Grimasse. „Weißt du, sie haben nämlich die Gewohnheit, sich mit Harn zu waschen, den sie in Gefäßen ausfaulen lassen. Damit reiben sie sich sogar ihre Zähne ab." Er sah in die Runde. „Könnt ihr euch vorstellen, jemanden zu küssen, der Urin im Mund hat?"

Die angewiderten Reaktionen seiner Zuhörer spornten Marcellus an, mehr von seinen Erfahrungen zum Besten zu geben. „Die Cantabrer haben noch mehr komische Sitten. Wenn zum Beispiel ihre Frauen niederkommen, schonen sie sich nicht, sondern arbeiten nach der Geburt oft einfach weiter. An ihrer Stelle legen sie ihre Männer ins Bett und bedienen sie, als hätten die entbunden."

Marcella kicherte. „Jetzt flunkerst du!"

„Ich schwöre es!"

„Diese Sitte scheint mir gar nicht so übel", mischte sich der 13-jährige Drusus grinsend ein.

„Ja, es wäre zu überlegen, ob wir das nicht auch bei uns einführen sollten", unterstützte ihn Messalla mit einem Augenzwinkern. „Was meinst du, Agrippa, sollten wir das nicht mal im Senat zur Debatte vorschlagen?"

„Untersteht euch!", kam Marcella einer Antwort ihres Gatten zuvor. Alle lachten vergnügt.

Doch dann bemerkten sie, dass Marcellus die allgemeine Heiterkeit nicht teilte. Gedankenverloren stierte er vor sich hin.

Seine Schwester berührte ihn sanft am Arm. „Was ist los mit dir?"

Er schüttelte den Kopf, als wolle er ein brummendes Insekt loswerden, das sich in seinen Haaren verfangen hatte. „Ich kann über die Cantabrer nicht lachen!", stieß er plötzlich hervor. Leise fügte er hinzu: „Dafür habe ich in den letzten Monaten zu viel erlebt."

Den anderen gefror das Lachen im Gesicht.

„Erzähl uns davon“, forderte Agrippa ihn auf.

Marcellus wandte sich ihm zu. In seinem Blick spiegelten sich die Schrecken der letzten Monate, mischten sich Entsetzen und Bitterkeit. „Diese Cantabrer sind Wilde! Sie sind unglaublich roh, allesamt, Männer wie Frauen. Tapfer, ja, mag sein. Aber auch so unvernünftig und verstockt wie ich es noch von keinem Volk je gehört habe.“ Er hielt inne.

Schweigend warteten seine Zuhörer, bis er sich wieder gefasst hatte.

„Dieser Feldzug war grauenhaft“, fuhr Marcellus fort. Nichts scheint diese Barbaren zu schrecken. Selbst ihre Kinder sind schon unbeugsam und voller Hass – und auf eine entsetzliche Art gefühllos.“ Er holte tief Luft. „Einmal haben unsere Männer eine Familie gefangen genommen. Sie haben diese Leute gefesselt, wohlweislich auch die Mutter. Nur den jüngsten Sohn nicht. Warum auch? Er war ja kaum älter als zehn! Da saßen sie also. Plötzlich rief der Vater dem Kind etwas zu. Daraufhin sprang der Kleine auf, ergriff das Schwert, das unsere Soldaten dem Vater entrungen und zur Seite gelegt hatten. Und dann erstach er seine Eltern und Geschwister.“ Wieder schüttelte Marcellus den Kopf, als wolle er sich von etwas befreien. „Ist das nicht unfassbar? Ein Zehnjähriger!“ Er seufzte tief. „Aber das ist noch lange nicht alles. „Tiberius hat mir erzählt, er habe Frauen gesehen, die ihre eigenen Kinder getötet haben, bevor die Unseren sie gefangen nehmen konnten.“ Mit weit aufgerissenen Augen starrte Marcellus Agrippa an. „Weißt du, ich höre sie noch ganz deutlich … wenn sie nachts ihre grässlichen Gesänge angestimmt haben. Am schlimmsten war es bei Vollmond. Dann bringen sie ihrem Gott Opfer dar und singen und feiern die ganze Nacht.“

„Welchem? Ihrem Kriegsgott?“, wollte Agrippa wissen.

„Nein. Sie kennen keine Götter. Oder vielmehr, doch, einen haben sie.“

„Sie haben nur *einen* Gott?“

„Ja, nur einen. Und es heißt, der habe nicht einmal einen Namen. Aber wie auch immer: Er muss ein schrecklicher Gott sein, wenn er ein solches Volk hervorbringt.“

Betroffenes Schweigen erfüllte den Raum.

„Habt ihr versucht, mit ihnen zu verhandeln?“, brach Messalla die Stille.

Marcellus lachte verächtlich. „Verhandeln? Dieses Wort kennen sie nicht! Keiner unserer Männer, die sie gefangen haben, ist je zurück gekehrt. Und wenn die Cantabrer selbst gefangen wurden, haben sie sich gewehrt wie verwundete Bestien. Selbst wenn sie sterben müssen, geben sie nicht auf. Taurus hat mir da eine schauerliche Geschichte erzählt. Eines Tages hätten seine Leute ein paar besonders wilde Krieger gefangen. Ihr alle kennt Taurus: Er fackelt nicht lange. Also hat er sie ans Kreuz schlagen lassen. Und was meint ihr? Sie haben weder gejammert noch um Gnade gebeten. Vielmehr haben sie Siegeslieder gesungen, bis ihnen die Stimme versagt hat."

Messalla schüttelte fassungslos den Kopf. „Siegeslieder?"

„Siegeslieder, ja."

Agrippa räusperte sich. „Sag, Marcellus: Wie schätzt du die Lage ein?"

Marcellus zuckte die Schultern. „Mit den Asturern wird Carisius wohl fertig. Ihre Hauptstadt Lancia hat er schon erobert. Aber ob Taurus und Antistius die Cantabrer unterwerfen können, ist mehr als fraglich. Dazu sind sie zu aufsässig. Die sterben lieber als sich zu beugen." Er seufzte. „Immerhin scheint derzeit Ruhe einzukehren. Sie ziehen sich in die Berge zurück. Wir suchen sie, aber es ist fast unmöglich, sie in den verfilzten Wäldern zu finden. Ich glaube allerdings nicht, dass dies Kapitulation bedeutet. Ich glaube eher, die Cantabrer sammeln neue Kräfte."

„Mich wundert unter diesen Umständen nicht, dass Caesar erkrankt ist", stellte Messalla fest. „Wir können nur hoffen, dass er diesen Feldzug übersteht."

Agrippa nickte nachdenklich. „Wisst ihr, was ich mich auch frage?" Er sah in die Runde. „Wie nur können wir so viele unterschiedliche Völker, die so viele verschiedenartige Anschauungen, Sitten und Götter haben, friedlich in einem Reich vereinen? Ist das überhaupt möglich? Manchmal zweifle ich daran."

Nachdem Agrippa spät nachts das Licht gelöscht hatte, starrte er grübelnd in die Dunkelheit. Immer wieder wälzte er sich herum.

Marcella bemerkte seine Unruhe. „Kannst du nicht schlafen? Machst du dir Sorgen wegen der Cantabrer?"

Er räusperte sich. „Natürlich. Aber ich habe großes Vertrauen in Taurus und Antistius. Wenn es jemand schafft, sie zu besiegen, dann diese beiden. Nein, ich mache mir vor allem Gedanken um Marcellus. Er hat sich verändert, findest du nicht?"

„Hm, ja. Er ist ernster geworden. Aber das ist doch natürlich. Nach diesen schrecklichen Erlebnissen!"

„Das ist es nicht allein. Krieg ist immer grausam. Nein, was mir auch nicht aus dem Kopf geht, ist, dass Marcellus von den ganzen Kämpfen nicht sonderlich viel miterlebt hat. Er war wohl nur am Anfang dabei. Die meiste Zeit war er bei Caesar in Tarraco. Viel Ruhm bringt ihm das nicht ein. Wie sollen die Legionen Achtung vor ihm bekommen, wenn er nur im Palast sitzt und die Hand seines Onkels hält? Wie will einer wie er sie führen? Sollte er je Roms Herrscher werden, können wir nur hoffen, dass es bis dahin keine Kriege mehr gibt. Allerdings fürchte ich, dass dies ein recht naiver Wunsch ist."

„Es heißt, auch Onkel Gaius habe früher so gut wie nie selbst mitgekämpft."

„Er war trotzdem immer in der Nähe, und er hat sein Leben mehr als einmal riskiert. Auch wenn es sicher löblich ist, die Toga dem Kriegspanzer vorzuziehen, ein römischer Herrscher muss auch im Krieg Mut und Stärke beweisen."

Nachdenklich schwiegen sie eine Weile.

„Sei mal ehrlich, Marcus", brach Marcella endlich die Stille. „Hast du nie daran gedacht, selbst die Nachfolge anzutreten?"

Agrippa sog hörbar die Luft ein. „Marcella! Allein der Gedanke ist Hochverrat."

„Das wäre er nur, wenn du dich gegen Onkel Gaius erheben würdest."

„Das werde ich nie."

„Aber wenn er nun vor dir stürbe, ganz natürlich. Er ist sehr krank ..."

Agrippa richtete sich auf. „Dann werde ich mich nach dem Willen der Senatoren richten. Wenn sie mich zum Konsul wählen, werde ich meine Verantwortung wahrnehmen. Aber anders als dein Onkel war und bin ich gegen die Monarchie."

„Rom könnte keinen nobleren Herrscher bekommen als dich."

„Das lass Roms Sorge sein."

„Und wenn es wieder einen Bürgerkrieg gäbe?" Marcella flüsterte die nächsten Worte: „Mein Bruder gegen dich?"

Agrippa knurrte grimmig. „Keine Angst! Marcellus träumt vielleicht von der Herrschaft, aber er würde es nie wagen, zu den Waffen zu greifen."

„Das könnten seine Anhänger tun. Würdest du dann gegen ihn kämpfen?"

„Wenn der Senat es wollte, selbstverständlich."

„Und wenn Marcellus' Partei siegen würde? Was wäre, wenn er sich an dir rächen würde? Oder wenn die Senatoren weder ihn noch dich, sondern einen ganz anderen wählen würden? Das wäre wahrscheinlich dein Tod." Sie umklammerte Agrippas Hand. „Marcus! Würdest du wirklich mein Leben und das unserer Kinder aufs Spiel setzen – das Leben unserer ganzen Familie? Was würde aus Livia und ihren Söhnen? Aus meiner Mutter, meinen Geschwistern?"

Er ächzte gequält. „Marcella! Der Beste muss Rom regieren, und wer das ist, wird das Volk bestimmen."

„Du bist der Beste! Du hast es immer wieder bewiesen. Das einfache Volk liebt dich, die Soldaten vergöttern dich. Marcus, wenn du Rom liebst, dann lässt du deinen hehren Idealismus beiseite und tust einfach das, was zweifellos das Vernünftigste und das Beste für Rom wäre – und für deine Familie: Werde Roms Herrscher!"

„Nicht mit Gewalt! Marcella, ich bin angetreten, ein neues Rom zu schaffen, ein gerechteres Rom. Wie könnte ich also das Edelste verraten, was Rom hat: den Volkswillen?"

„Ja glaubst du denn, der Senat interessiert sich für den Volkswillen? Für diese substanzlose Idee riskierst du einen Bürgerkrieg? Den Untergang deiner Familie? Du bist ja noch einfältiger als Cato! Und wo ist der jetzt? In der Unterwelt!" Marcella holte tief Atem. „Marcus, ich liebe meinen Bruder. Aber du und ich wissen, dass die Herrschaft über das Reich einfach zu viel für ihn ist. Marcellus hat nicht deine Größe, er hat nicht deine großen Begabungen, er besitzt nicht die Liebe der Soldaten. Sollte er je an die Spitze Roms kommen, wird er sich nicht lange halten können. Nicht einmal die Ehe mit Julia wird ihn retten können. Überleg doch mal, was das nicht nur für ihn und unsere Familie bedeutet, sondern für ganz Rom! Ich beschwöre dich: Überzeuge Onkel Gaius davon, dich als Nachfolger zu präsentieren!"

„Bist du wahnsinnig? Das wäre mein sicheres Ende. Dann wäre es aus mit der Herrschaft noch bevor sie begonnen hat. Nichts fürchtet dein Onkel so sehr wie Verrat. Hast du vergessen, wie das damals mit Rufus war? Oder mit Cornelius Gallus in Ägypten?"

„Die beiden haben ihn wirklich verraten! Das willst du doch gar nicht."

„Aber sein Misstrauen wäre geweckt. Marcella, versteh doch: Es bleibt mir gar nichts anderes übrig, als abzuwarten und alles zu tun, um deinen Bruder bestmöglich auf seine Aufgabe vorzubereiten. Morgen gehe ich mit ihm in die Kurie, damit er seinen Bericht über den cantabrischen Feldzug vorlegt. Caesar glaubt an Marcellus. Vielleicht hat er ja Recht. Dann wäre doch allen gedient, uns *und* Rom."

„Du träumst!" Verletzt wandte Marcella den Kopf ab. „Marcus", drängte sie leise, „könntest du nicht wenigstens *versuchen*, Onkel Gaius zu überzeugen?"

Agrippa schwieg.

Sie drehte sich wieder zu ihm um. „Liebst du mich denn so wenig?"

Er berührte sanft ihre Wange. „Mehr als mein Leben."

„Trotzdem mutest du mir zu, dass ich dich vielleicht eines Tages verlieren muss. Dass ich mein Leben und das unserer Kinder opfere! Und wofür? Für deine römische Utopie!"

„Marcella – ich verspreche dir, dass ich alles tun werde, um euch zu schützen. Genau deshalb darf ich mich jetzt nicht zu überstürzten Handlungen hinreißen lassen."

Sie schluckte. „Hoffentlich wirst du überhaupt noch in der Lage sein, uns zu schützen, wenn es soweit ist."

Die Senatssitzung verlief erstaunlich gut. Marcellus stellte sich zu seiner ersten Rede in der römischen Kurie so routiniert auf, als habe er das schon Dutzende Male getan. Er sprach fließend und überzeugend und würzte seinen Bericht gekonnt mit Erfolgsmeldungen. Zwar sei der Krieg noch nicht ganz vorbei, fasste er am Ende zusammen, aber Roms Legionen seien auf dem besten Weg. „Ich bin überaus glücklich, ehrwürdige Väter", beendete Marcellus seine Rede, „dass ich euch also viele Anzeichen dafür mitbringen kann, dass Caesar Augustus einmal mehr den Frieden unseres Reiches gesichert hat. Der Krieg in Spanien ist so gut wie beendet."

Einer der älteren Senatoren meldete sich zu Wort. „Ich freue mich, dich endlich wieder gesund in Rom begrüßen zu dürfen, Marcus Claudius Marcellus! Ich bin sicher, darin sind wir uns alle in diesen geheiligten Mauern einig." Zustimmendes Gemurmel erhob sich. „Aber sage mir: Wenn die Lage in Spanien gar so entspannt ist wie du sagst – warum steht Caesar Augustus dann heute nicht persönlich vor uns? Und wo ist Tiberius Claudius Nero? Warum sind unsere Legionen noch immer im Kriegsgebiet?"

Gelassen nickte Marcellus dem Senator zu. Dann wandte er sich an die Menge: „Es gibt, wie ihr wisst, nach einem langen und schwierigen Feldzug noch unzählige Dinge zu regeln. Nach wie vor müssen unsere Soldaten das eine oder andere Nest ausheben, dessen Bewohner noch immer glauben, sie könnten sich gegen Rom auflehnen. Außerdem müssen wir das neue Territorium im Norden in das alte römische Gebiet eingliedern. Caesar ist außerdem Tag und Nacht damit beschäftigt, das Land durch neue Straßen, Städte und andere notwendige Bauten zu erschließen, um die Grundlagen für seine künftige Blüte zu legen. Das alles braucht Zeit und Hingabe. Was mich nur ängstigt, ist der gesundheitliche Zustand meines geliebten Onkels. So sehr hat ihn die Sorge um unser aller Wohl niedergedrückt, dass er schon seit langem von Krankheiten gequält wird. So ernst nimmt er seine Aufgabe, dass er nicht einmal zur Hochzeit seines einzigen Kindes nach Rom kommen kann, die, wie ihr wisst, in vier Wochen stattfindet." Marcellus hob anbetend die Hände zum Himmel. „Mögen Jupiter, Juno und Minerva unseren Caesar Augustus beschützen! Ich bete, dass es wirklich nur noch wenige Monate dauern wird, bis er wieder glücklich unter uns weilt."

Überrascht wandte sich Agrippa an Messalla, der wie meistens neben ihm saß: „Reden kann er tatsächlich wie Caesar! Es war beeindruckend, wie er davon abgelenkt hat, dass noch immer Krieg herrscht – und wie er es geschafft hat, dass die Senatoren jetzt allesamt mit einem schlechten Gewissen dasitzen."

Messalla zuckte die Schultern. „Vielleicht unterschätzen wir den jungen Marcellus tatsächlich?"

Am nächsten Tag nahm Agrippa seinen Schwager mit auf das Marsfeld, um ihm zu zeigen, was sich während seiner Abwesenheit in Rom getan hatte. Nördlich des Kapitolshügels begann er mit seiner Führung durch das neue Viertel, das er persönlich bis ins Detail geplant hatte und jetzt auf eigene Kosten bauen ließ.

Früher hatten sich auf dem Marsfeld kaum mehr als Gärten, ein paar Tempel, Mausoleen und der Versammlungsort der Soldaten befunden. Jetzt erhoben sich hier schimmernde Kollonaden und titanische Mauern. Die Luft war erfüllt vom Hämmern der Zimmerleute, Dachdecker und Steinmetze, vom Brüllen der Zugochsen, von den Rufen der Arbeiter, dem Ächzen der Kräne und Baumaschinen.

Im Osten erkannte man schon den Verlauf, den die neue Aqua Virgo nehmen sollte: eine braune Scharte im buschigen Grün des Pincius-Hügels. Wie eine gedankliche Fortsetzung der weltberühmten Via Sacra, die südlich des Kapitols endete, führte die Via Lata nördlich davon schnurgerade aus Rom hinaus. Sie war breit wie die Appia und frisch gepflastert.

Unübersehbarer Mittelpunkt des Marsfeldes aber war die gigantische Halle für die Bürgerversammlungen, „Saepta Julia" hieß sie. Es war das größte Gebäude Roms. Acht Reihen mit Travertin verkleidete Säulen trugen das Dach. Alles hier atmete Pracht: Der Boden war mit Marmorplatten ausgelegt, die Wände mit kunstvollen Gemälden bedeckt. Der riesige Versammlungsplatz, der sich dem Bau anschloss, gab nach Osten hin den Blick auf die Thermenbaustelle und das nahezu vollendete Pantheon frei. Dutzende Statuen schmückten das Areal.

Eine Figurengruppe fiel Marcellus besonders ins Auge. Sie stellte den Kentauren Chiron dar, der den Helden Achill unterweist. Ehrfürchtig sah er zu den beiden einander vertraulich zugeneigten Wesen hinauf. „Wunderbar!"

Agrippa lächelte. „Das Thema gefiel auch mir besonders gut: das des gerechten und weisen Chiron, der Lehrer so vieler Helden und selbst des Sonnengottes war – und am Ende doch so erbärmlich sterben musste."

„Wie starb er?"

„Ein vergifteter Pfeil traf ihn. Aber weil er ein göttliches Wesen und somit unsterblich war, litt er unsägliche Qualen. Wie sehr er sich den Tod auch wünschte, er konnte nicht sterben. So gab er eines Tages seine Unsterblichkeit freiwillig auf und übertrug sie auf Prometheus. Tatsächlich ist Prometheus derjenige, dessen Name noch immer lebt, denn er hat uns Menschen das Feuer gebracht. Den Kentauren Chiron, der doch so viel edler und weiser war als Prometheus, kennt dagegen kaum jemand."

Marcellus musterte Agrippa hintergründig. „Ähnelt diese Geschichte Chirons nicht ein wenig der deinen – und der meines Onkels?"

Agrippa sah ihn überrascht an. „Worauf willst du hinaus?"
„Sei doch mal ehrlich! Wir sind ja unter uns. Du bringst alle nur erdenklichen Opfer, du hast in Naulochoi und Actium gesiegt, du verwandelst eine Stadt aus Ziegeln in eine Stadt aus Marmor, du regierst seit Jahren Rom – aber Onkel Gaius streicht die Ehre dafür ein. Du wirst der vergessene Chiron sein. Warum tust du das?"
Agrippa holte tief Luft. „Eines habe ich aus der Geschichte, aber auch aus meinem Leben gelernt, Marcellus: Die meisten Machthaber wollen von niemandem übertroffen werden. Was sie ohne große Anstrengung erreichen können, das tun sie gern selbst. Aber was schwierig und gefährlich ist, überlassen sie lieber anderen. War ein Untergebener dann aber erfolgreich, gönnt kaum einer der Großen ihm die Ehre dafür. Wem also sein Glück lieb ist, der sollte alles tun, um seinem Herrscher Schwierigkeiten aus dem Weg zu räumen – und ihm dann die glückliche Vollendung und den Ruhm dafür überlassen."
„Schmerzt dich das nicht?"
Agrippa zuckte die Schultern. „Zuweilen. Aber ich bin Realist genug, um zu erkennen, dass nicht ich, sondern Caesar Augustus der Sohn Julius Caesars ist. Damit legitimiert dein Onkel seine Herrschaft, trägt aber auch die volle Verantwortung. Also soll er ruhig auch die Anerkennung genießen. Sie wiegt seine Mühen und Leiden ohnehin nicht auf."
„Braucht es denn die Angehörigkeit zur Familie Julius Caesars, um zu herrschen?"
Misstrauisch kniff Agrippa die Augen zusammen. „Was soll diese Frage, Marcellus?"
„Ich will nur wissen, was du denkst, Schwager."
„Also gut. Ich träume davon, dass es eines Tages unwichtig sein wird, welches Blut in einem Menschen fließt, und dass nur seine Taten ihn über andere erheben. Aber zurzeit, Marcellus, ist das noch nicht so. Julius Caesars Name ist das Tor zur Macht. Du sollst eines Tages durch dieses Tor hindurchgehen. Aber eines gebe ich dir zu bedenken: Nachdem du es durchschritten hast, beginnen die Schwierigkeiten erst. Denn dann wirst du beweisen müssen, ob du es wirklich verdienst, dich Caesar zu nennen." Agrippa sah erneut zu der Statuengruppe hoch. „Erinnere dich, wie es Prometheus erging, nachdem er die ersehnte Unsterblichkeit erhalten hatte: Weil er im Olymp das Feuer stahl und den Menschen brachte, fesselte Jupiter ihn zur Strafe an einen Felsen. Dann schickte er einen Adler, der Prometheus immer wieder die nachwachsende Leber aus dem Leib riss. Er hat also mit der Unsterblichkeit für immer auch die Qualen des Lebens übernommen."
„Aber Prometheus genießt ewigen Ruhm!"
„Was nutzt uns der Ruhm, wenn wir tot sind? Selbst während wir leben, ist das Streben danach fragwürdig, denn für den Ruhm müssen

wir uns bemühen und quälen – mit dem Ergebnis, dass wir am Ende einsam sind, und um uns herum bestenfalls Neider. Du weißt doch besser als jeder andere, wie schwer das Leben deines Onkels ist. Wie einsam er im Grunde ist!"

„Wozu aber dienen alle Mühen, wenn man als Lohn dafür nicht einmal Ruhm ernten soll? Wofür quälst du dich, Agrippa?"

„Es war nicht die Aussicht auf Ruhm, die Prometheus das Los seiner endlosen Marter auf sich nehmen ließ, sondern seine Liebe zu den Menschen, seine Hingabe. Das ist der eine Grund, der mich treibt: meine Hoffnung, dass es den Menschen gut geht. Wer für sie Verantwortung trägt, der trägt auch ihre Sorgen. Caesar trägt die Verantwortung für Millionen. Ich trage sie mit ihm. Ich liebe ihn, und zusammen sind wir stark."

„Und der zweite Grund?"

„Die Suche nach Erkenntnis. Aristoteles lehrt, dass wir nur durch die Entfaltung der Vernunft glücklich werden können. Nicht blinder Glaube, nicht Reichtum, Ruhm oder Macht bringen Glück, sondern die Erkenntnis. Epikur drückt es so aus: Der Edelgesinnte strebt vor allem nach Weisheit und Freundschaft. Letztere ist ein vergängliches, erstere ein ewiges Gut. Und nichts ist so lehrreich wie Leid und Entsagung, Marcellus."

„Es klingt einfach, wenn du so redest! Aber ich glaube nicht, dass Entsagung Glück bringt. Onkel Gaius ist unter der Last seiner Verantwortung zusammengebrochen! Er ist weit davon entfernt, glücklich zu sein!"

Agrippa fasste Marcellus am Arm. „Komm, lass uns weitergehen." Sie gingen eine Weile nebeneinander her, jeder in seine Gedanken versunken.

„Muss denn die Herrschaft immer bitter schmecken, Agrippa?", fragte Marcellus irgendwann.

„Zu Beginn schmeckt sie süß und berauschend wie ein schwerer Wein. Man will immer mehr davon. Aber je mehr du trinkst, um so größer wird die Gefahr, den Verstand zu verlieren. Deshalb sollte man immer seine Sinne wach halten. Man muss die vordergründigen Versuchungen erkennen, um ihrem Schein zu widerstehen."

Mit verkniffener Miene sah Marcellus in die Ferne.

„Und jetzt schuldest du *mir* eine Antwort", forderte Agrippa. „Was treibt denn dich, Caesars Erbe anzustreben?"

„Gibt es denn für mich überhaupt eine andere Möglichkeit? Onkel Gaius will es so, und für diese Aufgabe hat man mich erzogen. Selbst du tust das doch gerade: Du sagst mir, was ich als guter Herrscher deiner Meinung nach zu denken habe."

„Tue ich das? Ich habe nur über mich gesprochen, auf deine Fragen hin. Und jetzt habe ich dir eine Frage gestellt. Ist es nur die Erziehung, die dich treibt?"

Marcellus vollzog eine ausschweifende Geste. „Nein, Agrippa! Ich liebe Rom! Diese Stadt ist so schön! Und der Traum, die ganze Welt könne eines Tages ein Ort sein, in dem alle Menschen in Frieden leben, ist atemberaubend!"

Agrippa nickte. „Es freut mich, dass du das so siehst. Allerdings ist der Weg zu den Sternen steil und steinig. Dieses Reich zu regieren, ist Sklavenarbeit im Herrschergewand, Marcellus. Rom ist wie der Feuermantel des Herkules: ein Geschenk, so verlockend schön, als es vor ihm lag! Doch es war verzaubert. Als Herkules den Mantel um die Schultern legte, entzündete er sich, und der Held verbrannte zu Asche."

„Hast du mir nichts Tröstlicheres zu erzählen als solche Schauergeschichten?", stieß Marcellus weinerlich hervor, „Chiron, Prometheus, Herkules – Helden, die sich für die Menschen geopfert haben, aber selbst nur Qualen erlitten? Solltest du mir nicht lieber Mut machen? Wie soll ich denn einst herrschen? Wozu soll ich all die Opfer bringen, wenn doch alles sinnlos ist: Die Kämpfe im Senat, auf den blutigen Schlachtfeldern, im Ehebett?"

Agrippa sah ihn erschrocken an – das sollte Caesars Nachfolger sein? „Deine Cousine Julia ist ein schönes Mädchen."

Marcellus schnaubte zornig. „Möglich. Aber sie ist auch oberflächlich und streitsüchtig. Wir haben uns nie verstanden, von Kindesbeinen an."

Agrippa biss sich auf die Lippen. „Vielleicht verändern Ehe und Mutterschaft sie. Das geschieht oft."

In Marcellus' Augen flackerte Angst auf. „Und wenn nicht?" Er krallte seine Hand in Agrippas Arm. „Wenn Julia mich ebenso verabscheut wie ich sie?"

„Marcellus, du weißt so gut wie ich, dass diese Ehe nur dazu dient, deine Position als Erbe Caesars zu sichern. Niemand wird sich aufregen, wenn du auch mit anderen Frauen schläfst. Das tut dein Onkel ebenfalls, obwohl er seine Frau sogar liebt."

„Oh, Agrippa, für wie dumm hältst du mich! Du weißt doch genau, dass Onkel Gaius diesbezüglich mit zweierlei Maß misst: Er schläft mit halb Rom, aber gleichzeitig erlässt er strenge Sittengesetze für den Rest der Menschheit – und da gehören Julia und ich nun mal dazu."

„Entsagung, Marcellus, ist immer auch Befreiung. Liebe nicht das, was Rom dir schenkt, sondern das, was du Rom schenken kannst: deine Talente, deine Liebe, dein Leben."

Marcellus schüttelte den Kopf. „Du bist wahnsinnig!"

„Vielleicht. Viele sagen das – sogar deine Schwester." Agrippa lächelte. Dann blieb er stehen. Vor ihnen ragte der ägyptische Obelisk in den Himmel, der als Zeiger der großen Sonnenuhr diente. Seine vergoldete Spitze blendete in der Sonne.

Agrippa wies nach oben. „Das ist vielleicht ein Trost für dich, Marcellus: Die Zeit wird dich und mich dahinraffen. Aber Rom wird ewig sein! Die Idee eines geeinten Völkerreiches wird nicht sterben. Sie wird immer wieder neu aufleuchten, so wie der Schatten dieser Uhr immer wieder aufs Neue seinen Lauf nimmt und die dunkelsten Zeiten überwindet. Und ich bin stolz, eine dieser kleinen Ziffern zu sein, die hier vor uns im Marmorboden schimmern."

Marcellus lächelte nicht. Er sah seinen Schwager nur zweifelnd an. Dann wies er nach Norden, zur Baustelle des Mausoleums, das Agrippa für die Familie der Julier errichtete. Die Handwerker verkleideten bereits die ringförmige Umfassungsmauer mit weißem Marmor. Die Grabstätte hatte die Form eines halbkugelförmigen Hügels. Bald würde er mit Zypressen bepflanzt werden. Seine Spitze wollte Agrippa mit einer goldenen Statue des Augustus krönen.

„Dort endet alles", schnaubte Marcellus bitter, „als Asche in einer Urne. So sieht der Mantel des Herkules aus! Selbst der vergöttlichte Caesar verbrannte zu Asche." Marcellus schluckte. „Und jetzt stirbt vielleicht Onkel Gaius", flüsterte er. „Agrippa, ist das alles, was von einem Caesar bleibt?"

„Marcellus, das ist es, was von allen Menschen bleibt."

Marcellus streckte seinen Rücken durch. „Gut. Jetzt zeig mir unser Grab!"

Agrippa schüttelte den Kopf. „Nur das deine. Meines nicht."

Marcellus stutzte. „Du hast keine Nische für dich im Mausoleum des Augustus vorgesehen? Du bist der Gatte seiner Nichte – mein Schwager!"

„Nein."

„Und wo ...?"

„Komm!" Agrippa wandte sich um. „Gehen wir zurück nach Süden – zum Pantheon."

Wenige Schritte von dessen Eingang blieb Agrippa stehen und wies auf einen kleinen Rundbau, kaum größer als ein Geräteschuppen. Marcellus hatte ihn auf dem Hinweg nicht einmal bemerkt.

„Das ist mein Grab", erklärte Agrippa.

Ungläubig sah ihn sein Schwager an. „Das da?"

Agrippa lächelte. „Schau es dir doch erst einmal an, bevor du urteilst. Der Marmor ist von bester Qualität. Die Wände drinnen sind mit Blumen, Trauben, Pferden, Vögeln und Fischen bemalt."

Marcellus schüttelte den Kopf. „Wie kann sich ein reicher und mächtiger Mann wie du so ein winziges Grabmal bauen?"

Agrippa lächelte. „Die geringe Größe meines Mausoleums sagt vielleicht mehr über mich aus als mein prunkvollster Kolossalbau."

„Du bist ein lebendes Paradoxon."

„Warum?"

„Wer sollte dich je verstehen? Du lässt dir ein Grab errichten, in dem sich ein Mensch kaum um sich selbst drehen kann. Du bist sagenhaft reich, aber du verwendest dein ganzes Geld nur dafür, aus Rom eine neue Stadt zu machen. Fast jeder fürchtet und verehrt dich gleichzeitig – das Volk, meine Schwester und Onkel Gaius. Dem widerspricht keiner so oft wie du, und doch liebt er dich mehr als jeden anderen. Du wärst mehrmals ohne zu zögern für ihn in den Tod gegangen, obwohl er dir den Ruhm für deine Taten nicht gönnt. Du forderst, dass alle Kunst enteignet und öffentlich gemacht werden soll. Du bist der erste Römer, der je einen Triumphzug abgelehnt hat – dabei hat ihn kaum einer je so verdient."

„Homo Novus – neuer Mann – nennen mich die alten Adligen despektierlich, weil ich einem niedrigeren Stand entstamme." Agrippa lachte. „Sie haben recht! Neue Zeiten brauchen neue Männer mit neuen Ideen. Sagt Caesar nicht immer, wir stünden an der Schwelle zu einem neuen Zeitalter? Was wundert dich, Marcellus? Dass ich nur das nutze, was ich brauche? Wer nachdenkt, erkennt bald, dass die meisten Dinge, die Fortuna uns so verlockend vor die Nase hält, völlig unwichtig sind. Im Gegenteil, ihr Besitz belastet nur. Viele Philosophen sagen das, aber es ist wichtig, es selbst zu erkennen – sich selbst zu erkennen. Auch ich habe mir irgendwann einmal überlegt, was ich wirklich brauche. Es ist wenig: Nahrung, ein Dach über dem Kopf, die Liebe meiner Freunde und meiner Familie. Was uns wirklich reich macht, ist das Licht unserer Göttlichkeit in uns, nicht unsere Habe."

Marcellus ergriff Agrippas Arm. „Sag mir eins: Sollte ich je Roms Herrscher werden, würdest du dann ebenso zu mir stehen wie zu Onkel Gaius?"

Agrippa sah ihn ernst an. „Als Schwager werde ich immer zu dir stehen, Marcellus. Doch als Herrscher werde ich dich nur unterstützen, wenn du beweist, dass du der Macht ebenso würdig bist wie dein Onkel. Für mich ist das Volk wichtig, nicht das julische Blut. Ich diene dem Gemeinwesen. Wenn du also Rom dienst, werde ich dir dienen – andernfalls nicht."

Marcellus zog seine Hand zurück, als habe er sich verbrannt. Eines wusste er nun: Politisch brauchte er mit der Hilfe seines Schwagers nicht zu rechnen – denn es war ihm klar, dass er Agrippas hohen Anforderungen nie und nimmer gerecht werden würde. Enttäuschung, Scham und Wut raubten ihm fast den Atem.

Dann kam der Tag, an dem Marcellus und Julia verheiratet wurden. Augustus hatte tief in die Tasche gegriffen, um allen Römern ein unvergessliches Fest zu bereiten. Die ganze Stadt wurde zum Tollhaus. „Singt den Hymenäus!", riefen die Menschen immer wieder, beschworen den Phallus des Priapus, den fruchtbaren Schoß der

Ceres und die Kinderliebe der Juno. Sie sangen so viele Spottlieder, um die bösen Geister abzuschrecken, wie seit Jahren nicht mehr. Bei dieser Hochzeit ging es schließlich um nicht weniger als die Zukunft Roms! Bei allen Göttern, das Saufen und Singen, das Fluchen und Witze reißen, kurz, das Vertreiben der Dämonen war heute heiligste Bürgerpflicht!

Agrippas und Messallas Gesinde sah das nicht anders. Gut gelaunt hatten die Hausherren den meisten Sklaven Ausgang gewährt. Nur ein paar seufzende Wachen standen noch vor der Tür. Drinnen schmollte die kleine Dienerschar, die Tychicus aus irgendwelchen Gründen dazu verdonnert hatte, zuhause zu bleiben.

Auch ihm hatte Agrippa freigegeben: Tychicus solle sich einmal ganz nach Lust und Laune die Nacht um die Ohren schlagen und kräftig auf das Hochzeitspaar anstoßen. Also schlenderte Tychicus mit ein paar Freunden zum Tiberis. Unterwegs bedienten sie sich am Wein und den Leckereien, die überall kostenlos ausgegeben wurden. Auf einem Mäuerchen am Flussufer ließen sie sich nieder, lachten mit den anderen Zechern und ließen immer wieder das Hochzeitspaar hochleben. Zahllose Fackeln erhellten das Ufer. Auf den Wellen tanzte das Licht der Schiffslaternen, denn jeder, der ein Boot besaß, fuhr heute mit Freunden und Verwandten in die laue Sommernacht hinaus.

Bald gesellte sich eine Handvoll fröhlicher Begleiterinnen zu den Herren. Die Stunden verstrichen voller Freude und Leichtigkeit. Amor war in seinem Element. Jubelnd streunte er durch Rom, zog einen Pfeil nach dem anderen aus seinem Köcher und schoss. Jeder traf.

Bei all der ausgelassenen Tollerei vergaß der Liebesgott völlig, warum seine Mutter Venus ihn hierher geschickt hatte: mit dem klaren Auftrag, im Haus des jungen Marcus Claudius Marcellus und seiner frisch vermählten Gattin Julia für Roms Zukunft zu sorgen. Dafür hatte die schönste aller Göttinnen gute Gründe. Sie wusste, dass das Herz des Bräutigams beim Gedanken an seine Ehe in seiner Brust flatterte wie ein gefangenes Vögelchen. Sie kannte die Gefühle der Braut, die ihren Cousin und künftigen Ehemann für einen Langweiler und Versager hielt.

Aber der selig zerstreute Amor war ein unzuverlässiger Gott. Keiner ließ sich so leicht von vernünftigen Dingen ablenken wie er. Erst kurz vor Morgengrauen erinnerte er sich wieder an den Befehl seiner Mutter. Aber da war es zu spät: Sein letzter Pfeil war schon verschossen.

Tychicus allerdings hatte der geflügelte Gott erwischt. Glücklich küsste er seine Freundin und wünschte sich weit, weit weg an einen verborgenen Ort, wo er mit ihr allein sein könnte. So entging ihm eine ganze Weile, dass aufgeregte Rufe immer lauter durch die Straßen hallten. Tychicus hielt sie für den Lärm Betrunkener. So etwas kann niemals die Weltabgewandtheit verliebter Menschen stören.

Doch die Schreie schwollen immer mehr an. Irgendwann sah Tychicus doch auf. Verwirrt blickte er um sich. „Was ist da los?“ Menschen hasteten vorbei. Sie liefen nach Süden. Einige zeigten aufgeregt in diese Richtung. Unruhe erfasste Tychicus, denn der Ort, auf den die Leute deuteten, war der Palatin. Er hielt einen der vorbeieilenden Passanten am Arm auf. „Verzeih, Bürger! Wohin rennen all die Leute? Was ist passiert?“

„Ich weiß es auch nicht genau“, japste der andere, „aber es heißt, Agrippas Haus brennt.“

Tychicus fuhr zusammen. „Agrippas Haus sagst du? Marcus Vipsanius Agrippas Haus?“

„Ja, deshalb will ich ja da vor! Vielleicht kann man dort etwas sehen.“

Tychicus ließ ihn los. Entsetzt wandte er sich seiner Begleiterin zu. „Ich muss fort!“ Ohne eine weitere Erklärung verschwand er in der Menge.

Bald sah er es: einen funkensprühenden Schein über dem Palatin – über seinem geliebten Heim! Es brannte lichterloh. Nur ein Teil von Messallas Trakt war noch dunkel, aber schon flackerte es auch dort tiefrot durch die Fensteröffnungen. Schatten eilten hin und her. Lautes Rufen hallte vom Hügel herab.

„Die Kinder!“, keuchte Tychicus. „Vipsania! Marcus! Messallinus!“ Wie ein Besessener kämpfte er sich zum Palatin durch. Tränen der Verzweiflung liefen ihm über die Wangen.

Auf halber Höhe hielten ihn die Wachen der städtischen Kohorten auf.

„Ich bin Tychicus Vipsanius, Marcus Agrippas Hausverwalter. Bitte, lasst mich durch!“, flehte er.

„Du kannst nichts mehr tun“, antwortete einer der Männer und zog ihn zur Seite. „Pass nur auf, dass dir selbst nichts passiert.“

Tychicus rang die Hände. „Die Kinder!“

„Die sind in Sicherheit“, beruhigte ihn der Wächter. „Dein Patron und Messalla sind schon oben. Es wird alles getan, um den Brand zu löschen.“

„Ihr Götter!“. Tychicus krallte seine Finger in die Haare. „Wie konnte das geschehen?“

„Das werden sie sicher bald herausfinden.“

„Ich muss hoch! Ich flehe dich an, ich muss da hoch, zum Patron“, stöhnte Tychicus.

Verunsichert sah der Wachmann seinen Vorgesetzten an. Der nickte. „Also gut. Aber sei vorsichtig. Nimm unbedingt den südlichen Aufgang!“

Tychicus hastete weiter. Dichter und dichter wurde der Rauch. Immer glühender schlugen ihm Hitzewellen entgegen. Funken stoben knisternd in den Himmel. Aber der Wächter hatte Recht gehabt: Hier, weiter südlich, war tatsächlich ein Durchkommen. Dann stand Tychicus vor einer zweiten Absperrung. Diesmal ließen die Wächter ihn nicht mehr passieren. Ihr Anführer stellte sich ihm breitbeinig in den Weg. „Hier kommt keiner mehr durch. Ich will deinen Tod nicht verantworten."

Tychicus rang die Hände. „Aber mein Patron Agrippa und Valerius Messalla – ich muss doch zu ihnen!"

„Dein Patron wäre sicher der erste, der nicht wollte, dass wir dich durchlassen. Wenn du hier wartest, wirst du ihn wahrscheinlich bald sehen. Gerade eben war er noch hier. Er kommt bestimmt wieder."

„Und es geht ganz sicher allen gut?"

„Die Frauen und die Kinder sind im Tal – soviel ich weiß, bei der edlen Octavia."

Tychicus griff sich mit beiden Händen ans Herz und ließ den Kopf auf die Brust fallen. „Den gütigen Göttern sei Dank bis in alle Ewigkeit!" Er ließ sich auf einen Steinquader plumpsen.

Einer der Männer löste einen Lederschlauch von seinem Gürtel und reichte ihn dem aufgelösten Hausverwalter. „Da! Ein bisschen Essigwasser wird dir gut tun." Tychicus trank dankbar.

„Ein schlechtes Omen für eine Hochzeit", murmelte einer der Wachleute.

„Halt deine dumme Schnauze!", fuhr sein Vorgesetzter ihn an. „Das eine hat mit dem anderen nichts zu tun."

Tychicus sah in die Feuersbrunst, die hinter den Bäumen wütete. Lange Zeit schwieg er und grübelte. Hatten auch alle Sklaven überlebt? Wie war es zu dem Feuer gekommen? Hoffentlich griff es nicht auf die Nachbarbauten und das Haus des Augustus über! Bei Pluto, wo blieb Agrippa? War er gesund? Und Messalla?

Tychicus spürte, wie er müde wurde. Aber selbst wenn er ein ruhiges Plätzchen gehabt hätte, wäre er doch nie eingeschlafen, bevor er nicht wusste, wie es seinem Patron ging.

Ab und zu hetzten Leute vorbei, um bei den Löscharbeiten zu helfen. Andere kamen vom Brandherd zurück, rußig von oben bis unten. Einige husteten keuchend. Zwei Verletzte wurden auf einer Bahre vorbeigetragen. Sie schrien gellend.

Schon leuchtete ein zartgrauer Streifen am Horizont auf. Vögel begannen zu singen – ein seltsamer Laut inmitten des Schreckens.

„Bald ist Ablösung", murmelte eine der Wachen.

Ein anderer gähnte. „Das war eine fürchterliche Nacht."

„Achtung!", brüllte plötzlich ihr Anführer.

Tychicus starrte angestrengt ins Dämmerlicht. Zwei Schatten lösten sich aus den Rauchschwaden, eine hohe Gestalt und eine mittelgroße.

Agrippa sah fürchterlich aus. Seine ehemals blütenweiße Festtagstunika hatte einen hässlichen dunkelgrauen Ton und war an mehreren Stellen zerschlissen. Sein Gesicht war schwarz wie Kohle, durchzogen von hellen Schlieren, dort wo er sich mit der Hand über die schweißnasse Haut gefahren war. Um den rechten Unterarm hatte er ein Stück Stoff geknotet. Offenbar hatte er sich verletzt. Messalla sah nicht besser aus, war aber auf den ersten Blick unversehrt. Beider Augen waren rot entzündet.

„Agrippa!“, rief Tychicus. „Marcus Valerius!”

„Du hier?“, fragte Agrippa.

„Seit Stunden! Ich bin so froh, dass du gesund bist!“

Agrippa nickte deprimiert. „Geh zu Octavia, Tychicus. Marcella und die Kinder sind bei ihr. Dort werden sie dich unterbringen.“

„Wann kommst du?“

„Gleich. Geh nur schon vor. Sag Marcella, es geht mir gut.“

„Soll ich dir jemanden schicken? Brauchst du etwas?“

Agrippa schüttelte den Kopf. Er wandte sich an Messalla: „Lass dich von Tychicus zu deinem Bruder bringen, bevor er zu Octavia geht.“

Messalla nickte niedergeschlagen. Schweigend stiegen sie den Hügel hinab.

„Weiß man schon, wie es zu dem Brand kam?“, fragte Tychicus endlich.

Messalla schüttelte den Kopf.

„Und wird man das Haus wieder aufbauen können?“

Erneut verneinte Messalla. „Alles ist niedergebrannt. Wir hatten einfach zu wenig Wasser. Es ist das alte Problem auf dem Palatin: zu wenig Wasser. Bei Herkules, hätte Agrippa nur auch mal an sich gedacht, als er die neuen Wasserleitungen geplant hat! Jeden Winkel von Rom hat er versorgt – nur uns nicht.“

Tychicus nickte. „Ich weiß. Ich habe mich auch oft beklagt, schon allein wegen des Aufwands für meine Leute, das Bad zu füllen. Aber er sagte immer, es müsse auch so gehen. Wir dürften nicht oben wie die Götter leben, während die Leute unten ohne Wasser seien. Außerdem bräuchten die Menschen im Tal es wegen der Brandgefahr. Caesar Augustus hat ihm auch noch Recht gegeben. Jetzt brennt Agrippas eigenes Haus ab, und er kann nichts dagegen tun.“

Messalla seufzte ergeben. „So ist er nun mal.“

„Ja, so ist er“, seufzte auch Tychicus.

Kaum zehn Tage später hielt Agrippa einen Brief des Augustus in den Händen. Darin bedankte er sich für die Freundschaft und die familiäre Liebe, da er ihn als Brautvater bei Julias Hochzeit vertreten habe. „Die Sache mit dem Brand sollte dich nicht weiter betrüben“, schrieb er. „Vielmehr glaube ich, dass dies ein Zeichen der Götter war: Altes muss vergehen, um Besserem Raum zu geben. Freuen wir uns also ganz besonders, dass uns dieses glänzende Omen in der Nacht der Hochzeit Julias mit Marcellus gesandt wurde! Sei daher guten Mutes, mein Freund, und beginne mit dem Bau einer neuen, schöneren Residenz!"

Lächelnd ließ Agrippa das Schreiben sinken: Die Fähigkeit des Augustus, selbst aus der katastrophalsten Situation noch etwas Positives zu machen, war zweifellos bewundernswert. Während er die nächsten Zeilen überflog, verbreiterte sich sein Lächeln. „Messalla", fuhr Augustus fort, „werde ich Geld schenken, damit auch er sich ein neues Haus bauen kann. Schließlich ist mir bekannt, dass er seine Besitztümer verpfändet hat, um den Bau der Via Latina zu finanzieren. So viel Hingabe hätte ich gewiss nicht von ihm gefordert. Das rührt mich. Jetzt verliert er auch noch sein Wohnhaus! Er hört mit gleicher Post von mir wie du.

Was dich betrifft, schlage ich vor, dass du fürs erste mit deiner Familie in mein Haus ziehst. Livia und Drusus werden sich sicher freuen! Erneut danke ich dir für deine herzliche Ergebenheit. Lebe wohl!"

So zog Agrippa in das Haus des Augustus. Das war eine große Ehre. Livia tat alles, damit sie sich wohl fühlten. Trotzdem war das Zusammenleben nicht ganz einfach, denn das neue Heim war zwar schön und komfortabel, aber nicht sonderlich groß. Neben Livia und Drusus sowie deren Gesinde wohnten jetzt auch noch Agrippa und Marcella dort, dazu Vipsania Maior, der kleine Marcus und Vipsania Minor, außerdem Tychicus sowie zwei Dienerinnen und ein Kindermädchen – nur vier dienstbare Geister! Aber es ging nun mal nicht anders. Agrippa verbot allen strikt jegliche Klage.

Auch Livia fiel es anfangs nicht ganz leicht, sich an den Umtrieb zu gewöhnen. Zu lange schon war sie für sich gewesen. Doch irgendwann stellte sie fest, dass ihr die Gesellschaft gut tat, und sie begann die Abende zu genießen, an denen sie mit Agrippa und Marcella zusammensitzen und über die Ereignisse des Tages reden konnte. Das vertrieb die Einsamkeit, die sich seit der Trennung von ihrem Mann vor fast zwei Jahren auf Livias Gemüt gelegt hatte wie eine trübe Wolke.

Tagsüber ließ sich Agrippa so gut wie nie auf dem Palatin blicken. Da ihm im Haus des Augustus nur eine kleine Kammer als Arbeitszimmer zur Verfügung stand, hielt er sich meistens in einem seiner Büros im Tal auf. Es gab so viel zu tun! Am jenseitigen Ufer des Tiberis, nördlich des Janiculum-Hügels, hatte er ein großes Grundstück erworben. Dort arbeiteten die Bauleute mit Hochdruck an seinem neuen Heim.

Auf dem Marsfeld herrschte noch immer ein heilloses Durcheinander. Doch schon erhob sich die spektakuläre Kuppel des Schwitzbads der großen Therme aus dem Chaos.

Vollendet wurde in jenem Jahr auch ein anderes Herzensprojekt Agrippas: das Pantheon. Es hatte die rechteckige Form eines klassischen Tempels. Wie der Eingang des Augustus-Mausoleums, wies auch der des Pantheons nach Süden, zum Zentrum – zur Sonne hin.

Der Gedanke, der hinter diesem Bau stand, war einzigartig: Erstmals sollte darin nicht mehr nur ein einzelner Gott verehrt werden, sondern alle Götter gemeinsam.

Kurz vor der Weihung beschloss Agrippa, den Tempel Marcella und Vipsania zu zeigen. Seine Tochter aus erster Ehe war nun schon zehn Jahre alt, ein stilles, liebes Mädchen. Nachdem sie in das Haus des Augustus umgezogen waren, hatte keines von Agrippas Kindern sich so schnell eingewöhnt wie sie. Das lag vor allem an Livia. Vipsania hatte bald herausgefunden, dass diese sich aufrichtig freute, wenn sie ins Webzimmer kam, um zu plaudern oder ihr etwas vorzulesen – denn Bücher liebte Vipsania, wie schon ihre Mutter und ihr Großvater Atticus. Die Hausherrin wiederum genoss es, dass sich das Mädchen auch für Handarbeiten interessierte – ganz anders als die temperamentvolle Julia, mit der sie immer ihre liebe Not gehabt hatte. So hatte sich Agrippas älteste Tochter schnell einen festen Platz in Livias Herz erobert.

Jetzt stand sie mit ihrem Vater und Marcella vor dem Pantheon und sah mit großen Augen an der Fassade empor. Acht marmorne Frauenfiguren trugen das Vordach. Dahinter stützten zwei Achterreihen Monolithe aus kleinasiatischem Granit das Gebälk. Die Dachziegel waren aus syrischer Bronze gefertigt, unzerstörbar für Jahrhunderte, wenn nicht gar Jahrtausende. Wie das Dach des Jupitertempels auf dem heiligen Kapitol waren auch sie vergoldet.

In der rechten Nische der Vorhalle hatte Agrippa eine überlebensgroße Statue des Augustus aufstellen lassen. Er trug einen goldenen Prunkpanzer. In der rechten Hand hielt er eine Lanze. Zu seinen Füßen öffnete Jupiters Adler majestätisch die Flügel.

Ihm gegenüber stand eine Figur Agrippas. Auch er trug einen Paradepanzer. Meeresgötter zierten ihn. Über seiner Schulter lag ein Löwenfell, das Symbol des Herkules. Neben Neptun war dieser Sohn Jupiters und liebevolle Freund der Menschen sein auserwählter Patron unter den Göttern.

„So stelle ich mir den Olymp vor!“, schwärmte Marcella. „So majestätisch – so vollendet.“

Agrippa lächelte sie liebevoll an. „Gehen wir hinein!“

Das Innere des Pantheons war nicht weniger prächtig als sein Äußeres. Die grauen und rosa Marmorsäulen schlossen mit vergoldeten Kapitellen ab. Unterhalb der Decke waren die Räume zwischen den Säulen mit hellen Travertinblöcken ausgemauert, die einen Rahmen aus weißem Marmor trugen. Darüber spannte sich eine tiefblau bemalte Kassettendecke. Wie Sterne glitzerten vergoldete Rosetten im einfallenden Sonnenlicht.

In den Nischen erhoben sich die Standbilder der Götter.

Vor der Statue der Venus blieben sie stehen. Aller Übermut war aus Marcellas Blick gewichen. „Was wären wir Menschen ohne sie!“, murmelte sie andächtig. Weiß schimmerten die nackten Glieder der Liebesgöttin. Über dem Arm trug sie ein zartes Tuch, blassblau wie der flüchtige Meerschaum, aus dem sie geboren worden war. Sie trug goldenen Haarschmuck und an den Ohren Perlen, die einst Kleopatra gehört hatten – die größten Perlen der Welt, wie es hieß. Liebevoll lächelte die schönste der Göttinnen auf das Paar herab.

„Wer hat sie geschaffen?“, wollte Marcella wissen.

„Diogenes von Athen“, antwortete Agrippa, „wie auch die Statuen im Giebelfries.“

„Wie lieblich sie ist!“

„So wie du.“

Marcella strahlte ihn an. Dann ließ sie ihren Blick durch den Raum schweifen. „Ein Tempel für alle Götter – Marcus, was für ein kühner Gedanke!“

Agrippa lächelte. „Keineswegs! Ich habe in diesem Tempel nur baulich und somit für die Menschen verständlich zusammengeführt, was ohnehin eine Einheit ist: Alle Götter sind Teil der allumfassenden Natur. Gemeinsam bilden sie die völlige Harmonie des Universums. In schönster Eintracht stehen sie hier beieinander, uns Menschen ein leuchtendes Beispiel, auch in unseren Reihen Ordnung und Frieden zu schaffen.“

Marcella ging hinüber zu der Statue des Mars. Das Gesicht des Kriegsgottes überschattete ein griechischer Helm. „Aber Mars steht doch auch hier“, überlegte sie laut. „Und welcher Gott könnte weniger friedliebend sein?“

Agrippa trat zu ihr. „Auch er ist ein Göttersohn und somit Teil des Ganzen. Als Vater des Romulus ist Mars sogar unser Ahnherr. Alle Völker kennen ihn. Oft ist sogar ausgerechnet er der Garant für den Frieden, denn wo käme die Welt hin, wenn nicht allein schon die Bedrohung durch sein Schwert Aufstände und Willkür verhindern würde? Das gilt für den Einzelnen wie für ganze Völker. Mehr noch, oft kann gerade dort erst Neues entstehen, wo Mars seine blutigen Spuren hinterlässt.“

Marcella sah ihren Mann traurig an. „Für die Unschuldigen, die es dabei trifft, ist das allerdings schwer zu verstehen.“

Er nickte. „Kurzfristig ja. Langfristig sind es genau die Unschuldigen und Friedliebenden, denen es nutzt, wenn eine gerechte Ordnung durchgesetzt wird.“

„Mars als Herrscher über die Menschen? Das ist eine schreckliche Vorstellung!“

Agrippa nickte. „So ist es. Und das meinte ich auch nicht, denn so kann man nur denken, wenn man ihn isoliert betrachtet. Doch wenn du Mars im Zusammenspiel mit den anderen Göttern siehst, bekommt sein Wirken einen Sinn. Da ist vor allem Pax, die Göttin des Friedens, mit der er in ständigem Kampf steht. Das Ziel, das wir Menschen also anstreben müssen, ist nicht nur der Waffensieg des Mars. Das letztendliche Ziel ist der Sieg der Friedensgöttin!

Zwei große Herausforderungen stellen sich uns Menschen also. Die erste und hehrste: Können wir Ordnung ohne Gewalt herbeiführen – also im Zeichen der Friedensgöttin? Die andere: Wenn das nicht möglich ist, wenn also Mars stärker war, dann darf der Gewalt nicht Chaos folgen, sondern Ordnung. Wenn Letzteres nicht gelingt, wird es wieder neuen Streit geben.

So ist es auch in unserem Reich: Wenn wir etwa jene mit dem Tod bestrafen, die sich gegen Staat und Gesetz wenden, also gegen die Ordnung, schützen wir damit all die anderen, die friedliebend sind. So müssen Mord, Hochverrat, Desertion im Heer, Brandstiftung und Aufstand gegen Rom in voller Härte bestraft werden. Andernfalls ziehen sie Nachahmer und somit eine Flut des Leidens hinter sich her. Wir, die wir die Herrschaft über dieses Reich ausüben, haben also den Auftrag, für die Wahrung des Friedens zu sorgen, unter Völkern und einzelnen Menschen. Mars stand uns dabei immer bei."

„Und glücklicherweise oft auch die Göttin Pax."

Agrippa nickte ernst. „Möge sie immer siegreich sein."

„Vater", mischte sich Vipsania ein. „Sind denn alle Götter gleichzeitig gut und böse?"

Agrippa sah sie erstaunt an. „So jung wie du bist, so schwierig sind doch schon die Fragen, die du stellst." Einen Moment schien es ihm, als schimmerten die Gesichtszüge des Atticus hinter denen seiner Enkelin auf. Zärtlich streichelte Agrippa seiner Tochter über die Wange. „Mir scheint, du wirst einmal ebenso klug wie dein Großvater. Aber nun zu deiner Frage: Gleichzeitig gut und böse? Weißt du, Vipsania, das ist schwer zu beantworten, da wir nicht einmal genau wissen, was Gut und Böse *ist*. Manches scheint böse und ist doch gut – und umgekehrt. Eine bittere Medizin etwa kann dein Leben retten, wenn du krank bist. Und wenn du zuhause nur genüsslich im weichen Bett liegst, statt deinen Lehrern zuzuhören und fleißig zu lernen, wäre das zweifellos schlecht, denn dann bleibst du dumm."

Vipsania zog einen Schmollmund – das Beispiel mit den Lehrern hatte ihr gar nicht gefallen. Sie seufzte. „Wenn ich eine Göttin wäre, dann bräuchte ich keine Lehrer! Dann könnte ich tun, was ich wollte, und ich wüsste alles."

Agrippa konnte sich ein Lächeln nicht verbeißen. „Ich fürchte, da hast du Pech. So sehr ich dich auch liebe, dieses Geschenk kann ich dir nicht machen."

„Aber du sagst doch immer zu Marcella, sie sei eine Göttin?"

„Siehst du, Marcus", mischte sich Marcella lachend ein. „Ich sage dir ja immer, du sollst nicht solchen Unsinn reden! Das hast du jetzt davon". Sie wandte sich an Vipsania. „Nur wenige Sterbliche haben die Götter in ihren Kreis aufgenommen. Der bei weitem größte war Jupiters Sohn Herkules, der Dulder und Menschenfreund. Da vorne steht sein Abbild. Allerdings leuchtet in jedem Mensch das Licht der Götter, auch wenn es niemand sehen und schon gar nicht beweisen kann. Aber du kannst es trotzdem fühlen, wenn du dein Herz ganz weit öffnest, Vipsania – und immer dann, wenn du etwas Gutes für andere tust." Sie schenkte Agrippa einen zärtlichen Blick.

„Und warum", bohrte Vipsania weiter, „steht dann auch die Statue Julius Caesars hier im Innern des Pantheons – mitten unter den Göttern?"

Agrippa kratzte sich stirnrunzelnd am Kopf. „Julius Caesar symbolisiert die Menschen, die ebenso Teil der Natur sind wie die Götter. Und weil viele Leute ihn zutiefst verehren und glauben, dass er bei den Göttern weilt, war es naheliegend, ihm hier einen Platz zu geben. Julius Caesar steht außerdem für die neue Ordnung unserer Tage." Agrippa seufzte. „Allerdings hätte ich lieber Caesar Augustus hier gesehen. Sein Adoptivvater mag große Träume gehabt haben – aber verwirklicht hat sie der Sohn."

„Wenn man dich so reden hört", flachste Marcella, „könnte man fast auf den Gedanken kommen, du hieltest Onkel Gaius tatsächlich für einen Gott."

Agrippa grinste. „Keine Bange, ich kenne ihn zu gut, um ihn auch nur ansatzweise für einen solchen zu halten! Allerdings war Julius Caesar noch viel weniger einer. Wie auch immer, dein Onkel war der gesunden Ansicht, ein lebender Mensch könne nie ein Gott sein, und deshalb könne ein Platz im Innern des Pantheons seinem Ansehen nur schaden."

Marcella kicherte verschmitzt. „Eine Entscheidung von geradezu göttlichem Weitblick!"

Vipsania nickte nachdenklich. „Vater, wie viele Götter gibt es eigentlich?"

„Zwölf olympische", antwortete Agrippa. „Deshalb ist die Zwölf eine heilige Zahl. Sieben davon sind Planetengötter. Aber wie viele es wirklich sind, weiß niemand so genau. Vielleicht sind es so viele wie es Menschen und Völker gibt, denn jeder stellt sich die Götter ein bisschen anders vor. Eines aber ist überall gleich: Alle Menschen bitten um die gleichen Dinge, um Liebe, Gesundheit, Frieden, eine gute Ernte."

„Und woher weißt du, dass wir Jupiters Kinder sind?“

„Das ist eine Frage der Logik. Wir Römer nennen den größten und besten der Götter Jupiter. Und weil es uns Römern gegeben wurde, andere Völker zu unterwerfen und zu vereinen, wissen wir, dass wir in seinem Sinne handeln. Wir sind also sein Volk. Doch die anderen liebt er auch. Andernfalls hätte er uns nicht gesandt, sie zu einer Gemeinschaft zusammenzufügen. Solange wir also Rom mit Körper und Seele und von ganzem Herzen dienen, wird unser Vater Jupiter uns helfen.“

Vipsania runzelte die Stirn. „Und du bist sicher, dass es nicht irgendwo einen noch stärkeren Gott gibt? Was wäre, wenn so einer käme und gegen Jupiter kämpfen würde, so wie Mars gegen Pax?“ Ängstlich sah sie ihren Vater an. „Wenn dieser fremde Gott Jupiter besiegen und ihn vertreiben würde?“

Agrippa schüttelte verwirrt den Kopf. „Warum sollten fremde Götter das tun? Es gibt Dutzende von ihnen in Rom, und keiner verdrängt die unseren, ebenso wenig wie wir sie verdrängen, weder hier noch in ihrer Heimat.“

„Und wenn Menschen kämen, um im Auftrag ihres Gottes uns Kinder Jupiters zu vertreiben? Wenn sie uns zwingen würden, ihre Götter anzubeten?“

Bestürzt sah Agrippa seine Tochter an. „Vipsania! Wo nimmst du derlei schlimme Gedanken her?“

Sie zuckte hilflos die Schultern.

Agrippa hob den Blick erneut zur Statue des Mars. „Das wäre die Katastrophe schlechthin. Das würde ja bedeuten, dass Mars wieder die Oberhand hätte – selbst über den höchsten der Götter! Das würde bedeuten, dass die allumfassende Ordnung zerstört würde. Ich wage nicht, mir auszumalen, welches unsägliche Grauen die Völker unseres Reiches dann erwarten würde! Sollte also je ein Volk so barbarisch sein zu fordern, es dürfe nur seine Götter geben und nur diese seien auf nur eine Art anzubeten, werde ich alles tun, dieses Gedankengut auszulöschen. So zu denken gefährdet Ordnung und Frieden und somit das Leben von Millionen! Deshalb würde ich jede Zusammenrottung von Fanatikern verbieten, die die Standarten ihrer Götter gegen andere Götter führen.“

„Und wenn sie nicht gehorchen würden?“

„Dann wäre das Aufstand gegen Rom. So einfach. Und da darf es, wie gesagt, keine Gnade geben.“

„Aber die Judäer glauben, es gäbe nur einen Gott.“

„Das dürfen sie ja auch – solange sie nur zu ihm beten und ihm opfern. Sollten sie aber im Namen ihres Gottes den Frieden in Judäa gefährden oder sich gar gegen den römischen Frieden erheben, werde ich nicht zögern, dagegen einzuschreiten. Und ich weiß ganz sicher, dass Caesar Augustus das genauso sieht.“

„Marcus“, fiel Marcella ein, „in diesem Fall würdest du doch genau das tun, was du soeben verurteilt hast: Du würdest die freie Ausübung der Religion missachten.“

„Im Gegenteil, durch mein Einschreiten würde ich diese Freiheit schützen! Man mag uns Römern ja Vieles vorwerfen, aber auf gar keinen Fall religiöse Intoleranz. Kein Volk ist in Glaubensdingen so freizügig wie wir. Und genau *weil* dieses kostbare Gut zu schützen ist, muss alles getan werden, um Menschen aufzuhalten, die zwar das Recht auf religiöse Freiheit für sich in Anspruch nehmen, es aber gleichzeitig missbrauchen, um religiöse Unfreiheit zu predigen. Ein Mensch, der behauptet, nur er wisse den Weg in die Seligkeit, ist sehr, sehr gefährlich.“ Finster zog Agrippa die Brauen zusammen. „Allein die Vorstellung, man würde mir vorschreiben, was ich glauben muss, erfüllt mich mit Schrecken. Der Glaube ist doch nur deshalb Glaube, weil er frei ist – sonst wäre er ja kein *Glaube*. Die Erscheinungsformen einer Göttin oder eines Gottes kann man nie beweisen – sie sind so vielfältig wie die Natur. Warum also sollte jemand einen Krieg wegen etwas Nicht-Beweisbarem führen? Ein Krieg im Namen einer Religion? Töten und martern wegen eines Gottes? Das ist das Absurdeste, was ich mir vorstellen kann! So viel ich weiß, hat noch nie ein Grieche oder Römer so etwas Barbarisches, ja, zutiefst Perverses getan. So einer wäre doch wahrhaft bestialisch! Solche Menschen führen ihren eigenen Gott ad absurdum, denn solch einen Gott kann niemand, der bei Verstand ist, anbeten.“ Er atmete tief durch. „Und jetzt genug von dieser seltsamen Spekulation. Auch so gibt es leider genug Gründe für Kriege – viel zu viele! Da brauchen wir nicht auch noch die Götter zu bemühen.“

Marcella schaute wie suchend zur Sternendecke empor. „Ich hoffe nur, Marcus, dass du Recht behältst.“

Agrippa fasste sie an den Schultern. „Marcella! So ein elender Wahnsinn wird nie passieren, glaube mir. Genau deshalb habe ich doch diesen Tempel gebaut! Hier soll jeder erkennen, dass es nichts Erhabeneres gibt, als friedliche Einigkeit! Keinem ehrlichen Menschen soll hier je die Tür gewiesen werden, egal zu welchem Gott er seine Gebete sendet – solange ich lebe. Dieser Bau ist ein Symbol der Harmonie, der Ordnung und des Friedens. Das Pantheon ist der erste Tempel aller Zeiten für die Eintracht unter den Göttern, und somit ein Beispiel für uns Irdische. Möge er nie von Menschen entweiht werden, die Streit unter den Göttern predigen und Tod unter Andersgläubigen säen! Dann sollte dieses geschändete Haus des Friedens lieber zu Staub zerfallen.“

Marcella fasste Agrippa an der Hand. „Dann lass uns nach draußen zum Altar gehen! Lass uns den Göttern opfern und um Eintracht in ihren Hallen beten!“

„Ich glaube, die Götter brauchen keine Aufforderung zur Eintracht, Marcella. Wir Menschen brauchen sie!"

„Dann lass uns für die Menschen beten."

Im nächsten Jahr wurde Augustus zum zehnten Mal Konsul, gemeinsam mit dem völlig unbekannten Gaius Norbanus Flaccus. Mittlerweile fragte sich jedermann, ob der Princeps überhaupt jemals wieder nach Rom zurückkehren würde. Es hieß, er sei todkrank. Doch im Frühjahr erhielt der Senat einen Brief. Augustus schrieb, Spanien sei befriedet – und er selbst mit Tiberius auf dem Rückweg! Zur Jahresmitte würden sie in Rom eintreffen.

Seine Familie fieberte voller Vorfreude auf den Tag hin. Doch als Agrippa den Freund wiedersah, erstarrte er vor Schreck. Augustus war schon immer von zarter Statur gewesen. Jetzt aber schien er fast durchscheinend. Er war spindeldürr, bleich und völlig entkräftet. Kaum hatte er seine Lieben umarmt, zog er sich ohne Abendmahl zur Ruhe zurück.

Besorgt begleitete Livia ihn in sein Zimmer. Schon bald kam sie wieder zurück. „Er ist eingeschlafen", seufzte sie bedrückt, „kaum dass er sich hingelegt hat!"

„Lass gut sein, Mutter", tröstete Tiberius. „Es war eine harte Zeit. Jetzt, da er wieder in Rom und bei euch ist, erholt er sich bestimmt wieder. Allerdings sollten wir in nächster Zeit schonend mit ihm umgehen. Es gab Zeiten in Spanien, da habe ich mir wirklich sehr ernste Sorgen um ihn gemacht. Im Vergleich dazu geht es ihm jetzt wieder prächtig."

Livia strahlte ihren Ältesten liebevoll an. „Dass auch du wieder da bist, mein Sohn! Ich bin so froh, dass der Krieg vorbei ist und du wieder gesund bei uns!"

Tiberius nickte nur knapp, gerade so, als habe ihm ein Legionär gemeldet, der Schanzgraben sei fertig ausgehoben. Erst als Livia zu ihm trat und ihn umarmte, ihr Gesicht in seine Halsbeuge schmiegte und ihm dann einen Kuss auf die Wange drückte, lächelte er still.

Nach dem Essen saßen sie noch bis spät abends zusammen. Tiberius erzählte von seinen Erlebnissen in Spanien. Er tat es lange nicht mit der Eloquenz des Augustus oder des Marcellus. Agrippa hörte ihm trotzdem gebannt zu, denn er hatte das Gefühl, als habe alles, was Tiberius berichtete, genau so stattgefunden. Gerade diese Glaubwürdigkeit machte seine Schilderung interessant.

Alles in allem, fasste Tiberius am Ende zusammen, sei die Lage in Spanien ruhig – aber noch lange nicht geklärt. Zwar hätten die Asturer kapituliert. Die Cantabrer hätten aber noch keinen Friedensvertrag geschlossen, keine Geiseln gestellt und keine Tribute gezahlt. „Wir müssen also damit rechnen, dass es erneut Unruhen geben wird", beendete er seinen Bericht.

Die Botschaft aus Nordspanien, die sie schon wenige Tage später erreichte, klang jedoch erst einmal hoffnungsvoll: Der neue Statthalter Lucius Aemilius schrieb, die Cantabrer hätten ihm den Frieden angeboten. Um ihren guten Willen zu beweisen, wollten sie das Heer mit Geschenken erfreuen. Also habe er ein paar Kohorten mit den spanischen Gesandten mitgeschickt, um die Gaben zu holen.

„Das klingt jetzt wider Erwarten doch ganz gut", überlegte Tiberius, der das Schreiben mit Agrippa zusammen gelesen hatte. „Ich werde es Vater gleich mitteilen."

„Nicht nötig", ließ sich eine Stimme von der Tür her vernehmen. „Ich bin schon da." Auf einen Sklaven gestützt, betrat Augustus das Arbeitszimmer. Agrippa und Tiberius erhoben sich. Der eine schob dem Kranken einen Sessel unter, der andere stellte einen Fußschemel vor ihn hin.

„Seid ihr unter die Hausdiener gegangen?", schnarrte Augustus ungeduldig. „Oder glaubt ihr, ich sei mittlerweile so tatterig, dass ich mich nicht einmal mehr alleine hinsetzen kann?"

„Gesund genug zum Meckern bist du ja immerhin noch", versetzte Agrippa grinsend.

„Wie habe ich deinen Liebreiz vermisst!", seufzte Augustus.

„Das glaube ich dir gerne. Ohne mich bist du wirklich heruntergekommen. Aber jetzt, an meiner Seite, wirst du ja sicher bald wieder gesund, mein Caesar."

Augustus lächelte. „Es sei denn, du verlässt mich schon wieder, kaum dass ich zur Tür herein bin. Wie ich hörte, bist du Tag und Nacht unterwegs. Was macht dein Neubau am Tiberis?"

„In gut einem Monat kann ich umziehen."

„So muss ich dich erneut missen?"

„Ich kann dir ja schreiben."

Sie lächelten einander an. Drei Jahre waren sie getrennt gewesen, aber es herrschte noch immer die gleiche Übereinkunft zwischen ihnen wie früher, als sei Augustus nie fort gewesen.

„Musa will dich nachher untersuchen", fuhr Agrippa fort.

„Unsinn! Musa soll morgen kommen. Der hält mir ohnehin nur wieder Vorträge über Gemüsesuppen und Kräutertränke. Das kann er morgen noch genauso gut. Heute will ich lieber meinen Mitkonsul sehen. Und Messalla soll zu mir kommen. Ich will ihn umarmen. Vor allem aber meinen Maecenas!"

Agrippa sah ihn tadelnd an. „Such dir einen von den dreien aus. Alles andere wäre zu viel."

Augustus legte den Kopf schräg. „Du warst wohl zu lange allein, hm? Du magst dir ja in den letzten drei Jahren angewöhnt haben, allen vorzuschreiben, was sie tun oder lassen sollen. Aber bei mir geht das so nicht, mein Freund. Ich bestimme nach wie vor selbst, was ich mache. Noch einmal: Ich will alle drei sehen, und zwar in der erwähnten Reihenfolge."

„Renn dir nur den Schädel ein."

Trotz der vielen Verpflichtungen, die Augustus sich auferlegte, ging es ihm bald wieder etwas besser. Doch die Nachricht, die wenige Tage später eintraf, warf ihn erneut aufs Krankenlager.

„Da, lies selbst", stöhnte Augustus. „Ein Brief aus Spanien, vom Statthalter Lucius Aemilius." Mit zittriger Hand hielt er Agrippa die verhängnisvolle Schriftrolle hin.

Agrippa überflog den Text. „Allesamt?", fragte er entsetzt.

Augustus zuckte verzweifelt die Schultern. „So steht es da."

„Weiß Tiberius es schon?"

„Tiberius? Nein. Warum sollte er es wissen?"

Agrippa holte tief Luft. „Weil Tiberius so etwas nach dir und mir einfach wissen sollte."

„Fängst du schon wieder mit dem Befehlen an? Marcellus ist mein Erbe, nicht Tiberius. Wenn also einer als nächster Bescheid bekommt, dann wird das Marcellus sein."

„Du machst einen Fehler."

„Das ist mein Problem."

„Es ist Roms Problem. Marcellus ist zu weich, Caesar."

„Tiberius ist zu hart, Agrippa."

„Tiberius ist nur sachlich und ernst. Er ist bei den Legionen sehr beliebt und weist die besten Anzeichen auf, einmal ein ausgezeichneter Jurist zu werden. Was willst du noch? Du solltest auch ihn als Erben in Erwägung ziehen."

„Genug jetzt!" Augustus verzog schmerzhaft das Gesicht. „Willst du mich ins Grab bringen?"

Agrippa schreckte auf. „Verzeih. Ich vergaß, wie schlecht es dir geht."

„Was soll ich nur machen, Agrippa?"

„Taurus würde sagen: mit aller Härte durchgreifen."

„Was glaubst du, was wir seit drei Jahren tun? Trotzdem geben die Cantabrer nicht auf. Und jetzt auch noch das!"

„Schrecklich. Am liebsten ginge ich selbst nach Spanien."

„Du bleibst hier. Hier brauche ich dich, und zwar lebendig – und nicht in Spanien und tot."

„Gib Lucius Aemilius sämtliche Vollmachten! Und sag ihm, er soll keine Gnade mehr walten lassen. Den Anspruch darauf haben sich die Cantabrer jetzt endgültig verspielt."

„Ruf meinen Sekretär Thallus. Ich will einen Brief an Aemilius diktieren."

Agrippa ging nach draußen. Im Gang traf er auf Tiberius.

„Was ist passiert?“, fragte der leise.

„Die Cantabrer“, antwortete Agrippa, „haben die Kohorten, die der Statthalter Aemilius ihnen mitgegeben hat, um ihre Friedensgaben zu holen, niedergemacht. Allesamt. Aus einem Hinterhalt heraus.“

„Alle?“

„Ja. Dein Vater will jetzt hart durchgreifen.“

„Das ist die einzig richtige Lösung. Wer sich gegen Rom erhebt, zumal auf so tückische Weise, muss sterben.“

Agrippa klopfte Tiberius lobend auf die Schulter. Dann ging er nachdenklich weiter. Der junge Mann hatte vernünftige Ansichten. Als Nachfolger wäre er sicher besser geeignet als der weiche Marcellus. Wenn Caesar das nur einsehen würde!

Lucius Aemilius ging erbarmungslos vor. Diesmal beschränkte er sich nicht mehr auf Kämpfe gegen feindliche Krieger, sondern tötete jeden, der ihm in die Quere kam, egal ob alt oder jung, Mann, Frau oder Kind. Jede Hütte ließ er niederbrennen. Seine Legionäre verwüsteten Felder und Äcker, kurzum alles, was nach menschlicher Arbeit aussah. Mehrere Festungen nahm Aemilius im Sturm und ließ sie schleifen. Allen männlichen Gefangenen ließ er die Hände abschlagen. Endlich streckten die Cantabrer die Waffen.

Den Großteil der Bevölkerung verkaufte Aemilius als Sklaven an Nachbarvölker oder römische Siedler. Von denen, die ihre Freiheit behielten, versuchten die meisten, sich an die neuen Verhältnisse zu gewöhnen – etwa an die Tatsache, dass sie nie mehr auf Raubzug in das Römische Reich ausziehen würden. Sie gehörten ja plötzlich selbst dazu! Und dessen Gesetz ließ nicht den geringsten Zweifel daran, was diejenigen erwartete, die sich ihm widersetzten.

Der Rest zog sich in abgelegene Bergwälder zurück. Frei, aber arm und stets voller Furcht, entdeckt zu werden, träumten sie von den guten alten Zeiten, als sie noch stolz und der Schrecken aller Nachbarvölker gewesen waren – aber auch davon, eines Tages wieder in die fruchtbaren Täler ihrer verlorenen Heimat zurückzukehren, um sie den neuen Herren zu entreißen.

Doch davon ahnte kein Römer etwas, geschweige denn in der Hauptstadt des Reiches. So beschloss der Senat, den Janustempel zum zweiten Mal zu schließen. Die ehrwürdigen Väter deklamierten Augustus erneut zum Imperator und boten ihm für seine Siege über die Salasser und Spanier einen Triumphzug an.

Aber Augustus lehnte ab – zum ersten Mal im Leben. Trotz seiner militärischen Erfolge war ihm überhaupt nicht nach Feiern zumute. Er fühlte sich nur noch unendlich müde. Als der Sommer immer heißer wurde, zerfiel er zusehends. Mit letzter Kraft setzte er durch, dass Marcellus sich zehn Jahre vor der Zeit um das Konsulat bewerben dürfe, Tiberius immerhin fünf Jahre vorher. Außerdem erhielt der 19-jährige Marcellus auf Wunsch seines Onkels die Ernennung zum Pontifex Maximus, also zum leitenden Priester des Staatskults – ein hoch respektiertes Amt von großem Einfluss. Darüber hinaus hatte es den Vorteil, dass der Amtsinhaber auf dem Forum Romanum in der „Regia“ wohnen durfte. Es hieß, dies sei die einstige Residenz der Könige, die vor vielen Jahrhunderten einmal über Rom geherrscht hatten.

Zuvor versuchte Agrippa noch einmal alles, um diese ungerechte Bevorzugung des Marcellus zu verhindern. Er warnte eindringlich davor, den Römern einen jungen Mann aus der Familie wie einen Königssohn zu präsentieren. „Das Ganze stinkt doch bis zum Himmel nach Monarchie!“, beschwor er Augustus. „Selbst dein Vater hat seine Bestrebungen besser vertuscht als du es mit Marcellus tust!“

Aber der hatte sich in die Idee, seinen Neffen an die Macht zu bringen, verbissen wie ein Kampfhund. Marcellus wurde also Pontifex Maximus.

„Hoffentlich bringt diese blinde Liebe zu seinem Neffen nicht unser aller Mühen zum Scheitern“, äußerte Agrippa seine Befürchtungen unter vier Augen gegenüber Messalla.

Doch alles blieb ruhig. Trotzdem nahm sich Agrippa vor, in nächster Zeit sehr, sehr vorsichtig zu sein.

Wieder ging ein Winter ins Land. Aulus Terentius Varro Murena wurde neuer Mitkonsul des Augustus – der ältere Bruder Terentias und stolzer Sieger beim jüngsten Aufstand der Salasser. Er ließ sich gut an, war fleißig und freundlich und besprach all seine Vorhaben bis ins Detail mit Augustus. War der Princeps zu erschöpft, ging Aulus Terentius zu Agrippa. Letzterer schätzte den Konsul zwar. Trotzdem misstraute er ihm. Das tat er grundsätzlich bei jedem, der ein Freund des Maecenas war – und Terentius war nicht nur dessen Freund, sondern gleich auch noch dessen Schwager.

Die Regierung des Konsuls Aulus Terentius stand unter keinem guten Stern. Gleich zu Beginn des Jahres gab es großen Ärger: Ohne Auftrag des Senats marschierte der makedonische Statthalter Marcus Primus urplötzlich über die Grenzen nach Thrakien und begann einen Feldzug gegen die überraschten Thraker, ein freies Volk, das an der Ostgrenze Makedoniens lebte.

Augustus witterte sofort separatistische Bestrebungen: Wollte sich Primus selbständig machen, wie einst Sextus in Sizilien oder Gallus in Ägypten? Wütend sandte er den Befehl nach Thrakien, Primus solle umgehend nach Rom zurückkehren, um sich wegen Hochverrats zu verantworten.

Der kam ohne zu zögern. Vor Gericht zeigte sich Primus äußerst erstaunt: Er sei sich keiner Schuld bewusst. Schließlich habe er die Thraker auf Befehl des Augustus und des Marcellus angegriffen!

Augustus schäumte: „Wie kann Primus es wagen, mir zu unterstellen, ich hätte so einen gewichtigen Befehl erteilt, ohne vorher den Senat zu fragen?“

Der Oberste Richter lud Augustus vor. Unter Eid schwor der Princeps, weder er noch Marcellus hätten je einen Angriff auf Thrakien befohlen.

Das Gericht verurteilte Primus daraufhin wegen Hochverrats. Er wurde enteignet und ins Exil geschickt.

Aber Augustus ließ die Sache keine Ruhe, denn es wurde viel getuschelt, er habe den Befehl insgeheim doch gegeben. Er habe damit testen wollen, wie das Volk reagieren würden, falls er bei einer wichtigen Entscheidung den Senat überging.

Diese Gerüchte wollte Augustus auf gar keinen Fall auf sich sitzen lassen, zumal auch Marcellus' Name damit befleckt wurde. Also forderte er, man solle Vertrauensleute nach Makedonien schicken, um Primus' Korrespondenz zu beschlagnahmen. Zu Augustus' Entsetzen fand sich dabei ein Schreiben, in dem ein solcher Befehl stand – und es trug die Unterschrift und das Siegel des Augustus!

Primus war also unschuldig. Leider nutzte ihm diese Erkenntnis nichts mehr. Niedergedrückt von der Schande und der Aussicht auf ein elendes Leben fern von Rom, hatte er Selbstmord begangen.

Als der Richter den umstrittenen Befehl Augustus vorlegte, wusste der nicht, wie er sich verteidigen sollte. „Wie kommt mein Siegel auf dieses Dokument?“, keuchte er. „Praetor, das ist ein Komplott! Ich schwöre dir beim Stein des Jupiter, dass ich dieses Papier noch nie gesehen habe.“

„Dann müsste das Siegel gefälscht sein.“ Noch einmal verglich der Richter minutiös den Siegelring des Princeps mit dem Abdruck auf dem Befehl. Skeptisch sah er sein Gegenüber an: „Es ist aber echt.“

Fassungslos schüttelte Augustus den Kopf. „Ich verstehe das nicht! Bitte, gib mir ein paar Tage Zeit. Ich muss mich beraten!“

Der Richter nickte stirnrunzelnd. Mittlerweile wusste selbst er nicht mehr, was er noch glauben sollte.

Die Sache ging Augustus im wahrsten Sinne des Wortes an die Nieren. Er musste sich nach dem Gespräch mit dem Richter umgehend hinlegen. Dann rief er Agrippa, Tiberius und Marcellus zu sich und schilderte ihnen die überraschende Wendung des Falls.

„Da will dich einer schlecht machen, dich und Marcellus“, mutmaßte Agrippa. „Aber wer könnte das sein?“

„Wir hier und jedes andere Familienmitglied scheiden aus“, bemerkte Tiberius pragmatisch. „Lasst uns also überlegen, wer außerdem Zugang zum Siegel hatte.“ Er wandte sich an Augustus: „In letzter Zeit hast du den Ring doch öfters ausgezogen, nicht wahr?“

Der Princeps nickte. „Weil meine Hände so geschwollen sind.“

„Dann könnte es doch sein“, folgerte Tiberius, „dass irgend jemand den Ring genommen hat, während du geschlafen hast. Wenige Augenblicke genügen ja schon, um einen Brief zu siegeln.“

„Damit“, fiel Agrippa ein, „erweitert sich der Kreis der Verdächtigen auf das Gesinde. Wir könnten sie jetzt natürlich alle foltern lassen. Aber dem müsste zuvor der Richter zustimmen. Ich zweifle zwar keineswegs, dass er das tun würde – aber es würde Aufsehen erregen. Wir sollten es erst noch anders versuchen. Caesar, gibt es außer dem Gesinde noch jemanden, der bis in dein Schlafzimmer vordringen könnte? Wen empfängst du hier?“

„Außer euch niemanden. Wenn jemand mich besucht, lasse ich mich ins Atrium oder in mein Arbeitszimmer bringen.“

„Und dabei hattest du immer deinen Ring am Finger?“

„Ja. Und wenn nicht, habe ich ihn in der Hand mitgenommen.“

Eine Weile hing jeder seinen Gedanken nach.

Da meldete sich Tiberius wieder zu Wort: „Was wäre, wenn wider Erwarten doch ein Fremder in Caesars Schlafzimmer eingedrungen wäre – unbemerkt, während er schlief.“

Agrippa hob die Brauen. „Das müsste sich doch feststellen lassen.“

Er stand auf. „Ich werde die Wachen befragen. Vielleicht haben sie Besucher beobachtet, von denen wir nichts wissen."

Agrippa ließ sich die Liste aushändigen, in die der Torwächter jeden Gast eintrug. Damit ging er zurück und las Augustus die Namen vor. Der nickte bei jedem Namen. Plötzlich stutzte er. „Terentius, sagst du?"

„Lucius Terentius, ja. Vierzehn Tage nach der Ernennung des Marcellus zum Pontifex."

„An Lucius Terentius kann ich mich gar nicht erinnern. An seinen Bruder Aulus sehr wohl. Der Konsul war mehrmals da. Ich habe ihn jedes Mal im Arbeitszimmer empfangen. Aber sein Bruder Lucius? Was wollte der?"

„Nachfrage nach dem Wohlergehen Caesars", las Agrippa den Besuchsgrund vor.

Augustus runzelte schmerzhaft die Stirn. „Ich kann das nicht glauben – doch nicht Lucius Terentius!" Er schloss die Augen.

„Warum nicht?", fragte Tiberius. „Zumindest theoretisch wäre es doch möglich, dass er kam und dich schlafend vorfand – und die günstige Situation einfach ausgenutzt hat."

Agrippa wiegte den Kopf hin und her. „Aber Tiberius, es hätte doch vorher jemand kommen und Caesar fragen müssen, ob er ihn überhaupt empfängt."

„Natürlich", entgegnete Tiberius. „Aber aus irgend einem Grund hat dieser Irgendwer Terentius trotzdem vorgelassen."

Augustus stöhnte. „Hört auf! Lies weiter, Agrippa. Vielleicht gibt es noch andere Namen, die in Frage kommen."

Agrippa las weiter. An alle konnte Augustus sich erinnern. Damit verdichtete sich der Verdacht, dass Lucius Terentius das Siegel heimlich benutzt hatte, um den Befehl an Primus zu fälschen.

„Oh, nein!", jammerte Augustus. „Ich glaube das nicht! Warum sollte Lucius Terentius so etwas tun?"

Agrippa und Tiberius sahen sich vielsagend an. Die Möglichkeit, dass ausgerechnet der Bruder von Caesars Geliebter Terentia ihn verraten haben sollte, musste ihn ungeheuer schmerzen. Terentia war nach der Rückkehr des Augustus sofort auf den Palatin geeilt. Sie hatte lange Zeit bei verschlossener Tür mit ihm verbracht. Die alte Leidenschaft war also noch nicht verloschen.

Agrippa legte begütigend die Hand auf Augustus' Arm. „Lass mich weitere Nachforschungen anstellen. Wer weiß, wie es wirklich war? Das wird sich klären."

Der Freund schloss müde die Augen. „Tu das."

Es war Messalla, der überraschend Licht ins Dunkel brachte. Auch er war in den rätselhaften Fall um den gefälschten Befehl eingeweiht.

Trotz des kalten Winterwetters platzte er eines Tages völlig verschwitzt in eine Senatssitzung und setzte sich neben Agrippa. „Ich muss gleich mit dir sprechen", raunte Messalla ihm ins Ohr. „Es ist dringend – ungeheuerlich!"

Der Konsul Aulus Terentius fixierte ihn tadelnd. „Nachdem Marcus Valerius ja nun auch endlich erschienen ist, können wir unsere Sitzung vielleicht in Ruhe fortsetzen."

Messalla nickte ihm entschuldigend zu, rechtfertigte sich aber mit keinem Wort.

Kaum hatten sie die Kurie nach der Sitzung verlassen, zog Messalla Agrippa zur Seite. Vorsichtig sah er sich um, ob niemand sie hören konnte. „Agrippa, mir sind unglaubliche Dinge zu Ohren gekommen. Gnaeus Calpurnius Piso hat mich vorhin aufgesucht."

„Der Onkel deiner ersten Frau?"

„Eben der. Hinter der Sache mit dem gefälschten Befehl steckt wohl ein Riesenkomplott, in den ein paar überaus bedeutende Leute verwickelt sind. Bisher hatten wir nur Lucius Terentius in Verdacht, aber da gehören noch andere dazu."

„Wer?"

„Allen voran Caesars politischer Gegner Fannius Caepio. Und, du wirst es nicht glauben, auch der Konsul Aulus Terentius!"

Agrippa schlug sich mit der Faust in die Hand. „Ich habe so etwas geahnt! Woher weißt du das? Und was hat dein Verwandter Calpurnius Piso damit zu tun? Gehört er auch dazu?"

Wieder blickte sich Messalla vorsichtig um. „Ja und nein. Wie du weißt, ist Piso einer der führenden Köpfe der Opposition. Er bekommt so ziemlich alles mit, was in republikanischen Kreisen geredet und geplant wird."

„Keiner macht Caesar seit Jahren so viel Schwierigkeiten im Senat wie Piso. Du hast ihn ja gehört, als er im Dezember sagte, das Pontifikalamt des Marcellus und dessen Bewerbung um das Konsulat seien lächerlich – eine Ansicht, die ich im übrigen mit Piso teile."

„Da brauchen wir nicht drüber zu reden, Agrippa. Auch ich finde es unklug, Marcellus so offensichtlich zu fördern. Aber lassen wir das. Du weißt, dass Piso ein äußerst aufrechter Mann ist, fast so etwas wie ein kleiner Cato. Jedenfalls hat Piso von der Verschwörung erfahren, weil Lucius Terentius und Fannius Caepio ihn aufgefordert haben, sich ihnen anzuschließen. Diese Intrige mit dem falschen Befehl scheint allerdings nur ein Vorspiel zu sein, um Augustus und Marcellus in der Öffentlichkeit zu diskreditieren. Sie haben wohl noch viel Schlimmeres vor."

„Du meinst – Mord?"

Messalla holte aufgeregt Luft. „Möglich. Offenbar sind sie sich da noch nicht so recht einig. Jedenfalls war es ein Fehler, Piso einzuweihen. Sie glaubten wohl, weil er immer so vehement gegen Caesar wettert, sei er auch zu allem bereit. Aber das Gegenteil war der Fall. Piso hat seine Mithilfe abgelehnt, und zwar mit dem gleichen Argument wie vor Jahren Cicero bei der Verschwörung gegen Julius Caesar: Es müsse andere Möglichkeiten geben, einen Tyrannen zu beseitigen als Mord."

„Aber warum verrät Piso seine eigenen Parteigenossen an dich? Damit hat er ihr Todesurteil veranlasst!"

Messalla zuckte mit den Schultern. „Er hat es mit seinem Gewissen begründet: Er könne es nicht ertragen, was da für ein hinterlistiges Spiel getrieben würde. Piso ist viel zu aufrecht und tugendhaft, um eine solche Intrige mitzutragen."

Agrippa wiegte skeptisch den Kopf. „Vielleicht hatte er auch Angst, der Komplott würde ohnehin aufgedeckt und will sich aus der Schusslinie bringen."

„Das glaube ich nicht, denn er ist ja nicht darin verwickelt. Nein, er sagte, das Leben eines Menschen sei ihm heilig, selbst wenn es das seines Gegners sei. Persönlich habe er nichts gegen Augustus, nur sei er eben politisch anderer Ansicht. Vielleicht fürchtet er sich tief im Herzen auch vor dem Chaos, das entstehen würde, falls Caesar etwas zustößt. Das will Piso auf keinen Fall. Er liebt Rom."

„Hat er auch etwas über die Gründe gesagt, warum die Brüder Terentius und der Senator Caepio sich verschworen haben?"

„Caepio eindeutig aus politischen Gründen. Er ist ein Erzrepublikaner. Bei den Terentiern ist es etwas anderes. Zumindest Aulus Terentius hat ja sogar gut mit Augustus zusammengearbeitet. Nein, bei denen ist es die Familienehre."

„... weil Augustus ihre Schwester zur Hure gemacht hat!"

„Ja. Würdest du etwa gelassen zusehen, wenn jemand das mit deiner Schwester machen würde?"

„Immerhin hat sie freiwillig mit Caesar geschlafen, und ebenso freiwillig ist sie mit ihm nach Gallien."

„Trotzdem. Nicht nur ihr Ruf, sondern auch der ihrer ganzen Familie ist für immer ruiniert. Das muss stolze Männer wie die Terentier furchtbar schmerzen."

Agrippa rieb sich frierend die Oberarme. „Ich danke dir, Messalla. Du bist ein treuer Freund."

„Was wirst du tun?"

„Ich werde mit Caesar sprechen. Tiberius kann den Fall danach übernehmen. Er hat sich schon die ganze Zeit mit Feuereifer damit befasst, und als Jurist ist er mir haushoch überlegen. Sicher kann er noch weitere Zeugen ausfindig machen. Jetzt weiß er ja, wo er suchen muss."

„Eins noch, Agrippa: Lass bitte Piso aus dem Spiel. Es wäre für mich persönlich fürchterlich, wenn der Onkel meiner verstorbenen Calpurnia ..."

„Was will er?"
„Augustus' Schutz."
Agrippa lächelte. „Den wird er bekommen. Sag ihm, Augustus sei ihm sehr dankbar. Ich bin ganz sicher, dass er sich für Pisos Hilfe erkenntlich zeigen wird. Niemand wird erfahren, dass er die Verschwörung aufgedeckt hat. Und einen guten Rat meinerseits kannst du ihm noch ausrichten: Er soll endlich aufhören, der Vergangenheit nachzutrauern und lieber beim Aufbau unserer Zukunft mithelfen. Da könnte er seine Kraft besser einsetzen als mit seinem ewigen Gegeifere im Senat."

Wenige Tage später reichte Tiberius Klage wegen Verschwörung und Hochverrats gegen die Senatoren Lucius Terentius und Fannius Caepio ein. Er hatte tatsächlich weitere Zeugen ausfindig gemacht, und die hatten äußerst belastende Aussagen zu Protokoll gegeben. Der Name des Calpurnius Piso fiel dabei jedoch nicht ein einziges Mal, auch nicht der des Konsuls Aulus Terentius.

Als die Soldaten vor den Häusern der zwei Verdächtigen erschienen, um sie dort unter Arrest zu stellen, mussten sie feststellen, dass die beiden über alle Berge waren. Die Richter werteten die Flucht als Schuldgeständnis. Sie verurteilten Lucius Terentius und Fannius Caepio in Abwesenheit zum Tode.

Augustus ließ die Sache dennoch keine Ruhe. Nicht die flüchtigen Verschwörer beschäftigten ihn – die würden früher oder später gefasst. Nein, ihn quälte die Frage, wer die beiden gewarnt hatte, dass man sie festnehmen wollte.

„Da fehlt noch ein Teil im Mosaik", sagte er zu Agrippa, „und es ist ein wichtiges Teil. Da ist noch ein Unbekannter, der mit den Verschwörern gemeinsame Sache macht. Und bevor wir den nicht haben, muss ich mich nach wie vor fürchten."

Doch bevor er in dieser undurchsichtigen Sache weiterkam, erhielten sie Nachricht, die zwei Flüchtigen seien gefasst worden.

Als die Soldaten Fannius Caepio in der Nähe von Neapolis stellten, wehrte er sich verzweifelt. Bei diesem Handgemenge wurde er erstochen. Sein Mitverschwörer Lucius Terentius kam gar nicht erst so weit. Er wurde unweit von Rom festgenommen. In Fesseln schleppten sie ihn zurück. Da er zum Tode verurteilt war, hatte er kein Recht mehr auf juristischen Beistand. Ob außer dem toten Caepio noch jemand in die Verschwörung verstrickt war und, wenn ja, wer, weigerte er sich zu sagen.

„Sollten wir Lucius Terentius nicht einen, sagen wir mal, Besuch abstatten?", schlug Agrippa dem Princeps vor. „Es gibt ja ganz unauffällige Methoden, ihn zum Reden zu bringen."

Augustus winkte ab. „Er ist ein hoher römischer Staatsbürger, er ist

Senator. Wenn an die Öffentlichkeit gelänge, dass wir ihn durch Gewalt zu einem Geständnis gebracht hätten, gäbe es bitterböses Blut."

„Ich würde es trotzdem tun", beharrte Agrippa. „Du weißt nicht, ob du nicht nach wie vor in Lebensgefahr schwebst. Wenn Terentius auspackt, könnten wir das ganze Nest ausräuchern. Außerdem wissen wir noch immer nicht, wie er den Befehl gefälscht hat. Nur er kann uns das sagen – und das wird er, wenn wir ein wenig nachhelfen."

Erneut schüttelte Augustus den Kopf. „Agrippa, versteh doch, er ist Terentias Bruder! Das kann ich ihr einfach nicht antun."

„Wie du meinst", gab Agrippa kurz angebunden zurück. Er sah den kranken Freund missbilligend an. „Du musst noch immer verrückt nach ihr sein. Ich finde ..."

Augustus bedeutete Agrippa mit einer herrischen Geste zu schweigen. „Ich will nichts mehr hören! Das alles ist schlimm genug für mich."

„Aber, Caesar!", drängte Agrippa ungeduldig. „Wenn du willst, dass diese Verschwörung aufgeklärt wird, darfst du Tiberius und mich nicht dabei behindern!"

„Ich will nichts mehr von körperlicher Gewalt hören!", schrie Augustus, hochrot im Gesicht. „Verstanden?"

Agrippa nickte langsam. „Durchaus, ja." Beleidigt schwieg er. Augustus griff sich verzweifelt an den Kopf.

„Und was ist mit dem Konsul Aulus Terentius?", fuhr Agrippa nach einer Weile fort. „Der ist genauso Terentias Bruder wie der verurteilte Lucius Terentius. Piso hat gesagt, er sei ebenfalls in die Verschwörung verstrickt."

„Ich kann ihn nicht anklagen – nicht ohne stichhaltige Beweise. So dreist kann ich mich einfach nicht über das Gesetz hinwegsetzen. Caepio und Lucius Terentius haben durch ihre Flucht den Beweis ihrer Schuld erbracht. Aber Aulus Terentius wurde von den Zeugen nicht belastet." Augustus seufzte schwer. „Ich überlasse ihn dir, Agrippa. Such eine möglichst unauffällige Lösung."

Agrippa nickte. „Schnell und unauffällig."

Tags drauf wurde der vom Gericht schuldig gesprochene Lucius Terentius im Kerker erdrosselt. Sehr zur Überraschung der Römer fand man wenige Tage danach auch noch die Leiche seines älteren Bruders, des Konsuls Aulus Terentius.

Noch am Vorabend seines Todes ging es Aulus gut. Er hatte Besuch von Marcus Agrippa bekommen, mit ihm gespeist und sich danach lange unter vier Augen mit ihm unterhalten. Als sein Gast nach Hause ging, war der Konsul recht blass um die Nase, aber das war ja auch kein Wunder, nach all den Aufregungen! Kaum war die Tür hinter Agrippa ins Schloss gefallen, ging Aulus schlafen. Am nächsten Morgen fand ihn sein Leibdiener tot im Bett.

Sein Körper zeigte keinerlei Anzeichen von Gewalteinwirkung. Also schloss man daraus, dass der Arme an einem Herzversagen gestorben war. Dafür sprach auch die auffallende Blässe am Vorabend. Aulus Terentius wurde mit allen Ehren bestattet, die einem römischen Konsul gebührten.

Für die Nachfolge kandidierte unter anderem der Kopf der republikanischen Opposition, Gnaeus Calpurnius Piso. Niemand rechnete mit dessen Sieg, denn er war ja der erbittertste Feind des Augustus. Doch dann geschah etwas überaus Seltsames: Tiberius verkündete vor dem versammelten Senat, der kranke Princeps unterstütze die Wahl Pisos. Mehr noch, er würde sich außerordentlich freuen, falls der edle Piso sein geschätzter Mitkonsul werden sollte.

Selbstverständlich folgten die Senatoren dem erstaunlichen Vorschlag des Augustus, die einen aus blindem Gehorsam, die anderen weil sie Piso wirklich achteten.

Zur allgemeinen Freude engagierte sich der neue Konsul während seiner Amtszeit ebenso eifrig für die Staatsgeschäfte wie er früher gegen den Princeps opponiert hatte. Nur seine ehemaligen Parteigenossen weinten dem bekehrten Piso Krokodilstränen nach, denn mit ihm hatten sie ihren schärfsten Regierungskritiker verloren.

Natürlich interessierte es Augustus brennend, warum Pisos Vorgänger so plötzlich gestorben war, schnell und unauffällig, wie Agrippa es vorausgesagt hatte. „Was hast du getan?“, fragte er diesen gespannt. „Wie hast du Aulus Terentius zu seinem Herzinfarkt überredet?“

Agrippa stand auf und schloss die Tür. Dann setzte er sich neben das Bett. Eine Weile kramte er in seiner Ledermappe. Endlich zog er eine kleine, verschnürte Schachtel heraus. Er löste das Band und öffnete sie vorsichtig. Ein kleines Glasröhrchen lag darin. Auch das nahm er heraus, mit spitzen Fingern. Er hielt es Augustus vor die Nase. „Diese Phiole hier lasse ich lieber zu. Es ist zwar nur noch ein Rest drin, aber er würde genügen, um dich umzubringen, zumal in der schlechten Verfassung, in der du bist.“

„Also doch Gift!“

„Natürlich. Was sonst? Es ist wahrscheinlich das gleiche, mit dem Kleopatra Selbstmord begangen hat. Der Tod tritt erst nach einer Weile ein. Wenn das Gift zu wirken beginnt, führt es erst einmal zu Krämpfen, aber dann kommt sehr bald die gnädige Ohnmacht. Kleopatra wusste, was sie tat.“

„Hast du …?“

„Nein. Es war Selbstmord. Ich war aber noch dabei, als Aulus Terentius das Gift getrunken hat. Danach bin ich sofort nach Hause.“

„Wie kam es dazu?“

„Ich habe ihn davon überzeugt, dass es für alle besser wäre, wenn er Selbstmord beginge, statt früher oder später die Schande einer Anklage wegen Hochverrats ertragen zu müssen – zumal als Konsul.“

„Aber wir haben doch keinerlei Beweise gegen ihn!"

„Das hat er auch gesagt. Aber ich habe ihm brühwarm von Pisos Geständnis erzählt. Daraufhin wurde Terentius sehr, sehr blass. Aber noch hat er nicht reagiert. Um ihn aus der Fassung zu bringen, musste ich also noch weiter gehen. So griff ich zu einer Täuschung: Ich habe ihm gesagt, auch der unbekannte Mittelsmann habe mittlerweile geredet. Das Spiel sei also vorbei, er solle aufgeben."

„Er ist tatsächlich auf einen so einfachen Trick reingefallen?"

„Er war schon wegen Pisos Verrat sehr aufgeregt. Als ich ihm darüber hinaus mit dem vermeintlichen Mittelsmann kam, sind ihm die Nerven durchgegangen. Plötzlich wurde er sehr ausfallend. Er sagte, dass er sehr gerne sterben würde, wenn die Alternative die wäre, unter deiner Herrschaft zu leben. Und dass die Götter dich bestrafen würden, wegen Terentia und deiner übrigen Frauengeschichten. Bei Letzterem konnte ich ihn sogar verstehen."

„Agrippa!"

„Auf alle Fälle konnte ich nun völlig sicher sein, dass er einer der Mitverschwörer war. Aber damit hatte ich noch immer keinen Beweis. Sein kapitaler Fehler war eigentlich erst der, dass er mich bat, seine Familie und den Mittelsmann zu verschonen. Erstere sei unschuldig, Letzterer habe nicht anders handeln können. Seine Hilfe würde ihm sogar zu höchster Ehre gereichen."

„Und wer ist das nun, der Mittelsmann?"

„Eins nach dem anderen. Ich versprach ihm, das Leben des Mittelsmannes zu schonen. Dann habe ich ihm klargemacht, dass es für ihn nur eine Möglichkeit gäbe, auch seine Familie aus der Schande herauszuhalten. Dass es einen riesigen Skandal geben würde, falls herauskäme, dass er, der Schwager des Maecenas, Bruder Terentias und Konsul Roms, versucht hätte, Caesar Augustus zu töten. Damit würde er alle mit sich in den Strudel des Verderbens reißen. Also schlug ich ihm Selbstmord vor. Da stand er auf und hat dieses Fläschchen geholt."

„Wo hatte er es her?"

„Jetzt reg dich bitte nicht auf. Dein Freund Proculeius hat es aus Ägypten mitgebracht. Er hat Kleopatra damals nicht nur den Dolch entrissen, mit dem sie sich umbringen wollte. Wie du weißt, hat sich Proculeius auch sehr intensiv mit Kleopatras Aufzeichnungen über die Gifte befasst, die sie an Verurteilten ausprobiert hat – wie welches Gift wirkt, wie schnell, wie schmerzhaft und so weiter."

„Ich weiß", keuchte Augustus atemlos. „Ich habe ihm Kleopatras Aufzeichnungen selbst überlassen. Proculeius hat sich brennend dafür interessiert, und ich wollte ihm nach seiner verdienstvollen Tat natürlich nichts abschlagen."

„Proculeius hat diese Aufzeichnungen nicht nur studiert. Er hat auch jedem seiner näheren Verwandten hier in Rom eine Phiole mit solch einem Gift mitgebracht – weil man ja im Leben nie weiß, in welche Situationen man gerät. So gab er auch Aulus Terentius eine. Der war ja sein Halbbruder."

Augustus schloss die Augen und schluckte schwer. „Das enttäuscht mich zutiefst."

„Das muss es nicht. Proculeius ist so unschuldig wie ein Mensch nur sein kann. Er wusste nichts von dem Komplott, denn die anderen Verschwörer haben ihm misstraut. Jeder weiß, dass er einer deiner liebsten Freunde ist. Du hättest ihn ja sogar fast in die Familie einheiraten lassen! Nein, das Gift hat Proculeius schon vor Jahren an seine Verwandten verteilt."

Augustus atmete auf. „Und jetzt sagst du mir endlich den Namen des Mittelsmannes!"

„Es sind zwei."

„Der erste?"

„Dein Sekretär Thallus."

Augustus knurrte. „Wie haben sie ihn überzeugt?"

„Mit 500 Denaren."

„Läppisch! Damit hätte er sich nicht einmal selbst kaufen können, wenn er nicht ohnehin schon frei wäre."

„Das war nicht mehr als eine Streicheleinheit. Letzten Endes wurde er von Lucius Terentius erpresst. Thallus hatte ihm damals, als Lucius Terentius dich in deinem Krankenzimmer besuchen wollte, mitgeteilt, du seiest unpässlich. Dann ist er dummerweise an seine Arbeit zurückgekehrt – und hat Terentius alleine im Hof stehen lassen. Terentius aber hat die Gunst der Stunde genutzt, um in dein Gemach zu schleichen. Du schliefst. Da hat er das Dokument mit dem gefälschten Befehl an Primus mit deinem Ring gesiegelt und sich ungesehen wieder davongestohlen."

„Er hat tatsächlich gewagt, ein solches Dokument über meine Hausschwelle zu tragen?"

„Das Risiko musste er eingehen. Dein Siegel zu nutzen, war von Anfang an sein Plan. Danach hat Terentius deinen Thallus informiert, dass er dein Siegel benutzt hätte und dass auch Thallus drankäme, wenn die Sache ruchbar würde – weil der nicht besser aufgepasst hatte. Sollte Thallus also hören, dass in deinem Hause irgend etwas Gefährliches über die Verschwörung besprochen würde, solle er Lucius Terentius umgehend Bescheid geben."

„Und ich Idiot habe Thallus eine Notiz an dich diktiert, du solltest zu mir kommen, weil Tiberius weitere Belastungszeugen gegen Lucius Terentius und Caepio gefunden hatte!"

Agrippa nickte. „Thallus lieferte die Notiz brav bei mir ab. Aber dann ist er weiter zum Mittelsmann."

„Und jetzt sagst du mir endlich, wer dieser geheimnisvolle Mittelsmann ist, der Lucius Terentius gewarnt hat."

Agrippa legte die Hand auf Augustus' Arm. „Reg dich nicht auf."

„Wer, bei Pluto?!", schrie Augustus. Ein grausamer Verdacht schnürte ihm das Herz ab.

Agrippa zog die Hand vom Arm des Freundes zurück, richtete sich auf und holte tief Luft. „Maecenas."

„Nein", flüsterte Augustus. „Das ist nicht wahr!" Tiefste Enttäuschung verzerrte sein Gesicht. „Und warum sollte er das getan haben?"

„Caesar, du solltest ihn nicht verurteilen. Maecenas war nicht Teil des Komplotts. Wie jeder Bürger wusste auch er von dem Skandal um den gefälschten Befehl, aber er wusste nichts von unseren Verdächtigungen. Wir haben unsere Forschungen ja sehr diskret angestellt. Nur Thallus wusste davon. Und als der erfuhr, dass Lucius Terentius in Gefahr war, ist er zu Maecenas gelaufen und hat es ihm erzählt."

„Aber warum zu Maecenas? Warum nicht direkt zu Lucius Terentius?"

„Thallus wollte nicht im Haus eines Verschwörers gesehen werden. Er hatte Angst und wohl auch ein schwarzes Gewissen. Trotzdem war er ja gezwungen, Lucius Terentius zu warnen. Also hat er Maecenas gebeten, es zu tun. Vielleicht hoffte er, Maecenas könne noch irgendwie vermitteln."

„Und Maecenas, *mein* Maecenas, hat Lucius Terentius geraten, dass er und Caepio fliehen sollen! Ich kann es nicht fassen. Und mir hat er nichts davon gesagt!"

„Das konnte er nicht. Lucius und Aulus Terentius sind seine Schwäger, und Maecenas liebt Terentia. Das weißt du doch! Er musste ihnen helfen! Sie sind seine Familie!"

„Und ich?", rief Augustus. „Wer bin ich? Bin ich nicht sein bester Freund, sein Förderer, sein Gönner, sein Caesar, der ihn mehr liebt als einen Bruder?" Er raufte sich die Haare. „Ach, Agrippa, er hätte es mir doch gestehen können! Ich hätte ihm doch vergeben!" Augustus schlug die Hände vors Gesicht. „Ich habe ihn doch so sehr geliebt! Er war mir alles! Du und Maecenas, ihr wart meine besten Freunde. Nicht einmal Messalla und Proculeius habe ich je so vertraut und geliebt, auch nicht ansatzweise!" Augustus schluchzte auf. „Oh, mein Maecenas!"

Agrippa setzte sich zu Augustus auf das Bett und nahm ihn in den Arm. Dessen zuckender, zarter Körper war der eines bis ins Mark enttäuschten Kindes.

„Seit Rufus' Verrat vor 17 Jahren hat keiner meiner Freunde mich mehr hintergangen", wimmerte Augustus, „und jetzt ausgerechnet Maecenas! Mein über alles geliebter Maecenas!"

Agrippa ließ Augustus weinen. Der beruhigte sich lange nicht. Aber irgendwann überwältigte die Erschöpfung seinen kranken Körper. Er wurde leiser. Bald hörte er ganz auf zu schluchzen. Agrippa bettete ihn in die Kissen. Die Ringe unter Augustus geröteten Augen hatten sich erschreckend verdunkelt.

„Caesar!“, versuchte Agrippa ihn noch einmal zu trösten. „Aulus Terentius hatte Recht: Es gereicht Maecenas zur Ehre, dass er zu seiner Familie stand, gerade weil dadurch die Gefahr bestand, deine Gunst zu verlieren. Das war mutig und zeugt von einem aufrechten Charakter. Und denke daran: Ich habe Aulus Terentius, bevor er Selbstmord beging, versprochen, das Leben des Maecenas zu schützen.“

„Wie kamst du dazu, in meinem Namen so etwas zu versprechen?“

„Ich weiß, dass du Maecenas trotz seines Verrats liebst. Oder würdest du ihn lieber dem Henker übergeben? Mein Versprechen hindert dich daran. Es schützt dich davor, seinen Tod zu verantworten.“

„Du verteidigst ihn auch noch?“

„Aus Liebe zu dir. Maecenas und ich können einander nicht ausstehen. Aber ich muss anerkennen, dass er dir jahrelang ein treuer Gefährte war. Du verdankst ihm viel. Ich bewundere ihn heute sogar dafür, dass er trotz der großen Gefahr und seiner Liebe zu dir doch zu seiner Familie gehalten hat. Es muss ihm das Herz zerrissen haben.“

Augustus schloss die Augen. Lange Zeit schwiegen sie.

„Caesar?“, fragte Agrippa nach einer Weile.

Augustus hob die Lider. „Ich bin Caesar“, sagte er, die Mundwinkel bitter nach unten gezogen, „und ich werde milde richten. Sag meinen Liktoren, sie sollen meinem Sekretär Thallus die Beine brechen. Ich will ihn nie wieder sehen.“

Agrippa nickte. „Ein wahrhaft großmütiges Urteil.“

„Danach ruf mir Maecenas.“

Agrippa sah den kranken Freund besorgt an. Er zögerte. „Wäre diese Aufregung jetzt nicht zu viel?“

Augustus’ Hände zitterten. „Ich sagte soeben, du rufst Maecenas!“, schrie er.

Agrippa verließ den Raum, um seinen Wunsch zu erfüllen.

Maecenas erschien wenig später. Er trug eine schwarze Tunika, darüber eine aschgraue Toga, deren Saum er über den Kopf geschlagen hatte – eine ungewöhnliche Kleidung für einen, der bunte, prunkvolle Stoffe über alles liebte. Kaum hatte sich das Tor hinter Maecenas geschlossen, teilte der Hausverwalter Diomedes ihm mit, Agrippa erwartete ihn im Atrium.

Der erhob sich, als Maecenas eintrat. Mit verschränkten Armen baute sich Agrippa vor ihm auf.

Maecenas streifte den Saum der Toga vom Kopf und warf ihm einen eisigen Blick zu. „Ave."

Agrippa erwiderte den Blick mit der gleichen Kälte. „Salve."

„Was willst du von mir? So viel ich weiß, hat Caesar mich rufen lassen, nicht du."

Agrippa wies mit einer Hand auf einen Sessel. „Setz dich. Ich will zuvor noch ein paar Worte mit dir sprechen."

Sie nahmen Platz.

„Wie geht es Bathyllus?", begann Agrippa mit spöttischer Miene.

„Danke der Nachfrage. Es geht ihm gut." Nichts in Maecenas' Gesichtsausdruck ließ das leiseste Gefühl erahnen.

Agrippa hob die Brauen. „Du hast dich ja nach Caesars Abreise schnell über seine und die Abwesenheit deiner Frau hinweggetröstet. Bemerkenswert – ein billiger Schauspieler anstelle zweier so kostbarer Menschen."

„Mein Verhältnis zu Bathyllus ist anderer Natur als das zu meiner Frau und zu Caesar. Außerdem geht es dich nicht das Geringste an, mit wem ich das Bett teile."

„Gut. Lassen wir das." Agrippa beugte sich nach vorn und stützte die Ellbogen auf die Knie. „Du weißt, warum Caesar dich rufen ließ?" Er wies mit dem Kopf auf dessen Trauerkleidung. „Zu dumm von mir, dass ich frage! Man sieht es dir schließlich an."

„Caesar ist krank."

Agrippa nickte. „Das ist er schon länger – ziemlich krank. Und es erstaunt mich, dass er erst nach dir schicken musste, damit du dich den Palatin hochbemühst, um ihm gute Genesung zu wünschen. Viele einfache Bürger, die Caesar nicht einmal persönlich kennen, haben dafür keine Einladung gebraucht."

Maecenas schwieg.

Agrippa lehnte sich zurück. „Ich will mich kurz fassen. Tiberius und ich haben herausgefunden, dass du es warst, der Fannius Caepio und Lucius Terentius gewarnt hat, als wir sie festnehmen wollten. Wie, Maecenas, würde ein Jurist eine solche Handlung nennen? Aber ich will dich nicht mit Wortspielen langweilen. Es gibt da einen eindeutigen Begriff: Verrat."

Maecenas presste die Lippen aufeinander. Eine Mischung aus Angst, Wut und ehrlicher Verzweiflung spiegelte sich in seinem Gesicht. „Ich konnte nicht anders. Es ging um meine Familie. Es ging um den Bruder meiner Frau. Ich habe mir die Entscheidung nicht leicht gemacht."

„Es ging dabei nicht weniger um Caesar! Es ging dabei auch um den Mann, den du angeblich liebst wie keinen anderen! Nun gut, Caesar gehört tatsächlich nicht zu deiner Familie." Agrippa schnaubte. „Nicht auszudenken, wenn Caesar nach dem ägyptischen Feldzug dem Proculeius tatsächlich die Hand seiner Tochter oder meiner Marcella gegeben hätte! Was hättest du dann getan? Wer wäre dann deine Familie gewesen, Maecenas?"

„Komm zur Sache! Du langweilst mich wie immer."

Agrippas Augen verengten sich. Einen Augenblick dachte Maecenas, er werde handgreiflich.

Aber Agrippa holte nur tief Luft und richtete sich stockgerade auf. „Hör zu: Gleich wirst du diese Sache mit Caesar besprechen. Ich werde nicht dabei sein. Sicher freut es dich, das zu hören. Aber dies ist allein eure Sache. Ich möchte dir nur vorab noch etwas mitteilen. Zum einen, dass Caesar so milde ist, dass er dich für deinen Verrat nicht vor Gericht anklagen wird. Ich hätte es an seiner Stelle zweifellos getan – an deiner Seidentunika hätte ich dich vor den Richter gezerrt! Zweitens möchte ich, dass du ihn nicht zu sehr aufregst. Er ist schwer krank. Deshalb erwarte ich Folgendes von dir: Du wirst Caesar künftig ebenso treu und wohlwollend unterstützten wie bisher. Das heißt unter anderem, dass deine Poeten nach wie vor begeisterte Lieder auf ihn singen werden. Das heißt auch, dass du in der Öffentlichkeit weiter als Caesars Freund auftreten wirst." Agrippa ballte die Faust. „Aber bei Jupiter schwöre ich dir, dass es dir übel ergehen wird, falls mir zu Ohren kommen sollte, dass du auch nur *ein* böses Wort über Caesar verlierst!"

„Ich habe dich schon immer verabscheut."

Agrippa lehnte sich zurück. „Da sind wir uns einig. Ich weiß allerdings nicht, was das zur Sache tut."

„Eine Menge! Jetzt hast du auch noch deine letzten Rivalen ausmanövriert. Vor 17 Jahren Rufus, dann Cornelius Gallus, jetzt Proculeius und mich. Ich gratuliere: Jetzt gehört Caesars Liebe dir ganz allein."

Beim Klang von Rufus' Namen wäre Agrippa fast aufgesprungen. Die Unterstellung, er sei schuld am Tod seines Jugendfreundes, war zu ungeheuerlich! Der Wunsch, Maecenas' Hals zu packen, zu beobachten, wie seine arrogante Visage blau anlief und ihm dann endlich das Genick zu brechen, war für einen Moment übermächtig.

Aber Agrippa schloss nur die Augen. „Du bist es nicht wert, dass ich mir die Finger an dir schmutzig mache, Maecenas." Er hob die Lider erneut. „Wenn du schon von Liebe reden willst, worin du ja glaubst Fachmann zu sein, dann will ich es heute ausnahmsweise auch einmal versuchen, obwohl ich sicher nicht deine Redegewandtheit habe. Das ist auch unwichtig. Nicht was einer auf der Zunge trägt, zählt, sondern allein, was er empfindet." Er tippte sich auf die linke Brust. „Hier, Maecenas."

„Ich habe Caesar immer geliebt, und ich tue es noch. Alles, was ich für ihn getan habe, habe ich aus Liebe getan."

„Ich glaube dir sogar, dass du davon überzeugt bist. Du hast Caesar von Anfang an unterstützt. Er verdankt dir zweifellos viel. Aber du hattest dabei nicht ihn im Auge, sondern nur das, was du durch ihn erreichen könntest. Du hast in erster Linie daran gedacht, welche Vorteile *du* von seinem Aufstieg haben könntest. Das ist der kleine Unterschied zwischen deiner und meiner Liebe. Wir sind beide ein hohes Risiko eingegangen, als wir beschlossen haben, ihm zu dienen. Zu Beginn waren unsere Aussichten auf Erfolg miserabel. Aber während ich für Rom gekämpft habe, für unser aller Zukunft, während ich in Naulochoi wie ein niederer Gladiator für Caesar auf Leben und Tod angetreten bin, während ich für das Wohl des Volkes mein gesamtes Privatvermögen geopfert habe, während ich gegeben habe, hast du immer nur überlegt, was du nehmen könntest. Du hast ihm geschmeichelt, um von seiner Gunst und von seinem Erfolg zu profitieren. Das Schändlichste aber war, als du vor vier Jahren versucht hast, ihn zu deiner Konkubine zu machen. Nicht einmal die Würde deiner Frau war dir dafür zu teuer. Du willst mir weismachen, du hättest das zum Wohle Caesars getan? Nein, das hast du ausschließlich zur Befriedigung deiner persönlichen, niedrigen Begierde gemacht. Nicht einen Moment hast du darüber nachgedacht, welche Konsequenzen eine solche Liebesbeziehung für Caesar haben könnte, wie das Volk ihn dafür verachten würde! Ist das Liebe? Ist das Freundschaft? Ich nenne es billige Eigenliebe."

„Woher willst du wissen, was ich fühle, du selbstgerechter volskischer Ackerbauer?"

Agrippa schnaufte. „Du wirst nie verstehen, was ich meine – du nicht! Lassen wir das Thema also. Folgendes wirst du jetzt tun: Du ziehst dir deine Trauertoga wieder über den Kopf und gehst zu Caesar hinein. Du wirst ihn um Vergebung und Gnade anflehen. Und du wirst jede einzelne Forderung erfüllen, die ich dir vorhin aufgezählt habe. Du wirst Caesar also künftig mit einer Hingabe dienen, die du zuvor nie gekannt hast. Und damit deine Begeisterung für seine Sache auf keinen Fall nachlässt, gebe ich dir noch einen Grund mit auf den Weg: Weil dir dein Leben lieb ist." Mit einer raschen Bewegung packte Agrippa Maecenas' Handgelenk, drückte mit aller Kraft zu und zog den sich windenden Mann an sich. Mit eisernem Griff zwang Agrippa ihn, vor ihm auf die Knie zu sinken. „Denn wenn du, ehrenwerter Gaius Cilnius Maecenas, es wagst, Caesar noch ein einziges Mal zu verletzen, trittst du den Weg über den Styx an, schneller als du bis drei zählen kannst. Hast du verstanden?"

Unter dem schmerzhaften Griff von Agrippas Pranke presste Maecenas die Kiefer zusammen, um nicht aufzuschreien. Hasserfüllt sahen sie einander in die Augen.

„Lass mich los, du Hund!", fauchte Maecenas. „Ich bin keiner von deinen Sklaven, dass du so mit mir umgehen kannst."

Agrippa schluckte hart. Dann ließ er endlich los.
Maecenas stand auf und rieb sich das Handgelenk.

„Du hast recht“, sagte Agrippa. „Keinen meiner Sklaven, und wäre er noch so niedrig, würde ich behandeln wie dich.“ Er wandte angewidert den Kopf ab. „Jetzt geh zu Caesar, Maecenas! Geh mir aus den Augen.“

Was Augustus mit Maecenas wenig später besprach, erfuhr niemand in Rom, nicht einmal Agrippa. Unbehelligt verließ Maecenas das Haus, still und nachdenklich machte er sich an den Abstieg vom Palatin. Es war ihm klar, dass das Spiel, das er so viele Jahre mit hohem Einsatz gespielt hatte, verloren war: Für immer hatte er das Vertrauen des Augustus eingebüßt.

Auch Terentia besuchte den kranken Herrscher ein letztes Mal. Sie verließ sein Krankenzimmer gebeugt, ihr Manteltuch tief ins Gesicht gezogen.

Livia sah ihr mit einem Seufzer der Erleichterung nach, der tief aus ihrem Herzen kam. Wie viele Jahre hatte sie unter dieser Liebschaft gelitten! Kaum war die Rivalin aus dem Haus, eilte sie in Agrippas Arbeitszimmer. „Sie ist fort!“, seufzte sie. „Endlich ist dieser Alptraum vorbei.“

Agrippa sah sorgenvoll drein. „Jetzt hat Caesar gleich zwei Menschen verloren, an denen er sehr hing. Hoffen wir, dass ihn das nicht zu sehr niederschlägt.“

Livia nickte bedrückt. „Trotzdem, ich danke dir, Agrippa.“

Ernst schüttelte er den Kopf. „Wegen der Sache mit Terentia musst du dich bei deinem Mann bedanken. Schließlich hat er beschlossen, sich von Terentia zu trennen. Ich habe nicht mehr getan, als Maecenas ein paar Ratschläge zu geben.“

„Ich bin so heilfroh, dass die ganze widerliche, zügellose Gesellschaft endlich aus dem Haus ist. Und ich hoffe, dass sie nie wieder eine Rolle hier spielen wird. All die Demütigungen, die ich ertragen musste! Die triumphierenden Blicke dieser Hure, wenn sie aus Gaius’ Schlafzimmer kam! Der Spott der Römer!“

„Ich habe mich so manches Mal gefragt, wie du das alles ausgehalten hast. Man hat mir ja erzählt, was in Gallien alles passiert ist. Es war geradezu übermenschlich, wie du Haltung bewahrt hast. Meine Hochachtung, Livia, du bist mit Abstand die stärkste Frau, die ich kenne. Ich weiß nicht, ob ich an deiner Stelle so viel Format gehabt hätte. Ich hätte Terentia wahrscheinlich umgebracht und Caesar tausend Szenen gemacht. Aber du bist ebenso schön wie du tugendhaft und klug bist.“

Livia lächelte Agrippa dankbar an. „Nein, ganz sicher nicht. Ich bin sogar ziemlich dumm, denn ich liebe Gaius noch immer, trotz allem, was er mir angetan hat. Und ich verzehre mich vor Sorgen um ihn, jetzt, da er so krank ist.“

„Und diese Liebe, Livia, macht dich noch ein bisschen übermenschlicher als du es ohnehin schon bist.“ Eine Welle warmer Zuneigung stieg in ihm auf. „Komm her, meine alte Freundin!“ Doch statt zu warten, bis sie seiner Aufforderung folgte, stand er selbst auf und ging zu ihr.

Auch Livia erhob sich. Aufseufzend ließ sie zu, dass Agrippa sie umarmte. „Es ist gut, einen Freund wie dich zu haben“, murmelte sie. „Ich habe so wenige.“

Agrippa hielt sie von sich und lächelte ihr aufmunternd zu. „Gaius und ich, das ist doch recht viel, meinst du nicht?“

Livia nickte. Noch einmal drückte Agrippa sie an sich. Dann löste sich Livia, schlug ihm sanft auf die Wange und verließ sein Arbeitszimmer. Unter dem Türrahmen wandte sie sich noch einmal um. „Freundschaft ist das Wertvollste im Leben, nicht wahr? Und wahre, selbstlose Freundschaft bringt tiefe, reine Freude.“

Agrippa schmunzelte. „Das sagt zumindest Epikur.“

„Wie recht er hat!“. Dann drehte sie sich endgültig um und zog die Tür hinter sich zu.

Agrippa schüttelte gedankenverloren den Kopf. Livia! Welch ein erstaunlicher Mensch! Was für ein Glück Caesar doch hatte, sie gefunden zu haben – und dass sie ihn, trotz allem, so sehr liebte.

Über die Verschwörung der Terentier wurde der Mantel der Verschwiegenheit gedeckt. Niemand kannte die wahren Zusammenhänge. Doch die Römer zogen ihre eigenen Schlüsse aus den Geschehnissen der letzten Monate.

Der Einzige, der öffentlich über den Fall redete, war Proculeius: Er klagte laut über die Verurteilung seines Halbbruders Lucius. Für den Tod des Konsuls Aulus Terentius konnte er Augustus keine Vorwürfe machen, denn es gab keinerlei Beweise, dass der ihn verschuldet hatte.

Augustus reagierte erneut großherzig: Er belangte seinen alten Freund und Mitstreiter nicht für die Kritik. Vielmehr lobte er Proculeius für seine Offenheit, seinen Mut und Familiensinn. Dennoch zerbrach auch diese Freundschaft.

Nach dieser letzten, schmerzlichen Enttäuschung, fiel Augustus in sich zusammen. Er aß nichts mehr, trank kaum noch etwas, schlief oder lag nur mit offenen Augen da und starrte an die Decke. Die Verschwörung, der Verrat seines langjährigen Weggefährten Maecenas, der Verlust seiner Geliebten Terentia und seines langjährigen Freundes Proculeius, all das war einfach zu viel für den ohnehin schwer Kranken. Er verfiel zusehends.

Jeder im Haus war bemüht, auch nicht den geringsten Laut zu machen. Die Kinder wurden in Räume verbannt, die weit von Augustus' Schlafzimmer entfernt lagen. Livia schlich mit verweinten Augen herum. Agrippa redete keine zehn Worte am Tag. Mürrisch ging er seiner Arbeit nach. Wenn er abends spät zurückkehrte, aß er noch eine Kleinigkeit, sah nach Augustus – und nachdem der ihn meist nur schweigend aus seinen rot entzündeten Augen angesehen hatte oder gar schon schlief, begab sich auch Agrippa zur Ruhe. Niemand sprach es laut aus, aber alle dachten es, alle befürchteten es, mit jedem Tag mehr: Augustus starb.

Trotz des heiteren Sommersonnenscheins, lag eine gespenstische Stille über der Stadt. Inbrünstig flehten die Römer für die Genesung ihres Herrschers zu Apoll, zu Aesculapius, zur Minerva Medica. Jetzt, da sie fürchten mussten, er würde von ihnen genommen, fühlten die meisten nur Angst, sogar ein Großteil des Adels: Was würde aus Rom werden, falls Caesar Augustus starb?

Er würde eine enorme Lücke hinterlassen. Unermüdlich hatte er sich um das Wohl seines Volkes gekümmert. Selbst wenn er krank gewesen war, hatte er sich noch in der Sänfte in den Senat oder in die Gerichte tragen lassen. Manchmal hatte er sogar vor der Tür des Amtsgebäudes liegend die Sorgen der Bürger angehört und versucht, sie zu lösen. Wenn er gesund war, hatte er voller Energie, das Herz und den Kopf voller Visionen, die Stadt und das Reich in eine neue Zukunft geführt. Nie zuvor war es dem Volk so gut gegangen, selten auch dem Adel, denn es herrschten Friede und Wohlstand, und das Reich blühte auf bis in den letzten Winkel der entferntesten Provinzen.

Längst hatte Ägypten die Misere überwunden, die Kleopatra hinterlassen hatte. In Judäa setzte sich König Herodes tatkräftig dafür ein, einen modernen Staat im Sinne des Augustus zu errichten. Auch in Syrien, Kleinasien, Griechenland, Illyrien, Gallien, Spanien und Afrika wuchsen neue, glänzende Städte aus dem Nichts, wusch frisches Quellwasser aus gigantischen Leitungen Krankheiten und Kot davon.

Die Veteranen in den Provinzen nahmen einheimische Frauen – die Völker begannen sich zu vermischen. Die Verwaltungsbeamten setzten im ganzen riesigen Reich die römische Ordnung durch. Die Legionäre waren vor allem mit dem Errichten der neuen Zweckbauten beschäftigt. Ein Netz aus gepflasterten Straßen schuf Verbindungen für den Handel und den friedlichen Austausch, wo sich die Völker früher im Hass gegenüber gestanden waren, einander bekriegt und ausgelöscht hatten.

Über die neuen Wege drangen römisches Recht und überlegenes technisches Wissen in nie gekannter Geschwindigkeit in die Provinzen. Von dort wiederum strömten zahllose Impulse in die Hauptstadt, die das kulturelle Leben der Römer bereicherten.

All das hatte Augustus nach jahrelangen Mühen und verzweifelten Kriegen erreicht. Er hatte die vagen Träume seines Großonkels in glanzvolle Wirklichkeit verwandelt. Nemesis, was sollte werden, wenn Augustus starb? Wer könnte ihn je ersetzen?

Es war Nachmittag, als drei Reiter auf die Baustelle von Agrippas neuer Residenz geprescht kamen. Beim Laut der Pferdehufe merkte er sofort auf und ging auf die Männer zu. Tagsüber war das Reiten in Rom verboten. Wenn also Gardisten zu Pferd hier auftauchten, musste etwas Besorgniserregendes passiert sein.

Einer von ihnen sprang vom Rücken seines Reittiers. „Salve, Marcus Agrippa! Der Imperator ruft dich zu sich! Es ist äußerst dringend."

Agrippa schwang sich auf das Pferd. Eskortiert von den beiden anderen Reitern galoppierte er den steilen Weg zum Palatin empor. Als sie vor dem Haus des Augustus ankamen, rann ihm der Schweiß über Stirn und Nacken. Umgehend eilte er in das Schlafzimmer des Augustus.

Auf dem Weg dorthin kam ihm Livia entgegen. Sie warf sich in seine Arme. „Oh, Agrippa!", schluchzte sie.

Ein eisiger Schreck durchfuhr ihn. „Ist er …?"

Sie löste sich von ihm. Bekümmert schüttelte sie den Kopf. „Nein. Geh zu ihm! Gaius hat nach dir gerufen." Leise schniefend ging sie davon.

In Augustus' Schlafzimmer herrschte Dämmerlicht. Es stank nach verbrauchter Atemluft, saurem Schweiß und bitteren Kräutern. Weihrauch hing in der Luft. Agrippa erkannte zuerst nur die Umrisse des Bettes. Kein Laut war zu hören, nur das mühsame Keuchen seines Freundes.

Nachdem sich Agrippa an das schwache Licht gewöhnt hatte, bemerkte er, dass sie nicht alleine waren. Tiberius und Marcellus standen am Bett, außerdem Messalla und weitere Getreue, darunter Augustus' neuer Mitkonsul Calpurnius Piso.

Diomedes beugte sich zu seinem Patron nieder. „Agrippa ist da."

Augustus flüsterte ihm etwas ins Ohr.

Diomedes richtete sich auf. „Caesar Augustus möchte, dass ihr alle näher kommt."

Schweigend umringten sie das Bett. Agrippa fühlte ein Würgen im Hals.

Wieder holte Augustus mühsam Luft. „Ihr wisst, wie es um mich steht", presste er hervor. „Deshalb möchte ich heute alles Notwendige regeln." Er schnaufte ein paar mal keuchend. „Mein ganzes Leben habe ich für Rom gegeben. Es ist meine größte Sorge, dass all das, wofür ich gelitten und gekämpft habe, keinen Bestand haben wird. Friede. Das Reich, in dem alle Menschen gut leben. Das war mein Traum. Ich sterbe. Aber unser Traum darf nicht sterben. Ihr müsst jetzt an meiner Stelle an diesem neuen Rom weiterbauen." Eine Weile schwieg er. Schon dachten sie, er sei eingeschlafen. Doch da holte er erneut Luft. „Ich habe sorgfältig darüber nachgedacht, wem von euch ich welche Aufgabe anvertraue."

Agrippa blickte den Konsul Piso an. Der bemerkte es nicht. Vielmehr starrte Piso zu Marcellus, und sein Blick verhieß nichts Gutes. Wie so viele Römer befürchtete auch er, Augustus werde den 19-jährigen Pontifex zum Nachfolger ernennen. Marcellus hatte sich bisher so gut wie keine Verdienste erworben. Er hatte nur zwei Legitimationen: seine Blutsverwandtschaft mit Augustus und seine Ehe mit dessen Tochter Julia. Wenn Marcellus nur aus diesen beiden Gründen Rom regieren sollte, hieße das endgültig, dass die Monarchie wieder eingeführt wäre. Es war absehbar, dass es dann wieder Mord und Totschlag geben würde, denn freiwillig würde der Senat dem farblosen jungen Mann die Herrschaft über das Reich nicht überlassen.

„Diomedes", verlangte Augustus, „bring dem Konsul die Bücher mit den Listen der Streitkräfte. Und gib ihm auch die Bücher, in denen die staatlichen Einnahmen und Ausgaben aufgeführt sind. Piso wird den Senat weiter führen bis sein neuer Mitkonsul gewählt ist – an meiner Stelle."

Überrascht sah Piso den Sterbenden an. Mehr als Stolz drückte seine Miene große Erleichterung aus.

Diomedes wandte sich an ihn. „Die Bücher bewahren wir im Arbeitszimmer auf, ehrwürdiger Konsul. Ich werde dich gerne dorthin führen."

Piso dankte ihm. Dann beugte er sich zu dem Kranken nieder: „Ich werde alles tun, um die Zukunft Roms in deinem Sinne zu lenken, erhabener Caesar", sagte er ernst und würdevoll. Augustus lächelte kaum merklich. „Danke, Piso. Und jetzt komm du zu mir, mein Agrippa."

Vorsichtig setzte der sich auf die Bettkante.

„Nimm meine Hand", krächzte Augustus. „Ja, so, mit beiden Händen." Die Haut des Sterbenden fühlte sich heiß und trocken an. „Und jetzt zieh mir den Ring vom Finger, mein Freund."

Agrippa öffnete die Lippen, doch kein Laut kam über sie. Er schüttelte den Kopf.

„Sei wenigstens heute mal nicht bockig", versuchte Augustus einen Scherz. Er schloss die Augen. Eine Träne kullerte aus seinen geschlossenen Lidern. Da endlich streifte Agrippa ihm den goldenen Siegelring ab.

Augustus rang nach Luft. Seine Brust hob sich – und entspannte sich dann unter einem tiefen Seufzer. Voller Liebe sah er den treuen Weggenossen an. „Ich danke dir", flüsterte er mühsam, „denn ich weiß, dass keiner mein Werk besser fortsetzen wird als du. Du bist in all den Jahren ein bisschen ich geworden, so wie ich ein bisschen du geworden bin. Dir vertraue ich Rom an, mein Freund. Du bist stark, klug, gerecht und selbstlos. Du bist tapfer und aufrecht wie kein anderer. Du vereinst alle Tugenden, die ein Römer nur haben kann. Führe Rom in die goldene Zukunft, von der wir immer geträumt haben. Ich weiß, dass du es ohne Selbstsucht tun wirst. Bei dir habe ich keine Zweifel. Bei jedem anderen hätte ich sie."

Mit geschlossenen Lidern krampfte Augustus seine zarten Hände um Agrippas Rechte, die den Ring hielt, drückte sie mit aller Kraft, die ihm noch blieb. Dann entspannten sich seine Züge.

„Ich liebe euch", sagte er nach einer Weile. „Messalla, vergiss die Kunst nicht. Tiberius, du wirst einmal ein großer Feldherr werden, wie so viele deiner Ahnen. Marcellus, mein lieber Junge, mein Herz, lerne so viel du kannst. Dann wirst du einmal ein guter Herrscher, wenn gütige Götter es wollen. Ich werde für dich beten, auf dem Weg in die Unterwelt, so lange ich mich noch an dich erinnern darf." Erschöpft schwieg er.

Agrippa kniete neben seinem Bett nieder. Noch immer hielt Augustus seine Rechte umklammert. Agrippa ließ die Stirn auf dessen

Hände sinken, als sei er in ein inniges Gebet vertieft. Lautlos tropften seine Tränen auf die wächserne Haut des Freundes, rollten über dessen Handrücken und bildeten kleine dunkle Flecken auf der Decke.

Leise verließen der Konsul Piso und Diomedes den Raum. Marcellus schluchzte auf. Tiberius legte den Arm um ihn und schob ihn zur Tür. Bevor Tiberius sie zuzog, drehte Marcellus sich noch einmal um und sah zu dem unbeweglichen Paar im Dämmerlicht. Abgrundtiefe Düsternis erfüllte ihn. Er hätte nicht sagen können, ob wegen des nahen Todes seines geliebten Onkels – oder weil der nicht ihn, sondern Agrippa als Nachfolger benannt hatte. Ohne je öffentlich mit ihm konkurriert zu haben, hatte sein Schwager ihn soeben besiegt. Agrippa war jetzt nicht mehr nur der starke Mann an der Seite des Herrschers. Von diesem Tag an würde ihn in den Augen der Römer etwas wie ein übermenschlicher Schein umgeben: Agrippa war der Auserwählte des Caesar Augustus, der bei den Göttern weilen würde – denn nicht in der Unterwelt, sondern in den elysischen Feldern, bei seinem vergöttlichten Adoptivvater war der Platz des Augustus, da waren sich alle sicher.

Als der Abend sich über Rom senkte, trat Livia ein. Sie berührte Agrippa zaghaft an der Schulter. Seine grauen Augen waren von tiefer Trauer verschleiert, als er zu ihr aufsah.

Gemeinsam betrachteten sie das Gesicht des schlafenden Augustus. Seine bleichen Wangen waren hohl und eingefallen. Die schwarzen Schatten des Todes lagen unter seinen Augen. Seine aufgeplatzten Lippen bewegten sich zuweilen kaum merklich, als rede er im Traum.

„Ich bleibe bei ihm“, flüsterte Livia.

„Gib mir Bescheid, wenn … wenn etwas passiert.“

„Natürlich. Ruh dich aus. Er würde es so wollen.“

Vorsichtig entzog Agrippa dem Freund die Rechte und legte dessen Hand auf die Decke. Noch einmal strich er ihm mit einer liebevollen Geste über die mageren Finger. „Geh noch nicht fort, mein kleiner Bruder“, flüsterte er. „Du musst noch bei uns bleiben. Aber jetzt bist du frei, mein Caesar. Jetzt kannst du ohne alle Sorge sein. Ich passe so lange für dich auf Rom auf – bis du wieder Kraft gesammelt hast.“

Kaum merklich hob und senkte sich Augustus' Brust.

Agrippa stand stöhnend auf. Seine Gelenke schmerzten vom langen Knien. Dann ließ er Livia mit ihrem sterbenden Mann alleine.

Draußen traf er Musa, den Leibarzt der Familie. Er hatte auf Agrippa gewartet.

„Er stirbt“, bestätigte Agrippa auf Musas fragenden Blick hin.

Der nickte. „Schon heute Mittag hat alles darauf hingewiesen.“

„Gibt es nichts mehr, was wir noch tun könnten?“

Musa zuckte mit den Schultern. „Meine Kunst hat Grenzen. Und doch lässt mich ein Gedanke nicht los …“

Agrippa packte Musa am Arm. Gespannt blickte er den Arzt an. „Was willst du damit sagen?“

Musa druckste ein Weilchen herum. „Wir haben es mit allen Mitteln versucht“, begann er endlich. „Wir haben ihm jeden nur erdenklichen Trank gegeben, der Heilung versprach. Bei Asklepios, du weißt, dass kaum jemand in und außerhalb von Rom mehr von Heilkräutern versteht als ich.“

„Weiter!“

„Es ist nur eine Vermutung. Aber immer wieder überkam mich das Gefühl, als sei es nicht ein Gift, das Caesar Augustus schwächt. Es scheint mir eher so, als seien seine Körpersäfte – durcheinander.“

Agrippa schüttelte verständnislos den Kopf.

„Nun, Krankheiten können verschiedene Ursachen haben“, erklärte Musa weiter, „etwa verpestete Lüfte. Wenn irgendwo eine Krankheit herrscht, dann werden oft auch die befallen, die in der Nähe sind, durch verseuchte Winde. Dann gibt es Krankheiten, weil ein Körperglied von außen verletzt wurde. Andere wiederum werden durch ein überhitztes Wachstum des Fleisches verursacht: Es wächst und wächst unkontrolliert, bis der Körper das Wachstum nicht mehr ernähren kann.“

„Atticus starb so.“

Musa nickte. „Ich weiß. Aber Augustus hat all dies nicht. Er klagte, es würde ihm hier und da und dort weh tun, aber keine Medizin bringt auch nur die geringste Linderung. Kürzlich habe ich ihm in meiner Verzweiflung einen Extrakt aus Mohnsaft verabreicht, denn er schrie vor Schmerzen. Danach ging es ihm gut. Er lächelte im Schlaf. Seltsam, nicht? Wenn doch ein Geschwür in ihm wuchern würde, wenn doch seine Organe krank wären, dann müssten sie doch auch weiterhin weh tun, zumindest bei Berührung oder Reizung. Aber nichts von alledem! Als dann der Mohnschlaf vorbei war, begann er wieder zu jammern und zu klagen, alles würde ihm weh tun, und er wolle mehr Mohnsaft. Was also verursacht seine Schmerzen, wenn es der Körper nicht ist?“

Agrippa zuckte mit den Schultern. „*Du* solltest das wissen.“

„In Epidauros gibt es ein Heiligtum, das unseres göttlichen Meisters Aeskulapius. Dort werden viele Menschen geheilt, ohne jegliche medizinische Anwendung – nur durch Gebete, vor allem aber durch den Heilschlaf. Was ich damit sagen will: Krankheiten müssen nicht unbedingt körperliche Ursachen haben. Es kann durchaus auch sein, dass Caesars Seele erkrankt ist und in ihrer Not keinen anderen Ausweg weiß, als durch körperliche Qualen auf ihr Leid aufmerksam zu machen.“

„Das hieße, dass diese Krankheit keine Heilung hätte.“

„Keine körperliche Heilung. Die gesamte ärztliche Kunst versagt bei seelischen Leiden. Ich glaube, dass dies bei Caesar Augustus der Fall ist. Er weigert sich zu essen. Es ist gerade so, als suche er diese körperliche Qual, diese Todesnähe, vielleicht weil es für ihn die einzige Möglichkeit ist, das Leid in seinem Herzen zu äußern. Er hat so viele Sorgen! Dazu kamen in den letzten Tagen die Aufregungen wegen der Verschwörung, Proculeius' Hasstiraden, all das."

„Musa! Angenommen, es wäre so! Wenn ich dich richtig verstanden habe, gäbe es dann noch zwei Rettungsanker. Der eine wäre, seine Seele zu entlasten. Der andere wäre, seinen Körper dazu zu zwingen, wieder Kraft zu sammeln. Richtig? Und du hast vielleicht Recht: Nachdem er mir den Siegelring gegeben hat, ist er ganz ruhig eingeschlafen. Er schlummert tief. Das hat er seit Wochen nicht mehr getan!". Agrippa sah nachdenklich zu Boden. „Die Last ist von ihm genommen ...", überlegte er laut, „zumindest einen Teil der Schwere, die ihn niederdrückt, hat er mit dem Siegelring abgegeben: die Verantwortung."

„Die Frage ist nur: Wie kann man einen Körper dazu zwingen, Kraft zu sammeln, wenn selbst der Schlaf hierfür nicht mehr ausreicht? Trotzdem, ich glaube, es gibt noch einen Weg! Aber ...er ist voller Gefahren. Ich scheue mich, ihn anzuwenden. Andererseits sage ich mir, dass Caesar doch ohnehin stirbt. Agrippa, verzeih mir die offenen Worte: Er stirbt auf jeden Fall – es sei denn, wir versuchen wenigstens noch diesen einen, letzten Ausweg. Aber eines musst du wissen: Wenn er dennoch stirbt, haben wir ihn in den letzten Stunden seines Lebens, in denen er doch Frieden haben sollte, auch noch gequält. "

„Erkläre mir, was du vorhast."

„Wenn du einen Muskel nicht bewegst, wird er schwach. Bewegst du ihn aber, wird er stärker. Richtig?"

„Ja."

„Von sich aus bewegt sich aber kein Muskel. Im Gegenteil, nichts ist süßer als Ruhe und wohliger Müßiggang. Man muss den Körper also zwingen, stark zu werden. Ist man gesund, befiehlt man dem Körper, sich zu stählen, etwa durch Sport. Ist man aber krank, muss dies von außen erfolgen: der Befehl an die Muskeln, sich zu bewegen."

„Und wie?"

„Durch Schock. Der Körper muss erschrecken, so dass er sich unwillkürlich wehrt. Wenn er sich so in Bewegung setzt, stählt er sich, ob er will oder nicht. Bei einem Menschen kann man dies zum Beispiel durch Wasser erreichen – durch kaltes Wasser."

„Bist du wahnsinnig? Seine angegriffenen Lungen ..."

„Richtig, er stirbt. Wenn wir ihn so in seinem Elend daliegen lassen, stirbt er. Das Wasser ist unsere letzte, unser einzige Chance. Agrippa! Gib mir die Erlaubnis, ihn mit kaltem Wasser zu behandeln. Hilf mir,

Livia davon zu überzeugen. Die Methode ist zwar noch nicht sehr gut erprobt, aber alles, was wir bisher darüber wissen, spricht für eine gewisse Wirkung."

Sie versuchten es noch am gleichen Abend. Sie wickelten den Sterbenden in kalte Tücher. Augustus wimmerte zähneklappernd. Dann deckten sie ihn bis an den Kopf zu und ließen ihn schwitzen. Ein paar Stunden später wiederholten sie die Tortur.

Gegen Mitternacht dachten sie, Augustus sei gestorben. Sein Atem war nicht mehr zu hören. Aber als Musa ihm eine Feder vor die Nase hielt, sahen sie, dass er noch lebte.

Am nächsten Morgen versuchte Agrippa, ihm Gemüsebrühe einzuflößen. Überrascht sah er plötzlich zu Musa auf: „Er wehrt sich!" Mit klopfendem Herzen nahm er den Kranken in den Arm, öffnete ihm die Kiefer wie einem störrischen Gaul und flößte ihm einen Löffel Suppe ein. Dann hielt Agrippa ihm den Mund zu. Augustus blieb nichts anderes übrig, als zu schlucken.

Nachdem sie die Prozedur mehrmals wiederholt hatten, begannen sie erneut mit Wasserbehandlungen, mittags noch einmal und noch einmal am Abend. Sie fütterten ihn mit Karottenbrei und zwangen ihn, Musas berühmte Kräutersäfte becherweise zu trinken.

Was niemand für möglich gehalten hätte, trat ein: Augustus erholte sich, und zwar überraschend schnell.

Seine Genesung wurde vom ganzen Volk selig gefeiert. Den Arzt Antonius Musa, der nicht mehr als der Sohn eines Freigelassenen war, überhäuften Augustus und der Senat mit Lob, Ehren und Geld. Außerdem gewährten sie ihm das Recht, wie ein Ritter Goldringe zu tragen.

Besonders aber freute sich Musa darüber, dass er und all seine Kollegen künftig keine Steuern mehr zahlen mussten – vorausgesetzt, sie ließen sich ausschließlich als Mediziner nieder. In der Vergangenheit war Arzt ein recht zwielichtiger Broterwerb gewesen. Musas Erfolg gab der Entwicklung dieser Nebentätigkeit zum anerkannten Beruf einen mächtigen Impuls. Viele Kräuterfrauen, Hebammen und Barbiere gaben ihre frühere Arbeit auf und widmeten sich fortan der Medizin. Wo sie praktizierten, war nicht zu übersehen: Vor der Tür hing ein Schild mit einem Schröpfkopf.

Augustus ließ sich nach dieser wundersamen Heilung Zeit seines Lebens morgens mit kaltem Wasser traktieren. Zum Erstaunen aller, erfreute er sich seitdem einer erheblich besseren Gesundheit als in seinen Jugendtagen.

Noch etwas änderte Augustus nach seiner Genesung: Sein Bekenntnis zu Agrippa. Hatte er ihn früher nur als seinen Stellvertreter behandelt, tat er jetzt alles, um ihn der Öffentlichkeit als seinen gleichwertigen Partner und geliebten Bruder zu präsentieren. Er machte den Senatoren deutlich, dass es sein innigster Wunsch sei, dass Agrippa die gleichen Rechte erhielt wie er selbst. Er wolle die Herrschaft künftig teilen: Während er selbst in Rom blieb, solle Agrippa in den Provinzen die Regierung übernehmen, denn es sei an der Zeit, das römische Reich auch außerhalb der Heimat aufzubauen. Die Senatoren taten Augustus auch diesen Gefallen. Noch im gleichen Jahr verliehen sie Agrippa das Prokonsularische Imperium für fünf Jahre.

Damit erhielt der ehemalige Landritter die Herrschaft über sämtliche Gebiete außerhalb Roms, die bisher allein Augustus unterstanden hatten – das halbe Reich. Zu ihnen gehörten das prächtige Ägypten, außerdem Syrien und Judäa, Illyrien, die riesige Provinz Asia, dazu im Westen Lusitanien, im Norden Gallien und Belgica. Was für ein schwindelerregender Aufstieg!

Aber Augustus fürchtete keine Sekunde lang, dass Agrippa den Versuchungen des Orients erliegen könnte, wie einst Marcus Antonius oder selbst Julius Caesar. Nein, Agrippa würde ihn nicht enttäuschen! Er hätte vor wenigen Tagen die beste Möglichkeit gehabt, völlig legal das gesamte Reich in seine Gewalt zu bringen. Aber er hatte es vorgezogen, seinen Freund dem Orcus zu entreißen.

Für Agrippa hätte Augustus ohne zu zögern die Hand ins Feuer gelegt. Dem Freund die Provinzen zu übergeben, mit allen Vollmachten, Reichtümern und Legionen, war das gleiche.

Ganz nebenbei hatte dessen Abreise in die Provinzen noch einen Vorteil: Agrippa und sein Schwager Marcellus kamen sich nicht mehr ins Gehege.

Marcella presste aufgeregt die Hände aneinander, als Agrippa ihr mitteilte, dass sie bald in den Orient ziehen würden. „Oh, Marcus! Endlich gehen wir gemeinsam auf eine weite Reise, wie wir es uns immer erträumt haben!"

Agrippa nahm sie in den Arm. „Wird es dir nicht schwer fallen, Rom zu verlassen – all das Vertraute hier?"

Marcella befreite sich aus seiner Umarmung. Mit leuchtenden Augen schüttelte sie den Kopf. „Vor uns liegen so aufregende Erlebnisse! Und vor dir liegt eine so strahlende Zukunft! Wie könnte ich mich da nicht freuen?"

Aber noch war es nicht so weit. Augustus und Agrippa saßen Tag und Nacht beieinander, um alles Notwendige zu besprechen. So vergingen die letzten Wochen bis zur Abreise. Doch kurz zuvor geschah noch etwas Unerwartetes.

Die Frauen waren schon zu Bett gegangen. Wie so oft, saßen die beiden Freunde noch beieinander und diskutierten über Agrippas künftige Aufgaben. Allerdings kam es dem so vor, als sei Augustus heute nicht ganz bei der Sache.

Irgendwann schob der Princeps die Akten zur Seite. „Ich habe keine Lust mehr. Was meinst du? Lass uns lieber noch einen Becher Wein zusammen trinken und morgen mit der Arbeit weitermachen. Ich möchte noch etwas Privates mit dir besprechen."

Agrippa sah neugierig auf.

„Agrippa", begann Augustus, „ich wollte dich vor deiner Abreise noch um etwas bitten – im Namen eines anderen."

Sein Gegenüber legte fragend den Kopf schräg.

„Du und ich", fuhr Augustus fort, „sind doch sozusagen eine Seele in zwei Körpern."

Agrippa schmunzelte. „Was willst du von mir? So honigsüß wie du mir heute kommst, kann es nichts Geringes sein."

Augustus lächelte. „Das stimmt! Aber nicht ich will es, mein Freund."

„Sondern?"

„Tiberius."

Agrippa stutzte: „Tiberius! Was könnte er von mir wollen? Soll ich ihn in den Osten mitnehmen? Will er ein Kommando, eine Provinz?"

Augustus rieb sich nachdenklich die Hände. „Keinesfalls. Tiberius bleibt hier, und er will es auch so." Er lächelte verschmitzt. „Im Gegenteil, es gibt nichts, was er zurzeit lieber möchte, als in Rom bleiben.

„Mach es nicht so spannend."

„Was hältst du von Tiberius?"

„Das habe ich dir schon oft gesagt: sehr viel. Er ist zuverlässig, klug, außerordentlich fleißig, sehr um Gerechtigkeit bemüht. Und glücklich kann sich das Heer nennen, das er einmal führen wird!"

„Ich bin froh, dass du ihn so schätzt. Er liebt und bewundert dich auch sehr."

„Das freut mich."

„Weißt du, trotz aller Differenzen, die Tiberius und ich haben, steht er meinem Herzen nahe. Nur ein Problem habe ich mit ihm: Er ist so freudlos, so furchtbar ernst. Immer ist er am Grübeln, immer findet er an allem eine schlechte Seite."

„Ist es seine Schuld? Er hat eine sehr schwere Kindheit durchgemacht, immer auf der Flucht, immer in Angst, seine proskribierten Eltern könnten sterben – Angst vor dir! Und plötzlich soll er dich als seinen liebenden Vater anerkennen, nur weil du seine Mutter geheiratet hast? Damit hast du ihm auch noch seinen leiblichen Vater genommen! Und jetzt favorisierst du ganz offen Marcellus!"

„Ja, ja", warf Augustus entnervt ein. „Komm mir jetzt nicht schon wieder damit! Eines musst du mir glauben: Auch wenn ich Marcellus als meinen Erben vorziehe, so ändert dies doch nichts an meiner großen Wertschätzung für Tiberius. Nun, und deshalb möchte ich dich in seinem Namen um etwas bitten. Agrippa! Tiberius wünscht sich, dass du sein Schwiegervater wirst."

Agrippa riss überrascht die Augen auf. „Wie kommt er auf den Gedanken?"

„Es gibt viele gute Gründe. Aber sicher ist der Hauptgrund – deine Tochter Vipsania Maior selbst."

„Aber sie ist doch noch ein kleines Mädchen! Sie ist gerade mal zwölf."

Augustus zuckte die Schultern. „Alt genug für eine Verlobung! Und wenn du ehrlich bist, müsstest du auch bemerkt haben, dass Vipsania aufgehört hat, ein Kind zu sein. Ihr Körper ist der einer jungen Frau – zumindest ist er auf dem Weg dorthin."

Agrippa brummte unwillig. „Was du alles weißt ..."

Augustus grinste. „Wo du aber auch wegsiehst! Wir werden nicht jünger, mein Lieber, und unsere Kinder werden erwachsen. Aber zurück zu Tiberius. Livia hat mir erzählt, dass er in den letzten Wochen sehr oft bei ihr im Webzimmer erschienen ist. Zuerst dachte sie, er komme wegen ihr. Aber irgendwann fiel ihr auf, dass Tiberius immer wieder versucht hat, Gespräche mit Vipsania anzufangen – für ihn ein äußerst ungewöhnliches Verhalten. Eines Tages kam Vipsania mit einer Rose im Haar zu Livia. Als sie fragte, von welchem Stock sie die denn habe, wurde deine Tochter granatrot. Sie war aber noch kindlich genug, ganz ehrlich zu gestehen, die Blüte sei von Tiberius. Da wusste Livia Bescheid.

Als ich Tiberius darauf angesprochen habe, gab er seine Zuneigung unumwunden zu. Livia und ich haben daraufhin über den Fall geredet. Wir sind beide der Meinung, dass es keine bessere Verbindung für Tiberius geben könnte. Schau, Agrippa, du und ich würden damit noch enger verbunden. Tiberius hätte in dir die ebenso väterliche wie freundschaftliche Stütze, die er braucht. Du liebst ihn auf eine Weise, die er bei mir nicht finden kann, nämlich unbelastet von der Vergangenheit. Ich weiß, dass du ihn unterstützen würdest, falls mir etwas zustoßen sollte. Wichtig ist aber auch, dass die Kinder sich verstehen. Meinem Tiberius scheint das zarte, liebe Wesen deiner Tochter gut zu tun. Und Vipsania freut sich offensichtlich, wenn sie ihn sieht.

Daher mein Vorschlag: Lass Vipsania bei uns in Rom bis sie alt genug ist, Tiberius zu heiraten. Livia wird auf sie aufpassen wie auf eine Tochter. Sie mag Vipsania sehr, und ich weiß, dass dies auf Gegenseitigkeit beruht. So können Tiberius und Vipsania sich aneinander gewöhnen. Ihre kindliche, zarte Liebe wird ihnen dabei helfen. Das sind doch die besten Voraussetzungen für eine Ehe – eine vernünftige, sinnvolle Ehe. Willige ein!" Augustus streckte Agrippa die Hand hin.

Der aber schüttelte den Kopf. „Das ging jetzt ein wenig zu schnell." Er seufzte. „Meine kleine Vipsania?"

Augustus ließ die Hand in den Schoß sinken. „Denk auch mal an deine Tochter. Sie, die nur zwei Ritterfamilien entstammt, der deinen und der des Atticus, heiratet einen Mann, dessen Geblüt zum ältesten Roms gehört. Vipsanias Kinder werden halbe Claudier sein. Wenn es noch immer Menschen gibt, die dir, Agrippa, den Ritterstreifen vorwerfen, den du früher getragen hast, so werden sie es bei den Kindern, die deine Tochter von Tiberius hat, nicht mehr wagen. Vipsanias Söhne werden von nobelster Herkunft sein, und ihre Töchter werden in die edelsten Familien einheiraten. Mich persönlich interessieren solche Äußerlichkeiten natürlich nicht, das weißt du! Aber die Leute legen Wert darauf." Noch einmal streckte Augustus Agrippa die Rechte hin.

Endlich lächelte der Freund. „Wenn Vipsania sich nicht mit aller Kraft gegen diese Verbindung sträubt, gut, dann stimme ich heute schon zu. Gerne sogar!" Endlich schlug Agrippa ein. „Ich danke dir."

Augustus lachte gut gelaunt. „Ich bin sicher, Vipsania wird sich nicht wehren! Im Gegenteil: Tiberius ist für sie, glaube ich, eine Art Held, den sie anschwärmt. Und er sonnt sich in ihrer Bewunderung. Also, lass uns zwei noch enger miteinander verwandt werden! Lass uns Schwiegerväter werden!" Augustus goss Wein auf den Boden und hielt Agrippa den Pokal hin. „Auf reichlich vipsanisch-claudischen Nachwuchs! Was für eine Kombination, hm?"

Agrippa lächelte versonnen, während auch er Wein auf den Boden goss. „In der Tat! Schon das erste Mal, als es diese Kombination gab, ist sie gelungen: Eine herrlichere Frau als Claudia Marcella kann ich mir nicht vorstellen. Also auf dein Wohl, Caesar, auf das unserer Kinder – und unserer künftigen Enkel!"

Wenige Tage fehlten noch bis zur Abreise. Agrippa war sehr beschäftigt. So sah er Marcella nur selten, und wenn, fiel er meist einfach nur erschöpft ins Bett. So war es auch an jenem lauen Sommerabend schon spät, als er zu ihr ins Schlafzimmer kam. Erstaunt stellte er fest, dass sie noch wach war. Im warmen Schein eines Leuchters saß sie im Bett und wartete auf ihn. Wie eine Kaskade fielen ihre schwarzen Locken über ihre nackten Schultern. Nur ein dünnes Leintuch, das sie unter den Armen festgeklemmt hatte, bedeckten ihren Körper. Sie lächelte, als Agrippa eintrat.

„Noch nicht eingeschlafen?“, fragte er überrascht.

„Heute nicht“, antwortete sie.

„Nanu, was ist denn heute für ein besonderer Tag?“ Fieberhaft suchte er in seinem Gedächtnis nach einem Anlass, den er vergessen haben könnte – Hochzeitstag? Nein. Ein wichtiger Geburtstag? Auch nicht. Er sah sie neugierig an. „Nun?“

Sie setzte ihr gewinnendstes Lächeln auf. „Kein besonderer Tag. Ich wollte nur noch etwas mit dir besprechen.“

„Ach so“, brummte er leise, zog das Leintuch genüsslich nach unten und entblößte ihre Brüste. „Ich auch.“ Schon wollte er anfangen, sie zu liebkosen, da zog Marcella das Laken wieder hoch. Streng sah sie ihn an. „Nein, jetzt nicht! Jetzt hörst du mir erst zu.“

Unwillig richtete er sich wieder auf. Mit sichtlichem Bedauern fixierte er das hochgezogene Tuch. Dann sah er wieder in Marcellas funkelnde Augen. „Also, was willst du?“

„Ich gar nichts. Aber ich bin der Ansicht, dass dir noch etwas zu tun bleibt, bevor wir in den Osten gehen.“

„So? Was könnte das sein – außer dich zu lieben?“

Auf Marcellas Stirn zeigten sich zwei senkrechte Falten. „Marcus, ganz im Ernst: Ich habe lange nachgedacht – über eine bestimmte Sache. Eigentlich seit ich dich besser kenne. Bestimmt wird Merkur unsere Reise schützen! Aber trotzdem könnte uns doch unterwegs etwas passieren.“

Sie schüttelte ihre schwarze Mähne. Es fiel ihr sichtlich schwer auszudrücken, was sie auf dem Herzen hatte. „Nein, anders. Du stimmst doch mit mir überein, dass es nichts Wichtigeres im Leben gibt als die Familie, oder?“

Er bewegte den Kopf abwägend hin und her. „Die Familie und das Volk.“

„Also gut, meinetwegen auch das Volk. Auf jeden Fall ist die Familie von äußerster Wichtigkeit.“

„Ohne sie hat das menschliche Leben keinen Sinn, ohne Kinder keine Zukunft und ohne Eltern keine Kinder.“

„Ja, so sehe ich das auch. Aber eines hat mir an deiner Seite immer gefehlt."

Agrippa stutzte. „Gefehlt? Was könnte es geben, das ich dir nicht zu Füßen gelegt hätte?"

Marcella biss sich auf die Lippen. „Marcus, wenn es eine Zukunft gibt – warum versagst du uns dann eine Vergangenheit? Bislang habe ich damit leben können, dass bei uns nicht die Totenmasken unserer Ahnen im Schrein aufbewahrt werden wie in jedem anderen Haushalt. Auch als unsere Kinder geboren wurden, habe ich noch geschwiegen. Aber jetzt, da wir Rom verlassen, will ich, dass du uns deine Vergangenheit nicht weiter vorenthältst."

Abrupt stand Agrippa auf und drehte ihr den Rücken zu.

„Marcus, bitte!", flehte Marcella eindringlich.

„Was soll ich tun?!" Sein Ton war eisig.

Marcella warf die Decke zurück, sprang aus dem Bett und stellte sich vor ihn, nackt wie sie war. Sie ergriff seine Hände und sah zu ihm auf. „Marcus, ich will, dass du den Kindern einen Großvater gibst. Ich will, dass sie ihre Ahnen kennen lernen – ihre volskischen Ahnen, Marcus Vipsanius aus Arpinum! Ich will, nein, ich wünsche mir von ganzem Herzen, dass du dich endlich mit deinem Vater aussöhnst! Die Natur hat dir diesen Vater gegeben. Niemand kann sich seinen Vater aussuchen, wie etwa einen Freund! Genau deshalb solltest du ihn achten, ob er dir gefällt oder nicht. Du musst ihn nicht lieben, aber ein guter Sohn musst du ihm wenigstens sein. So wollen es die Sitten unserer Vorväter! Und wenn du es ihnen zuliebe nicht tun willst, dann erinnere dich, was die Philosophen sagen: Auch sie fordern, dieses naturgegebene Band zu achten." Eindringlich blickte Marcella ihren Mann an. „So schrecklich kann er doch nicht sein, dein Vater! Er habe dich einst verstoßen, weil er dir den Tod deiner Mutter anlastet, hast du mir erzählt. Aber du weißt doch ganz genau, dass es nicht deine Schuld war! Sie war todkrank! Er habe dich verletzt, sagst du, habe dich abgelehnt, verachtet und gehasst. Und noch immer hat er auf all deine Briefe, in denen du ihn um Versöhnung gebeten hast, nicht reagiert. Aber geht es denn um *ihn*? Geht es denn nicht vielmehr um *dich*? Sind im Leben die eigenen guten Gefühle nicht wichtiger als die schlechten anderer?" Marcella schüttelte vehement den Kopf. „Aber nein, das stimmt so auch nicht mehr! Es geht jetzt nicht mehr nur allein um dich. Es geht auch um deine Kinder. Dein Vater ist der Großvater unseres Sohnes Marcus und unserer Tochter Vipsania Minor. Du hast die Verantwortung für deine Kinder. Welche Schuld tragen sie an eurem Streit? Trage diesen Hass nicht in die nächste Generation hinein! Dazu hast du kein Recht. Bitte, Marcus! Versuche es ein letztes Mal – aber diesmal nicht nur per Brief. Geh zu ihm! Stell dich vor ihn hin und sieh ihm in die Augen." Leise, zärtlich fügte sie hinzu: „Ich bin sicher, dem wird er sich nicht entziehen können."

Agrippa wandte den Kopf ab. Marcellas Herz klopfte bis zum Hals, als sie die Hand hob und auf seine Wange legte. Würde er sich erneut wegdrehen? Vorsichtig streichelte sie ihn. Langsam drückte sie sein Gesicht zu sich. Ein trauriges Kind mit regenwolkengrauen Augen sah sie an.

„Marcus", sagte sie sanft. „Ich liebe dich so sehr! So sehr!"

Da endlich umarmte er sie, schloss die Augen und küsste sie, lange und innig. „Oh, Marcella", stöhnte er, als er von ihr abließ, „ich liebe dich auch. Du bist mir alles. Du bist das Liebste und Schönste, das es in meinem Leben je gab. Marcella!" Die Art, wie er ihren Namen rief, klang wie ein ersticktes Schluchzen.

Sie befreite sich aus seinen Armen, nahm seine Hand und zog ihn zu sich zum Bett. „Komm, mein Marcus", keuchte sie.

Hektisch zerrte er seine Kleider vom Leib, so ungestüm, dass eine der Nähte mit einem scharfen Geräusch riss. Er feuerte seine Tunika quer durch das Zimmer. Dann warf er sich ins Bett.

Marcella schien es, als habe sie ihn noch nie so aufgewühlt erlebt. Durstig küsste er sie, schlug seine Hände in ihr Gesäß und riss ihre Hüften nach oben. Dann drang er so hart und rücksichtslos ein, dass sie erschreckt nach Luft schnappte. Ein leiser Klagelaut entfuhr ihr.

Doch er reagierte nicht darauf, sondern liebte sie mit einer so leidenschaftlichen Wut, als ginge es darum, einen tödlichen Gegner niederzuringen.

Nachdem Agrippa sich mit einem gequälten Schrei ein letztes Mal aufgebäumt hatte, ließ er sich erschöpft auf Marcella fallen. Noch lange blieb er so liegen und deckte ihren Leib mit seinem schweren Körper zu. Sie rührte sich nicht, obwohl ihr schien, als müsse sein Gewicht ihr die Atemluft rauben. Trotzdem hielt sie ihn fest umarmt. Marcella verstand, dass sie einen großen Schmerz, einen gefürchteten Dämon, der tief in seinem Innern gewohnt hatte, an die Oberfläche gezerrt hatte. Sacht streichelte sie sein schweißnasses Haar.

Ab und zu stieg ein leiser, jammervoller Seufzer aus seiner Brust auf. Erst sehr viel später wälzte er sich stöhnend zur Seite, aber noch immer hielt er sie umklammert. Lange Zeit ließ er sie nicht los – bis er einschlief.

Endlich war der Abreisetag da. Nachdem Augustus und Agrippa Jupiter einen weißen Stier geopfert hatten, zogen sie in Begleitung ihrer Familie und vieler Würdenträger über die Heilige Straße zum Tor der Via Latina im Süden der Stadt. Ganz Rom war auf den Beinen. Tausende winkten dem Mitregenten des Augustus und Prokonsul des Ostens zu und wünschten ihm Glück auf der Reise. Schauer bunter

Blütenblätter regneten auf ihn und die Seinen herab. Immer wieder riefen die Menschen den Namen Caesars, aber genauso oft auch den seines Gefährten: „Agrippa!“ und „Herkules!“

Jeder wusste, dass er Ehrungen verabscheute. Aber es war ebenso bekannt, dass der starke Jupitersohn Herkules, der kein Opfer gescheut hatte, die Menschen von ihren Plagen zu befreien, Agrippa ein Vorbild war.

Feierlich erwartete Augustus' Mitkonsul Gnaeus Calpurnius Piso sie am Latinischen Tor. Dennoch presste Augustus wütend die Lippen aufeinander, als er bemerkte, dass nur eine Handvoll Senatoren bei Piso stand.

Die ehrwürdigen Väter waren fast alle höchst erstaunt gewesen, dass Augustus auf dem Sterbebett nicht Marcellus, sondern Agrippa seinen Siegelring übergeben hatte. Der sei der Fähigste, hatte der Princeps seine Entscheidung später begründet, und nur der Beste dürfe Rom regieren – das habe schon Platon gefordert.

Der Fähigste! Wie konnte Augustus es wagen, einen volskischen Ritter über die nobelsten Familien Roms zu stellen! Das war unerträglich. Diese Erhöhung Agrippas hatte den Hass der Senatoren auf den Emporkömmling keinesfalls gemildert. Vielmehr neideten sie ihm den Erfolg jetzt noch mehr. Dass Agrippa zutiefst republikanisch gesinnt war, dass er die Traditionen pflegte, völlig unbestechlich und dem Staat treu ergeben war, kurz, dass er ein Ausbund der von ihnen so gern zitierten römischen Tugenden war, verschlimmerte ihre Abneigung noch. Schließlich nahmen sie es für sich in Anspruch, die Wächter römischer Tugend zu sein – auch wenn viele von ihnen weit davon entfernt waren. Außerdem war Agrippas außergewöhnliche Beliebtheit beim Volk den Herren ein Dorn im Auge. Also waren die meisten zu Hause geblieben, grün vor Neid und Missgunst.

Erschienen waren jedoch der oberste Jupiterpriester sowie Vertreter sämtlicher Priesterkollegien, und natürlich auch der Pontifex Maximus Marcellus und seine junge Gattin Julia. Mit einer ebenso salbungsvollen wie unpersönlichen Geste verabschiedete Marcellus sich von seinem Schwager. Nur Marcella küsste er zum Abschied liebevoll.

Es bestand kein Zweifel, dass der junge Pontifex heilfroh war, den Rivalen weit weg zu wissen. Agrippas Position hatte sich seit der Genesung des Augustus noch mehr gefestigt. Offen hatte Marcellus nichts dagegen unternehmen können. Aber jetzt konnte er sich bei seinem Onkel wieder in den Vordergrund bringen! Außerdem war der Orient bekanntlich ein gefährlicher Ort, voll verborgener Fallen – zumal für einen Römer. Marcellus hoffte sehr, dass eine davon Agrippa zum Stolpern bringen würde.

Octavia, die von ihren römischen und ägyptischen Ziehkindern umringt war wie eine Henne von ihren Küken, rieb sich immer wieder die Augen und gab ihrer Tochter und ihrem Schwiegersohn gut gemeinte Ratschläge mit auf den Weg. Auch Messalla war mit Frau und Kindern gekommen, um seinen früheren Hausgenossen Lebewohl zu sagen.

Augustus umarmte Agrippa ein letztes Mal. „Du hast eine große Aufgabe vor dir. Ich wünsche dir alles Glück der Welt und den Segen Jupiters!“, sagte er und kämpfte gegen das Würgen, das seinen Hals zuschnürte.

Agrippa hielt ihn von sich. „Gemeinsam schaffen wir alles, du und ich.“

Vipsania Maior winkte ihrem Vater noch lange nach. Wirklich verzweifelt über seine Abreise schien sie allerdings nicht. Als ihr dann doch eine Träne über die Wange rollte, legte Livia den Arm um sie, und Tiberius reichte seiner Verlobten mit höchst sorgenvoller Miene ein Tuch.

Als Agrippa den letzten Punkt erreichte, von dem aus man die Stadt noch sehen konnte, ließ er anhalten. Er lenkte sein Pferd zur Sänfte seiner Frau. „Schau dich noch einmal um, Marcella. Es wird lange dauern bis wir Rom wiedersehen.“

Sie lächelte tapfer. „Wenn ich nur bei dir sein kann, ist es mir egal, wo ich bin.“

Sie blickte noch einmal zurück. Wie schön die Stadt da lag, hell und glänzend im Sonnenlicht: die gelb und orangefarben verputzten Häuser mit ihren roten Ziegeldächern, dazwischen die weißen Tempel und Amtsgebäude, die Pracht der Foren, und, wie ein steinernes Schiff, zu ihren Füßen der Circus Maximus. Golden strahlte das Dach des Jupitertempels auf dem heiligen Kapitolshügel, und ebenso gleißend hell weiter hinten das Pantheon – Agrippas Pantheon! Silbern glitzernd verlor sich das sanft geschwungene Band des Tiberis in der Ferne.

Marcellas Herz zog sich in einer Mischung aus Liebe und Abschiedsschmerz zusammen. Nein, eine schönere Stadt konnte es nirgendwo auf der Welt geben!

„Ich will aufs Pferd!“, unterbrach der kleine Marcus ihre wehmütigen Gedanken.

„Willst du ihn nicht ein wenig nehmen?“, wandte sich Marcella an Agrippa.

Er beugte sich nieder und hob den Vierjährigen vor sich auf sein Ross. „So, mein Sohn, jetzt reiten wir zwei ins Volskerland.“

Marcus schaute ihn mit großen Augen an. „Gibt es da Barbaren?“

Agrippa lachte. „Nein – von mir einmal abgesehen.“

Verwirrt sah der Kleine zu ihm auf.

Marcella konnte ein Lächeln nicht unterdrücken. „Schon gut! Glaub deinem Vater nicht alles. Es stimmt schon, manchmal ist er wie ein wilder Barbar – aber meistens ist er ein braver Mann. Im Volskerland besuchen wir deinen Großvater."

„Aber du hast doch gesagt, wir fahren nach Griechenland!"

„Nach Griechenland fahren wir auch noch – später."

Damit gab sich der kleine Marcus erst einmal zufrieden. Er konzentrierte sich auf das Pferd und das stolze Gefühl, als Reiter hoch über den anderen unterwegs zu sein – wie der Papa.

Agrippa bestürmten die widersprüchlichsten Gefühle, als er am nächsten Tag mit Marcella, den Kindern, Tychicus und ein paar Wachleuten in die Einfahrt zum Gut seines Vaters einbog. Ihren Begleittross hatten sie in den nahen Hafen Formiae geschickt, um ihre Einschiffung vorzubereiten.

An der äußeren Umzäunung stiegen er und Tychicus von ihren Pferden und halfen Marcella und den Kindern aus der Sänfte. Den restlichen Weg wollten sie zu Fuß hinter sich bringen.

Nichts schien sich seit Agrippas Kindheit verändert zu haben: die hölzerne Einfriedung, die Zypressengruppe am Tor, die ockerfarbenen Grashügel, hinter denen das Herrenhaus lag, in der Ferne die Berge.

Agrippa öffnete das Gatter, ließ alle eintreten und schloss es erneut. Neugierig näherten sich zwei Pferde und blieben wenige Schritte entfernt abwartend stehen. Am Wegesrand blühten gelbe Blumen. Es duftete nach Thymian. Eine Hummel brummte vorbei.

Alles war wie früher – und doch irgendwie anders. Aber nein! Nicht das Landgut war anders – Agrippa war anders geworden: nicht mehr der unglückliche, verdammte Jüngling, sondern der erhabene Mitregent des Reiches. Und doch! Tief im Innern war er noch immer der Sohn des Lucius Vipsanius, den er fürchtete.

„Ihr schlagt hier euere Zelte auf", befahl Agrippa seinen Wachen. Er wandte sich ab und holte tief Luft. Dann ging er auf die Hügel zu, die das Gutshaus verbargen.

Da lag es! Ein braunrot verputztes Gebäude im Geviert einer Umfassungsmauer, umgeben vom Grüngelb der Wiesen und Felder. Vor dem großen Tor, das in den Innenhof führte, stand noch immer die Bank, auf der sich die Knechte so gern ausgeruht hatten.

Plötzlich jagten drei Hunde mit wildem Gebell den Weg hoch. Ein scharfer Pfiff erklang. Umgehend blieben die Tiere stehen. Der eine blaffte noch einmal wütend zu den Eindringlingen hoch. Dann trottete er hinter den anderen zurück zum Haus.

Eine hohe, schmale Gestalt erschien unter dem Torbogen, vom Alter leicht gebückt. Kein Zweifel: Es war der Vater. Selbst als Greis trug er noch immer seine alte, unvergleichliche Würde zur Schau.

Lucius Vipsanius beschattete die Augen mit der Hand, aber er konnte nicht erkennen, wer da oben auf dem Hügel stand. Drei Fremde und zwei Kinder sah er, geblendet vom Morgenlicht, mehr nicht. Er winkte. „Salvete! Kommt her! Die Hunde tun euch nichts."

Agrippa schien es, als seien seine Füße bleischwer. Es war ein uraltes und doch plötzlich wieder so neues Gefühl für ihn: Angst – eine denkbar seltsame Empfindung, die er schon lange nicht mehr gespürt hatte. Sein Herz klopfte unruhig, während sie den Hügel abwärts gingen.

Endlich erkannte Lucius Vipsanius, wer da kam: sein Sohn. Er fasste hinter sich, suchte zitternd Halt an der Mauer. Ungläubig starrte er Agrippa an. „Marcus?", keuchte er.

Agrippa streckte zaghaft die Hand nach seinem Vater aus.

Lucius Vipsanius machte einen zögerlichen Schritt nach vorne. Dann schlug er die Augen nieder: „Prokonsul! Salve."

Eine Weile standen sie so da, beide unfähig sich zu regen. Lau streichelte die samtige Morgenluft über die Weizenfelder und Wiesen. Doch Agrippa fror. Keiner wusste, was er sagen sollte.

Der kleine Marcus brach die Starre. Sacht umfasst er mit seiner kleinen Hand Agrippas Unterarm. „Ist das der Großvater?"

Agrippa sah zu ihm nieder und nickte, erleichtert über die kindliche Reaktion. „Ja, das ist er. Sag ave."

Ernst hob der Junge das Händchen zu dem Alten empor. „Ave, Großvater."

Lucius Vipsanius nahm die kleine Hand. „Ave, Junge." Er schluckte. Ein zaghaftes Lächeln leuchtete in seinen Augen auf. „Ave – mein Enkel." Dann sah er wieder auf. Agrippas und sein Blick trafen sich. Tränen schwammen in Lucius Vipsanius' Augen. Mit bebenden Lippen formte er zögerlich die Worte, auf die Agrippa nicht mehr zu hoffen gewagt hatte: „Ave, mein Sohn." Plötzlich strömten Tränen über sein faltiges Gesicht. Er öffnete seine Arme.

Agrippa fiel dem Alten um den Hals. Hemmungslos weinten sie, vor Freude über ihr Wiedersehen und vor Trauer um die vielen verlorenen Jahre. Sie spülten ihren längst mürbe gewordenen Hass aus ihren Seelen und weinten vor Schmerz, denn es tut immer weh, die Mauern, die ein Mensch um sein Herz trägt, einzureißen – zumal wenn diese so hart waren wie bei Lucius Vipsanius und seinem jüngsten Sohn.

Nachdem sie sich wieder voneinander gelöst hatten, wandte jeder sein Gesicht nach rechts, hob die Hand und wischte sich die Tränen ab. Wie ergreifend dies alles auch gewesen sein mochte – Marcella musste plötzlich lächeln: Es war, als hätte sie einen Menschen und sein Spiegelbild gesehen, so ähnlich sahen sich die beiden, so völlig gleich waren ihre verschämten Bewegungen. Sanft zupfte sie Agrippa am Ärmel.

„Oh ja", sagte er, als sei er gerade erwacht. Er schob Marcella nach vorne. „Vater, das ist meine Frau, Claudia Marcella."

Lucius Vipsanius sah sie prüfend an. „Salve, Claudia Marcella."

Sie beugte sich vor, ergriff die langgliedrigen Oberarme, die sich genau so anfühlten wie die ihres Mannes, nur knochiger, und gab ihm einen Kuss auf die Wange. „Salve, Vater."

Endlich verzog Lucius Vipsanius sein Gesicht zu einem Lächeln und entblößte eine Reihe Zahnlücken, die Agrippa nicht an ihm kannte. Einem plötzlichen Impuls folgend, drückte der Vater Marcella an sich. „Jetzt kann ich endlich verstehen, Marcus, warum dir Rom so gefällt!", ließ er, ungewöhnlich humorvoll verlauten.

Verlegen richtete Marcella ihre Frisur, nachdem ihr Schwiegervater sie wieder losgelassen hatte.

Agrippa winkte Tychicus, der die zweijährige Vipsania an der Hand hielt. „Das ist deine Enkelin Vipsania Minor", erklärte er, „und der Mann, der sie an der Hand hat, ist Tychicus, mein Hausverwalter. In Rom lebt noch meine älteste Tochter Vipsania Maior, aus meiner ersten Ehe mit Caecilia."

Lucius Vipsanius musterte Tychicus stirnrunzelnd. „Ich kannte einmal einen Mann, wenn auch nur flüchtig, der hieß wie du. Das war vor vielen Jahren."

Tychicus verbeugte sich leicht. „Salve, Lucius Vipsanius! Das ehrt mich."

Lucius Vipsanius sah tadelnd zu Agrippa. „Was ist das? Sagen deine Sklaven nicht Herr zu dir – und wenn schon nicht zu dir, dann nicht einmal zu deinem Vater?"

Agrippa schüttelte den Kopf. „Der hier nicht. Er ist kein Sklave, sondern einer meiner Freigelassenen, mein liebster obendrein. Tychicus ist mittlerweile unser Landsmann, Vater. Er heißt jetzt Marcus Vipsanius Tychicus und sagt Agrippa zu mir."

Missbilligend sah Lucius Vipsanius seinen Sohn an. „Sitten sind das! So was gibt es nur in Rom." Dann wandte er sich wieder Tychicus zu und taxierte ihn mit zusammengekniffenen Augen. „Du kommst mir bekannt vor", wiederholte er in jenem scharfen Ton, den Agrippa noch allzu gut von früher kannte.

Tychicus senkte den Blick wie ein geprügelter Schüler. Die kleine Vipsania klammerte sich an ihn und sah den großen, hageren Mann, der Tychicus so streng musterte, erschreckt an.

Agrippa schüttelte den Kopf: Sein Vater hatte noch immer die Gabe, andere Menschen innerhalb kürzester Zeit einzuschüchtern. „Vielleicht kennst du ihn ja tatsächlich", warf er ein. „Er war der Diener jenes Mannes, dem du vor 25 Jahren Cerberus verkauft hast. Tychicus war damals dabei, auf dem Pferdemarkt in Arpinum. Atticus hat ihn mir später geschenkt. Erstaunlich, dass du dich noch an ihn erinnern kannst. "

Lucius Vipsanius schnaubte. „Den Tag, an dem du dich weggestohlen hast, werde ich nie vergessen."

Einen Augenblick lang schien es Marcella, als versteife Agrippa sich. Schnell ergriff sie seine Hand. „Das ist ja so lange her!“, beschwichtigte sie eilig. „Vater, wichtig ist, dass du den heutigen Tag nicht vergisst. Nicht wahr?“

Erleichtert bemerkte sie, dass die Männer sich wieder entspannten. Lucius Vipsanius brachte sogar eine freundliche Miene zustande. „Bestimmt nicht! Da doch meine Familie wieder beisammen ist.“

Agrippa staunte: War das alles? Keine Vorwürfe? Dafür höfliche Worte an seine Frau?

Mit ihrem charmantesten Lächeln hakte sich Marcella bei ihrem Schwiegervater ein. „Sind denn die anderen Familienmitglieder alle bei der Arbeit?“

Der Hausherr musterte sie wohlwollend. Seine Züge glätteten sich zusehends. „Mein Schwiegersohn Gaius Tafanius, ja. Hat Marcus dir nicht von ihm erzählt?“

Marcella nickte eifrig. „Doch, so viel er eben wusste.“

„Was er vielleicht nicht weiß ist, dass Tafanius und meine Tochter Pollilla mir fünf Enkel geschenkt haben: zwei Jungen und drei Mädchen.“

Er wandte sich Agrippa zu. Plötzlich leuchteten seine Augen. „Deine Schwester ist hinten im Garten. Sie wird staunen, wenn sie dich sieht! Gütige Götter, Marcus! Mein Marcus!“ Ungläubig schüttelte er den Kopf. Dann streckte er den Rücken durch und atmete tief ein. „Ich werde Pollilla gleich rufen, sie soll uns ein Essen richten. Das heißt: Ihr bleibt doch noch?“

Agrippa lächelte. „Bis morgen Nachmittag, Vater.“

Lucius Vipsanius entblößte erneut die wenigen Zähne, die ihm noch blieben. „Das ist schön! So. Genug geredet. Wir gehen jetzt nach hinten und ich rufe die anderen.“

Er legte den Arm um die breiten Schultern seines Sohnes und schob ihn mit sich durch das Tor. Im ersten Moment verspürte Agrippa den fast übermächtigen Wunsch, ihn abzuschütteln – noch nie hatte sein Vater ihn liebevoll berührt. Immer hatte die väterliche Hand nur Schmerz bedeutet. Aber er riss sich zusammen. Gemeinsam betraten sie den Hof.

„Pollilla!“, rief der Vater herrisch. „Komm schnell her! Hörst du nicht? Pollillaaa!“

Eine große, kräftige Frau in einer groben Arbeitstunika kam herbeigeeilt und wischte sich die erdverkrusteten Hände an ihrem Kittel ab. Wie vom Donner gerührt blieb sie stehen, als sie ihren verloren geglaubten Bruder erkannte. Sie schlug die Hände vor den Mund. „Marcus“, flüsterte sie tonlos. „Marcus!“, schrie sie dann und zog Agrippa an ihren Busen. „Mein Marcus, mein kleiner Marcus! Dass ich dich noch einmal sehen darf! Ach, du bist ja jetzt ein großer Mann – gütige

Götter, Prokonsul!“ Sie hielt ihn auf Abstand und sah ihn erstaunt an, als könne sie nicht glauben, was sie sah. Dann drückte sie ihn erneut an sich. „Aber für mich wirst du immer mein kleiner Bruder bleiben! Oh, wie ich mich freue!“ Sie zog seinen Kopf zu sich herab und küsste ihn immer wieder. „Welch ein Segen!“

Agrippa verzog das Gesicht, ganz wie zu jener Zeit, als er noch ein Junge gewesen war und das Gefühl gehabt hatte, dass jemand ihn zu sehr herzte. Aber gutmütig ließ er seine Schwester gewähren.

Mittlerweile hatten sich auch Pollillas Töchter und das Gesinde um sie herum versammelt. Alle staunten: Sollte dieser Fremde da tatsächlich Marcus Vipsanius Agrippa sein, der Freund des Caesar Augustus, der Prokonsul – hier, mitten im Volskerland, auf dem kleinen Landgut bei Arpinum? Ähnlich sah er dem alten Lucius Vipsanius ja. Und wie sonst konnte die Herrin so respektlos mit ihm umgehen? Scheu und sprachlos verfolgten sie das Geschehen weiter.

„Setzt euch!“, lud Lucius Vipsanius die kleine Schar ein, als sie den Innenhof erreicht hatten. Pollilla eilte mit zwei Mägden davon, um Wasser, Essig und Wein zu holen. „Gütige Götter!“, rief sie, während sie im Haus verschwand, „ich kann es nicht glauben!“

Erneut senkte sich verlegenes Schweigen über die Anwesenden. Betreten drückten sich die Knechte an die Hofwand und sahen einander fragend an.

Plötzlich schlug Marcella die Hände vor den Mund. Zwei junge Männer traten in den Hof, kräftige, hochgewachsene Burschen. Es war der Jüngere, der sie zu ihrer überraschten Reaktion veranlasst hatte: Er war Agrippa wie aus dem Gesicht geschnitten.

Stolz winkte Lucius Vipsanius den beiden, näher zu kommen. „Der schwarzhaarige hier ist mein Enkel Gaius. Und der andere ist mein kleiner Lucius.“ Er drückte dem Jüngeren liebevoll den Arm.

„Er könnte Marcus' Sohn oder sein Bruder sein“, staunte Marcella, „so ähnlich sieht er ihm!“

Lucius Vipsanius nickte. „Mit jedem Tag und jedem Jahr, das verging, hat mich mein Enkel Lucius mehr an Marcus erinnert.“ Er schluckte. „Lucius habe ich ihn nach meinem Erstgeborenen genannt, nach meinem ältesten Sohn – den ich verloren habe.“ Erneut schwammen seine Augen. Doch er riss sich wieder zusammen. „Gaius, Lucius, ihr lauft sofort zur Kastanienkoppel und holt euren Vater!“

Wenig später erschien Agrippas Schwager Gaius Tafanius. Auch er begrüßte Agrippa ohne jeglichen Groll. Bald unterhielten sie sich angeregt. Marcella stellte fest, dass Agrippa sich im Kreise seiner lang vermissten Familie wohl fühlte. Je mehr Zeit verging, umso lauter und öfter lachte er, fast übermütig.

Für Marcella aber war dies eine seltsame, fremde Welt, in die sie zum ersten Mal in ihrem Leben eintrat: die Welt ihres Volkes. Hier gab es keine wohlerzogenen Sklaven, keine zarten Leinengewänder, keine Wohlgerüche aus Syrien und Ägypten, keine Poeten und keine kostbaren Silberpokale. Hier war alles einfach, streng und schlicht. Aber mit wie viel ungekünstelter Herzlichkeit wurden sie umsorgt!

Am Abend tischte Pollilla alles auf, was ihre Küche hergab. Das also war die Schwester ihres Mannes, überlegte Marcella, diese beleibte Bauersfrau mit dem strähnigen Haar und einer so abgenutzten Tunika wie sie nicht einmal die niedrigste Sklavin in Agrippas Haushalt am Leib trug! Dies war die Schwägerin der hoch geborenen Claudia Marcella, der Nichte des Augustus, der Tochter von dessen Schwester Octavia und des ehrenwerten Konsulars Gaius Claudius Marcellus.

Marcella betrachtete Lucius Vipsanius nachdenklich: Er war ein zweifellos beeindruckender, aber doch einfacher Mann. Hätte er Agrippa vor einem Viertel Jahrhundert nicht verstoßen, würde dieser in einigen Jahren genauso aussehen: tiefbraun gebrannt, mit schwieligen Händen und mit Stiefeln aus grobem Leder an den Füßen. Er wäre nicht Caesars Freund, nicht Prokonsul – und nicht ihr Ehemann geworden. Wie seltsam doch die Wege der Götter waren!

Marcella fühlte sich fremd. Sie spürte den Graben, der zwischen ihr und Agrippas Verwandten klaffte. Nie würde sie zu diesen Menschen gehören. Trotzdem waren sie ihre Familie. Schließlich gab es ein Bindeglied: ihren Mann. Er gehörte beiden Welten an. Wo er war, dachte Marcella, da gehörte sie hin. Das hatte sie ihm bei der Hochzeit mit jener uralten Formel versprochen, mit der Braut und Bräutigam ihre Bindung besiegeln, das hatte auch er vor den Göttern geschworen, das Herz übervoll vor Glück: „Wo du bist, bin auch ich."

Marcella lächelte versonnen: Ach, es war doch egal, wie und wo Agrippas Mutter ihn geboren hatte! Sie liebte ihn einfach.

Als habe er ihren Blick gespürt, sah er zu ihr hin. Da lächelte auch er.

Es wurde ein langer Abend. So viel gab es zu erzählen! Agrippas Nichten und Neffen saßen still nebeneinander und lauschten. Seine eigenen Kinder waren schon längst eingeschlafen. Eine Magd hatte Decken für sie gebracht. Die kleine Vipsania lag auf Marcellas Schoß, der vierjährige Marcus an einen der schnarchenden Hofhunde gekuschelt.

„Marcus", sagte Lucius Vipsanius mit einem versonnenen Blick auf seinen jüngsten Enkel und den Hund, „als dein Bruder noch so klein war, hat er das auch oft gemacht. Pollianus hat Tiere auch so geliebt."

Eine Weile dachten alle schweigend an den Toten. Unruhig warf die Öllampe flackernde Lichter auf die schmucklosen Steinwände des Innenhofs. Lucius Vipsanius räusperte sich. „Erzähl es mir, Marcus! Wie war das damals mit Pollianus – als er starb."

Mit rauer Stimme berichtete Agrippa vom Tod seines Bruders in Aquitanien. Wieder weinte Lucius Vipsanius.

Agrippa legte ihm vorsichtig die Hand auf den Arm. „Er hätte nicht ehrenhafter sterben können, Vater. Und genauso hat er gelebt – wenn dir das ein Trost ist.“

Lucius Vipsanius nickte. Mit dem Handrücken wischte er sich die Nase ab und schniefte laut.

„Ich weiß noch genau“, erinnerte sich Agrippa, „wie er eines Tages bei mir in meinem Studentenzimmer in Rom stand! Wie habe ich ihn bewundert, den großen Zenturio der Legio Ferrata! Und wie hat er mich gelobt, der ich so viel Glück hatte und vom Philosophen und Bankier Atticus unterstützt wurde! Später, als ich selbst beim Heer war, habe ich gesehen, wie sehr ihn seine Leute geliebt haben. Selbst der Legat Statilius Taurus hat Pollianus mehrmals ausgezeichnet.“

„Taurus selbst?“, wollte Lucius Vipsanius wissen.

Agrippa nickte. „Der beste Feldherr Roms.“

„Das stimmt nicht, Marcus“, fiel Pollilla ein. „Der beste Feldherr Roms bist du!“

„Hast du mich denn schon kämpfen gesehen?“, zwinkerte er.

„Nein. Aber ich weiß es auch so! Denn Caesar Augustus selbst weiß es. Und jetzt erzähl uns vom Augustus und von seiner Frau Livia – von allen auf dem Palatin! Wie war das mit dem Siegelring? Und erzähl uns vom berühmten Redner Valerius Messalla. Er ist dein Freund, heißt es? Und dann von Kleopatra, von Actium und von Naulochoi und vom schrecklichen Sextus Pompeius.“ Pollilla rutschte aufgeregt hin und her. „Und von Maecenas, ja? Stimmt es, dass er ein Liebesverhältnis mit einem Schauspieler hat? Das hat mir die Frau des Barbiers in Arpinum erzählt. Ist das wahr?“ Sie kicherte.

Lucius Vipsanius räusperte sich vernehmlich. „Auf derlei dummes Geschwätz wie über diesen Maecenas brauchst du nicht einzugehen, Marcus. Schon allein wegen der Kinder wäre mir das nicht recht. Aber die anderen Dinge sollst du uns erzählen.“

Es wurde sehr spät. Irgendwann beugte sich Marcella zu ihrem Mann und küsste ihn zärtlich auf die Wange. „Ich gehe zu Bett.” Mit ihrer kleinen Tochter auf dem Arm und dem Söhnchen an der Hand, das sich greinend die Augen rieb, folgte sie ihrer Schwägerin ins Haus.

„Ihr schlaft selbstverständlich in unserem Zimmer“, stellte Pollilla fest.

Das Schlafzimmer des Gutsherrn Gaius Tafanius war nur ein kahler Raum mit einem großen Bett. Die Wände waren mit einfachen Blumenmotiven bemalt. Im Eck standen ein kleiner Tisch, ein Stuhl und eine Holztruhe. Alles war so schlicht!

Auf Marcellas Bitten, hatte Pollilla ihr auf dem Weg hierher den Ahnenschrein gezeigt. Marcella lächelte – endlich würden auch sie und Agrippa einen solchen haben, mit Erinnerungen an seine volskischen Vorfahren darin, und daneben eine Büste ihres Vaters Claudius Marcellus. Kontrastreichere Ahnen hatte wohl niemand in ganz Rom!

Marcella legte die Kinder ins Bett und deckte sie zu. Zufrieden seufzend schlüpfte sie zu ihnen unter das raue Leintuch. Das Bett knarrte, und das Stroh stach durch das Laken. Trotzdem fühlte sich Marcella so glücklich wie selten. Noch einmal sah sie durch das geöffnete Fenster. Abertausende Sterne erhellten die Nacht. Fast grauweiß ließen sie das Firmament erstrahlen. Nichts war zu hören außer dem Jubelgesang der Grillen und, nur fernes Gemurmel, Agrippas Stimme. Er unterhielt sich noch immer mit seinem Vater. Sie hatten einander wieder gefunden, nach so vielen leidvollen Jahren.

Marcella seufzte erneut. Es roch nach Heu und Erde. Ein Hund bellte in der Ferne, mehrere andere stimmten ein. Marcella genoss es, die kleinen, weichen, über alles geliebten Körper ihrer Kinder neben sich zu spüren. Nur Agrippa fehlte noch. Aber er würde bald kommen.

„Wie danke ich euch, ihr gütigen Götter!“, flüsterte sie. „Es ist alles so wunderbar!“ Während sie sich noch wünschte, die Zeit möge stehen bleiben, während sie betete, dass die Liebe ihres Mannes nie enden möge und ihre Kinder gesund aufwachsen würden, fielen ihr die Augen zu.

Am nächsten Morgen zeigte Agrippa Marcella das Gut, auf dem er aufgewachsen war. Am Mittag servierte Pollilla neben verdünntem Wein und Brot auch noch Wildschweinschinken, Oliven, Käse und Kastanien in Honig – für bäuerliche Verhältnisse ein geradezu verschwenderisches Mittagsmahl. Dann kam die Stunde des Abschieds. Noch lange winkte Agrippas Familie den Davonziehenden nach – bis sie hinter einer Wegbiegung verschwanden.

Schweigend schleppte sich Lucius Vipsanius ins Haus zurück. Es sollte das letzte Mal gewesen sein, dass er seinen Sohn zu Gesicht bekam. Im darauffolgenden Winter starb er überraschend, mitten in der Nacht. Als seine Tochter ihn am nächsten Morgen fand, war sein Körper schon kalt. Aber er musste im Moment seines Todes einen schönen Traum gehabt haben. Auf seinem Gesicht lag ein zufriedenes Lächeln.

Die Schiffsreise nach Griechenland verlief ruhig. Neptun war bester Laune, die Sonne strahlte, und jeder Tag brachte neue Wunder. Natürlich machten sie auch im mittlerweile bestens ausgebauten Hafen von Misenum Station. In Caesars Villa in Baiae nahmen sie Quartier. Am Abend gingen Agrippa und Marcella Hand in Hand noch einmal den Weg entlang, auf dem sie sich vor sechs Jahren ineinander verliebt hatten. Wieder küssten sie sich lange und glücklich, an der gleichen Stelle, an der es einst geschehen war.

„Ich habe damals nicht an das Wunder geglaubt, dass wir einmal eine gemeinsame Zukunft haben sollten", sagte Agrippa danach rau.

Marcella umarmte ihn mit aller Kraft. „Ich auch nicht. Aber jetzt kann uns nichts mehr trennen!"

„Nichts, Marcella, niemand und nichts, nie mehr."

Weiter ging die Reise, entlang der malerischen Buchten und Klippen der surrentinischen Küste nach Süden, danach rund um den Stiefelabsatz. Überall, wo sie Station machten, regelte Agrippa dringende Verwaltungsfragen. Im Kriegshafen Brundisium nahmen sie zum letzten Mal Vorräte auf.

Agrippa und Marcella standen nebeneinander an der Reling, während das Schiff auslief. Immer kleiner wurden die schneeweißen Häuser der Stadt, die Werften und Speicherhallen, bis ihre Umrisse im Dunst verschwammen. Schließlich verschmolzen sie mit dem milchigen Blau der sanft geschwungenen Hügellinie. Irgendwann war das italische Festland außer Sicht.

Eine freundliche Brise trieb sie nach Osten. Was die Zukunft wohl bringen würde? Agrippa war guter Laune. Obwohl er während der langen, friedlichen Jahre in Rom sehr glücklich gewesen war, freute er sich doch auf die neue Herausforderung.

Bald tauchten die hellen Felsen der Küste von Epirus vor ihnen auf. Endlich hatte Agrippa Muße, sich auf die Schönheit der Landschaft zu konzentrieren, statt wie früher nach feindlichen Schiffen Ausschau zu halten. Ihr erstes Ziel war der Golf von Ambracia, wo die große Seeschlacht gegen Kleopatra und Antonius stattgefunden hatte. Heute war Actium wieder ein friedliches Städtchen. Agrippa und Marcella stiegen zu dem Tempel des Apoll hinauf, den Caesar Augustus nach dem Sieg gestiftet hatte, und opferten dem Gott.

Wenig später segelten sie an Ithaka vorbei, wo der listenreiche Sagenheld Odysseus gelebt hatte, danach rund um die Halbinsel Peloponnes, die wie eine titanische Hand im Meer lag. Im Norden lag das flussreiche Achaia, weiter südlich das vielbesungene Arkadien, die Heimat so vieler großer Helden, und am Rande des Gebirges von Taygetos das berühmte Sparta.

Der Höhepunkt ihrer Reise war zweifellos Athen. Für Agrippa war es der erste Besuch in dieser Wunderstadt. Marcella hatte als kleines Mädchen schon einmal hier gelebt, als ihre Mutter noch in zweiter Ehe mit Marcus Antonius verheiratet war. Aber sie erinnerte sich an fast nichts mehr. So staunte auch sie über das umtriebige Leben im Hafen Piraeus, über all die neuen Eindrücke dieses verwandten und doch so unterschiedlichen Volkes – und natürlich über die hehre Akropolis auf dem Burgberg hoch über der Stadt.

Gleich am Tag nach ihrer Ankunft stiegen sie hinauf. Glanzvollster Bau der Akropolis war der Parthenon, ein ganz und gar aus Marmor gebauter Tempel der Stadtgöttin Athena Parthenos. Stolz sah sie auf die Besucher zu ihren Füßen herab, nachdem diese das Gebäude betreten hatten. Gesicht und Arme der raumbeherrschenden Göttin hatte der berühmte Bildhauer Phidias aus Elfenbein geschnitzt, in ihrem Gewand und Helm waren 44 Talente Gold verarbeitet.

Beeindruckender noch als den Parthenon fand Agrippa die Propylaeen auf der entgegengesetzten Seite des steilen Burgberges, den säulengetragenen Torbau, der ins Innere der Akropolis führte. Vor allem die Genialität, mit der ihr Erbauer Mnesikles das steile Gelände davor in einen herrschaftlichen Aufgang verwandelt hatte, entlockte ihm, dem Liebhaber gewagter Architektur, immer wieder begeisterte Ausrufe.

Den Magistraten der Stadt, die ihn begleiteten, entging das nicht. Schon vor seiner Ankunft hatte die Nachricht, Marcus Agrippa werde sie besuchen, für erwartungsvolle Freude gesorgt. Schließlich war er nicht nur der beste Freund des Augustus, sondern auch der Zieh- und einst Schwiegersohn des Atticus – und der war in Athen noch immer unvergessen. Titus Pomponius, dem die Griechen den Beinamen Atticus verehrt hatten, war einer der wenigen Römer, derer man sich hier gern erinnerte.

Bald kamen die Athener zu dem Schluss, dass Agrippa dessen würdiger Erbe sei. Statt Geld von ihnen zu verlangen wie ehemals der unersättliche Marcus Antonius, spendete Agrippa reichlich für die Verschönerung der Stadt. So gab er auch ein großzügiges Musiktheater für rund tausend Zuschauer in Auftrag, das auf der Südseite des weitläufigen Markt- und Versammlungsplatzes, der Agora, stehen sollte. Nachdem Agrippa das verkündet hatte, schworen die Magistrate von Athen, sie würden ihn ebenso wenig vergessen wie Atticus.

Mit einem Bau hatten die Athener allerdings ihre Schwierigkeiten: mit dem Tempel zu Ehren des Augustus und der Göttin Roma. Es sollte ein Symbol der Freundschaft zwischen Griechen und Römern sein. Doch ein solcher Tempel war den stolzen Bürgern Athens ein Dorn im Auge, würde er sie doch immer daran erinnern, dass sie kein freies Volk mehr waren. Aber sie wussten, dass sie dem Prokonsul Marcus Agrippa diesen Wunsch unmöglich abschlagen konnten.

Eine Weile diskutierten die Stadtväter hin und her. Dann fanden sie eine gewiefte Lösung. Auf der Akropolis selbst sollte der Tempel stehen, ließen sie Agrippa wissen. Das war ein herausragender Standort, damit konnte Caesar in Rom zufrieden sein! Darüber, wie winzig der runde Bau ausfallen und wie verschämt er sich hinter den mächtigen Parthenon ducken würde, schwiegen sie sich allerdings wohlweislich aus.

Am Tag vor Agrippas Weiterreise suchten ihn die Stadtväter noch einmal auf. Inständig baten sie ihn, er möge sie noch einmal hinauf zur heiligen Akropolis begleiten. Als sie erneut vor den Propylaeen standen, die Agrippa so sehr bewundert hatte, wies einer der Magistrate auf einen mächtigen Sockelbau, der sich links über die große Freitreppe erhob. Vor langer Zeit hatten ihn die Athener errichtet, um dort das Standbild eines ihrer Könige aufzustellen. Doch das Projekt war irgendwann verworfen worden. Seit Jahrhunderten stand der Sockel ungenutzt da.

Jetzt aber, verkündete der Vorsitzende des Athener Magistrats, habe man einstimmig beschlossen, dort eine Monumentalstatue Agrippas zu errichten. Dies sei ihr Abschiedsgeschenk. Er möge doch so freundlich sein, es nicht abzulehnen. Keinesfalls wollten sie damit die Größe des Augustus schmälern. Der bekäme ja seinen Tempel auf der Akropolis. Trotzdem wäre es ihr innigster Wunsch, in dieser Weise dauerhaft an Agrippas Besuch zu erinnern.

Er stimmte zu.

„Fast hatte ich das Gefühl“, sagte Agrippa am nächsten Tag beim Auslaufen zu Marcella, „als sei den Athenern meine Zustimmung zum Bau der Statue wichtiger gewesen als all meine großzügigen Geschenke.“

Marcella blickte nachdenklich auf das nahe Festland zurück. Hell erhob sich die Akropolis über dem Morgennebel.

„Vielleicht liegt es daran, dass sie so lange, lange Zeit niemanden für würdig befunden haben, auf diesem Sockel am Eingang der Akropolis verewigt zu werden. Ich glaube, in diesem Geschenk steckt viel Herzblut, Marcus. Ich nehme an, sie wollten dir damit ihre Liebe zeigen.“

„Ist es nicht seltsam, Marcella? In Rom hassen sie mich, und hier lieben sie mich.“

Sie hakte sich bei ihm unter. „Das stimmt so nicht. Auch in Rom lieben dich viele Menschen, vor allem das einfache Volk, aber auch viele andere: Onkel Gaius, Tante Livia, Vipsania, meine Mutter, Messalla, Tiberius, ach, und noch so viele andere! Nur weil ein paar verstaubte Senatoren dich ablehnen, kannst du doch nicht sagen, die Römer würden dich hassen.“

„Vielleicht hast du Recht.“ Er riss seinen Blick vom Festland los und sah seine Frau an. „Was kümmern mich die Römer, hm? Wenn nur du mich liebst, ist alles gut, Marcella.“

Sie lachte und rieb ihre Wange an seiner Schulter. „Dich werde ich immer lieben, bis zu meinem letzten Atemzug.“

Die nächsten Tage waren voller Zauber. Insel um Insel glitt an ihnen vorüber, während ihre kleine Flotte weiter Kurs Nordost nahm. Wie ferne Verheißungen verschwammen die Silhouetten der Eilande im abendlichen Dunst. Agrippa und Marcella hätten sich nicht gewundert, wenn sie irgendwann den lockenden Gesang von Sirenen gehört hätten.

Nachdem sie die attische Halbinsel umfahren hatten, passierten sie die Meerenge zwischen Euboia und Andros. Vor ihnen lag eine riesige Fläche offenen Wassers. In glitzerndem Sommerblau lag das ägäische Meer vor ihnen.

Langweilig wurde es auch dort nicht. Immer wieder stießen Delphine zu ihnen, schwammen um die Galeeren herum und maßen ihre Geschwindigkeit mit den römischen Schiffen, schimmernde graue Leiber, die pfeilschnell durch das Meer schossen und ab und zu prustend kleine Wasserfontänen ausstießen.

Der Steuermann erzählte ihnen die unglaublichsten Geschichten über sie, über Freundschaften zwischen Mensch und Tier sowie über die Klugheit und das mitfühlende Herz der Delphine. Noch viel lieber aber berichtete er von haarsträubenden Begegnungen mit fürchterlichen Ungeheuern aus der dunklen Tiefe, Orcae genannt, und von anderen grässlichen, menschenverschlingenden Meereswesen.

Endlich zeichnete sich das Festland der Provinz Asia am Horizont ab. Als Agrippa am nächsten Morgen auf das Deck hinaustrat, wies der Steuermann strahlend auf eine große Insel, die sich von der Küstenlinie abhob. „Da, unser Ziel! Lesbos! In wenigen Stunden sind wir dort.“ Eine grün gesprenkelte, große Insel erhob sich aus der See, überragt von einem mächtigen Gebirgsmassiv. Agrippa rief Marcella.

„Ist das schön”, seufzte sie und drückte seine Hand, während sie lächelnd zu ihrer neuen Heimat hinübersahen. Agrippa hob seinen Sohn hoch, um auch ihm die Insel zu zeigen. „Siehst du, Marcus? Da werden wir bald wohnen!“

Der Kleine nickte ernst – als ahnte er, dass sich dort bald sein Schicksal erfüllen würde.

Mit großem Aufwand und Getöse wurden sie in der Inselhauptstadt Mytilene empfangen. Am Ufer stand, laut flötend und trompetend, eine Kapelle. Davor hatten sich die römischen Verwaltungsbeamten in ihren besten Togen und die griechischen Honoratioren aufgestellt.

Sie wurden von einer neugierigen Volksmenge umringt: Griechen, Kappadokier, Thraker und Pontiner, bunt gemischt.

Lesbos war ein wichtiger Stützpunkt Roms im Osten des Reiches. Die Lage war ideal: Bis zum Festland, der Troas, waren es nur wenige Meilen. Kaum eine Tagesfahrt nördlich eröffnete sich die Einfahrt durch den Hellespont ins Pontinische Meer. Südlich von Lesbos reihten sich weitere Inseln auf. Die berühmteste war Samos, der Geburtsort des Pythagoras. Antonius hatte dort einst mit Kleopatra und seinen Vasallen rauschende Feste gefeiert, Octavius nach der Schlacht von Actium den Winter verbracht. Am benachbarten Festland lagen die alten Städte Milet und Ephesos. Weiter südlich lag Rhodos. Aber die größte Insel im Osten der Ägäis war Lesbos – ausgedehnt genug, um Tausenden Siedlungsraum zu bieten, ein Land voll grüner Wälder, fruchtbarer Felder und Viehweiden, das Zentrum wichtiger Handelrouten.

Kein Wunder also, dass die Insel schon früh Begehrlichkeiten bei den Römern geweckt hatte. Als erster war Julius Caesar eingefallen. Ihm waren weitere Berühmtheiten gefolgt, die meisten friedlich, darunter ein Onkel Marcellas, der bei Pompeius Magnus in Ungnade gefallen war und Lesbos als Exil gewählt hatte. Als letzter hatte sich der jüngste Sohn des Pompeius, der Seekönig Sextus, nach dem verlorenen Krieg gegen Octavius hier niedergelassen – bevor ein Gefolgsmann des Antonius seinem Leben ein blutiges Ende gesetzt hatte.

Jetzt war der militärische Bezwinger des Sextus da, Marcus Agrippa. Seine Entscheidung für diesen Wohnsitz war in Rom auf einiges Befremden gestoßen. Im Vergleich zu anderen Städten des Ostens war Mytilene nur zweitrangig. Aber Agrippa hatte gute Gründe. Indem er eine griechische Stadt bevorzugte, wollte er seinen engen Bezug zur Kultur des nördlichen Mittelmeerraumes betonen. Städte wie Antiochia oder Jerusalem, vor allem aber Alexandria, die als Inbegriff östlicher Exotik galten, kamen für ihn nicht in Frage. Blieb noch das prächtige Athen, wo man Agrippa so warm empfangen hatte. Doch er wollte auf keinen Fall den Eindruck erwecken, als stelle er ein Gegengewicht zu Rom auf.

Noch ein Argument sprach für Lesbos: Ganz in der Nähe, an der Einfahrt in den Bosporus, befand sich die thrakische Halbinsel Chersonnesos – und dort hatte Atticus ihm ausgedehnte Ländereien vermacht. Die wollte Agrippa jetzt endlich mit eigenen Augen begutachten.

Das letzte Argument steuerte Musa bei: Agrippa solle sich auch im Osten ab und zu Ruhe gönnen. Jetzt, im Alter von gut vierzig Jahren und nach einem Dasein, das so bewegt war wie kaum ein anderes, solle er endlich einmal auch an sich denken.

Zuweilen hielt sich Agrippa an Musas Rat, aber das Arbeiten konnte er auch auf Lesbos nicht lassen. Gleich nach seiner Ankunft fiel ihm auf, dass es in Mytilene kein fließendes Wasser gab. Also führte ihn einer seiner ersten Ausflüge ins Gebirge, um Quellen zu suchen. Wenig später begannen seine Leute mit dem Bau einer Leitung.

Seine Hauptaufgabe bestand aber erst einmal darin, die zahlreichen Gesandten der umliegenden Provinzen zu empfangen, die den Prokonsul begrüßen wollten. Bald bevölkerten Dutzende von Botschaftern mit ihren Gefolgsleuten die Straßen der einst so beschaulichen Stadt.

Trotzdem schaffte sich Agrippa wenigstens ein paar Freiräume. So begann er mit einem alten Projekt, für das er sich in Rom nie Zeit genommen hatte: seine Erinnerungen niederzuschreiben. Es wurde ein umfangreiches Werk.

Vor allem aber widmete er sich seiner Familie. Agrippa war glücklich, und er wollte sein Glück endlich auskosten. So durchstreifte er mit Marcella mehrere Tage lang die Insel. Den Nachwuchs wussten sie in Mytilene von den Kindermädchen gut betreut, während Tychicus ihre Residenz einrichtete.

„So schön hatten wir zwei es zuhause nie“, wiederholte Marcella unterwegs immer wieder.

Agrippa stimmte jedes Mal zu: „Fast wie zwei ganz normale Bürger, nur du und ich und ein paar Diener. Aber kein Senat, keine Konsuln, keine Klienten und keine Legaten! Diese Insel ist ein Hort des Friedens.“

Wie andere Sterbliche auch, saßen sie auf hölzernen Stühlen am Meerufer oder unter weinbelaubten Pergolen und ließen sich eingelegte Gurken, Hackfleischbällchen mit ungemein viel Knoblauch, Oliven, gegrillte Sardellen und Bohnenbrei servieren, Seeigelsalat, Schweinefleischspieße mit Zwiebeln und zarten Hummer. Ihnen fiel auf, dass selbst die Erwachsenen hier viel Milch tranken – ganz anders als in Rom. Außerdem zeigten die Lesbier ein ungewöhnliches Faible für Hirsefladen.

„Nicht ganz mein Geschmack“, nörgelte Agrippa schon bald. Geradezu versessen war er dagegen auf die gegrillten Oktopusse. Sobald sie eines der zahlreichen Fischerdörfchen erreichten und am Strand die großen, grauen Kraken, fein säuberlich auf langen Leinen aufgereiht, im Wind baumeln sahen, strahlte er Marcella augenzwinkernd an: „Der Ort macht einen guten Eindruck. Sollten wir uns den nicht genauer ansehen?“

So lernten sie Lesbos kennen. Sie waren beide der Ansicht, dass es nirgendwo eine schönere Insel geben könnte. Wie ovale Seen schoben sich zwei Meeresbuchten ins Landinnere. Im Süden erhob sich ein mächtiger Berg mit dem stolzen Namen Olympos. „Im Winter liegt sogar Schnee auf seinem Gipfel“, erzählte ihr Führer.

Erstaunlich grün waren die Wälder und die weiten Felder. Obst- und Ölbäume wuchsen hier, Feigen, Granatäpfel und Mandeln, daneben kegelförmige Zypressen. Dazwischen weideten Schafe, Ziegen und Pferde. Oft hörten sie in den steilen Gebirgstälern die Flöten einsamer Hirten, lange bevor sie deren Herden zu Gesicht bekamen.

Wüstenartig war der Westen der Insel. Agrippa staunte über einen Wald, der ganz aus steinernen Bäumen bestand. Verwundert legte er die Hand auf einen der glühend heißen Stämme. „Wie kommt so etwas?"

Ihr Führer hob in einer Geste der Hilflosigkeit die Hände. „Niemand weiß es. Die einen sagen, Götter hätten diese Gegend verflucht. Andere sagen, die Bäume seien so uralt, dass sie erstarrt wären."

Ganz in der Nähe lag das Städtchen Eressos, der Geburtsort der Dichterin Sappho – der größten Dichterin aller Zeiten, wie man ihnen stolz erklärte. Der Philosoph Platon habe sie sogar die „Zehnte Muse" genannt.

Agrippa lächelte. „Auch ich habe Sappho gelesen, als ganz junger Mann." Dass er die Erinnerung mit seiner ersten Jugendliebe verband, erwähnte er nicht.

Ihr Führer nickte zufrieden. Es war gut, wenn ein Römer sich bewusst war, wo die Wiege der Kultur lag: in Griechenland.

„Lass sehen, ob ich noch eines von Sapphos Gedichten zusammenbringe", überlegte Agrippa laut. Dann fing er zu rezitieren an, stockend manchmal, aber alles in allem schaffte er es. Zärtlich sah er Marcella dabei an:

„Komm, steig vom Himmel herunter,
komm in den kretischen Tempel zu Schiff!
Da wachsen Apfelbäume im schönen und heiligen Hain.
Die Altäre dampfen von Weihrauch.
Das Wasser rinnt kühl unter den Apfelzweigen,
der Hang liegt im Schatten der Rosenbüsche.
Von den zitternden Blättern herunter
senkt sich tiefer Schlaf.
Eine Wiese liegt dort, da weiden die Pferde.
Frühlingsblumen blühen, es riecht süß nach Aniskraut.
Komm, Kypris, setz die Kränze aufs Haupt,
bring in goldenen Schalen den Nektar,
gieße den Wein ein, denn wir feiern ein Fest."

Marcella lachte glücklich. Es kam äußerst selten vor, dass ihr Mann Gedichte rezitierte.

In jenen sorglosen Tagen liebten sich Agrippa und Marcella fast jede Nacht. Manchmal waren sie zu Gast auf dem Landgut betuchter Griechen, dann wieder übernachteten sie in den knarrenden Betten bescheidener Herbergen, zuweilen ließen sie ihr Zelt aufschlagen. Doch ihrem Glück tat auch eine schlichte Kammer keinen Abbruch.

„Manchmal wünsche ich mir, du wärst nicht der Prokonsul, sondern einfach nur irgendein Marcus“, seufzte Marcella einmal, als sie nach der Liebe nebeneinander ruhten. Den Kopf auf ihren linken Arm gestützt, strich sie Agrippa versonnen ein paar Haarsträhnen aus der verschwitzten Stirn.

„Wenn ich nur irgendein Marcus wäre, wären wir jetzt nicht hier. Ich wäre wahrscheinlich Bauer im Volskerland. Aber was wäre mit dir?“

„Ich würde dich suchen, und eines Tages würde ich dich finden.“

Er lachte. „Lügnerin! Das würdest du nicht. Wahrscheinlich würdest du im Bett irgendeines Adligen liegen und ihm Artigkeiten sagen, so wie mir heute.“ Er zog die Brauen zusammen. „Und ich will gar nicht darüber nachdenken, wer das sein könnte, sonst bekomme ich Mordgedanken! Messalla vielleicht.“

„Dass du aber auch nie aufhören kannst, mir zu unterstellen, Messalla würde mir gefallen! Ich hätte seinen Namen damals in Baiae nie erwähnen dürfen!“

„Also gut, lassen wir das Thema. Messalla ist ja zum Glück weit weg und auch wieder verheiratet.“

„Jetzt ist es aber genug!“ Marcella knuffte ihn gegen den Arm.

„Au!“

„Geschieht dir recht! Leiden sollst du, wenn du solche Sachen über einen deiner besten Freunde sagst, und erst recht, wenn du so etwas über mich sagst.“

Agrippa grinste. „Also, was wäre, wenn ich nicht der wäre, der ich bin? Hm. Ich nehme an, dass wir uns dann nie kennen gelernt hätten. Und selbst wenn, so wäre es doch völlig undenkbar, dass Caesars Nichte einen volskischen Landritter ehelicht.“

„Es gibt doch zwischen dem Prokonsul und dem Bauern noch mehr, meinst du nicht? Das ganz normale Leben eines gewöhnlichen Bürgers, weder arm noch reich, irgendwo, in irgendeiner unserer Städte. Wäre das nicht schön?“

Seine grauen Augen glitzerten dunkel im fahl-silbernen Mondlicht. „Ja. Aber es ist nicht so. Lass uns also einfach nur froh sein, dass wir uns überhaupt haben – und die Kinder. Alles was ist, mag dir vielleicht gerade selbstverständlich erscheinen. Aber das ist es nicht. Gütige Götter haben uns ungemein viel geschenkt, mein Herz. Auch das könnte anders sein.“

„Nein, sag es nicht!“, lachte sie plötzlich und hielt ihm die Hand auf den Mund.

Er schüttelte sie ab. „Was denn?“

„Was Epikur dazu sagen würde. Ich weiß es auch so!“

„Was denn?“

„Man soll“, sagte sie mit triumphierendem Blick, „nicht aus Gier nach fernen Gütern die nahen gering achten, sondern bedenken, dass auch diese einmal sehnlichst erwünscht wurden."

„Weißt du, kleine Göttin", antwortete er, „noch heute wünsche ich mir nichts sehnlicher als dich."

Langsam fuhr sie mit dem Zeigefinger sein Profil nach: die breite Stirn, in die sich schon früh erste Falten eingegraben hatten, die kräftige, leicht gebogene Nase, die geschwungenen Lippen, das hervorspringende Kinn. „Du bist schön, Marcus."

Überrascht sah er sie an. Er hielt sich nicht für einen schönen Mann. Ansehnlich vielleicht – aber schön? „Ich?"

„Ja, du. Du bist sehr schön."

Er lächelte, halb geschmeichelt, halb beschämt. „Ich habe doch nur graue Augen. Viele finden graue Augen hässlich. Braun wie Holz, schwarz wie Onyx, blau wie der Himmel oder grün wie Waldblätter – alle Farben inspirieren die Dichter. Aber grau? Grau sind nur die düsteren Nordwolken, grau sind die Schatten, grau ist der Weg in die Unterwelt. Außerdem ist meine Nase zu groß und meine Brauen sind zu dicht. Und mein Körper ist auch nicht mehr das, was er einmal war."

„Grau ist der Regen, der die Erde befruchtet. Deine Nase ist kühn geschwungen, und deine Brauen verleihen dir ein geradezu majestätisches Aussehen. Und ich finde, dass ein reifer Körper viel schöner ist als ein unfertiger Jünglingsleib. Wenn ich durch Rom gehe und mir die Götter- und Heldenstatuen ansehe, dann gefällt mir Jupiter immer am besten: seine mächtige Brust, seine starken Arme, sein breiter Hals auf dem kräftigen Nacken, dazu das Gesicht, dessen Falten Weisheit ausdrücken."

Er zog einen Schmollmund. „So, Jupiter schaust du also an, wenn du an männliche Schönheit denkst! Du sollst aber nicht Jupiter anschauen, sondern mich."

Marcella lachte. „Nein, ich sage nur, dass ein solcher Körper schöner ist als der glatte Leib eines Apoll und dessen noch unfertige Züge."

„Sag das nie, wenn Caesar dabei ist."

„Ich werde mich hüten! Onkel Gaius würde mir das nie verzeihen, so sehr wie er Apoll verehrt." Sie dachte ein Weilchen nach. „Seinen Körper finde ich zum Beispiel recht unattraktiv – zu zart, zu schmächtig."

„Viele Frauen sind da anderer Meinung. Caesar kommt sehr gut bei den Damen an. Mich übersehen die meisten."

Marcella kniff ihn in den Arm. „Das will ich ihnen auch geraten haben! Sollte ich je eine erwischen, die dir zu nahe kommt, bekommt sie Ärger. Ich bin nicht so großmütig wie Tante Livia."

„Und was würdest du tun, wenn du eine solche Frau zwischen die Finger bekämst?"

Marcella dachte einen Augenblick nach. Dann setzte sie eine zornige Miene auf. „Ich würde sie umbringen! Und dich gleich mit. Benimm dich also. Es ist zu deinem eigenen Besten."

„Zur Liebe gehören immer zwei. Eine Frau kann noch so schön sein – wenn ich sie nicht auch will, hat sie keine Chance. Und ich will keine andere. Ich will dich. Ich liebe dich, Marcella, nur dich. Ich liebe deinen herrlichen Körper, deine Seele, dein warmes Lachen, deine Klugheit, deine Heiterkeit, deine Kinder. Alles an dir liebe ich. Du bist das schönste Geschenk, das die Götter mir jemals gemacht haben. Wenn ich an ihnen zweifle, muss ich nur dich ansehen, und sofort weiß ich, dass Venus so wahrhaftig existiert wie alles andere um mich herum."

Marcella sah ihn staunend an. „Marcus, es ist unglaublich, wie du dich verändert hast, seit wir Rom verlassen haben. Versteh mich nicht falsch, auch früher habe ich dich geliebt. Aber seit wir hier sind, bist du so ungewöhnlich zärtlich, so viel gefühlvoller. Wenn ich dich nicht schon lieben würde, müsste ich dir jetzt verfallen."

Agrippas Zähne schimmerten im Mondlicht. „Ich bin nur glücklich mit dir. Das ist alles."

Sie legte ihren Kopf auf seine noch immer ein wenig feuchte Brust und sah zum Firmament empor. Voll ergreifender Schönheit stand die Göttin Luna am Himmel, umringt von zahllosen Sternen. Marcella seufzte. Zärtlich kraulte Agrippa ihr Haar, das sich wie eine schwarze Kaskade auf seinem Oberkörper ausbreitete.

Aus Rom hörten sie in jenem Sommer nicht viel Neues. Für einiges Aufsehen in der Bevölkerung sorgte immerhin die Nachricht, die sie Mitte Juli erreichte: Augustus habe das Konsulat niedergelegt. Künftig wolle er nicht mehr tun, als sich das Imperium mit Agrippa teilen. Eine Bitte habe er allerdings noch an den Senat: Der möge seine tribunizische Unantastbarkeit auf Lebenszeit erweitern. Selbstverständlich wurde auch dieser Wunsch erfüllt.

„Ja!", rutschte es Agrippa zufrieden heraus, nachdem er diese Mitteilung gelesen hatte. „Jetzt hast du es geschafft!" Mit diesem Zug hatte Augustus für alle Zeit das Recht erworben, bei Sitzungen des Senats jede beliebige Sache zu jedem Zeitpunkt zur Verhandlung zu bringen. Außerdem konnte er jedes Gesetz durch sein Veto verhindern. Als ihm die Senatoren darüber hinaus auch noch den Titel des Volkstribuns anboten, lehnte Augustus jedoch ab. Schließlich hatte er auch so erreicht, was er wollte. Titel waren nur gefährlich. Allein auf ihren Inhalt kam es an.

Die Art und Weise, wie Augustus seine enorme Machtfülle nach außen hin zu bemänteln verstand, war ebenso genial wie die Tatsache, dass er sie überhaupt errungen hatte – ausgerechnet in Rom, in einem Staat, dessen Bürger die Monarchie zutiefst verabscheuten!

Genau deshalb aber legte der Erhabene in der Öffentlichkeit äußersten Wert auf Bescheidenheit. So schien seine Position gar nicht so herausragend: Er war ja offiziell kaum mehr als der erste unter Gleichen – der Princeps der Senatoren.

Tatsächlich aber hatte noch kein Herrscher der bekannten Welt jemals eine solche Machtfülle besessen: Gemeinsam mit Agrippa befehligte Augustus den größten Teil der römischen Legionen. Sein Einfluss reichte von Afrika bis zur Nordsee, vom Atlantik bis zur Grenze Armeniens. Jetzt genoss er auch noch vollständige Unangreifbarkeit bis an sein Lebensende.

Viele, die das durchschauten, verglichen Augustus mit einem König. Aber das war falsch – Augustus war viel mehr als nur ein König. Er war das, wovon Kleopatra und Antonius einst geträumt hatten: Er war der König der Könige. Augustus war etwas völlig Neues, das es noch nie gegeben hatte. Dafür gab es noch kein Wort. Und weil er auf keinen Fall auf diese Tatsache aufmerksam machen wollte, nannte er sich in altbewährter Bescheidenheit auch weiterhin schlicht „Caesar“. Doch seit jenen Tagen im Juli des Jahres 731 begann der Name seines Großonkels eine neue Bedeutung anzunehmen. Diese ging weit über das hinaus, was der vergöttlichte Caesar je gewesen war. So entstand das Wort „Kaiser“.

Augustus sollte sich nur wenige Wochen über seinen heimlichen Triumph freuen dürfen. Im Herbst ereilte ihn ein fürchterlicher Schicksalsschlag.

Die Vorboten zeigten sich bereits im Sommer. Es war in diesem Jahr ungewöhnlich heiß. Gleichzeitig stürzten sintflutartige Regenfälle vom Himmel. Der Tiberis schwoll so stark an, dass er sogar eine massive Holzbrücke mit sich riss. Drei Tage lang konnten weite Teile der Stadt nur mit Booten befahren werden. Besonders mulmig wurde es den Römern, als bekannt wurde, dass ein wilder Wolf mitten in der Stadt gefangen worden war. Was für ein erschreckendes Omen! Darüber hinaus brachen Feuer aus. Stürme wüteten über Rom und rissen die Ziegel von den Dächern. Alle waren sich einig, dass etwas Entsetzliches passieren musste.

Aber erst einmal atmeten die Bürger auf, als das Hochwasser endlich zurückging. Überall sah man jetzt städtische Reinigungskolonnen, die den Schlamm auf Karren luden und zurück ins Flussbett brachten, sowie die Trittsteine und Gehsteige vom glitschigen Morast befreiten. Natürlich schaufelten sie auch Unmengen fauligen Müll weg, tote Ratten und Hunde. Zuweilen fanden sie sogar eine Leiche zwischen den Trümmern.

Eines Tages brach einer der städtischen Sklaven zusammen. Niemand scherte sich darum. So etwas geschah alle Tage. Der Mann würde sich schon wieder erholen, und wenn nicht, war das auch kein Weltuntergang.

Bald aber häuften sich die Todesfälle. Irgendwann war jedermann klar: Eine entsetzliche Seuche wütete in Rom. Fluchtartig verließen viele Menschen die Stadt. Wie man sich vor dieser Krankheit schützen konnte, wusste keiner. Aber Isolation konnte helfen, diese Meinung vertraten viele.

Mutig beschloss Augustus, in Rom zu bleiben. Aber er bestand darauf, dass die restlichen Mitglieder seiner Familie dem mörderischen Gifthauch entfliehen sollten. Die Frauen und Livias zweiter Sohn Drusus waren ohnehin schon seit einigen Wochen zur Sommerfrische in Baiae. Nur Tiberius und Marcellus waren zurückgeblieben. Unmissverständlich befahl Augustus ihnen, dass sie ebenfalls in den Süden reisen würden. Um jegliches Risiko auszuschließen, schickte er seinen Leibarzt Antonius Musa mit.

In Baiae wurden die beiden herzlich begrüßt. Ob es ihnen gut ginge? Zur allgemeinen Erleichterung nickten die jungen Männer eifrig. Nur Marcellus fühlte sich noch ein wenig benommen, aber das war ja normal nach einer Seereise.

Mitten in der Nacht rief er nach seinem Leibdiener und bestellte Wasser. Erschrocken stellte Julia fest, dass ihr Mann Fieber hatte. Sie sprang aus dem Bett und weckte seine Mutter Octavia.

Die eilte sofort zu ihm. Marcellus glühte. Voll tiefster Sorge rief sie Musa. Seine Diagnose war vernichtend: Marcellus hatte sich in Rom mit der Seuche angesteckt.

Der Arzt tat alles nur Erdenkliche, um das Fieber zu senken – umsonst. Octavia weinte und betete stundenlang am Bett ihres einzigen Sohnes. Sie war nicht von ihm wegzubewegen, so sehr Livia auch warnte und bat. Besorgt gab die endlich ihre Bemühungen auf und kehrte zu ihren eigenen Söhnen und Vipsania zurück. Julia nahm sie mit.

Augustus' Tochter war bleich vor Entsetzen. Nein, sie liebte Marcellus nicht, hielt ihn für einen Langweiler, Träumer und Schwächling. Immerhin waren sie verheiratet, er war ihr Cousin und sie waren zusammen aufgewachsen. Vielmehr beschäftigte sie etwas anderes: Hatte sie sich selbst angesteckt?

Livia befahl ihrer Ziehtochter, sich von den anderen fern zu halten. Julia tat ihr leid. Allein mit ihrem Elend saß die junge Frau auf ihrem Zimmer. Aber Livia sah keinen anderen Ausweg. Eindringlich warnte sie Vipsania, Tiberius und Drusus davor, ihre Räume zu verlassen. Dann ließ sie im ganzen Haus Weihrauch verglimmen, um die Luft zu reinigen.

Musa griff in seiner Not wieder zu jenen Mitteln, die vor wenigen Monaten Augustus kuriert hatten: kalte Wickel und Kräutertränke.

Aber diesmal blieben sie wirkungslos. Marcellus wand sich schweißgebadet im Bett, immer wieder erbrach er sich.

Trotzdem blieben sowohl seine Mutter als auch Musa bei dem Kranken. Leise klagend streichelte Octavia sein Haar, legte ihm feuchte Tücher auf die Stirn und wusch seinen geplagten Körper. Marcellus bekam von alledem kaum noch etwas mit. Im Delirium stammelte er wirre Wortfetzen.

Plötzlich schien er sich zu beruhigen. Er lag ganz ruhig da, die Augen geschlossen. Octavia legte erneut die Hand auf seine Stirn. Sie fühlte sich kühler an! Ob er das Schlimmste überstanden hatte?

„Marcellus?“, flüsterte sie mit klopfendem Herzen. „Geht es dir besser?“

Ihr Sohn schwieg, die geborstenen Lippen leicht geöffnet. Ganz entspannt lag er da.

Schlief er – oder …? Panisch rief Octavia nach Musa, der sich im Nebenzimmer ausruhte. Als der Arzt Marcellus so liegen sah, riss er erschrocken die Augen auf. Sofort griff er nach dem Handgelenk des jungen Mannes und suchte seinen Puls. Kurz darauf ließ er die Hand wieder fallen, holte zitternd ein Stück blankes Metallblech aus seiner Tasche und hielt es vor Marcellus’ Nase. Lange Zeit hielt er es so. Dann senkte er den Kopf. „Er atmet nicht mehr.“

Ein gellender Schrei ließ Livia und Vipsania, die das Zimmer teilten, hochfahren.

„Du bleibst hier!“, befahl Livia dem Mädchen. Sie selbst eilte in Marcellus’ Gemach. Sofort begriff sie, was passiert war. Schluchzend lag Octavia über der von der Seuche gezeichneten Leiche ihres 19-jährigen Sohnes. Dass sie so in höchster Gefahr war, sich ebenfalls anzustecken, schien sie nicht zu interessieren. Endlich richtete sie sich auf. „Livia!“, schrie sie und raufte sich die Haare. „Oh, Livia, mein Sohn!“

Livia stand noch immer in der Tür und bewegte sich nicht. Sie hatte Angst, in das Krankenzimmer hineinzugehen, aber der Jammer ihrer Schwägerin war so groß, dass sie es auch nicht übers Herz brachte, sie zu verlassen. Hilflos stand Livia da, während ihr die Tränen über die Wangen liefen.

Vipsania, die alleine zurückgeblieben war, zitterte, als sie das Schreien und Wehklagen hörte. Ängstlich trat sie in den Korridor. Da sah sie Tiberius und Drusus stehen, die ebenfalls ihre Schlafzimmer verlassen hatten. Schutzsuchend lief sie zu ihrem Verlobten. Tiberius legte wortlos beide Arme um sie.

„Götter!“, flüsterte Drusus. „Marcellus ist tot.“

Wie eine eisige Winterböe fegte die traurige Nachricht in die Heiterkeit des Lebens, das Agrippa und Marcella auf Lesbos geführt hatten.

Marcella trauerte tief um ihren jüngeren Bruder. Sie hatten sich immer gut verstanden.

Augustus schrieb, was sich nach Marcellus' Tod in der Heimat abgespielt hatte. Sie hatten die Leiche seines vielgeliebten Neffen und bevorzugten Erben nach Rom überführt. Dort erhielt er ein Staatsbegräbnis. Tief bewegt hielt Augustus die Leichenrede. Dann wurde Marcellus' Asche im Augustus-Mausoleum beigesetzt. Seine Urne war die erste. Der Senat beschloss zahlreiche Ehrungen für den Toten. Augustus benannte ein neues Theater nach ihm: Marcellus-Theater.

Doch all dies konnte das Leid seiner Mutter nicht lindern. Wie kein anderer Schlag im Leben, schmetterte der Tod ihres einzigen Sohnes Octavia nieder. Monatelang sah man sie nicht lächeln. Allein die Anwesenheit der Kinder des Antonius, die noch in ihrem Haus lebten, hielt sie am Leben. Vor allem der 21-jährige Jullus, der Sohn des Antonius und der Fulvia, war ihr in diesen Tagen eine Stütze. Trotzdem wurde Octavia nie mehr dieselbe wie früher.

Auch Augustus war untröstlich. Viele Wochen blieb er jeglicher Feierlichkeit fern. Stundenlang saß er nachdenklich am Fenster. War es zu windig, schloss er die Läden. Unbeweglich starrte er in das diffuse Licht der milchigen Glasscheiben oder in das flackernde Licht einer Lampe. „Aus“, murmelte er immer wieder vor sich hin, „einfach so. Einfach aus. Und warum? Wozu?“

Er erwachte erst wieder aus seiner Lethargie, als ihm das unfassbare Gerücht zu Ohren kam, Livia sei schuld an Marcellus' Tod; Sie habe damit ihrem Sohn Tiberius den Weg zur Macht bereiten wollen. Augustus raste. „Wie können Menschen so grausam sein und es angesichts eines solchen Schmerzes, eines solch grausamen Todes wie durch diese Seuche wagen, ihren giftigen Geifer auch noch über Livia auszuschütten!“, schrie er. Niemand antwortete ihm. Eines aber machte ihm dieses Gerücht klar: Er musste einen neuen Nachfolger finden.

Kurz vor der Jahreswende machte Herodes, der König von Judäa, Agrippa seine Aufwartung. Er brachte viel Unruhe in ihr Leben auf Lesbos, aber Agrippa empfand das als erholsam. Schließlich schaffte es der temperamentvolle Herodes, ihn und vor allem Marcella wieder aus ihrer gedrückten Stimmung herauszureißen.

Agrippa und der König von Judäa hatten sich bereits zwei Mal kurz in Rom getroffen. Schon damals waren sie sich sympathisch gewesen. Jetzt lernten sie einander besser kennen.

Beiden gefiel, was sie sahen. Herodes war anders als andere Herrscher: lebhafter, gewandter, glanzvoller, intelligenter, voller gewagter Ideen – eine imposante Figur. Er geriet regelrecht in Euphorie, als er Agrippa seine Pläne für Judäa vorstellte. Glücklich bemerkte er, dass der Römer sich davon begeistern ließ: von den Palästen und Tempeln, aber mehr noch von den Nutzbauten.

Herodes berichtete, er habe im vergangenen Frühling in Jerusalem mit dem Bau eines riesigen Palastes im griechischen Stil begonnen. Der sollte in seiner Pracht alles Bisherige in den Schatten stellen. Aufgeregt rollte er einen großen Pergamentbogen vor Agrippa auf und erklärte die einzelnen Bauabschnitte. Schließlich wies er stolz auf den größten Raum des geplanten Königspalastes: „Er wird Caesaren-Saal heißen.“ Agrippa nickte. „Und die andere Prunkhalle hier“, fuhr der König fort, „werde ich Agrippa-Saal nennen.“

„Ich sehe, du bist ein begeisterter Anhänger Caesars“, stellte Agrippa noch immer skeptisch fest. „Was gefällt dir so daran, von Römern beherrscht zu werden? Seid nicht gerade ihr Judäer ein äußerst freiheitsliebendes Volk?“

„Es gibt mehrere Gründe, ehrenwerter Prokonsul.“

Agrippa richtete den Oberkörper auf. „Da bin ich gespannt.“ Herodes deutete lächelnd eine Verbeugung an. „Ich habe in all den Jahren schlimme Bürgerkriege in meinem Land erleben müssen, ähnlich wie ihr Römer. Dazu kamen eure Forderungen nach Geld und Soldaten, erst die des Antonius, dann die des Augustus. Mit Verlaub: Sie waren hoch. In all diesen bitteren Jahren haben außerdem noch meine Nachbarn versucht, unser Land durch Intrigen und Kriege zu vereinnahmen, allen voran die Nabatäer und diese ägyptische Schlange Kleopatra. Trotzdem haben wir die Zerreißprobe bestanden. Aber zu welchem Preis! Judäa ist ausgeblutet, das Volk verarmt. Nach wie vor kämpfen religiöse Splittergruppen um Ansehen und Macht und entzweien die Menschen.“

„Das mit den religiösen Parteien ist ein seltsames Phänomen bei euch“, unterbrach Agrippa. „Woran liegt es? Eigentlich dürfte ein Volk, das nur einen Gott hat, doch keinen Streit über Religion kennen.“

„Er sei gelobt! Das Problem bei uns ist die Frage, was Gott will.“

„Dafür habt ihr doch Schriften und Gesetze, nicht wahr?“

„Ja, aber die Schwierigkeit liegt darin, diese Schriften auszulegen.“

„Das klingt nach Juristerei.“

„In gewisser Weise ist es das auch. Wir haben zwar einen ehrwürdigen Priesterrat, den Sanhedrion. Er bestimmt, wie das Gesetz Gottes auszulegen ist.“ Herodes hob in einer verzweifelten Geste die Hände. „Aber erstens sind sich die Mitglieder des Rates untereinander keinesfalls immer einig. Und zweitens halten sich nicht alle Kinder Israel an das, was der Sanhedrion bestimmt.“

Agrippa grinste. „Allen voran ihr König.“

Herodes sah ihn verstimmt an. „Worauf willst du hinaus?“

„Da gibt es viele Dinge. Fangen wir mit deiner Legalität an. Du stammst nicht aus dem Hause David, und dieses Geschlecht allein ist doch nach eurer Auffassung berechtigt, euren König hervorzubringen."

„Du bist gut informiert. Aber wer könnte mir andererseits nachweisen, dass ich *nicht* von König David abstamme? Unser Volk war so lange Zeit im Exil, auch die Kindeskinder Davids. Dort wurden keine Stammbäume gefertigt. Ich stamme von babylonischen Exilanten ab. Wie also kann jemand behaupten, ich sei kein Nachkomme Davids? Außerdem stammte Mariamne, die Mutter meiner Söhne Alexandros und Aristobulos, aus altem Adel. In ihren Adern fließt also ganz sicher königliches Blut aus dem Stamme Davids."

„Aber sie ist doch nur eine Frau! Was nutzt die königliche Abstammung – wohlgemerkt nach eurer Auffassung – wenn sie nur aus der weiblichen Linie kommt?"

Herodes brummte unwillig. „Weißt du, ich bin dieses leidige Thema satt. Es ist vielleicht sogar der Hauptgrund, warum ich mich der Sache Caesars verschrieben habe."

Agrippa lehnte sich in seinem Sessel vor. „Nun?"

„Es ist ganz einfach: Ich kann diese ewigen Spitzfindigkeiten nicht mehr hören! Wichtig für das Wohlergehen eines Volkes ist doch nicht das königliche Blut seines Herrschers! Du bist das beste Beispiel, Agrippa! Hast du, ein Mann, der dem Ritterstand entstammt, nicht Größeres geleistet als jeder Römer nobler Herkunft? Und umgekehrt: Gibt es nicht zahllose Beispiele völlig unfähiger Herrscher aus uraltem Adel? Sieh dir doch Kleopatras Stammbaum an! Ptolemaios, einer der besten Generäle Alexanders des Großen, war ihr Urahn. Aber was hat sie hinterlassen? Ein Ruinenfeld! Um die ihr anvertrauten Ägypter hat sie sich nie gekümmert, nur um ihr eigenes Wohl, um ihren Reichtum, ihre Macht. Was also ist am Blut so göttlich?"

Agrippa schmunzelte über die offensichtliche Wut des Herodes. Der schwieg verunsichert.

„Was diese dumme Adelsgläubigkeit betrifft, stimme ich dir voll und ganz zu", besänftigte ihn Agrippa. „Sprich weiter."

„Ihr Römer habt mir sehr viel zu denken gegeben. Euer Adel ist ja ein ganz besonderer: Nicht der Name adelt einen Römer, sondern die Frage, ob er es durch seine Leistungen schafft, die steile Leiter der Ämterlaufbahn zu erklimmen und Konsul zu werden. Erst ab diesem Moment sind auch seine Nachkommen adlig. Tugend und Wohltaten müssen den Ruhm begründen. Dieser Gedanke ist großartig. Unser Stammvater Moses hat uns die zehn Gebote mitgeteilt und uns Tugenden vorgelebt, denen wir nacheifern sollen. Das ist Gottes Forderung! Wenn also ein Mensch, egal welcher Herkunft, Großes bewirkt, kann dies nur gottgefällig sein."

„Setzt du dich damit nicht über eure heiligen Schriften hinweg?"

„Nein, Agrippa, durch mein Königtum erfülle ich sie. Damit du das verstehst, muss ich dir noch etwas zeigen." Wieder griff er nach einer großen Rolle und öffnete sie. „Das ist mein größter Traum. Das ist für Gott – und für mein Volk!"

„Ein Tempel!"

„Der größte Tempel, der je in Jerusalem gebaut wurde! Er wird viel, viel größer werden als der Tempel König Salomos. Von allen Seiten wird er mit schweren, goldenen Platten verkleidet sein. Wenn die Sonne aufgeht, wird er im hellsten Glanz schimmern und die Augen der Gläubigen blenden. Aus der Ferne betrachtet wird er sich wie ein schneebedeckter Hügel über Jerusalem erheben, denn wo er nicht vergoldet ist, wird er in strahlendem Weiß leuchten. Das wird ein Meisterwerk, zum ewigen Ruhm Gottes! Ich, Herodes, bin der Erneuerer des salomonischen Tempels und des davidischen Reiches! Mein Name wird für immer und ewig mit Gottes Glanz und Größe verbunden sein. Dieser Tempel ist ein herrliches Symbol unserer neuen Zeit, einer Ära des Friedens zwischen den Völkern, eines Friedens, den Caesar Augustus uns geschenkt hat. Das ist die Zukunft, von der ich träume: von einem Reich, in dem selbst die bescheidensten Werke größer sind als die mächtigsten Bauten in den Zeiten der Zwietracht. Von einem Reich, in dem alle Menschen in Frieden und Eintracht leben können."

Misstrauisch kniff Agrippa die Augen zusammen. „Woher wusstest du das?"

Herodes stutzte verwirrt. „Was?"

„Dass dies mein Wahlspruch ist!"

Herodes verstand noch immer nicht – oder tat er nur so? „Welcher?"

„Durch Eintracht wächst geringe, durch Zwietracht verfällt große Macht."

Herodes legte strahlend die Rechte auf seine Brust. „Das wusste ich nicht! Aber du sprichst mir aus dem Herzen! Lass auch mich dies zu meinem Wahlspruch machen! Sei dir meiner Treue immer gewiss."

Agrippa lächelte erfreut. „Wir werden sicher gut und fruchtbar zusammenarbeiten, Caesar, du und ich."

„Ich danke Gott, dass er dich geschickt hat, Marcus Agrippa."

Als Beweis seines guten Willens sandte König Herodes nach seiner Rückkehr nach Jerusalem seine beiden halbwüchsigen Söhne Alexander und Aristobulos nach Rom. Damit überließ er sie den Römern nicht nur als Unterpfand seiner Treue. Herodes war vielmehr davon überzeugt, dass der Aufenthalt in der Hauptstadt des Reiches ihnen gut tun würde.

Augustus empfing die beiden Jünglinge äußerst freundlich in einer privaten Audienz. Dann übergab er sie einem renommierten Erzieher.

„Nun hat das Jahr doch noch mit einem guten Ereignis geendet", sagte Agrippa zu Marcella, nachdem er das erfahren hatte.

Marcella nickte. „Hoffen wir, dass dies auch im nächsten Jahr so bleibt. Hoffen wir, dass wir nicht noch so einen traurigen Tag erleben müssen wie jenen, als Marcellus starb."

Agrippa legte den Arm um sie und streichelte tröstend ihre Schulter. „Ganz bestimmt wird das nächste Jahr besser. Und bald kommt auch wieder der Frühling."

Die Winter auf Lesbos sind zwar nicht kalt, aber feucht. Obwohl Agrippas Sklaven unermüdlich die Kohlebecken nachfüllten, schien nichts wirklich zu wärmen. Bald breitete sich überall im Haus ein modriger Geruch aus. Viele Diener quälten sich mit tropfenden roten Nasen, Husten und schmerzenden Köpfen.

Eines Tages musste auch Marcella mit Ohrenschmerzen und hohem Fieber das Bett hüten.

„Immer dieser Kohlerauch und das ständige hin und her in diesem Gemäuer", grummelte Agrippa, bevor er sich am Abend zu seiner Frau ins Bett legte. Sorgsam breitete er noch eine weitere Decke über sie, dann wickelte auch er sich ein.

Mitten in der Nacht ließ ihn ein Schrei hochfahren. Aufrecht saß Marcella neben ihm. Ihr Atem ging stoßweise. „Götter!", keuchte sie. „Gütige Götter!"

Agrippa schüttelte sie. „Was ist denn? Was hast du?"

Sie fiel ihm um den Hals. „Oh, Marcus, es war so schrecklich!"

Sanft tätschelte er ihr den Rücken. „Was denn? Hast du geträumt?"

Ruckartig löste sie sich von ihm. „Von schrecklichen Harpyien, ja", stieß sie mit weit aufgerissenen Augen hervor, „von grässlich Sturmdämonen! Sie kamen aus der untergehenden Sonne über das Meer geflogen. Wir saßen beisammen, du und ich und die Kinder, auf der Terrasse. Wir aßen. Da kamen sie über das Gebirge und stürzten auf uns nieder, flatterten über unserem Tisch herum und bespritzten alles, was vor uns stand, mit ihrem stinkenden Kot. Es war entsetzlich!"

„Hast du in den letzten Tagen in der Argonautensage gelesen?"

„Hör doch auf! Es war ein Omen, ein Gesicht! Ihr Götter, Marcus! Und das war nur der Anfang!" Marcella atmete gehetzt.

„Beruhige dich", sagte er eindringlich, „und erzähl mir den Rest."

„Eine der Harpyien ergriff unseren Sohn und flog mit ihm davon, hoch in die Wolken, bis man ihn nicht mehr sehen konnte. Du hast noch versucht, es zu verhindern, aber eine andere stürzte auf dich zu, umklammerte mit ihren messerscharfen Klauen deinen Kopf und riss dich zu Boden. Du schriest, aber sie war zu stark, du konntest dich nicht wehren. Eine dritte aber stürzte sich auf mich und riss mir das Herz aus dem Leib. Da bin ich aufgewacht."

Agrippa drückte Marcella fest an sich. „Das war doch nur ein Traum", versuchte er sie zu beruhigen, „nur ein dummer Traum. Es gibt keine Harpyien, mein Leben, das weiß doch jeder. Es ist nur das Fieber."

Trotz seiner tröstenden Worte brauchte Marcella lange bis sie endlich wieder einschlief.

Langsam kam sie wieder auf die Beine. Da klagte wenige Tage später der kleine Marcus über Schmerzen. Sein Kopf fühlte sich heiß an. Der Arzt verordnete strikte Bettruhe – „bis wir Genaueres wissen."

Also deckte Marcella ihren Sohn gut zu, setzte sich an sein Bett und gab ihm den Kräutertee zu trinken, den der Arzt dagelassen hatte. Der Zustand des kranken Kindes änderte sich nicht. Marcus lag nur abgespannt da und schlief viel. Wenn er aufwachte, klagte er über Kopfschmerzen. Greinend wachte er am Morgen des dritten Tages auf. Er riss die Augen weit auf.

„Mama!", jammerte er, „wo bist du?"

„Hier, mein Schatz", antwortete Marcella erschrocken. „Hier bei dir!"

„Ich sehe dich nicht", weinte er.

„Das kommt vom Fieber", versuchte sie ihr Söhnchen zu trösten. „Bleib ganz ruhig. Gleich kommt der Arzt. Dann geht es dir bald wieder gut." Marcella winkte einer Dienerin. „Hol den Arzt, schnell!"

„Mir tut der Bauch so weh", schluchzte der Kleine.

Obwohl der Arzt gleich da war und dem Kind weitere Tränke mitbrachte, verschlechterte sich sein Befinden zusehends. Das Fieber stieg weiter. Auch das Augenlicht kehrte nicht wieder zurück. Plötzlich durchlief ein heftiges Zucken den kleinen, heißen Körper. Er versteifte sich wie in einem harten Krampf und fiel schreiend wieder in sich zusammen. Wenig später erfasst ihn eine tiefe Ohnmacht.

Auf den Schrei hin eilte Agrippa, der besorgt zuhause geblieben war, in das Zimmer. „Was ist?", fuhr er den Arzt an.

Der schüttelte den Kopf. „Ich bin mir nicht ganz sicher – aber ich glaube, wir müssen mit dem Schlimmsten rechnen."

„Nein!", schluchzte Marcella.

„Was hat er?", fragte Agrippa tonlos.

„Es kommt aus seinem Kopf", sagte der Arzt, „eine bösartige Überhitzung der Körpersäfte, eine Entzündung."

„Gibt es keine Rettung?"

Der Arzt senkte den Kopf. „Nur wenn Apoll es will. Wir Menschen sind dagegen machtlos."

Mehrmals schüttelten in jener Nacht Krämpfe den fiebrigen Körper des Jungen.

Auf einmal entspannten sich seine Züge. Voll Staunen sah er, wie der geflügelte Merkur an sein Bettchen trat. Wie hell er leuchtete! Wie schön sein Lächeln war! Einladend streckte der Gott die Hand nach ihm aus.

Marcus ergriff sie. Aller Schmerz war plötzlich dahin! Dann geleitete Merkur seinen kleinen Schatten sanft in eine andere Welt.

Der Frühling verging. Im Haus des Prokonsuls auf Lesbos gab es keine Feste und großen Empfänge mehr. Nicht nur die Eltern, die gesamte Dienerschaft trauerte. Staatsbesucher empfing Agrippa in seinen Amtsräumen.

Trotz der lauen Lüfte und der zarten Blumen, die überall sprießten, spürte er keine Wärme in sich. Sein Sohn war tot, sein Erstgeborener, seine Freude! Immer wieder sah er den Kleinen vor seinem inneren Auge: wie er Marcella Karottenbrei ans Kleid prustete, wie er vorsichtig mit seinem runden Händchen seine kleine Schwester streichelte, wie Tychicus ihn auf den Schultern reiten ließ, wie er mit seinem Holzschwertchen ein Huhn durch den Garten verfolgte, wie er im Sand spielte. Brennend war der Schmerz, den Agrippa fühlte, und er wusste, dass diese Wunde nie ganz heilen würde.

Ende Juni erhielten sie einen Brief von Tiberius. Er bat darum, die Ehe mit Vipsania Maior schließen zu dürfen. Angesichts der traurigen Umstände genüge eine kleine Zeremonie im engsten Kreis.

Stirnrunzelnd sah Agrippa seine Frau an. „Ich weiß nicht, Marcella. Vipsania hat gerade mal das Mindestalter für eine Heirat erreicht: dreizehn Jahre."

„Liegt von ihr keine Nachricht bei?"

„Doch. Es gehe ihr gut, und Tiberius sei ihr ein liebevoller Freund."

Marcella seufzte. „Was heißt das nun? Will sie ihn heiraten? Weiß sie überhaupt, dass er darum bittet? Ist sie körperlich bereit? Das wenigstens sollte sicher sein. Ach, Marcus, entscheide du. Sie ist *deine* Tochter."

Agrippa nickte nachdenklich. „Ich werde Caesar schreiben, er habe meine Zustimmung. Den Termin sollen er und Livia festlegen. Schließlich betrifft es ihren Haushalt."

Marcella verzog den Mund zu einem bitteren Lächeln. „Ich muss gerade daran denken, dass einige Leute nach dem Tod meines Bruders gesagt haben, Livia habe ihn ermordet, um Tiberius der Macht näher zu bringen. Wie dumm und boshaft doch die Leute sind! Selbst wenn Marcellus nicht an dieser schrecklichen Seuche gestorben wäre, müssten diese Schwätzer doch spätestens jetzt einsehen, dass ihre Unterstellungen reine Böswilligkeit waren, denn dann würde Tiberius ja nicht Vipsania heiraten, sondern Julia."

„Vielleicht will Tiberius ja genau das vermeiden: die Ehe mit Julia. Vielleicht fordert er deshalb so nachdrücklich die Hochzeit mit Vipsania."

„Ich kann es ihm nicht verdenken. Julia und Tiberius sind wie Feuer und Wasser."

„Caesar scheint das auch so zu sehen."

„Man kann Tiberius nur wünschen, dass er in seiner Ehe mit Vipsania Frieden findet – wie du und ich."

Trotz Agrippas Zustimmung, wollte Augustus nichts von einer Heirat wissen – nicht vor Herbst. Tiberius versuchte mit allen Mitteln, ihn umzustimmen, aber der Princeps blieb hart: „Es ist zu früh und Schluss. So gut wirst du dich wohl unter Kontrolle haben, dass du noch ein paar Monate warten kannst."

Tiberius aber ahnte, warum Augustus die Hochzeit mit Vipsania hinauszögerte: Er wollte sich Livias Sohn als Ehekandidaten für Julia in der Reserve halten.

Genau deshalb aber eilte es Tiberius, beileibe nicht nur, weil er seine zarte Braut so sehr liebte. Für ihn war die Vorstellung, eines Tages das Reich lenken zu müssen, noch immer ein Gräuel. Ebenso erschreckend schien ihm die Aussicht, die unbändige Julia heiraten zu müssen. Doch offenbar musste er noch eine Weile genau mit diesem Damoklesschwert leben – bis ein Nachfolger für den verstorbenen Marcellus gefunden war.

Monatelang überlegte Augustus hin und her. Wer sollte seine verwitwete Tochter, sein einziges Kind heiraten? Die Sache musste wohl durchdacht sein. Nur ein außergewöhnlicher, hervorragender Mann kam dafür in Frage. Aber keiner wurde seinen Anforderungen gerecht.

Agrippa, ja, der wäre der Richtige. Aber der war verheiratet, und das auch noch mit Augustus' Nichte. Außerdem war gar nicht sicher, dass er zustimmen würde. Augustus vertraute zwar auf Agrippas Vernunft, wenn staatliche Notwendigkeiten Vorrang hatten. Aber war das im Falle Marcellas auch so? Agrippa hing sehr an ihr. Außerdem scheute sich Augustus davor, Octavia zu verletzen. Nach dem Tod ihres Sohnes wollte er ihr nicht auch noch eine erzwungene Scheidung ihrer Tochter zumuten. Agrippa schied also aus.

Wer aber dann? Octavia schlug ihren Ziehsohn Jullus vor. Augustus nahm diesen Vorschlag nicht einen Moment lang ernst: Niemals würde er zulassen, dass dieses Produkt seines Erzfeindes Antonius und der rasenden Fulvia seine Enkel zeugte! Daran änderte auch die Tatsache nichts, dass Julia und Jullus sich bestens verstanden und dieser ein sehr vielversprechender junger Mann war. Aber ein Antonius würde niemals über Rom herrschen! Basta.

Blieben noch Livias Kinder aus erster Ehe. Augustus tat sich schwer, den ernsten Tiberius als Erben zu betrachten. Ihm fehlte alles, was Marcellus ausgezeichnet hatte: Leichtigkeit, Freundlichkeit, Eleganz, politisches Gespür, Phantasie, Redegabe. Tiberius war sehr belesen und ein ausgezeichneter Soldat, zuverlässig bis zum Letzten und intelligent. Aber so freudlos und verschlossen stellte Augustus sich den künftigen Herrscher nicht vor – zumal sich Tiberius vehement gegen diese Position sträubte.

Sein Bruder Drusus? Der wäre schon geeigneter. Der Junge zeigte glänzende Anlagen. Aber Drusus war erst sechzehn.

Augustus ging die entfernteren Verwandten durch. Auch unter ihnen genügte keiner seinen Ansprüchen. Sollte er einen seiner Freunde wählte? Nein, hier war ebenfalls nicht der Richtige dabei.

Immer wieder tauchte Agrippas Gestalt vor seinem inneren Auge auf. Agrippa war das Problem! Nur wegen ihm wollte Augustus kein anderer Schwiegersohn gefallen. Er war der Beste! Agrippa und er, das war eine Seele, die in zwei Körpern lebte. Wie ein altes Ehepaar hatten sie sich in all den vielen Jahren einander angeglichen. Wenn es um Rom ging, dann fühlten sie das Gleiche, dachten das Gleiche, taten das Gleiche, kämpften um das Gleiche. Neben Agrippa wirkte jeder andere Mann blass.

Aber wie sollte er den Freund nur dazu bringen, Julia zu heiraten? Wie konnte er Agrippa überreden, sich von Marcella zu trennen? Das musste ein harter Kampf werden! Augustus war nicht sicher, ob er zu gewinnen war – oder ob er dadurch nicht sogar ihre Freundschaft aufs Spiel setzte. Das wollte er ganz gewiss nicht.

So viel er auch grübelte, er kam zu keinem Ergebnis. So verging der Sommer.

Wieder fand eine Dichterlesung im Haus des Maecenas statt. Augustus beschloss, mit Livia hinzugehen. Er hatte langsam keine Entschuldigung mehr, den Festivitäten in Rom weiterhin fernzubleiben.

Selbstverständlich hatte Maecenas die Ehrenliege für Augustus reserviert. Mittlerweile scherzten sie ab und an wieder miteinander. Trotzdem blieb ihr Verhältnis unterkühlt.

Aus welchem Grund auch immer, an jenem Abend trank Augustus mehr Wein als gewöhnlich. Horatius trug sein neustes Werk vor. Gleich die erste Ode widmete er Maecenas, die zweite Augustus. Agrippa erwähnte Horatius erst in der sechsten, und dann auch nur, um zu sagen, ein anderer solle ihm Loblieder singen, er, Horatius, könne das nicht.

„Ein Glück, dass Agrippa nicht da ist“, flüsterte Livia ihrem Mann ins Ohr.

Augustus nickte. „Er hätte sich nur wieder aufgeregt.“

Nach dem Vortrag wandte sich Livia Maecenas zu, der auf der Liege daneben lag. „Ich vermisse deine Frau. Warum fehlt an einem solchen Abend die Herrin des Hauses?“.

„Unpässlich“, murmelte Maecenas knapp. „Was sagt ihr zu den Oden?“, wich er aus, denn darüber, dass er die Scheidung von Terentia beschlossen hatte, wollte er ausgerechnet mit Augustus und Livia auf keinen Fall reden. Sie würde es ohnehin bald von irgendeinem Zuträger erfahren.

„Mein Kompliment“, lobte Augustus. „Nur dass Horatius Agrippa so offensichtlich vor den Kopf stoßen musste, fand ich ungeschickt.“

„Immerhin hat Horatius ihn als Helden gepriesen."
„Aber auf welche Weise! Jeder, der diese Verse hört, versteht sofort, dass Horatius ihn nicht mag – wie alle in deinem Dichterkreis."
Maecenas lächelte spöttisch. „Das ist richtig. Niemand hier weint ihm eine Träne nach. Wir wünschen ihm alle viel Glück in Mytilene."
Augustus seufzte. „Jammerschade. Es wäre nämlich gut, wenn ihr nicht nur mich, sondern auch ihn ab und zu besingen würdet."
Maecenas zog misstrauisch eine Braue hoch. „Warum? Bisher kam unser römischer Achill doch sehr gut ohne meine Künstler zurecht."
„Weil ich gedenke, Agrippa wieder nach Rom zu holen."
Maecenas merkte auf. „Und wozu?"
„Ich möchte, dass er mich hier vertritt, besser gesagt, dass er meine Rolle übernimmt – ganz und gar. Ich gedenke meinerseits mit meiner Familie in den Osten zu reisen, für zwei Jahre, vielleicht auch drei. Mal Agrippa, mal ich. Ist das nicht das gleiche? Deshalb wäre es gut, wenn ihr ihn ein wenig unterstützen würdet."
„Und warum soll Agrippa deine Herrschaft übernehmen, da doch alle sehr glücklich mit der deinen sind?"
Augustus wurde sehr ernst. „Weil mir jederzeit ein Unglück zustoßen könnte. Was dann, Maecenas? Wer wird dann die Zügel über dieses riesige Reich in die Hände nehmen? Wer ist stark genug? Wer besitzt die Fähigkeiten, den Respekt, die Klugheit? Ich kenne nur einen: Agrippa."
„Wie du meinst. Das Befehlen liegt ihm."
„Da ist noch mehr. Agrippa und ich sind verwandt, seelisch und familiär. Und ich möchte, dass wir noch enger verwandt werden."
Lauernd richtete sich Maecenas auf. „Verstehe ich das richtig: Du willst, dass er Julia heiratet?"
„Eine gute Idee, findest du nicht?"
Maecenas schnaubte spöttisch. „Agrippa und du! Endlich aufs Innigste vereint! Wie schön! So werdet ihr beide das vollbringen, was keine zwei Männer auf dieser Welt zusammen tun können, würden sie sich auch noch so sehr bemühen: Kinder bekommen."
„Du bist gehässig! Und unverschämt!"
„Weiß er schon von seinem Glück?"
„Nein."
„Er wird kommen und dir gehorchen. Da bin ich sicher."
„Ich hoffe es."
„Du hoffst es! Wie rührend!" Maecenas war laut geworden – zu laut. Die Gäste auf den Nachbarliegen begannen, ihre Köpfe nach ihnen umzudrehen.
„Eins sage ich dir", zischte Maecenas, „Agrippa als deinen Schwiegersohn zu wählen, ist die einzige Möglichkeit, die du überhaupt hast. Nicht wegen der Römer, nein, auch nicht wegen dir oder Julia – son-

dern wegen ihm! Du hast Agrippa so groß gemacht, dass dir jetzt nur noch zwei Möglichkeiten bleiben: Entweder du verheiratest ihn mit deiner Tochter oder du bringst ihn um. Denn außer dir, seinem alten Freund und Kampfgenossen, wird er niemals einen anderen Rivalen neben sich dulden! Tiberius nicht, auch nicht Drusus, und schon gar keinen Konsul. Sollte dir tatsächlich eines Tages etwas zustoßen, so wird er sich an die Spitze der Legionen stellen und alle vernichten, die sich ihm in den Weg stellen. Er ist kein Philosoph, wie er immer vorgibt. Er ist genauso käuflich und gierig wie jeder andere. Er ist nur ein bisschen teurer."

Livia richtete sich abrupt auf. „Niemals! Um an die Macht zu kommen, würde Agrippa niemanden töten! Keiner hat der Versuchung der Macht je so selbstlos widerstanden wie er. Agrippa hat Caesars Leben gerettet, während du mit den Terentiern gemeinsame Sache gemacht hast! Wenn Agrippa je getötet hat, dann für Rom."

„Du sagst es! Und sollte Agrippa noch einmal vor einer solchen Entscheidung stehen, wird er wieder genau das Gleiche tun wie damals, als es darum ging, den jungen Caesar an die Macht zu bringen: Er wird keine Sekunde zögern, jemanden zu töten, um das Reich in seine Gewalt zu bringen. Und dann wird er entschuldigend sagen: Dies habe ich für Rom getan!"

Zornig setzte sich auch Augustus auf. „Wenn ein Bürgerkrieg die Alternative wäre, hätte er Recht!"

„So weit muss es ja nun gar nicht kommen. Zum Glück gibt es jetzt eine andere Möglichkeit, die Sache zu erledigen. Und seinen Spaß wird Agrippa wohl auch noch dabei haben. Ich kann nur gratulieren."

Augustus erhob sich von der Liege. „Du bist geschmacklos, Maecenas. Neid und Missgunst haben dich bitter gemacht." Er wandte sich an seine Frau. „Lass uns nach Hause gehen, Livia! Es ist spät."

Betreten sahen die Gäste dem Herrscherpaar nach, als er den Raum verließ.

„Das war nicht sehr klug von dir, Maecenas", tadelte Horatius.

Der Angesprochene funkelte ihn zornig an. „Angesichts deiner sechsten Ode bist du ja genau der Richtige, um mich zu belehren, wie ich mich über Agrippa äußern sollte."

Jetzt war es also heraus. Es würde nur wenige Tage dauern bis ganz Rom über den neusten Plan des Augustus reden würde, beim Barbier, auf den Foren und an den Brunnen: Er wollte seine Tochter mit Marcus Agrippa verheiraten.

Eile tat also Not. Augustus musste alle Vorbereitungen schnellstens treffen, bevor Agrippa die Neuigkeit von anderen erfuhr. Nur einen Haken gab es noch: Marcella wurde durch die bevorstehende Scheidung aus der Familie ihres Mannes ausgestoßen und kehrte dadurch automatisch in ihre eigene zurück. Aber ausgerechnet in diese sollte ihr geschiedener Mann einheiraten! Eine unmögliche Situation.

Augustus musste also eine neue Familie für Marcella finden. Schon bald kam ihm eine glänzende Idee, mit wem er seine Nichte nach der Scheidung verheiraten könnte – eine geradezu geniale Lösung, wie er fand.

Aber bevor es so weit war, musste er erst einmal Agrippa dazu überreden, sich von Marcella zu trennen. Das war eindeutig das größte Problem. Agrippa war beileibe kein Schwärmer, aber es konnte durchaus sein, dass er nicht von Marcella und seinem Töchterchen lassen wollte. Früher war diese innige Liebe ganz im Sinne des Augustus gewesen. Jetzt aber war sie ihm ein Dorn im Auge: Wenn Agrippa sich einer Scheidung widersetzte, konnte er nichts tun.

Nachdenklich schob Augustus seinen Griffel vor sich auf der Tischplatte hin und her. Er musste genau überlegen, was er Agrippa schrieb. Endlich war der Entwurf fertig. Er nahm einen Papyrus zur Hand und begann: „Caesar grüßt seinen über alles geliebten Freund. Ich wünsche dir Glück! …“

Augustus' Brief erreichte Agrippa, als er gerade von einer Reise aufs Festland zurückkam. Er war mit Marcella und großem Gefolge nach Antiochia gezogen, der Hauptstadt der Provinz Syrien. Seit ihrer Eroberung durch Pompeius Magnus war die Stadt enorm gewachsen und platze aus allen Nähten. Agrippa ließ außerhalb der Stadtmauern ein neues Wohnviertel bauen – für die ärmeren Bürger, wie er betonte, denn für die war Wohnraum geradezu unerschwinglich. Dazu stiftete er ein öffentliches Bad.

Herodes nutzte die Nähe des römischen Herrschers, um ihn erneut zu besuchen. Selten hatte Agrippa jemanden getroffen, mit dem er sich so schnell so innig angefreundet hatte wie mit dem König Judäas, und noch nie zuvor war ein Nicht-Römer unter seinen besten Freunden gewesen. All die kühnen Pläne, die Herodes für sein Land hatte! Sie glichen denen Agrippas. Die Vehemenz, mit der er Augustus unterstützte! Damit sprach er Agrippa aus tiefstem Herzen. Selbst in ihrer Herkunft glichen sie einander: Beide stammten aus Verhältnissen, die nie hätten erahnen lassen, dass sie einmal höchste Macht erreichen sollten.

Gut gelaunt trennten sie sich nach äußerst harmonischen Tagen. Agrippa hatte Herodes nicht nur freie Hand bei sämtlichen baulichen Projekten in Judäa zugesichert. Er hatte ihm auch versprochen, sich bei Augustus dafür einzusetzen, dass der König seine Nachfolger nach eigenem Willen bestellen dürfe. Das war ein ungewöhnlicher Vertrauensbeweis, denn damit würde Augustus die Entscheidungsgewalt Roms in die Hände eines Vasallen legen.

Voller Elan begann Herodes nach seiner Rückkehr mit dem Bau zweier seiner wichtigsten Traumprojekte: seines Königspalasts in Jerusalem und der Hafenstadt, die einmal die prächtigste in ganz Palästina werden sollte, Caesarea. Später wollte er auch das zerstörte Anthedon wieder aufbauen. Diesen Hafen würde er Agrippeia nennen.

Auch Marcella hatten die Ablenkungen in Syrien gut getan. Sie war zwar noch immer sehr ernst, aber ab und zu lachte sie doch wieder. Trotz der erfolgreichen Reise freuten sie und Agrippa sich auf ihre Rückkehr nach Lesbos. Die schöne, friedliche Insel war ihnen zur zweiten Heimat geworden.

Ein Berg Arbeit wartete auf Agrippa, als er sein Arbeitszimmer in Mytilene wieder betrat. Obenauf lag der Brief des Augustus.

„Nicht schon wieder!“, murmelte er unwillig, nachdem er die ersten Zeilen überflogen hatte. Augustus schrieb, dass sich die Nordspanier erneut gegen Rom erhoben hatten. Er habe die Sache nun in die Hände des gefürchteten Legaten Carisius gelegt und einen neuen Statthalter ernannt, der als besonders unerbittlich galt. „Wie du siehst, mein lieber Agrippa“, schrieb Augustus, „ist bei uns im Westen durchaus nicht alles ruhig. Wie sehr vermisse ich dich doch! Wie sehr wünschte ich, du wärest hier und würdest mir in deiner besonnenen, tatkräftigen Art beistehen, diese Sisyphusarbeit zu bewältigen!

Ich denke in letzter Zeit oft darüber nach, was aus Rom würde, wenn mir etwas zustieße – zumal bei meiner labilen Gesundheit. Würde dann nicht alles, was wir beide geschaffen haben, wieder auseinander brechen? Durch welches Leid müssten die Völker des Reiches dann wieder gehen! Die Frage eines guten Nachfolgers, der die Regierung fest in der Hand hält, drängt sich mir täglich mehr auf.

Deshalb, mein Agrippa, wünsche ich mir, dass du wieder nach Rom zurückkommst. Du warst seit jeher und bist mir der liebste unter allen Freunden und Mitstreitern. Ich möchte, dass du in der Hauptstadt bist, während ich in den Osten reise. Ja, du hast richtig gelesen: Ich plane, dich abzulösen. Ich will den Völkern des Orients zeigen, wie sehr sie mir am Herzen liegen. Sie sollen wissen, wer ihr liebender Vater ist! Doch den eigentlichen Grund für meine Reise in den Osten möchte ich dir erst mitteilen, wenn du bei mir bist – unter vier Augen.

Livia und ihre Söhne sollen mich begleiten, auch deine Vipsania, die bald die Frau meines lieben Tiberius sein wird. Vielleicht können wir die Hochzeit gemeinsam feiern, wenn du hier ankommst?“

Agrippa stutzte – Augustus hatte sich also für einen anderen Schwiegersohn entschieden! Aufgeregt las er weiter. Aber mit jeder Zeile zogen sich seine Brauen sorgenvoller zusammen. Als sei er giftig, warf er den Brief nach der Lektüre weit von sich. Ruckartig stand er auf und öffnete die Tür. „Den Boreas!“, brüllte er und stapfte hinaus.

Wenig später wurde ein feuriger Rappe vorgeführt, ein Geschenk des syrischen Statthalters. Agrippa liebte Pferde, das war allgemein bekannt. Den Boreas ritt er allerdings selten, denn dem Tier steckte ein Dämon im Leib. Es war herrlich anzusehen, aber unbändig und wild – wie der Nordwind, dem es seinen Namen verdankte.

Tychicus sah sorgenvoll zu, wie sein Patron sich auf den Rücken des mächtigen Pferdes schwang und aus dem Stand davon galoppierte. Es wurde doch schon dunkel! Ein kalter Wind kündigte den nahenden Herbst an. Das alles verhieß nichts Gutes. Was mochte wohl geschehen sein?

Besorgt betrat Tychicus Agrippas Arbeitszimmer. In einer Ecke sah er den Brief des Augustus liegen. Vorsichtig blickte er sich um. Er lauschte nach draußen. Niemand weit und breit! Da konnte er der Versuchung nicht widerstehen und rollte den Brief auseinander.

Nachdem er ausgelesen hatte, ließ sich Tychicus entgeistert auf Agrippas Sessel plumpsen. Er hatte Glück, dass niemand ihn so sah! Aber daran dachte er in diesem Moment nicht. „Das kann er nicht tun“, murmelte er entgeistert. „Nein, das darf er nicht tun!“

Wie ein Besessener ritt Agrippa die Küstenstraße nach Süden entlang durch den böigen Seewind. Boreas griff weit aus. Er war ein prächtiger Hengst, voller Kraft und schnell wie kein zweiter. Erdbrocken und Steine spritzten unter seinen Hufen auf. Die wenigen Passanten, die jetzt noch unterwegs waren, sprangen erschrocken zur Seite. Ab und zu stieß der Rappe ein grimmiges Stöhnen aus, die roten Nüstern weit gebläht. Sie hatten schon fast das Südkap der Halbinsel erreicht, als Agrippa den Hengst durchparierte. Er saß ab und band das schwer atmende Tier an einen Busch.

Dann kletterte er über die Felsen hinab zu einer kleinen Bucht. Er war ganz allein. Schäumend brachen sich die aufgewühlten Wellen am Strand. Agrippa ging bis an die Wasserlinie. Gierig leckte die eisige Brandung seine Füße. Wie giftige Nadeln stach Kälte in seinen Beinen, stieg zu den Knien hoch und krampfte seine zitternden Muskeln zusammen. Aber dieser Schmerz war nichts im Vergleich zu dem Sturm, der in seinem Herz tobte. Wogen der Verzweiflung brandeten in ihm empor, überfluteten seine Seele, nahmen Besitz von seinem Körper, würgten ihn im Hals.

Er hob die Hände und streckte sie betend dem Meer entgegen.

„Warum, Vater, mein gütiger, mein mächtiger Vater, warum?“, brüllte er schluchzend in das Tosen hinaus. Kalte Gischt spritzte in sein Gesicht und mischte sich mit seinen Tränen. Der Horizont flackerte in einem letzten fahlen Gelb auf. Eine andere Antwort hatte Neptun nicht auf die Frage des kleinen Menschen am leeren Strand bei Mytilene. Auch die anderen Olympier hüllten sich in Schweigen – denn die alles bestimmenden Schicksalsgöttinnen hatten sich von Marcus Agrippa abgewandt.

Marcella erschrak zutiefst, als Agrippa am Abend zurückkehrte. Sie sprang auf. „Wie siehst du aus?"

Schwer atmend stand er da. Die Tunika klebte ihm am Leib, seine Haare standen in nassen Büscheln vom Kopf ab. Von seinen Händen tropfte Regenwasser auf die Marmorplatten – oder war es Schweiß? Seine Lippen waren blutig aufgebissen. In seinem Blick las Marcella eine solche Verzweiflung wie sie es bei ihrem sonst so überaus besonnenen und souveränen Mann nicht für möglich gehalten hätte.

Sie schüttelte den Kopf. „Die zweite Harpyie!", stieß sie hervor. Ein Wimmern stieg aus ihrem Hals empor.

Agrippa trat auf Marcella zu, packte sie und presste sie mit eisernem Griff an sich. Schweigend stand er so eine Weile da. Marcella spürte, dass er zitterte. Kalte Feuchtigkeit drang durch ihr Kleid. Seine Umklammerung tat ihr weh, aber sie hielt still. Erst nach einer ganzen Weile ließ er sie los, sagte aber noch immer nichts.

„Was hast du?", fragte Marcella in höchster Besorgnis. „Was ist passiert?"

Endlich kehrte seine Stimme zurück. Kreidebleich im Gesicht erzählte Agrippa von der Forderung des Augustus: dass er nach Rom zurückkehre sollte, um Julia zu heiraten.

Während er stockend berichtete, ließ sich Marcella entsetzt auf einen Sessel sinken. Doch sie blieb ganz ruhig. Was ihr Mann da sagte, überraschte sie kaum. Seit jenem schrecklichen Traum von den Vogeldämonen hatte sie vor der Zukunft gebebt. Seit ihr Sohn gestorben war, hatte sie die Gewissheit, dass ein weiteres schreckliches Unglück über sie hereinbrechen würde. Jetzt waren sie da, die anderen Harpyien! Sich zu wehren war zwecklos.

Marcella schloss die Augen. Weder Zorn noch Verzweiflung stiegen in ihr auf, sondern tiefste Resignation und endlose Trauer, wie schwarze, alles überdeckende Wolken aus öligem Rauch, wie Meerwasser, das über dem Haupt eines Ertrinkenden zusammenschlägt.

Sie sah zu Agrippa empor. „Wann fährst du?"

Seine Augen weiteten sich ungläubig. Dann verfinsterte sich seine Miene. Es schien, als müsse er sich mit aller Kraft dagegen wehren, gewalttätig zu werden. Mit geballten Fäusten stand er da. „Wer sagt, dass ich es tue?", brüllte er.

Marcella sah zu Boden. Dann hob sie wieder den Blick. „Marcus! Es gibt keine Insel im ganzen Reich, auf der du und ich noch miteinander glücklich werden könnten, wenn der große Caesar es anders wünscht."

Agrippa lief purpurrot an. „Wer ist Caesar? Wer? Bin nicht ich derjenige, der in diesem Reich ebenso frei entscheidet, was geschieht? Habe ich hier im Osten Caesar auch nur ein einziges Mal um seine Erlaubnis gefragt? Wer ist er, dass er jetzt kommt und von mir fordert, dass ich meine Familie aufgebe – um seine bockige, oberflächliche Tochter zu heiraten?"

Marcella zuckte die Achseln. „Noch ist er der Princeps, er ist der Erhabene, er sagt, wer was tut. Er ist der Herr aller Herrscher und Könige. Er will, dass du sein Nachfolger wirst. Ich kann ihn verstehen. Du bist der einzige, der dafür in Frage kommt."

Agrippa sah sie fassungslos an. „Du kannst was? Bist du von allen guten Geistern verlassen? Du, meine Frau, hast zu dieser unfassbaren Forderung nichts anderes zu sagen, als dass du sie *verstehst*?" Er drehte sich abrupt weg. Wütend riss er einen Vorhang von der Wand. Dann wischte er mit einem Schlag einen Marmorkopf des Augustus von seinem Sockel. Er zerbarst in tausend Splitter.

„Tut dir das denn nicht weh?", schrie er. „Nach all den Jahren? Bedeute ich dir denn gar nichts?"

Da war es auch mit Marcellas Fassung aus. Tränen stürzten ihr aus den Augen. „Doch, mein Herz!", schluchzte sie. „Niemanden liebe ich so wie dich. Aber was nutzt es denn?" Sie lief zu ihm hin, warf sich in seine Arme. Erneut drückte er sie an sich.

„Ich werde Julia nicht heiraten", fauchte er trotzig, „und wenn Caesar mir zur Strafe das Bürgerrecht entzieht!"

„Das wird er nicht", antwortete Marcella bitter. „Er wird dich zu seinem Erben machen. Und du wirst ihm folgen." Sie sah zu ihm hoch und wischte sich die Tränen vom Gesicht, aber immer neue stürzten nach.

Verzweifelt sah er sie an. „Marcella, ich kann ohne dich nicht leben, ohne dich und Vipsanilla."

„Marcus, du kannst doch auch ohne deinen Sohn leben. Du tust es doch schon!"

„Willst du mir nicht wenigstens ein bisschen helfen?", fragte er erstickt. „Mich ein winziges bisschen unterstützen?"

„Und den grausamen Todeskampf unseres Glücks verlängern? Das willst gerade du? Bist du nicht immer derjenige gewesen, der bei den Gladiatoren einen mutigen Tod bewundert hat?"

„Ich habe nicht ihren Tod bewundert. Ich habe sie bewundert, wenn sie gut gekämpft haben! Ich werde mich Caesar nicht beugen, diesmal nicht!" Er ließ sie los und wandte den Kopf zur Seite. „Es muss einen anderen Weg geben, das Reich zu sichern – ohne eine Heirat mit Julia!"

Marcella lächelte bitter. „Siehst du? Du willst es doch auch! Du träumst doch auch von deinem Rom. Du und Onkel Gaius, ihr liebt doch die gleiche Göttin. Göttern muss man opfern, sonst wenden sie sich ab."

„Aber Marcella! Was ist mit der Liebe? Du bist meine Frau, mir in heiligem Akt vor den Göttern verbunden!"

„Man kann nicht zwei Frauen gleichzeitig lieben. Roma und ich, da ist eine zu viel. Und wer bin ich, um gegen eine Göttin anzutreten?"

„Ich will diese Entscheidung nicht treffen! Jede, aber nicht diese! Versteh doch, Marcella, es zerreißt mich im Innersten!"

Sie klammerte sich an seine Tunika. „Fahr du nur nach Rom und versuche Onkel Gaius davon zu überzeugen, dass er dich weiter an seiner Seite behält ohne dass du seine Tochter zur Frau nimmst! Er würde dir das nie verzeihen. Das nicht! Du bist der letzte Freund, dem er vertraut. Enttäusche auch du ihn, wie zuvor Rufus und Maecenas, und er wird deine Weigerung als Verrat auffassen. Du kannst nichts anderes tun, als Julia zu heiraten."

„Bin ich denn nur ein Sklave Roms?"

„All die Jahre warst du sehr stolz darauf, genau das zu sein."

„Ich habe nicht geahnt, was das bedeuten könnte!"

„Dein Feldherr hat gerufen, Marcus. Geh und tu deine Pflicht." Kraftlos sanken ihre Hände an ihrem Körper herab. Sie wandte sich um und wollte aus dem Raum gehen.

Er aber fasste nach ihr und drehte sie wieder zu sich um. „Marcella!" Er schüttelte sie. „Sag nur ein Wort, ein einziges, und ich werde Caesar sagen, dass ich mich weigere, Julia zu heiraten. Wenn du mir schwörst, dass du bei mir bleibst, werde ich mich Rom verweigern. Wenn es sein muss, gehe ich mit dir sogar ins Exil. In jedes! Selbst nach Germanien oder in die Wüste Mauretaniens."

„Das wäre dein langsamer Tod. Du kannst deine Liebe zu Rom nicht auslöschen."

„Marcella, versteh doch: Das, was Caesar von mir fordert, ist mein langsamer Tod!"

Wieder liefen Tränen über Marcellas Wangen. „Der Tod ist, was uns alle am Ende erwartet."

Da ließ er sie los.

Sie wandte sich ab und ging mit gesenktem Kopf hinaus. Agrippa sah ihr fassungslos nach.

Kurz vor Mitternacht kam Tychicus herein. Seit er denken konnte, hatte er die Gewohnheit, einen Rundgang durch das Haus zu machen, bevor er ins Bett ging. Er wusste, dass Agrippa sich noch immer in jenem Raum aufhielt. Nach dem Wortwechsel mit Marcella, den Tychicus von draußen mitbekommen hatte, wagte er lange nicht, seinen Patron zu stören. Jetzt aber trat er doch ein.

Agrippa lag unbeweglich auf einer Liege und stierte ins Leere. Durch die Fensterritzen wehte ein feuchtkalter Herbsthauch.

„Agrippa?", fragte Tychicus zaghaft.

Der sah ihn an, als käme er aus einer sehr, sehr weit entfernten Welt. „Kannst du mir sagen, wozu dies alles gut sein soll?"

Tychicus senkte den Blick und überlegte eine Weile. „Für Rom."

„Ich muss mich zwischen Rom und Marcella entscheiden."

„Ist das wirklich eine Entscheidung? Hast du denn die Freiheit dazu? Ich kann dich verlassen, wenn ich will. Aber als ich noch dein Sklave war, hätte ich das nicht gekonnt. Hättest du mir damals eine Frau ins Bett gelegt, hätte ich für dich die Kinder gezeugt, die du von mir gefordert hättest."

Wütend sah Agrippa ihn an. „Sklaven hättest du gezeugt! Nichts als Vermögenswerte! Und genau das soll *ich* jetzt tun. All meine Macht nutzt mir nichts. Ich bin nicht mehr als Caesars Kreatur."

„Nein, das bist du nicht. Du kannst dich dem Augustus verweigern. Er wird dich dafür vielleicht bestrafen, aber er wird dich nicht töten wie damals Rufus, denn Verrat wäre das nicht. Viele haben ihn enttäuscht, und er hat sie leben lassen. Doch du hast noch eine andere Möglichkeit, dich von ihm zu befreien. Die Legionen vergöttern dich. Caesar aber achten sie nur ..."

Erschrocken blickte Agrippa auf. „Sag so etwas nie mehr wieder, hörst du? Erwähne diese Möglichkeit nicht einmal! Eher töte ich mich selbst."

Tychicus nickte. „Ich weiß. Du hast schon mehrfach der ganzen Welt bewiesen, dass du ohne zu zögern für Caesar sterben würdest. Aber damals gab es noch keine Marcella."

„Ich habe Caesar vor langer, langer Zeit mein Leben versprochen, wenn er mir ein anderes dafür schenken würde. Das hat er getan. Er hat während der Proskriptionen das Leben meines Atticus gerettet."

„Also ist alles gesagt. Dann bist du nicht frei."

„Ich kann ihn nur bitten."

„Das kannst du."

„Warum, Tychicus, kämpft Marcella nicht um mich? Das schmerzt und schwächt mich mehr als alles andere! Der Gedanke, dass sie mich nicht liebt, raubt mir jede Kraft."

„Warum sollte sie kämpfen? Sie kennt dich doch, deine ganze Geschichte, deine Liebe zum Augustus. Vor allem aber weiß sie, wie sehr du Rom liebst. Sie weiß, dass sie nichts tun kann. Ich finde, sie zeigt unfassbar viel Würde. Sie ist eine echte Römerin."

„Sie ist nicht so jämmerlich wie ich, willst du sagen?"

„Wenn die zum Tode Verurteilten in der Arena an den Pfählen hängen, was tun sie dann? Sie zerren an ihren Fesseln und schreien, wenn die Löwen kommen. Manche weinen, andere brüllen, wieder andere verfluchen das Publikum, den Senat, die Konsuln, ganz Rom! Ausnahmslos alle zerren an ihren Fesseln. Doch was nutzt es ihnen? Sie sterben wenig später doch! Noch kein einziger ist seinem Schicksal entgangen. Und es war doch auch gerecht, oder nicht? Wenn über einen Menschen die Todesstrafe verhängt wird, hat er sie aus irgendeinem Grund verschuldet."

„Du willst sagen, ich selbst hätte mein Schicksal in diese Bahn gelenkt – nicht Caesar?"

„So ist es."

„Aber was habe ich denn Böses getan, um so etwas Grausames erleiden zu müssen? Habe ich nicht immer nur das Beste gewollt? Und warum muss Marcella dies erdulden? Welche Schuld hat *sie* denn?"

„Marcella keine, außer der, am Leben zu sein. Ein Sklavenkind sucht sich seine Mutter auch nicht aus und muss doch ein Sklavenleben erdulden. Es ist einfach Schicksal, Agrippa, es ist einfach Tyche – wie mein Name. Alles geschieht nach dem Willen der Schicksalsgöttinnen. Wer könnte sich gegen sie wehren? Nicht einmal Jupiter."

„Wie schön das alles klingt, was du da sagst! Aber wie hässlich schmerzt doch die Wirklichkeit."

„Ist dir nicht Herkules der Liebste unter den Unsterblichen?"

Agrippa lächelte traurig. „Ich verstehe, was du meinst. Herkules hat sich zwischen zwei Wegen entscheiden müssen: dem harten Weg ruhmreicher Tugend und dem persönlichen Wohllebens, aber in völliger Bedeutungslosigkeit."

„Er hat den Ruhm und die Tugend gewählt, ja, Agrippa, so wie du einst. So wie du es jetzt erneut tun musst. Er litt sein Leben lang, und Freude war ihm fast nie vergönnt. Dann starb er, trotz allem, was er den Menschen so aufopferungsvoll an Gutem getan hatte, einen unvorstellbar grausamen Feuertod. Aber gerade dadurch erfüllte sich sein Leben, und die Götter nahmen ihn in ihren Kreis auf."

„Er war der Sohn des größten aller Götter. Ich aber bin nur ein winziger Mensch, mein Freund. Ich bin nicht Herkules."

Tychicus setzte sich neben seinen Patron und legte die Hand auf die seine. Agrippa betrachtete die Hand seines Freigelassenen, als habe er sie zuvor noch nie gesehen. Sie war klein, fein und schmal – wie die des Augustus.

„Tyche", murmelte Agrippa.

„Tyche, ja. Sonst nichts."

Plötzlich begannen Tränen aus Agrippas Augen zu tropfen. Bald schüttelten ihn krampfhafte Schluchzer. Tychicus umarmte ihn verzweifelt. Mehr konnte er nicht tun.

Marcella verfiel zunächst tagelang in eine bleierne Lethargie. Doch immer stärker stiegen Wut, Enttäuschung und Verzweiflung in ihr auf. Irgendwann gewannen sie die Oberhand. Es war wie Tychicus es verglichen hatte, wie das Zerren der Verurteilten an ihren Fesseln. Alles in Marcella schrie danach, ihre Liebe, ihre kleine Familie, ihr

Glück vor dem Untergang zu retten. Sie konnte einfach nicht anders. Verzweifelt nahm sie den Kampf auf.

Immer wieder erinnerte Marcella ihren Mann an seinen Schwur, er werde sie bis zum Tod lieben. Unter Tränen flehte sie ihn an, mit Augustus zu reden und einen Kompromiss zu suchen. „Es muss doch eine Möglichkeit geben, Onkel Gaius klar zu machen, dass du seine Nachfolge antreten kannst auch ohne Julia zu heiraten!“

Mal widersprach er ihr mutlos, mal zeigte er grimmige Entschlossenheit, mal klammerten sie sich schluchzend aneinander, als wollten sie einander gegen die klirrende Kälte des Lebens schützen, mal saßen sie nur zärtlich umarmt still nebeneinander. Wenn sie sich liebten, geschah das mit einer solchen Verzweiflung, als hofften sie, durch die Kraft ihrer Körper das drohende Schicksal abzuwenden. Noch nie hatten sie so viel Unglück erlebt wie in jenen Tagen.

Anfang Oktober verließen sie mit der vierjährigen Vipsania Minor und ihrem engsten Gefolge Lesbos. Die Konfrontation mit Augustus war unumgänglich.

Die anstrengende Abschiedszeremonie der Bürger von Mytilene brachten sie gefasst hinter sich. Nachdem sie sich in ihre Räumlichkeiten zurückgezogen hatten, schlugen die Emotionen jedoch wieder so hoch wie die Wogen der Herbststürme, die ihr Schiff hin- und herwarfen, um gleich darauf wieder in strudelnden, bedrohlichen Wellentälern zu versinken, dunkel wie die Unterwelt.

Irgendwann kam Sizilien, dann die Stadt Messana in Sicht. Augustus hatte sie wissen lassen, dass er dort, im milden Südklima, den Winter verbringen werde.

Agrippa und Marcella standen nebeneinander an der Reling, Hand in Hand. Marcella trug ein graues Trauerkleid, er eine ebensolche Tunika ohne Gürtel. Ganz bewusst hatte sich Agrippa für die Kleidung eines demütigen Exilanten entschieden. Er wollte Augustus auf den ersten Blick klar machen, dass er nicht bereit war, auf seine Forderung einzugehen.

Der stand mit Livia, ihren Söhnen Tiberius und Drusus sowie mit Vipsania Maior an der Mole. Augustus hatte alle Register gezogen, um seinem auserkorenen Nachfolger einen würdigen Empfang zu bereiten. Selbstverständlich trug er das Gewand des Imperators.

Um ihn herum standen die besten Soldaten der auf Sizilien stationierten Truppen in glänzenden Rüstungen Spalier. Neben dem prächtig ausstaffierten Standartenträger hatte sich der berühmt-berüchtigte Heerführer Statilius Taurus aufgebaut, in Paradeuniform.

Zivilisten waren keine zu sehen. Augustus hatte den Hafen absperren lassen.

„Wenn Caesar mit mir reden will, muss er an Bord kommen“, presste Agrippa zwischen zusammengebissenen Kiefern hervor.

Marcella drückte schweigend seine Hand. Vor Angst brachte sie kein Wort hervor.

Ein Stoß erschütterte das Schiff. Kommandos erklangen, Taue flogen durch die Luft und wurden am Kai festgemacht. Taurus rief einen Befehl. Die Ehrengarde stand stramm. Finster konstatierte Augustus anhand von Agrippas Kleidung und der Art, wie er Marcella festhielt, dass sein Freund auf Konfrontationskurs war.

Die Matrosen ließen die Landungsbrücke herab und vertäuten sie. Die Verbindung war hergestellt.

Agrippa trat an die Öffnung der Reling, machte aber keine Anstalten, an Land zu gehen.

„Er weigert sich tatsächlich, mir entgegen zu kommen!“, knurrte Augustus. „Das ist unfassbar!“

Livia drückte ihm begütigend den Arm. „Du kennst ihn doch! Du weißt doch, wie stur er ist. Aber letztendlich wird er nachgeben. Mach gute Miene zum bösen Spiel. Geh hin und begrüße ihn.“

Augustus schnaubte kurz. Dann streckte er den Rücken durch und ging auf die Landungsbrücke zu. An ihrem Fuß blieb er stehen. Er setzte eine erfreute Miene auf und öffnete die Arme. „Agrippa! Mein Freund! Endlich seid ihr da! Wie ich mich freue!“

„Ich grüße dich, Caesar“, antwortete Agrippa förmlich. „Komm an Bord. Wir müssen miteinander reden.“

Augustus ließ die Arme sinken. Die Schande, vor den Legionären so vorgeführt zu werden, brannte heiß in ihm. Aber es gelang ihm, äußerlich ruhig zu bleiben. „Was soll das?“, tat er unschuldig und breitete fragend die Arme aus. „Reden können wir doch auch später. Jetzt komm erst mal an Land, mein Guter! Marcella! Was steht ihr da oben?“

Seine Nichte sah ihn mit aufgerissenen Augen an, als sei er Gott Pluto persönlich. Sie ertrug den stechenden Blick nicht, den er ihr zuwarf. Ängstlich wich sie ein paar Schritte zurück, kniete nieder und drückte die kleine Vipsania an sich. Jetzt stand Agrippa alleine da.

„Geh nicht!“, flehte Marcella. „Marcus, geh nicht!“

Sein Töchterchen hatte längst bemerkt, dass da etwas Fürchterliches vor sich ging. Sie begann zu weinen. „Mama, wo will der Papa hin?“

„Dein Vater geht nicht weg“, stammelte Marcella. „Er bleibt bei uns!“

Aber das Mädchen glaubte ihr nicht. Es riss sich los, lief zu Agrippa und umklammerte dessen Beine. „Papa!“, schluchzte sie herzerweichend. „Papa!“

Der sah kurz zu seiner Jüngsten nieder. Der Anflug eines Lächelns huschte über sein Gesicht. Dann verschränkte er die Arme vor der Brust und reckte das Kinn. Herausfordernd sah er Augustus an.

Der kämpfte mit seiner Wut. Die Situation war einfach skandalös. „Was ist, Agrippa? Hörst du nicht?"

Der antwortete noch immer nicht.

Hilfesuchend wandte sich Augustus zu Livia um. Er wusste nicht mehr weiter. Auf gar keinen Fall würde er an Bord gehen! Aber Agrippa machte auch keinerlei Anstalten, zu ihm zu kommen. Sollte er etwa Soldaten schicken, um seinen künftigen Schwiegersohn an Land zu zerren – er, der Herrscher des Reiches?

Livia sah ihren Mann entsetzt an. Sie war ebenso fassungslos wie er.

Wer weiß, wie die Situation ausgegangen wäre, wenn Tiberius nicht dabei gewesen wäre. Starr vor Schreck hatte er die Szene verfolgt. Was da passierte, hätte er nie für möglich gehalten: Agrippa wagte tatsächlich den Aufstand. Mehr als für jede andere Tat bisher bewunderte Tiberius seinen künftigen Schwiegervater für dessen Mut.

Aber – halt! Schwiegervater? Wenn Agrippa jetzt nicht von Bord ging, war es aus mit dem Traum von der süßen Vipsania. Dann würde Julia seine Frau – und Augustus sein Schwiegervater!

Tiberius schluckte würgend. Er blickte seine kindlichzarte Braut an. Wie er dieses unschuldige Wesen liebte! Einem plötzlichen Impuls folgend, packte er ihre Hand und zog sie hinter sich her zur Landungsbrücke.

„Ich gehe zu ihm!", stieß er hervor.

Schweigend trat Augustus zur Seite.

Tiberius stürmte mit verkniffener Miene an Bord, seine Braut an der Hand. Obwohl Agrippa noch immer mit verschränkten Armen dastand, umfasste Tiberius ihn mit aller Kraft und legte seinen Kopf an dessen Brust. Er schloss die Augen. Was sollte er jetzt sagen? Er spürte Agrippas Widerstand nur zu deutlich. Plötzlich schoss ihm ein Gedanke durch den Kopf, oder eher ein Gefühl – eine Eingebung. Da wusste er: Wenn es ein Wort gab, das Agrippa bewegen würde, dann dieses!

Tiberius verstärkte den Druck seiner Arme. „Vater", flüsterte er fiebrig, „Vater, bitte! Mein Vater! Verlass deinen Sohn nicht, und deine Tochter!"

Er spürte, wie Agrippa zusammenzuckte – und dann, wie die Anspannung in dessen Armen kaum merklich nachließ.

Tiberius presste sich noch fester an ihn. „Bitte, komm mit an Land", keuchte er. „Lass uns über alles reden. Verlass deine Kinder nicht! Es findet sich für alles eine Lösung. So bringst du über uns alle nur Unheil, über uns und unser Volk."

Agrippa sah seine älteste Tochter an. Zitternd stand sie hinter Tiberius und starrte ihn mit großen Augen an. Ihr Blick durchzuckte Agrippa bis ins Mark. Überdeutlich wurde ihm klar, dass von seiner

Entscheidung nicht nur sein eigenes Glück, sondern auch das Vipsanias und des Tiberius abhing.

Hilfesuchend sah er zum bewölkten Himmel hoch. Dann blickte er hinter sich.

Marcella kniete noch immer. Sie streckte die Arme nach ihm aus. „Marcus!“, flehte sie, während ihr die Tränen über das Gesicht liefen. „Nein!“

„Vater“, wiederholte Tiberius eindringlich, „bitte!“

Unendlich langsam ließ Agrippa die Arme sinken. „Also gut. Wir werden miteinander reden.“ Tiberius ließ ihn los. Agrippa bückte sich und löste die Arme seiner Jüngsten von seinen Beinen. Er nahm sie hoch, küsste sie und übergab sie ihrem Kindermädchen.

„Nein!“, schrie Marcella gellend.

Noch einmal wandte sich Agrippa zu ihr um. „Ich muss mit ihm reden“, presste er hervor, „versteh doch …“

„Nein!“, widersprach sie noch einmal. „Geh nicht!“

Tiberius umklammerte seine Hand. „Komm, Vater!“

Wie im Traum setzte Agrippa einen Fuß auf die Landungsbrücke, dann den anderen – und folgte Tiberius und Vipsania Maior an Land.

Augustus zeigte keinerlei Triumph, als Agrippa endlich vor ihm stand. „Den gütigen Göttern sei Dank!“, seufzte er nur. „Willkommen zuhause, mein Freund.“ Hastig schob er ihn zu den wartenden Sänften.

Tychicus stolperte mit verzerrtem Gesicht hinterher, die Hände an die Brust gepresst.

Nachdem sie verschwunden waren, kam endlich Bewegung in Marcella. Aufschluchzend sprang sie auf und lief in ihr Schlafgemach. Dort warf sie sich auf das Bett – Agrippas und ihr Bett, das nun leer war und fortan leer bleiben würde, leer wie jedes Lager ohne ihn. Noch immer hing sein Geruch in den Kissen, der Geruch des Mannes, den sie liebte, ihres Gatten, der auch sie liebte, davon war sie nach wie vor überzeugt – aber eben nicht so sehr wie Rom – und, trotz all seiner Beteuerungen, auch nicht so sehr wie die Macht.

Statilius Taurus wusste, was er jetzt zu tun hatte. Mit festen Schritten stapfte er an Bord und gab dem Schiffskommandeur Order, unverzüglich abzulegen. „Du bringst die edle Claudia Marcella zu ihrer Mutter nach Rom. Und wehe dir, wenn ihr unterwegs etwas zustößt!“

Dann kehrte er an Land zurück. Mit zornigem Blick schritt er die Soldaten ab. Endlich blieb er stehen. „Wenn einer von euch jemals auch nur ein einziges Wort über das verliert, was er soeben gesehen hat, lasse ich ihn kreuzigen – und seine Familie gleich dazu!“

Rechtlich hätte er dazu zwar keine Befugnis gehabt, das wusste jeder Rekrut. Trotzdem hegte keiner von Taurus’ Legionären den geringsten Zweifel, dass es am klügsten war, seinen Befehlen widerspruchslos zu gehorchen.

Schweigend brachten sie den Weg bis zur Villa des Augustus hinter sich. Mit langen Schritten und steinerner Miene stürmte Agrippa hinein. In seinem Inneren tobte ein Orkan. Was hatte er nur getan? Er hatte seine Liebe verraten!

„Aber nein“, flüsterte eine Stimme beschwichtigend in ihm. „Du bist doch nur der Vernunft gefolgt. Und jetzt wirst du verhandeln.“ Aber Agrippa wusste, dass dies nicht wahr war. Er hatte die Waffen gestreckt. Jetzt war er an Land. Marcella, seine Frau, seine Liebe, seine Stütze im Kampf, war von ihm getrennt. Er hatte sie verlassen. Wie erbärmlich er sich fühlte!

„Lass uns erst einmal eine Stärkung einnehmen“, sprach Augustus ihn an. „Meine Köche haben heute ihr Bestes gegeben.“

Agrippa fuhr herum. „Mir ist nicht nach Essen!“

Augustus nickte geduldig. „Also gut. Dann lass uns eben gleich reden.“ Schweigend ging er in sein Arbeitszimmer voran. Er ließ sich seufzend in einen Sessel fallen und bedeutete Agrippa, sich ebenfalls zu setzen.

Augustus schenkte Wein in zwei hauchdünne Gläser. „Ich freue mich so sehr, dass du da bist“, wiederholte er.

Agrippa begutachtete den kunstvollen Mosaikboden zu seinen Füßen. Schön war dieser Palast, viel eleganter als seine Residenz auf Lesbos. Lesbos! Er fühlte ein Reißen im Herzen, als er an Mytilene dachte, an sein Haus – an Marcella …

Augustus tätschelte ihm den Unterarm. „Du schweigst? Ich dachte, wir seien zum Reden hier.“

Agrippa fuhr sich fahrig mit den Händen durch seine braunen Haare. Augustus fiel auf, dass erste Silberfäden sie durchzogen. Dann hob der Freund den Blick – umwölkte Augen, ein See voller Qual.

„Was soll ich sagen?“, antwortete Agrippa. „Du weißt doch ohnehin alles.“

„Das hast du mir bei deiner Landung vorhin nur zu deutlich gemacht.“ Augustus brummte verärgert. „Diese unwürdige Posse hättest du uns ersparen können.“

„Was hast du erwartet? Dass ich an Land stürme und dich dankbar umarme?“

Augustus wackelte mit dem Kopf. „Nun, das wäre passender gewesen für Roms künftigen Herrscher.“

„Vergiss es!“, schnaubte sein Gegenüber. „Ich trenne mich nicht von Marcella.“

„Ich kann dich gut verstehen. Marcella ist eine wunderbare Frau. Aber es geht nicht darum, was du willst. Es geht darum, was Rom will.“

„Es geht darum, was du willst."

„Nein, mein Freund. Es geht darum, dass Venus dich blind gemacht hat: blind für deine Pflichten, für dein Volk, für deine Heimat und deine Familie."

Agrippa hob erstaunt die Brauen. „Meine Familie? Die habe ich gerade verloren: zuerst meinen Sohn und jetzt auch noch meine Frau."

„Du bist nicht der erste und wirst nicht der letzte Römer sein, der eine Frau und ein Kind verliert. Aber das Leben geht weiter. Und dich erwartet die höchste Ehre, die Rom zu bieten hat."

„Ehre!" Agrippa schnaubte verächtlich. „Ehre hat mich noch nie interessiert."

Augustus biss sich auf die Unterlippe – das war bei Agrippa der falsche Weg. „Weißt du, es verletzt mich, dass du mir so offensichtlich und vor allen Leuten deine Verachtung zeigst. Dass du so tust, als sei das immense Geschenk, das ich dir zu Füßen lege, eine Strafe: meine einzige Tochter, und als Morgengabe das römische Reich. Niemand kann das verstehen, und ich habe große Schwierigkeiten damit – sehr große."

„Jeder, der die Tradition ehrt, kann das verstehen, denn eine Scheidung aus Selbstsucht ist zutiefst schändlich. Und jeder, der seine Frau und seine Kinder liebt, kann mich ebenfalls verstehen. Nein, Caesar, ich bin sicher, dass viele meine Gefühle verstehen, und dass viele das, was du forderst, sogar verurteilen."

„Wenn es jemand verurteilen sollte, dann doch nur, weil er die Zusammenhänge nicht durchblickt." Augustus seufzte. „Agrippa, wie oft haben wir darüber geredet: dass es im Leben eines Römers nicht um Liebe geht, sondern um das Volk? Du warst doch immer derjenige, der selbst den Tod nie gefürchtet hat, denn du warst stolz, für Rom sterben zu dürfen. Und jetzt brichst du wegen einer Frau zusammen? Wegen einer Frau verschließt du dein Herz vor den großen Aufgaben, die dich erwarten? Nur wegen einer Frau verrätst du Rom? Du warst doch derjenige, der einmal gesagt hat, wegen der Liebe sei oft nur Unglück in die Welt gekommen, und du wünschtest, diesen Wahnsinn nie erleben zu müssen!"

„Das wäre auch besser gewesen! Aber ich habe die Liebe erlebt, ich erlebe sie noch – und sie ist lauter Schmerz. Verstehst du denn nicht: Wie wäre das, wenn jemand von dir fordern würde, dich zwischen Rom und Livia zu entscheiden?"

„Sehr schwer. Deshalb kann ich deine Gefühle ja durchaus nachvollziehen. Trotzdem muss ich dir ins Gewissen reden. Was du tun sollst, ist richtig. Du tust es nicht aus Selbstsucht, wie du vorhin gesagt hast, sondern aus Hingabe zu deinem Volk. Was den meisten Menschen als höchstes Glück erscheinen würde, meine Tochter zu heiraten, ist dir ein grausames Opfer. Trotzdem will ich, dass du es tust. Ich will dich,

Agrippa, keinen anderen! Du bist der Mann, den Rom braucht! Würde ich, Caesar, mich sonst so erniedrigen, dir meine einzige Tochter aufzuschwatzen wie eine Kupplerin? Aber ich liebe Rom über alles. Deshalb tue ich es – für Rom. Weil du bewiesen hast, dass du der Beste bist, um Rom zu führen, und zwar gemeinsam mit mir solange ich am Leben bin, und später nach deinem Gutdünken. Durch deine Ehe mit meiner Julia erwirbst du dir die höchste Legitimation, die ich dir verschaffen kann. Oder glaubst du, dass die Senatoren dich als Nachfolger des göttlichen Caesar einfach so akzeptieren werden, dich, den kleinen Mann aus Arpinum?"

„Cicero haben sie sich doch auch gefügt!"

„Ja, für ein Jahr, als Konsul! Aber erinnere dich, wie sehr sie ihm in dieser Zeit zugesetzt haben. Agrippa, wir können es uns nicht leisten, dich solchen Stürmen auszusetzen! Der Römische Friede, das Reich der Zukunft braucht eine starke Hand, die unser Werk fortsetzt! Deine Hand! Ich kann es nicht zulassen, dass der Standesdünkel des Adels das Werk gefährdet, das doch schon so viel Blut und Tränen gekostet hat und von dem so viele Tausende von Schicksalen abhängen! Meine wichtigste Pflicht ist es, dir den Weg für deine Herrschaft zu ebnen so gut ich kann. Wir dürfen nicht riskieren, dass es wieder Machtkämpfe gibt! Du bist ich, und ich bin du. Wenn ich sterbe, lebe ich in dir weiter – in deinen und Julias Söhnen. Dann lebt alles, wofür wir je gekämpft haben, weiter." Augustus' Augen blitzten leidenschaftlich. „Agrippa, ich bitte dich inständig: Verrate dein Volk und dessen Zukunft nicht, nur wegen der Liebe zu einer Frau – mag sie auch so schön und edel sein wie Marcella!"

„Ich habe mir diese Argumente tausendfach vorgebetet. Trotzdem werde ich das Gefühl nicht los, dass es dir nicht nur um Rom geht, sondern darum, dass dein Fleisch und Blut weiter herrscht."

„Agrippa, das ist doch nur vernünftig! Es ist Julius Caesars Blut – in den Augen vieler Menschen ist es das Blut eines Gottes."

„Bei Marcellus hat es nicht funktioniert mit der Vererbung des starken julischen Blutes."

Augustus runzelte die Brauen. „Das ist *deine* Meinung, nicht meine. Niemanden schmerzt es mehr als mich, dass Marcellus nie beweisen konnte, dass er ein guter Herrscher geworden wäre. Immerhin hatte er dir eines voraus: Er hat sich seiner Pflicht Rom gegenüber nicht verweigert – obwohl auch er alles andere als verliebt in Julia war."

„Ah! Bei Marcellus war also genug von Julius Caesars Blut vorhanden, um seine Nachfolge zu legitimieren. Aber bei seiner Schwester Marcella genügt die gleiche Menge nicht! Sie stammt im gleichen Grad von Julius Caesar ab wie deine Tochter! Nein, sie ist noch edler als Julia: Marcellas Vater war ein Claudier – Julias Mutter nur eine Scribonia."

„Zum Pluto mit Claudius Marcellus und Scribonia!", brüllte Augustus. „Ich bin Julias Vater! Ich bin Caesar! Darum geht es!"

„Wenn dir Blut so wichtig ist, wozu brauchst du dann das eines volskischen Ritters für deine Tochter?", schrie Agrippa zurück. „Such dir doch einen nobleren Schwiegersohn! So viel ich weiß, stehen sie Schlange."

Augustus schüttelte den Kopf, als sei er von einem Guss Wasser getroffen worden. „Agrippa, ich erkenne dich nicht wieder. Bei allen Göttern, wo ist nur der Mann, der du einmal warst, bevor dir Venus den Kopf vernebelt hat?"

„Ich habe dir immer gehorcht. Aber diesmal nicht."

Augustus hieb mit der flachen Hand auf den Tisch. „Agrippa, ich werde nicht zulassen, dass ausgerechnet du dich aufführst wie ein meuternder Legionär!"

„Bin ich kein freier Bürger?"

„Frei? Kein Römer ist frei! Wir dienen alle der Göttin Roma. Nur du nicht. Du dienst nur dir selbst. Deine Selbstsucht stinkt bis in den Olymp! Also gut, ich sage dir, warum ich dich will und keinen anderen. Ich brauche dich, weil du nachweislich der Einzige bist, der Rom führen kann! Deshalb habe ich auf dem Sterbebett nicht Marcellus, sondern dir meinen Ring gegeben. Was schert mich dein Blut? Nur insofern, als es das Blut des Besten ist. Aber das Volk interessiert sich für Caesars Blut, für *mein* Blut, und noch mehr interessiert das den Senatorenadel!" Augustus lehnte sich zurück und schloss die Augen. Er atmete tief ein. Dann sah er Agrippa wieder an, ruhig und gefasst. „Aber lassen wir das. Sag mir lieber: Wie stellst du dir die Zukunft unserer Familie vor, falls ich vor dir sterbe?"

„Das weißt du: Der Senat wird entscheiden, was aus Rom wird. Und ich richte mich danach."

„Mhm. Sehr löblich. Vielleicht würden die Senatoren dich ja wirklich zum Konsul wählen, vielleicht sogar zum Dictator. Wahrscheinlich aber nicht, du Träumer, eben weil du nur ein volskischer Ritter bist. Du bist nicht einmal Stadtrömer! In den Augen der alten Adligen hast du die althergebrachte Würde nicht, sie zu führen. Für sie hätte selbst der liederliche Marcus Antonius begründeteren Herrschaftsanspruch gehabt als du. Für sie bist du ein Nichts. Schlimmer noch, ein größenwahnsinnig gewordener Kleinbürger. Du bist für den alten Senatorenadel ein Fluch der Götter, Roms hässlichste Missgeburt, ein wahrer Agrippa – ein Aeger Partus!" Augustus rang nach Luft. „Bislang haben sie nicht gewagt, offen etwas gegen dich zu unternehmen, denn ich, Caesar, schütze dich. Julius Caesars Blut schützt dich. Aber wenn ich nicht mehr wäre, würden sie sich gegen dich erheben! Sie würden ganz einfach einen anderen Dictator wählen – oder auch gar keinen. Und dann? Was würde dann aus dir? Ich sage es dir: Du würdest nicht als friedlicher Privatmann deine Liebe mit Marcella ausleben. Oh nein! Die Adligen würden schneller einen Vorwand finden, dich zu beseitigen, als du bis drei zählen kannst. Denn es wäre den ehrwürdigen Herren Adelsschwarten völlig egal, wie gut du für Rom warst, bist und sein würdest. Nein, du würdest entweder mit einer Würgeschlinge um den Hals im Kerker dein Leben ausröcheln oder mit einem Dolch im Rücken! Deine Leiche würden sie auf dem Forum in Stücke reißen und in den Tiberis werfen. Aus der Traum von der hehren Republik, du edler Mensch!

Aber gut, es steht dir frei, mit deinem Leben zu tun, was dir beliebt. Allerdings musst du eines bedenken: Du trägst auch die Verantwortung für unsere Familie. Du musst sie schützen, Agrippa! Was wird aus Livia, Octavia, Tiberius, Drusus und Vipsania, wenn wir beide tot sind? Agrippa! Was wird dann aus Marcella und deiner kleinen Tochter? Hast du dir das mal überlegt?“

Agrippa schluckte. „Ich glaube nicht, dass sie den Frauen etwas antun würden.“

Augustus lachte laut auf. „Es ist nicht zu fassen, wie blind du bist! Spinnen wir die Zukunft also weiter: Deine Leiche treibt im Tiberis still dem Meer zu. Möglich, dass man unserer Familie erlauben würde, ihr restliches Leben im Exil zu fristen. Wahrscheinlicher aber ist es, dass man auch sie auslöschen würde.“ Augustus fletschte die Zähne. „Caesars Brut, wie einige uns nennen. Und denk auch mal an deine Freunde. Wenn Messalla, der Verräter seines Standes, viel Glück hätte, würden sie ihm zugestehen, sich selbst zu töten. Das, mein edler Freund, ist die Zukunft derer, die du liebst, falls du wirklich so vernagelt bist zu glauben, der Senat werde mit ihnen nach Recht und Gesetz verfahren.“ Augustus packte Agrippa an der Schulter. „Wach endlich auf! Die Lösung ist doch so einfach: Werde mein Schwiegersohn! Bitte! Ich flehe dich an! Dann werden deine Söhne meine Enkel und die Julius Caesars sein. Ach was, Enkel! Ich werde sie adoptieren! Sie werden meine Söhne sein! Das Volk wird euch stützen. Ja, das einfache Volk liebt dich.“ Er wackelte mit dem Kopf. „Aber es ist wankelmütig. Wer aber unverbrüchlich hinter Julius Caesars Erben steht, das sind die Soldaten. Sie haben meinen Vater geliebt, und sie lieben dich, den Held von Naulochoi und Actium. Wenn du nun der Vater von Caesars Enkeln wirst, und wenn du den Legionen und Prätorianern nach meinem Tod auch noch einen Teil meines Nachlasses auszahlst, werden sie unsere Familie beschützen – *deine* Familie!“

Agrippa schlug die Hände vors Gesicht. „Ich kann nicht! Lass mir Zeit, Caesar.“

Augustus krallte seine Rechte in Agrippas Arm. „Wir haben aber keine Zeit!“

Erschrocken ließ Agrippa die Hände wieder sinken. „Warum nicht? Bist du krank?"

Augustus schüttelte den Kopf. „Nein, Apoll sei Dank. Aber ich hatte dir doch geschrieben, dass ich dir den eigentlichen Grund für diese Ehe unter vier Augen mitteilen würde." Er räusperte sich. „Nun, der Grund, warum ich so dringlich meine Nachfolge regeln will, ist der: Ich werde gegen die Parther ziehen."

„Gegen die Parther?!", wiederholte Agrippa entsetzt. „Bist du wahnsinnig? Warum?"

„Weil unsere Feldzeichen, die sie in der verheerenden Schlacht bei Carrhae vor 32 Jahren erobert haben, noch immer in ihren Händen sind. Weil die Schädel Tausender Legionäre noch immer unbestattet und ungerächt unter der persischen Sonne bleichen. Und weil noch immer gefangene römische Soldaten dort als Sklaven ein elendes Dasein fristen und um Befreiung beten."

„Die Gefallenen von Carrhae und ihre versklavten Kameraden haben dich doch bisher nie interessiert! Warum jetzt plötzlich?"

„Sie haben mich immer interessiert! Aber bislang waren die Parther zu stark. Doch jetzt hat sich einiges geändert: Die Adelsaufstände gegen König Phraates reißen nicht ab – und sein schlimmster Rivale Tiridates lebt gesund und munter bei uns im Exil. Gleichzeitig wird im benachbarten Armenien König Artaxes von seinem romfreundlichen Bruder Tigranes bekämpft. Wir werden also sowohl den Armenier Tigranes als auch den Parther Tiridates unterstützen, ihre uneinsichtigen Rivalen abzusetzen. Ich bin sicher, dass sich beide neuen Könige danach dankbar dem Römischen Frieden anschließen werden. Bei Herodes von Judäa hat diese Strategie der Vernunft ja auch funktioniert. Damit hätten wir fürs erste Ruhe im Osten."

„Und du hättest das vollbracht, was weder Antonius noch dein Vater geschafft haben: Roms Erzfeind zu besiegen. Dein Ruhm wäre unermesslich."

Augustus lächelte. „Und somit wäre auch deine Position als mein Schwiegersohn weiter gefestigt."

„Trotzdem, das schaffst du nie! Machen wir uns doch nichts vor: Als Feldherr war selbst Antonius besser als du. Trotzdem haben die Parther sein Heer fast völlig aufgerieben.

„Ich werde es vollbringen. Außer Alexander dem Großen haben die Götter nachweislich keinen Herrscher so sehr geliebt wie mich. Folglich werden sie mich auch unterstützen. Und was Antonius betrifft, so war er vielleicht ein mutiger Kämpfer, aber er war auch strohdumm. Nein, ich werde es anders machen." Augustus tippte sich an die Stirn. „Wie heißt es doch so schön? Im Kopf ruht der Sieg, nicht im Schwertarm."

„Aber ohne Schwert geht es auch nicht. Wem wirst du den Oberbefehl über das Heer anvertrauen?"

„Einem meiner begabtesten Männer, wie du selbst und viele andere schon oft betont haben."

„Also Taurus oder Messalla."

„Ich habe noch eine andere Idee. Ich denke da an ein glänzendes Nachwuchstalent ..."

Agrippa riss die Augen auf. „Etwa – Tiberius?"

Augustus nickte. „Er kann es schaffen, da bin ich sicher. Und es wäre nur klug, meinen Nachfolger am Sieg über die Parther zu beteiligen." Augustus sah Agrippa durchdringend an. „Denn es gibt keinen Zweifel, dass Tiberius mein Nachfolger wird, wenn du dich deinen Aufgaben Rom und deiner Familie gegenüber weiter verweigerst. Solltest du aber vernünftig werden, so wird Tiberius *dein* Nachfolger, und das auch nur, falls du keine Söhne mit Julia bekommst. Und nicht nur das: Tiberius würde auch, wie geplant, dein Schwiegersohn." Augustus reckte das Kinn. „Solltest du es aber vorziehen, dich mit Marcella in irgendeiner Provinz zur Ruhe zu setzen, so wird sich für deine Tochter Vipsania Maior sicher auch dort ein netter junger Mann finden – denn der strahlende Sieger über Roms Erzfeind wird dann nicht ihr Gatte. Der künftige Tiberius Julius Caesar Augustus wird dann meine Tochter Julia heiraten. Schade um seine aufrichtige Liebe zu deiner Vipsania. Er liebt sie nicht weniger als du Marcella. Aber das ist dir ja egal, Hauptsache, du hast dein Vergnügen."

„Das Exil hast du mir also zugedacht – nach all den Jahren, die ich für dich gekämpft habe?"

„Es ist deine eigene, freie Wahl! Entweder du übernimmst deine Verantwortung für deine Familie und für Rom. Oder du gehst. Als mein Kollege wärst du dann allerdings untragbar – wie auch sonst als Staatsdiener. Aber nicht ich würde dich davonjagen, oh nein! Du selbst würdest Rom verlassen, und zwar freiwillig! Denn wie könntest du dort noch leben, wenn jeder nur noch Verachtung für dich übrig hätte? Da geht Marcus Agrippa, würden die Leute sagen, der liebestolle volskische Bauer, der es verschmäht hat, die Tochter des Herrschers des größten Reiches aller Zeiten zu heiraten. Merkst du denn gar nicht, wie grotesk das wäre? Ja, Agrippa, sie würden dich einen Irren nennen und mit den Fingern auf dich zeigen – und auf Marcella. Jeder kleine Rekrut würde dir deine Ehrlosigkeit vor Augen führen, denn jeder Legionär stellt seine privaten Leidenschaften hintan und dient Rom, im Zweifel bis in den Tod – aber du, der Prokonsul, nicht." Nachdenklich folgten Augustus' Augen der Randlinie des Bodenmosaiks in die Ferne. Endlich wandte er sich wieder Agrippa zu. „Auch ich müsste deine Schande tragen. Hast du auch daran schon gedacht?" Sein Blick wurde weich. „Trotzdem würde ich dafür sorgen, dass du in deinem freiwilligen Exil leben könntest wie ein Fürst. Denn ich liebe dich, Agrippa. Ich werde dir immer dankbar sein für alles, was du für Rom getan hast. Und ich werde ohne dich sehr, sehr einsam sein. Niemand steht mir so nahe wie du, mein Freund. Ich bin keine Frau, deshalb kann ich dich auch nicht in der Art lieben wie Marcella. Trotzdem liebe ich dich nicht weniger! Aber anders als Marcella, liebe ich nicht nur dich, sondern auch Rom. Deshalb muss ich dieses persönliche Opfer von dir verlangen, auch wenn es das Letzte ist, was ich will: dich leiden zu sehen – denn ich leide mit dir."

Agrippa starrte lange schweigend zu Boden. Irgendwann stand er schwerfällig auf, drehte Augustus den Rücken zu und trat an die offene Tür der Terrasse. Im Hafen zu seinen Füßen herrschte buntes Treiben. Die Rufe der Händler und Arbeiter drangen bis zu ihm empor, das Brüllen der Lasttiere, das fröhliche Geschrei der Kinder. Irgendwo sang eine Frau.

Sein Blick wanderte über den blühenden Park der Residenz. Auf einer Gartenbank saß ein junges Paar. Das Mädchen hatte den Kopf an die Schulter des Jünglings gelegt. Agrippa erkannte seine Tochter Vipsania Maior – und Tiberius.

Noch einmal ließ Agrippa den Blick in die Ferne schweifen. Wie ein Messerstich durchfuhr es ihn, als er weit draußen auf dem Meer das Schiff ausmachte, mit dem er und Marcella nach Sizilien gekommen waren.

Augustus sah, dass Agrippas Schultern zu zucken begannen. Immer krampfhafter wand sich dessen Körper unter der Marter der Entscheidung.

Lautlos glitt der Princeps von seinem Sessel und trat hinter den Freund. Er wagte es nicht, den Arm um ihn zu legen, nicht einmal, ihn zu berühren. „Agrippa", flüsterte er nur, „du sollst doch nicht in den Tod gehen wie bei Naulochoi! Du sollst Caesar werden! Du sollst unserer Familie und Rom eine Zukunft schenken."

Agrippa stützte sich mit dem Arm an den Türrahmen und barg sein Gesicht darin. „Der Tod ist mir gnädiger als die Vorstellung, Marcella aufgeben zu müssen!". Wieder schüttelte ihn ein lautloser Krampf. „Caesar, wie soll ich ohne sie leben? Egal, was ich tue, es wird sein wie ein langsamer Todeskampf."

„Dann zieh wenigstens Rom und uns nicht mit hinein in den Tod." Augustus legte vorsichtig die Hand auf Agrippas Rücken. „Du kannst gar nicht anders. Bruder! Freund! Du musst weiterleben. Agrippa, wenn du auch nur einen letzten Rest Liebe für Rom hast, dann kannst du gar nichts anderes tun, als Julia zu heiraten – denn sollten sich die Götter von mir abwenden und ich in Persien sterben, dann ist der Tag da, an dem du meine Nachfolge antreten wirst. Sollten Tiberius und ich aber über Roms stärksten Feind siegen, dann wird niemand und nichts unser Reich mehr bedrohen können. Dann wird Roms Macht unermesslich sein, und die Zukunft offen und hell vor den Menschen liegen wie das Licht des Himmels."

Agrippa wandte sich um. „Gib mir den Oberbefehl gegen die Parther!"

Augustus schüttelte den Kopf. „Damit du wieder mitten im Feldzug zusammenbrichst wie nach Naulochoi und Actium? Das hieße nicht nur dich verlieren, sondern wahrscheinlich auch den Krieg. Wenn ich einst tot bin, kannst du machen, was du willst. Aber dieser Feldzug ist *mein* Feldzug."

„Caesar – habe ich überhaupt eine Wahl?"

Augustus schüttelte den Kopf. „Wenn du der bist, der ich glaube, hast du keine."

„Was geschieht mit Marcella?"

„Sie wird Zeit ihres Lebens in Ehren und Reichtum leben. Sie ist meine liebste Nichte, auch wenn sie dich zum Aufstand aufgehetzt hat."

„Ich muss sie aus meiner Familie ausstoßen."

„Na und? Wer sind schon die Vipsanier? Ich werde immer meine Hand über Marcella halten – schon allein dir zuliebe."

Agrippa stöhnte.

Augustus ergriff ihn an der Schulter und zog ihn zu sich herum. „Agrippa! Bitte! Tu es – für Rom!"

Der wandte den Kopf ab. Endlich nickte er, kaum merklich.

Vorsichtig legte ihm Augustus die Hand auf die Wange und drehte sein Gesicht zu sich. Widerstrebend ließ Agrippa es geschehen.

„Das genügt nicht", flüsterte Augustus heiser, „diese Halbherzigkeit ist nicht genug. Ich will keine tote Hülle an Roms Spitze. Ich will meinen alten Agrippa wieder, meinen glühenden Freund, der voller Leidenschaft ist. Rom braucht den großen Mann, der immer mutig und mit brennendem Herzen seine Aufgaben angepackt hat."

„Du verlangst Übermenschliches von mir."

„Du bist übermenschlich! Schon deine Sterne zeigen das. Erinnerst du dich nicht mehr daran, dass der Astrologe Theogenes dir prophezeit hat, du würdest einst einer der größten Söhne Roms sein? Aber selbst wenn du daran nicht glaubst, so zeigen doch deine Heldentaten, dass dein Herz von Jupiter selbst geschaffen wurde und dass all seine himmlischen Geschwister und Kinder dir beistehen. Hat Neptun sich nicht von seinem Liebling Sextus abgewandt, um sich dir zuzuwenden? Hat Mars dir nicht den Triumph über jeden Feind verliehen? Hat Merkur dir nicht die Liebe des einfachen Volkes geschenkt? Hat er nicht alles, was du für bürgerlichen Wohlstand begonnen hast, zu einem glücklichen Ende geführt und dich mit unermesslichem Reichtum überschüttet? Du bist nicht weniger Jupiters Sohn als Herkules. Du bist Roms Herkules! Du, Agrippa, bist mit den größten Tugenden, mit göttlicher Kraft und unfassbarem Glück ausgestattet. Selbst das Volk ruft dir den Namen des Herkules zu, wenn du vorbeigehst! Jeder einfache Bürger hat erkannt, was du selbst nicht wahrhaben willst."

„Mein Vater war nicht Jupiter, sondern der Ritter Lucius Vipsanius aus Arpinum."

„Deine Taten machen dich zum Göttersohn. Alles, was du bisher angepackt hast, war übermenschlich und von gütigen Göttern gesegnet. Du wirst jetzt, am Scheideweg deines Lebens, also auch tun, wozu du bestimmt bist!"

Noch einmal stieg in Agrippa die Angst vor einem düsteren Leben ohne Liebe empor. „Herkules starb einen grässlichen Feuertod. Mir graut davor, dass auch meine Seele ohne Marcella elend verglüht."

„Herkules starb als Held, als Dulder, als einer, der alles für die Menschen gegeben hat, der sie aufopfernd vor unermesslichem Leid errettet hat. Ja, Herkules, der Menschenfreund, starb am Ende den qualvollsten Tod. Deshalb wird kein Held so sehr verehrt wie er, und selbst die hehren Philosophen beugen ihr Haupt vor seinen Taten. Sein Lohn für all das Leid, das er aus Liebe zu den Menschen erduldet hat, ist ewiger Ruhm und ein Platz unter den Unsterblichen."

Agrippa wandte den Blick ab. „Herkules wusste nicht, was ihn erwartete, als er den verzauberten Giftmantel umlegte. Ich aber weiß es."

Augustus sah, dass erneut Tränen in Agrippas Augen traten. Getrieben von einem plötzlichen Impuls, umarmte er den Freund.

Agrippa ließ den Kopf auf seine Schulter sinken. Lange verharrten sie so, zwei Menschen, die einander alles verdankten und alles schuldeten.

Irgendwann löste sich Augustus von seinem Gegenüber.

Agrippa sah ihn mit dem Ausdruck eines Besiegten an, der den Todesstoß erwartet. „Mach mir nie einen Vorwurf, wenn du mich traurig siehst."

Augustus schüttelte den Kopf. „Niemals! Wenn ich jemandem einen Vorwurf mache, dann nur mir selbst." Sacht berührte er die Wange seines langjährigen Weggenossen. „Die Trauer geht vorbei, Agrippa. Aber ich werde dir deine Liebe zu Rom nie vergessen. Ab heute soll es zwischen dir und mir keinen Unterschied mehr geben. Das schwöre ich dir bei Jupiter. Bruder, dein Volk schuldet dir ewig Dankbarkeit."

„Ich wäre jetzt gerne alleine", antwortete Agrippa leise.

„Das kann ich verstehen. Wie du willst. Du entscheidest. Künftig werde ich dir nie mehr etwas vorschreiben. Zum Diener bist du nicht geboren, sondern zum Herrscher. Frei sollst du sein wie der Adler, den wir als junge Männer einmal über dem Kapitol gesehen haben – weißt du noch? Und ebenso stolz sollst du deine Schwingen über Rom ausbreiten!"

Wortlos wandte sich Agrippa ab und verließ den Raum. Er hatte ein Reich gewonnen – aber zu welchem Preis!

Kurz vor der Jahreswende begann es in Rom zu brodeln. Das Volk ging auf die Straßen und forderte lautstark, Augustus solle aus Sizilien zurückkehren. Es kam zu Unruhen und Keilereien mit den Stadtwachen.

Selbst die Senatoren streikten. Zwei Konsuln sollten sie für das kommende Jahr wählen. Auf einen konnten sie sich einigen, Marcus Lollius, einen guten Freund des Augustus. Um die zweite, noch freie Konsulatsstelle hatten sich zwei Senatoren beworben. Jetzt aber weigerten sich die ehrwürdigen Väter, sich für einen von ihnen zu entscheiden. Sie forderten, Augustus solle das Amt wieder übernehmen – kein anderer!

Verzagt fuhren die beiden unglücklichen Kandidaten nach Sizilien. Augustus empfing sie gemeinsam mit Agrippa. Der Princeps schimpfte mit den ehrwürdigen Herren wie mit zwei dummen Schülern: Sie sollten umgehend nach Rom zurückkehren und die Wahl durchführen. Mit ihm bräuchten sie dabei nicht zu rechnen!

Nachdem die beiden den Raum wieder verlassen hatten, sah Augustus Agrippa an: „Wie ich gesagt habe: Ohne eine starke Hand sind sie ganz und gar hilflos. Es wird also Zeit, dass du nach Rom fährst und dort mit deiner Arbeit beginnst.“

Agrippa nickte niedergeschlagen.

„Zu deiner Hochzeit werde ich nicht kommen können.“ Augustus lächelte verbindlich. „Aber du hast Julia ja schon einmal ohne mich verheiratet. Da wird das zweite Mal nur noch Routine.“

„Das bezweifle ich.“

Augustus sah ihn aufmunternd an. „Kopf hoch, alter Freund!“

Agrippa dachte an Marcella: Bevor er Julia heiratete, musste er sich offiziell von ihr trennen. Ächzend erhob er sich und ging nach draußen, gebeugt wie ein Greis.

Vor fünf Zeugen musste Agrippa in Rom seinen Scheidungswillen aussprechen. Wie aufgequollenes Holz lag ihm die Zunge im Mund. Die Worte wollten ihm nicht über die Lippen. Irgendwann schaffte er es doch. Danach fühlte er sich schäbig und krank. Er ging zurück in seine elegante neue Villa am Ufer des Tiberis und schloss sich viele Stunden in seinem Schlafzimmer ein.

Am nächsten Tag suchte er Julia im Hause ihres Vaters auf. Während der Abwesenheit ihrer Familie hatte eine ganze Schar von Hofdamen und ein Dutzend Wachen ein Auge auf sie. Die Begegnung verlief kurz und emotionslos. Die Brautleute tauschten ein paar Höflichkeiten aus. Danach zog sich Agrippa erleichtert wieder zurück.

Zwei Wochen später meldete man ihm den Besuch Octavias. Agrippa schreckte auf. Ihm graute vor seiner ehemaligen Schwiegermutter.

Ihr ging es nicht anders. Nicht genug, dass der frühe Tod ihres einzigen Sohnes sie so sehr niedergeschmettert hatte – jetzt musste auch ihre älteste Tochter alle Bitterkeit der Welt kosten. Wie grausam der Schmerz war, den Marcella fühlen musste, wusste Octavia aus eigener Erfahrung nur zu gut. Aber wieder war Post aus Sizilien eingetroffen. Darüber, was Augustus schrieb, musste sie Agrippa benachrichtigen. Ihr Bruder hatte es ausdrücklich gewünscht.

Leise trat Octavia in Agrippas Empfangsraum. Ihm schien es, als sei sie seit ihrer letzten Begegnung um Jahre gealtert. Aber er war sich darüber im Klaren, dass auch er alles andere als einen strahlenden Eindruck machte.

„Du besuchst mich?", fragte er, nachdem sie sich niedergelassen hatten.

Octavia nickte schweigend.

„Ist etwas mit Marcella passiert? Wie geht es ihr?"

„Den Umständen entsprechend", antwortete Octavia leise. „Sie ist soweit gesund. Die kleine Vipsania auch."

„Wann kann ich sie sehen?"

„Du kannst dein Töchterchen jederzeit sehen. Ich bringe sie dir. Einen Besuch in meinem Haus muss ich dir allerdings verwehren – vorerst."

„Warum?"

„Weil du so lange warten musst, bis Marcella aus dem Haus ist."

Agrippa schüttelte verwirrt den Kopf. „Marcella? Wo will sie denn hin?"

Octavia seufzte gequält. „Zu ihrem Ehemann."

Agrippa beugte sich ungläubig vor. „Wie bitte? Zu wem?"

„Gaius hat mir geschrieben. Er will, dass Marcella wieder heiratet."

Agrippa schlug mit der Hand auf die Stuhllehne. „Warum weiß ich nichts davon? Warum schreibt er das *dir*?"

„Er ist der Ansicht, dass ich persönlich dir das schonender beibringen kann als ein Brief."

„Aber er hat doch versprochen, sich um sie zu kümmern!"

„Genau das tut er."

„Aber deshalb muss sie doch nicht gleich heiraten!"

„Sie … gehört nach eurer Scheidung nicht mehr zu unserer Familie."

„So ein Unsinn! Sie gehört nicht mehr zu den Vipsaniern! Was hat das mit den Juliern zu tun!?"

Octavia schüttelte den Kopf. „Das siehst du falsch. Durch deine Heirat mit Julia gehörst du zu unserer Familie. Also muss Marcella weg. Nicht von Rechts wegen, sondern weil es für euch beide besser ist, wenn ihr euch nicht mehr seht. Damit sie gut versorgt ist, gibt Gaius sie in eine andere Familie."

Agrippa richtete sich in seiner ganzen Größe auf. Auf seinem Hals zeigten sich rote Flecken. „Wer ist es?" fauchte er. „Sag mir sofort, wer es ist, damit ich ihm alle Knochen breche!"

Octavia kniff die Lippen zusammen. „Dazu hast du kein Recht mehr. Du hast dich von Marcella geschieden. Und ihr neuer Mann ist eine gute Wahl."

„Wer?", brüllte er.

„Jullus Antonius."

Agrippa sprang auf und kehrte Octavia den Rücken zu, die Fäuste geballt.

„Es musste ja irgendeiner sein", hörte er Octavia sagen. „Jullus ist so alt wie sie. Sie sind mehrere Jahre lang unter dem gleichen Dach aufgewachsen. In jener Zeit haben sie sich gut verstanden. Jullus wird ihr ein guter Mann sein. Du kannst dir nicht vorstellen, wie liebevoll er sich nach Marcellus' Tod um mich gekümmert hat! Dieser Ziehsohn ist mir fast so lieb wie ein eigenes Kind. Glaube mir, er ist die beste Wahl. Marcella und Jullus sind Freunde. Einen Mann, den sie liebt, wird sie ohnehin nicht mehr finden – nach dir."

Agrippa drehte sich wieder Octavia zu. „Der Sohn des Marcus Antonius und dieser Furie Fulvia soll meine Marcella heiraten? Das ist zynisch."

„Denk doch auch mal an Marcella! Soll sie dir bis an ihr Lebensende nachtrauern? Sie hat doch auch ein Recht auf ein wenig Glück – auf weitere Kinder. Sei doch froh, dass es so einen Mann wie Jullus überhaupt für sie gibt. Auch für ihn ist es das Beste. Er war doch so viele Jahre ohne Mutter, und nach Antonius' Tod auch noch ohne Vater. Jetzt hat er endlich eine Familie."

„Soll er doch gleich Julia heiraten!", schrie Agrippa. „Dann muss ich es nicht tun!"

„Was glaubst du, was ich Gaius vor Wochen vorgeschlagen habe?", rief Octavia verzweifelt.

Agrippas Kiefer mahlten.

„Sei vernünftig", beschwor ihn Octavia. „Agrippa, es ist, wie es ist."

„Ihr ekelt mich alle an!", fauchte er. „Warum müssen wir Caesar alle immer nur gehorchen? Du, Marcella, Livia, Julia, Tiberius, Maecenas, Messalla, der Senat" – er machte eine ausladende Geste – „ganz Rom?" Seine Stimme schnappte über. „Und ich feiger Hund noch dazu?"

Octavia schlug die Hände vors Gesicht. „Ich weiß es nicht", stöhnte sie. „Gaius war schon immer so, schon als wir noch zuhause lebten.

Er hat sich immer durchgesetzt.“ Nachdem sie sich wieder beruhigt hatte, sah sie zu Agrippa auf, die Augen rot gerändert. „Aber lass wenigstens meinen Jullus in Ruhe. Er kann so wenig für diese Ehe wie Marcella selbst. Sei ihm nicht böse, dass wenigstens er sich freut – als einziger.“

„Jullus kann mich lutschen“, knurrte Agrippa böse. Er beugte sich angriffslustig vor. „Wenn ich ihn zu Gesicht bekomme, reiß ich ihm die Eier ab und stopf sie ihm ins Maul.“

Octavia wandte sich ab und rang nach Fassung, zutiefst bestürzt über so viel Grobheit. So kannte sie Agrippa nicht. Fahrig strich sie sich die Haare glatt. „Ich gehe jetzt wohl besser.“

Von einem Moment auf den nächsten schien seine Wut verraucht. Er trat auf Octavia zu, ergriff ihre Hände und sah sie flehend an. „Grüße Marcella!“

Octavia schüttelte den Kopf. „Nein. Ich werde ihr nicht noch mehr weh tun. Deinen Namen werde ich in ihrer Gegenwart nicht mehr aussprechen.“

Sie drehte sich um und ging mit zitternden Lippen hinaus. Die Unterredung hatte sie all ihre Kraft gekostet. Octavia schlug den Saum ihres Überwurfs über den Kopf und ging gesenkten Hauptes zu ihrer Sänfte.

Als sie zuhause ankam, stürzte ihr Marcella entgegen. „Warst du bei Marcus?“, bedrängte sie ihre Mutter. „Wie geht es ihm? Was sagt er?“

Wieder kamen Octavia die Tränen. „Es geht ihm gut.“ Sie nahm ihre Tochter an den Schultern und sah sie bittend an: „Marcella, mein Kind, vergiss Marcus Agrippa! Ich kann es dir nur raten, wenn du nicht willst, dass ein Unglück geschieht.“ Sie wischte sich über die Augen.

„Oh, Mutter!“, Marcella fiel ihr in die Arme.

„Er ist so viel Leid nicht wert. Kein Mann ist so viel Leid wert.“

„Er ist alles wert, Mutter, jede einzelne Sekunde meines Lebens! Er ist mein Mann, und er wird es immer bleiben.“

„Er *war* dein Mann, Marcella.“

Jullus Antonius heiratete Marcella, und Marcus Agrippa nahm Julia zur Frau. Beide Paare vermählten sich in Abwesenheit des Augustus im engsten Kreis.

Nach der Hochzeitszeremonie zog sich Jullus mit seiner Gattin bald ins Schlafzimmer zurück. Gut gelaunt rutschte er auf die Bettseite seiner frisch angetrauten Gemahlin. Schön war sie, seine Marcella! Er war sehr glücklich über diese Ehe – auch wenn seine Frau ein Gesicht zog, als stünde sie vor der Hinrichtung. Endlich gehörte er zum engsten Kreis Caesars! Endlich hatte er eine Familie!

Den Gedanken, dass Augustus schuld am Tod seines Vaters Marcus Antonius war, schob Jullus stets unwillig zur Seite. Das war Vergangenheit. Octavia war wie eine Mutter zu ihm gewesen, anders als Kleopatra, und Augustus hatte ihn erziehen lassen, als sei er sein Verwandter. Ehrgeizig wie es schon sein Vater gewesen war, zog es auch Jullus vor, lieber nach vorne zu sehen – und das ging nur über die Nähe zu Augustus. Durch die Ehe mit Marcella stand er jetzt an vierter Stelle als dessen Nachfolger: nach Agrippa, Tiberius und Drusus.

Jullus beugte sich über seine steif daliegende Gattin und küsste sie.

Marcella wandte mit unübersehbarem Ekel den Kopf ab. „Lass das, Jullus!"

Erstaunt richtete er sich auf und legte den Kopf schräg. „Marcella! Was soll das? Du bist jetzt meine Frau!"

Sie antwortete nicht.

Nach einer Weile schnaubte er unwillig. „Was soll ich jetzt tun? Soll ich dich nehmen wie eine Sklavin und dir so beibringen, wer hier der Herr ist?" Seine Züge wurden wieder weicher. „Marcella, sei doch nicht so kalt! Bei Agrippa warst du es doch auch nicht!"

Als sie den Namen ihres verlorenen Mannes hörte, zuckte Marcella zusammen. Sie spürte, wie erneut Tränen in ihr aufstiegen, wie eine unsichtbare Hand sie würgte.

Jullus sah sie erschrocken an. „Gütige Götter, Marcella, wein doch nicht! Heute ist die Nacht des Hymenaeus, die Nacht des Glücks." Er neigte sich zu ihr und strich ihr liebevoll eine Träne aus dem Gesicht. „Und du bist so schön", murmelte er, „viel zu schön, um zu weinen."

Er beugte sich erneut über sie und gab ihr einen zarten Kuss auf den Mund. Dann richtete er sich ein wenig auf und sah sie prüfend an. Bei Venus, seine schöne Ziehschwester hatte ihm schon immer gefallen! Und jetzt lag sie neben ihm, warm und dazu bestimmt, von ihm geliebt zu werden. Nach allem, was er gehört hatte, musste sie eine heißblütige Geliebte sein, die Agrippa zum Wahnsinn getrieben hatte. Dass sie jetzt offensichtlich traurig war, machte sie nur noch begehrenswerter – dieser feuchte Blick aus ihren dunklen Augen, ihre weibliche Hilflosigkeit, ihre Schutzbedürftigkeit. Jullus stellte sich vor, wie es wohl wäre, in sie einzudringen.

Er spürte, wie sich bei dem Gedanken die Begierde in seinem Glied zusammenballte. Er war jung, 24 Jahre alt und kerngesund, außerdem schon immer ein lebenslustiger Mann gewesen, allem Weiblichen genüsslich zugeneigt – ganz wie Marcus Antonius. Aber Jullus wusste, dass er besser aussah als sein Vater. Die Mädchen waren verrückt nach ihm.

„Marcella", raunte er, schloss die Augen und küsste seine Gattin erneut. „Marcella, meine Geliebte, meine Frau, du bist so wunderschön."

Sein Kuss wurde leidenschaftlicher, sein Atem ging schneller. Wie von selbst glitt seine Hand unter die Decke und suchte Marcellas warmen Körper, streichelte ihren weichen Bauch, wanderte zitternd vor Erwartung zu ihren Brüsten.

Plötzlich stieß Marcella ihn mit aller Kraft von sich.

Jullus sah sie verdutzt an. „Marcella!"

Zornbebend blitzte sie ihn an.

„Marcella", versuchte er noch einmal, sie zu beruhigen, „wir waren doch immer gute Freunde, waren wie Bruder und Schwester!"

„Das können wir auch weiterhin bleiben", fauchte sie. „Da habe ich gar nichts dagegen, Jullus, glaube mir. Ich wäre dir sogar sehr dankbar dafür."

„Marcella, ich will Kinder von dir!"

„Mach Kinder, mit wem du willst. Von mir hast du die Nähe zu Onkel Gaius bekommen, aber deine Kinder trage ich nicht aus."

„Das ist gegen den Willen der Götter!"

„Dass ich gezwungen wurde, mich von meinem Mann zu trennen, war gegen den Willen der Götter! Sollte ich je noch einmal ein Kind bekommen, wird es Agrippas Bastard sein."

Jullus stand der Mund offen. Dann presste er die Lippen aufeinander, warf zornig die Decke von sich und sprang aus dem Bett. Fahrig griff er nach seinen Kleidern. „Ich werde dich nicht zum Beischlaf zwingen", schnaubte er, während er sich die Tunika über den Kopf zerrte, „aber wenn du mich nicht willst, Schwester, dann freuen sich andere über das, was du verschmähst."

Mit einem lauten Knall fiel die Tür hinter ihm zu. Marcella aber weinte sich in den Schlaf. Immer wieder schluchzte sie Agrippas Namen.

Der zurückgestoßene Jullus rief zwei Wächter zu sich und steuerte sein Lieblingsbordell an. Dort betrank er sich erst einmal, ließ sich von den Damen des Hauses die Stimmung wieder heben und tat danach das, was ihm seine Angetraute verweigerte. Damit war für Jullus Antonius die Welt wieder in Ordnung. Schließlich hatte sein Vater es auch immer so gemacht, wenn er mit Fulvia, Octavia oder Kleopatra Streit gehabt hatte. Im Übrigen würde man weitersehen.

Bei Agrippa und Julia ging es am Tag ihrer Vermählung keineswegs harmonischer zu. Er trank während des gesamten Abends unverdünnten Wein. Julia saß scheinbar gelassen neben ihm. Keiner von beiden machte sich die Mühe, ein Gespräch zu beginnen. Doch beide hatten sich nach jahrelanger Übung auch so gut in der Gewalt, dass niemand ihnen ihr tiefes Unglück anmerkte.

Zwar wusste jedermann, dass Agrippa zuvor eine gute Ehe geführt hatte. Aber kaum jemandem war klar, wie sehr er Marcella liebte. Er hatte immer darauf geachtet, sein Privatleben der Öffentlichkeit zu entziehen. Da er in den letzten Jahren in Mytilene gelebt hatte, war seine Gefühlswelt ohnehin kein Klatschthema gewesen – bis sich herumsprach, dass er Julia ehelichen würde. Sicher war er hinter seiner gewohnt ernsten Fassade guter Dinge! Schließlich war es doch etwas Grandioses, dass er die Tochter des Augustus heiraten durfte! Was für eine Ehre für den ehemaligen Landritter! Es musste einfach ein glücklicher Tag sein.

Eine ausgelassene Stimmung wollte trotzdem nicht aufkommen. So verließen die Gäste die Hochzeit so früh wie der Anstand es erlaubte. Selbst Messalla drängte seine Aurelia zum Aufbruch. Dieses Fest gefiel ihm nicht. Immer wieder erwischte er sich dabei, wie er nach Marcella Ausschau hielt. Zu lange hatte er gemeinsam mit ihr und Agrippa das Haus auf dem Palatin und Dutzende glücklicher Erinnerungen geteilt. Das war nun vorbei. Daran musste sich auch Messalla erst gewöhnen.

„Komm", sagte Agrippa unbeteiligt zu seiner Frau, nachdem alle Gäste sich verabschiedet hatten. „Wir gehen auch. Die Feier ist vorbei."

Wie zu einem Geschäftstermin gingen sie nebeneinander her zum Schlafzimmer.

So genau wusste Julia nicht, was sie erwartete. Sie war jetzt 18 Jahre alt, Agrippa 42. Natürlich hatte sie mit Marcellus geschlafen, aber nicht sehr häufig. Marcellus war nie ein feuriger Liebhaber gewesen; eher die Sorte braver Junge, der sich ohne allzu viel Phantasie abmühte, um irgendwann endlich zu einem Ende zu kommen – zum Gähnen. Julia hatte die Nächte mit ihm nie genossen. Weil sie ihm das deutlich zeigte, hatte er wiederum zunehmend die Lust am Ehebett verloren. Im Grunde hatte Julia Marcellus verachtet. Mit ihren Freundinnen hatte sie oft über ihn gekichert und gelacht, und natürlich hatten die den Tratsch nur zu gerne bei anderen Freundinnen breitgetreten.

So erfuhr natürlich bald auch die römische Herrenwelt, dass es im Bett des Pontifex nicht sonderlich lustvoll zuging. Mit unfehlbarem Riecher erkannten die jungen Männer, welch einsames Herz in der Brust der Tochter des Princeps schlug, ein Herz, das nach Liebe und Fröhlichkeit geradezu lechzte, nach Ausgelassenheit, nach Zärtlichkeit – nach Lust.

Augustus hatte seine Tochter immer äußerst streng erzogen. So hatte Julia früh gelernt, ihr Innerstes zu verleugnen, ihr ganzes leidenschaftliches, phantasievolles Wesen. Ihrem Vater gegenüber gab sie sich pflichtbewusst und züchtig. Wehe aber, wenn Augustus und Livia ihr den Rücken zudrehten! Dann blitzten ihre Augen, wenn ein hübscher junger Mann sie begehrlich ansah. Obwohl Augustus sie zu Hause einsperrte wie eine Venusstaue in einem Schrein, gelang es dem einen oder anderen Heißsporn doch, mit seiner schönen Tochter Kontakt aufzunehmen – denn Julia war ein hübsches Mädchen. Von ihrem Vater hatte sie die blonden Haare und die hellen Augen geerbt, von ihrer Mutter die frauliche Statur mit runden Hüften und Brüsten. Ihr Gesicht war oval, die Nase gerade und der Mund schön geschwungen. So flog manch ein Brief über die Mauer, und so mancher Denar wechselte den Besitzer, damit ein Sklave Julia Liebesbotschaften zukommen ließ.

Nachdem sie mit Marcellus verheiratet worden war, wurde die Jagd auf die schöne Beute einfacher. Ihr Mann hatte nicht die Kraft, über die Tugend seiner Frau zu wachen. Schon als Kind hatte er sich Julia gegenüber nicht durchsetzen können.

Andere Männer hatten ihr dafür umso mehr zu flüstern. Seit Marcellus und Julia ein Paar geworden waren, hatten die jungen Römer hundert Vorwände gefunden, beim Pontifex Maximus vorzusprechen. Aber letztlich stand nur ein einziger Grund dahinter: der Dame des Hauses davor oder danach die Aufwartung zu machen.

Julia wiederum gab gern große Gesellschaften. Mit der Zeit wurden die Feste immer ausgelassener und geradezu ein Muss beim Nachwuchs der Schönen und Reichen Roms. Bald kehrte sich Julias ehedem makelloser Ruf ins Gegenteil um. Die jungen Männer übertrafen sich gegenseitig in Prahlereien darüber, was sie wo und wie bei der Tochter des Princeps erreicht hatten. Mochte auch ein Großteil davon Übertreibung sein, brodelte die Gerüchteküche doch. So taumelten die Herren um das Haus des Pontifex Maximus herum wie die Bienen um den Honig. Die Gunst der Julia zu erringen, wurde regelrecht zum Gesellschaftssport.

Nachdem Marcellus gestorben war und Julia wieder in das Haus ihres Vaters ziehen musste, erreichte die Jagd auf die noble Beute ihren Höhepunkt. Der mit den besten Aussichten auf den Sieg war Jullus Antonius. Er hatte Zugang zum Haus des Augustus, und der behandelte ihn freundlich. Außerdem verstand sich Jullus bestens mit Julia. Und Octavia, die ihren Ziehsohn gern hatte, würde zweifellos ein gutes Wort für ihn einlegen.

Doch die Hoffnungen hatten getrogen. Jetzt war Schluss mit der Jagd. Schließlich wusste jeder, dass mit Agrippa nicht zu spaßen war. Einige lachten aber auch über ihn: „Mal sehen, ob wenigstens Agrippa es schafft, die wilde Julia im Zaum zu halten. Wenn der es nicht kann, dann keiner!“

Auch über Jullus spotteten die Römer, über ihn allerdings aus Schadenfreude; Schließlich hatte ihr härtester Rivale sich nicht nur vergeblich bemüht, sondern erhielt nun auch noch das „abgelegte“ Weib des Siegers: Marcella. Dass Agrippa sich gar nicht als Gewinner sah und diesen Kampf nicht gewollt hatte, interessierte niemanden. Trotzdem hassten die beiden Männer einander von ganzem Herzen: Jullus weil er im Kampf um Julia unterlegen war, Agrippa weil der andere die Frau im Bett hatte, die er selbst liebte.

Und Julia? Die hatte ihren zweiten Gatten noch nie leiden können. Agrippa war ihr zu ernst, zu aufrecht, zu nüchtern, zu streng, zu traditionsbewusst. Als Feldherr und Politiker mochte er gut sein – aber als Mann? Ein glatter Reinfall, schlimmer noch als Marcellus. Der hatte wenigstens gelernt, sich nicht in ihr Leben – und in ihre Liebschaften – einzumischen. Bei Agrippa würde das nicht so leicht werden.

Wieder hatte Tychicus das Hochzeitszimmer liebevoll geschmückt. Agrippa bemerkte es nicht. Nachdem er die Tür hinter Julia geschlossen hatte, ließ er sich ächzend auf einen Sessel fallen. Schweigend schenkte er sich Wein ein und goss gedankenverloren ein paar Tropfen für die Götter auf den Boden. Julia setzte sich auf die Bettkante und sah ihn gespannt an.

Agrippa stürzte den Wein in einem Zug hinunter. „Was nun?“, brummte er nach einer Weile.

„Gieß mir auch Wein ein.“

Agrippa tat wie geheißen und reichte ihr den Pokal. Betreten trank sie einen Schluck, während Agrippa sich selbst nachschenkte. Wieder schwiegen sie. Julia hatte zunehmend das Gefühl, als bekäme sie keine Luft.

„Hör zu“, sagte er nach einer Weile, „diese Ehe war nicht meine Idee. Ich liebe Marcella. Es mag meine Pflicht gewesen sein, dich zu heiraten, aber niemand kann von mir verlangen, dass ich Marcella vergesse. Ich werde meine Pflicht erfüllen. Also sollten wir das Beste aus dieser Ehe machen, denn wir haben nur die zwei Möglichkeiten: Entweder wir gehen miteinander um wie vernünftige Leute – oder wir machen einander das Leben schwer.“

Julia sah ihn verächtlich an. „Du bist ein ebenso erbärmlicher Sklave deiner Machtgier wie mein Vater! Hättest du meine Cousine geliebt, wärst du bei ihr geblieben.“

Agrippa ging nicht auf die Attacke ein. Er seufzte nur müde. „Ich wiederhole es noch einmal, Julia: Entweder wir akzeptieren die Situation, wie sie ist – oder wir bekämpfen einander. Dann kommt zu unserem jetzigen Leid noch weiteres hinzu, und für dieses können wir niemanden verantwortlich machen als nur uns selbst, auch nicht deinen Vater.“

Julia blickte ihn kalt an. „Ich konnte dich noch nie ausstehen, du volskischer Bauer. Wie willst du das machen, mit mir Kinder zeugen? Du sollst wissen, dass ich von halb Rom träumen werde, während du auf mir liegst.“

„Es ist mir egal, von wem du träumst, wenn du nur stillhältst. Ich mache das nicht zum Vergnügen.“

„Ich hasse dich."

Agrippa nickte bestätigend. „Jetzt reicht es. Du wirst mit mir nicht das gleiche Theater spielen wie mit Marcellus. Du kannst noch so sehr Gift spucken, du wirst mich damit nicht aus unserem Ehebett vertreiben. Ich, meine Liebe, werde mich auch nicht von dir zum Gespött von halb Rom machen lassen. Nein, du wirst meine Kinder bekommen – Schluss. Wenn du Wert darauf legst, können wir eine friedliche Ehe führen. Wenn nicht, kannst du mich auch von einer anderen Seite kennen lernen als die, die du jetzt siehst. Und glaube mir, wenn es nicht anders geht, werde ich hart durchgreifen."

„Du? Ha! Wer glaubst du, wer du bist, Vipsanius? Das wird Vater nie zulassen."

Agrippa grinste maliziös. „Da irrst du dich, mein Matrönchen. Er wird alles zulassen, was uns beiden Kinder beschert, denn er freut sich viel zu sehr auf seine Adoptivsöhne. Wir werden also unsere Pflicht erfüllen und das tun, weswegen wir diese verfluchte Ehe eingegangen sind. Nur eines verspreche ich dir jetzt schon: Ich werde dich nur während deiner fruchtbaren Tage besuchen. Ansonsten bist du vor mir sicher."

„Ich wünsche dir, dass du ihn nicht hochkriegst."

„Wenn es im Feld mit einer Hure geht, wird es mit meinem schönen Eheweib sicher auch gehen."

„Ich werde mich wehren, mit aller Kraft!"

Agrippa musterte seine Frau von oben bis unten und lächelte verächtlich. „Das wird dir auch nichts helfen, Mädchen."

„Wie hat es Marcella nur mit dir ausgehalten? Du bist ein brutales Schwein."

Agrippas Augen verengten sich. „Lass Marcella aus dem Spiel! Sieh du lieber zu, dass du deine Ehe nur halb so gut hinbekommst wie sie."

Abschätzend taxierten sie einander, wie zwei Kämpfer, die einander umkreisten, um den schwachen Punkt des anderen zu entdecken.

„Es hat wohl keinen Sinn, heute Nacht noch Hochzeit zu feiern", bemerkte Agrippa nach einer Weile und stand auf. Er entkleidete sich und legte sich ins Bett. „Komm schon! Ich tu dir nichts – heute wenigstens nicht."

Er drehte sich um und wandte Julia den Rücken zu. Bald darauf schnarchte er leise.

Angewidert sah sie auf den mächtigen Männerkörper nieder, der sich da im Bett breit gemacht hatte. Nein, das war kein freundlicher, schwacher Marcellus, den sie sich vom Hals halten konnte! Sie seufzte – und das war auch kein schöner, lebensfroher Jullus, der ihre Sinne verwirrt hatte. Das da im Bett war nichts anderes als der Deckhengst, den Caesar Augustus für die Zucht ausgesucht hatte.

„Ihr werdet herrliche Kinder bekommen", klangen die Worte ihres Vaters in Julias Gedächtnis nach, nachdem er ihr eröffnet hatte, dass sie Agrippa heiraten sollte, „sein starkes Kämpferblut und unser edles julisches, dazu seine Aufrichtigkeit, sein Mut, all seine Tugenden – mein Kind, du solltest dich freuen, denn das gibt die schönsten Kinder im ganzen Reich." Wenn sie deren Erzeuger nur nicht so abstoßend gefunden hätte!

Julia gewöhnte sich an Agrippa. Sie gewöhnte sich daran, nachts still zu halten, während er mit weinschwerem Atem seine Pflicht tat, gewöhnte sich daran, auf eine Schwangerschaft zu hoffen, denn dann wäre sie ihn los. Sie konnte es kaum glauben, als sie endlich die Bestätigung erhielt, dass sie ein Kind erwartete. Fast freute sie sich, als Agrippa abends nach Hause kam und sie ihm die Neuigkeit mitteilen konnte.

Er reagierte ähnlich: mit Erleichterung. Tatsächlich hielt er Wort und schlief von jenem Tag an nicht mehr mit ihr.

Agrippa schrieb Augustus, der sich mit seiner Familie in Athen aufhielt, umgehend die gute Neuigkeit. Dann teilte er ihm mit, er werde nach Norden ziehen. In Gallien habe es Aufstände gegeben und am Rhenus germanische Überfälle.

Als Augustus in Athen diesen Brief erhielt, jubelte er: Ein Kind war unterwegs! Vielleicht sein Erbe? Doch nachdem er fertig gelesen hatte, reichte er das Schreiben mit gerunzelter Stirn an Tiberius weiter. Ungeduldig wartete er, bis auch sein Ziehsohn ausgelesen hatte und wieder aufblickte.

Augustus kratzte sich am Kopf. „Was ist das für ein Unsinn, den Agrippa da vorhat? Es ist Oktober! Die Legionen ziehen ins Winterlager. Die Kriegszeit ist vorbei. Bei Herkules, warum will er ausgerechnet jetzt nach Gallien? Das ist völlig sinnlos."

„Vielleicht braucht er eine Luftveränderung", mutmaßte Tiberius. „In Rom gibt es für ihn ja zurzeit nichts mehr zu tun. Julia ist schließlich schwanger."

Augustus funkelte ihn strafend an, verbiss sich aber eine Antwort. Er wusste, dass Tiberius Recht hatte: Alles war anders gekommen als Augustus es sich erhofft hatte! Wie man hörte, vertrugen sich Agrippa und Julia überhaupt nicht. Und noch immer schien der Freund Marcella nachzutrauern.

„Naja", überlegte Augustus laut, „vielleicht ist es ja ganz gut, dass er Rom den Rücken zukehrt. So eine Trennung ist manchmal ganz heilsam für eine Ehe." Er seufzte. „Das Wichtigste hat er ja immerhin geschafft." Seine Augen blitzten auf. „Ein Kind! Kannst du dir das vorstellen, Tiberius? Wie wunderbar! Auf Agrippa ist eben Verlass!"

Tiberius sah zur Seite. „Ich freue mich für dich."

„Sieh mich an, mein Junge! Warum machst du so ein trübes Gesicht? Bist du neidisch auf Agrippa?"

„Ich?! Neidisch? Wie käme ich dazu! Ich bin heilfroh, dass er mir die väterlichen Pflichten für das Reich abgenommen hat! Wie oft muss ich es denn noch sagen: Ich will deine Nachfolge nicht antreten!"

„Warum strafen mich die Götter mit so viel Uneinsichtigkeit in meinem nächsten Umfeld? Agrippa will sich vom Senat wählen lassen und heult einer Frau nach, und du hast nicht eine Unze Ehrgeiz! Das ist doch nicht normal bei einem jungen Mann von 22 Jahren, der bald als triumphaler Sieger über die Parther in Rom einziehen wird. Als ich in deinem Alter war ..."

„Müssen wir das Thema schon wieder durchkauen?", unterbrach ihn Tiberius. „Zum hundertsten Mal: Seit ich ein kleiner Junge war, habe ich um mich herum nur Machtkämpfe erlebt, nur Elend, Flucht und Mord. Ich habe genug davon! Ich bin stolz, Rom als Feldherr dienen zu können. Aber sobald ich das Schwert nach diesem Feldzug wieder in die Scheide gesteckt habe, bin ich wieder nur Tiberius Claudius Nero, und ich will auch nichts anderes sein. Anders als Agrippa, habe ich eine Frau, die mich liebt und die ich liebe, und anders als er kann ich mich in meinen Mußestunden meinen Interessen widmen. Deshalb hoffe ich von Herzen, dass Agrippas Kind ein Sohn wird, denn dann erübrigen sich vielleicht endlich auch deine ständigen Vorhaltungen bezüglich meiner Eignung als Herrscher."

„Du hast Recht, lassen wir das", knurrte Augustus. „Ein Glück, dass Agrippa mehr Verantwortungsgefühl aufweist als du."

Tiberius sah ihn ernst an. „Weißt du, ich mache mir Sorgen um ihn."

„Das brauchst du nicht. Agrippa ist ein Mann aus Erz. Vor allem du kannst heilfroh sein, dass es so ist."

„Er ist stark, ja. Aber ich glaube, du überschätzt ihn. Auch er ist nur ein Mensch. Seit seiner Scheidung von Marcella ist er wie ausgewechselt. Trübsinnig und düster ist er geworden."

„Er trauert noch ein wenig, das ist doch verständlich. Aber das geht vorbei. Lass Julia erst einmal einen Sohn bekommen! Agrippa liebt Kinder. Wenn sie ihm den Kleinen in die Arme legt, wird er schon wieder der Alte werden."

„Jullus hat mir geschrieben, Marcella benehme sich so kratzbürstig wie eine gefangene Löwin."

„Jullus Antonius!" Augustus schnaubte verächtlich. „Ich hätte ihm mehr Fingerspitzengefühl zugetraut. Früher hat er den großen Schwerenöter markiert, ganz wie sein Vater. Aber jetzt wird er nicht einmal mit Marcella fertig! Da bin ich gerade noch einmal froh, dass ich ihn als Erben nicht in die engere Auswahl gezogen habe."

„Wenn dich schon das Unglück deiner Nichte nicht interessiert – was ist, wenn Agrippa an seinem Elend zerbricht?"

Augustus hob dic Hand zu einer Abwehrgeste. „Sag so etwas nicht, hörst du? Agrippa wird noch viele Jahre an meiner Seite regieren und Rom viele Erben schenken."

„Du meinst, er wird *dir* noch viele Erben schenken."

„Das ist das gleiche."

„Das nimmt kein gutes Ende, glaube mir." Tiberius wiegte nachdenklich den Kopf. „Das nimmt bestimmt kein gutes Ende."

CARISIUS

Es war ein klarer, kühler Tag, als Agrippa Rom verließ. Am nördlichen Stadttor erwartete ihn eine Reitereskorte. Im Schritt ritten sie die Via Flaminia entlang, bis sie das Marsfeld hinter sich gelassen hatten. Ein letztes Mal begutachtete Agrippa seine Bauten. Der Blick auf das Pantheon, auf die neue Wasserleitung, die monumentale Versammlungshalle Saepta Julia, das Mausoleum des Augustus, die Argonautenhalle, die große Sonnenuhr, den Neptuntempel, die Säulenhalle der Vipsanier – all die schimmernden Werke aus Marmor, edlen Hölzern und Gold erfüllten ihn mit Stolz. Wenn er zurückkäme, würde er sein Lieblingsprojekt beenden: die großen Thermen.

Jetzt aber war er erst einmal froh, der drückenden Stimmung zu entkommen, die sich in den letzten Monaten auf sein Gemüt gelegt hatte. Kaum hatten sie die Vororte Roms hinter sich gelassen, trieb er zur Eile. Im Galopp ritten sie nach Norden bis die Pferde dampften. Tief atmete Agrippa die würzige Herbstluft ein, und mit jeder Meile, die sie sich von Rom entfernten, fühlte er, wie neues Leben seinen Körper durchströmte. Auch seine Begleiter bemerkten seinen Stimmungswandel, seine entspannteren Gesichtszüge, seinen aufrechteren Sitz. Erleichtert lächelten sie einander zu.

Die Aufstände in Gallien legten sich fast wie durch Spuk, nachdem dort bekannt geworden war, Agrippa sei eingetroffen. Sein Name war in den Provinzen weitaus gefürchteter als der des Augustus: Agrippa war der Mann, der die Gunst des Herrschers besaß, diesen aber an Kriegsruhm übertraf. So besannen sich die Gallier nach ein paar halbherzigen Gefechten schnell wieder auf die Vorteile des Römischen Friedens.

Jetzt hatte Agrippa Muße, durch die Provinz zu reisen. Wo auch immer er durchzog, hinterließ er Spuren: Hier gab er eine Wasserleitung in Auftrag, dort ein Forum, an anderer Stelle einen Tempel oder die Reparatur einer Straße. Da ja nun Frieden herrschte, konnte er die Soldaten für derlei Projekte verwenden.

Zufrieden konstatierte Agrippa, dass sich seit seinem letzten Aufenthalt in Gallien vor 18 Jahren viel getan hatte. Die vier großen befestigten Hauptstraßen, mit deren Bau er damals begonnen hatte, waren fertig. Von der Hauptstadt Lugdunum aus führten sie zum Atlantik, zum Nordmeer, zur Ubier-Siedlung am Rhenus und ans Mittelmeer.

Auch die Wasserleitung für Nemausus im Süden der gallischen Provinz war fast fertig. In jener aufblühenden Stadt, die ihn mit ihrem milden Klima an die Heimat erinnerte, verbrachte er die kältesten Winterwochen. Tag und Nacht ließ er die Legionäre und die einheimischen Helfer an dem mächtigen Aquädukt arbeiten. Agrippa wollte spätestens bis zum Frühjahr fertig sein.

Arausio, nordöstlich von Nemausus, erhielt ein Theater. In so gut wie jeder südgallischen Stadt wuchsen die Baukräne und Gerüste in den Himmel, und die Zimmerleute, Maurer, Steinmetze, Maler, Schmiede und Mosaikleger kamen mit der Arbeit kaum noch nach.

Kaum hatte Agrippa die Nachricht erhalten, im Norden sei der Schnee geschmolzen, befahl er zwei Legionen, sich für den Marsch nach Germanien bereit zu machen. Noch glänzte die Erde dunkelbraun und nass, reckten die kahlen Bäume ihre schmucklosen Äste in den Himmel. Doch schon lag eine erwachende Hoffnung über der Natur. Die Sonne wärmte während des Marsches angenehm, morgens zwitscherten die Vögel, und auf dem Waldboden blühten winzige Anemonen.

Über die lieblich gelegene Hauptstadt der Treverer, die mittlerweile auch schon mehrere römische Bauten aufwies, ging es auf der neuen Heerstraße weiter zum Oppidum Ubiorum. Dort hatte es im Vorjahr solche Probleme mit den Germanen von jenseits des Rhenus gegeben, dass der römische Verwaltungsbeamte, der neuerdings in der Ubier-Siedlung eingesetzt war, dringend um Hilfe gebeten hatte.

Er empfing Agrippa mit sorgenvoller Miene. „Diesen Wilden von da drüben am anderen Ufer ist nicht zu trauen. Im Winter geben sie Ruhe. Aber kaum können sie im Frühjahr wieder aus ihren Löchern kriechen, setzen sie über und plündern. Sie nehmen alles mit, vom Huhn bis zum Krieger, den sie zum Sklaven machen. Wie soll ich eine Kolonie aufbauen, wenn meine Ubier Angst haben, ihre Felder zu bewirtschaften? Wir haben ihnen bei ihrer Übersiedlung Schutz versprochen, aber bis jetzt konnten wir unser Versprechen kaum halten."

Agrippa hörte sich seine weiteren Klagen schweigend an. „Beruhige dich", sagte er danach. „Die Lage wird sich ab sofort ändern. Wir werden schon bald eine Legion hier stationieren. Vorerst lasse ich dir fünf Kohorten der Ersten Germanica da. Das reicht, um die Sueben erst einmal abzuschrecken. Sollten sie trotzdem wieder auf unser Gebiet übersetzen, macht ihr kurzen Prozess. Die restliche Zeit über kannst du die Legionäre bei der Fertigstellung eurer Verwaltungsbauten und Straßen einsetzen. Vor allem aber will ich, dass ihr so schnell wie möglich ein Legionslager befestigt. Im Sommer schicke ich euch den Rest der Ersten Germanica. Bis dahin muss alles für deren Unterbringung fertig sein."

„Du willst eine Legion hier stationieren?"

„Nicht nur hier. Ich werde so gut wie alle Truppen aus dem Inneren Galliens an den Rhenus verlegen, die meisten allerdings weiter südlich. Trotzdem liegt es mir sehr am Herzen, dass auch hier im Norden Ruhe herrscht."

„Dann stimmt das, was man munkelt?"

„Was munkelt man denn?"

„Du willst Germanien erobern?"

„Nein, das stimmt so nicht. Germanien interessiert mich nicht, zumindest nicht das Land hier. Aber tief im Süden, auf dem Gebiet der Hermunduren und der Markomannen, will ich unsere Standarten aufpflanzen. Ich will rund um die Alpen einen Ring aus römischem Territorium legen. Was für eine Aussicht: Nicht nur im Süden der Alpen wird es eine Ost-West-Verbindung geben, sondern auch im Norden! Auch hier wird überall Rom sein und damit ein Ende der ewigen Querelen, Überfälle und Schlachten. Die Verkehrsverbindungen werden ausgebaut, der Handel wird leichter und gefahrloser. Natürlich müssen wir hierfür noch Teile Pannoniens, Germaniens und Rhaetiens erobern. Aber warum sollten wir das nicht schaffen? Sei also guten Mutes. Es kann nur noch wenige Jahre dauern, bis ihr einen tüchtigen Heerführer bekommt, der die Sache in die Hand nimmt. Vielleicht werde ich selbst es tun. Wenn es aber losgeht, muss hier alles bereit sein. Ich brauche dann nicht nur absolute Ruhe, sondern auch eure Unterstützung: Versorgung, Hilfstruppen, Pferde, Maultiere."

„Du wirst in den Ubiern ein Volk finden, das härter gegen die Germanen jenseits des Rhenus vorgeht als jedes gallische Volk dies tun würde. Der Hass auf die früheren suebischen Nachbarn, auf ihre Raubzüge und Morde ist frisch."

„Dann sind deine Zweifel beseitigt?"

„Ich danke dir."

„Gut, dann bitte ich dich jetzt, mich durch die Siedlung zu führen. Ich will sehen, was sich hier in den letzten Jahren getan hat."

„Du wirst staunen, wenn ich das so sagen darf – für hiesige Verhältnisse natürlich! Wir haben eine Prätur, ein Forum, einen Tempel der Roma und des Augustus, einen Hafen mit einer Speicherhalle, eine Stadtmauer, Geschäfte, Handwerksbetriebe und Tavernen, außerdem regen Bevölkerungszuwachs: zufriedene Bürger, die ihrer Arbeit nachgehen und ihre Kinder großziehen – soweit die Sueben uns in Frieden lassen."

„Das hört sich gut an."

„Es ist gut. Wenn du mir jetzt bitte folgen würdest?"

Nachdem Agrippa im Oppidum Ubiorum alles zufriedenstellend vorgefunden hatte, zog er weiter den Rhenus entlang nach Süden, um auch andere Siedlungen zu inspizieren. Überall hinterließ er Aufgaben, um den geplanten Eroberungszug vorzubereiten: hier feste Mannschaftsunterkünfte, dort einen Exerzierplatz, an anderer Stelle eine Hafenanlage, neue Straßen – es gab viel zu tun. Agrippa stürzte sich in die Arbeit. Meist war er so beschäftigt, dass er Rom darüber fast vergaß. Seine Begleiter sahen ihn zu ihrer großen Erleichterung wieder öfter lachen. Trotzdem blieb er so verschlossen und grimmig wie nie zuvor in seinem Leben.

Im Mai gab er Befehl zur Rückkehr nach Nemausus. Dort war endlich die große Wasserleitung fertiggestellt. Ein gewaltiger Bau! Mit einer Länge von knapp 34 Meilen war er zwar nicht Agrippas größter Aquädukt. Grund zum Staunen lieferte er trotzdem. Vor allem die sieben Brücken, die das Wasser in schwindelnder Höhe über schroffe Täler führten, waren beeindruckend: mächtige Bögen, an manchen Stellen dreigeschossig und so hoch wie der Kapitolshügel in Rom. Die Wasserrinne war auf der gesamten Strecke überdacht. Ein Erwachsener konnte sich darin problemlos aufrecht bewegen, etwa um Reinigungs- oder Reparaturarbeiten durchzuführen. Mehrmals durchstach die Leitung Gebirgszüge, an manchen Stellen in meilenlangen Tunneln.

Lange bevor Agrippa Nemausus erreicht hatte, begrüßten ihn die Bürger schon freudig, Gallier wie Römer. Sie jubelten ihm zu und warfen Blumen vor die Hufen seines Pferdes. Er schüttelte ihnen immer wieder die Hände. Auch sein Gefolge genoss das warme Willkommen in vollen Zügen. „Morgen hat eure Stadt Wasser“, wiederholte Agrippa eines ums andere Mal. „Morgen hat Nemausus Wasser.“

Kaum jemand ließ sich am nächsten Tag die große Einweihungszeremonie entgehen. Das Leben würde für die rund 25.000 Bürger der aufstrebenden Stadt künftig anders aussehen. Wie zuvor in Rom, hatte Agrippa auch hier ein Wasserkastell und zahlreiche Brunnen bauen lassen, und er hatte für die Zukunft geplant: Im Schnitt standen nun jedem Einwohner rund 40 große Normamphoren Wasser zur Verfügung – pro Tag! Das war ein Vielfaches von dem, was sie vorher zum Kochen, Spülen, Waschen, Baden und für ihre Arbeit gehabt hatten. Da konnte die Siedlung ruhig weiter wachsen.

Auf dem Platz vor dem Verteilerkastell versammelten sich die Stadtväter und Priester. Nach zahlreichen Reden, Gebeten und Gesängen wurden ein Stier, ein Schwein und ein Hammel herbeigeführt, schöne Jungtiere, bunt mit Wollbändern und Blumengirlanden geschmückt. Die vergoldeten Hörner des Stieres und des Widders glitzerten in der Maisonne. Als letztes wurde ein weißer, noch nicht zugerittener Hengst herbeigebracht. Er war dem Quellgott Nemausus geweiht.

Die Priester hatten keinerlei Schwierigkeiten, die Tiere zu töten. Ein freudiges Murmeln ging durch das Volk: Die gutmütige Haltung des Viehs zeigte, dass die Götter die Weihegaben annahmen. Zufrieden wusch der zuständige Priester die als Opfer bestimmten Teile mit Wein und legte sie ins Altarfeuer. Senkrecht stieg der Rauch in den strahlenden Frühlingshimmel. Die übrigen Stücke trugen die Opferdiener davon, um sie unter den Bedürftigen zu verteilen.

Noch einmal erklang Jubel, als Agrippa nach der heiligen Zeremonie auf ein Podest stieg. Nachdem er eine kurze Eröffnungsrede gehalten hatte, wandte er sich um. Er gab einem seiner Gehilfen ein

Zeichen. Der eilte davon, um es an die Mitarbeiter im Innern des Wasserkastells weiterzugeben. Drinnen war plötzlich ein dumpfes Dröhnen zu vernehmen. Wasser rauschte hörbar durch das Gebäude. Gleich danach begann ein Brunnen unweit des Kastells spuckend zu sprudeln. Endlich schoss ein glitzernder Strahl klaren Wassers in das Becken.

Lachend und johlend sprangen die Bürger hinzu, tauchten ihre Hände hinein, spritzten sich das Wasser über die Haare und ins Gesicht. Danach feierten sie ein Freudenfest. Auf allen Plätzen ließ Agrippa Brot, Fleisch und Wein verteilen. Bis in die Morgenstunden zogen lauthals singende Grüppchen durch die Gassen.

Auch Agrippa war an jenem Tag guter Laune. Er aß und trank mit den Stadtvätern und kehrte erst spät nach Hause zurück.

Aufgeräumt begrüßte ihn Tychicus. „Ein Freudentag war das!“ Er nahm seinem Patron den Mantel ab.

Agrippa nickte lächelnd. „Er wird hoffentlich lange nachwirken.“

Tychicus sah ihn gespannt an. „Hast du noch Lust auf einen genussvollen Abschluss?“

Agrippa hielt inne, als erinnere er sich plötzlich an etwas längst Vergessenes. Auch er lächelte plötzlich. „Warum nicht? Ist sie schön?“

„Rote Haare und ein Leib wie eine Flussnymphe. Latein kann sie auch, sogar lesen und schreiben. Du siehst, sie ist etwas ganz Besonderes – zumindest für die Provinz.“

„Sag mir nur, ob sie freundlich ist.“

„Sehr. Sonst hätte ich sie nicht mitgenommen.“

„Und woher stammt sie?“

Tychicus sah ihn mit leichtem Tadel an. „Warum fragst du sie nicht selbst?“

Nachdem sein Patron verschwunden war, seufzte er erleichtert. „Vielleicht fängt er sich ja wieder“, murmelte er vor sich hin. „Diese Trauer um Marcella dauert schon viel zu lange.“

Nur wenige Tage später preschte ein Reiter auf einem schweißgebadeten Pferd in den Hof der Prätur von Nemausus. Militärische Boten zu fürchten, hatte Tychicus in all den Jahren an Agrippas Seite gelernt: Sie brachten selten Gutes. Der verschwitzte Reiter mit der verbissenen Miene, der soeben vom Pferd sprang, sah ganz so aus, als habe er eine sehr dringende Nachricht zu melden – keine gute allerdings.

Schon kurze Zeit, nachdem der Bote im Arbeitszimmer des Prokonsuls verschwunden war, flog die Tür wieder auf. Agrippa stürmte heraus. Als er Tychicus sah, wies er mit dem Finger auf ihn. „Du packst sofort meine Sachen. Übermorgen geht es los.“ Dann wandte er sich zum Gehen. Seine Miene war die eines hungrigen Wolfes.

„Nach Rom?“, rief Tychicus ihm nach.

Beim Davoneilen sah sich Agrippa noch einmal um. „Nach Nordspanien!“, warf er seinem Freigelassenen über die Schulter zu. „Und du kommst mit.“

„Bei Pluto“, flüsterte Tychicus. „Bleibt uns denn gar nichts erspart?“

Diesmal waren es allein die Cantabrer, die gegen Rom rebellierten. Dass sie dazu überhaupt die Kraft aufgebracht hatten, zeigte, wie unbändig und freiheitsliebend dieses Volk war. Da die meisten cantabrischen Gefangenen nach dem Sieg des Augustus als Sklaven an Nachbarvölker verkauft worden waren, hatte niemand mehr mit Widerstand gerechnet. Aber irgendwie hatten es diese Männer trotzdem geschafft, sich miteinander abzusprechen: In ein und derselben Nacht hatten sie ihre Herren getötet. Sie erschlugen oder erstachen sie in ihren Betten, oft auch noch deren Frauen und Angehörige. Dann flohen sie in die zerklüftete Bergwildnis ihrer Heimat.

Dort wurden die Geflohenen von ihren noch übrigen Stammesgenossen euphorisch empfangen. In ihrem Glückstaumel schworen sie einander, sich noch einmal gegen die Besatzer zu erheben. Der Moment war gut: Der derzeitige Statthalter kam mit den Legionen nicht parat. Die waren kriegsmüde und standen kurz vor einer Meuterei.

Also machten sich die Cantabrer mit fieberhafter Energie dran, ihre geschleiften Festungen wieder aufzubauen. Danach begannen sie mit blitzartigen Anschlägen auf römische Einheiten, meist wenn diese verletzlich waren, etwa bei Versorgungsgängen.

Ihre Taktik hatte zur Folge, dass die Moral bei den Legionen zunehmend sank. Immer öfter weigerten sich die Soldaten, ihren Vorgesetzten zu gehorchen. Der Senat schickte den Konsul Silius Nerva nach Spanien. Er scheiterte kläglich. Irgendwann wusste er sich keinen Rat mehr und bat Agrippa, ihm zu Hilfe zu kommen.

Der zögerte keine Sekunde. Im Gegenteil: Erstaunt nahmen seine Gefolgsleute zur Kenntnis, dass er geradezu freudig in diesen Krieg zu ziehen schien. Auch Tychicus wurde diesen Eindruck nicht los. Elf überaus friedliche Jahre hatte er an der Seite seines Patrons in Rom und Mytilene verbracht. In jener Zeit hatte Agrippa jedes militärische Kommando vermieden. Nein, diese plötzliche Kriegslust gefiel Tychicus überhaupt nicht!

Der überforderte Konsul Nerva erwartete sie in der Hafenstadt Tarraco. Trotz des friedlichen Umfelds, machte er einen äußerst angespannten Eindruck. Erst ein paar Monate war der Mann in Spanien, und doch schon so verbraucht!

Was denn mit Carisius sei, wollte Agrippa wissen.

Er erfuhr, dass sich der gefürchtete Legat in Asturien aufhielt und weigerte, Nerva zu Hilfe zu kommen. Der Konsul passte ihm nicht – Carisius hätte den Oberbefehl in Spanien gern selbst übernommen.

„Macht denn hier jeder nur, was er will!?“, schnauzte Agrippa den unglücklichen Nerva an. Der wusste keine Antwort. Wütend ließ Agrippa ihn stehen.

Am nächsten Tag brach er zu den Legionen nach Cantabrien auf. Gleichzeitig schickte er einen Boten nach Asturien, der den unmissverständlichen Befehl überbrachte, Carisius solle umgehend mit seinen Truppen herbeikommen.

Agrippa kannte Nordspanien nicht. Als junger Mann, unter Julius Caesar, war er nur im Süden gewesen. Verwundert registrierte er, wie grün hier alles war. Gleichzeitig war er entsetzt, in welch desolatem Zustand sich dieses fruchtbare Land befand. Je mehr sie sich cantabrischem Gebiet näherten, desto schlimmer wurde es: Ruinen und verwilderte Felder, dazwischen ab und zu in der Ferne ein paar abgerissene, dürre Gestalten in Lumpen. Wenn die Legionäre näher kamen, glühte in den Augen dieser Menschen der blanke Hass.

An der Grenze zum cantabrischen Territorium traf sich Agrippa mit Carisius und den anderen Legaten der spanischen Legionen. Agrippa hatte in seinem Leben schon viele markige Kommandeure kennen gelernt, aber Carisius überraschte ihn doch. Schon allein sein Äußeres konnte selbst einen Erwachsenen vor Grausen zum Erstarren bringen. Mehrere rote Narben zogen sich über Stirn und Wangen. Ein Auge war im Kampf verletzt worden und schlecht verheilt, so dass das Lid halb über dem blinden Augapfel hing. Als Carisius das erste Mal den Mund aufmachte, klafften mehrere Lücken zwischen seinen gelben Zähnen.

Das Schlimmste aber war sein Blick: So viel Kälte hatte Agrippa selten gesehen. Das also war der Mann, der die Asturer besiegt und den Cantabrern immer wieder herbe Niederlagen beigebracht hatte! Das war Titus Carisius, der Legat der Neunten Hispana, von dem es hieß, kein Kommandeur sei grausamer.

Gleichzeitig verstand Agrippa, warum Taurus diesen Mann einst so warm empfohlen hatte: Die beiden waren aus ein und demselben Holz geschnitzt. Den Carisius schätzte Agrippa allerdings als noch mitleidloser ein. Aber vielleicht musste man so sein, wenn man hier Erfolg haben wollte?

Mit wenigen Worten fasste Carisius seine Einschätzung der Lage zusammen: katastrophal. Dabei schien es, als seien die Cantabrer fast das kleinere Problem. Schlimmer noch war, dass die Legionskommandeure nicht mehr wussten, wie sie ihren Männern beikommen sollten, denn die weigerten sich zu kämpfen.

„Warum?“

„Sie sind überaltert und kriegsmüde. Außerdem bestehen sie zu einem gefährlich niedrigen Anteil aus Italikern. Die meisten sind eingebürgerte Aquitanier und sonstige Gallier, Germanen, Lusitanier und Südspanier.“

„Das kann doch nicht wahr sein! Aquitanier und Südspanier – gegen Nordspanier?“

Carisius winkte ab. „Die sind auch nicht anders als andere Barbaren. Diese Stämme hassen einander wie die Pest, und wenn die einen die anderen umbringen können, tun sie das mit Freuden. Außerdem konnten wir nichts anderes bekommen. Es ist kein sonderlich attraktiver Dienst hier.“

„Ich brauche dich wohl kaum zu fragen, ob du durchgegriffen hast?“

Carisius grinste. „Nein. Ich habe alles versucht: Arrest, Zwangsarbeit, Prügelstrafen.“

„In welchen Legionen herrscht die größte Aufruhr?“

Betreten sahen die Legaten einander an. Keiner wollte den anderen vor dem Prokonsul anschwärzen. Endlich übernahm Carisius wieder die Rolle des Wortführers: „Bei der Zweiten Augusta, aber auch bei der Siebten Gemina. Immerhin sind sie mit hierher gezogen. Das war schon fast ein Wunder.“

„Das heißt, der Kampf findet nicht gegen die Cantabrer statt, sondern erst einmal gegen unsere eigenen Leute.“

„So ist es. Solange die Legionen meutern, tanzen uns die Einheimischen auf der Nase rum. Wir sind froh, dass du weitere Truppen mitgebracht hast. Ich hoffe nur, dass die sich in der spanischen Luft nicht allzu schnell an den anderen anstecken.“

„Sie sind mir treu ergeben und bestehen zu drei Vierteln aus Italikern.“

Carisius nickte zufrieden.

„Ihr kehrt jetzt zu euren Männern zurück“, wandte sich Agrippa an die Umstehenden, „und gebt allen den Befehl aus, sie sollen morgen früh antreten, und zwar eine Legion nach der anderen – die Zweite Augusta als letzte. Sagt ihnen, ich werde eine Truppeninspektion abnehmen.“

Es klopfte. Zwei Zenturionen betraten den Raum.

„Salve!“, grüßten sie gleichzeitig. Der eine hielt Agrippa eine Wachstafel hin. „Eine eilige Nachricht aus Rom.“

Stirnrunzelnd klappte er sie auf. Da stand nicht viel, aber seine Stirn glättete sich plötzlich. Erwartungsvoll sahen seine Offiziere ihn an – denn Agrippa lächelte!

Er blickte auf. „Eine gute Nachricht: Meine Frau hat einen Sohn geboren.“

Alle gratulierten.

Agrippa wusste genau, was die beiden Überbringer der guten Nachricht jetzt von ihm erwarteten: eine großzügige Belohnung sowie eine üppige Spende für ihre Männer.

„In welcher Legion dient ihr?“, fragte er die zwei Zenturionen.

„Neunte Hispana."

Er nickte. „Gut. Ihr zwei bekommt von mir ein Urlaubsgeld, über das ihr nicht klagen werdet. Was alle anderen Legionäre betrifft, so soll heute Abend die doppelte Weinration ausgegeben werden."

Enttäuscht sahen die beiden Hauptleute einander an. So wenig sollten ihre Legionäre für den Erstgeborenen des Agrippa und der Tochter des Augustus bekommen? Nur ein bisschen Wein?

Agrippa entging dieser Stimmungswechsel nicht. „Nach allem, was ich bisher weiß", schnarrte er, „verdienen die Soldaten nicht einmal das, was ich ihnen heute schenke. Richtet ihnen das aus: Wenn sie sich in den nächsten Monaten gut schlagen, werde ich sie belohnen. Vorher nicht. Das Kind habe *ich* zustande gebracht. Sollen eure Männer also zusehen, dass sie den Frieden zustande bringen. Valete."

Mit verkniffenen Mienen wandten sich die Zenturionen zum Gehen. Auch Carisius erhob sich. Dann aber ergriff er noch einmal das Wort: „Sag, Prokonsul: Wenn einer fragt, wie dein Sohn heißt, was sollen wir dann sagen?"

„Er heißt Gaius. Gaius Caesar. So will es Caesar Augustus." Agrippa kratzte sich am Kopf. „Es wird also Zeit, dass wir mit den Cantabrern bald fertig werden. In Rom ruft jetzt wieder die Pflicht."

Seine Legaten lachten. Sie hielten Agrippas Worte für einen Scherz. Dass sie völlig ernst gemeint waren, merkten sie nicht.

Mit großer Mühe schaffte es Agrippa am nächsten Tag, die aufgebrachten Gemüter der Legionäre durch freundlichen Zuspruch halbwegs zu beruhigen. Den älteren Soldaten, die kurz vor der Entlassung standen, versprach er gutes Land in einem friedlichen Siedlungsgebiet. „Allerdings ist dafür die Voraussetzung, dass wir das Land erst einmal befrieden – kein Friede, kein Land. Habe ich mich verständlich ausgedrückt?"

Murrend gaben die meisten nach und kehrten in ihre Lager zurück, auch die Soldaten der Siebten Gemina, die zuvor mehrfach den Befehl verweigert hatten.

Anders die der Zweiten Augusta. Schon wie sie zum Appell erschienen waren, versetzte Agrippa in Wut. Ihre Vorgesetzten hatten offenbar nichts mehr zu melden. Die Uniformen hatten sie nachlässig angelegt. Einer hatte seinen Dolch vergessen, ein anderer kam mit Socken in den Stiefeln, ein dritter mit Flecken auf der Tunika, beim vierten war der Helmverschluss defekt. Einer war sogar ohne Kettenhemd erschienen.

„Was seid ihr für Legionäre?", wütete Agrippa, nachdem er die Meute inspiziert hatte, „dass ihr es wagt, euren Kommandanten so unter die Augen zu treten?"

Niemand antwortete. Die Mienen der Männer waren wie versteinert.

Der Legat der Zweiten Augusta, der schräg hinter Agrippa stand, wünschte sich irgendwohin in die Ferne, nur weit, weit weg aus dieser peinlichen Situation.

Agrippa trat auf den Ersten Zenturio zu. „Und du?", fragte er den Mann. „Du willst der tapferste Offizier deiner Legion sein? Was sagst du dazu? Ist dieser verwahrloste Haufen da überhaupt eine Legion?"

Wie Dolche fühlte der angesprochene Primipilus die Blicke seiner Leute im Rücken – aber die Miene Agrippas, dessen Gesicht nur wenige Fingerbreit von dem seinen entfernt war, verhieß ebenso wenig Gutes. Jetzt nur kein falsches Wort! Der Mann rang um Fassung. „Wir sind alle stolz darauf, römische Legionäre zu sein. Aber die Härte dieses Landes, die Vergeblichkeit unseres jahrelangen Kampfes hat uns ermüdet. Das hier ist eine Sisyphusarbeit, Prokonsul!"

„Was hat man euch denn versprochen, als ihr in die Legion eingetreten seid?"

„Sold und Verpflegung. Außerdem ein Stück Land oder eine finanzielle Abfindung nach Dienstende."

„So. Und haben eure Veteranen das erhalten?"

Der Mann holte tief Luft. „Ja."

„Hat man euch auch Ruhm und Ehre versprochen?"

Der Erste Zenturio biss sich auf die Lippen. „Man hat es uns in Aussicht gestellt."

„Genau – nämlich dann, wenn ihr kämpft! Nämlich dann, wenn ihr siegt!" Agrippa packte den Mann am Halstuch und zog ihn zu sich heran. „Und du? Was hast du dafür getan, du, der Primipilus? Wie sehen deine Leute aus? Hat Rom nicht seinen Teil des Vertrags erfüllt? Warum erfüllt ihr euren nicht?"

Er ließ den Offizier los. In dessen Miene zeichnete sich angesichts der herabwürdigenden Behandlung vor der versammelten Legion eine Mischung aus Scham und Wut ab.

„Wir können nicht mehr!", ließ sich eine Stimme aus einer der hinteren Reihen vernehmen. „Prokonsul, es ist ungerecht, wie Rom mit uns umgeht."

Zwischen den Soldaten öffnete sich eine Gasse. Ein weiterer Zenturio trat vor. „Keine Armee im ganzen Reich muss so viel erdulden wie wir. Kein Kampf ist so aussichtslos wie der gegen die Cantabrer. Wir wollen ausgewechselt werden! Wir wollen endlich auch einmal in einem Land Dienst tun, in dem wir ab und zu eine Atempause von den ewigen Metzeleien bekommen."

„Du hast ja den Überblick, wo es ruhig zugeht und wo nicht!", höhnte Agrippa. „Aber wenn du darauf bestehst – ich versetze dich gerne nach Syrien, mein Freund. Dann kannst du dich im Krieg gegen die Parther ausruhen. Augustus, dessen Namen deine Legion trägt, wird sich sicher über Unterstützung freuen. Oder wäre dir der Süden Germaniens lieber?"

Er wandte sich den übrigen Soldaten zu. „Eins sage ich euch: Die Meuterei endet hier und sofort. Es gibt keine Versetzungen, es gibt auch nicht mehr Sold, es gibt keine vorzeitigen Entlassungen in Ehre und auch keine sonstigen Vergünstigungen. Jetzt gibt es Ruhe! Ihr kehrt zurück in euer Lager und bringt eure Kleidung und Waffen auf Vordermann. Heute Nachmittag ist wieder Appell. Da will ich eine römische Legion sehen, keinen Sauhaufen! Falls nicht, werde ich unter euch fahren wie der Wolf unter die Schafe."

Agrippa hatte erwartet, dass seine Worte genügen würden, die Gemüter zu beruhigen. Das Gegenteil war der Fall. Die gallischen Soldaten schlugen mit den Speeren gegen die Schilde und brüllten Schimpfworte, wie in früheren Zeiten, als sie noch gegen die Römer in die Schlacht gezogen waren. Dann brachen die Reihen auseinander. Mit wutverzerrten Gesichtern drängten die Legionäre nach vorne, umkreisten Agrippa, beschimpften ihn und schleuderten ihm ihre Forderungen ins Gesicht: Vor allem ein anderes Einsatzgebiet wollten sie.

Obwohl Agrippas Leibwachen sich sofort um ihn herum aufstellten und ihre Speere nach außen richteten, war die Lage brenzlig: Eine Handvoll Prätorianer gegen eine ganze Legion!

Bange Sekunden vergingen. Wenn die Situation jetzt eskalierte, schwebte er in Lebensgefahr, das war Agrippa klar. Die hier waren keine römischen Soldaten, sondern halbbarbarische Krieger mit Legionärsanstrich.

„Wenn auch nur ein Tropfen Blut fließt, seid ihr alle tot", drohte er den Meuterern mit überschlagender Stimme, „und wenn doch einer überlebt, kann er sich nur noch in Schande im Wald verstecken! Dann seid ihr nicht besser dran als die Cantabrer!"

Die verzerrten Mienen entspannten sich ein wenig. Trotzdem stierten die Männer ihren Prokonsul noch immer wutentbrannt an. Keinen Schritt traten sie zurück – eine unfassbare Situation, der Ausbund der Respektlosigkeit!

„Mein Pferd!", rief Agrippa über ihre Köpfe hinweg einem seiner Prätorianer zu.

Der hatte die katastrophale Szene mit offenem Mund verfolgt. Jetzt kam Bewegung in ihn. „Macht Platz!", rief er, zog sein Schwert und drängte sich mit der Schulter zwischen die Meuterer. „Euer Prokonsul befiehlt es!"

Widerwillig öffneten die aufständischen Soldaten eine Gasse. Als der Prätorianer mit dem Pferd bei Agrippa angekommen war, gab der ihm einen freundlichen Schlag auf die Schulter, gerade so als schwebe er nicht in Lebensgefahr, sondern habe ein gelungenes Manöver verfolgt. Dann schwang er sich in den Sattel.

Der Hengst tänzelte nervös. Energisch lenkte sein Reiter ihn durch die Menge, umringt von seinen Leibwächtern.

Kaum war Agrippa aus der wütenden Schar freigekommen, traten weitere Prätorianer zu ihm. Entsetzt hatten auch sie das Geschehen verfolgt – und noch war der Streit nicht ausgetragen! Immerhin war der Prokonsul jetzt nicht mehr in der Gewalt der Meuterer.

Agrippa richtete sein Pferd auf die Augusta aus. „Was wollt ihr?"

„Gerechtigkeit!", riefen sie mit verzerrten Gesichtern. Einige hoben die Fäuste. „Wir wollen ausgewechselt werden!"

„Gerechtigkeit werdet ihr bekommen!", brüllte Agrippa und kämpfte mit seinem Hengst, der sich schnaubend gegen den harten Zügel wehrte. „Ich werde eure Legion auflösen! Das ist noch milde. Ihr verdient es nicht, euch römische Soldaten zu nennen. Feiglinge seid ihr! Ich löse die Augusta auf, hier und jetzt, wenn ihr euch nicht sofort wieder in Reih und Glied aufstellt!"

„Vorher wirst du ins Gras beißen!", schrie einer. Im gleichen Moment schob sich die Menge wieder auf ihn zu.

Umgehend richteten Agrippas Prätorianer wieder die Speere auf die anrückenden Soldaten. Die stockten.

„Seid doch vernünftig!", rief plötzlich der Erste Zenturio der Augusta. „Ihr bringt uns durch eure Wut noch alle in eine ausweglose Lage! Wir können doch nicht gegen unsere eigenen Kameraden kämpfen!"

Da hoben auch die anderen Hauptleute der meuternden Legion ihre Stöcke. Mit ausgebreiteten Armen versuchten sie, ihre Männer zurückzudrängen. Nur widerwillig ließen sich die Soldaten wieder lenken. Trotzdem dauerte es eine ganze Weile, bis die Legion wieder in vorschriftsmäßiger Aufstellung dastand.

Agrippas Atem ging stoßweise. Was soeben geschehen war, konnte er unmöglich durchgehen lassen. Fieberhaft überlegte er, wie er reagieren sollte. Am liebsten hätte er die Augusta tatsächlich aufgelöst. Aber er hatte einen Feldzug zu gewinnen.

„Ihr werdet euch in euer Lager zurückziehen", rief er schließlich, „und ihr werdet gegen die Cantabrer marschieren, wie eure Kameraden von den anderen Legionen."

Erneut erhob sich unwilliges Gemurmel.

Agrippa ließ sich nicht irritieren. „Aber es wird ab sofort zwischen euch und den anderen einen Unterschied geben!"

Alle spitzten die Ohren – hatten sie den Prokonsul verunsichert? Würde er ihnen doch entgegenkommen? Auf manchen Gesichtern flackerte ein zaghaftes Grinsen auf.

Agrippa wies auf das nächstgelegene Legionslager. „Das ist Roms Neunte Hispana". Er wies auf ein anderes. „Dort kampiert die Zehnte Gemina, da die Vierte Macedonica, daneben die Fünfte Alaudae und die Sechste Victrix. Und dort“, er wies auf das leere Lager der Aufständischen, „liegt das Lager der ehemaligen Zweiten Augusta. Habt ihr gehört? Der *ehemaligen*! Das nämlich wird ab heute anders sein: Ab sofort seid ihr nur noch die Zweite Legion. Den Namen des Augustus zu tragen, verdient ihr nicht. Der ist euch ab sofort aberkannt. Unter allen Legionen unseres Reiches seid ihr die verachtetste. Jeder darf und wird künftig mit dem Finger auf euch zeigen. Denn ihr habt euch gegen eure Vorgesetzten gestellt, sogar gegen euren Prokonsul. Vor allem aber habt ihr euch geweigert, eure Pflicht für Rom zu tun! Glaubt mir, es ist nur meiner Milde zu verdanken, dass ich euch überhaupt noch als Legion bestehen lasse, statt euch mit Schimpf und Schande davonzujagen. Und wenn ich jetzt noch ein einziges Widerwort höre, geschieht genau das unverzüglich!“

Er wandte sich an den Adlerträger der geschmähten Legion. „Gib mir das Feldzeichen!“

Bleich trat der Mann vor und reichte dem zornbebenden Agrippa die Standarte. Der nahm sie, wandte sein Pferd und ritt langsam davon, mitsamt dem Adler der ehemaligen Augusta.

Entgeistert sahen ihm die Soldaten nach. Eine solche Schande hatte wohl noch keine Legion im ganzen Reich ertragen müssen – und auf ihre Ehre als römische Legionäre waren sie doch alle so stolz wie auf nichts sonst in der großen, weiten Welt!

Obwohl es Agrippa gelungen war, die Disziplin endlich wieder herzustellen, blieb der Kampf gegen die Cantabrer erfolglos. Während des ganzen Sommers mussten die Römer in den Wäldern und Schluchten Nordspaniens schmerzliche Niederlagen hinnehmen.

Fast schien es, als habe Agrippa in dem rauen Bergvolk erstmals seinen Meister gefunden. Manchmal dachte er auch, dass ihm vielleicht die jugendliche Kraft und sein früherer Idealismus fehlten. Er war 43 Jahre alt – kein Alter für einen Feldherrn, und schon gar nicht für einen Stadtrömer. Aber hatten ihn im vergangenen Winter nicht manchmal die Finger- und Zehgelenke geschmerzt? Hatte er in letzter Zeit nicht wieder Schwindelanfälle? Und warum waren seine Füße an manchen Tagen so geschwollen, dass ihm seine Stiefel nicht mehr passten? Zweifellos war ihm viel von seiner früheren Wucht und Beseeltheit verloren gegangen. Vielleicht spürten das auch die Cantabrer?

Die kämpften mit einer Verbissenheit, die Agrippa nie für möglich gehalten hätte. Er hatte schon viele Gegner erlebt, aber die hier übertrafen alles an Wut und Tapferkeit. Seit Jahrzehnten wehrte sich diese Stammesgemeinschaft schon erfolgreich gegen Rom, erhob sich immer wieder, brachte immer wieder Söhne hervor, die das verzweifelte Werk ihrer Väter erneut aufnahmen. Diese Männer waren sich sicher, dass sie sterben würden, wenn die Römer sie fingen. Da war es besser, den Tod im Kampf zu finden!

„Am besten, man würde sie allesamt ausrotten, dann hätten wir Ruhe“, knurrte Carisius eines Tages nach einem weiteren schweren Gefecht. Der Schweiß lief ihm in Strömen über Gesicht und Körper, seine Uniform war blutverschmiert.

Agrippa gab ihm innerlich Recht: Wenn das so weiterging, wären sie im nächsten Jahr noch hier! Endlich verstand er die Verzweiflung des Augustus während dessen dreijährigem Spanienfeldzug, Tiberius' bewundernde Worte über den Gegner, aber auch den Widerwillen der ehemaligen Zweiten Augusta. Dieses Land machte einen entweder eisenhart – oder es brachte einen um.

„Wie viele Tote?“, fragte Agrippa.

„Achtzehn bei meiner Hispana, zwanzig bei der Zweiten Legion, neun Mann bei der Victrix. Dazu sechzig Verwundete, vielleicht auch mehr.“

„Verdammt!“

Carisius fuhr sich mit dem Handrücken über die Stirn und bleckte seine gelben Zähne. „Ich träume in letzter Zeit immer wieder von einem großen Eisenkessel – und von Hunderten von Cantabrern, und alle sitzen sie da drin. Und ich lege Holzscheit um Holzscheit nach, und dann rühre ich genüsslich um und beobachte, wie die Kerle schreiend zu Ragout verkochen.“

Agrippa brummte grimmig. „Damit du dein Ragout kochen kannst, müssen wir sie aber erst kriegen.“

Mit jedem Tag nahm die Wut der Römer zu. Immer härter griffen sie an, immer brutaler gingen sie mit den Gefangenen um. Aber die Cantabrer widersetzten sich ihnen weiterhin. Der Herbst nahte, und noch immer war keine Wendung absehbar. Seit Wochen belagerten Agrippas Legionen nun schon die Hauptfestung der Cantabrer. Hunderte von Kriegern hatten sich dort verschanzt. Ein Angriff war sinnlos: Der bestens gesicherte Bau lag auf einem Berg, der nach allen Seiten hin steil abfiel. Aber irgendwann musste ihnen doch die Nahrung ausgehen! Das Warten zerrte an den Nerven der Soldaten.

Endlich erklangen eines Tages von der Umwehrung Alarmsignale: „Zu den Waffen!“

Befehle wurden gebrüllt, Legionäre rannten auf ihre Posten.

Hastig sprang Agrippa auf und eilte aus seinem Zelt nach draußen. Er traute seinen Augen kaum, als er sah, was seine Soldaten so in Aufregung versetzte: Die Tore der cantabrischen Festung standen weit offen. Wie ein Schwall strömten die Krieger heraus und stürmten den Berg hinab. In Agrippas Ohren klang ihr Gebrüll wie Musik.

Seine Leute kamen dem Befehl zum Sammeln mit wahrer Euphorie nach. „Eine Schlacht!", lief es wie ein Lauffeuer durch die Reihen. „Sie bieten uns eine offene Feldschlacht!"

Carisius grinste böse. Auch die anderen Legaten waren sichtlich aufgeregt. In ihren Augen flackerte es hoffnungsvoll. Viele Legionäre waren so zappelig, dass ihre Zenturionen sie mit aller Schärfe zur Ordnung rufen mussten. Mit Feuereifer gingen alle wenig später in den Kampf.

Am Nachmittag war das Schlachtfeld mit Leichen übersät – mit cantabrischen Leichen. Der Blutzoll der Römer war dagegen gering ausgefallen. Nach diesem Kampf stürmten sie die Bergfestung. „Keine Gefangenen!", lautete der Befehl. Gegen Abend ging sie in Flammen auf.

Ein Legat nach dem anderen ritt zu Agrippa, um seinen Siegerstolz mit ihm zu teilen.

Endlich erschien auch Carisius. Er war bester Laune. „Ha!", rief er schon von weitem. „Das war ein Triumph!" Er lenkte sein Pferd neben das Agrippas. „Heute haben wir diese Wanzen endlich zerquetscht! Prokonsul, dafür wird dir Rom zu Füßen liegen! Ich beglückwünsche dich! Jetzt müssen wir nur noch das Schlachtfeld aufräumen. Haha, Kopf ab, wer noch einen hat!" Er fuhr sich mit der flachen Hand über die Kehle. „Dann ist ein für alle Mal Schluss mit den Cantabrern. Weißt du, kopflos gefallen sie mir einfach am besten!" Er lachte schallend auf.

Agrippa nickte, blieb aber ernst. „Beenden wir die Sache möglichst schnell." Müde ließ er seinen Blick über das Schlachtfeld schweifen. Sein Herz klopfte unregelmäßig in der Brust. War es wieder da, das alte Leiden? Fast hatte er vergessen, dass er früher eine zeitlang unter Herzproblemen gelitten hatte. Er nahm sich vor, später den Arzt zu rufen.

„Gute Arbeit, die deine Hispana geleistet hat", lobte er Carisius, wie zuvor die anderen Legaten.

Der warf sich in die Brust. „Da sind ein paar ganz anständige Burschen dabei. Und der Erfolg heute wird ihnen gut tun."

„Ganz sicher. Richte ihnen meine Anerkennung aus. Ich werde es später persönlich tun. Wenn das hier endgültig vorbei ist, wird Rom sich ihnen erkenntlich zeigen."

Carisius nickte. „Wenn das hier vorbei ist, wird jeder einzelne von uns überglücklich sein."

Wieder nickte Agrippa. „Ich nicht weniger."

„Es ist nicht leicht, Verantwortung zu tragen, Prokonsul, das weiß ich auch." Carisius zögerte einen Augenblick. „Was machen wir jetzt?"

„Waffenfähige Männer gibt es keine mehr. Solltet ihr doch noch welche finden, schickt sie in die Unterwelt."

„Zu Befehl!“ Carisius strahlte voller Vorfreude. Doch plötzlich druckste er herum, als habe er noch etwas auf dem Herzen. „Prokonsul, ich bin nun schon seit Jahren hier in diesem elenden Land. Weißt du, welches dabei mein größtes Problem ist?“

Agrippa sah ihn auffordernd an.

„Das Problem ist, dass die Cantabrer immer wieder nachwachsen. Die sind wie der Arsch eines Kranken: Kaum hast du die Scheiße abgewischt, kommt schon wieder neue nach. Gerade mal zwei Jahre ist es her, dass ich den letzten Aufstand niedergeschlagen habe. Aber irgendwie schaffen es immer wieder ein paar, sich zusammenzurotten. Weißt du, was sie beim letzten Mal getan haben, als sie unterlegen waren? Statt sich zu ergeben, haben sie ihre eigene Festung in Brand gesetzt und Selbstmord begangen. Ein paar haben sogar die Frechheit besessen, vor das Tor zu treten und vor unseren Augen Gift zu nehmen – hohnlachend! Alle sind sie damals verbrannt. Naja, war nicht schade drum. Was ich damit sagen will, ist dies: Sie sind in keinster Weise einsichtig. Wir sollten das Übel also mit der Wurzel ausreißen. Andernfalls wird es nur immer noch mehr Tote geben, Römer wie Spanier. Ich rate ungern zu so einem Schritt, aber in diesem Fall scheint er mir nicht nur angebracht, sondern unumgänglich.“

„Du meinst, wir sollten auch die Frauen und Kinder töten?“

Carisius nickte. „Ausrotten bis keiner mehr übrig ist, der uns irgendwann wieder Schwierigkeiten machen könnte. Cantabrische Frauen bringen nur wieder cantabrische Krieger auf die Welt. Also müssen diese Ratten weg, allesamt, auch die Muttertiere!“

Agrippa ließ seinen Blick über das Schlachtfeld schweifen. Ganz in der Nähe lag ein junger Cantabrer, noch keine zwanzig Jahre alt. Schwarze Locken umrahmten sein ebenmäßiges Gesicht. Wie im Schlaf waren seine Lippen halb geöffnet. Aber sie waren nicht mehr rot, sondern blau. Das Blut, das ihn noch vor wenigen Stunden warm durchpulst hatte, war nur noch ein vertrocknetes Rinnsal in seinem Mundwinkel und auf seinem Hals.

Unwillkürlich fragte sich Agrippa, wie es gewesen sein mochte, als der junge Mann noch gelebt hatte, wie er mit den Mädchen seines Stammes gelacht, wie er gesungen und gescherzt hatte. Er würde es nie wieder tun – wie so viele andere, Cantabrer und Römer.

Agrippa blickte Carisius an. „In einem bin ich deiner Ansicht: Bringen wir diesen Krieg so schnell und gründlich wie möglich hinter uns! Töten wir alle wehrfähigen Männer, die noch übrig sind. Aber ich weigere mich, die Frauen und Kinder umzubringen. Die Cantabrer haben zwar wehrlose römische Zivilisten ermordet, auch Frauen und Kinder. Wir hätten nun das Recht, unsererseits an ihren Frauen Vergeltung zu üben. Aber das tue ich nicht. Ich bin kein Barbar. Als Römer kämpfe ich gegen Männer, nicht gegen Frauen, und schon gar nicht gegen Kinder. Aber nicht nur deshalb. Wir kämpfen für unser Ideal des Römischen Friedens – und wenn es ein Ideal sein soll, dann müssen Tugend, Recht und Gesetz dahinter stehen. Ich werde meinen Namen und den Namen Roms nicht mit einer solchen Tat besudeln."

Carisius mahlte mit den Kiefern. „Das wird dir noch leid tun, und wenn nicht dir, dann deinen Nachfolgern. Spätestens in zehn Jahren wird es erneut Krieg in diesem Land geben. Das garantiere ich dir, nach allem, was ich hier erlebt habe. Dann wird es heißen: Marcus Agrippa hat es versäumt, für Frieden zu sorgen."

„Kennst du denn nur Gewalt? Gibt es für dich keine andere Möglichkeit, ein Volk dauerhaft zu unterwerfen?"

Carisius sah ihn zweifelnd an. „Ich wüsste nicht, welche. Lösche die Cantabrer aus, Prokonsul, und du wirst für alle Zeiten Ruhe haben! Ich kann es dir nur dringend raten! Denk an das, was ich dir vorhin erzählt habe: Sie bringen sich lieber selbst um, als zu kapitulieren! Glaube mir, ich kenne diese dreckigen Gebirgsstämme hier besser als du!"

Rote Flecken breiteten sich auf Agrippas Hals aus. „Zweifellos kennst du die Cantabrer besser als ich, Carisius." Er lächelte dünn. „Von der Kriegsführung verstehe allerdings auch ich etwas. Aber reden wir doch ausnahmsweise mal nicht nur über mich und das, was ich deiner Ansicht nach tun sollte, sondern über dich: Du hast dir in den letzten Jahren zweifellos Verdienste erworben. Du bist tapfer, zäh, ein guter Stratege. Allerdings steht dem auch Einiges gegenüber. Weißt du, wie deine Legionäre dich nennen? Poliphemus – eine einäugige, menschenfressende Bestie."

Das Lid über dem lädierten Auge des Carisius begann nervös zu flattern.

„Deine Leute sagen", fuhr Agrippa fort, „du tötest nicht aus Notwendigkeit, sondern aus Jagdlust. Und da wir schon bei deiner Legion sind: Ich habe noch nie eine gesehen, deren Männer eine so bodenlose Furcht vor ihrem Kommandeur haben wie die der Neunten Hispana. Und ich habe noch nie einen Legaten kennen gelernt, der mit seinen Gefangenen so brutal umgeht wie du. Nicht vergessen will ich auch die bitteren Klagen der Zivilbevölkerung, die sich auf meinem Schreibtisch stapeln. Die Berichte über deine Grausamkeit und Verschwendungssucht sind so haarsträubend, dass ich fast schon Verständnis dafür habe, dass die Cantabrer sich immer wieder erheben und lieber selbst umbringen, als sich uns zu unterwerfen. Es ist die gierige und engstirnige Haltung von Leuten wie dir, die uns noch mehr Probleme beschert als wir ohnehin schon haben. Noch etwas will ich dir jetzt sagen, Carisius: Ich habe die Nase endgültig voll von deinen unverschämten Ratschlägen! Und ich schwöre dir bei Jupiter, dass ich Caesar von all deinen Heldentaten akribisch berichten werde. Danach kann sich der Senat damit befassen."

Carisius blitzte Agrippa hasserfüllt an. „So also dankt Rom den Männern, die sich jahrelang für sein Wohl aufgeopfert haben! So dankst du mir meine Mühen!"

Agrippas Brauen wuchsen zu einer buschigen Linie zusammen. „Genau so, Titus Carisius. Und jetzt gebe ich *dir* einen guten Rat: Geh mir aus den Augen, und zwar so schnell du kannst."

Mit einem wütenden Knurren riss der Legat den Kopf seines Pferdes herum und trat ihm die Hacken in den Bauch. Aus dem Stand galoppierte das Tier davon.

Agrippa sah ihm mit zusammengepressten Lippen nach.

Geduldig wartete der junge Tribun, der ihn begleitete, bis seine Züge sich wieder etwas entspannt hatten. Erst vor wenigen Wochen war er zum Heer gekommen, ein Bursche ohne Erfahrung, aber wissbegierig und fleißig. Endlich sprach er Agrippa an: „Prokonsul, ich glaube, jeder von uns hätte dir aus vollem Herzen Recht gegeben bei dem, was du eben zum Legaten Carisius gesagt hast. Aber eines verstehe ich doch nicht: Wie willst du hier für Ordnung zu sorgen, wenn nicht mit eiserner Faust? Was Carisius gesagt hat, stimmt doch: Die cantabrischen Frauen hassen uns und werden ihre Kinder auch sicher zum Hass gegen Rom erziehen."

Ernst sah Agrippa dem jungen Mann in die Augen. „Fällt denn auch dir dazu gar nichts Besseres ein, Tribun Seius? Du sollst ja eines Tages selbst für andere Menschen Verantwortung tragen."

Hilflos zuckte sein Begleiter mit den Schultern.

„Es gibt durchaus andere Möglichkeiten als den Tod", antwortete Agrippa. Ein kaum merkliches Lächeln erwärmte seine Züge: „Kinder! Es muss eine neue Generation heranwachsen, die uns nicht mehr hasst."

Verständnislos schüttelte sein Gegenüber den Kopf. „Aber warum sollten die cantabrischen Kinder das nicht mehr tun?"

„Warst du schon mal im Süden Spaniens?"

Der Tribun nickte.

„Dann weißt du ja", fuhr Agrippa fort, „dass die Lebensart im Süden der unseren so ähnlich ist wie an keinem anderen Ort unseres Reiches. Warum? Weil sich nicht nur unsere Kultur, sondern auch unser Blut mit dem der Einheimischen vermischt hat. Und genau das soll auch hier geschehen: Wir werden auch hier Veteranenkolonien gründen. Soldaten, die vor dem Abschied stehen, haben wir genug. Unsere Männer werden cantabrische Frauen nehmen, ihre Kinder werden römische und romfreundliche Väter haben, sie werden also selbst halbe Römer sein. Keines dieser Kinder wird seinen eigenen Vater umbringen. Diese jungen Cantabrer werden keine Kriegslieder mehr brüllen, sondern Latein sprechen. Sie werden die Schlachtfelder gegen Getreideäcker eintauschen, ihre Bergfestungen gegen Städte, und ihr Land wird aufblühen. Das wäre doch zweifellos besser als der Tod, meinst du nicht?"

Nachdenklich kaute sein Begleiter auf der Unterlippe. „Wenn man diesen Gedanken weiterspinnt, dann wären wir alle eines Tages nur noch eines: Römer."

„Genau das: Bürger eines vereinten Reiches, in dem Kriege des eines Volkes gegen das andere überflüssig geworden sind." Plötzlich abgelenkt, reckte Agrippa den Hals. Was ist da hinten schon wieder los?"

Seius folgte seinem Blick. „Zwei Legionäre, die sich um ein Beutestück prügeln."

„Kennst du die beiden zufällig?"

„Die sind von der Zweiten."

Agrippa brummte missmutig. „Hätte ich mir ja denken können." Auffordernd sah er den jungen Mann neben sich an. „Geh hin und kümmere dich darum!"

„Wie?"

„Sag ihnen, sie sollen sich umgehend und auf *friedliche* Weise einigen. Andernfalls drohst du ihnen mit einer Strafe. Lass dir was einfallen: Prügel, zusätzliche Nachtwachen, irgendwas."

In Seius' Augen leuchtete Verstehen auf. „Ach so geht das?"

Agrippa hatte Mühe, sich ein Lachen zu verbeißen. „Genau so geht das, im Kleinen wie im Großen. Und jetzt marsch, Tribun Lucius Seius!"

Am nächsten Tag schrieb Agrippa einen Brief an Augustus: „Nach jahrelangen, harten Kämpfen, ist das Rückrat des nordspanischen Widerstandes gebrochen. Dies ist die jüngste befriedete Provinz des Reiches. Ich habe berechtigte Hoffnung, dass es hier nicht mehr zu Unruhen kommen wird."

Schon nach wenigen Wochen erhielt er Antwort aus Samos, wo Augustus den Winter verbringen wollte. Es war ein Brief voller Wärme und vieler guter Worte. Erneut bot Augustus seinem Freund einen Triumphzug an. Das war umso großmütiger, als er selbst und Tiberius drei Jahre lang vergeblich versucht hatten, in Nordspanien für Ruhe zu sorgen. „Zum zweiten Mal bieten wir dir diese Ehrung an", schrieb er, „und ich bitte dich, sie jetzt endlich anzunehmen. Du hast schon viel zu lange auf einen Triumph verzichtet, obwohl du ihn mehr verdienst als alle, die ihn je begangen haben."

Wieder lehnte Agrippa ab: „Dies hier war dein Sieg, Caesar", antwortete er schlicht. Damit war die Sache für ihn erledigt.

Den ganzen Winter über zog er durch Spanien, bis in den äußersten Süden, an die Säulen des Herkules, wo Afrika auf Blickweite nah ist.

Wie zuvor in Gallien, tat er auch hier alles, um die Dinge zu ordnen. Zuerst gab er Straßen und Wasserleitungen in Auftrag. Neue Siedlungen wurden gegründet, meist für die Veteranen. Bereits bestehende erhielten die üblichen Nutzbauten.

Vor allem in jenen Landesteilen, in denen man schon lange unter römischer Herrschaft lebte und sogar überwiegend Latein sprach, freuten sich die Menschen über diese Neuerungen. Viele ehrten Agrippa mit Statuen, huldigten ihm als Patron und Vater, noch lange Zeit nachdem er die iberische Halbinsel verlassen hatte. Denn was kümmerte es sie, was da im fernen Norden mit den ewig aufsässigen Cantabrern passiert war? Lieber wollten sie doch in Frieden und möglichst bequem leben – und das taten sie ja nun schon so lange. Salve also! Salve dem Imperator Caesar Augustus und Dank seinem wohltätigen Kollegen Marcus Agrippa!

Erst im Frühling des nächsten Jahres kehrte Agrippa nach Rom zurück. Als sein Schiff in den Hafen von Ostia einlief, sah er zu seinem Erstaunen Julia am Kai stehen, im Arm ihren Sohn Gaius.

Agrippa lächelte, als er seine kleine Familie sah. Es tat gut, begrüßt zu werden, und mehr noch, sein Kind zum ersten Mal zu sehen. Er küsste Julia auf die Wangen und nahm ihr den Kleinen aus dem Arm. „Willkommen, kleiner Gaius, mein Sohn. Ich nehme dich an."

Fast ein Jahr war der Junge nun schon alt, ein niedliches Kerlchen mit runden, kräftigen Ärmchen und den blonden Locken und neugierigen, hellen Augen der Julier.

Agrippa lächelte seine Frau an. „Eine gelungene Mischung!"

„Vater wird er sicher auch gut gefallen."

„Zweifellos", bestätigte er, mit einem Mal wieder ernst.

Gemeinsam bestiegen sie einen Reisewagen.

„Warum bist du nach Ostia gekommen?", brach Agrippa nach einer Weile das Schweigen.

„Du warst immerhin mehr als anderthalb Jahre weg. Da ist es doch normal, dass eine Ehefrau ihren Mann begrüßt, wenn sie erfährt, dass er kommt. Außerdem macht sich das doch gut in der Öffentlichkeit."

„Verstehe." Plötzlich erhellte ein zaghaftes Lächeln sein Gesicht. „Siehst du, Julia, so könnten wir doch miteinander auskommen. Wir wissen beide, worauf es ankommt. Wie man sich vor dem Volk gibt, haben wir doch unser ganzes Leben lang geübt. Wir gehen unserer Pflicht nach und bekommen Kinder, ansonsten hat jeder seine Freiheit. Wäre das nicht ein guter Vertrag zwischen dir und mir? Ich hatte dir das schon am Tag unserer Eheschließung vorgeschlagen." Er seufzte. „Auf große Gefühle brauchen wir wohl beide nicht zu hoffen. Du hast mich in den Monaten, in denen ich fort war, sicher auch nicht vermisst, oder?"

Julia antwortete nicht, verzog ihr Gesicht aber zu einer freundlichen Miene. Agrippa interpretierte dies als Zustimmung.

„Ich wäre dir nur dankbar", fuhr er fort, „wenn du dein Leben auch weiterhin mit einer gewissen Würde führen würdest. Ansonsten kannst du tun, was dir beliebt. Am Geld soll es nicht fehlen."

„Du hättest auch nichts dagegen, wenn ich ab und zu wieder eine kleine Gesellschaft geben würde?"

„Keinesfalls – solange du Sitte und Anstand wahrst."

Julias Lächeln hellte sich weiter auf. „Agrippa, es gibt so viel Neues in Rom! Im Clivus Argentarius hat ein neuer Juwelier eröffnet. Er hat mir ein Perlenkollier mit Smaragden und Saphiren gezeigt, eine ägyptische Arbeit. Sie würde dir sicher gefallen."

„Was kostet es denn?"
„Fünfhundert Goldstücke."
Agrippa hob die Brauen. „Mit so viel Geld kannst du dir einen erstklassigen Sklaven kaufen."
„Wäre dir das lieber?" Sie lächelte gewinnend. „Ich ziehe die Perlen vor."
„Julia, dieser Betrag entspricht dem Jahressold von zweiundsechzig Legionären."
„Was sind schon zweiundsechzig Legionäre?"
„Das sind zweiundsechzig Leben voller Mühen, vielleicht Verstümmelung und Tod in der Blüte des Daseins, zweiundsechzig Herzen voller Sehnsüchte – zweiundsechzig römische Bürger."
„Römische Bürger kann ich mir nicht um den Hals hängen." Julia machte eine ungeduldige Handbewegung. „Was willst du? Mit mir schachern wie ein Krämer? Sagtest du eben nicht, Geld würde keine Rolle spielen?"
„Ich halte es für Verschwendung, fünfhundert Goldstücke für eine Halskette rauszuwerfen. Man kann dieses Geld auch für sinnvolle Dinge ausgeben. Das solltest du als Caesars Tochter wissen."
„Reg dich nicht so auf! Was ist bei einer Frau sinnvoller, als dass sie schön ist?"
„Du bist schön. Für wen willst du noch schöner sein?"
Julia sah ihn beleidigt an. „Sicher nicht für einen Mann, der sich nach anderthalb Jahren Trennung von der Mutter seines Sohnes aufführt wie ein Marktweib."
„Kauf dir den Schmuck", seufzte er. Eine Weile schwiegen sie.
„Was ist nun?", fragte er.
„Wie meinst du das?"
„Ich meine, was sagst du zu meinem Vorschlag von vorhin: Lass uns in Frieden miteinander leben. Keiner stellt Forderungen. Nur eine einzige habe ich, nämlich dass du in der Öffentlichkeit Haltung bewahrst."
Julia fixierte ihren Mann hintergründig. „Gut. Ich stimme zu."
„Das wird uns beiden das Leben vereinfachen." Er sah sie wohlwollend an. „Offenbar hat dir die Mutterschaft gut getan, dass du plötzlich so einsichtig geworden bist."
Julia drehte den Kopf weg. „Ich habe mich nur mit der Realität abgefunden." Sie machte eine wegwerfende Bewegung. „Und mit dem ganzen Elend."
„Mit dem Wort Elend meinst du wohl mich?"
Zornig blickte sie wieder zu ihm hin. „Dich – und dein Gestrampel bis zur nächsten Schwangerschaft."
Verletzt senkte er einen Moment den Kopf. „Glaube mir, Julia, mir fällt das alles auch nicht leicht. Meinen Empfang nach anderthalb

Jahren anstrengendem Feldzug hatte ich mir trotzdem anders vorgestellt. Ich hatte mich auf Rom gefreut. Aber schon jetzt beginne ich, mich nach Spanien zurückzusehnen. Bravo!" Spöttisch klatschte er in die Hände. „Du nimmst es an Widerwärtigkeit sogar mit den Cantabrern auf."

Sie zuckte mit den Schultern. „Niemand kann mich dazu zwingen, dich zu lieben. Vater und du, ihr könnt mich nur dazu zwingen, eure Kinder auszutragen – mehr nicht, Prokonsul. Wenn du klug bist, erwartest du auch nicht mehr."

Obwohl er geglaubt hatte, Julia sei ihm gleichgültig, schmerzten ihre Worte. Zu groß war das Opfer gewesen, das er gebracht hatte, um jetzt gefasst zu bleiben, zu sehr wünschte er sich eine Frau, die ihn liebte wie er es schon einmal erlebt hatte – mit Marcella.

Noch immer hatte er den Verlust nicht verschmerzt. Allein der Gedanke an sie trieb ihm jetzt die Tränen in die Augen. Er hatte gelernt, nach außen hin stoische Ruhe zu zeigen. Niemand sollte wissen, wie unglücklich er war. Aber jetzt, nach diesem kräftezehrenden, brutalen Feldzug, nach diesem eiskalten Empfang in der Heimat, spürte er, dass er die Nerven verlor. Das wollte er auf keinen Fall.

Er beugte er sich nach vorn. „Halt an!", rief er dem Kutscher zu. Das Gefährt hielt.

Agrippa kletterte schweigend heraus. „Gebt mir ein Pferd!", wandte er sich an seine Eskorte.

Sofort glitt einer der Männer von seinem Reittier und führte es zu ihm. Agrippa schwang sich auf den Rücken des Pferdes und galoppierte davon.

Julia zockelte langsam in ihrem Reisewagen hinterher. Sie war heilfroh, dass ihr Gatte weg war.

Wie gewohnt, begrüßte das Volk Agrippa begeistert, der Senat unterkühlt. Trotzdem hielten die ehrwürdigen Väter es für angebracht, ihn für seine Erfolge in Gallien und Spanien zu ehren. Augustus hatte die Senatoren informiert, dass Agrippa erneut einen Triumphzug abgelehnt hatte. Also, schlug er ihnen vor, sollten sie ihm statt dessen die goldene Mauerkrone verleihen, mit der man Feldherren für eine schwierige Stadteroberung belohnte.

Wenige Tage später, auf dem Forum, setzte der amtierende Konsul Gaius Sentius Saturninus Agrippa die Auszeichnung feierlich aufs Haupt. Lauter Jubel stieg aus Tausenden von Kehlen in den Himmel, „Agrippa!", skandierten die Römer, „Unser Herkules!". Der Applaus wollte kein Ende nehmen.

Einen Triumphzug bekamen die Römer trotzdem zu sehen: Lucius Cornelius Balbus hatte im Vorjahr in Afrika das Volk der Garamanten unterworfen. Stolz und glücklich über die hohe Ehrung, bedankte er sich für den Triumph mit einem neuen Theater in der Nähe der Tiberinsel.

Nach der Senatssitzung, in der diese Ehrung für Balbus beschlossen wurde, nahm der Konsul Saturninus Agrippa zur Seite. „Was sagst du dazu?", fragte Saturninus. „Findest du diesen Triumph des Balbus richtig? Sei ehrlich: Waren die Cantabrer nicht ein viel schrecklicherer Gegner als die Garamanten? Solltest du nicht doch einen Triumph feiern, du, der zweifellos und mit Abstand größte Feldherr Roms? Oder sollte Balbus, dessen Sieg doch so viel geringer war als deiner, nicht wenigstens auf den seinen verzichten?"

„Ehrwürdiger Konsul", antwortete Agrippa förmlich, „was meinen Triumph betrifft, habe ich schon entschieden: Ich lehne ab. Was andere Männer betrifft, so ist das allein Sache des Senats. Ich habe kein Recht, mich da einzumischen." Mit diesen Worten ließ er den verdutzten Saturninus stehen.

Fassungslos sah der Agrippa nach, wie er in der Menge verschwand. Nie, dachte Saturninus, würde er diesen seltsamen Menschen verstehen – niemals! War so einer überhaupt zu verstehen? Gab es überhaupt jemanden, der dies konnte – außer vielleicht Caesar Augustus? Nachdenklich schüttelte er den Kopf. Vielleicht war Marcus Agrippa wirklich ein Verrückter, wie manche sagten, zumindest aber ein äußerst ungewöhnlicher Mann!

Saturninus massierte sich die Schläfen. Der Senat solle entscheiden, hatte Agrippa gesagt? Wie konnte ausgerechnet der engste Freund und Schwiegersohn des Augustus das sagen? Und tat Agrippa nicht alles, damit es auch künftig Julier gab – kleine Alleinherrscher, wie ihr Großvater? Aus Liebe zu seiner Gattin tat Agrippa das nicht. Jeder wusste, wie schlecht seine Ehe mit Julia war. Aber konnte eine Freundschaft zwischen zwei Männern so tief sein? Oder war Agrippa krankhaft pflichtbewusst, ja, geradezu pflichtbesessen? Alles sprach dafür.

Sein Freund Marcus Vinicius trat zu ihm. Saturninus erzählte ihm das Vorgefallene. „Was meinst du", fragte Saturninus, „wem gehörte nun Agrippas Treue: Caesar Augustus oder Rom?"

„Ich nehme an beiden", antwortete Vinicius langsam. „Für ihn scheint es dasselbe zu sein."

Der Konsul schüttelte erneut den Kopf. „Dann kann man Agrippa nur wünschen, dass diese beiden nie in Konflikt miteinander geraten."

„Interessant wäre das schon. Aber ich glaube nicht, dass er sich entscheiden könnte. Ich glaube, das würde ihn zerreißen."

Saturninus nickte nachdenklich. „Selbstmord?"

„Irgend so etwas. Obwohl er so gefasst wirkt, glaube ich doch, dass er tiefe Gefühle hegt. Würde er sich sonst so bedingungslos Augustus unterwerfen, trotz aller Opfer, die der immer wieder von ihm fordert?“

„Es könnte Berechnung sein. Das fände ich plausibler.“

Vinicius schüttelte den Kopf. „Hat denn schon jemals ein Römer einen Triumphzug abgelehnt? Niemand außer Agrippa. Auch in unseren Tagen feiern viele einen Triumph, und sie haben viel weniger Grund dazu als er. Augustus trägt es ihnen nicht nach. Vielmehr schlägt er immer wieder neue Männer vor. Wie viel weniger würde er es also Agrippa nachtragen, wenn der einen solchen annehmen würde!“

„Agrippa hat genug Macht und Ruhm. Er besitzt das Imperium Proconsulare, er ist nicht weniger als Roms größter Feldherr und Caesars Schwiegersohn.“

„Und doch weiß man, dass er hart mit sich gerungen hat, die Ehre der Ehe mit Julia anzunehmen. Er hing an seiner früheren Familie. Und seit er von Marcella geschieden ist, macht er auf mich den Eindruck, als sei er noch verschlossener geworden als früher.“

„Das kann alles nur Geschwätz sein.“

Wieder schüttelte Vinicius den Kopf. „Nein, Saturninus, das glaube ich nicht. Agrippa mag wenig Gefühl *zeigen*, aber er hat es. Erinnere dich auch an damals, als Atticus gestorben ist. Er hat tagelang um den Alten geweint wie ein Kind. Und jetzt liebt er Augustus mit der gleichen Innigkeit wie früher den alten Atticus – wenn nicht noch mehr.“

Saturninus rieb sich nachdenklich den Hals. „Viele lieben Caesar.“

„Aber keiner so bedingungslos wie Agrippa.“

„Vielleicht glaubt er wirklich an die göttliche Führung des Augustus.“

„Auch das tun viele. Und Agrippa ist ein sehr religiöser Mann.“ Vinicius machte eine ausladende Geste. „All die Tempel, die er gebaut hat, all die öffentlichen Opfer, die er zelebriert, weisen doch darauf hin, dass er sich über die Götter viele Gedanken macht. Warum sollte er nicht auch Augustus für so etwas wie göttlich halten?“

„Weil ich bei einem Symposium einmal gehört habe, wie er sagte, dass nicht einzelne Menschen göttlich sind, sondern alle.“

Vinicius lächelte spöttisch und wies mit dem Kopf auf das Gewimmel zu ihren Füßen. „Zu schade nur, dass sich die Menschen keineswegs entsprechend der Göttlichkeit benehmen, die Agrippa ihnen unterstellt.“ Er senkte die Stimme. „Nicht einmal Caesar Augustus tut das, oder?“

Saturninus sah sich schnell um, ob jemand diese letzten Worte des Vinicius mitgehört hatte. „Nun, dann irrt Agrippa entweder, und wir sind alle nur Menschen. Oder er hat recht, und wir sind wirklich göttlich beseelt. Allerdings haben wir dann trotzdem noch eine Menge zu lernen!“

Sie lachten.

„Auf jeden Fall ist Agrippa ein seltsamer Mensch“, resümierte Saturninus, „und genauso seltsam ist seine Religiosität. Einerseits hängt er sich in der Öffentlichkeit gern den Mantel der Tradition um. Andererseits weist er außergewöhnliche Ansichten auf, gerade so, als suche er noch immer die letzte Wahrheit.“

„Du machst ihn ja zum Philosophen! Geht das nicht ein bisschen zu weit?“

„Schau dir dieses seltsame Pantheon an – einen Tempel für alle Götter gleichzeitig! Etwas ähnliches hat es noch nie gegeben. Und dann auch noch mitten in der Hauptstadt! Das ist außerordentlich, Vinicius. Und schon mehrmals habe ich ihn mit Messalla über die Frage diskutieren hören, welches das Wesen der Urgötter sei und ob es einen, viele oder gar keinen Gott gibt. Mein Freund, glaube es mir: Agrippa ist ein Philosoph, nicht weniger.“

Vinicius legte den Kopf schräg. „Warum interessiert dich heute eigentlich Agrippas Gedankenwelt so sehr?“

Saturninus sah ihn herausfordernd an. „Stell dir einmal vor, er würde die Nachfolge des Princeps antreten! Die Situation hatten wir ja fast schon mal. Ich als Konsul *muss* mir über so etwas Gedanken machen. Was wäre dann? Würdest du einen Agrippa als Caesar akzeptieren?“

„Darüber will ich mir heute keine Gedanken machen, Saturninus. So etwas muss aus der jeweiligen Situation heraus entschieden werden. Außerdem betont Agrippa immer wieder, dass er diese Entscheidung dem Senat überlassen wird.“

„Oh nein! Ich bin durchaus der Meinung, dass wir darüber nachdenken müssen, wie Roms Zukunft aussehen sollte.“

Vinicius seufzte. „Was willst du? Es geht uns doch allen bestens. So gut wie nie zuvor! Warum machst du dir also so schwere Gedanken?“ Er legte dem Konsul jovial die Hand auf den Rücken. „Du bist ein alter Theoretiker, Saturninus!“

Der sah verärgert zu Boden. „Ich werde das Gefühl nicht los, dass wir Senatoren langsam alle nur noch alte Theoretiker sind, Vinicius.“

Im Sommer teilte Julia ihrem Mann mit, sie sei wieder schwanger.

„Das freut mich sehr“, kommentierte er freundlich, aber ohne eine Emotion zu zeigen. „Wir sollten das heute Abend feiern, was meinst du? Schließlich bedeutet es für uns beide die Befreiung von einer lästigen Pflicht. Lade also jemanden ein. Wen du magst. Es ist mir egal.“ Er nahm seine zuvor unterbrochene Lektüre wieder auf.

Julia sah ihren Mann in einer Mischung aus Enttäuschung und Zorn an. „Ist das alles, was du dazu zu sagen hast? Es ist schließlich auch dein Kind!“

„Davon gehe ich aus. Und jetzt sei mir nicht böse. In einer Woche eröffnen wir die Aqua Virgo. Ich habe noch eine Menge zu tun. Aber heute Abend bin ich ganz bestimmt bei dir und den Gästen. Ich verspreche es."

Wütend verließ Julia das Arbeitszimmer. Wenig später ging auch Agrippa hinaus. Er wollte noch einmal auf die Baustelle seiner großen Thermen auf dem Marsfeld. Allein der Gedanke daran war wie ein Sonnenstrahl, der durch den Nebel fiel – durch jene undurchdringliche Wolke, die sein Herz nun schon so viele Monate einhüllte.

Die rasende Wut auf das Leben, die ihn nach der Trennung von Marcella fast wahnsinnig gemacht hatte, war mittlerweile verflogen, wie ein Orkan, der sich irgendwann austobt. „Wenn man einander nicht sehen, nicht miteinander verkehren und nicht beisammen sein kann", hörte er Atticus' Stimme, wie er Epikur zitierte, „dann verflüchtigt sich die Empfindung der Liebe."

War das so? Hatte er Marcella vergessen? Manchmal, in seinen Träumen, erschien sie ihm. Dann wachte er mit nassem Gesicht auf. Aber im wachen Alltag reduzierten sich diese tief verborgenen Gefühle nur auf taube Empfindungslosigkeit. Damit ließ sich ganz gut leben. Selbst der Gedanke an Marcellas neuen Gatten Jullus Antonius tat kaum noch weh.

Agrippa war nur noch müde. Aber die Götter interessierte das nicht. Das Leben ging weiter, ob er wollte oder nicht. Wenn nur das Herz wieder freudiger schlagen wollte! Pflichtbewusst tat es seinen Dienst, trieb Schlag um Schlag das Blut durch Agrippas Adern, immer gleich. Nur manchmal stolperte es und versetzte ihm einen Stich, so dass er um Luft ringen musste. Aber meistens funktionierte es gut.

Für Mitte Oktober kündigte Augustus endlich seine Heimkehr an. Die Römer gerieten völlig außer Rand und Band. Einen triumphalen Empfang wollte sie ihm bereiten, so prächtig wie er noch nie einen erlebt hatte! Denn ihrem über alles geliebten Princeps Senatus, ihrem Imperator und Caesar, ihrem von den Göttern gesegneten Augustus war gelungen, was niemand zuvor erreicht hatte: den seit über 25 Jahren schwelenden Krieg gegen die Parther ehrenvoll zu beenden. Besiegt hatte er dieses Volk zwar nicht. Aber die vor 34 Jahren schmählich verlorenen Feldzeichen brachte er wieder mit zurück, ebenso die damals gefangenen römischen Soldaten, die die Sklaverei überlebt hatten.

All dies hatte der höchst beunruhigte Phraates, der König der Parther, Augustus übergeben. Zuvor hatte der junge Tiberius das Nachbarland Armenien fast mühelos erobert. Sein Sieg war umso größer, als sich Marcus Antonius einst vergeblich die Zähne an den Armeniern ausgebissen hatte. Danach war Tiberius an die persische

Grenze marschiert. Gleichzeitig hatte Augustus diplomatische Unterhändler mit Geschenken und Friedensangeboten an Phraates gesandt. All dies hatte den König der Parther zum Einlenken gebracht.

Augustus verstand es hervorragend, seine Errungenschaft als großen Triumph darzustellen. Stolz schrieb er an den Senat, er habe „das früher in Schlachten Verlorene ganz ohne Kampf zurückgeholt." Zum Gedenken an diesen großen Erfolg solle man dem Kriegsgott Mars einen Tempel auf dem Augustus-Forum errichten. Dort sollten die wiedergewonnenen römischen Feldzeichen aufgestellt werden. Außerdem ließ Augustus das „Miliarum Aureum" auf dem Forum errichten, einen goldenen Meilenstein, auf dem die Namen der berühmtesten Städte des Reiches und ihre Entfernung zum Zentrum der Welt verewigt würden. Agrippa weihte den Stein stellvertretend ein.

Und jetzt kam Caesar Augustus, der Julius Caesars Glanz noch übertraf, endlich zurück! Das musste gefeiert werden. Und wie! Als bekannt wurde, dass Augustus italischen Boden erreicht hatte, packte die Römer eine Art Fieber: Sie schmückten Häuser, Tempel und öffentliche Gebäude mit Girlanden, alles wurde gekehrt und gewienert, selbst Straßen und Plätze, durch die ihr verehrter „Vater des Vaterlandes" garantiert nicht kommen würde!

Natürlich berichtete man Augustus von diesen Vorbereitungen. Plötzlich beschlich ihn ein Gefühl, das er von früher nicht kannte: Der ganze Aufwand, der um seine Person getrieben wurde, war ihm peinlich.

Livia wunderte sich sehr, als er ihr das erzählte. „Dann musst du eben nachts in Rom einreiten, wie Agrippa das zu tun pflegt", scherzte sie, wohl wissend, dass ihr Mann das Bad in der Menge immer sehr genoss.

Augustus stutzte. Plötzlich erhellte ein Lächeln sein Gesicht. Liebevoll gab er seiner Frau einen Klaps auf den Arm. „Das ist *die* Idee! So machen wir es."

Livia sah ihn erstaunt an. „Das ist doch nicht dein Ernst? Ausgerechnet nach dem Erfolg gegen die Parther willst du in aller Heimlichkeit nach Rom zurückkehren? Die Menschen werden sehr enttäuscht sein."

„Ich werde meine lieben Mitbürger am nächsten Morgen begrüßen. Jetzt gleich sende ich Agrippa eine Nachricht: Er und Julia sollen am Tag unserer Ankunft zuhause auf uns warten. Ach, Livia, ich bin so gespannt auf den kleinen Gaius! Wie ich mich auf Rom freue!"

Nachdenklich neigte Livia den Kopf zur Seite. „Agrippa und du werdet euch mit den Jahren immer ähnlicher: Jetzt schleichst du dich auch schon bei Nacht und Nebel in die Stadt."

„Wie ein altes Ehepaar, hm?", scherzte Augustus. „Wie du und ich!"

„So ähnlich, ja."

Heimlich, still und leise passierte wenige Tage später eine kleine Reiseschar das Stadttor der Via Appia im Süden Roms. Die Wachen waren informiert, wer da in der Sänfte saß und wer die Gestalten in den Kapuzenmänteln waren, die auf ihren prächtigen Pferden dahinter warteten. „Ave, Caesar!“, grüßten die Männer. „Welche Ehre, heute Nacht hier Wache halten zu dürfen!“

„Pst!“, raunte der Schmächtigste der Vermummten. „Salvete auch euch! Aber seid bitte leise.“

Die Männer lächelten stolz. Dann standen sie stramm und ließen die Gesellschaft passieren. Von dieser Nacht würden sie noch ihren Enkeln erzählen!

Als Augustus Agrippa wiedersah, fiel alles Herrschaftliche von ihm ab. Strahlend öffnete er die Arme und drückte den Freund an sich. „Dass wir uns gesund wiedersehen! Welche Freude, mein Bester!“

Dann wollte er Julia umarmen. Aber als er das Kind auf ihrem Arm sah, hielt er inne. „Oooh“, staunte er verzückt, „das ist also der kleine Gaius!“ Vorsichtig streichelte er dem Bübchen die Wange. Es sah seinen Großvater aufmerksam an.

„Gib ihn mir!“, forderte Augustus ungeduldig. Stolz nahm er den Jungen auf den Arm. „Hat man so ein schönes Kind schon jemals gesehen“, fragte er in die Runde. „So ein prächtiges Kerlchen?“ Dann wiegte er den Kleinen und trug ihn durch den Raum. „Na, wer ist das denn?“ Augustus machte große Augen. „Ist das mein kleiner Gaius? Mein Süßer?“ Er kitzelte das Kind am Bauch. Es lachte.

Der stolze Großvater geriet völlig aus der Fassung. „Habt ihr das gesehen?“, fragte er die Umstehenden. „Wie er mit mir lacht?“ Wieder wandte er sich dem Kleinen zu: „Ja, so ist es recht, mein Kleiner, so ist es gut! Lach du nur mit mir! Ei, ei. Ja! Lach du nur!“

Tiberius sah Agrippa schräg an. „Wir sind wohl für heute abgemeldet.“

„So scheint es wohl“, feixte Agrippa und umarmte Tiberius. „Ich freue mich, dich wieder zu sehen! Was habe ich nicht alles von dir gehört! Du bist ein richtiger Held geworden. Ich bin stolz auf dich, Schwiegersohn.“

Dann wandte er sich Vipsania zu. Mit leuchtenden Augen schmiegte sie sich in Agrippas Arme. „Bist du glücklich? Ist der Kerl gut zu dir?“, flüsterte er ihr ins Ohr. „Sonst reiße ich ihm den Kopf ab!“

„Ja, Vater“, flüsterte sie zurück, „er ist sehr lieb zu mir.“

Erneut sah Agrippa Tiberius an, noch freundlicher diesmal. „Ich habe ein Geschenk für euch“, eröffnete er geheimnisvoll. „Habt ihr es auf dem Weg hierher sehen können?“

„Eine Überraschung ist es ja nicht“, antwortete Tiberius. „Du hast uns ja viel darüber geschrieben. Aber gesehen haben wir bisher nur die Fassade. Sie sieht allerdings herrlich aus.“

Agrippa lächelte dankbar. „Nachher können wir uns euer neues Heim ja genauer ansehen."

„Ich bin auch dabei!", mischte sich Livia ein. Sie lachte froh, als Agrippa sie an seine Brust drückte.

„Ich habe dich vermisst, Livia!"

„Wenn *du* so etwas sagst, weiß ich, dass es wirklich wahr ist."

„Wie fühlst du dich als Großvater?", rief Agrippa Augustus zu.

„Du bist mal ganz ruhig, mein Freund", gab der zurück, „Großvater dürft ihr mich in diesem Haus erst nennen, wenn der Winzling hier mal Vater wird. Und das dauert noch ein paar Jährchen! Mein Gaaaius", wandte er sich wieder an den Kleinen, „mein Süßer, mein Lämmchen, mein Guter."

„Hast du ihn schon mal so verrückt gesehen?", fragte Livia.

Agrippa schüttelte den Kopf. „Nein. Wenn ich nicht wüsste, dass er es wirklich ist, würde ich schwören, du hättest dir einen anderen Mann gesucht."

„Habt ihr Octavia Bescheid gegeben, dass wir heute Abend angekommen sind?", unterbrach Augustus plötzlich seinen Schmusedialog mit dem Kleinen.

Livia schüttelte tadelnd den Kopf. „Gaius, wo bist du nur mit deinen Gedanken! Octavia treffen wir morgen."

Schnell sah sie zu Agrippa. Der sah aus, als habe er plötzlich eine Gräte verschluckt. Da wusste Livia, was sich in den letzten Jahren in seinem Privatleben zugetragen hatte, lange bevor sie selbst mit ihm darüber reden konnte. Die Gerüchte stimmten also: Agrippa und Julia hatten sich nicht gefunden. Seiner Reaktion nach zu urteilen, als er den Namen „Octavia" gehört hatte, spukte das Gespenst Marcella noch immer in seinem Kopf herum – trotz der nicht zu übersehenden zweiten Schwangerschaft seiner jetzigen Frau.

Arme Julia! Erst der schwache Marcellus und jetzt ein Mann, der eine andere liebte! Aber Livia kannte ihre Ziehtochter: Leicht machte sie es ihrem Gatten sicher auch nicht. Es war offensichtlich, dass die beiden überhaupt nicht zueinander passten: Er war so ernst, tiefgründig und in sich gekehrt, sie so temperamentvoll und leichtlebig. Immerhin hatten die beiden den kleinen Gaius zustande gebracht, das von Augustus so heiß ersehnte Kind, seinen blutsverwandten Erben. Das war mehr als genug, um Agrippas und Julias traurige Beziehung zu rechtfertigen.

Noch in der gleichen Nacht zeigte Agrippa den Heimgekehrten die neue Residenz, die er für Tiberius und Vipsania auf dem Grundstück seines abgebrannten Wohnhauses gebaut hatte. Alle waren begeistert von den großzügigen Innenhöfen mit ihren Arkaden, von den wenigen, aber kunstvollen Statuen, von den geschmackvollen Malereien in den Wohnräumen. Nichts erinnerte mehr an den protzigen Vorgängerbau des Antonius.

„Ein so schönes Heim hat es in Rom noch nicht gegeben", lobte Augustus.

„Du übertreibst wie immer maßlos", gab Agrippa zurück, aber insgeheim war er doch sehr stolz über die Worte.

Danach betraten sie die Freiterrasse. Zu ihren Füßen lag das Forum, gegenüber schimmerte das goldene Dach des Jupitertempels auf dem Kapitolshügel im Mondlicht.

„Tiberius, hier bist du mit dem Göttervater auf gleicher Höhe", scherzte Agrippa.

Sein Schwiegersohn lächelte. „Vielleicht färbt seine Weisheit ja ein wenig auf mich ab?"

Agrippa legte den Arm um ihn. „Auf dich bestimmt."

Am nächsten Tag gehörte Augustus ganz seinen Römern. Die Senatoren hatten einen Empfang auf dem Forum vorbereitet. Endlich kam auch das Volk dazu, seinen lang vermissten Herrscher gebührend zu feiern. Gerührt winkte er den Menschen zu, schüttelte unzählige Hände und nahm leutselig ihre Kinder auf den Arm.

Seine Familie begleitete ihn. Wie Augustus wurden auch Livias Söhne mit Lob überschüttet. Vor allem Tiberius bekam viel Applaus. Mit großem Ernst nahm er die Huldigungen entgegen. Ob er sie mochte, wusste er nicht so genau. Große Auftritte in der Menge waren ihm noch nie geheuer gewesen. Ab und zu sah er fragend zu seinem Schwiegervater hin. Der nickte ihm jedes Mal aufmunternd zu.

Danach führte Agrippa die Heimkehrer auf sein geliebtes Marsfeld.

„Es ist schon eine seltsame Sache mit dir", schmunzelte Augustus, als sie das neue Viertel erreichten. „Kaum drehe ich Rom für eine Weile den Rücken zu, da brauche ich nach meiner Rückkehr einen Stadtführer, weil ich mich zwischen all den neuen Gebäuden, die du währenddessen gebaut hast, nicht mehr auskenne."

Agrippas Herzensprojekt war nun fertig, seit einigen Monaten sogar schon in Gebrauch: die erste öffentliche Badeanlage Roms. Kleinere, meist private Bäder gab es natürlich schon. Aber sie waren nichts im Vergleich zu den Agrippa-Thermen. Nirgendwo in der bekannten Welt gab es einen so großen und bis ins Detail durchdachten Bade-, Freizeit- und Sportkomplex.

Vor dem Eingang begrüßte sie die Statue eines Athleten, der sich mit einem Schaber den Körper reinigte, der Apoxiomenus, ein mehr als 300 Jahre altes Meisterwerk des berühmten griechischen Bildhauers Lysippos.

Die Empfangshalle war über und über mit Malereien geschmückt, in den Nischen prangten bunte Statuen. Dahinter schloss sich der Badebereich an. Sein Mittelpunkt war die runde Warmwasserhalle mit ihrer mächtigen Kuppel. Diffuses Licht fiel durch die Öffnung am Scheitelpunkt. Dampfschwaden stiegen wie Opferrauch zum Himmel empor.

Mehrere Baderäume schlossen sich der Warmwasserhalle an. In jedem herrschten andere Temperaturen. Eiskalt erreichte das Wasser über die Aqua Virgo die Therme. In den Heizräumen unterhalb des Gebäudes wurde ein Teil des Wassers aufgewärmt und durch ein ausgeklügeltes System in die einzelnen Becken geleitet. Durch Beimischen von kaltem Wasser konnte jede gewünschte Temperatur erreicht werden. Durch die offenen Mäuler riesiger Seeschlangen, Delphine und anderer Meerestiere schoss das Nass in die mit Marmorfliesen ausgelegten Becken. Für viele gehörte es zu den schönsten Vergnügen, sich unter diese Wasserspeier zu stellen und sich den Nacken massieren zu lassen.

An manchen Stellen war der Boden so heiß, dass man nicht barfuss gehen konnte, sondern Holzpantinen anziehen musste. In diesen Räumen brach einem innerhalb kürzester Zeit unweigerlich der Schweiß aus allen Poren. Bänke mit hölzernen Auflagen luden zum Ruhen in der feuchten Hitze ein.

Alle Räume waren reich dekoriert, die einen mit Mosaiken aus Muscheln, wieder andere mit Marmor. Leuchtende Wandfresken griffen Motive aus der Sagenwelt auf, hier tummelten sich Meerestiere und weißhäutige Nymphen, dort glitten die mythologischen Helden der Seefahrt über das Wasser, kämpften mit hässlichen Ungeheuern oder entspannten sich in bukolischen Landschaften. Das prächtigste Wandgemälde zeigte den Gott des nassen Elements, Neptun, mit seinem Dreizack, umringt von seinem Gefolge.

Ein ganzes Heer von Badesklaven stand bereit, um die Besucher zu umsorgen: zum Einölen mit duftenden Essenzen, zum Reinigen mit Schabern und Schwämmen oder zur Massage.

Dem Badegebäude schloss sich ein weitläufiger Sportplatz an. Dahinter erstreckte sich ein Park voller Büsche und Bäume, in deren Schatten rund 300 Statuen schimmerten. Glitzernd lag ein künstlicher See in seiner Mitte. Im Sommer wimmelte es dort von lärmenden, planschenden Menschen, im Herbst und Frühling ließen die Kinder Holzschiffchen darauf fahren. Von dort aus floss das Wasser durch einen offenen Kanal zum Tiberis. Dieser Park hatte sich schnell zu einem beliebten Ausflugsziel entwickelt, denn der Zugang war frei, ebenso wie zu den Thermen selbst.

„Niemand soll dafür zahlen müssen, dass er sich reinigt und Sport treibt“, erklärte Agrippa. „Im Gegenteil, ich will, dass die Menschen dazu angeregt werden, dies zu tun. Das war mein Hauptziel: eine Anlage zu schaffen, die so viele Genüsse bietet, dass es zur reinsten Freude wird, etwas für die Gesundheit zu tun. Natürlich sollen die

Thermen und der Park auch dem Austausch zwischen den Menschen dienen."

„Ein Problem werden wir allerdings mit dieser Anlage bekommen", wandte Augustus mit skeptischer Miene ein.

Agrippa runzelte die Stirn. Was mochte er vergessen haben? Seine Architekten hatten doch wirklich jedes Detail durchdacht!

Plötzlich grinste Augustus: „Deine Thermen sind so einzigartig und schön, dass sich bald ganz Rom in diesen Hallen und Gärten zusammendrängen wird. Für so viele Menschen ist aber nun doch nicht genug Platz. Wir werden also irgendwann ein weiteres Badehaus bauen müssen, denn ich bin sicher, dass dieser Genuss bald ebenso zum Alltag unseres Volkes gehören wird wie Pferderennen oder die Spiele."

Agrippa schüttelte lachend den Kopf. „Vorerst müssen diese Thermen genügen. Ich will jetzt erst mal meine anderen Projekte abschließen – den Volkspark am Pincius-Hügel zum Beispiel. Ich will ihm die Gärten des Lucullus eingliedern. Der Verschwender ist ohnehin schon lange tot. Ich werde seinen Erben also ein Angebot machen, das sie nicht ablehnen können."

„Du bist nicht aufzuhalten, Agrippa! Lucullus würde dich allein für die Worte, die du eben gesagt hast, genüsslich erwürgen lassen."

„Leute wie Lucullus haben heute zum Glück nichts mehr zu sagen, und, wie ich hoffe, auch in Zukunft nie mehr."

„Träumer!"

„Nein, Caesar! Ich will alle Grundlagen legen, damit dies kein Traum bleibt. Ich liebe Rom, und die Götter wissen, dass mich diese Liebe Opfer gekostet hat. Ich bin nicht nur ein Träumer! Ich habe meine Träume in Wirklichkeit verwandelt: Friede, wirtschaftliche Blüte im gesamten Reich, die Erziehung zu einer neuen Kultur, die auf unserer Tradition aufbaut, dazu eine stabile, auf Dauer angelegte Regierung – das muss doch kein Traum sein!"

Augustus sah ihn liebevoll an: „Jetzt hast du Rom auch noch den Erben geschenkt, der seine Geschicke in unserem Sinne lenken wird. Das war wohl die größte deiner Großtaten, mein Herkules."

Agrippas Miene verdüsterte sich. „Und meine größte Zerreißprobe."

Augustus nickte. „Ich weiß. Ich bin dir deshalb auch nicht böse, obwohl ich das als Vater Julias eigentlich sein müsste."

Agrippa sah zu Boden. Das Thema schmerzte zu sehr. „Lass uns zum Tiberis hinuntergehen", lenkte er ab. „Ich will dir noch die neue Brücke zeigen, über die der Teil des Virgo-Wassers, den wir nicht für die Thermen brauchen, auf die jenseitige Flussseite geleitet wird. Jetzt haben wir auch dort gutes, sauberes Wasser, und Rom kann weiter wachsen."

„Das Transtiberim-Viertel liegt dir wohl neuerdings sehr am Herzen?"

„Es ist fast jungfräuliches Gelände und weitgehend hochwasserfrei. Ich werde zusätzliche Brücken bauen lassen. Gib mir noch ein paar Jahre, dann wirst du auch Transtiberim nicht wiedererkennen."

Ein weiteres Jahr verging. Agrippa wurde Vater eines Mädchens, das sie nach der Familie des Augustus „Julia" nannten. Noch im gleichen Jahr wurde ihre Mutter erneut schwanger. Damit sah Agrippa seine eheliche Pflicht fürs Erste wieder als erledigt an. Bis auf die öffentlichen Auftritte, die er gemeinsam mit seiner Frau hinter sich brachte, kümmerte er sich kaum um sie.

Sie ertränkte ihre Einsamkeit in zahllosen Festivitäten. Nur wenn sie sich zu offensichtlich mit anderen Männern amüsierte, stellte Agrippa sie zur Rede.

Der Erfolg war mäßig. Nach lautstarken Szenen, bei denen die Fetzen nur so flogen, zog er sich auf seine Baustellen und abends zu Freunden zurück. Außerdem begann er, seiner alten Leidenschaft für Pferde verstärkt zu frönen. Während der Jahre im Osten hatte er mehrere schöne Tiere erworben und nach seiner Rückkehr nach Rom mit der Zucht von Rennpferden begonnen. So versuchte er, sich von seinem unbefriedigenden Privatleben abzulenken.

Seine Frau wandte eine andere Methode an. Jedes Mal, nachdem sie gestritten hatten, zog sie sich in ihre Gemächer zurück und verhielt sich eine Weile ruhig – um sich danach nur um so verzweifelter in die Gesellschaft ihrer lebenslustigen Freunde zu stürzen. Dass darunter auch mehrere Künstler waren, die ausgerechnet dem Maecenas-Kreis angehörten, trug ebenfalls nicht zum häuslichen Frieden bei.

Politisch aber war dieses Jahr für Agrippa das erfolgreichste seines Lebens. Auf Vorschlag des Augustus verlieh der Senat ihm die Tribunizische Gewalt für fünf Jahre und gewährte ihm die Kontrolle auch über die senatorischen Provinzen. Somit unterstanden ihm also nicht nur die Provinzen des Augustus, sondern das gesamte Imperium. Agrippa war dem Princeps nun nahezu gleichgestellt.

Kein Zweifel, sein Aufstieg war wohl der außergewöhnlichste in der über 700-jährigen römischen Geschichte: vom unbedeutenden Provinzler zum stellvertretenden Herrscher des Reiches und leiblichen Vater künftiger Potentaten.

Augustus war hochzufrieden: Er hatte nun mehr Macht als je zuvor, denn mit einem Getreuen wie Agrippa an der Seite war seine Position doppelt so stark, die Herrschaft seiner Familie zweifach abgesichert.

Um ihre Eintracht werbewirksam zu verkünden, ließ Augustus Münzen prägen, auf denen er und sein Freund gemeinsam im Profil abgebildet waren.

„Das hier habe ich machen lassen", erklärte er Agrippa, als er ihm das erste Exemplar überreichte, „damit jeder im Reich sehen kann, dass du und ich gemeinsam herrschen. Und damit niemals jemand daran zweifelt, wie sehr ich dich liebe."

Agrippa sah die Münze nachdenklich an. Fraglos war der Princeps ihm für seine langjährige Freundschaft zutiefst dankbar, vor allem aber für den kleinen Gaius. Doch Agrippa gelang es nicht mehr, sich wirklich von Herzen über etwas zu freuen.

Das Glück des Augustus aber kannte keine Grenzen, als Julia im folgenden Jahr einem weiteren Sohn das Leben schenkte. Erstmals erhielt ein Kind des Paares einen Namen aus Agrippas Familie: Lucius, nach seinem Vater.

Der Kleine war kaum auf der Welt, da adoptierte Augustus ihn und seinen Bruder Gaius, und zwar in der strengsten Form, die es für einen solchen Rechtsakt gab. Dabei musste Agrippa den heiligen Eid, dass er keinerlei Anspruch mehr auf seine Söhne erhob, dreimal laut vor Zeugen wiederholen. Diese Adoption war durch nichts mehr rückgängig zu machen, selbst wenn Agrippa es gewollt hätte.

Einmal mehr blutete ihm das Herz, während Augustus vor Seligkeit außer sich war. Der hätte die Jungen am liebsten schon jetzt zu sich geholt, aber er beließ sie in Agrippas Haus. Er sah ein, dass sie die Nähe ihrer Mutter noch brauchten. Aber Augustus ließ auch keinen Zweifel daran, dass er die Kinder so bald wie möglich bei sich aufnehmen wollte.

Mehr denn je zog sich Agrippa in jenen Tagen von der Welt zurück. Er, der früher so voller Tatendrang und Feuer gewesen war, wurde immer schweigsamer und verschlossener.

Zunehmend quälten ihn auch körperliche Leiden. Die Gicht überfiel ihn mit immer schmerzhafteren Schüben. Auch sein krankes Herz machte sich wieder bemerkbar.

Der Arzt verbot ihm den Wein. Agrippa trank ihn trotzdem. Wenn der verborgene Schmerz in seiner Seele hoch kochte wie eine schwefelige Blase, die im trüben Schlamm zerplatzt, schloss er sich in seinem Zimmer ein und schüttete einen Becher nach dem anderen hinunter. Dann konnte er weinen. Danach ließ er sich betäubt in sein Bett fallen und schlief augenblicklich ein.

Doch der Schlaf wich meist allzu früh wieder. Aufgerüttelt von wirren Träumen, wälzte Agrippa sich im Bett. Dann wusste er nicht, ob er wach bleiben sollte, denn die Realität schien ihm kaum erträglich. Aber er fürchtete sich auch vor dem Schlaf, denn gegen die Schrecken, die ihn dann überfielen, war er wehrlos.

Wenn er nicht arbeitete, saß er meist nur still da und sah nachdenklich in die Ferne oder las philosophische Schriften. Immer wieder dachte er über den Sinn seines Lebens nach. Wozu all die Leiden? Die Freuden waren doch nur flüchtige Augenblicke! Mehr denn je opferte er den Göttern und betete inbrünstig um Trost für seine gequälte Seele, flehte sie um Weisheit und einen Ausweg aus seiner Trauer an. Die Zukunft schien ihm grau und düster. Er fühlte sich einsam, trotz der offensichtlichen Zuneigung des Augustus ungeliebt und als Vater hilflos.

Oft versuchte er, sich an den Leiden des Herkules ein Beispiel zu nehmen. Zuweilen fand er Trost in dem Gedanken, dass Hingabe für andere Menschen und Entsagung gleichzeitig heiligste Tugenden und höchstes Heldentum waren. Aber wenn das so war, warum war er dann so unglücklich? Müsste dann nicht gerade er Stolz und Dankbarkeit fühlen? Ja, er war stolz auf seine Taten. Aber wenn er sich an Marcella erinnerte, deren Wärme und Liebe er noch immer vermisste, und Julias unverhohlene Abneigung dagegenstellte, schlug die Traurigkeit wieder über ihm zusammen.

Nicht weniger deprimierte ihn der Gedanke an seine Söhne. Wenn er an den toten Marcus sowie an Gaius und Lucius dachte, von denen er wusste, dass er sie in wenigen Jahren verlieren würde, holte ihn die Wirklichkeit seiner menschlichen Beschränkung ein. Es schmerzte ihn im tiefsten Innern, dass seine Söhne später nicht ihn Vater nennen sollten, sondern Augustus. Wenn er sie im Arm hielt, mit ihnen spielte oder ihre Kindertränen trocknete, überfiel ihn mit grausamer Härte die Erkenntnis, dass er kein Recht auf seine väterlichen Gefühle hatte – dass jede Stunde, die verging, ihn jenem Tag näherbrachte, an dem er seine Söhne weggeben musste.

Natürlich war die Vorstellung tröstlich, dass sein Opfer Gaius und Lucius den Weg in eine glänzende Zukunft öffnete. Trotzdem, als Mensch und Vater, der seine Kinder liebte, litt er unter dem bevorstehenden Verlust. Vielleicht hatte Julia doch recht: Er war nicht mehr als Caesars Zuchthengst. So grübelte er Tag und Nacht, und die schweren Gedanken drückten ihn nieder.

Messalla war der Einzige, mit dem er zuweilen über seine Trauer sprach. Meistens fand der umgängliche, feinsinnige Freund tröstende Worte oder einen anderen Weg, um Agrippa wenigstens ein bisschen aufzuheitern – eine liebevolle Geste, die Nachricht vom Fortschritt eines gelungenen Projekts, der Vorschlag auszureiten. Allein schon Messallas Anwesenheit wirkte beruhigend auf Agrippas wunde Seele. Doch wenige Wochen nach der Geburt des kleinen Lucius wurde Messalla krank. Er musste das Bett hüten und durfte nicht einmal Besuch empfangen.

Agrippas Laune erreichte einen Tiefpunkt. Doch dann, als sich seine Überzeugung verfestigt hatte, dass das Leben nur ein Jammertal war, geschah etwas äußerst Merkwürdiges.

Es war schon tiefe Nacht, als Tychicus einen sichtlich aufgeregten Sklaven des Augustus in Agrippas Schlafzimmer führte.

„Mein Herr ruft dich dringend zu sich“, stieß der Bote hervor, „zu Pferd.“

„Was ist geschehen?“, fragte Agrippa, plötzlich hellwach. „Ein Aufstand? Ist Caesar etwas passiert?“

Der Sklave zappelte von einem Bein auf das andere, als habe er Ameisen in den Schuhen. „Das will Caesar dir selbst sagen. Nur so viel darf ich dir verraten, dass es nichts Schlimmes ist.“

Kaum hatte Agrippa das Haus des Augustus erreicht, da führte ihn der Empfangsdiener zu seinem Erstaunen auf die Terrasse. Es war eine kalte, sternenklare Nacht. Agrippas Augen hatten gerade begonnen, sich wieder an die Dunkelheit zu gewöhnen, als er einen Schatten auf sich zustürmen sah.

„Agrippa!“, hörte er die vertraute Stimme des Augustus. „Das musst du dir ansehen!“

„Was ist denn los? Warum brennt hier kein Licht? Und was machst du hier draußen in der Kälte?“

Augustus nahm ihn am Arm und zog ihn hinter sich her zur dunkelsten Ecke der Terrasse. Er wies mit der Hand in den Himmel. „Da!“, keuchte er aufgeregt. „Da oben, in der Nähe des Jupiter! Siehst du es?“

„Was denn?“

„Sieh genau hin! Etwas links davon!“

Agrippa kniff die Augen zusammen und fixierte den von Augustus bezeichneten Ort. Der Nachthimmel war ihm bestens vertraut. Er kannte sämtliche Sternbilder, auch die Namen einzelner Gestirne und die Bahnen der Planeten. Schon als junger Mann hatte ihn das interessiert. Atticus hatte ein kurioses Spielzeug auf seinem Schreibtisch gehabt, das Cicero ihm einst geschenkt hatte: ein Sphärenmodell, bei dem die Planeten um die Sonne kreisten.

„Es gibt Leute, die behaupten, dass nicht die Erde, sondern die Sonne der Mittelpunkt des Universums ist“, hatte Atticus damals erklärt und spielerisch mit dem Zeigefinger einen der Himmelskörper angestoßen. Der hatte daraufhin begonnen, seinen kreisförmigen Weg um die goldene Kugel in der Mitte aufzunehmen.

Nach Atticus’ Tod hatte Agrippa das Modell in seinem Arbeitszimmer aufgestellt. Seit er es zum ersten Mal gesehen hatte, konnte er von der Astronomie nicht mehr lassen. Schriften, die von der Ordnung des Kosmos handelten, verschlang er geradezu. Später hatte ihm der navigationskundige Menas die Bedeutung der Sterne für die Fahrt über das Meer klargemacht.

So dauerte es auch jetzt nicht lange, bis Agrippa das Phänomen entdeckte, das Augustus so sehr in Aufregung versetzte: einen winzigen Punkt, den Agrippa noch nie zuvor gesehen hatte.

Erstaunt sah er den Freund an. Trotz der Dunkelheit glitzerten dessen Augen.

„Ein Komet?“, fragte Agrippa.

„Ja!“, triumphierte Augustus. Er wies auf die Schatten, die um sie herum standen. „Die Sternkundigen hier sagen, es sei ein Komet!“

„Ganz bestimmt, Marcus Agrippa“, meldete sich einer der Männer zu Wort. „Und der Ort, an dem er gerade steht, verleiht ihm höchste Weihe: Er liegt auf der Bahn des Jupiter.“

Agrippa sah noch einmal zum Firmament empor und suchte das schwache, neue Himmelslicht. Dann blickte er wieder Augustus an.

„Weißt du, was das heißt?“, raunte der.

Agrippa nickte. „Ein Zeichen der Götter.“

Augustus drückte euphorisch seine Hand. „Agrippa! Da oben lächelt mir mein vergöttlichter Vater zu und weist mich, seinen irdischen Erben, an, endlich das zu tun, worauf ich schon so lange warte – denn ohne ein Zeichen der Götter konnte ich das ja nie!“

„Du meinst ...“

„Ja, Agrippa, genau das: die Jahrhundertfeier! Die Ludi Saeculares! Wir beenden das alte Zeitalter! Wir begehen den heiligen Akt der Entsühnung und führen das gereinigte Reich in eine neue, glänzende Zukunft, in ein Zeitalter des Friedens und des Glücks! Unser Traum soll sich erfüllen!“

Er ließ Agrippa los und knetete sich die Hände. „Ich bin ja so aufgeregt! Kannst du dir das vorstellen? Es wird ein glänzendes, einmaliges Fest! Und die Götter wollen, dass ich es ausrichte – ach, was sage ich: du und ich! Hand in Hand werden uns die Götter und die Menschen vor den Altären stehen sehen. Du und ich vereint, lebende Symbole der Freundschaft, der Treue, gemeinsamer Stärke und Kraft.“

Agrippa nickte. Endlich, nach langer, langer Zeit, stahl sich wieder ein Lächeln, das aus dem Herzen kam, auf sein Gesicht. „Du hast recht! Die Zeit ist bereit, die Grenze zu einem neuen Zeitalter zu markieren. Das Reich ist befriedet, der Aufbau einer neuen Ära kann beginnen. Es wird gut sein, wenn die Menschen sehen, dass selbst die Götter den Mann segnen, der die Welt in eine neue Zukunft führt.“

„Und dies war nicht meine Idee, Agrippa! Diese Feier ist eindeutig der Wille der Götter!“, frohlockte Augustus.

Agrippa nickte. „Zweifellos.“

„Komm, wir gehen hinein. Lass uns drinnen weiterreden, im Warmen!“. Augustus seufzte ungeduldig. „Gütige Götter! Was für eine Nacht!“ Dann zog er Agrippa hinter sich her ins Innere des Hauses.

Noch lange saßen sie zusammen und schmiedeten Pläne für das bevorstehende Großereignis. Die Ideen sprudelten geradezu aus ihnen heraus.

„Zur Feier des Anlasses werden wir Statuen in Auftrag geben“, verkündete Augustus. „Sie sollen diesen herausragenden Moment unserer glorreichen Geschichte für alle Zeiten verherrlichen. Ich werde die Insignien eines siegreichen Feldherren tragen. Auf dem Brustpanzer will ich Symbole des Friedens und des Wohlstands anbringen lassen. Auf jeden Fall soll man mich barfuss darstellen, um meine Würde und die erhabene Weihe des Festes zu betonen. Und zu meinen Füßen soll Jupiters Adler seine Schwingen ausbreiten, als wolle er Rom beschützen oder sich zu höchsten Höhen aufschwingen."

Agrippa lachte. „Und dein Gesicht wird Milde und Klugheit ausstrahlen und von zeitloser Schönheit und göttlicher Anmut sein, denn diese Tugenden sind ewig."

„Ja!", strahlte Augustus. „Und jetzt zu dir, denn deine Statuen sollen an meiner Seite stehen. Was sagst du zu der Idee: Wir lassen dich als Herkules darstellen!"

„Dem Volk wird das gefallen."

Augustus tippte Agrippa gut gelaunt auf die Brust. „Ja, dem Volk – und mir! Ich stelle mir das so vor, dass diese Standbilder vor allem deine urgewaltige Kraft ausdrücken. Wie die Statuen des Jupitersohnes soll man auch dich nackt darstellen, nur mit einem Schwertgurt quer über der Brust vielleicht, und natürlich mit dem Löwenfell des Herkules über der Schulter. Jeder, der dich ansieht, soll von deiner Stärke und Männlichkeit beeindruckt sein, denn sie befruchtet Rom. So ist es doch, Agrippa, wackle nicht schon wieder so skeptisch mit dem Kopf! Es ist genau so, wie ich es sage!" Augustus hob die Hände, als wolle er die Figur, die er im Kopf hatte, modellieren. „Du sollst geradezu kolossal wirken, muskelbepackt und massig wie ein Ringer. Wer dich ansieht, dem soll unwillkürlich der beruhigende Gedanke kommen, dass er sich nie Sorgen machen muss, solange die Stärke eines solchen Helden ihn beschützt. Aber wehe dem, der sich gegen ihn auflehnt!

Im Gegensatz zu meinem Gesicht, soll deines realistischer wirken. Als Herkules bist du das Bindeglied zwischen den Menschen und den Himmlischen, du bist von göttlicher Kraft und doch menschlich vertraut. Deine Züge sollen nicht ätherische Anmut, sondern irdische Reife ausdrücken. Entschlossen musst du schauen, ernst und kühn wie ein unbesiegbarer Held – wie du einer bist. Zusammen, Agrippa, ergeben diese beiden Statuen *ein* Ergebnis: Rom! Das neue Rom, für das wir beide stehen: stark, gütig und weise zugleich, von den Göttern gesegnet, im Dienst eines neuen, besseren Menschengeschlechts."

Agrippa beugte sich schmunzelnd nach vorne und raunte mit tiefer Stimme: „Eines hast du bei deiner Ode auf meine Schönheit noch zu erwähnen vergessen: mit den Pranken eines Bärs und dem Hals eines Stiers."

Augustus lachte laut auf. „Genau! Genau so: mit dem Hals eines Stiers. Gut, Agrippa, sehr gut! Ja, du machst Witze! Aber ich schwöre dir, mir ist das alles sehr ernst. Genau das werde ich den Bildhauern einschärfen: Dass sie dich irgendwie – voll animalischer Kraft darstellen."

„Natürlich! Damit jeder denkt, ich sei eine hirnlose Bestie. Das lässt du schön bleiben. Es gibt schon viel zu viele, die mich nur zu gern als plumpen Schwertschwinger diffamieren – allen voran Maecenas."

„Lass sie reden! Jeder weiß, dass das blanker Unsinn ist. Würde ich mir einen hirnlosen Berserker zum besten Freund und Schwiegersohn nehmen? Selbst wenn – zeigt deine innige Freundschaft mit überaus klugen Männern wie Atticus und Messalla nicht, dass du selbst ein großer Geist bist? Hast du nicht hervorragende Bücher geschrieben? Hast du nicht erhabene Bauten voll tiefer Symbolik errichtet, allen voran das Pantheon und die große Sonnenuhr? Über das Geschwätz des Maecenas darfst du dir keinen Moment lang Gedanken machen. Er ist krank vor Eifersucht."

„Wie auch immer: Als Bindeglied zwischen Göttern und Menschen dargestellt zu werden, lasse ich mir ja noch gefallen – aber als Bindeglied zur Tierwelt sehe ich mich nicht."

„Aber muskelbepackt!"

„Also gut. Aber ich will auf jeden Fall das Modell sehen, bevor du Kopien anfertigen lässt, um sie überall im Reich aufzustellen."

Augustus sah ihn treuherzig an. „Ja, Bruder." Er seufzte tief. „Oh, Agrippa, ich bin so glücklich! Alles ist so gut! Alles Böse hat sich in Wohlgefallen aufgelöst. Es herrscht Friede im gesamten Erdkreis. Vor uns liegt ein goldenes Zeitalter. Die Götter wollten es so, dass sich hier und jetzt die hervorragendsten Männer zusammengefunden haben. Wir erleben an dieser Zeitenwende eine wahre Zusammenballung kühner Geister und gewaltiger Kraft: unsere Dichter sind die besten, die Rom je hervorgebracht hat, unsere Staatsmänner sind von einmaliger Tatkraft und Selbstlosigkeit, unsere Feldherren stets siegreich. Was für eine Zeit! Und du hast mich zum glücklichsten Mann des Reiches gemacht."

Gleichsam gerührt und wehleidig sah Agrippa seinen Freund an. Vielleicht hatte sich der Schmerz ja doch gelohnt? Wenn Augustus nur Recht hätte mit seiner Vision! Dann wären sogar noch mehr Opfer angebracht. War das möglich: ein friedliches Reich? Ein goldenes Zeitalter?

Ja! Noch nie zuvor waren die Bedingungen so gut gewesen, noch nie die Unterstützung der Götter so offensichtlich. Wenn es je möglich sein konnte, dann jetzt. Dann waren sie auserkoren, die Welt zu verändern!

Dem durfte er sich nicht verweigern. Agrippa beschloss, sich diesem hohen Ideal mit aller ihm noch verbleibenden Kraft zu weihen. Und endlich, endlich fühlte er sein Herz wieder freudiger schlagen und neuen Mut in sich aufsteigen.

Er betrachtete Augustus, als habe er ihn noch nie zuvor gesehen. Dieser schmächtige Mann mit dem zarten Gesicht und den blauen

Augen, die so voll tiefem Glauben glänzten, war der Hoffnungsträger so vieler Millionen. Dies war sein Freund, sein Kampf- und Leidensgenosse. Nein, das Leben war nicht sinnlos! Augustus brauchte ihn. Das neue Rom brauchte ihn!

Die „Ludi Saeculares" waren hochheilige Festtage, die in der über 700-jährigen Geschichte Roms nur wenige Male begangen worden waren. Sie dienten dazu, durch religiöse Opfer alle Schuld der Vergangenheit zu sühnen und die Grenze zu einem neuen, besseren Zeitalter zu ziehen. Weil die bösen Geister des vergangenen Jahrhunderts diese Grenze nicht überschreiten konnten, ging das gereinigte Volk danach in eine Zukunft des Heils – und der Mann, der es dorthin führte, war Caesar Augustus!

Er wollte die Säkularfeier so weihevoll und aufwändig begehen, wie man noch nie ein Fest erlebt hatte. Das Gelingen dieses außergewöhnlichen Ereignisses war für seine und Agrippas Außendarstellung von größter Bedeutung. Gleichzeitig stellte es einen heiligen Moment höchster Weihe dar, der die Verbindung zwischen Himmel und Erde, zwischen Göttern und Menschen stärken würde.

In den monumentalen Mauern der Saepta Julia trafen sich die Senatoren, die Würdenträger und Priester, um den ehrwürdigen „Rat der 15" zu ernennen, der die Feier organisieren sollte. Augustus und Agrippa wurden zu Direktoren dieses außerordentlichen Kollegiums gewählt. Monatelang stürzten sie sich mit Feuereifer in ihre Aufgaben.

Am Abend des 31ten Mai des Jahres 737 (17 v. u. Z.) eröffneten Augustus und Agrippa das Fest. Nachdem die Sonne untergegangen war, begaben sie sich auf das Marsfeld. Hier sollten die ersten Opfer stattfinden: die neun Lämmer und neun Zicklein für die mächtigen Göttinnen des Schicksals. Älter waren sie als selbst die Olympier. Sie bestimmten, was im Himmel und auf Erden geschah. Sich gegen ihren Willen aufzulehnen, war Frevel. Wer es trotzdem tat, musste dieses Sakrileg hart büßen. Agrippa wusste nur zu gut, wie schmerzhaft dieser Preis ausfallen konnte.

Nachdem Augustus die Opfertiere getötet und den Flammen übergeben hatte, sah er noch einmal zu seinem Schicksalsgenossen hin. Der rötliche Widerschein des Feuers flackerte in Agrippas dunkel überschatteten Augen, die heute ernst und tief wie der Nachthimmel schimmerten. Auch das Gesicht des Freundes war mit Mennige bemalt. Die rote Farbe verlieh ihm ein fremdartiges, furchterregendes Aussehen. Jetzt waren sie eins mit ihren Vorvätern, dachte Augustus, eins mit allen, die vor ihnen die gleichen Opfer vollzogen hatten, eins mit Aeneas und Romulus, mit der Geburtsstunde ihres Volkes. Jetzt war es an ihm und Agrippa, die Schicksalsgöttinnen zu besänftigen, die Roms Zukunft woben.

Augustus reckte die Hände dem bleichen Mond entgegen. Laut hallte seine Stimme über das Marsfeld, während er die seit Jahrhunderten überlieferten Fürbitten sprach. Nur das Knistern des Feuers war zu hören. Die Menschen waren in ehrfürchtigem Schweigen versunken. Die einen schlossen die Augen und kehrten den Blick nach innen, die anderen wandten ihn zu den Sternen. Doch alle flehten die Schicksalsgöttinnen um Beistand und Gnade für das römische Volk an.

Am nächsten Morgen begann die eigentliche Feier. Der Tag stand im Zeichen des Jupiter. Auf dem Kapitol opferte man ihm das edelste Tier, den weißen Stier, der keinerlei Makel aufweisen durfte. Bei den Säkularfeiern vergangener Jahrhunderte hatten die Römer ihm stets nur ein Tier geweiht. Aber Augustus wollte, dass es diesmal zwei wären: den ersten würde er töten, den zweiten Agrippa.

Nebeneinander stehend, erhoben die beiden Herrscher die Arme zum Himmel und flehten um die Wiedergeburt Roms. Voller Inbrunst sprachen sie das uralte Weihegebet: „Bester und größter Jupiter! Wie es über dich in den heiligen Büchern geschrieben steht, damit alles zum Wohl des römischen Volkes gedeiht, sollen dir diese prächtigen Stiere dargebracht werden. Ich flehe dich an und bitte dich: dass du die Herrschaft und Majestät des römischen Volkes vergrößerst, im Krieg wie auch zu Hause, und dass du für alle Zeiten den lateinischen Namen beschützt; ebenso, dass du dem römischen Volk ewig Sicherheit, Sieg und Gesundheit schenkst; und dass du das römische Volk und seine Legionen begünstigst; und dass du den Staat des römischen Volkes beschützt; dass du den Römern, dem Kollegium der Fünfzehn, mir, meiner Familie und meinem Haus wohl gesonnen und gnädig geneigt bist; und dass du unser ordnungsgemäßes Opfer annimmst. Sei deshalb durch dieses geehrt, jetzt und in Zukunft.“

Mit Blumengebinden geschmückt, wurden die beiden Stiere vor den Tempel des Jupiter Optimus Maximus geleitet. Die Opferdiener führten den ersten vor den Altar. Er folgte willig. Mit aller Kraft ließ Augustus das heilige Beil auf den Nacken des Tieres niedersausen. Mit einem gurgelnden Röcheln brach es in die Knie und fiel zur Seite. Noch einmal durchlief ein Zucken den mächtigen Leib. Dann sanken seine goldenen Hufe zu Boden.

Der zweite Stier wehrte sich brüllend, als er zu seinem toten Vorgänger vor den Altar gezerrt wurde. Bestürzt sahen Agrippa und Augustus einander an. Der Oberste Jupiterpriester schluckte. Durch die Reihen seiner Kollegen ging ein erschrockenes Raunen.

Agrippa presste die Kiefer aufeinander. Entschlossen trat er vor und packte das Tier am Nasenring. Endlich, nach mehreren, harten Rucken, gab es nach und ließ sich vor den Altar bringen. Nur mit größter Mühe konnten die Diener es niederzwingen.

Mit zitternder Hand reichte der Oberste Jupiterpriester nun auch

Agrippa das goldene Beil. Noch immer stand dem heiligen Mann das Entsetzen ins Gesicht geschrieben.

Agrippa hob den Blick in die blendende Morgensonne und murmelte ein Stoßgebet. Dann schlug er zu, so hart, dass er das Rückrat des Stieres mit einem Mal durchtrennte.

Augustus und er beugten sich zu dem reglosen Leib nieder. Noch einmal traf sich ihr Blick. Aber nicht Angst las Augustus in den Augen seines Freundes – sondern Ergebenheit.

Gemeinsam stießen sie die Klinge in den Stierleib und öffneten ihn. Ein Schwall aus Gedärmen quoll hervor, Blut tränkte ihre Kleidung und floss zum Altarsockel – ein gutes Zeichen! Augustus atmete erleichtert auf. Warm rann ihnen das Blut über die Hände, dunkel hoben sich die Flecken von ihren weißen Sakralgewändern ab: Makelloses, starkes Leben opferten sie dem höchsten Gott, um ihr Volk zu entsühnen und neues Leben zu erbitten.

Schwere Weihrauchschwaden umwaberten sie, mischten sich mit dem süßen Geruch des Blutes. Ein Augur schnitt die Stierleber heraus, begleitet vom tiefen Singsang der Umstehenden. Dann erhoben sich Augustus und Agrippa. Murmelnd fielen sie in die Bitten der Priester ein, flehten um Vergebung für die Verfehlungen der Vergangenheit und um Segen für die Zukunft.

Agrippa ließ sich Wein reichen und reinigte die noch dampfende Leber. Ein vom Blut getrübter Strahl plätscherte auf den Boden und versickerte zwischen den Platten – Tellus, die Mutter Erde, trank das Opfer. Dann legte er die Gabe in das knisternde Feuer. Zischend verging sie in den Flammen, während der Rauch vor den mächtigen Steinsäulen des Jupitertempels in den gleißenden Junihimmel emporwehte.

Agrippa schloss die Augen. Um ihn herum versank die Welt. Still betete er für sein Volk, dem er sich, mehr als jeder andere und mit allem was er war, schon seit so vielen Jahren geweiht hatte: „Großer Vater der Götter und der Menschen, Jupiter, nimm die Sühneopfer deiner Kinder an und banne mit ihnen das Unheil vergangener Tage! Beginne heute ein neues Zeitalter des Heils! Gütige Mutter Juno, beschütze unsere Familien! Strahlender Apoll, lass Roms Glanz und den des Augustus über dem Erdkreis scheinen! Gütige Götter, lasst Frieden und Wohlstand ewig in eurem Reich herrschen! Erneuert unser Blut und unsere Kraft und die unserer Kinder!“

Nackt und schutzlos lag Agrippas Herz vor dem Göttervater da. Schneidend wie ein Opfermesser fühlte er die Leiden seines Lebens, all die Mühen, Ängste und Todesgefahren, die er auf sich genommen hatte. Wie eine aufbrechende Wunde empfand er plötzlich wieder den Schmerz seiner verlorenen Liebe zu Marcella, seines größten Opfers. Tränen hinterließen Rinnsale in der roten Farbe, die sein Gesicht bedeckte.

Gleichzeitig aber spürte er neue Zuversicht in sich wachsen. Er fühlte, dass all seine Qual nicht umsonst gewesen sein konnte. Wie nie zuvor stieg die Erkenntnis in ihm auf, dass großes Leid und große Liebe immer gemeinsam einher gingen. Er verstand, dass Jupiter sein Volk auch künftig nur dann segnen würde, wenn es fähig blieb, seine bisherige Opferbereitschaft und seinen Zusammenhalt von ganzem Herzen immer wieder aufs Neue unter Beweis zu stellen.

„Nimm unsere Bitten an", betete Agrippa, überwältigt von seinen Gefühlen, „und erschaffe das Blut deines Volkes neu! Sei eins mit uns, mächtiger Vater der Götter und Menschen. Gib mir die Kraft, Rom weiter zu dienen und den Ruhm und die Stärke deines Volkes weiter zu vermehren! Gib ebenso dem Sohn Caesars auf Erden die Kraft und deinen göttlichen Segen! Darum bitte ich von ganzem Herzen."

Am nächsten Tag leiteten Augustus und Agrippa erneut gemeinsam das sakrale Amt, diesmal für die Göttermutter Juno. Am Abend brachte Augustus allein der Erdmutter Tellus am Ufer des Tiberis eine trächtige Sau dar.

Als sich die Sonne am letzten Tag über dem Horizont erhob, begannen die Feierlichkeiten zu Ehren des Sonnengottes Phöbus Apollo und seiner jungfräulichen Schwester, der Göttin Diana, der Beschützerin der Natur, der Frauen und der Sklaven. An diesem Tag wurden keine Tiere, sondern Kuchen geopfert. Der Princeps zeigte eine fiebrige Euphorie – dies war sein Tag! Schließlich war der Sonnengott unter den Olympischen sein Patron.

Auch Agrippa fühlte sich nach zwei Tagen und Nächten, in denen er kaum geschlafen und viel gebetet hatte, der Welt entrückt. Wie in Trance lauschte er den Stimmen der 54 Mädchen und Knaben, die den Jahrhundertgesang auf den zwei heiligsten Hügeln Roms anstimmten: zuerst auf dem Palatin, wo die Stadt gegründet worden war, dann auf dem Kapitol. Horatius hatte das Weihelied gedichtet.

Feierlich rief der Kinderchor die himmlischen Geschwister an: „Phöbus, du auch, Göttin des Waldes, Diana, lichte Himmelszierden, verehrungswürdig, ewig und gepriesen, erhört das Flehen in heiligen Stunden!". Weiter sangen die hellen, klaren Stimmen, jubelnd: „Treue, Friede und Ehre, alte Zucht und lange vergessene Tugend wagen sich wieder zurück, glückspendend erscheint mit vollem Horn der Segen."

„Gib mir die Kraft!", flehte Agrippa zum Beschützer seines Freundes. „Gib auch du, strahlender Apoll, mir die Kraft!"

„Dass unsere Bitten Jupiters Wille und der aller Götter sei, nehmen wir als sichere, frohe Hoffnung mit nach Hause", beendeten die Kinder den Gesang.

Gegen Mitternacht verklangen die letzten Gebete. Völlig erschöpft fiel Agrippa in sein Bett und versank in einen traumlosen Schlaf.

Wie nach einer übermenschlichen Anstrengung, erwachte Agrippa am folgenden Morgen. Still blieb er noch eine Weile liegen und genoss den Frieden, der noch immer in seinem Innern nachhallte. Dann rief er Tychicus.

„Es geht schon auf Mittag zu“, begrüßte ihn sein Freigelassener gut gelaunt. „Geht es dir gut?“

Agrippa lächelte. Stöhnend richtete er seinen Oberkörper auf und streckte sich. „Mir tut jeder Knochen weh. Aber ansonsten bin ich wohlauf.“

„Kein Stechen am Herzen?“

„Du hörst dich schon an wie Musa. Begleite mich lieber ins Bad und bestell mir mein Frühstück.“ Agrippa erhob sich.

Lächelnd legte Tychicus ihm ein Leintuch um die Schultern.

„Ich habe gehört, dein Freigelassener Vipsanius Calamus tritt heute beim Pferderennen an?“, fuhr Tychicus fort, nachdem Agrippa im Bad auf einem Sessel Platz genommen hatte.

Der blickte schmunzelnd zu seinem Diener hoch. „Dann muss ich wohl in den Circus gehen, ob ich will oder nicht.“

„Zweifellos! Dich zu sehen, wird Calamus anspornen. Kann ich mitkommen? Ich würde so gerne ...“

„Natürlich“, unterbrach ihn sein Patron, „ich weiß ja, dass es dir bei Pferden nicht anders geht als mir. Ein gutes Plätzchen wird sich schon für dich finden lassen. Schließlich habe ich die Säkularfeier bezahlt.“

„Caesar war sicher sehr dankbar für deine Großzügigkeit.“

Agrippa lachte. „Er wollte erst ablehnen, weißt du? Er sagte, das sei zu viel der Freigebigkeit.“

„Und?“

„Ich habe ihm gesagt, dass die Kosten ja in der Familie blieben. Also hat er zugestimmt.“

„Ich bin sicher, er wird sich anderweitig erkenntlich zeigen.“

„Das hat er schon tausendfach getan.“

„Ein außerordentliches Gespann seid ihr, wenn ich das so sagen darf. Und jetzt halt bitte still, sonst werden wir nie fertig.“ Mit sicheren Strichen ließ Tychicus das Messer über die Wangen seines Herrn gleiten.

Agrippa schloss die Augen. Niemand verstand es, ihn so sorgfältig und liebevoll zu umsorgen wie Tychicus. Fast drei Jahrzehnte kannten sie einander. Wie oft hatte sein Freigelassener ihm seine Zuneigung bewiesen! Ein Leben ohne dessen Dienste schien Agrippa undenkbar. Er öffnete die Augen. Nachdenklich sah er Tychicus an. „Sag mal, mein Guter, was würdest du eigentlich machen, wenn mir etwas passieren würde?“

Hastig setzte Tychicus das Rasiermesser ab und umklammerte sein Amulett. „Über so etwas soll man nicht leichtfertig spaßen!“

„Es ist nicht leichtfertig und ich spaße auch nicht. Aber ich will nicht versäumen, für dich vorzusorgen, solange es mir noch gut geht. Und in letzter Zeit geht es mir öfters schlecht, das weißt du. Also, was würdest du tun? Möchtest du nicht zurück nach Pompeji? Ich könnte dir das Gestüt des Atticus schenken. Es ist nicht groß, aber sehr einträglich.“

Tychicus wurde blass. „Agrippa, ich habe noch nie darüber nachgedacht, was ich ohne dich tun sollte. Ich will nur bei dir sein. Und Herr des Gestüts in Pompeji zu werden, wäre definitiv zu viel für einen kleinen Freigelassenen.“

„Du bist römischer Staatsbürger. Jünger wirst auch du nicht. Willst du denn keine Familie gründen? Langsam solltest du Verantwortung übernehmen.“

Tychicus sah zu Boden. „Warum? Es geht mir gut bei dir.“

„Ich will ja nicht, dass du fortgehst. Ich will ja nur, dass du darüber nachdenkst, was wäre, wenn ich sterben würde.“

Tychicus grummelte etwas Unverständliches. Dann rieb er Öl auf das frisch rasierte Gesicht seines Patrons – ein wenig zu ruppig, wie der fand.

„Ich werde darüber nachdenken“, murmelte Tychicus schließlich.

Doch obwohl Agrippas Gesundheit zunehmend nachließ, kam Tychicus auf dessen Angebot nicht wieder zurück.

Der klagte immer öfter über stechende Schmerzen in den Finger- und Zehgelenken. Sein Gesicht und die Beine schwollen unnatürlich an. Fast immer fühlte er sich müde.

Musa verordnete kalte Wickel und verbot Fleisch und Wein. Eindringlich riet er Agrippa abzunehmen: „Du bist jetzt 47 Jahre alt. Da muss man ein bisschen vernünftiger leben als bisher.“ Er zwinkerte vielsagend. „Und wenn du noch weitere Caesaren zeugen willst, solltest du zusehen, dass du um die Lenden herum beweglich bleibst.“

Vielleicht schien gerade diese Aussicht Agrippa nicht sonderlich verlockend. Für ein paar Tage hielt er sich an Musas Anweisungen. Aber bald schon gab er seine Diät wieder auf. Nur wenn ihn neue Schmerzschübe überfielen, erinnerte er sich der guten Ratschläge und mied für eine Weile Fleisch und Wein. Aber kaum ging es ihm wieder besser, ließ er sich erneut Schweineragout, Würste und Hammelklößchen vorsetzen und langte kräftig zu.

Trotz seiner Schmerzen, dachte Agrippa in jenem Winter zuweilen, dass Rom noch nie glücklichere Tage erlebt hatte. Im ganzen Reich herrschte Frieden. Allerdings war das, wie sich bald herausstellen sollte, nur die Ruhe vor dem Sturm. Kaum schmolz der Schnee, erreichten besorgniserregende Meldungen Rom. Zwei Völker, die bis dahin ruhig am Danuvius gesiedelt hatten, drängten plötzlich nach Süden vor, auf römisches Gebiet.

Agrippa reagierte äußerst empfindlich. „Ich marschiere umgehend nach Norden“, eröffnete er Augustus.

Der war erstaunt, seinen Freund schon wieder so kriegslüstern zu sehen. „Hast du noch nicht genug von den Cantabrern?“

„Von denen schon“, knurrte Agrippa, „aber nicht von den Völkern im Osten der Alpen. Wenn einer über die Grenze geht, dann sind wir das, und zwar in Richtung Norden, aber nicht die Barbaren in Richtung Süden.“

„Das soll ich dir abnehmen? Ich glaube vielmehr, dass dich gerade wieder dein alter Traum vom römischen Ring um die Alpen plagt.“

„Damit werde ich jetzt anfangen. Es ist höchste Zeit! Ich werde nicht jünger. Im Grunde müsste ich dem Feind dankbar sein, dass er mich aus meiner Lethargie gerissen hat.“

Augustus kratzte sich nachdenklich am Kopf. „Und deine Gesundheit? Mir gefällt das nicht. Wir könnten doch einen anderen nach Norden schicken.“

„Ich werde unterwegs in Epidauros Station machen, und auf Lesbos gibt es sehr wohltuende Heilquellen.“

„Mytilene willst du also wieder zum Wohnsitz machen?“

„Nach dem Sieg über die Danuvius-Völker.“

„Und deine Familie?“

„Die kommt mit.“

Augustus riss entsetzt die Augen auf. „Du willst Julia nach Lesbos verpflanzen? Sie wird auf dieser Insel verrückt!“

„Oder sie lernt, sich zu beruhigen. Ein paar Feste weniger zu feiern, wird sie nicht umbringen, im Gegenteil.“

„Du hast Mut.“

„Du tust gerade so, als sei Julia ein größeres Problem als die Barbaren.“

Dazu schwieg Augustus wohlweislich. Nachdenklich senkte er den Kopf.

„Eine Bitte hätte ich allerdings“, fuhr Agrippa fort.

„Sie ist schon erfüllt.“

„Sag das nicht so leichtfertig.“

Augustus sah ihn gespannt an.

„Ich möchte meinen Schwiegersohn mitnehmen – als meine rechte Hand.“

„Tiberius? Er ist gerade Prätor geworden!“

„Als Feldherr ist er mindestens so begabt. Gib Tiberius die Chance, sich weitere Verdienste zu erwerben. Das wäre nur klug. Außerdem brauche ich in meinem Zustand einen guten Stellvertreter.“

Augustus' Augen verengten sich. „Ist es wirklich klug, ausgerechnet

Tiberius zu stärken? Was wäre, wenn er wider Erwarten Geschmack an der Nachfolge finden würde? Das, Agrippa, könnte für unsere Söhne gefährlich werden. Er ist ein Claudier, kein Julier, vergiss das nicht."

„Egal, ob du oder ich zuerst sterben: Es wird immer einer da sein, um die Jungen zu schützen. Tiberius ist kein Mörder. Er ist von Grund auf pflichtbewusst, er besitzt ein stark ausgeprägtes Rechtsempfinden und er hegt hohe moralische Ansprüche. Er wird sich nicht an den Kleinen vergreifen. Aber vielleicht muss er sich eines Tages einmal schützend vor sie stellen. Dann könnte es lebensnotwendig werden, dass seine Position stark wäre."

Augustus seufzte. „Sprich du mit ihm. Wenn er zustimmt, soll es so sein."

Ohne viel Federlesens beauftragten die Senatoren Agrippa, nach Makedonien zu ziehen – mit Tiberius als Stellvertreter. Da Agrippa sich wegen seiner angeschlagenen Gesundheit in Griechenland erst einer Kur unterziehen wollte, sollte sein Schwiegersohn schon einmal mit dem Heer ins Krisengebiet vorausmarschieren. Tatkräftig ging Tiberius die Vorbereitungen an.

Julia dagegen war außer sich, als sie von Agrippas Plänen erfuhr: „Wenn ich schon nicht in Rom bleiben kann, dann lass mich doch wenigstens in Athen wohnen! Das ist noch immer ein besserer Ort, um dieses Exil zu ertragen, als dieses von allen Göttern verlassene Lesbos!"

„Lesbos ist eine herrliche Insel. Ich bin nicht so verrückt, dich hier alleine zu lassen, und schon gar nicht in Athen, wo du nicht einmal einen Vater hast, der dir auf die Finger schaut. Deine ständigen Ausschweifungen sind mir schon lange ein Dorn im Auge. Dein Vater und ich erlassen Gesetze, um die Ehemoral zu heben, und ausgerechnet du untergräbst sie wo du nur kannst. Du gehst mit nach Lesbos! Ansonsten will ich kein Wort mehr hören." Abrupt drehte er sich um und verließ den Raum.

„Ich hasse dich, du Ekel!", schrie sie ihm nach.

„Nur zu", ließ er beim Davongehen fallen. „Das bin ich gewohnt."

Julia ergriff einen Tiegel mit parfümiertem Salböl und warf ihn hinter ihm her. Er zerplatzte an der Wand neben der Tür. Beim Herunterlaufen zeichnete das Öl eine hässliche Klaue auf die zarten Malereien.

Bis zum letzten Augenblick protestierte Julia vehement gegen die Reise, noch während die Taue ihres Schiffes gelöst wurden und ins Wasser des Hafenbeckens platschten. Danach zog sie sich schmollend in ihr Gemach zurück. Was hätte sie draußen auch tun sollen? Da gab es ja nur ungehobelte Matrosen und Soldaten und nicht einen einzigen geistreichen Menschen mit Stil und Eleganz.

Der kleine Gaius Caesar und seine Schwester Julilla genossen die Fahrt umso mehr. Mit seinen vier Jahren nahm Gaius alles, was an Bord geschah, mit großem Interesse wahr. Weil er ein ausnehmend niedlicher Junge war, fand sich immer jemand, der ihn auf die Schultern nahm oder mit ihm über das Deck fegte. Julilla tappte so gut sie konnte hinterher. Auch sie wurde von allen gehätschelt und verwöhnt.

Trotz des bevorstehenden Feldzuges, genoss Agrippa diese Tage. Er schmuste mit seiner Tochter und schnitzte Gaius ein Holzschwert. Als der eines Tages mit dem Ruf „Ich bin Caesar!“ einen imaginären Feind anging, fand das Entzücken der Besatzung keine Grenzen mehr.

Auch den einjährigen Lucius Caesar nahm Agrippa immer wieder auf den Arm. Sein Jüngster freute sich sichtlich. Lucius war derjenige, der am meisten Ähnlichkeit mit seinem Vater hatte: Ein strammer Kerl mit kräftigen Gliedern, einem länglichen Gesicht und grauen Augen – ein echter Vipsanier. So unerquicklich Agrippas Ehe war, so sehr versöhnten seine Kinder ihn mit dem Schicksal.

Er versuchte nur selten, mit Julia zu schlafen. Drei Kinder hatte er schon, darunter zwei Söhne. Diese Tatsache ließ sein Pflichtbewusstsein erheblich erlahmen. Außerdem quälten ihn Schmerzen.

Julia wiederum weinte ihren gemeinsamen Nächten keine Träne nach. Sie war erleichtert, dass die lästigen Pflichtübungen mit dem „volskischen Fettsack“, wie sie ihn bei ihren Freundinnen nannte, Pause hatten.

Die Athener empfingen Agrippa mit großer Herzlichkeit. Stolz wiesen die Magistrate schon auf dem Weg zur Stadt immer wieder hoch zur Akropolis. Dort stand nun, sechs Jahre nach seinem letzten Besuch, auf dem hohen Sockel am Eingang zur Burg das überdimensionale Standbild, das die Athener ihm versprochen hatten: eine bronzene Quadriga, die von ihm gelenkt wurde.

„Sie ist von fast jedem Punkt unserer Stadt aus zu sehen“, bemerkte einer der Stadtväter stolz, „und wenn die Sonne scheint, ist man von ihr geblendet. Die Inschrift lautet: Dem Wohltäter von Athen, Marcus Agrippa.“

„Ihr hättet dieses Standbild ruhig kleiner machen können“, wiegelte er ab.

Sein Gegenüber war sichtlich enttäuscht. „Gefällt es dir nicht?“

„Oh doch, außerordentlich. Es zeigt, dass ihr in eurer Kunstfertigkeit vergangenen Generationen in nichts nachsteht.“

Der Magistratsvertreter seufzte erleichtert. „Wenn es dir gefällt, hat es so genau die richtige Größe.“

Wenig später verabschiedete sich Agrippa von seiner Familie. Er hatte es eilig, ins nahe Epidauros zu kommen. Dort wollte er sich im vielgepriesenen Asklepios-Heiligtum behandeln lassen.

Von Athen aus war es nicht einmal eine Tagesreise über den Saronischen Golf. Nachdem Agrippa und seine Begleiter wieder festes Land unter den Füßen hatten, reiste er in einer Sänfte weiter.

Blau spannte sich der Himmel über die Frühlingslandschaft. Die Wälder und Felder zeigten sich im frischsten Grün, durchtupft von bunten Blumen. Mit lauten Rufen trieben die Hirten ihre Schaf- und Ziegenherden durch die aufgeblühte Pracht, lockten und beruhigten die Tiere mit ihrem Flötenspiel, wärmten die neugeborenen Lämmer an ihrer Brust und trugen sie hinter deren Müttern her.

„Wie heiter Griechenland ist“, dachte Agrippa. „Wie viel freundlicher als zuhause die Natur hier wirkt.“

Schon nach wenigen Stunden erreichten sie Epidauros. Agrippa wusste zwar, dass sein Ziel seit Jahrhunderten eine der bekanntesten Kultstätten der Welt war. Was er aber sah, übertraf doch alle Erwartungen. Das sanft wellige Gelände war mit Hunderten von Gebäuden bedeckt: Tempel, Märkte, Tavernen, Geschäfte, Sportanlagen, Wohnhäuser sowie Gasthöfe für die Unterbringung der Patienten. Das größte Pilgerheim hatte 160 Zimmer! Ein Theater für mehr als 10.000 Zuschauer lag am Rande der Anlage.

Gestützt auf ihre Verwandten oder Diener schleppten sich zahllose Kranke durch die Straßen. Andere brachten in den Tempeln Opfer dar. Wieder andere saßen nur still da und sahen verträumt in die Landschaft. Dazwischen eilten Sklaven und Geschäftsleute hin und her. Hier priesen Wirte lauthals ihre Speisen an, dort standen Frauen beieinander und hielten einen Schwatz.

Auffallend war die Zahl der Händler, die Opfergaben feilboten, darunter kleine Beine, Arme und Herzen aus Ton. Die Menschen brachten sie dem Asklepios dar, je nachdem, welches Glied oder Organ während ihres Aufenthalts in Epidauros geheilt wurde.

Neugierig blieb Tychicus bei einem der Händler stehen. „Schöne Ware verkaufst du“, plauderte er leutselig, „sogar aus Silber!“

Sein Gegenüber lächelte geschmeichelt. „Danke! Wie steht es mit dir, mein Freund? Hat Asklepios auch dir geholfen? Gesund siehst du aus! Deine Frau wird sich freuen!“ Er grinste breit und hielt seinem Gegenüber eine Handvoll silberner Phalli hin.

Tychicus wedelte abwehrend mit den Händen. „Nein, nein, bei mir ist alles in bester Ordnung. Ich begleite nur meinen Patron.“

Der Händler zog mit bedauernder Miene die Hand zurück. „Schick deinen Patron zu mir. Dann machen wir ein Geschäft, ja?“ Er grinste vielsagend. „Es soll dein Schaden nicht sein. Ein Zehntel vom Preis? Rechnen kannst du doch, oder?“ Er musterte Tychicus eingehend, von den Sandalen aus bestem Leder über die feine Wolltunika bis hin zu seinem glatt rasierten Kinn. „Griechisch sprichst du ja sehr gut. Da kannst du sicher auch rechnen!"

Tychicus hatte alle Mühe, sich ein Lächeln zu verbeißen: Selbst seine Landsleute nahmen ihn offenbar nicht mehr als Griechen wahr. Er nickte schnell. „Ich werde meinem Patron ausrichten, wie gut sortiert du bist." Dann beeilte er sich, den anderen hinterherzukommen.

Im Zentrum des Ortes lag der kreisrunde Tempel des Heilsgottes Asklepios. Dort empfing der oberste Weise und Priester, Deinarchos, die kleine Gruppe. Dann führte er seinen hohen Besucher in einen stillen Raum neben dem Tempel.

Mit geschmeidigen Bewegungen, die Agrippa bei einem so alten Mann nie vermutet hätte, schloss Deinarchos die Tür hinter sich. Sie nahmen Platz.

Schweigend hörte der Asklepios-Priester zu, als der römische Herrscher ihm seine Leiden beschrieb. Dann nahm er Agrippas Hände, betrachtete die geschwollenen, roten Gelenke und massierte sie vorsichtig. Auch seine aufgedunsene Beine und Füße untersuchte er eingehend. Danach richtete er sich wieder auf. „Zur Vorbereitung auf den Heilschlaf wirst du dem Asklepios nach einem genauen Plan Opfer darbringen und mehrere Tage fasten. Erst danach werden wir dich zur Heilsnacht zulassen. Hast du ein Tier, das du besonders verehrst?"

„Das Pferd", antwortete Agrippa ohne zu zögern. „Warum?"

„Weil Tiere uns heilig sind – vor allem die Schlange. Sehr oft erscheint der Gott den Träumenden in der Gestalt eines Schlangenwesens. Schlangen sind außerdem weise. Ihr Gift kann töten, aber auch heilen. Immer wieder werfen sie ihre alte, kranke Hülle ab, um stärker und gesünder wiedergeboren zu werden. Doch nun zurück zu dir. Du bist also ein Sohn Poseidons. Auf dem Fell eines nicht zugerittenen Pferdes wirst du die Nacht im Heiligtum verbringen. Während des Schlafes dringt die Kraft des Asklepios in dich ein. Oft gibt er im Traum Anweisungen, wie ein Mensch sich verhalten soll, um gesund zu werden."

„Woher hat er diese Macht?"

„Wie du wohl weißt, war der Vater unseres Gottes der strahlende Heilgott Apollon, der Schüler des weisen Kentauren Chiron. Asklepios erwies sich als so großer Heiler, dass er sogar einen Menschen von den Toten auferweckte. Damit aber überschritt er seine Grenzen. Zeus schleuderte seinen Donnerkeil gegen ihn und warf ihn in die Unterwelt. Doch sein Wissen und seine Liebe blieben uns erhalten. In den vergangenen Jahrhunderten wurden vor allem bei uns in Epidauros Tausende von Menschen geheilt, die nirgendwo sonst mehr Hilfe fanden. Einige waren dem Tod schon nahe. Ihre Dankesgaben stellen wir im Porticus des Tempels aus, damit jeder sich vom liebenden Wirken des Asklepios überzeugen kann."

„Was soll ich tun?"

Der Alte lächelte sanft. „Nichts. Du sollst vielmehr Ruhe finden. Du wirst einfach leben und wenig essen, dafür aber viel beten und schlafen. Darüber hinaus wirst du jeglichen Kontakt mit der Außenwelt abbrechen."

Agrippa brauste auf. „Das ist unmöglich! Wie kannst du so etwas verlangen?"

Deinarchos streckte den Rücken durch. „Ich, Marcus Vipsanius Agrippa, verlange gar nichts. Deine Gesundheit verlangt es. Du bist krank, das weißt du genau. Aber du bist dir wohl nicht bewusst, *wie* krank du bist. Solltest du auf deinem Willen beharren, kann ich nichts für dich tun."

Agrippa blitzte ihn finster an. „Also gut. Noch etwas?"

„Zu dieser Forderung gehört auch Enthaltsamkeit."

Ein bitteres Lächeln huschte über Agrippas Gesicht. „Die halte ich schon seit Wochen."

„Wegen der Schmerzen?"

Betreten schwieg Agrippa.

Deinarchos nahm erneut seine Hände. „Eines musst du wissen: Wenn dein Körper heilen soll, muss es zuvor deine Seele tun. Marcus Agrippa, für mich bist du nicht ein Herrscher. Für mich bist du ein kranker Mensch, der Hilfe sucht. Und sei versichert, dass alles, was du mir erzählst, innerhalb dieser vier Wände bleibt. Es ist wichtig, dass du dich von deiner Last befreist, Sohn."

Verblüfft sah Agrippa ihn an. Das war unfassbar: ein griechischer Greis nannte ihn, den römischen Prokonsul, „Sohn"! Atticus' freundliches Gesicht tauchte plötzlich vor ihm auf, dann das ernste seines leiblichen Vaters. Agrippa spürte, wie sich längst verschüttete Gefühle ihren Weg durch seine Kehle bahnten. Der Schmerz war überwältigend. Dann begann er zu sprechen.

Deinarchos hörte ihm schweigend zu, mit Augen, die so alt zu sein schienen wie das Heiligtum selbst.

Endlich kam die Nacht des Heilschlafs. Als Agrippa nach all den Tagen des Fastens und Betens den inneren Tempelbezirk wieder aufsuchte, fühlte er sich fast beschwingt. Die Sonne war schon hinter den Bergen untergegangen. Draußen erklangen die Gesänge und Gebete der Heilsuchenden und der Priester, aber auch Lachen und das Schwirren ferner Gespräche. Irgendwo zupfte jemand die Saiten einer Kithara.

Deinarchos und zwei seiner Kollegen erwarteten Agrippa am Eingang des Tempels. Sechs Mauerringe umgaben das Allerheiligste. Dort stand die uralte Statue des Gottes aus Elfenbein und Gold. Asklepios blickte sie ernst aus nachtdunklen Onyxaugen an.

Mehrere Kranke warteten dort. Deinarchos reichte einen Pokal mit stark gewürztem Wein herum. Er schmeckte aromatisch, aber auch bitter.

„Kniet nieder!“, wies der Oberpriester sie an. „Wir wollen Asklepios um heilenden Schlaf bitten.“

Die Anwesenden sanken zu Boden – nur Agrippa nicht. Beißender Zorn breitete sich in ihm aus. „Ein Römer kniet nicht“, hatte ihm sein Vater von klein auf eingeschärft. „Das tun nur Sklaven und Orientalen.“

Deinarchos sah ihn tadelnd an.

Trotzig wollte Agrippa zum Protest ansetzen, da schien es ihm, als verwandle sich der Heiler: Plötzlich bohrten sich die stechenden Kohleaugen seines Vaters in ihn. „Aber vor mir wirst du knien!“, hörte Agrippa ihn brüllen.

Tränen der Demütigung stiegen in ihm auf. Nein, diese unwürdige Geste würde er nicht vollziehen!

Die Augen des Vaters verschwammen, nahmen die Farbe blasser Aquamarine an. „Du gehörst mir!“, hörte er Augustus raunen. „Mit Atticus' Blut und Marcellas Tränen hast du den Vertrag unterschrieben, durch den ich dich zum künftigen Herrscher gemacht habe!“

Agrippa ballte die Fäuste. Ein stechender Schmerz durchzuckte seine knotigen Hände und bohrte sich in sein Herz. Funken stieben vor seinen Augen. Er presste die Lider zusammen, schnappte nach Luft. „Nein!“, keuchte er.

Agrippa fühlte, wie ein Arm sich um seine Schultern legte. Er riss die Augen wieder auf.

Leise seufzend ließ Deinarchos von ihm ab. „Mach du hier weiter“, flüsterte der Priester einem seiner Kollegen zu. Dann zog er Agrippa mit sich fort.

Sie erreichten einen kahlen Raum. Nur eine Matratze lag da, darauf ein Pferdefell und eine schwere Wolldecke. Noch immer zitternd legte Agrippa sich nieder. Ihm war schwindlig und übel. Fröstelnd wickelte er sich in die Decke.

Deinarchos setzte sich neben ihn. Leise murmelte er ein unverständliches, scheinbar endloses Gebet. Wenig später fiel Agrippa in einen tiefen Schlaf.

Es war stockdunkel, als er erschreckt auffuhr. Schweiß stand auf seiner Stirn, sein Atem ging stoßweise. Stöhnend griff er sich an den Kopf. Der Raum schien zu schwanken wie ein Schiff im Sturm. Dennoch raffte Agrippa sich auf, warf sich die Decke um die Schultern und taumelte hinaus ins Freie. Ein eisiger Hauch wehte von den Bergen. Noch war der Sommer fern.

Fröstelnd sah er zum Himmel empor. Unzählige Sterne glitzerten in der klaren Kälte.

Plötzlich hörte er leise Schritte. Ein Schatten kam auf ihn zu.

„Man hat mir gemeldet, du seiest aufgewacht", erklärte Deinarchos. „Hat der Gott dich besucht?"

„Nicht Asklepios", entgegnete Agrippa tonlos.

„Komm mit." Der Priester führte ihn in ein kleines Zimmer. Golden schimmerte das Licht einer Öllampe auf den bunten Wänden. Angenehm warm war es hier.

„Und jetzt erzähle mir, was du geträumt hast", sagte Deinarchos, nachdem sie sich gesetzt hatten.

Ein tiefer Seufzer entrang sich Agrippas Brust. „Ich sah Szenen, wie in einem Theater. Zuerst stand ich nachts auf einem schwarzen Felsen. Rund um mich herum floss ein Strom aus Lava, orange-weiß glühend. Nirgendwo gab es einen Ausweg. Bis zum Horizont ergoss sich die Lava. Ich hatte Angst, dass sie auch meinen Felsen schmelzen würde, den einzigen Ort, wo ich überleben konnte. Ich schrie in meiner Not. Da sagte eine Stimme aus dem Nichts zu mir: `Das ist das Leiden der Welt.´ Ich war entsetzt. Ich wollte da weg, aber es ging nicht. Überall um mich herum floss die grässliche Lava. Plötzlich erkannte ich durch die heißen Rauchschwaden, dass in der Nähe weitere Felsen waren. Auch auf ihnen standen Menschen. Sie winkten mir verzweifelt zu. `Agrippa!´, riefen sie immer wieder mit panisch verzerrten Gesichtern. `Rette uns!´ Aber ich wusste nicht wie. Ich hatte selbst Angst, von der Lava verschlungen zu werden.

Plötzlich verhüllte uns dichter Nebel. Als er sich lichtete, war die Lava fort. Ich stand in einer stillen, ländlichen Umgebung. Vor mir war ein Weg, der sich in der Ferne gabelte. Ich wusste, dass ich ihn gehen musste. Nach einer Weile bemerkte ich, dass an jener Gabelung ein Mann saß. Er hatte den Kopf aufgestützt und saß in Gedanken versunken da. Ich fühlte, dass ich zu ihm hingehen musste – unbedingt!

Da trat Caesar Augustus in meinen Weg und wollte mich aufhalten. Ich flehte ihn an, mich vorbeizulassen. Erst wollte er nicht. Dann aber lächelte er und sagte: `So muss ich dich wohl zu ihm lassen. Leb wohl, mein Freund.´

Warum ich über seine Erlaubnis so überglücklich war, weiß ich nicht. Aber als ich mich dem Fremden näherte, trat plötzlich wilde Freude in mein Herz, denn ich erkannte ihn: Er war es, mein Beschützer, Herkules! Ich eilte zu ihm.

`Du bist es wirklich?´, fragte ich und berührte ihn am Arm, denn ich konnte noch immer nicht glauben, dass er leibhaftig in Fleisch und Blut vor mir saß. Doch so war es. Aber all mein Glück konnte mich nicht darüber hinwegtäuschen, dass er anders aussah als ich ihn mir vorgestellt hatte: Sein Gesicht war faltig, seine Haut schlaff und gelblich-fahl – wie die eines verbrauchten alten Mannes. Nur an dem Löwenfell über seiner Schulter und an seinem mächtigen Körper konnte ich erkennen, dass es Herkules war. Da streckte er den Arm aus. Er war voll offener Brandwunden.

`Was ist mit dir?´, fragte ich, `wie kann ich dir helfen?´

Zutiefst traurig blickte er mich an: `Gar nicht. Mich drücken alle Qualen dieser Welt nieder.´

Plötzlich züngelte Feuer aus seinem Körper, bald stand er ganz in Flammen. Er wand sich und schrie grässlich. Es war entsetzlich, aber ich konnte nichts tun. Ich musste mit ansehen, wie mein geliebter Beschützer diesen fürchterlichen Tod erlitt.“ Agrippa holte tief Luft. „Irgendwann lag nur noch ein Haufen weißer Asche vor mir. Ich weinte.“ Agrippa hielt überwältigt inne.

„Wieder hüllte Nebel mich ein“, fuhr er endlich fort, „dichter als zuvor. Da regte sich die Erde, und der Aschehaufen, der einmal Herkules gewesen war, wölbte sich nach oben, nahm Gestalt an, bis plötzlich das geflügelte Götterpferd vor mir stand. Es leuchtete in allen Farben wie ein Regenbogen. Pegasus kniete nieder und sah mich freundlich an. Vorsichtig näherte ich mich und stieg auf seinen Rücken. Glaube mir, noch nie habe ich etwas so unendlich Weiches und Warmes gespürt wie sein Fell! Es war wie das Fell junger Hasen, nein, noch viel weicher. Da schlug Pegasus mit den Flügeln und erhob sich sanft mit mir in die Luft. Unter uns verschwamm die Erde im Nebel. Da bin ich aufgewacht.“

Deinarchos holte tief Luft. „Ein außergewöhnlicher Traum.“

„Was bedeutet das alles?“

„Wie viel Leid schleppst du mit dir herum!“

Agrippa sah ihn traurig an.

„Du zermarterst dir deinen Kopf, wie du Übermenschliches leisten kannst“, fuhr Deinarchos fort, „weißt aber gleichzeitig, dass kein Mensch das vermag. Trotzdem versuchst du es bis zur Selbstzerstörung, voller Wut und Verzweiflung, verbissen und hart, in einer sinnlosen Spirale des Leidens, wie Sisyphos. So schreit dein Körper unter der Anspannung auf und entzündet sich, steht in Flammen wie Herkules – und verglüht. Aber die Götter haben dir auch ihr Flügelpferd geschickt, das dich wieder aufrichtet und trägt. Du solltest also nicht verzweifeln. Aber du musst neue Wege durch dein Leben finden.“

„Wie?“

„Hör auf, dich zu quälen.“

„Wie könnte ich!? Ich bin für das Glück von Millionen Menschen verantwortlich, für den Frieden im Reich.“

„Kein Mensch kann der Welt den Frieden bringen. Nur wenn alle ihn wollen, ist er möglich.“

Agrippa schlug sich die Hände vors Gesicht. „Sind dann nicht all meine Opfer umsonst gewesen? Ich habe die Frau, die ich liebe, für mein Volk verlassen."

„Wie lange ist das her?"

„Fünf Jahre."

„Weißt du, wie es ihr geht? Ist sie glücklich?"

„Sie lebt zurückgezogen in der Nähe von Baiae. Es heißt, es ginge ihr nicht gut."

„Und ihr Mann?"

„Jullus macht Karriere in Rom. Sie scheinen einander nicht zu vermissen."

„Aber dich vermisst sie noch."

Agrippa sah zur Seite. „Ich hoffe für sie, dass sie mich vergessen hat."

„Du liebst sie noch immer."

Agrippa sah ihn traurig an. „Das werde ich immer tun. Wie sie sterbe ich langsam, verdurste im Angesicht des Wassers, verhungre und weiß doch, dass die Nahrung da ist. Aber keinem Mann im Reich ist es unmöglicher, sie zu sehen, als mir. Ich bin angekettet an den Felsen, der Rom heißt."

„Dir bleibt der Trost, dass du für ein großes Ziel leidest."

„Was ich für Rom getan habe, bereue ich nicht. Trotzdem vermisse ich Marcella noch immer. Wie oft wünsche ich mir, diese verzehrende Sehnsucht würde sterben! Aber sie tut es nicht. Ich verbrenne, Deinarchos! Mit jedem Tag fühle ich meine Kraft mehr schwinden. Oft scheint es mir leichter zu sterben als dieses Leben weiter zu ertragen. Ist nicht alles sinnlos?"

„Nein."

„Und wo soll ich einen Sinn finden?

„Hör zu, ich will dir mit den goldenen Worten des Pythagoras antworten: Göttlichen Ursprungs ist der Menschen Geschlecht. Ihm ist es gegeben, den Irrtum zu sehen und die Wahrheit zu schauen. Dienend hilft die Natur. Du, der sie erkannt hat, Weiser, Glücklicher, ruhe geborgen im Hafen. Doch höre auf mein Gebot und halte dich fern von den Dingen, die deiner Seele schaden. Erkenne sie recht. Den Körper regiert der Geist. Aufwärts im leuchtenden Äther entfaltet die Seele ihre Schwingen, um unter unsterblichen Göttern ein Gott selbst zu sein."

„Das verstehe ich nicht."

„Das Leiden ist keine Strafe der Götter. Es ist ihr Geschenk, denn es dient dazu, das Göttliche in dir zu erkennen. Die Tugenden kennst du: Barmherzigkeit, Milde, Gerechtigkeit, Liebe. Doch kein Mensch wird tugendhaft geboren. Man muss das Gute schmerzhaft lernen, üben und leben. Am Ende steht der Friede in den Armen der Götter.

Dann hat deine Seele die Welt verlassen und wohnt bei ihnen. Der Sinn des Leidens und damit des Lebens ist Erkenntnis, hell und rein wie die Sterne."

„Wie soll das gehen?"

„Man muss sich häuten wie die Schlangen, um neuem Leben Platz zu machen. Das ist schmerzhaft, oft sogar gefährlich. Während die Schlange sich häutet, ist sie ganz hilflos. Doch hab keine Angst! Asklepios kann auch dir helfen. Wenn du willst, können wir die harte Haut, die dein Herz umschließt, lösen, all die Verbitterung, Hass und Zorn."

„Werde ich dann wieder gesund?"

„Ich sagte es soeben: Den Körper regiert der Geist. Wir sollten es wenigstens versuchen. Rom braucht einen starken Marcus Agrippa, oder?" Deinarchos lächelte aufmunternd. „Vor allem aber einen tugendhaften. Du hast doch schon ganz andere Schlachten geschlagen!"

Agrippa nickte. „Die in meinem Herz sind die schrecklichsten."

„Ich weiß." Deinarchos wandte den Kopf ab, als lausche er. Er stand auf. „Komm! Ich möchte dir noch etwas zeigen."

Er führte Agrippa zurück ins Freie. Ein zarter aprikosenfarbener Hauch lag über dem Himmelsrand. Noch hoben sich die Berge und das Tal schwarz davor ab, noch glitzerten Sterne am Firmament. Aber schon begrüßten die ersten Vögel den aufscheinenden Tag mit übermütigem Gezwitscher.

„Aurora", murmelte Agrippa.

„Ja", lachte sein Begleiter, „Eos, die unersättliche Göttin der Morgenröte, die das junge Leben verschlingt und doch so herrlich ist! Mit ihren Rosenfingern öffnet sie den strahlenden Rössern des Helios die Tore des Himmels." Liebevoll legte der Greis die Hand auf den gebeugten Rücken des kranken Mannes an seiner Seite. „Auch das ist die Wirklichkeit – nicht nur das Leiden und Sterben. Auch Schönheit ist ewig und blüht immer wieder neu auf, allen Kreaturen zum Trost. Erinnere dich, auch das sagte Pythagoras: Dienend hilft die Natur dem Menschen, der die Wahrheit sucht. Geh hin, Marcus Vipsanius Agrippa, und suche sie! Die Wahrheit zu finden ist ein so großes und reines Glück, dass alles irdische Leiden sich in Nichts auflöst."

„Das Elysium?"

„So nennen es manche. Andere nennen es die Liebe der Götter. Wieder andere sagen ewige Natur oder Licht dazu. Aber glaube mir, der Name ist völlig unwichtig. Wichtig ist nur, das göttliche Urwesen, wie Pythagoras es genannt hat, zu erkennen. Anders gesagt: Wichtig ist allein, sich selbst zu erkennen."

„Das ist die Weisheit des delphischen Apoll!"

Deinarchos kicherte geradezu vergnügt. „Das ist nicht nur die

Weisheit des Apoll. Die Wahrheit zu finden, ist die Natur und Bestimmung des Menschen. Du lernst schnell! Siehst du? Du bist gerade dabei, unter großen Schmerzen eine deiner alten, engen Häute abzuwerfen."

Agrippa blieb viele Tage im Heiligtum des Asklepios. Immer wieder unterhielt er sich mit Deinarchos, stundenlang. Beglückt bemerkte er nach einer Weile, dass seine Beine wieder ihr altes Aussehen annahmen und seine Fingergelenke abschwollen. Außerdem hatte er beträchtlich abgenommen.

„Jetzt kann ich wieder ins Feld", lachte er, als er sich von seinem Heiler verabschiedete. „Mein Schwiegersohn wartet schon auf mich."

Der Alte wackelte mit dem Kopf. „Von solchen Dingen solltest du dich künftig besser fernhalten. Sie schaden deiner Seele und somit deinem Körper."

Agrippa überreichte ihm eine Schatulle. „Lasst damit eine Gedenkstatue meißeln, zum Dank für meine Heilung. Darüber hinaus möchte ich mich mit einer Spende für Asklepios erkenntlich zeigen."

Deinarchos hob abwehrend die Hände. „Allein dass du genesen bist, ist uns Dank genug."

Tychicus, der bei den Soldaten von Agrippas Eskorte stand, feixte. „Das kann der Grieche laut sagen", raunte er seinem Nebenmann zu. „Allein die Tatsache, dass der Prokonsul und Freund des Augustus hier gesund geworden ist, wird ihm mehr Ruhm und damit mehr Geld bescheren, als wir ihm geben könnten."

Der Legionär grinste zurück.

„Aber die Statue nimm wenigstens an", bat Agrippa.

Deinarchos nickte. „Sehr gerne – als Erinnerung an dich." Er lächelte warm. „Ich habe die Stunden mit dir sehr genossen und viel von dir gelernt. Schau mich nicht so zweifelnd an! Es ist so. Mit Gold kannst du den Wert der gemeinsamen Stunden, die uns die Götter geschenkt haben, nicht aufwiegen."

„Ich danke dir." Agrippa wandte sich ab. Einer seiner Leute half ihm aufs Pferd.

„Vergiss nicht, was du gelernt hast!", schärfte ihm Deinarchos noch einmal ein. „Lebe mäßig, auch in deinen Ansprüchen an dich selbst. Und suche weiter nach den göttlichen Tugenden und der Wahrheit!"

Agrippa nickte lächelnd. Dann trieb er sein Pferd an.

Deinarchos sah der Schar nach, bis sie hinter einer Straßenbiegung verschwand.

„Selbst dieser Mächtige ist nur ein Mensch", sinnierte einer seiner jüngeren Kollegen, der neben ihm stand.

„Wie jeder andere. Auch für diesen Menschen vermag die Erde

nicht genügend Kräuter hervorzubringen, wenn sein göttliches Herz krank ist." Er seufzte. „Er trägt schwer. Ich wollte nicht in seiner Haut stecken!"

„Ist es nicht seltsam, dass ihn trotzdem viele beneiden?"

„Weil sie in ihrer Verblendung glauben, der vielleicht reichste Mann im Imperium müsse auch der glücklichste sein. Aber mehr noch als an der Last des Goldes trägt er am bleischweren Gewicht der Verantwortung für die Menschen. Dass er die von ganzem Herzen auf sich nimmt, macht ihn einzigartig."

„Weißt du, was mich tröstet? Bis vor wenigen Wochen war ich noch fest davon überzeugt, dass die Macht grundsätzlich jeden Menschen verdirbt. Sind nicht alle Herrscher, ob Römer oder nicht, blind vor unersättlicher Gier und unmäßiger Eitelkeit? Wer interessiert sich schon wirklich für das Glück seiner Untertanen?"

„Es ist ein Segen, dass so einer der beste Freund des Augustus ist."

„Wird er wieder ganz gesund werden?"

„Nun, Asklepios hat ihm zumindest die Beweglichkeit seiner Glieder zurückgegeben." Deinarchos seufzte tief. „Allerdings macht mir sein Herz große Sorgen."

Nach einer ruhigen Überfahrt erreichte Agrippa Athen. Dort erwartete ihn schon eine Nachricht seines Schwiegersohns: Tiberius hatte die Grenzquerelen im Norden von Makedonien mittlerweile beheben können. Agrippa könne also beruhigt mit seiner Familie nach Lesbos fahren und seine Gesundheit weiter pflegen.

Doch kaum waren sie in Mytilene eingetroffen, erreichte sie wieder eine überaus besorgniserregende Botschaft: Im Norden Germaniens war ein neuer Sturm ausgebrochen. Auslöser war die Ermordung römischer Händler auf germanischem Gebiet. Die Barbaren hatten die Kaufleute gefangen genommen und an Bäumen aufgehängt. Dann hatten gleich mehrere Stämme den Grenzfluss überquert und waren plündernd durch gallisch-römisches Gebiet gezogen. Auch die Ubier hatten die Eindringlinge überfallen und viele getötet.

In ihrer Verzweiflung sandten die nahezu wehrlosen Völker westlich des Rhenus Hilfsgesuche nach Rom.

Augustus sandte den ehemaligen Konsul Marcus Lollius, einen kriegserprobten Mann, mit einer Legion nach Ostgallien. Doch das Unfassbare geschah: Die Germanen schlachteten einen Großteil der Soldaten ab. Lollius verlor sogar den Legionsadler! Wie eine Feuerfront raste der feindliche Kriegszug weiter nach Süden und verheerte Städte und Felder.

Zutiefst besorgt, zog Augustus höchstpersönlich nach Norden. Gleichzeitig berief er Tiberius ins Kriegsgebiet und übertrug ihm das Oberkommando über das Heer. In den nächsten Monaten bewies der junge Claudier erneut sein Geschick als Feldherr. Bald zogen sich die Germanen wieder auf ihr Territorium zurück, stellten Geiseln und beteuerten ihren Friedenswillen.

Da verließen auch die Römer das Tal des Rhenus und kehrten in den Süden Galliens ins Winterlager zurück. Erneut fiel Schnee auf den Norden der Welt und schenkte den Menschen eine Ruhepause.

Doch schon im Frühjahr brachen neue Kämpfe aus. Diesmal waren es die Raeter, ein Sammelsurium alpiner Bergvölker, die in römisches und gallisches Territorium eindrangen. Auf ihren Plünderungszügen töteten sie nicht nur alle Männer, auf die sie stießen. Sie ließen ihre Wahrsager darüber hinaus feststellen, welche Schwangeren männliche Kinder in sich trugen. Diese Frauen erstachen sie.

Wieder führte Tiberius die römischen Truppen nach Norden. Die raetischen Stämme machten es ihm leicht: Da sie untereinander keinen Zusammenhalt hatten, konnte er sie einen nach dem anderen aufreiben. Während dessen drang sein jüngerer Bruder Drusus von Süden her auf raetisches Gebiet vor, auch er war erfolgreich.

Der Frühling war noch nicht vorbei, als Livias Söhne mit ihren Legionen ein mehrtägiges Siegesfest feiern konnten. Doch schon bald fiel Drusus auf, dass sein Bruder, trotz der allgemeinen Hochstimmung im Heer, seltsam fahrig und nervös war.

„Was hast du nur?“, fragte er, während sie am Abend des dritten Festtages auf dem Weg zu ihren Zelten waren. „Du bist schon die ganze Zeit irgendwie abwesend.“

„Mir geht eine Sache nicht aus dem Kopf“, murmelte Tiberius. Er blieb stehen. „Lass uns noch einen Becher zusammen leeren!“

Drusus lächelte ihn gespannt an. „Wenn du mir verrätst, was mit dir los ist.“

Im Zelt des Tiberius setzten sie sich einander gegenüber.

„Jetzt bin ich aber neugierig“, grinste Drusus.

Sein Bruder schmeckte gedankenverloren seinen Wein nach. Dann sah er auf. „Wäre die Sache mit den Raetern nicht so traurig für viele Zivilisten gewesen, wäre ich fast versucht zu sagen, sie hätten uns einen Gefallen getan.“

Drusus stutzte. „Wie meinst du das?“

„Ich will sagen, dass sie uns zu einem Feldzug gezwungen haben, der ohnehin irgendwann einmal kommen musste.“

Drusus runzelte die Stirn. „Du meinst, Agrippas Idee …?“

Tiberius nickte. „… der Ring um die Alpen, ja!. Die Raeter haben uns endlich den Anlass geliefert, diesen Plan zu verwirklichen.“

Drusus lehnte sich unwillig zurück. „Ich weiß nicht! Haben wir genug Soldaten, um uns mit so schrecklichen Völkern wie den Germanen anzulegen?“

„Wir könnten weitere Truppen anfordern.“

„Aber es war doch Agrippas Idee! Meinst du nicht, er wäre beleidigt, wenn du sie jetzt stiehlst und später den Ruhm dafür einheimst?"

Tiberius stellte mit einer lässigen Bewegung seinen Becher auf den Tisch. „Erstens liegt Agrippa nichts am Ruhm. Und selbst wenn – ich bin sicher, dass er in meinem Fall eine Ausnahme macht. Wir verstehen uns glänzend. Ich bin sein Schwiegersohn, und wenn ich diesen Krieg führe, wird er ihn unterstützen. Ich glaube sogar, dass er sich freuen würde, wenn es mir gelänge, seinen Traum vom Alpenring wahr zu machen."

„Und Caesar?"

„Caesar und Agrippa sind sich in dieser Sache einig. Sie haben schon oft über diesen Plan diskutiert. Wenn ich Caesar schreibe, dass Agrippa mich unterstützt, wird er zustimmen." Er beugte sich vor. „Drusus, die Rahmenbedingungen sind ideal! Der Sieg über die Raeter hat alle Völker im Umkreis erzittern lassen. Bald kommt der Sommer – bestes Wetter für einen Feldzug! Unsere Legionen sind frisch und in Kampflaune. Drusus, da sie doch jetzt schon hier versammelt sind, müssen wir die Gelegenheit einfach nutzen! Stell dir das einmal vor: Rom, rund um die Alpen herum! Was das für den Handel im Reich bedeutet!"

„Mir ist schon klar, welche Vorteile Agrippas Idee vom Alpenring hat. Das Risiko dabei sind tote Legionen."

Tiberius packte ihn am Oberarm. „Bruder! Wir schaffen das! Sag mir nur eines: Wirst du an meiner Seite sein?"

Drusus nickte ernst.

„Gut! Dann werde ich gleich morgen früh Agrippa schreiben. Wenn er mir seinen Segen gibt, werde ich Caesar angehen. Du wirst sehen, es wird gelingen! Es muss!"

Agrippa und Augustus stimmten dem Eroberungsplan der jungen Feldherren nicht nur zu, sondern sandten ihnen zusätzliche Truppen zur Verstärkung. Mit einer mächtigen Armee marschierten Livias Söhne im Süden Germaniens ein.

Ihre Siegesmeldung erreichte Agrippa im Herbst: „Der Alpenring ist geschlossen!"

Umgehend sandte er Tiberius und Drusus ein Gratulationsschreiben. Auch diesen Sieg interpretierte Agrippa als Zeichen der Götter, dass sie seine Pläne und die des Augustus unterstützten: Was auch immer sie anpackten, es gelang!

Auch er selbst hatte in den vergangenen Monaten große Erfolge erringen können – keine kriegerischen allerdings, sondern gänzlich unblutige. Nach seinem Kuraufenthalt in Epidauros, hatte Agrippa auf Lesbos einen ruhigen Winter verbracht. Doch kaum drängte das erste Frühlingsgrün aus den Zweigen, brach er zu einer Verwaltungsreise auf. Auf seinem Schreibtisch stapelten sich die Bittgesuche und Eingaben aus den Provinzen Asia und Syrien. Außerdem hatte König Herodes ihn nach Judäa eingeladen. Langsam arbeitete sich Agrippa während der Sommermonate Richtung Jerusalem vor.

Zu Beginn seiner Reise begrüßten ihn die Menschen äußerst misstrauisch. Bisher hatten sie mit Römern meist bittere Erfahrungen gemacht. Namen wie Julius Caesar, Pompeius Magnus und Marcus Antonius riefen schmerzhafte Erinnerungen an brutale Eroberungszüge und drückende Steuern wach.

Sicher, seit Caesar Augustus regierte, hatte sich Vieles zum Guten gewendet. Aber konnte man diesen römischen Wölfen wirklich glauben, was sie da propagierten: Friede und Wohlstand für alle?

Doch Agrippa hinterließ auf seinem Weg nach Süden andere Spuren als seine Vorgänger. In Antiochia, der Hauptstadt der Provinz Syria, ließ er viele Gebäude neu aufbauen, die ein Erdbeben zerstört hatte, darunter das Sportstadion. Auch dem Statthalter von Zypern schenkte er eine beträchtliche Summe, um die Schäden schwerer Erderschütterungen auf der Insel zu beheben. In den Ruinen einer verlassenen phönizischen Stadt wies Agrippa römischen Veteranen Land zu. Was er nicht wissen konnte: Seine Colonia Julia Augusta Felix Berytus sollte fast zwei Jahrtausende später sogar eine Hauptstadt werden – die des Libanon.

„Wo auch immer du durchkommst", schwärmte Tychicus eines Tages gegen Ende ihrer Reise, „schießen hinter dir die Baukräne aus dem Boden wie in den Herbstwäldern die Pilze. Die Leute haben Recht, wenn sie dich unseren Herkules nennen."

„Es tut mir gut zu sehen, wie alles wächst", antwortete Agrippa.

„Das ist so ähnlich wie das Glück eines Bauern, wenn das Getreide keimt."

Tychicus gluckste vergnügt. „Selbst auf Lesbos wächst die Saat, die du hinterlassen hast: Wenn alles gut geht, wirst du in wenigen Monaten erneut Vater."

Agrippa kratzte sich umständlich am Hinterkopf. „Wenn alles gut geht, ja. Derzeit frage ich mich allerdings eher, wie es nächste Woche werden wird, wenn wir Jerusalem erreichen. Die Judäer sind aus einem anderen Holz geschnitzt als die Griechen und die Syrer – ein schwieriges Volk."

„Ba! Auch die Judäer sind Menschen."

Agrippa wackelte zweifelnd mit dem Kopf. „Schon. Aber aufsässig und fanatisch."

„Das liegt sicher an diesem komischen Gott, den sie da haben. Lächerlich! Cicero hat einmal gesagt, dass es barbarisch sei, nur einen einzigen Gott zu haben."

„Gewöhn dir endlich mal ab, Cicero zu zitieren! Wie oft muss ich dir noch sagen, dass Caesar sich immer fürchterlich aufregt, wenn Ciceros Name fällt."

Tychicus grinste breit. „Du bist nicht Caesar. Also musst du dich auch nicht aufregen."

„Du bist ein respektloser Kerl geworden. Ich bereue gerade wieder mal ehrlich, dass ich dich freigelassen habe."

„Zu spät!"

Agrippa lachte laut auf. „Allerdings! Aber ich bitte dich, wenigstens so zu tun, als hättest du Benimm, wenn wir Jerusalem erreichen."

Tychicus verneigte sich geziert wie ein orientalischer Edler. „Das judäische Volk wird von meinem Wohlverhalten so beeindruckt sein, dass seine Wut auf Rom völlig verblassen wird. Du wirst sehen, die Menschen werden uns mit Blumen bewerfen, statt mit Steinen."

Agrippa zog die Brauen zusammen. „Mach keine dummen Witze! Wenn die Judäer einfach nur ruhig bleiben, können wir schon glücklich sein."

„König Herodes wird schon wissen, wie er sein Volk auf dich einstimmt. Und du wirst es verstehen, sogar die Judäer für dich zu gewinnen."

„Ich wünschte, du wärest Augur."

Endlich kam Jerusalem in Sicht. Die Gesandten des Königs, die Agrippa und sein Gefolge begleiteten, seit sie die Grenzen Judäas erreicht hatten, rutschten unruhig in ihren Sätteln hin und her. Aufgeregt tauschten sie Kommentare auf Aramäisch aus.

„Was ist da vorne los?", fuhr Agrippa ihren Anführer an. „Was ist das für eine Menschenmenge da vor dem Stadttor? Das sind ja Tausende!"

Der Mann hob beschwichtigend die Hände. „Sei unbesorgt! Ich werde einen Kundschafter schicken."

„Das fängt ja gut an", knurrte Agrippa. Er wandte sich zu seinem Gefolge um. „Anhalten!"

Gespannt beobachteten sie, wie der judäische Gesandte davon preschte und irgendwann mit der Menschenmenge verschmolz.

Gleich darauf teilte sich das Volk wieder. Eine Gruppe Reiter erschien unter dem Tor. Im Galopp kamen sie auf die Römer zu. Ihre Rüstungen blinkten in der Morgensonne.

Agrippa reckte den Hals: In ihrer Mitte ritt ein besonders prächtig gewandeter Mann auf einem feingliedrigen Schimmel.

Ein erleichtertes Lächeln trat auf Agrippas Gesicht, als er ihn erkannte: König Herodes!

Strahlend zügelte der Judäer wenig später sein Pferd neben dem Römer. „Willkommen, Prokonsul!", rief er. „Seit Stunden schon fiebern wir deiner Ankunft entgegen. Ich freue mich, dich endlich gesund wiederzusehen!" Er wies auf die Menschenmenge vor dem Stadttor. „Auch mein Volk freut sich, dich begrüßen zu dürfen, Caesar Augustus' Freund – unseren Freund!"

Agrippa nickte. „Ich danke euch. Es ist schön, dich wieder zu sehen!" Er ließ sein Pferd losgehen.

Herodes wandte das seine. Höflich ließ er sich leicht hinter den römi schen Prokonsul zurückfallen. Aber Agrippa winkte ihn neben sich.

Mit einem stolzen Lächeln schloss Herodes auf.

Was dann geschah, hätte sich Agrippa in seinen kühnsten Träumen nicht auszumalen gewagt. Tausende Menschen strömten ihnen in Festgewändern entgegen, säumten den Straßenrand, riefen Willkommensgrüße, schwenkten Palmzweige und warfen Blüten über die Ankommenden.

Herodes strahlte wie ein Kind, als er sich Agrippa zuwandte: „Das hat noch kein Römer erlebt! Keiner wurde je freundlich empfangen – geschweige denn *so* freudig."

„Ich bin überwältigt."

„Die Menschen setzen große Hoffnungen in dich."

Agrippa schüttelte ungläubig den Kopf. „Und ich dachte, ihr würdet uns mit finsteren Mienen empfangen. Ich hätte es sogar verstanden. Aber noch in keiner Stadt, keiner Provinz und in keinem Königreich wurde ich so warm begrüßt wie heute bei euch."

„Die Zeiten ändern sich."

Tief bewegt nahm Agrippa die Huldigungen der Menschen entgegen.

„Woher kommt der Sinneswandel im judäischen Volk?", fragte er später, nachdem er im großen Saal des Königspalasts an der Seite des Herodes Platz genommen hatte.

„Es gibt viele Gründe. Der erste war sicher der, dass Caesar Augustus uns von der Gier der unersättlichen Kleopatra befreit hat. Als sie damals ihre Klauen weit über Judäa hinaus bis Armenien und Zypern ausgestreckt hat, fürchteten wir eine zweite ägyptische Knechtschaft. Doch was sollten wir andererseits von Caesar Augustus halten? Verzeih mir meine Aufrichtigkeit, aber auch ihr Römer hattet uns bis zu jenem Tag nur beraubt. Doch nach seinem Sieg über Kleopatra forderte Augustus weder Gold noch Sklaven. Vielmehr schenkte er uns die Eigenständigkeit als Königreich und die Segnungen des Friedens. Unser Land blühte auf wie eine Rose. Die Stimmung schlug noch mehr zu seinen Gunsten um, als er sich mit den übermächtigen Parthern einigte. So war auch die babylonische Gefahr gebannt." Herodes lächelte Agrippa gewinnend an. „Und was dich betrifft, so ist dir die Kunde all der Wohltaten vorausgeeilt, die du in Asia, Zypern und Syrien hinterlassen hast."

„Ein Feld kann nur dann reiche Früchte tragen, wenn der Bauer es mit gutem Saatgut bestellt."

Plötzlich verfinsterte sich Herodes' Miene. „Doch was ist, wenn er Neider hat, die sein Werk zerstören wollen?"

„Wen meinst du?"

„Ich kann nur für Judäa sprechen. Hier wäre das der Priesterrat, den ich entmachtet habe, der Sanhedrion. Ich hätte noch mehr tun sollen! Am besten hätte ich diese aufgeblasenen Schwätzer allesamt in den Staub gestoßen."

„Es muss andere Möglichkeiten geben, sie zu überzeugen."

„Ich kenne keine."

Agrippa beugte sich vor. „Sie müssen erkennen, dass Rom ihnen mehr Vorteile bringt als Nachteile – auch ihnen."

Herodes sah ihn verblüfft an. „Und wie willst ausgerechnet du, ein ungläubiger Römer, dieses Wunder vollbringen? Erinnere dich doch: Pompeius hat unseren Tempel geschändet und das Gold unseres Volkes geraubt. Antonius war auch nicht besser."

Agrippa nickte bedächtig. „Auch ich werde in den Tempel gehen – morgen schon! Doch dann werde ich alles anders machen als meine Vorgänger. Ich, der Vertreter Roms, werde den Priestern meine Achtung erweisen, indem ich eurem Gott huldige."

Herodes starrte Agrippa fassungslos an. „Manchmal frage ich mich wirklich, ob sich die Verheißung erfüllt, die uns einen Erlöser aus Leid und Not verspricht."

„Ich glaube nicht an derlei Verheißungen. Ich glaube nur das, was ich durch meine Vernunft erfassen kann. Und es ist logisch, dass ich einen zornigen Sanhedrion mit dem Schwert nicht vom römischen Frieden überzeugen kann."

Herodes seufzte. „Der Sanhedrion ist nicht mein einziges Problem.

Es gibt auch im Volk eine Menge Aufwiegler, die sich gegen Rom und meine Regierung stellen."

„Wie äußert sich das?"

„Unterschiedlich. Manche rufen den gewaltsamen Widerstand aus. Andere sind scheinbar friedlich, aber nicht weniger gefährlich. Sie sagen zum Beispiel, sie seien Propheten. Immer wieder gibt es sogar Verrückte, die behaupten, der Messias zu sein. Sie versprechen den Menschen allerlei und verwirren sie. Man sollte sie allesamt hinrichten."

Agrippa brummte missmutig. „Das sehe ich anders. Wenn ich all die Irren hinrichten ließe, die in unserem Reich ihre zum Teil doch sehr wirren Lehren verkünden, hätte ich viel zu tun. Wer kann denn mit Sicherheit sagen, welche Gestalt die Götter haben? So hat also jede Religion ihre Berechtigung und ist ein Weg zu den Göttern. Mag doch jeder diesen Weg finden, wie es ihm gefällt! Der Glaube muss frei sein, Herodes. Eine religiöse Lehre kann ebenso wenig Grund für Zwangsmaßnahmen sein wie Ehebruch, und schon gar nicht für Hinrichtungen."

„Das sehen viele bei uns anders, vor allem im Sanhedrion."

„Wie begründen sie das?"

„Sie sagen, wenn es doch richtig sei, jemanden zu bestrafen, der andere Menschen beleidigt, dann sei es doch noch viel berechtigter einen Frevler zu strafen, der Gott lästert, da Gott ja über den Menschen steht."

Agrippa schüttelte den Kopf. „Ich, ein Mensch, richte über menschliche Vergehen. Wenn aber einer gegen einen wie auch immer gearteten Gott frevelt, dann sollte man es diesem Gott überlassen, ihn zu richten."

„Aber gerade solche Menschen sind oft bösartige Unruhestifter, ganz und gar fanatisch. Die sind nicht harmlos!"

„Mal ja, mal nein. Ich jedenfalls sehe nur in zwei Fällen einen Anlass einzugreifen. Erstens, wenn eine Lehre das Leben oder die Gesundheit anderer gefährdet. Zweitens, wenn sich eine Lehre gegen die ordnende Hand Roms richtet – also zum Beispiel gegen Caesar, einen Statthalter oder in deinem Fall, wenn einer versuchen würde, sich zum König Judäas zu erheben. Das wäre Hochverrat. Dann würde Rom einer Hinrichtung wahrscheinlich zustimmen, denn so einer würde die Ordnung und den Frieden gefährden, im extremsten Fall sogar den Bestand des Reiches. Aber selbst dann würde der zuständige Richter sehr genau prüfen, ob der Angeklagte nur ein armer Irrer oder ein echter Aufwiegler ist. Einen Irren würden wir ganz sicher laufen lassen."

Die judäischen Priester trauten ihren Ohren nicht, als Agrippa ihnen am nächsten Tag verkündete, er wolle ihren Gott mit einem Brandopfer von hundert Stieren ehren. Und sie trauten ihren Augen nicht, als er selbst ans Opferfeuer trat und kostbaren Weihrauch hineinstreute. Ein Römer huldigte ihrem Gott? Das war nicht zu fassen!

Noch mehr staunten sie, als Agrippa beim Besuch ihres Tempels dem Hohepriester ein goldenes Weihegefäß übergab. Das ungläubige Gemurmel wollte nicht verebben: Seit wann brachten die Römer Gold, statt es zu rauben? Auch unter den Rabbinern fragte sich plötzlich so mancher, ob sich die Verheißung zu erfüllen begann: dass Jahwes Volk über allen anderen stand, da ihm plötzlich sogar der Herrscher Roms Opfer darbrachte – der Stellvertreter des Augustus!

Agrippa suchte den Tempel fast täglich auf. Mit jedem Mal schwand das Misstrauen der Rabbiner, denn sie stellten fest, dass er ihnen ernsthaft zuhörte, wenn sie ihm ihre Schriften erklärten.

Er tat das nicht nur aus diplomatischem Kalkül. Vielmehr fand er viele Weisheiten in ihren Lehren. Doch eines stieß ihn immer wieder ab: der seltsame Glaube der Judäer, es gebe nur einen einzigen Gott. Konnte das sein? Nun, Caesar Augustus hatte gezeigt, dass eine Alleinherrschaft zumindest auf Erden möglich war. Doch was war Caesar ohne Legionen, die seine Macht sicherten? Ohne seine Gefolgsleute, die im ganzen Reich für Recht und Ordnung sorgten? Ohne die breite Zustimmung der Massen? Ohne seine Familie?

Nein, ein einziger Gott konnte niemals in der Lage sein, sich um alle Menschen zu kümmern. Das war absurd! Schon die Olympier waren ja offensichtlich überfordert von den Wünschen ihrer Kinder auf Erden. Sollte eine Gebärende nicht mehr zur mütterlichen Juno beten? An wen sollte der Fischer im Sturm sein Flehen richten, wenn nicht an den Herrn der Meere? Sollten die Soldaten nicht mehr Mars um den Sieg bitten? War nicht gerade dies das Göttlichste an den Göttern, dass sie viele Gesichter hatten und so zu allen Menschen sprechen konnten?

Über dieses Thema diskutierte Agrippa stundenlang mit den Priestern.

„Sagt mir eines“, wandte er sich eines Tages an sie: „Es heißt in eurer Gesetzeslehre: `denn der Herr, euer Gott, ist ein verzehrendes Feuer, ein eifersüchtiger Gott.´ Wie kann das sein? Wenn er der Einzige ist, wie kann er dann auf andere eifersüchtig sein? Wenn er aber auf andere eifersüchtig ist, muss es doch auch andere Götter geben! Denn es ist ja ein Weiser nur auf andere Weise, ein Held nur auf andere Helden und ein Reicher nur auf andere Reiche eifersüchtig. Wie erklärt ihr diesen Widerspruch?“

Einer der Rabbiner erhob sich. Gamaliel hieß er, ein hochgeachteter Mann. „Lass mich dir ein Gleichnis sagen“, entgegnete er. „Gottes

Eifersucht ist mit Folgendem zu vergleichen: Wenn jemand neben seiner Frau noch eine zweite nimmt, dann ist die erste Frau nicht eifersüchtig, wenn die andere besser ist als sie und ihren Mann glücklich macht. Wenn sie aber geringer ist, dann ist sie eifersüchtig und wird zu Recht zornig."

„Dann gibt es also doch andere Götter! Und warum muss euer Gott sie fürchten, wenn er doch stärker ist?"

„Gott fürchtet eure Götter bestimmt nicht. Er ist allmächtig."

„Wenn das so wäre – warum beherrscht dann nicht ihr die Völker unseres Reiches, sondern die Söhne Jupiters?"

„Gott prüft unseren rechten Glauben. Zu dieser Prüfung gehört auch ihr Römer. Eines Tages werdet auch ihr eurer Irrlehre abschwören. Dann werdet auch ihr in euren Tempeln das Wort des Moses hören und dem Ewigen und Einzigen huldigen. Mit eurer Herrschaft kann es morgen schon vorbei sein. Gott aber ist ewig. Wir, sein Volk, warten geduldig auf seine Offenbarung. Er hat uns einen Messias versprochen. Der wird die Welt erlösen, nicht ihr Römer."

„Glaubst du das wirklich? Dass ein Gott sich zum Menschen degradieren wird?"

„Behauptet ihr nicht, Julius Caesar sei göttlich?"

„Er ist kein Gott. Das weiß jeder. Wegen seiner übermenschlichen Taten genießt er allerdings Verehrung wie ein solcher. Zu Recht, denn niemand hat bisher erreicht, was er erreicht hat. Außerdem ist nichts Verwerfliches dran, einem Menschen göttliche Verehrung entgegenzubringen, denn wir sind alle Götterkinder."

„Man soll keine anderen Götter verehren, und schon gar keine Menschen. Gott allein gebührt diese Ehre."

„Rabbi, findest du es denn gut, wenn man Gott so weit in den Himmel hebt, so weit weg von den Menschen?"

„Der Messias wird beides sein, Gott im Menschen. Aber wir anderen Menschen sind nicht Gott. Neben Gott gibt es keine anderen Götter – gar keine, verstehst du? Weder gleich große noch kleinere. Es gibt einfach keinen anderen Gott außer Gott."

„Ja!", warf ein anderer ein. „Was ihr als Götter verehrt, sind Illusionen!"

„Mehr noch", ereiferte sich ein Dritter. „Dämonen! Das ist die Wahrheit, da magst du mit deiner griechischen Demagogik noch so viele Worte machen!"

Aufgeregtes Stimmengewirr brach aus. Eine Weile war an eine Fortsetzung der Diskussion nicht zu denken. Endlich hob Gamaliel die Hände. „Ruhe! Lasst uns in Frieden weiterreden." Seine Kollegen verstummten.

Agrippa lächelte. „Ihr wisst, wie sehr ich euer Land und euer gastfreundliches Volk liebe. Soeben ist mir ein weiterer Grund klar geworden, warum ich mich hier fast wie Zuhause fühle: Bei euch geht es ebenso bewegt zu wie bei uns im Senat!"

Viele lachten über den gut gemeinten Scherz. Andere aber schwiegen düster. Sie fanden Agrippas Vergleich keineswegs lustig. Vielmehr traf es sie, wie sehr er damit Recht hatte. Ähnlich wie der römische Senat zur Zeit der Republik, hatte auch der Sanhedrion Jahrhunderte lang über das Volk geherrscht. Der judäische König war immer einer der ihren gewesen. Aber dann waren die Römer gekommen, hatten den Priesterkönig abgesetzt und den Emporkömmling Herodes über den heiligen Sanhedrion erhoben.

Dieser schändliche Machtverlust schmerzte die Rabbiner nicht weniger als den Senatorenadel in Rom die Herrschaft eines Caesar. Deshalb würde sich der Sanhedrion nie mit einem Herodes und der Macht, die hinter ihm stand, abfinden. Schande seinem Gedenken! Verflucht auch die römischen Stiefelträger und Götzenanbeter!

„Lasst uns nicht streiten", fuhr Agrippa fort. „Ich bin bei euch, weil ich den Frieden will."

„Den wollen wir auch!", schnaubte einer der Rabbiner. „Aber wie kannst du vom Frieden reden, wenn ihr uns mit Gewalt knechtet?"

„Die Kriege sind seit langem vorbei", entgegnete Agrippa. „Und jetzt geht es euch doch so gut wie nie zuvor! Was wollt ihr also?"

„Mögen wir auch satt sein, so sind wir doch nur Diener Roms", entgegnete Gamaliel verbittert. „Ihr habt uns die Freiheit genommen! Aber auch dieses Babylon wird einmal fallen. Und am Ende wird Gott über euer irdisches Reich siegen."

Agrippa ließ sich nicht aus der Ruhe bringen. Wie Augustus war auch er davon überzeugt, dass jeder seine Meinung frei äußern sollte, soweit sie keine Drohung enthielt. Er lächelte. „Es kann noch lange dauern bis euer Gott oder euer Messias unser Reich zerstört. Zurzeit sind wir erst einmal dabei, es aufzubauen. Warum nicht gemeinsam?"

„Wie könnte sich Gottes auserwähltes Volk anderen unterwerfen?"

„Wie wollt ihr je in Frieden mit anderen Völkern leben, wenn ihr so denkt? Mir geht es doch gar nicht um euren Gott! Den sollt ihr ja behalten. Glaubt mir: Sollte eines Tages tatsächlich ein Gott kommen, der es schafft, Frieden unter allen Menschen durchzusetzen, werden auch wir Römer uns freudig beugen. Aber vorerst halte ich mich lieber an Tatsachen. Solange euer Messias nicht da ist, müssen wir Menschen den Frieden schaffen. Ob und wann dieser Messias kommt, ist im Übrigen ohnehin fraglich."

Empörtes Murmeln ging durch die Reihen.

„Wenn euer Gott ein Gott des Friedens ist", versuchte Agrippa die Priester zu beschwichtigen, „dann müsste er sich doch freuen, wenn euer Volk in Frieden lebt. Und wenn euer Messias kommt, wird er sich doch bestimmt ebenfalls freuen, wenn ihn ein Judäa empfängt, in dem glückliche Menschen friedlich ihrem Tagewerk nachgehen. Rom will keine Gewalt mehr. Caesar Augustus sucht eure Freundschaft, glaubt mir! Würde ich andernfalls so mit euch reden wie ich es tue?"

Unermüdlich diskutierte Agrippa mit dem Sanhedrion, Tag für Tag. Er sah, dass viele Rabbiner hart mit sich rangen, wie sie mit der römischen Herrschaft umgehen sollten. Kein Ereignis zeigte das mehr als jener Tag, an dem Herodes ankündigte, er werde den Namen ihres Wohltäters Marcus Agrippa an den Türen ihres geheiligten Tempels anbringen lassen.

Einige Rabbiner protestierten massiv: „Es ist eine Sünde, wie Herodes dem Römer die Fußsohlen küsst!"

Aber wie im römischen Senat gab es auch in Jerusalem gemäßigte Stimmen unter den Entmachteten, die der neuen Zeit resigniert, teilweise sogar aufgeschlossen gegenüber standen. So sah auch jetzt eine beachtliche Menge von Rabbinern ruhig zu, was da geschah.

„So lange sich keiner anmaßt, Agrippas Namen im Innern des Tempels anzubringen, ist das nicht weiter bedenklich", sagten sie. War es nicht viel klüger, sich mit einem solchen Mann zu arrangieren? Seine Vorgänger hatten Judäa geplündert. Agrippa aber war so freundlich und freigiebig, dass jedermann ihn lobte. Kürzlich hatte er allen 40.000 Einwohnern Jerusalems eine warme Mahlzeit spendiert. Hatte er nicht auch dem Sanhedrion Geld geschenkt, um den Tempel zu schmücken? Marcus Agrippa war, wenn auch ein Römer, so doch unter diesen eine Ausnahme, da waren sich viele Rabbiner einig. So einen Mann sollte man zumindest nicht vor den Kopf stoßen.

Herodes wiederum bemühte sich mit aller Kraft um dessen Freundschaft. Gemeinsam bereisten sie das Land. Agrippa staunte. Überall sah er Menschen ihrer Arbeit nachgehen, und sie machten einen gesunden, heiteren Eindruck. Wo sie auch hinkamen, blühten Handel und Bauwesen.

Mit großer Gastfreundschaft empfingen die Judäer ihn, und er verliebte sich jeden Tag mehr in dieses Volk und ihr herrliches Land. Wie verlockend leuchteten die grünen Dattelhaine und Plantagen! Blutrote Granatäpfel wuchsen dort, und erfrischende Zitronen. Auch an den Rand der Wüste führte Herodes den Römer. Wie viel gewaltiger spannte sich nachts das sternübersäte Firmament über die endlose Leere als in der Heimat! Agrippa erblickte viele Wunder, darunter einen riesigen Salzsee, an dessen Ufern blühende Städte lagen.

Im Herbst feierten die Judäer das Laubhüttenfest. Agrippa beobachtete, wie die Männer im Freien Holzpfosten aufrichteten und sie mit Weidenschösslingen befestigten. Danach kleideten die Kinder die Gestelle mit Palmwedeln aus und schmückten sie mit bunten Früchten.

Agrippa wandte sich an Herodes: „Warum bauen alle diese kleinen Verschläge?"

„Damit erinnern wir an die Zeit, in der unsere Ahnen aus Ägypten geflohen sind. Damals hatten sie nachts keinen anderen Schutz als solche Hütten. Mit diesem Fest denken wir daran, dass Gott sein Volk sicher hierher in das gelobte Land geführt hat. Sieben Tage lang wohnen alle Gläubigen in Laubhütten. Sie singen dem Herrn Lieder, beten und danken für die Ernte. Die Nachbarn besuchen einander, um gemeinsam zu feiern und zu essen."

„Ein schöner Brauch."

Herodes lächelte erfreut. „Ein friedlicher Brauch." Er seufzte. „Im ganzen Land herrscht Friede. Ach, ich hoffe so sehr, dass mein Volk endlich zur Ruhe kommt – dass uns keine babylonische Gefangenschaft und keine ägyptische Knechtschaft mehr bevorstehen."

Agrippa straffte den Oberkörper. „Um dies zu verhindern, breitet der Adler Jupiters seine Flügel über den Völkern aus. Ich weiß, wir sind noch weit vom endgültigen Frieden entfernt. Aber es erfüllt mich mit Zuversicht, wenn ich sehe, wie segensreich sich die wenigen Jahre von Caesars Regierung schon jetzt auf das ganze Reich ausgewirkt haben – auch hier."

„Wir leben in einer Zeit großer Hoffnungen", bekräftigte Herodes, „und Gott muss mit euch Römern sein, denn überall wächst Neues und Gutes aus Altem und Krankem."

„Und ich wäre froh, wenn es mehr Herrscher deiner Art in unserem Reich gäbe. Du hast Größeres geleistet als jeder andere. Ich gebe es ungern zu, aber selbst viele unserer Statthalter haben weniger bewirkt als du hier, ein verbündeter König."

Herodes legte beide Hände auf seine Brust. „Ich kann das Kompliment nur zurückgeben: Kein Römer hat hier je erreicht, was du erreicht hast. Du hast uns reich beschenkt. Bei Prozessen hast du gerecht geurteilt, selbst wenn Griechen beteiligt waren, die doch früher immer begünstigt wurden. Du hast den Sanhedrion besänftigt und das Volk durch deine Freundlichkeit gewonnen. Sie benennen selbst die Tempel nach dir! Gerade vorhin hat man mir berichtet, dass sogar unsere Gemeinde in Rom ihrer neuen, großen Synagoge den Namen Agrippesioi gegeben hat! Ist das nicht ein Zeichen wahrer Zuneigung? Nicht nur ich hoffe, dass du noch lange bei uns bleibst!"

Agrippa lachte laut auf, teils über Herodes' Überschwänglichkeit, teils vor Freude über dessen Lob. „Vorerst habe ich nicht vor, euch zu verlassen. Ich fühle mich sehr wohl hier. Und das trockene Klima tut meinen Gelenken gut."

„Zieht es dich nicht nach Hause? Über ein halbes Jahr lebst du nun schon bei uns. Deine Frau hat dir ein Töchterchen geboren. Willst du deine kleine Agrippina nicht in die Arme schließen? Und deine Gattin?"

Agrippas Miene verdüsterte sich. Mit gerunzelter Stirn fixierte er einen Punkt in die Ferne. „Das lass meine Sorge sein, Herodes."

Agrippa blieb in Judäa, und liebend gern hätte er seinen Aufenthalt noch viele Monate verlängert. Doch kurz nach der Jahreswende erhielt er die Nachricht, am Bosporos seien Unruhen ausgebrochen. Das Gebiet war wegen seiner Getreidevorkommen sehr wichtig für Rom. Also musste er sich um die Sache kümmern.

Als Agrippa zum neuen Hafen Caesarea aufbrach, begleitete ihn eine riesige Menschenmenge bis hinunter ans Meer. Auf dem letzten Abschnitt regneten Kaskaden von Blumen auf ihn herab.

Noch lange winkten die Menschen an Land und Agrippa einander zu, während sein Schiff sich vom Ufer entfernte. Wie Fahnen schwenkten die Judäer ihre gestreiften Tücher und grüßten mit Palmzweigen.

Auch ihr König hob immer wieder die Arme. Noch nie hatte sein Volk einen Römer mit so offensichtlicher Zuneigung verabschiedet – nicht einmal mit Bedauern. Herodes fragte sich, ob sich eine solche Szene mit einem anderen römischen Machthaber je wiederholen würde. Unwillkürlich musste er die Stirn runzeln.

Dann begab er sich zu seinen Truppen. Er hatte Agrippa versprochen, sie auf dem schnellsten Weg ins Bosporanische Reich zu bringen, um die Römer im Kampf zu unterstützen.

Als die beiden einander wenige Wochen später wieder sahen, umarmten sie einander wie alte Freunde.

„Ich kann es nicht fassen!", lachte Herodes. „Was hat man mir unterwegs berichtet? Du hast den Krieg beendet ohne einen einzigen Mann zu opfern?"

„Welchen Krieg?"

„Als Julius Caesar hier in Pontos gekämpft hat, meldete er nach Rom: Ich kam, ich sah, ich siegte. Aber jeder weiß, dass ihn dieser Erfolg viel Blut gekostet hat. Dabei war es gar kein wirklicher Sieg, denn es ist Julius Caesar nicht gelungen, das Bosporanische Reich und Pontos zu vereinen und noch dazu zum Klientelstaat Roms zu machen. Aber du kamst, sahst und siegtest wirklich, und das alles, ohne einen Tropfen Blut zu vergießen!"

Agrippa schüttelte den Kopf. „Das kannst du nicht vergleichen, Herodes. Julius Caesar stand damals einem wütenden König von Pontos gegenüber. Ich dagegen hatte das Glück, dass der König von Pontos mit der benachbarten Königin des Bosporanischen Reiches in Streit lag. Schon als Polemon und Dynamis gehört haben, dass ich komme, haben sie die Waffen niedergelegt. Ich wollte aber mehr: dauerhaft Ruhe am Bosporos. Was lag da näher als eine Heirat zwischen den beiden verfeindeten Herrschern?"

„Wenn dieser Friede gar so leicht zu bewirken war, warum hat der römische Senat dir dann einen Triumphzug angeboten – zum dritten Mal?"

„Lächerlich. Ich werde mich in Rom nicht feiern lassen, weil ich eine Hochzeit gestiftet habe."

„Du hast den Frieden gestiftet."

Agrippa lachte gut gelaunt. „Allerdings! Polemon und Dynamis sind sehr glücklich miteinander. Wer hätte das gedacht? Sie haben mir für meine Vermittlung sogar ausdrücklich gedankt und ihre Hauptstädte in Caesarea und Agrippias umbenannt. Ein Grund für einen Triumphzug ist das aber noch lange nicht."

„Was könnte ein besserer Anlass für einen Triumph sein, als ein Friede ohne Waffen? Ist ein solcher nicht viel schwieriger zu erreichen als ein militärisch erzwungener?"

„Es bleibt dabei: Ich werde auch diesmal nicht triumphieren. Ich habe Wichtigeres zu tun. Es gibt hier noch so viel zu regeln! Auch dabei bitte ich dich um Hilfe."

Herodes sah ihn verblüfft an. „Mich? Was soll ich tun?"

„Nun, es wäre sehr förderlich, wenn du hier für den Römischen Frieden werben würdest. Erzähle den Pontinern und Bosporanern von deinen Erfahrungen als Verbündeter Roms! Nicht alle hier sind von dem neuen Bündnis so überzeugt wie Polemon und Dynamis."

„Im ganzen Reich wirst du keinen begeisterteren Botschafter Roms finden als den König von Judäa."

Erst gegen Ende des Jahres kehrte Herodes nach Jerusalem zurück, Agrippa nach Mytilene. Der judäische König erhielt ein großzügiges Abschiedsgeschenk: Agrippa erließ ihm ein Viertel der Jahressteuer, mit der Auflage, den Betrag für das Volk zu verwenden.

Herodes war entzückt: „All die Wohltaten, die du uns schenkst, können wir nie mehr an dir gut machen."

„Doch: Bleib einfach ein Freund Roms! So hilfst du Caesar und mir, unseren Traum von einem Reich des Friedens und der Gerechtigkeit in Wirklichkeit zu verwandeln. Alleine können wir die Welt nicht verändern. Nur wenn alle es wollen, geht es."

Wenig später erhielt Agrippa auf Lesbos Nachricht aus Jerusalem. Herodes schrieb stolz und glücklich, das Volk habe ihm bei seiner Rückkehr zugejubelt – zum ersten Mal im Leben!

„Na also!" Agrippa lehnte sich zufrieden zurück. Versonnen betrachtete er Julia, die die kleine Agrippina im Arm hielt. „Noch drei oder vier Monate, dann sind wir wieder in Rom", sagte er.

Julia blickte überrascht auf. „Wir fahren nach Hause?"

„Meine Regierungsaufträge laufen im kommenden Jahr ab. Ich muss also zurück, um sie verlängern zu lassen."

„Aber Tiberius ist doch in Rom! Der Senat hat ihn zum Konsul für das kommende Jahr ernannt. Kann er die Verlängerung nicht für dich veranlassen?"

Agrippa hob überrascht die Brauen. „Ich dachte, du würdest dich über diese Nachricht freuen! Du hast doch immer gesagt, es gefiele dir hier nicht."

Julia zuckte die Schultern und sah ins Leere. „Man gewöhnt sich an alles."

Bevor Agrippa mit seiner Familie im Frühjahr nach Rom aufbrach, brachte Herodes seinen Erstgeborenen nach Lesbos, Antipatros. Agrippa versprach, den Prinzen bei den besten Lehrern unterzubringen.

Während der vielen Mußestunden auf der Schiffsreise nach Italien, erzählte Agrippa dem jungen Judäer von all den Menschen, die er bald kennen lernen sollte: „Einer der außergewöhnlichsten Männer Roms ist Titus Statilius Taurus. Den hättest du erleben sollen, als er mich als jungen Tribun zum ersten Mal rangenommen hat!“, erinnerte sich Agrippa schmunzelnd. „Jetzt soll er allerdings ziemlich zahm geworden sein. Im vergangenen Jahr hat er sogar geheiratet. Taurus und heiraten! Ich kann es noch immer nicht fassen.“

„Vielleicht konnte er in diesem Fall nicht widerstehen?“, mutmaßte Antipatros süffisant.

„Davon gehe ich aus. Zumindest der Vater der jungen Dame galt in seinen Jugendtagen als einer der attraktivsten Männer der Stadt. Nicht nur ich habe ihn deshalb immer beneidet: Marcus Valerius Messalla.“

„Vaters Freund!“

„Ja, ihm verdankt dein Vater, dass er König wurde. Als Messalla als Legat des Antonius im Osten war, haben sie sich kennen gelernt. Später, als Herodes nach Rom fliehen musste, hat Messalla ihn dem Senat vorgestellt.“

„Was macht wiederum diesen Taurus so attraktiv, dass der edle Messalla ihm seine Tochter gibt?“

„Taurus? Der ist vielleicht der beste Feldherr Roms und ein enger Vertrauter Caesars. Außerdem ist er steinreich. Die junge Messallina heiratet halb Istrien und eine riesige Handelsflotte dazu. Aber erstaunlich finde ich es trotzdem, dass ausgerechnet der raue Taurus die Tochter des schöngeistigen Messalla heiratet.“

„Wer ist eigentlich der Marinekommandeur, der mit uns in Mytilene an Bord gegangen ist? Der wiederum macht auf mich alles andere als einen rauen Eindruck.“

„Sempronius Gracchus. Er stammt aus einer uralten und sehr tugendhaften Familie. Der junge Gracchus gefällt mir allerdings nicht so sehr. Aber ich lasse mich gerne vom Gegenteil überzeugen. Auch deshalb habe ich ihn mit an Bord genommen: um zu sehen, wie es mit ihm weitergehen soll.“

„Was gefällt dir nicht an ihm?“

„Er redet mir zu viel, und er lacht mir zu laut.“

„Ist das alles?“

„Ja. Nur so ein Gefühl.“ Mehr wollte Agrippa nicht sagen, denn so viel Vertrauen hatte er nicht zu dem jungen Antipatros. Tatsächlich wusste er mehr. Gracchus hatte in Rom nicht den besten Ruf. Es gab Gerüchte über allerlei Streiche, die er mit seinen Freunden – allesamt trinkfeste junge Herren aus besten Kreisen – angestellt hatte. Immerhin hatte Gracchus ein Kommando übernommen und die beiden letzten Jahre als Flottenbefehlshaber auf Lesbos verbracht. Die Aufgabe hatte er gut bestanden. Trotzdem mochte Agrippa ihn nicht.

Dafür schien sich der elegante Gracchus mit Julia und den beiden anderen jungen Offizieren, die mit ihnen reisten, umso besser zu verstehen. Während der Mahlzeiten ging es meist recht lustig zu – ein bisschen zu lustig für Agrippas Geschmack. Doch er schwieg um des lieben Friedens willen.

Nach einer ruhigen Überfahrt erreichten sie das italische Festland. In Tarentum machten sie Station. Während Agrippa sich mit den obersten Verwaltungsbeamten der Stadt traf, verbrachte Julia den Tag mit ihren Mitreisenden. Tarentum bot so viel Aufregendes, so viel Leben!

„Endlich wieder zurück in der Zivilisation“, lachte sie glücklich, während sie in Begleitung der Offiziere an Land ging. Sie hängte sich bei Gracchus ein und schenkte ihm ein gewinnendes Lächeln.

Antipatros stutzte. Niemals hätte eine verheiratete Frau in Judäa in der Öffentlichkeit eine solche Geste gewagt, schon gar nicht die Gattin eines so hochgestellten Mannes! Ob Agrippa davon wusste? Antipatros beschloss, sich aus der Sache rauszuhalten. Er war hier fremd. Mochten die Römer tun, was ihnen beliebte.

Trotzdem sah er immer wieder verstohlen zu dem jungen Paar hinüber. Sie schienen sich gut zu kennen, gingen vertraut wie Geschwister miteinander um – und doch auch nicht. Irgend etwas in der Gestik des Gracchus verriet Antipatros, dass der keinesfalls brüderliche Gefühle für seine Begleiterin hegte: das Beben der Nasenflügel, wenn er sie anlächelte, sein tiefer Blick, die sinnlich geöffneten Lippen, wenn er ihr zuhörte.

Als sie am Abend wieder aufs Schiff zurückkehrten, begrüßte Agrippa Antipatros freundlich: „Na, wie hat dir Tarentum gefallen?“

Der Judäer senkte den Blick. „Danke, bestens“, antwortete er fahrig und verschwand eilig.

Agrippa runzelte die Stirn. Was der junge Mann wohl hatte? Ob ihm an Land etwas Unangenehmes zugestoßen war?

In diesem Moment kamen auch die jungen Offiziere und Julia den Landungssteg hoch. Sie wirkten fröhlich und gelöst.

„War es schön?“, fragte er auch sie.

„Oh ja, wunderbar!“, antwortete Julia. „Nachher wollen wir noch ins Theater. Da geben sie Plautus.“

„Natürlich würden wir uns sehr geehrt fühlen“, fügte Gracchus höflich hinzu, „wenn du uns begleiten würdest.“

Agrippa winkte ab. „Wir legen morgen in aller Frühe ab, und ich habe heute Abend noch einiges mit den hiesigen Magistraten zu besprechen."

„Zu schade", beteuerte Gracchus.

„Nichts zu ändern. Viel Spaß auch. Valete." Agrippa wandte sich ab. Nachdenklich ging er an Land. Noch einmal sah er zurück. Irrte er sich oder lachte da oben an Deck jemand? Überhaupt war Agrippa schon bald nach ihrer Abreise aus Mytilene aufgefallen, dass eine seltsame Stimmung an Bord herrschte. Die Seeleute und Bediensteten verhielten sich äußerst unterwürfig. Trotzdem wurde er das Gefühl nicht los, als würden sie jedes Mal grinsen, kaum dass er sich umgedrehte. Was war nur los? Oder irrte er sich?

Agrippa war äußerst erleichtert, als sie wieder in Rom waren. Er fühlte sich sehr müde. Am liebsten hätte er sich für ein paar Tage ins Bett gelegt. Aber das ging nicht. Dem Jupiter musste er ein Dankopfer darbringen, vor den Senat treten, Dutzende von Empfängen über sich ergehen lassen, Anfragen aus den Ostprovinzen beantworten – der Marathon nahm kein Ende. Zwar tat Tiberius alles, um ihm Arbeit abzunehmen. Sein Schwiegersohn machte sich auch als Konsul bestens.

Trotzdem fühlte sich Agrippa überlastet, vor allem aber einsam, zumal Messalla noch bei Augustus in Spanien war. Kaum merklich schwollen seine Beine wieder an, und der ziehende Schmerz in den Gelenken wurde immer unerträglicher. Das Grünen der Bäume, die verliebten Blicke der jungen Männer und der Mädchen, das Trällern der Hausfrauen, die endlich wieder ihre Fensterläden weit öffnen konnten, all dies bekam er gar nicht mit. Agrippa sehnte nur noch die Rückkehr des Augustus herbei.

Anfang Juli war es endlich soweit. Obwohl er wieder einmal erkältet war, betrat der Princeps die Kurie bester Laune. Kurzerhand übergab er seine Rede einem Quästor und ließ ihn vorlesen, was er in den letzten Jahren in Gallien und Spanien getan hatte. Das dauerte lange: Augustus habe die neuen Gebiete vermessen, organisiert und besteuert, Straßen und öffentliche Gebäude gebaut, Pässe in den Alpen und Pyrenäen geöffnet, Kolonien gegründet, Stadtrechte verliehen, Veteranen angesiedelt, et cetera, et cetera. All dies summiere sich zu den glänzenden Erfolgen des Tiberius und Drusus im Norden und des Agrippa im Osten. Das römische Reich sei in allen Teilen befriedet, las der Quästor Augustus' Fazit vor, und alles gedeihe bestens.

Beeindruckt beschloss der Senat den Bau eines Altars des Friedens, einer Ara Pacis, nördlich der Stadt, auf dem Marsfeld. Tiberius' Mitkonsul Publius Quinctilius Varus präsentierte die Pläne für das Bauwerk: „Unsere glorreiche Vergangenheit wird durch Aeneas dargestellt, dessen ganzer Lebenszweck allein die Gründung eines neuen, besseren

Siedlungsortes war. Hier fand er ihn! Keine Mühe, keine Qual konnte ihn von diesem Ziel abbringen – nicht einmal die Verlockungen einer ausländischen Königin!"

Augustus lachte, und die Senatoren mit ihm. Jeder hatte die Anspielung auf Kleopatra verstanden.

„Ich danke euch, ehrwürdige Väter", krächzte Augustus und räusperte sich mühsam. „Und nun stimmt bitte ab."

Der Antrag zum Bau der Ara Pacis wurde ohne Gegenstimme angenommen. Dann brachten die Senatoren weitere Vorschläge vor, um dem Princeps zu huldigen. Er lehnte sie alle ab – einen sogar vehement: Jeder, der ihn am heutigen Tag um Gnade bäte, solle Straffreiheit genießen! Dennoch bedankte sich Augustus auch für diesen Antrag gerührt.

„Ach, wenn die Zeit nur stehen bliebe!", sagte er auf dem Nachhauseweg zu Agrippa. „Im ganzen Reich gibt es niemanden, der glücklicher ist als ich: Mein Volk liebt mich, überall herrscht Friede, alles wächst und gedeiht! Ich habe zwei herrliche Söhne und eine große, gute Familie, eine wunderbare Frau – und bin noch jung und stark genug, viele weitere Freuden zu genießen." Er sah zu Agrippa auf. „Und ich habe einen Freund wie dich!"

Agrippa nickte nur.

Augustus sah ihn mitleidig an. „Hast du noch immer so starke Schmerzen?"

„Sieh mich nur an", antwortete Agrippa bitter. „So wie ich aussehe, fühle ich mich."

Augustus runzelte die Stirn. Der Freund sah wirklich nicht gut aus: Sein Gesicht war rot und aufgedunsen, sein Gang schleppend. Jeder Schritt schien eine Herausforderung zu sein.

„Was sagt Musa?", wollte Augustus wissen.

„Das Übliche."

„Das wird schon wieder", tröstete Augustus. „Ich bin ja jetzt wieder da."

Wie zu erwarten, verlängerten die Senatoren in einer ihrer nächsten Sitzungen sämtliche Titel des Augustus, unter anderem das Prinzipat, auf das er so viel Wert legte. Agrippas Regierungsaufträge wurden für weitere zehn Jahre bestätigt, seine Tribunizische Unantastbarkeit für fünf Jahre.

Wenig später kehrte endlich auch Messalla aus Spanien zurück, gesund und heiter – und doch sollte ausgerechnet er bald einen Berg ins Wanken bringen. Nachdem er Augustus Bericht erstattet hatte, eilte er in Agrippas neues Heim. Der Abend dämmerte schon.

Tychicus wäre ihm sicher um den Hals gefallen, wäre nicht Messalla ein Patrizier und er selbst nur ein Freigelassener gewesen. Aber sein Strahlen sagte alles, als er den alten Freund seines Patrons erblickte:

„Willkommen, Marcus Valerius Messalla! Ich freue mich unendlich, dich gesund und wohlauf wieder zu sehen! Nein, welch ein Glück!"

Der Gast lachte gut gelaunt.

„Ich melde dich gleich", sagte Tychicus, als sie die Tür zum Garten erreichten. „Bitte warte kurz. Ach, Agrippa wird sich freuen, wenn er dich sieht! Über die Maßen!"

Agrippas neuer Garten war eine außergewöhnliche Anlage, voller duftender Sträucher und plätschernder Wasserspiele, auf deren Grund bunte Fische und Seepferdchen aus winzigen Mosaiksteinchen schimmerten. Agrippa saß im Schatten eines dichten Lorbeerbusches in einem gepolsterten Korbsessel, die Beine hochgelegt, als Tychicus angelaufen kam.

„Heute wird ein guter Tag!" japste sein Freigelassener aufgeregt. „Valerius Messalla ist da!"

Agrippas düsterer Blick hellte sich freudig auf. „Messalla! Bring ihn her, schnell!"

Aber da war Messalla schon da. Agrippa versuchte mühsam, sich zu erheben.

„Bleib sitzen, bitte!". Messalla beugte sich nieder und umarmte ihn fest. Dann sah er sich um. „So ähnlich stelle ich mir das Elysium vor. Wie schön dir auch dieser Garten gelungen ist!"

Agrippa lächelte wehmütig. „Ein junger Garten für einen alten Mann."

„Dummes Zeug! Du wirst schon wieder gesund. Jetzt, wo wir alle wieder beisammen sind, Caesar, du und ich, jetzt, wo du wieder römische Luft schnuppern und nachts römische Sterne sehen kannst! Hier wird man sich wieder gut um dich kümmern, anders als in den Provinzen."

„Sag mir nichts Schlechtes über die Provinzen! Mir ist es gut ergangen. Vor allem das Klima in Judäa war sehr wohltuend."

„Gleich erzählst du mir davon! Aber zuerst würde ich gerne etwas trinken. Es ist heiß heute!"

Agrippa wandte sich an Tychicus. „Bring Wein und Wasser für Messalla!"

Sichtlich enttäuscht, dass er dem Gespräch nicht weiter zuhören konnte, verschwand sein Freigelassener.

„Ich war sehr in Sorge", begann Messalla. „Man hat ja schlimme Dinge über dich berichtet."

„Ja, es ging mir in letzter Zeit wirklich nicht gut."

„Das kann ich verstehen. Was für eine Qual! Oh Agrippa! Es muss ja wirklich fürchterlich gewesen sein! Aber wichtig ist, dass jetzt alles wieder besser wird. Weißt du, jede Krankheit braucht ihre Zeit, um zu heilen, und so ist es mit jeder Wunde. Ich bin wirklich froh, dich verhältnismäßig wohlauf zu sehen, nach allem was passiert ist!"

„Sei still, Messalla. Du klingst ja schon wie ein alter Mann, der über nichts anderes zu reden weiß, als über Krankheiten."

„Das ist ein Wort! Das bist wieder du! Nur du kannst eine solche Sache so gut wegstecken! Hauptsache, alles ist jetzt vorbei und ihr vertragt euch wieder."

Verwirrt schüttelte Agrippa den Kopf. „Wen meinst du jetzt? Ich verstehe nicht ganz."

„Na, deine Frau! Wen denn sonst? Hast du nicht die ganze Zeit von ihr geredet?"

„Nein. Ich habe von mir geredet."

Messalla sah plötzlich sehr erschrocken drein. „Minerva!", entfuhr es ihm.

Agrippa beugte sich nach vorn und kniff die Augen zusammen. „Warum beschwörst du Minerva so innig? Messalla!"

„Es tut mir leid, ich wollte dich nicht an diese Sache erinnern. Wechseln wir das Thema!"

„Nein, bleiben wir dabei! Welche Sache, Messalla?"

„Du weißt doch genau, wovon ich rede!"

„Welche von den vielen Angelegenheiten, die meine Frau betreffen, meinst du?"

„Die mit Gracchus natürlich."

Agrippa erstarrte. „Ach so. Diese Sache." Er schlug die Hände vors Gesicht und stöhnte. „Ich verstehe." Sein Magen schmerzte wie nach einem Faustschlag. Wie ein Damoklesschwert war die Angst, erneut betrogen zu werden, die Familienehre nicht verteidigen zu können, all die Jahre über ihm gehangen. Jetzt war es also soweit: Mit dem schneidigen Flottenkommandeur hatte Julia ein Verhältnis. Er hätte es wissen müssen!

Messalla legte den Arm um Agrippas Schultern. „Reg dich bitte nicht auf. Es war zu dumm von mir, darüber zu reden."

„Lass nur! Ganz Rom redet doch über dieses Thema, nicht wahr?"

„Mach dir nichts aus dem, was der Pöbel redet."

Agrippa ließ die Hände wieder sinken. Tief enttäuscht sah er Messalla an. „Du meinst ganz sicher das Verhältnis meiner Frau mit Sempronius Gracchus, nicht wahr, Messalla?"

Der nickte erstaunt. „Ja, natürlich."

Plötzlich verzog Agrippa sein Gesicht zu einem bitteren Lächeln. „Du wirst es nicht glauben, aber das, was offenbar ganz Rom weiß, wusste ich bis vor wenigen Augenblicken nicht."

Messalla wich zurück, die Augen vor Schreck geweitet. „Gerechte Götter, Agrippa! Das tut mir leid! Wirklich! Ich wollte nicht …"

„Du kannst ja nichts dafür." Agrippa machte eine fahrige Bewegung. Sein Atem ging schwer. „Kennst du Details?"

„Agrippa, ich bitte dich, vergiss es einfach!"

„Mach nicht alles noch schwerer! Und jetzt antworte mir: Wie lang geht das schon?"

„Nun, die Gerüchte begannen so vor gut einem Jahr. Aber was heißt das schon? Agrippa, du solltest ..."

„Hör auf zu beschwichtigen, Messalla! Ich bitte dich, nein, ich verlange von dir, dass du mir genau Auskunft über alles gibst, was du weißt – über wirklich alles!"

Messalla begann stockend: „Sie sagen, du müsstest wohl irgend etwas falsch machen, weil deine Ehefrauen dich ständig betrügen – zuerst Caecilia, jetzt Julia. Seit gut einem Jahr macht die Sache mit Gracchus jetzt die Runde, also fing sie wohl schon früher an. Und sie sagen, Julia sei – sie sei verrückt, denn Gracchus sei ja nicht der erste. Sie sei eine – ich sage es nicht, das Wort!"

„Nicht der erste, nein?"

Messalla schüttelte den Kopf.

„Wer noch vorher?"

„Hier ein Aemilius, dort ein Fabius. Es waren mehrere, so viel weiß ich. Jullus Antonius war schon im Gespräch, bevor ihr geheiratet habt. Ich habe dich immer bewundert für deine – Großzügigkeit."

Agrippa sah verzweifelt zum Himmel hoch. „Ich war nicht großzügig! Nur einfach dumm. Ich dachte, es seien einfach nur Liebeleien, nichts Ernstes. Ich hätte nicht gedacht, dass sie mit diesen Männern tatsächlich ins Bett geht." Verletzt sah er Messalla an. „Ich wusste das alles nicht. Und während ich all dies nicht wusste, hat das ganze Reich darüber gelacht. Ich kann sie hören: Das geschieht ihm recht, dem volskischen Bauern! Hätte er sich nur weiter im Stroh gewälzt, wo er hingehört, statt auf dem Palatin den Hengst zu spielen."

„Sei still! Hör auf, dich so zu zerfleischen!"

„Messalla, tu mir einen Gefallen, und sei mir auch nicht böse: Geh nach Hause! Ich möchte allein sein."

„Agrippa, mach keine Dummheiten! Ich flehe dich an, bitte, bleib ruhig! Egal was du vorhast: Wäge ab, ob es die Sache wert ist!"

„Geh! Bitte!"

Messalla knetete sich die Hände. „Versprich mir, dass du nichts tust, was du bereuen könntest."

„Vale."

Messalla ging langsam davon. Noch einmal drehte er sich um. „Vale, Agrippa, mein Freund."

Aber der reagierte nicht mehr. Er stierte nur vor sich hin.

Fröhlich summend trat Tychicus in den Garten hinaus, ein Tablett mit farbigen Gläsern und Kannen balancierend. Verdutzt sah er sich um, als er Agrippa alleine da sitzen sah. „Wo ist Valerius Messalla?"

Agrippa sah zu ihm hoch. Tychicus schluckte. Sein Patron sah schrecklich aus: die Augen blutunterlaufen, die Finger um die Armlehnen gekrallt. „Du!“, knurrte er. „Komm her.“

Erschrocken sah Tychicus sich um. Nein, niemand sonst war hier.

„Ja, dich meine ich“, raunte Agrippa heiser. „Komm ganz dicht zu mir, mein Tychicus.“

Zittrig stellte der Freigelassene sein Tablett auf den Brunnenrand. Zögerlich trat er näher. Er war nur noch eine Armlänge von ihm entfernt, da schnellte Agrippas Hand mit ungewöhnlicher Behändigkeit nach vorne. Er packte Tychicus am Ausschnitt und zog ihn zu sich. Noch nie hatte sein Patron ihn so angesehen! Was war nur geschehen? Bei Pluto, was hatte Messalla nur getan, um Agrippa so in Rage zu bringen?

Tychicus spürte Agrippas heißen Atem, sah die kalte Wut in seinen grauen Augen. Er roch seinen Schweiß und das Zedernöl, mit dem Tychicus ihn am Morgen eingerieben hatte. Seltsame, völlig unwichtige Dinge fielen ihm auf: der kleine Schnitt am Kinn, wo er ihn beim Rasieren verletzt hatte, die grauen Strähnen in den braunen Haaren, die Falten um die Augen, die bleiche Haut. Bange Sekunden des Entsetzens vergingen. Sie kamen Tychicus wie Ewigkeiten vor.

„Du hast das mit Julia gewusst, du elender Hund“, stieß Agrippa hervor, „das mit Gracchus und den anderen zuvor.“

Tychicus war starr vor Schreck. Mühsam schluckte er. Dann sah er die Hand kommen. Reflexartig schloss er die Augen. Wie Feuer brannte der Schlag von Agrippas Pranke auf seiner Wange. Metallener Blutgeschmack breitete sich in seinem Mund aus. Er leckte sich über die aufgeplatzte Lippe. Nach wie vor hielt Agrippas linke Faust ihn am Ausschnitt umkrallt. Noch immer wollte sich Tychicus kein Wort entringen, so sehr er es auch versuchte. Die Wut in Agrippas Augen lähmte ihn wie ein Schlangenblick.

„Ich konnte es nicht“, gelang es ihm endlich doch. „Ich konnte es einfach nicht!“

Agrippa zog die Mundwinkel verächtlich nach unten. „Wie viel hat dir meine Frau bezahlt?“

Tychicus öffnete entsetzt den Mund. „Nichts! Bei Jupiter, gar nichts!“

„Und warum hast du mir dann nichts gesagt?“, brüllte Agrippa. „Warum? Du, der du alles ausschnüffelst und alles weißt? Du warst bei Julia in Mytilene, die ganzen Jahre. Warum hast du zugelassen, dass ich zum Gespött der ganzen Welt werde?“ Wieder krachte Agrippas Rechte auf Tychicus’ Wange, diesmal sein Handrücken auf die rechte Backe. Der goldene Siegelring riss eine blutige Schramme quer über sein Gesicht. Dann stieß er Tychicus von sich. Der fiel auf sein Gesäß.

Schwerfällig stemmte Agrippa seine mächtige Gestalt aus dem Sessel und beugte sich über seinen Diener. Wie ein strafender Gott erschien er Tychicus, das zornige Haupt hoch in den glutroten Wolken.

„Warum?“, fragte Agrippa erneut.

„Du hast mich so sehr gedauert“, winselte Tychicus.

Agrippa schnaubte. „So weit ist es also gekommen, dass sogar meine Freigelassenen nur noch Mitleid mit mir empfinden. Dich habe ich von allen am meisten geliebt. Dir habe ich vertraut wie keinem anderen von ihnen. Und doch hast du es zugelassen, dass ganz Rom über mich lacht, statt mich zu informieren, was da unter meinem Dach geschah. Gerade du! Du hast mich verraten. Du also auch.“

Tychicus wagte noch immer nicht, sich zu rühren.

„Geh weg, Tychicus!“, sagte Agrippa leise, aber unmissverständlich.

Der Angesprochene riss entsetzt die Augen auf. „Nein!“

„Sei froh, dass ich dir nicht die Knochen breche.“

Plötzlich kam Leben in Tychicus. „Nein!“, schrie er, richtete sich auf und umklammerte Agrippas Beine. „Nein, Agrippa, mein Patron, Freund, geliebter Herr, das kannst du nicht tun! Ich habe es nicht übers Herz gebracht, es dir zu sagen! Das ist alles! Ich konnte dich nicht noch mehr leiden sehen!“ Aufschluchzend barg er sein Gesicht an den aufgedunsenen Beinen seines Patrons, die er schon so oft sorgenvoll in nasse Tücher gewickelt hatte. „Agrippa! Nein! Bitte!“

„Hör auf mit dieser Komödie“, hörte er die eisige Stimme von oben. „Das hättest du dir früher überlegen müssen. Und steh auf. Ich hätte mehr Haltung von dir erwartet, nach all den Jahren.“

Aber Tychicus ließ noch immer nicht von ihm ab.

„Wachen!“, hörte er seinen Patron plötzlich rufen. Tychicus klammerte sich noch verzweifelter fest. Die Tritte schwerer Stiefel kamen näher.

„Werft ihn raus“, befahl Agrippa.

Harte Hände rissen Tychicus von den Beinen weg, an die er sich gekrallt hatte, an den Mann, dem er sein ganzes Leben geschenkt hatte, den er so sehr liebte wie ein Diener seinen Herrn nur lieben konnte.

Jemand drehte ihm den Arm auf den Rücken und schob ihn vorwärts. Wenig später fiel die Tür von Agrippas Haus hinter ihm zu. Tychicus war, als öffne sich im gleichen Moment die Erde abgrundartig vor ihm.

Nicht ohne Mitleid sahen die Türwächter dem gefallenen Freigelassenen nach, als er ein letztes Mal zu ihnen zurücksah.

Schluchzend stolperte Tychicus den Tiberis entlang. Was kümmerte es ihn, dass die Menschen ihn verwundert anstarrten? Er überquerte die Brücke, die zur Stadt führte – Agrippas Brücke, über die auch die Aqua Virgo floss, jedoch in die andere Richtung. Wo sollte er hin? Was sollte er tun?

Sterben! Oh ja, sterben! Getrieben von einer magischen Hand lenkten ihn seine Füße zum Ufer hinunter. Zitternd brachen sich die Lichter der Fackeln und Lampen im glucksenden, schwarzen Wasser. Agrippas Villa war noch hell beleuchtet. Tychicus wusste genau, wer jetzt welche Aufgabe im Haus verrichtete, wo er selbst jetzt hingegangen wäre, um nach dem Rechten zu sehen, was der Koch tat, und dass die Sklaven und Diener jetzt beieinander saßen und erzählten. Sicher war sein Rauswurf heute das Thema Nummer Eins!

Sehnsüchtig streckte er die Arme aus. „Agrippa!" Doch tiefer als der Tiberis konnte kein Meer zwischen zwei Menschen sein.

Plötzlich fühlte er ein Stechen im Rücken.

„Gib dein Geld raus, wenn dir dein Leben lieb ist", zischte eine Stimme.

Tychicus erstarrte. „Ich habe nichts", keuchte er. Während das Messer sich noch tiefer in seine Haut bohrte, untersuchten zwei Hände hastig seinen Körper.

„Er hat wirklich nichts", hörte Tychicus.

„Soll ich ihn abstechen?", fragte die andere Stimme.

Doch bevor die Diebe eine Entscheidung treffen konnten, lenkte etwas ihre Aufmerksamkeit ab.

„Verflucht!", fauchte der eine. „Eine Patrouille!" Schon waren die beiden Schatten verschwunden.

Fast im gleichen Moment standen die Stadtwachen vor Tychicus.

„Halt!", kommandierte ihr Anführer und hob seine Laterne. „Wen haben wir denn da? Was machst du denn hier so alleine im Dunkeln?"

Tychicus schluckte. Was sollte er sagen? Alles klang ja unglaubwürdig! Also entschloss er sich zur Wahrheit: „Ich war der Hausverwalter Marcus Vipsanius Agrippas. Aber seit heute nicht mehr. Ich bin hier, um zu weinen, Bürger!"

Die Männer sahen sich befremdet an. „Der spinnt", sagte schließlich einer.

„Vielleicht hat ein Liebeskummer ihn wahnsinnig gemacht", schlug ein anderer vor, „und jetzt will er sich umbringen."

Der Anführer legte den Kopf schräg. „Oder er ist ein ausgekochter Spitzbube, der uns an der Nase herumführen will." Er wandte sich an Tychicus. „Hast du irgendwelche Männer hier gesehen? Wir waren ein paar Taschendieben auf der Spur."

„Sie haben mich überfallen, ja. Aber als ihr kamt, sind sie geflohen."

„Wohin?"

„Dort hinunter."

„Warum bist du hier trotzdem stehen geblieben, hm? Warum hast du nicht um Hilfe gerufen oder bist weggerannt?"

„Weil ihr kamt."

Der Patrouillenführer schüttelte den Kopf. „Er lügt entweder schamlos oder er ist wirklich verrückt."

„Festnehmen?", fragte eine der Wachen.

Sein Vorgesetzter kratzte sich im Nacken. „Gebt ihm eine Tracht Prügel und lasst ihn laufen. Das hat noch keinem geschadet. Irgendwas wird er schon verbrochen haben, um die Hiebe zu verdienen, wenn er sich hier um diese Zeit herumtreibt – Marcus Agrippas Hausverwalter! Dass ich nicht lache!"

Als erwarte er Hilfe von seinem ehemaligen Patron, blickte Tychicus noch einmal über den Tiberis zu dessen Villa hinüber. Was Agrippa jetzt wohl tat, wo er wohl war ...

Weiter kam er nicht mit seinen Gedanken. Schon krachte ein Stock auf seinen Rücken, auf die Arme, den Nacken. Instinktiv riss Tychicus die Hände vors Gesicht, dann ging er in die Knie. Der Wachmann hörte auf.

„Noch ein paar, Vibius?"

„Noch fünf, weil er ein dreckiger Lügner ist, die lichtscheue Gestalt."

„Haut mich doch gleich tot!", schrie Tychicus. „Ich wäre euch dankbar!"

„Er spinnt wirklich", hörte er einen der Männer sagen. Einer packte ihn an der Tunika, zerrte ihn hoch und zurück ins fahle Licht der Uferstraße. Noch einmal leuchteten sie ihm mit der Laterne ins Gesicht.

„Sieh zu, dass du dich hier fortmachst", warnte ihn der Patrouillenführer, „sonst kann es dir wirklich passieren, dass wir dir deinen Wunsch erfüllen und dich totschlagen. Sollten wir dich noch einmal erwischen, wie du im Dunkeln hier herumschleichst, geht die Sache nicht mehr so gut für dich aus. Los! Fort mit dir! Geh nach Hause!"

Mit eingezogenem Kopf schlich Tychicus davon. Der Stadtwächter hatte gut reden! Wohin sollte er denn gehen? Er hatte doch kein Zuhause mehr ...

Nachdem seine Wachen Tychicus aus dem Haus geworfen hatten, rief Agrippa nach dem Stellvertreter seines Freigelassenen: „Castor!"

Angesichts des soeben Erlebten, kam der junge Diener zutiefst erschrocken herbeigeeilt.

„Hilf mir hinein", befahl Agrippa, „in das Zimmer meiner Frau!"

Julia saß vor ihrem Kosmetiktisch und mischte ein Duftöl. Ein verführerisches Parfüm schwebte im Raum. In der Ecke saß eine Amme, Agrippina auf dem Arm. Die beiden Frauen sahen auf, als Agrippa unter dem Türrahmen erschien.

Ächzend ließ er sich in einen Sessel fallen. „Raus, los!", fauchte er

Castor an. „Und du auch!“, wandte er sich an Julias Sklavin. Hastig huschten die Angesprochenen hinaus.

Julia hielt prüfend ein Glasgefäß gegen das Licht. „Was ist los? Warum platzt du hier herein wie ein Elefant?“

„Wer ist Agrippinas Vater?“

Julia stellte bedächtig die Phiole auf den Tisch und legte die Hände in den Schoß. „Du natürlich.“

„Das glaube ich dir nicht.“

„Doch. Das kannst du gern. Alle vier Kinder sind ganz sicher von dir.“

„Woher weißt du das? Und sag jetzt nicht, du seiest mir all die Jahre treu gewesen! Diese erbärmliche Lüge kannst du dir sparen.“

„Das hatte ich auch gar nicht vor. Schön, dass du das Thema endlich ansprichst. Ich habe mich schon immer gefragt, wann es einmal so weit sein würde.“

„Ist sie von Gracchus?“

„Das ist sie nicht! Ich sagte es bereits. Hörst du mir nicht zu?“

Agrippa entfuhr ein wütendes, tiefes Brummen.

Julia reckte das Kinn. „Es ist doch ganz einfach: Wenn man schwanger ist, kann man kein zweites Kind empfangen. So viel weißt doch wohl sogar du über Frauen. Und das schwöre ich dir: Ich habe nie mit einem anderen Mann geschlafen, wenn ich nicht schwanger war – nur wenn schon ein Brot im Ofen drin war.“ Sie lachte spöttisch. „Und deshalb weiß ich genau, dass Agrippina dein Kind ist, ebenso wie die drei anderen.“

Ihr Mann sah sie fassungslos an. „Ich will dich nie mehr sehen, Julia.“

„Das wäre schön. Aber dein Freund Caesar Augustus, mein liebender Vater, wird das nicht zulassen.“

„Ein anderer Mann würde dich jetzt halb tot prügeln.“

Sie zuckte mit den Achseln. „Ein anderer als du, ja. Aber du darfst das nicht, denn unser beider Herr könnte etwas dagegen haben. Also werden wir weiter vor ihm kriechen und unsere Rollen spielen. Oder hast du einen besseren Vorschlag, mein großer Gebieter, Prokonsul und Sieger von Actium und Naulochoi?“

Mühsam stand er auf. „Mach was du willst.“ Ohne weitere Worte verließ er den Raum. Er schleppte sich in sein Schlafzimmer und verriegelte die Tür hinter sich.

Niemand wagte, ihn zu stören – bis zum nächsten Tag. Um die Mittagszeit waren die Sklaven so besorgt, weil er noch immer nicht gerufen hatte, dass sie sich tuschelnd vor Agrippas Tür versammelten.

„Was sollen wir jetzt machen?“, fragte einer.

„Wenn Tychicus nur da wäre!“, seufzte ein anderer. „Der wäre wahrscheinlich einfach reingegangen.“

„Das traue ich mich nicht", sagte Castor. „Außerdem ist die Tür verriegelt."

„Aber was ist, wenn er krank ist oder sich umbringt? Dann sind wir schuld, weil wir nicht auf ihn aufgepasst haben. Castor, du musst da rein!"

„Oder Hilfe holen."

„Und wen?"

Castor zuckte hilflos die Schultern. „Caesar Augustus. Es geht ja wohl um eine Sache, die mit der Herrin zu tun hat. Wahrscheinlich wegen ihrer Untreue. Warum sonst sollte der Herr so wütend sein? Es wundert mich ohnehin, dass er nicht schon früher mal klare Worte geäußert hat."

„Wir können doch nicht einfach nach dem Augustus schicken! Wie stellst du dir das vor?"

„Ich bin sicher, Tychicus hätte genau das getan. Immerhin geht es um unseren Herrn." Castor sah sich verzweifelt um. „Wünscht mir Glück, Freunde!"

Die anderen klopften ihm aufmunternd auf die Schultern. Dann machte sich Castor zitternd auf den beschwerlichen Weg den Palatin empor.

Augustus hatte sich gerade zum Mittagsschlaf hingelegt. Es war ein heißer Tag. Erst nach einigem hin und her ließ sich einer der Türwächter von dem aufgeregten Castor überreden, den Hausverwalter Diomedes zu holen. Der hatte sich ebenfalls zur Ruhe begeben. Mürrisch empfing er Agrippas neuen Leibdiener. „Was ist so wichtig, dass du um diese Zeit hier erscheinst und mich wecken lässt?"

Der Angesprochene wischte sich den Schweiß von der Stirn. „Diomedes, ich weiß mir keine Hilfe mehr! Bei uns geht es drunter und drüber. Der Herr hat sich seit gestern Abend eingeschlossen. Zuvor hat er Tychicus rausgeworfen. Was soll ich tun? Da dachte ich, ich suche Rat bei euch!"

Diomedes war plötzlich hellwach. „Er hat Tychicus rausgeworfen? Das kann nicht sein! Wie das?"

„Das weiß ich nicht! Valerius Messalla war da, und wenig später hat der Herr Tychicus geschlagen und rauswerfen lassen. Dann war er bei seiner Frau, aber allein, so dass wir nicht wissen, was zwischen den beiden geredet wurde. Und dann hat er sich eingeschlossen."

„Gut, dass du gekommen bist!" Diomedes drückte kurz den Oberarm des verzweifelten jungen Mannes. „Das klingt alles nicht gut. Dein Herr hat doch noch nie einen seiner Bediensteten geschlagen, oder?"

Castor schüttelte den Kopf. „Bis gestern nicht."

„Ich werde sehen, was ich tun kann. Warte hier." Diomedes eilte fort, kehrte aber gleich darauf wieder zurück. „Komm mit! Caesar will hören, was du zu sagen hast."

Nachdem Castor seinen Bericht beendet hatte, erhob sich Augustus mit einem unwilligen Knurren vom Bett. „Ruft meine Diener!"

Während sie durch die Mittagshitze stapften, schwiegen alle. Dann erreichten sie Agrippas Residenz.

„Wo ist Julia?", fragte Augustus, kaum dass die Türwächter ihn eingelassen hatten.

„In ihren Gemächern", antwortete einer der Sklaven mit einer tiefen Verbeugung.

Mit forschen Schritten trat Augustus in den Wohnraum seiner Tochter.

„Auf dich habe ich gewartet", empfing ihn Julia. „Ave, Vater."

„Was ist hier los?"

„Dein Freund Agrippa wurde gestern von der betrüblichen Erkenntnis übermannt, dass ich ihn nicht liebe."

Augustus trat wütend auf sie zu. „Ich verlange einen anderen Ton von dir!"

Julia blitzte ihn an. „Was denn sonst noch, Vater? Und wenn ich es nicht tue? Was willst du dann mit mir machen? Willst du mich verhauen? Bitte, tu es doch! Es wäre lange nicht so schmerzhaft und abstoßend wie die Nächte mit deinem Reichshengst. Allein bei der Erinnerung daran, wie sich der versoffene, aufgedunsene Krüppel jedes Mal über mir abgestrampelt hat bis wieder ein Kind unterwegs war, könnte ich mich übergeben! Oder willst du mich ins Exil schicken? Ich wäre dir dankbar!"

Einen Augenblick schwieg Augustus verdutzt. „Hör zu, mein Kind", sagte er, sich mühsam beherrschend, „du antwortest mir jetzt brav und folgsam – oder ich schicke dich tatsächlich ins Exil, und zwar in eines, für das du mir nicht dankbar sein wirst!"

„Das wagst du nicht!"

„Wer sollte mich dran hindern? Dein Mann? Der wird mir gratulieren! Willst du es darauf ankommen lassen?"

„Also gut. Ich sagte es bereits: Agrippa hat mich zur Rede gestellt – ob Agrippina seine Tochter sei."

Augustus funkelte sie giftig an. Darum also ging es! Er hatte es befürchtet. Schweigend überlegte er eine Weile. Dann verließ er den Raum.

Als er an Agrippas Tür klopfte, antwortete niemand.

„Agrippa!" Augustus klopfte erneut, diesmal nachdrücklicher. Noch immer war kein Laut zu hören. Die Sklaven, die den Princeps umringten, sahen ihn ängstlich an. „Ich lasse die Tür einschlagen!", brüllte Augustus plötzlich. „Hast du mich verstanden? Agrippa, mach sofort auf!"

Endlich hörte man von drinnen ein Schlurfen. Erleichtert atmeten die Sklaven auf: Der Herr lebte also! Dann öffnete sich die Tür.

Ein ungekämmter Agrippa stierte Augustus wütend an. Sein stets so gepflegtes Kinn war mit Stoppeln bedeckt. Dunkle Ringe lagen unter seinen Augen.

Augustus trat ein und schloss die Tür. „Du riechst streng", begrüßte er den zerzausten Freund.

„Was willst du?" Ächzend ließ sich Agrippa auf sein Bett fallen und starrte zur Decke.

„Warum hast du Tychicus rausgeworfen?"

„Ich wüsste nicht, was dich mein Gesinde angeht. Tychicus hat mich verärgert, Tychicus ist fort." Er machte eine wegwerfende Geste. „Er war doch nur ein Freigelassener."

Augustus stutzte: Das war nicht der Agrippa, den er kannte. „Tychicus muss etwas Schlimmes angestellt haben, damit du dich von ihm trennst."

Agrippa richtete sich im Bett auf und blähte die Nasenflügel. „Das Schlimme, das Tychicus angestellt hat, war, dass er nichts getan hat. Er hat vielmehr geschwiegen, aber genau das hätte er nicht tun dürfen!" Er verneinte mit dem Zeigefinger. „Er hat mir Treue geschworen. Oh, verehrter Patron, mein Agrippa, hat er gesäuselt, ich werde dich lieben bis an mein Lebensende, nur dich, und dir immer treu sein. Das hat er gesagt. Und jetzt? Jahrelang hat er mit angesehen, wie meine Frau mich betrogen hat. Und was hat er gemacht? Nichts! Während ganz Rom sich über mich lustig gemacht hat, hat mein treuer Tychicus zugesehen. Das war sein Fehler, Caesar: Dass er nichts getan hat! Dass er mir jahrelang verschwiegen hat, dass meine Frau eine billige Hure ist, die mit jedem lausigen Köter ins Bett geht."

Fieberhaft überlegte Augustus, was er sagen sollte, um die Wogen zu glätten.

„Und du, mein Freund", fuhr Agrippa fort, „du hast es auch gewusst. Du hast es immer gewusst. Du hast schon gewusst, dass sie eine Hure ist, als sie noch mit dem armen Marcellus verheiratet war. Trotzdem hast du mir Marcella weggenommen, damit ich deine dreckige Schmuddeltochter heirate. Du hast mich genauso verraten. Wäre ich nur selbst Marcellus und schon tot!"

„Ich hatte gehofft, bei dir würde sie sich beruhigen – unterwerfen. Jeder hat das gehofft. Alle haben das gesagt: Wenn Agrippa es nicht schafft, schafft es keiner."

„Wer sind alle?"

Augustus seufzte. „Livia. Tiberius. Maecenas."

„Und der Rest von Rom dazu! Ihr habt mich wieder mal vorgeschickt, euren Dummkopf aus Arpinum, wie in Naulochoi, nicht wahr? Ab in die Arena mit eurem Agrippa! Ich biete euch ja immer so ein schönes Schauspiel! In Naulochoi hatte ich noch Verständnis. Da ging es um viele Menschenleben, um die Zukunft unseres Volkes. Aber jetzt? Jetzt geht es doch nur um deine Gier, einen Erben zu bekommen. Dein fügsamer Hund Agrippa musste es mal wieder richten, nicht wahr?"

„Hör auf, dich so erbärmlich selbst zu bemitleiden! Du wirst mir doch nicht im Ernst weismachen wollen, du hättest nichts von Julias Eskapaden gewusst? Lass mich aus dem Spiel, wenn es um deine Ehe geht!"

„*Meine* Ehe? Ich habe nichts von ihren Affären gewusst! Das zum ersten. Und zweitens ist das nicht nur *meine* Ehe! *Du* wolltest sie doch unbedingt, diese Ehe! Die meine mit Marcella war bestens!"

„Natürlich. Immer bin ich es, der an allem schuld ist. Habe ich dich gezwungen, Agrippa? Freiwillig bist du aus Mytilene angereist, freiwillig hast du die Scheidung vollzogen, freiwillig hast du Julia genommen. Du hast vier Kinder mit ihr gezeugt. Vier! So sehr kann dich diese Ehe also gar nicht angewidert haben. Nein, du konntest der Versuchung nicht widerstehen, Vater der neuen Caesaren zu werden, du, Marcus Vipsanius aus Arpinum. Aber natürlich, ich bin jetzt schuld, wenn deine Frau dich betrügt! Bist du ein Mann oder eine Memme? Wenn du ein Mann bist, dann benimm dich auch so! Unternimm etwas! Aber sitz hier nicht rum und jaule mich an. Geh hin und verprügle deine Frau! Ich werde dich nicht hindern. Schließe sie in dein Haus ein und kastriere deine Sklaven. Bitte schön, nur zu! Es wären nicht die ersten Eunuchen, die wir hier haben. Dreh Gracchus den Hals rum! Tiberius und ich werden dich vor Gericht verteidigen. Aber erwarte nicht, dass ich dich mit Achtung behandle, wenn du dich wie ein winselnder Hund aufführst!"

Agrippa sah ihn düster an – und schwieg.

Augustus schnaubte ärgerlich: „Hast du noch eine Zunge?"

„Ich gehe fort. Macht, was ihr wollt. Ruf mich, mein Caesar, wenn du wieder jemanden zum Sterben brauchst. Dann komme ich gern! Aber verschone mich vor diesem stinkenden Sumpf hier!"

Augustus rieb sich nachdenklich das Kinn. „Vielleicht wäre es das Beste. Zieh dich zurück. Kurier dich aus und beruhige dich."

„Ich danke dir, Herr."

Augustus trat zu Agrippa ans Bett. „Werde jetzt nicht blöde!" Er setzte sich auf die Bettkante. „Was machst du mit Julia?"

Agrippa zuckte die Schultern. „Nichts. Sie bleibt hier. Meinetwegen kann sie einen eigenen Lotterladen in der Subura aufmachen. Ich gebe sie dir auch gern wieder zurück. Ich werde die Scheidung aussprechen, Caesar. Gib sie sonst einem von deinen Freunden. Es ist mir egal."

„Sei vernünftig!" Augustus legte ihm die Hand auf den Arm. „Wer wird denn wegen so was gleich die Scheidung aussprechen? Das müsste ja halb Rom tun, wenn man einen Seitensprung nicht mal vergeben könnte. Was sollte Livia da sagen?" Augustus stupste ihn an. „Agrippa! Du hast vier Kinder mit deiner Frau."

„Ich?", fragte Agrippa und hob die Hand an die Brust. „Nein! Du hast vier Kinder von deiner Tochter. Ich habe sie nur für dich gezeugt, und es war eine zweifelhafte Freude. Es brauchte manchmal recht viel Wein, um in Stimmung zu kommen."

„Wie auch immer. Jetzt sind sie da, vier wunderbare Kinder! Und es stimmt nicht, dass sie nur mir gehören. Ich habe immer darauf bestanden, dass wir beide ihre Väter sind! Du und ich, eine Seele mit zwei Körpern – weißt du nicht mehr, Agrippa, mein alter Freund?"

Der hob Augustus die Hände entgegen. „Sieh dir das an! Ich kann nicht einmal mehr die Finger richtig ausstrecken. Caesar, ich kann nicht mehr. Ich will nicht mehr. Ich bin so müde. Und ich werde nur immer noch müder."

Betroffen betrachtete Augustus Agrippas geschwollene Hände. Sie zitterten. „Geh auf dein Landgut in die Sabinerberge", schlug er dann vor, „nach Pompeji zu deinen Pferden. Oder nach Baiae. Willst du in meiner Villa wohnen? Oder fahr auf die Insel vor Surrentum, die ich vor ein paar Jahren gekauft habe, nach Capri. Bau dir ein schönes Haus drauf. Agrippa, das Leben geht weiter!"

„Ich fahre in die Sabinerberge."

Augustus drückte seinen Unterarm. Plötzlich umschloss er den Freund stürmisch mit den Armen. „Denk nach! Und komm bald wieder. Ich brauche dich doch so sehr!"

Agrippa befreite sich aus der Umklammerung. Traurig sah er Augustus an. „Nein. Da irrst du dich."

„*Du* irrst dich! Außer vielleicht Livia, habe ich keinen Menschen auf der Welt, den ich so sehr liebe wie dich!"

„Das kann sein. Aber du brauchst mich trotzdem nicht. Niemand braucht mich."

„Rom, Agrippa, *dein* Rom braucht dich! Ohne dich würden hier noch immer Mord und Totschlag herrschen, Hunger und Krieg. Ohne dich würde Kleopatra vielleicht tatsächlich auf dem Kapitol Recht sprechen, wie sie immer gedroht hat! Du hast den Frieden in Rom erkämpft, und dann hast du eine Stadt aus Ziegeln in eine Stadt aus Marmor verwandelt, hast Glanz und Schönheit geschaffen, wo die Menschen vorher im Schmutz gewatet sind – im ganzen Reich, selbst in den Provinzen! Du hast deinem Volk Erben geschenkt und es dadurch vor neuem Leiden behütet. Da sagst du, Rom brauche dich nicht?"

Agrippas Augen erinnerten an einen langen Winterregen. „Rom hat mich vielleicht einmal gebraucht – so wie du. Aber jetzt braucht auch Rom mich nicht mehr. Mein Lebenskreis ist zu Ende."

Augustus tätschelte ihm sehr, sehr behutsam den Unterarm. „Komm bald zurück! Und werde gesund."

Noch am gleichen Tag fuhr Agrippa auf sein Landgut in den Bergen östlich von Rom. Einsam und schweigend verbrachte er die nächsten Wochen. Er nahm kaum etwas zu sich.

Anfang Dezember meldete Messalla seinen Besuch an. Als er ankam, hießen ihn die Sklaven erst einmal im Atrium warten. „Der Arzt hat gerade seine Gelenke bandagiert, und die Wickel müssen erst wirken", erklärte Castor. „Das dauert noch ein Weilchen."

Als die Behandlung vorbei war und sich die Tür öffnete, erschrak Messalla. Er erkannte Agrippa kaum noch, so dünn war er geworden. Schlaff hing die Haut um seinen früher stiernackigen Hals, tief hatten sich die Falten in seine Stirn und seine Wangen eingegraben. Aus dem früher so kräftigen, strahlenden Mann war ein Greis geworden. Aber er lächelte immerhin, als er Messalla umarmte.

„Geht es dir besser?", fragte der Freund besorgt.

Agrippa nickte. „Du wirst es nicht glauben, aber die Schmerzen haben nachgelassen. Die Ruhe hier tut mir gut. Ich reite sogar schon wieder aus."

„Das freut mich", seufzte Messalla erleichtert. „Und ich habe dir auch noch jemanden mitgebracht, der dich sicher noch weiter aufheitern wird."

„Du bist mir doch der Liebste, Messalla! Wer sonst könnte das also sein?"

Sein Freund wandte sich geheimnisvoll um und verschwand nach draußen. Agrippa hörte ein leises, helles Lachen. Dann öffnete sich die Tür, und mit einem Jauchzer rannte Lucius herein, direkt in die Arme seines Vaters.

„Söhnchen!", rief der überrascht und sichtlich glücklich. „Mein kleiner Lucius!" Er nahm den Fünfjährigen hoch und küsste ihn.

„Vater, ich habe dich so vermisst!", sagte der Junge mit großen Augen. „Wann kommst du wieder nach Hause? Gaius und Julilla wollen das auch, und Tante Livia und mein anderer Vater. Gaius und ich wohnen jetzt bei ihnen auf dem Palatin."

Agrippa schloss die Augen und drückte Lucius' Köpfchen an seine Wange. „Mein Lucius, mein Caesar", murmelte er, „es geht mir schon bald wieder gut." Er ließ ihn wieder hinunter, setzte sich und nahm den Sohn auf den Schoß. „Du bist gewachsen seit ich weg bin!" Lächelnd fuhr er dem Kind durch die Locken. „Bald bist du so groß wie ich."

Lucius nickte stolz. „Das sagt mein anderer Vater auch."

„Ist er denn lieb zu dir?"

Wieder nickte Lucius. „Aber nicht so wie du."

„So etwas sollst du nicht sagen. Dein Vater liebt dich wie sein Leben."

„Du nicht?"

Agrippa barg das Gesicht in Lucius' Schopf. „Doch, mein Sohn. Mehr als das!"

„Dann kommst du bald wieder nach Hause?", fragte der Kleine.

Agrippa sah zu Messalla hoch. Dem war die Rührung ins Gesicht geschrieben. „Du solltest es dir wirklich überlegen", unterstützte er das Kind. „Du kannst ja nicht ewig im freiwilligen Exil leben."

„Lass uns später darüber reden", erwiderte Agrippa. „Ich bin noch immer so schrecklich müde."

Den Nachmittag verbrachten sie mit Lucius. Das Gut war riesig, und es gab für den Jungen Tausenderlei zu entdecken. Die Sklaven stießen sich an, wenn sie ihren Herrn mit dem Kind kommen sahen. Alle eilten herbei, um den Kleinen zu begrüßen, ihn hochzunehmen oder wenigstens zu berühren und dem Vater Komplimente zu machen. Die Stallknechte zäumten eine friedliche alte Stute auf. Zum ersten Mal saß Lucius auf einem Pferd. Mit vor Aufregung roten Wangen thronte er da und strahlte, während ihn der Oberstallmeister herumführte.

Am Abend fiel der Junge müde ins Bett. „Ich will immer hier bei dir bleiben", sagte er zu Agrippa, als der ihm den Gutenachtkuss gab. „Es gibt nichts schöneres als den Osten!"

Agrippa lachte auf. „Na, der Osten ist noch ein bisschen weiter weg. Hier sind wir nur in den Sabinerbergen."

Lucius nickte wissend. „Ich weiß – in Mytilene ist der Osten. Vater, kann ich bei dir bleiben, in den Sabinerbergen?"

„Was wird dein Lehrer dazu sagen?"

„Der kann doch auch herkommen – oder du kaufst mir einen neuen."

Agrippa hob überrascht die Brauen. Bescheidenheit schien keines der Erziehungsziele zu sein, das bei dem Jungen angestrebt wurde. Vielleicht wäre es ganz gut, wenn das Bürschlein eine Weile aus Rom rauskäme. „Mal sehen." Er küsste Lucius. „Und du schläfst jetzt, ja? Alle gütigen Götter mit dir, die Ahnen und die Laren."

„Mit dir auch, Vater, und du hast die Penaten vergessen."

„Wie konnte ich! Zum Glück hast du dich an sie erinnert." Agrippa wuschelte ihm in den Haaren. Dann erhob er sich und ging hinaus.

Lange saß er am Abend noch mit Messalla beisammen. Während sie ins Feuer sahen und sich an vergangene Tage erinnerten, heilte Agrippas Seele ein weiteres Stückchen. Hier draußen war alles so friedlich, so ruhig, so gut. Rom schien weit weg. Selbst der Gedanke an Julia beunruhigte Agrippa kaum noch.

Messalla blieb zwei ganze Wochen. Mit jedem Tag fühlte Agrippa wieder ein wenig mehr Kraft in sich keimen. Als Messalla sich auf den

Heimweg machte, ging es dem Kranken fast schon wieder gut. Seine Bewegungen waren weniger stockend, und er schritt wieder kräftiger aus.

Eine Woche vor den Saturnalien meldete man Agrippa, seine Tochter Vipsania Maior und Tiberius hätten ein Kind bekommen. Nero Claudius Drusus hatten sie es genannt.

Jetzt war Agrippa also Großvater. Da beschloss er endlich, nach Rom zurückzukehren.

„Ich bin so gespannt auf deinen Neffen", sagte er zu dem kleinen Lucius, „und irgendwann müssen wir ja schließlich wieder nach Hause."

Sein Sohn nickte ernst. „Mama wartet bestimmt auf uns. Und Tante Livia und mein anderer Vater und Gaius, Julilla und Agrippina und der Lehrer. Und mein Hund. Vater, und wann kommt Tychicus wieder? Ist er zu den Saturnalien wieder da?"

Agrippa zuckte zusammen. Lucius war in seiner Einfalt wie ein Spiegel, der die dunkelsten Seiten seiner Seele zurückwarf.

„Tychicus?", murmelte er betreten. „Hm. Ich weiß es nicht."

„Warum ist er fort?"

„Weil ich es so wollte."

„Und warum?"

„Weil er mich angelogen hat."

Lucius überlegte angestrengt. „Schickst du mich auch weg, wenn ich lüge?"

Agrippa verneinte. „Aber lügen sollst du trotzdem nicht. Das ist hässlich und sehr unrömisch, vor allem für einen Caesar."

„Ach so", stellte Lucius fest, „weil Tychicus kein Caesar ist, hast du ihn weggeschickt."

Agrippa schwieg betreten. Sein Sohn hatte den Nagel auf den Kopf getroffen – und das war eine beschämende Erkenntnis.

War es die fröhliche Festtagsstimmung an den Saturnalien? War auch Julia in sich gegangen? Jedenfalls empfing sie ihren Mann und ihren zweiten Sohn nach deren Rückkehr freundlich. Sie küsste Agrippa sogar auf den Mund. „Ich sehe, es geht dir wieder besser."

„Die Tage auf dem Land haben mir gut getan", antwortete er gefasst.

Das Fest verbrachten sie bei Augustus. So eng sein Heim im Vergleich zu Agrippas neuem Haus am Flussufer war, so gemütlich war es dort, in dem altmodischen, etwas verwinkelten, aber heiter ausgemalten Anwesen.

Am Vorabend hatten alle ihre Häuser mit grünen Zweigen und bunten Girlanden geschmückt. Am Morgen der Saturnalien hatte Julia, wie es Brauch war, Feuer vom Heiligtum der Vesta geholt und das Herdfeuer mit der reinen Flamme neu entzündet. Dann hatte sie eine dicke Honiggrütze mit Rosinen gekocht und jedem Bediensteten einen Schlag davon auf seinen Teller gegeben.

Agrippa hatte das Ahnenopfer nicht im Atrium, sondern auf dem Herd in der Küche abgehalten. Nach dem Frühstück hatte er jedem seiner Diener Geld, Kerzen und ein Geschenk gegeben, den Kindern außerdem Tonpüppchen. Dann hatte er alle zum Feiern in die Stadt entlassen. Das war seit Jahrhunderten so Sitte, denn an den Saturnalien stand alles Kopf: Die Sklaven herrschten, und die Herren bedienten und beschenkten sie.

So hatten die Frauen auch auf dem Palatin alle Hände voll zu tun. Aber das schien ihnen sogar Freude zu machen. Dankbar sah Augustus Livia an, wenn sie ihm heißen Würzwein nachschenkte oder einen Teller mit Plätzchen oder eingelegten Kastanien vor ihn hinstellte.

Tiberius schien sich heute besonders viel Mühe mit Vipsania zu geben. Trotzdem hatte Agrippa das Gefühl, als wäre da ein Missklang zwischen den beiden. Vipsania war blass und in sich gekehrt. Keine von Tiberius' freundlichen Gesten konnte ihre sorgenvoll gerunzelte Stirn glätten. Immer wieder sah sie mit dem Blick eines verwundeten Rehs zu ihrem Vater hinüber. Er nahm sich vor, sie so bald wie möglich zu fragen, was denn los sei.

Auch Julia schien das aufgefallen zu sein, denn sie gab sich äußerst freundlich mit dem jungen Paar. Wenn Vipsania in der Küche war, schenkte sie Tiberius liebevoll Wein nach. Immer wieder versuchte sie, den wortkargen Mann in das allgemeine Gespräch mit hineinzuziehen.

Tiberius aber stierte nur böse vor sich hin. Auch Vipsania reagierte nicht auf Julias Freundlichkeit. Verdrossen erkannte Agrippa, dass in der Familie wieder einmal etwas geschehen sein musste, wovon er keine Ahnung hatte.

Während die Kinder durch das Haus tobten, redeten die Männer über die neusten Unruhen in Pannonien. „Wer hält zurzeit die Stellung?“, wollte Agrippa wissen.

„Marcus Vinicius“, erklärte Augustus.

„Bis jetzt konnte er die aufständischen Stämme noch ganz gut unter Kontrolle halten“, ergänzte Tiberius, „aber seine Lage wird immer gefährlicher. Vorgestern kam ein Eilbrief, in dem er dringend um Verstärkung bat.“

Agrippa nickte sorgenvoll. „Wenn erst der Frühling kommt, geht es bestimmt wieder los. Bis dahin muss Hilfe bei Vinicius angekommen sein.“

„Mir gefällt das nicht“, knurrte Tiberius. „Gerade haben Drusus und ich die Völker im Süden Germaniens und am Danuvius beruhigt, jetzt fangen in Pannonien Unruhen an. Damit droht unser Alpenring wieder auseinander zu brechen.“

„Wie geht es Drusus?“, wechselte Agrippa das Thema.

„Der ist heute mit seiner Antonia und ihrem Söhnchen bei Octavia“, antwortete Augustus. „Es wird Zeit, dass du den Kleinen mal wieder siehst, Agrippa. Er ist sehr gewachsen. Ein süßer Bursche, alle Achtung! Dabei sehe ich Drusus heute noch in der Kindertunika durch das Haus springen – und jetzt ist er Vater! Tiberius, es wird Zeit, dass du mal ein wenig mehr Enthusiasmus zeigst als bisher. Dein Haus ist noch immer viel zu groß für dich, Vipsania und einen Sohn allein.“

Tiberius' Miene verdüsterte sich. „Lass mich doch in Ruhe! Du kannst nicht über Nachwuchssorgen klagen, bei vier männlichen Erben in der Familie, zwei von Agrippa, einem von Drusus und einem von mir.“

Augustus holte tief Luft. „Na gut, lassen wir das. Auf die Saturnalien!“ Er hob sein Glas.

„Vipsania, mein Mädchen“, sagte Agrippa einige Stunden später beim Abschied, „wie wäre es, wenn du den frisch gebackenen Großvater deines Sohnes morgen einmal besuchen würdest? Deine Sänftenträger sind dann ja wieder da, wenn auch vielleicht noch ein wenig wacklig auf den Beinen! Oder soll ich lieber zu dir kommen?“

Vipsania umarmte ihn stürmisch und drückte sich an ihn. „Komm du zu mir!“

Er sah sie eindringlich an. „Du hast doch was!“

Statt zu antworten, riss sie sich los und lief weg.

„Vipsania!“, rief Tiberius hinter ihr her. „Ihr verzeiht!“, stieß er mit einem gehetzten Blick in die Runde hervor und eilte ihr nach.

„Was ist da schon wieder los?“, fragte Agrippa in die Runde.

Augustus betrachtete angestrengt den Nachthimmel. Livia gähnte demonstrativ.

„Komm, mir ist kalt“, drängte Julia. Agrippa nahm erstaunt zur Kenntnis, dass sie seine Hand ergriff.

„Weißt du, was Vipsania hat?“, fragte er auf dem Nachhauseweg.

„Sicher ist sie so kurz nach der Geburt noch ein wenig durcheinander. Findest du es nicht seltsam, dass sie erst jetzt ein Kind bekommen hat – mit einundzwanzig? Dabei ist sie schon seit acht Jahren verheiratet! Hm! Tiberius scheint mir kein sonderlich lustvoller Mensch zu sein.“

Agrippa zog die Brauen zusammen. „Über Tiberius' Sinnlichkeit solltest du dir keine Gedanken machen.“

„Sondern lieber über deine, hm?“ Julia lachte in sich hinein. „Das tue ich, mein Gemahl, glaube mir.“

Überrascht sah Agrippa sie an. Was war nur los mit ihr?

Still und dunkel lag Agrippas Haus da. Außer den Wächtern war nur ein altes Sklavenpaar zu Hause geblieben. Der Mann zündete eine Lampe in der Vorhalle an, als sie kamen. „Geht nur schlafen", schmunzelte Agrippa. „Ausziehen kann ich mich schon noch alleine."

Kaum lag er im Bett und hatte das Licht gelöscht, öffnete sich die Tür. „Julia?", fragte er ins Dunkel.

Statt einer Antwort hob jemand seine Bettdecke und schlüpfte darunter. „Julia?", wiederholte er. Das war nicht zu fassen – das hatte sie noch nie getan!

„Erstaunt dich das?", flüsterte sie.

„Allerdings", sagte er und tastete mit der Hand nach ihr. Er fühlte ihre nackte Haut. Jetzt wunderte er sich noch mehr.

„Mir war nach dir", raunte sie. Agrippa schluckte, als sie begann, seine Brust zu streicheln. „Du warst so lange weg", fuhr sie fort, während ihre Hand über seinen Bauch langsam abwärts glitt. Sanft begann sie, sein Glied zu massieren. Irgend etwas in seinem Kopf schrie ihm zu, dass hier etwas nicht stimmte, aber mit jeder Liebkosung wurde diese Stimme leiser und machte jenem so lange vermissten genussvollen roten Nebel Platz, der sich in seinem Kopf auszubreiten begann. Er seufzte.

„Das gefällt dir!" Julia lachte leise. „Lass dich fallen, Marcus. Lass uns unser Leben neu anfangen, du und ich."

Ein Stöhnen entrang sich ihm, während sie ihren Griff verstärkte. Woher hatte sie nur diese Behändigkeit? Egal! Schon wollte er sie packen, um sich, wie gewohnt, auf sie zu werfen, da stieß sie ihn sanft zurück.

„Heute bin ich dran", gurrte sie, „und du bleibst jetzt ganz ruhig liegen. Vertrau mir."

Bebend vor Lust legte er sich zurück. Er spürte, wie sie seine Hände nahm und zusammenband.

„Bleib liegen", flüsterte sie rau, zog seine Hände nach oben und knotete das Tuch an einer der Bronzefiguren oberhalb des Bettkopfstücks fest. Julia richtete sich auf. Mittlerweile hatten sich seine Augen an die Dunkelheit gewöhnt. Ihr prachtvoller, üppiger Körper schimmerte wie Elfenbein.

„Ich könnte dich jetzt umbringen", sagte sie laut, „und das werde ich auch tun, Marcus Agrippa. Ich werde dich langsam vor Lust töten."

Sie beugte sich wieder zu ihm nieder. Ein heißer Schreck durchfuhr ihn, als er ihre Lippen auf seinem Bauch fühlte, wie sie zärtlich in seine Haut biss, wie sie endlich seinen Phallus umschloss und immer fordernder, dann wieder unendlich sanft liebkoste bis er fast die Besinnung verlor. Seine Hände wehrten sich gegen die Fesseln, wollten zupacken, sich in ihr Fleisch schlagen – umsonst. Warum tat sie heute all jene Dinge, die sie noch nie mit ihm getan hatte? Warum machte sie ihn heute so rasend, wo sie doch früher immer getan hatte, als wolle er sie vergewaltigen? Dann verstummte auch diese Frage, denn Julia ließ von ihm ab. Der plötzliche Entzug machte ihn rasend.

„Was willst du?“, fragte sie.

Er spannte die Muskeln an, konnte sich aber noch immer nicht befreien. „Dich, Julia!“, stöhnte er. „Ich will deinen Körper, deine Brüste, in deinen süßen Leib.“

Sanft liebkosten ihre Finger erneut sein Geschlecht. „Das war nichts“, tadelte sie. „So sagt das kein richtiger Mann.“

Er leckte sich die trockenen Lippen. „Nimm mich, Julia, oder lass mich frei! Aber wenn du das tust, dann damit ich dich auseinanderreiße!“

„Ich bin doch nicht verrückt!“, hörte er sie leise lachen. „Heute wirst du mir Genuss bereiten, nicht ich dir.“

Mit diesen Worten schwang sie ihr Bein über ihn und nahm ihn in sich auf. Vor Glück und Erregung hätte er weinen können. Langsam ließ sie ihren Körper kreisen, und die Dinge, die sie während dessen flüsterte und stöhnte, waren so unerhört tierisch, dass er es kaum fassen konnte. So eine Nacht hatte er noch nie erlebt! Mehr noch, von so einer Nacht hätte er ausgerechnet mit Julia nicht einmal zu träumen gewagt!

Ihre Bewegungen wurden immer ekstatischer. Mit einem markerschütternden Schrei brach sie plötzlich über ihm zusammen. Sie seufzte und jammerte, als habe sie sich verletzt. Dabei war doch er derjenige, der verzweifelt vor unerfüllter Lust dalag, unfähig sich zu rühren, dessen Körper kurz vor dem Höhepunkt so grausam aus seiner Ekstase zurückgerissen wurde.

„Julia!“, beschwor er sie. „Lass mich frei, ich flehe dich an!“

„Und wenn nicht?“, hörte er ihre Stimme. „Wenn ich dich die ganze Nacht hier so liegen ließe wie Sisyphus, immer darauf achtend, dass du nicht erschlaffst, mein Held, aber ohne Erlösung?“

„Dann wird das erste sein, wenn die Sklaven mich morgen befreien, dass ich mich auf dich stürze und mir nehme, was mir gehört – und den Sklaven, wenn er schön ist, gleich noch mit!“

„Ich dachte, du liebst keine Männer“, reizte sie ihn weiter und verstärkte kaum merklich den Druck ihrer Finger. Ihm fuhr es durch Mark und Bein.

„Wenn du so weitermachst, nehme ich sogar den alten Cotta, wenn ich ihn zwischen die Finger kriege“, stöhnte er.

Da band sie ihn mit einem genüsslichen Lachen endlich los. Mit einer einzigen raubtierhaften Bewegung ergriff er sie, warf sie auf den Rücken und drang wie im Wahnsinn in diesen wollüstigen, herrlichen

Leib, der so üppig und weich war wie keiner, den er bisher besessen hatte. Er knetete ihre fraulichen, runden Brüste, fühlte, wie er sich nichts verzweifelter wünschte, als noch einmal ein Kind in diesen saftigen, jungen Körper zu pflanzen, wie er noch einmal Leben zwischen diesen kräftigen Schenkeln schaffen wollte. Welche urgewaltige Lust allein in dem Gedanken lag, ein Kind zu zeugen! Weit erregender war der als jeder andere, mit nichts zu vergleichen! Welch ein wahnsinniger Taumel! Agrippa spürte kaum, wie Julias Nägel seinen Rücken aufrissen. Was er in diesem Liebeskampf fühlte, verstärkte nur seine Wonne.

„Du bist so hart, so riesig und hart“, raunte sie. Da ergoss er sich mit einem Aufschrei.

„Julia!“, stöhnte er, während sein Kopf niedersank. Sie umfing ihn und streichelte sein verschwitztes Haar, langsam und vorsichtig. Das tat so gut, nach all diesen Jahren der Einsamkeit und des Hasses – so unendlich gut.

Wie verzaubert registrierte er am nächsten Morgen, dass Julia noch immer neben ihm lag. Noch nie hatte sie eine ganze Nacht bei ihm verbracht! Friedlich wie ein Kind lag sie da, die sinnlichen Lippen leicht geöffnet. Eine Welle tiefer Freude durchströmte ihn. Alles konnte noch gut werden, alles! Er küsste Julia zart. Dann schob er sich vorsichtig aus dem Bett, zog seine Untertunika über den Kopf und ging leise hinaus.

Im Bad erwartete Castor ihn schon. „Guten Morgen, Herr.“ Der Sklave sah etwas zerknittert aus. Offenbar war die Nacht auch für ihn anstrengend gewesen.

Agrippa ließ sich mit einem zufriedenen Brummen ins Wasser gleiten. Lange Zeit saß er darin, die Augen geschlossen, und genoss die wohlige Hitze. Nachdem er endlich genug hatte, trocknete Castor ihn mit einem weichen Leintuch ab. „Möchtest du eine Massage?“, fragte er.

Agrippa legte sich auf die Liege. „Sei vorsichtig!“

Überrascht entdeckte Castor die frischen Wunden auf dem Rücken seines Herrn. Offensichtlich hatte Saturn auch diesem eine gute Nacht beschert! Behutsam goss Castor Öl auf seine Hände und begann mit der Massage. Zum Abschluss rasierte er Agrippa eingehend, feilte ihm die Nägel und half ihm beim Ankleiden. Castor war sehr zufrieden mit seinem Werk: Was auch immer in der Nacht geschehen war, es hatte seinem Herrn gut getan. Die Morgenbehandlung hatte diesem offensichtlich erfrischten Agrippa den letzten Schliff verliehen. So hatte ein Prokonsul auszusehen! Er würde wieder gesund werden, ganz bestimmt!

Als Agrippa bei Vipsania ankam, zog sie ihn hastig zu sich in ihr Zimmer.

„Was ist los, meine kleine Große?“, fragte er besorgt.

Doch Vipsania antwortete nicht, sondern warf sich schluchzend an seine Brust. Er hielt sie fest und klopfte ihr sanft den Rücken, lange Zeit, als sei sie noch ein Säugling, den es zu beruhigen galt.

„Tiberius“, hörte er sie nach einer Weile schnüffeln.

„Tiberius?“

Vipsania nickte, blickte aber noch immer nicht auf.

„Was ist mit Tiberius? Ist er krank?“

Jetzt erst löste sie sich. Mit verweinten Augen sah sie Agrippa an. „Es ist alles so fürchterlich, Vater. Ich weiß nicht, ob es stimmt, aber ich habe Angst, dass Tiberius mich betrügt.“

„Uh“, beschwichtigte er und drückte Vipsania erneut an sich. „Ist das denn sicher? Mein Käferchen, Tiberius liebt dich doch, das sieht und weiß doch jeder! Wenn er einmal eine Nacht woanders verbracht hat, war das sicher nicht ernst gemeint.“

Vipsania stemmte sich plötzlich gegen seine Umarmung. „Nein, Vater, Tiberius hat nirgendwo übernachtet. Und zumindest sagt er, dass er mich nicht betrogen hat. Ich glaube ihm das auch – noch glaube ich es.“

Ein wenig ungeduldig zog Agrippa die Brauen zusammen. „Warum bist du dann so durcheinander und zitierst mich auf den Palatin, wenn Tiberius dich doch überhaupt nicht betrogen hat?“

In dem Moment öffnete sich die Tür. Tiberius stand dort, noch in der Senatorentoga. Offenbar war er gerade aus der Stadt zurückgekehrt.

„Salve, Schwiegervater“, grüßte er, trat ein und schloss die Tür hinter sich. „Die Sache ist ungleich komplizierter als du denkst.“

„Salve, Tiberius“, sagte Agrippa, den Arm noch immer um Vipsania gelegt. „Wie kann ausgerechnet ich euch dabei helfen?“

Die beiden Eheleute sahen sich hilflos an. „Sag du es ihm“, presste Vipsania hervor.

Tiberius rieb sich die Stirn oberhalb der Nasenwurzel, eine Geste, die Agrippa schon öfter an ihm beobachtet hatte, wenn er ratlos war. „Es ist so“, begann Tiberius mit tiefer Stimme und so leise, dass Agrippa ihn kaum verstand, „dass – es ist gut, Schwiegervater, dass du wieder in Rom bist.“

Agrippa schüttelte verwirrt den Kopf. „Was soll das Orakeln, Tiberius? Drück dich aus wie ein erwachsener Mensch.“

„Eben darum fällt es mir schwer. Agrippa, wir brauchen deine Hilfe – insofern als wir hoffen, dass du endlich etwas tust, um deiner Frau die Zügel anzulegen.“

Agrippa erinnerte sich an die letzte Nacht. Ein leises Lächeln huschte über sein Gesicht. Doch gleich wurde er wieder ernst. „Wie meinst du das?"

„Ist dir gestern nicht aufgefallen", stieß Vipsania hervor, „wie sie Tiberius schöne Augen gemacht hat?"

„Nein." Agrippa schüttelte entschieden den Kopf. „Sie war nur freundlich zu ihm wie zu einem Verwandten, wie zu einem Bruder."

„Wir sind nicht verwandt", fiel Tiberius ein, „auch wenn wir zusammen im gleichen Haus aufgewachsen sind." Er seufzte. „Agrippa, ich liebe und achte dich über die Maßen. Ich bin froh, dass du mein Schwiegervater bist. Glaube mir, es ist so. Um so mehr schmerzt es mich, dir die Wahrheit sagen zu müssen. Kurz und gut, während deiner Abwesenheit in den Sabinerbergen hat Julia mehrfach versucht, mich für sich zu gewinnen."

„Warum sollte sie das tun? Sie hat sich in all den Jahren nie für dich interessiert."

„Warum sollte ich das erfinden?"

„Was hat sie getan?"

„Erspare es mir, Details zu nennen. Allein ihre wörtlichen Anspielungen waren eindeutig."

Agrippa verneinte fassungslos. „Warum?"

„Vielleicht weil sie dachte, es ginge dir so schlecht dass du ...es war Stadtgespräch, dass es dir sehr, sehr schlecht ging."

Agrippa winkte ab.

„Ich hätte nie gedacht", fügte Tiberius düster hinzu, „dass ich nicht nur dein Schwiegersohn, sondern eines Tages auch dein Rivale als Mann werden sollte."

„Weiß es Caesar?"

„Er schaut weg."

„Und deine Mutter?"

„Sie schweigt, wie immer."

„Du bist sicher, dass es so ist?"

„Agrippa, wie würdest du folgende Aussage werten: Tiberius, mein Mann ist ein Krüppel, und es dauert nicht mehr lange bis er endlich über den Styx geht. Wir beide sind füreinander geschaffen. Du solltest mein Mann sein, du, ein edler Claudier aus ältestem Geschlecht, und nicht dieser schändliche Vipsanier. Und ich, in deren Adern Julius Caesars Blut fließt, ich werde deine Frau sein. Was hängst du an dieser farblosen Enkelin eines Atticus, an diesem Nichts ohne Vergangenheit? Findest du mich nicht schön, Tiberius?"

Agrippa fühlte jedes einzelne Wort seines Schwiegersohnes wie siedendes Öl schmerzen, das sich in seine Haut fraß. Er schloss die Augen. Brennende Scham und namenlose Enttäuschung raubten ihm fast den Atem: Dann war die letzte Nacht, jene glückliche Liebesnacht, nur eine bizarre Farce gewesen, nichts als der berechnende Versuch seiner Frau, ihn mit allen Mitteln zu beschwichtigen, ihn blind zu machen. Schließlich musste Julia damit rechnen, dass Tiberius nicht zu ihr, sondern zu seiner geliebten Vipsania halten würde – möglicherweise sogar ihre Worte an Agrippa verraten würde.

Genau das war jetzt eingetreten: Tiberius war zu aufrecht, um Julias Spiel zu decken. Er war zumindest seinem verehrten Schwiegervater gegenüber zu ehrlich, um zu schweigen.

Matt ließ Agrippa den Arm von Vipsanias Rücken gleiten. „Sie hätte wenigstens warten können, bis ich wirklich tot bin." Seltsamerweise fühlte er weder Wut noch Schmerz – nur eine große, öde Leere im Herzen, wie eine staubige, graue und kalte Wüste. Er überlegte einen Augenblick. Dann sah er Tiberius an. „Hat sie vor, bei meinem Tod nachzuhelfen?"

Tiberius zuckte die Schultern. „Bis jetzt zumindest hat sie darüber nichts gesagt."

„Aber sicher daran gedacht."

„Gut möglich."

„Vater", drang Vipsania in ihn, „du musst hier weg. Du schwebst in Lebensgefahr! Oder du musst Caesar dazu bringen, Julia wegzuschicken. In jedem Fall musst du ihr die Scheidung aussprechen!"

Agrippa verneinte. „Noch vor ein paar Wochen hatte ich dies fest vor, egal mit welchen Konsequenzen. Aber nach allem, was ich heute gehört habe, Vipsania, weiß ich jetzt ganz sicher, dass es keine Scheidung von ihr geben kann – jetzt nicht mehr. Wenn Julia frei wäre, gäbe es keine größere Bedrohung für deine Ehe als sie. Gerade du solltest also zu allen gütigen Göttern flehen, dass ich bei ihr bleibe."

„Ich werde sie auf gar keinen Fall heiraten", fiel Tiberius trotzig ein, „nicht um alles in der Welt."

„Solange ich lebe, wirst du das auch nicht müssen."

„Deshalb musst du hier weg, und zwar so schnell und so weit wie möglich!", drängte Vipsania.

Die beiden Männer sahen sich an. „Denkst du auch, was ich denke?", fragte Agrippa.

Tiberius nickte langsam. „Pannonien, nicht wahr?"

„Niemand wird Verdacht schöpfen."

„Beim Heer bist du sicher."

„Nur eins, Tiberius: Ich kann nicht ewig in Pannonien bleiben."

„Ich werde mit Caesar reden. Vielleicht hat er ein Einsehen."

„Ich werde selbst mit Caesar reden. Aber ich verspreche mir nicht viel davon. Wenn es um seine Erben geht, ist er blind."

„Nein, Schwiegervater! Wenn es um seine Erben geht, sieht er glasklar. Das ist noch viel schlimmer, denn dann setzt jegliches Mitgefühl bei ihm aus. Dann sieht er nur noch eines: Caesaren mit julischem Blut. Und Julia ist diejenige, die es am unverdünntesten besitzt."

Agrippa legte wieder den Arm um Vipsania, als könne er sie so beschützen. Er ergriff Tiberius' Hand und drückte sie. „Wir sind wie Blätter im Wind."

„Ich werde mich am Baum festklammern", widersprach Vipsania leidenschaftlich.

„Ach, mein Mädchen", seufzte Agrippa. „Wenn der Winter kommt, lässt die Kraft auch der schönsten Blüten und Blätter nach."

Nachdem Agrippa in sein Haus zurückgekehrt war, erkannte Julia sofort, dass Tiberius ihn informiert hatte. So gab sie ihr Theaterspiel auf. Schweigend zog sie sich in ihr Zimmer zurück. Jetzt hatte Agrippa endgültig Gewissheit.

Noch am gleichen Tag informierte er Augustus, er werde nach Pannonien ziehen.

Der wunderte sich sehr. „Jetzt? So kurz nach der Wintersonnenwende?"

Da erzählte Agrippa ihm, was er von Tiberius erfahren hatte. „Soso", murmelte Augustus nur, „an Tiberius soll sie hängen, sagst du? Nun, es hätte schlimmer kommen können – wenn es denn stimmt. Was ich im Übrigen bezweifle. Es ist nichts als Plänkelei. Wie immer nimmt Tiberius alles viel zu ernst. Deshalb solltest du hier in Rom bleiben. Das ist doch Unsinn, was ihr euch da zusammenreimt! Ein Komplott gegen dich! Blödsinn, zumal Tiberius gar nicht mitmacht. Was soll das?" Augustus lachte leichthin. „Lass doch Tiberius nach Pannonien gehen, wenn du ihn fürchtest!"

„Heute versucht es deine Tochter bei Tiberius – und morgen vielleicht bei Jullus oder bei einem anderen, der dann aber nicht zu mir hält wie mein Schwiegersohn. Ich denke nicht daran, hier zu bleiben."

„Was ist, wenn dir in Pannonien etwas passiert? Dieses Volk ist ein eisenharter Gegner. Und dann die Kälte! Agrippa, du mit deiner Gicht! Und was ist mit deinem Herzen? Das ist doch Wahnsinn."

„Meine Krankheiten haben sich gelegt. Im Übrigen bin ich auch ein harter Gegner. Ich fürchte die Pannonier weniger als ein Leben mit deiner Tochter, Caesar. Um es einmal anders auszudrücken: Dein Vater hätte besser auch auf die warnenden Stimmen gehört, als es noch Zeit war, statt sich seinen Mördern auszuliefern."

Augustus schüttelte den Kopf. „Du redest irr. Aber gut, ich kenne dich. Wenn du nicht von deinem Plan abzubringen bist, geh eben nach Pannonien. Aber erlaube, dass ich dich wenigstens bis Aquileia begleite. Wie du weißt, findet dort ein Treffen der Stammesfürsten statt. Ich werde ihnen die Gunst meiner Teilnahme erweisen. Und ich glaube, du und ich haben unterwegs noch einiges zu besprechen."

Augustus stattete Agrippa mit allen nur möglichen Vollmachten aus und ließ sie vom Senat bestätigen.

Als bereite er sich auf eine lange Reise vor, verabschiedete Agrippa sich von allen, die er liebte oder die eine wichtige Rolle in seinem Leben gespielt hatten: von Livia, Tiberius, Vipsania, Taurus. Auch Octavia suchte er auf. Sie war sichtlich überrascht, gleichzeitig aber auch erschrocken über sein kränkliches Aussehen.

Messalla umarmte ihn lange. „Ich werde dich sehr vermissen“, sagte er mit rauer Stimme.

„Pass mir gut auf meine Wasserbehörde auf“, erwiderte Agrippa.

„Sie ist während deiner Abwesenheit bei mir in den besten Händen. Du weißt, wie sehr sie auch mir am Herzen liegt.“

„Und kümmre dich um meinen Schwiegersohn. Tiberius bewundert deinen Stil sehr, weißt du? Hätte er nur ein Zehntel der Leichtigkeit und Klarheit deines Wesens, so hätte er es einfacher im Leben.“

„Ich werde mich auch um ihn kümmern, das verspreche ich dir.“ Messalla druckste plötzlich herum. „Agrippa. Ich muss dir noch etwas sagen, bevor du gehst – auch auf die Gefahr hin, dass du mir böse bist.“

Agrippa sah ihn fragend an.

„Dein Hausverwalter war vor einigen Tagen bei mir. Er war sehr zerknirscht und untröstlich wegen allem, was geschehen ist. Er hat fürchterlich geweint und sich die Tunika zerrissen.“

„Tychicus! Er hatte schon immer einen Hang zum Drama.“

„Ich konnte ihn natürlich nicht bei mir behalten, so gern ich das getan hätte. Das wäre ja dir gegenüber nicht recht gewesen.“

„Was ist also mit ihm?“

„Ich habe ihn in mein Landhaus bei Baiae geschickt. Dort ist er zurzeit zwar völlig unterfordert, aber bald kommt ja wieder der Sommer. Ich habe es einfach nicht übers Herz gebracht, ihn zurück auf die Straße zu schicken.“

Agrippa lächelte erleichtert. „Oh, Messalla! Ich bin froh, dass du so gehandelt hast. Sag dem alten Lumpen, dass er wieder zu mir kommen soll, wenn ich aus Pannonien zurückkehre – wenn du es erlaubst. Du bist ja jetzt sein Patron.“

Messalla grinste. „Natürlich!“

Agrippa sah ihn ernst an. „Weißt du, Messalla, es war nicht richtig von mir, meine Wut am schwächsten meiner Freunde auszulassen. Denn das ist mir auch mein kleiner, griechischer Freigelassener – ein Freund.“

Noch einmal umarmten sich die beiden langjährigen Schicksalsgenossen. Dann wandte sich Agrippa ab, schlug seine Kapuze über den Kopf und trat hinaus in den dunklen Januarregen – eine hagere, hohe Gestalt, an deren Mantel ein übellauniger Wind zerrte.

Eine letzte Nacht blieb Agrippa noch in seinem Haus. Er nahm die Kinder zu sich, las ihnen eine Geschichte vor und spielte mit ihnen, ausgelassen wie in seinen glücklichsten Zeiten. Nachdem die Kinderfrauen sie ins Bett gebracht hatten, zog er sich in sein Arbeitszimmer zurück. Noch einmal las er sein Testament durch. Es war still im Haus. Obwohl die Sklaven Tag und Nacht arbeiteten, kam die Fußbodenheizung kaum gegen die Kälte an. Agrippa hauchte sich gegen die klammen Finger. Wieder quälte ihn dieses unerträgliche Ziehen in den Gelenken.

Plötzlich hörte er ein Tappen im Flur. Leise öffnete sich die Tür. Ein kleiner Lockenkopf erschien dahinter.

„Lucius!“, rief Agrippa. „Warum bist du nicht im Bett?“

Zitternd stand sein Söhnchen im Nachthemd da, in der einen Hand seine Bettdecke, in der anderen sein Lieblingsspielzeug, einen Holzlöwen. „Ich konnte nicht schlafen“, schnüffelte er.

„Na, komm schon rein“, lud Agrippa ihn ein. „Du erkältest dich ja.“

Erleichtert schlüpfte Lucius in das Zimmer und setzte sich auf den Schoß seines Vaters. Agrippa wickelte den Kleinen in die Decke und nahm seine nackten Füße in die Hand. „Hu, sind die kalt!“. Er massierte die kleinen, runden Gliedmaße.

Lucius lächelte dankbar.„Warum musst du fort? Vater, ich habe gedacht, jetzt bleibst du bei uns?“

Agrippa seufzte. In ihm zersprang etwas mit einem gläsernen Klirren. „Ich muss eben manchmal in den Osten, dahin, wo die Sonne aufgeht, das weißt du doch.“

„Vater, wirst du Apoll besuchen? Nimmst du mich da mal mit, wenn du das tust?“

Agrippa schmiegte seine Wange an Lucius’ Haar. „Aber ja. Wenn ich zu Apoll fahre, nehme ich dich mit, ganz bestimmt.“

„Er ist der Gott meines anderen Vaters.“

Agrippa nickte. „Ich weiß. Und der passt auf dich auf, während ich fort bin. Wenn du morgens aufwachst, steht Apoll schon am Himmel und schaut auf dich nieder, bis zum Abend, und dann geht auch der schöne Sonnengott ins Bett.“

„Und wer beschützt dich?“

„Neptun, wenn ich auf See bin, und der starke Herkules am Sternenhimmel.“

Lucius überlegte eine Weile. „Vater, warum habe ich eigentlich zwei Väter? Niemand außer Gaius und mir hat zwei Väter, kein einziger von unseren Freunden.“

„Das ist doch etwas Besonderes, Lucius. Sei froh, dass es so ist. Denn wenn einem von deinen Vätern etwas zustößt, hast du ja noch einen anderen. Dazu noch die Mama und Livia. Du hast es wirklich besonders gut! Aber du bist ja auch ein kleiner Caesar, da ist das eben so.“

„Vater?“

„Mhm?"

„Wenn einem von meinen Vätern etwas passiert, dann soll es Vater Gaius sein. Ich will lieber bei dir bleiben. Kannst du das machen? Die Leute sagen, du kannst alles."

„Die Leute reden viel dummes Zeug. Ich kann nicht alles, Lucius. Außerdem: Wie kannst du so etwas Hässliches über deinen anderen Vater sagen? Er liebt dich doch so!"

Der Kleine warf die Ärmchen um den Hals seines Vaters. „Dich finde ich trotzdem viel besser."

Agrippa schluckte. „Ich liebe dich auch sehr, Lucius. Vergiss das nie, mein Sohn. Und vergiss auch deine Ahnen nie: deinen Großvater Lucius Vipsanius nicht, denn der war ein tugendhafter Mann. Und auch nicht deinen Onkel Pollianus – ein ganz großer und berühmter Zenturio war der! Mit seiner Legion, der Ferrata, ziehe ich jetzt nach Pannonien. Glaube mir, keiner wird auf deinen Vater besser aufpassen als die Soldaten der Ferrata!" Er hielt sein Söhnchen von sich. „Und irgendwann fahren wir mal ins Volskerland, nach Arpinum. Da steht eine Mauer, die haben die Zyklopen gebaut. Es gab viele, viele Helden und auch berühmte Frauen in dem Land, aus dem du stammst. Denk immer daran, Lucius, dass du nicht nur ein Julier, sondern ebenso ein Vipsanier aus Arpinum bist, und dass du darauf stolz sein kannst – selbst wenn manche das anders sehen."

„Warum finden das manche nicht gut?"

Agrippa lächelte. „Weil sie nicht so klug sind wie du, mein Kind."

Noch einmal grub er sein Gesicht in die braunen Locken seines Sohnes und atmete tief dessen kindlichen Duft nach Wärme und Vertrautheit ein.

Noch einmal schlang Lucius seine Arme um ihn. „Und du kommst ganz bestimmt wieder?"

„Wenn die Götter mich lassen, Lucius, komme ich immer wieder zu dir zurück."

Ernst nickte der Kleine und sah seinen Vater voller Liebe an. „Dann wird es ganz sicher so sein."

Agrippa fuhr sich über die Augen. „Ich bring dich jetzt ins Bett, dich und deinen Löwen. Wie heißt er gleich noch mal?"

„Marius."

„Genau. Das war mir entfallen – Marius!" Agrippa stand auf und trug seinen Jüngsten in sein Zimmer. Sein älterer Bruder schlief schon. Vorsichtig legte er Lucius ins Bett, gab ihm seinen Marius und deckte ihn fest zu. Noch einmal küsste er seinen Jüngsten, dann auch den blonden Gaius. Leise ging er hinaus. Er sah auch noch einmal bei Julilla und Agrippina vorbei. Alles war ruhig und friedlich.

Dann kehrte er in sein Arbeitszimmer zurück, räumte den Schreibtisch leer und ging endlich zu Bett. Bald schlief er tief und traumlos ein.

In Aquileia, im Norden der Adria, ging es – zumindest für diese Jahreszeit – ungewöhnlich lebhaft zu. Aus den Nachbarländern waren allerlei Stammesfürsten angereist: stämmige, schweigsame Raeter, die feingliedrigen Dalmatier, dazu Gallier aus dem Umland, die sich kaum noch von den Römern unterschieden, denn sie trugen die Toga und sprachen Latein. Dazu gesellten sich die temperamentvollen Noricer und sogar ein paar Germanen in schweren Wollmänteln. Was für ein Kontrast zu den eisenstarrenden Legionären der Ferrata mit ihren blitzenden Helmen und Gürteln!

Da auch mehrere Fürsten der Pannonier zum Stammestreffen angereist waren, nutzten Augustus und Agrippa die Gelegenheit, sich mit ihnen an den Verhandlungstisch zu setzen. Diese Pannonier waren stolze, freiheitsliebende Männer, leicht zu beleidigen und mit aufbrausenden Reaktionen schnell bei der Hand. Immerhin gelang es den Römern, einige von ihnen auf ihre Seite zu bringen. Das war schon ein Erfolg, denn damit schwächten sie den Bund derer, die in Pannonien weiter Kriegspläne schmiedeten.

„Wir sehen uns in wenigen Tagen wieder“, verabschiedete Agrippa die pannonischen Stammesfürsten, „und die gefürchteten Legionäre der Ferrata, die ihr hier schon bei ihren Übungen kennen lernen konntet, werden bei mir sein. Sie werden Seite an Seite mit den Truppen des Marcus Vinicius kämpfen. Ihr wisst, wer sie alle anführt. Sagt euren kriegslüsternen Stammesgenossen, dass Marcus Agrippa kommt! Ihr habt von meinen Siegen gehört, und sicher auch vom Schicksal der spanischen Cantabrer.“ Er streckte die Arme aus, die Handflächen nach oben. „Ihr allein haltet es also in euren Händen, ob eure Söhne und Töchter als Sklaven aufwachsen oder als freie Menschen. Wenn ihr euch gegen Rom wendet, ist das euer Ende, Pannonier. Wenn ihr aber mit uns zusammenarbeitet, werdet ihr Teil einer großen Zukunft sein. Glaubt mir, eine dritte Möglichkeit gibt es nicht.“

Die letzte Nacht in Aquileia brach an. Agrippa verbrachte sie allein mit Augustus.

„Willst du es dir nicht doch noch anders überlegen?“, fragte der Princeps. Es war behaglich warm im Zimmer. „Wir können die Ferrata auch ohne dich zu Marcus Vinicius schicken. Mit ihrer Hilfe wird er den Aufständischen auch so den Garaus machen.“

„Ich gehe auf jeden Fall mit“, insistierte Agrippa.

„Du ziehst nicht gegen die Pannonier in den Krieg, du fliehst vor Julia. Das ist es, mein Freund, was dich in dieses elende Land zu diesen noch elenderen Barbaren lockt!“

Agrippa lächelte ihn an. „Gib es auf. Wir haben schon viel zu viele Worte über dieses Thema verloren. Ich will lieber wie ein Mann sterben, statt in Rom langsam zwischen zarten Baumwolllaken zu krepieren.“

„Warum musst du nur immer vom Sterben reden?“

„Weil es soweit ist. Weil ich fühle, dass meine Zeit abgelaufen ist. Weil ich sicher bin, alles getan zu haben, was ich tun sollte: für dich den Weg frei zu schlagen, den Römern den Frieden zu bringen, das Reich zu festigen, die Städte des Imperiums für die Zukunft auszubauen, allen voran mein Rom. Außerdem habe ich dir zwei Söhne hinterlassen. Das genügt. Ich bin es müde, weiter zu leiden.“

„Aber du kannst mich doch nicht alleine lassen! Auch ich arbeite doch ohne Unterlass am Aufbau des Reiches – unseres Reiches, Agrippa, unseres großen, gemeinsamen Traumes!“

Agrippa spreizte die Finger seiner rechten Hand und betrachtete ihre Innenfläche. „So lange ich mein Schwert noch halten kann, werde ich das tun.“

„Starrköpfiger Esel!“

„Du kannst von mir nichts anderes erwarten.“

Augustus schüttelte den Kopf. „Nein, von anderen vielleicht – aber von dir nicht.“

„Ich liebe dich, Caesar, du bist mir Freund und Bruder, und das warst du mir ein ganzes Leben lang, auch in jenen Momenten, in denen ich dich gehasst habe. Nur daran musst du denken, egal was passiert.“

„Dann komm wieder gesund zu mir zurück!“ Augustus setzte sich neben Agrippa und ergriff dessen Hände. „Versprich mir das!“

„Ich werde mich nicht selbst töten, das verspreche ich dir.“

Lange sah Augustus ihn an, und mit jeder Minute trat mehr Verzweiflung in seinen Blick. „Ich bin so schuldig an dir!“

Agrippa legte den Kopf schräg. „Diesen Satz kenne ich gar nicht von dir! Woher kommt deine plötzliche Reue?“

Augustus umfing ihn und drückte sich an ihn wie ein Kind. „Auch ich bin zu Gefühlen fähig.“

Agrippa legte tröstend den Arm um ihn. „Das weiß ich doch.“

„Bleib bei mir!“, bat Augustus, das Gesicht noch immer an die Brust des Freundes gepresst.

Da tat Agrippa etwas, was er noch nie getan hatte: Er legte die Hand auf den Kopf des Freundes und streichelte ihn sacht. Augustus hielt ganz still, nur ein schwacher Mensch, der bei seinem starken Wegbegleiter Schutz sucht.

Es war ein Moment wie in den ersten Jahren ihrer Freundschaft, als Gaius Octavius noch nicht Augustus, sondern nur ein ehrgeiziger, aber unsicherer Jüngling gewesen war, den sein beständiger Freund immer vorangezerrt hatte, durch Dutzende von Schlachten, Streitereien und Depressionen. Tausende Mal hatten sie einander in die Augen gesehen, gelacht und geweint, gejubelt und sich gefürchtet, bis zur Besinnungslosigkeit gefeiert und um das Leben des anderen gebangt. Beide hatten sie das Herz voller Illusionen gehabt.

Augustus hatte Agrippas Stärke bewundert, seine großartigen Begabungen, seine einmalige Bescheidenheit, seine Kraft und Aufrichtigkeit. Agrippa, das war für ihn Zeit seines Lebens der Inbegriff des hehren Römers, von dem die Bücher seiner Kindheit voll gewesen waren.

Agrippa wiederum hatte über Octavius' Behändigkeit gestaunt, über seine brillante Intelligenz, sein politisches Gespür, vor allem aber über seine Fähigkeit, Menschen immer wieder für sich einzunehmen, trotz allem, was er ihnen angetan haben mochte. Auch Agrippa konnte davon ein Lied singen: Immer wieder hatte er dem Freund dessen Launen verziehen, gar nicht zu reden von all den Wunden, die er ihm geschlagen hatte, bis hin zur Scheidung von Marcella.

Getroffen hatten sich ihre so verschiedenartigen Charaktere in dem glühenden Wunsch, ein neues, besseres Zeitalter zu begründen – und im unverwüstlichen Glauben an ihre Freundschaft.

Agrippa hielt inne. „Weißt du noch, als wir früher im gleichen Zelt geschlafen und gemeinsam die Losungen für die Legionen ausgegeben haben?"

Augustus richtete sich wieder auf. „Und weißt du noch, bei Perusia, als Fulvia geschrien hat: Entweder du vögelst meine Tochter oder wir kämpfen? Das werde ich nie vergessen!"

Agrippa lachte laut auf. „Du und deine Weiber!" Seufzend griff er nach einem Becher Wein.

„Du sollst keinen Wein trinken", tadelte Augustus.

„Halt den Mund. Heute werde ich Wein trinken. Was danach kommt, ist egal."

Am nächsten Morgen wunderten sich die Sklaven sehr, als sie Caesar Augustus, übernächtigt und zerzaust, aus Agrippas Schlafzimmer wanken sahen. Wenig später folgte sein Freund, humpelnd und von Schmerzen gemartert, aber dennoch ungewöhnlich gelöst.

Nachdem Agrippa wenig später seine Paradeuniform angelegt hatte, war kaum mehr zu erkennen, wie knochig er war. Wegen der grimmigen Kälte trug er Beinkleider unter der Wolltunika wie seine Legionäre. Um die Schultern hatte er den grünen Mantel geschlungen, den ihm einst der Ubierfürst Vahari geschenkt hatte, auf seinem Helm wehte eine weiße Zier. Als er auf seinem Schimmel vor die Ferrata ritt, begrüßten ihn alle jubelnd und schlugen die Speere an die Schilde – das war ihr Agrippa! Und sie waren die Favoriten dieses Mannes, die Lieblingslegion des Siegers, der einst einer der ihren gewesen war!

Zitternd hob er das Schwert in den Flockentanz und gab das Kommando zum Abmarsch. Mit erhobenen Köpfen zogen seine Männer an dem Podest vorbei, auf dem der vermummte Augustus stand, um sie zu verabschieden. Es kostete ihn viel Mühe, nicht in Tränen auszubrechen. Agrippas düstere Prophezeiungen und Abschiedsworte drückten auf sein Herz. Aber vielleicht war auch alles gut, wie Agrippa es eingerichtet hatte? Sollte dies tatsächlich das letzte Mal sein, dass sie einander sahen, würde er sich immer genau so an den Freund erinnern wie jener es gewollt hatte: nicht an einen elenden Kranken, sondern an den stolzen Heerführer an der Spitze seiner prächtigen Eisernen Legion.

Pannonien ist ein wildes, raues Land. Im Süden erheben sich Gebirge mit karstigen Tälern aus der Adria, immer höher, als wollten sie von den Schrecken künden, die den Menschen in den nahen Alpen erwarten. Dahinter liegt eine endlose Grasfläche, heiß und trocken im Sommer, zu Eis erstarrt im Winter.

Dorthin zog Agrippa mit der Ferrata. Am Meer musste schon ein zarter Frühlingshauch in der Luft liegen. Aber nicht hier oben! Marcus Vinicius war zutiefst erleichtert, als der Prokonsul im Lager erschien. Freudig begrüßte er den Heerführer und tat alles, um ihm den Aufenthalt zu erleichtern.

Das war schwierig. Wenn ein Gichtanfall Agrippa packte, wand er sich vor Schmerzen und schrie nach Erlösung. Aber außer Mohnsaft und Essig gab es keine. Deren Anwendung war gefährlich. Der Mohntrunk betäubte ihn zwar, nutzte aber nichts gegen die Krankheit. Nur der Essig verschaffte ihm Linderung. Doch die Umschläge und Bäder machten seine Glieder taub. Wenn Agrippa dann weder richtig gehen noch greifen konnte, wurde er zornig. Schlimmer noch waren die Qualen, die seine vom Essig verätzte Haut ihm verursachten. „Es ist wie Feuer in den Gelenken“, stöhnte er, „wie Flammen in rohem Fleisch.“

Trotzdem ritt er mit Marcus Vinicius hinaus ins Feld, stellte sich vor seine Legionen und verhandelte mit den pannonischen Fürsten. Wenn Vinicius später von diesem Feldzug erzählte, nannte er es stets ein Wunder, aber genau so war es: Es kam zu keiner einzigen Schlacht mit den gefürchteten Pannoniern. Kaum sahen sie Agrippa, steckten sie ihre Köpfe zusammen und schickten schließlich Unterhändler.

„Ich schwöre es bei Jupiter“, pflegte Vinicius zu erzählen, „trotz seiner fürchterlichen Krankheit umgab ihn ein leuchtender Schein der Unbesiegbarkeit und der Kraft. Jeder erkannte das, die Barbaren ebenso wie wir.“

Ohne einen einzigen Soldaten im Kampf zu verlieren, arbeiteten sich die Römer nach Süden vor. Sie hatten schon fast die Küste erreicht, als ein neuer Anfall Agrippa aufs Lager warf. Mit Entsetzen beobachteten seine Getreuen, wie sein Gesicht, seine entzündeten Hände und Beine anschwollen, als pumpe jemand Wasser hinein.

„Wir müssen ihn umgehend hier wegbringen“, warnte der Arzt. „Marcus Vinicius, er muss zurück nach Rom. Alle Symptome weisen darauf hin: das Fieber, die geschwollenen Glieder, die Müdigkeit. Sein Urin ist trüb und schäumend.“ Er schüttelte den Kopf. „Wenn er in Behandlung kommt, könnte er es vielleicht schaffen. Er ist ein starker, zäher Mann. Hier aber stirbt er mir unter den Händen weg.“

Vinicius zögerte nicht. Er legte den Kranken in eine Sänfte und brachte ihn an die Küste. Agrippas Zustand besserte sich nicht. An einen weiteren Landtransport war nicht zu denken. Also beschloss Vinicius, Agrippa per Schiff über die Adria zu schaffen. Das war zwar im Februar gefährlich, aber sie hatten keine Wahl.

Der Zenturio Coscius, den Agrippa einst zum Nachfolger seines Bruders ernannt hatte, sollte den Transport begleiten – ein wahres Höllenkommando, wie sich bald herausstellte. Kaum hatte Neptun sie entdeckt, entfesselte er einen Sturm. Immer höher türmten sich die Wellenberge, immer lauter brüllten die Winde. Sie banden den Kranken mit Schiffstauen ans Bett, damit er nicht herumgeschleudert würde. Bald hörte die Besatzung auf, nur für das Leben des Prokonsuls zu beten. Jetzt flehten sie Neptun um ihr eigenes an.

Mit zerfetztem Segel, zerbrochenen Rudern und verletzten Matrosen erreichten sie endlich die italische Küste – und Agrippa hatte den Schrecken tatsächlich überlebt! Aber jetzt war guter Rat teuer, denn sie waren weit von ihrem Ziel abgekommen. Ihr ursprünglicher Plan hatte darin bestanden, Agrippa nach Ariminum im Nordwesten der Adria zu bringen, und von dort aus über die gut ausgebaute Via Flaminia nach Rom. Jetzt aber mussten sie feststellen, dass der Sturm sie südlich der Halbinsel Garganus an Land geworfen hatte.

„Wir haben nur noch eine Möglichkeit“, überlegte Coscius. „Wir bringen ihn über die Via Appia nach Rom.“

Sie konnten es kaum glauben, aber unterwegs besserte sich Agrippas Zustand wieder. Er diktierte sogar einen Brief an Augustus, in dem er äußerte, er freue sich, wieder in der Heimat zu sein.

„Das macht die italische Luft“, wiederholte Coscius immer wieder. „Du wirst sehen, Prokonsul, du erholst dich wieder! Du musst! So viele Aufgaben warten auf dich.“

Dann lächelte Agrippa nur schweigend. Coscius glaubte, er schöpfe neuen Mut. Aber der Kranke wusste es besser.

Schon lag das Seebad Baiae zu Füßen des Vesuvius in Sichtweite vor ihnen, als das Fieber wieder stieg. Agrippa fiel ins Delirium.

Coscius tat das einzig Naheliegende: „Nicht weit von hier ist das Landgut des Messalla. Dorthin bringen wir ihn!“

Sie legten ihn in das Schlafzimmer des Hausherrn und riefen die besten Ärzte, die es in der Region gab: aus Pompeji, aus dem Flottenstützpunkt Misenum, aus Capua. Aber alle schüttelten den Kopf: Da war nichts zu machen, als abzuwarten und dem Patienten Ruhe zu gönnen. Sein Leben lag in den Händen des Apoll.

Als Agrippa am nächsten Morgen aufwachte, waren seine Sinne noch vom Fieber umnebelt. So wunderte er sich nicht im Geringsten, als ihm Tychicus ins Gesicht blickte. Sein Freigelassener weinte lautlos.

Agrippa schloss die Augen wieder. Tychicus? Ein Traum war das, ganz bestimmt! Wie jener herrliche Traum, den er soeben gehabt hatte. Er hätte Tychicus gern davon erzählt – aber wozu sollte er einer Traumgestalt einen Traum erzählen?

Wie schön das Leben doch war! Agrippa fühlte keine Schmerzen mehr, nur Müdigkeit. Noch immer erfüllte ihn die glückliche Erinnerung. Er dachte an all die freundlichen Menschen, die er gerade gesehen hatte. Hunderte waren es gewesen – oder Tausende? Römer, Gallier, Griechen, Pontiner, Judäer, Syrer. Ganz vorne waren seine Eltern gestanden. Seine Mutter hatte Agrippas Erstgeborenen auf dem Arm gehabt, sein Kind mit Marcella. „Vater!“, hatte der kleine Marcus gerufen und die Ärmchen nach ihm ausgestreckt. Atticus hatte ihm lächelnd mit einer Schriftrolle gewinkt. Dahinter stand Cephalio, den Hengst Cerberus am Zügel. Alle hatten gesund und so glücklich ausgesehen! Sein Bruder Pollianus war auch dabei, in einer herrlichen Rüstung und mit einem Schwert in der Hand, dessen Knauf ganz aus Gold war. Auch er hatte die Hand ausgestreckt, als wolle er Agrippa die Waffe überreichen. „Marcus!“, hatte er gerufen. Dann waren sie alle verschwunden, weggeweht von einem dichten Nebel. Und jetzt war Tychicus' Gesicht erschienen.

Er fühlte, wie sein Freigelassener ihn auf die knotigen Hände küsste.

„Wo sind die anderen hin?“, fragte Agrippa.

Tychicus schniefte. Er verstand nicht, wen sein Patron meinte. Allerdings hatte er schon Stunden zuvor, als sie ihn – es war ein Wunder – über die Schwelle von Messallas Haus getragen hatten, fieberhaft nachgegrübelt, womit er Agrippa wieder zurück ins Leben rufen könnte. Wie sollte er dessen Seele wieder Freude und Kraft einflößen? Plötzlich war ihm eine Idee gekommen, die einzige, die vielleicht funktionierte!

Obwohl Tychicus nur ein Freigelassener war, hatte der Zenturio Coscius den dafür notwendigen Gang übernommen. Er wusste, wie nah dieser Freigelassene Agrippa stand, und sah, dass der Diener sich nicht vom Bett des Kranken losreißen konnte.

„Die anderen?“, fragte Tychicus leise. „Welche anderen?“

„Atticus. Mein kleiner Marcus. Pollianus.“

„Ach so!“ Tychicus tat, als sei das alles selbstverständlich. Er wischte sich die Nase. „Weißt du, gerade jetzt ist leider nur deine Frau da.“

Agrippa öffnete die Augen. Die Falten in seinen Augenwinkeln vertieften sich. „Dann will ich nicht mehr fort zu den anderen.“

Da wusste Tychicus, dass er richtig gehandelt hatte. Mit seinen rotgeweinten Augen sah er zu Coscius, der schweigend neben der Tür stand. Der Zenturio ging nach draußen. Einen Augenblick später erhob sich Tychicus – um Marcella Platz zu machen.

„Warum weinst du denn?“, fragte Agrippa so ruhig, als wären sie nie auch nur einen Tag getrennt gewesen.

„Es ist nur die Freude, dich zu sehen", sagte sie.
„Jetzt bleiben wir für immer zusammen", tröstete er mit matter Stimme, „und die Heulerei hört mir auf."
Marcella nickte.
„Wie wunderbar sie aussieht", dachte er. Marcella war sichtlich gealtert. Nur noch ein paar schwarze Strähnen durchzogen ihre weißen Haare. Bittere Falten hatten sich um ihren Mund gelegt. Aber noch immer strahlten ihre Augen so warm und liebevoll! „Marcella, wie hast du das gemacht, dass du noch schöner geworden bist als früher?"
Sie schüttelte hilflos den Kopf. Träne um Träne tropfte auf seine Brust, auf seinen faltigen Hals. Fahrig wischte sie über ihre Wangen. „Es ist nur die Freude, dich wieder zu sehen", wiederholte sie.
Da wurde sein Blick klar und ruhig. „Marcella, es ist das schönste Geschenk meines Lebens, dass ich nicht sterben muss, ohne dich noch einmal gesehen zu haben." Seine Stimme klang tief und warm, ganz wie früher.
Marcella nickte. „So geht es mir auch – mein Mann."
„Ich bin nicht dein Mann. Aber ich bereue jede Sekunde, die ich es nicht mehr sein konnte."
„Dann wird es nie eine Gattin geben, die ihren Mann mehr liebte als deine Geliebte, die jetzige Gattin des Jullus." Lange Zeit versanken ihre Blicke ineinander. Keiner sagte etwas. Dennoch schien es Tychicus, als führten sie ein angeregtes, unendlich liebevolles Gespräch miteinander.
„Ich habe Durst", stöhnte er plötzlich. „Es ist so unendlich heiß." Rasselnd rang er nach Luft.
Tychicus sprang herbei und reichte Marcella einen Becher. Sie gab Agrippa zu trinken.
Sein Kopf sank zurück ins Kissen. Noch einmal holte er Atem. „Marcella – du wirst immer meine Frau sein – nur du! Und ich werde auf dich warten, am Ufer des Styx. Niemand wird mich daran hindern können – Pluto selbst nicht!"
Wieder stürzten ihr Tränen aus den Augen. Doch sie lächelte. „Nein! Im Elysium wirst du sein, wenn ich zu dir komme. Und Herkules wird neben dir stehen. Aber noch nicht, Marcus!" Sie schluchzte auf. „Ich liebe dich!"
„Marcella!" Er hob seine krüppelige Hand. „Komm zu mir." Sie beugte sich nieder und schmiegte ihre Wange an seine. Er legte seine Hand auf ihren Nacken und schloss die Augen. „Das ist der schönste Moment in meinem Leben", flüsterte er.
„Geh nicht weg, mein Marcus! Nicht ein zweites Mal! Das darfst du nicht! Bleib bei mir."
„Uns kann niemand mehr trennen, Marcella. Nie – niemals."

Sie schüttelte den Kopf. „Nein, nie – niemals."
Um seine Mundwinkel spielte ein Lächeln. Dann entspannten sich seine Züge. Agrippa hatte aufgehört zu atmen.

Der Schrei einer bis ins Innerste verletzten Frau zerriss die Morgenluft über Baiae am 21ten März des Jahres 741. Lange hielt Tychicus die Verzweifelte fest. Gemeinsam weinten sie um den Mann, der ihr Leben bestimmt hatte wie kein anderer. Später brachte er Marcella zurück in ihr Haus. „Du musst jetzt stark sein, wie er es immer war", sagte Tychicus beim Abschied, „und weiterleben. Du hast noch eine Tochter von ihm."
Marcella nickte. Doch noch Tage danach war sie nicht bereit, mit irgend jemandem zu sprechen. Sie streute sich Asche aufs offene Haar wie eine trauernde Ehefrau und schloss sich im Dunkeln ein.
So sah Augustus sie nicht, als er Baiae erreichte. Kaum hatten sie Agrippa in Messallas Haus gebracht, war ein Eilbote nach Rom galoppiert, um ihn von dem besorgniserregenden Zustand seines Freundes zu unterrichten.
Dort hielt Augustus gerade Gladiatorenspiele zu Ehren seiner beiden Adoptivsöhne Gaius und Lucius ab, als der Überbringer der schrecklichen Nachricht ihn erreichte. Sofort sprang der Princeps auf und ritt los. Doch obwohl er die Pferde fast zuschanden ritt, war Agrippa schon tot, als er in Baiae ankam. Augustus erkannte es an den Zypressenzweigen, die am Tor hingen. Entsetzt verhielt er sein Pferd.
An der Haustür hielten zwei hohe Offiziere der Ferrata Wache. Coscius trat heraus und half Augustus vom Pferd. Der Zenturio suchte nach den richtigen Worten. Endlich fand er sie: „Er starb glücklich, Caesar."

Augustus ging nicht zu dem Toten hinein. Sogar als sie Agrippas Leiche nach Rom brachten und dort auf dem Forum zu Füßen des Jupitertempels aufbahrten, weigerte er sich, sie noch einmal anzublicken. Selbst als der Princeps die Totenrede hielt, ließ er einen Vorhang zwischen sich und den sterblichen Resten seines besten und ehrlichsten Freundes spannen. So wie sie sich in Aquileia voneinander verabschiedet hatten, wollte Augustus sich immer an ihn erinnern. Das war Agrippas Wunsch gewesen.
Für die ganze Stadt war dies ein Tag tiefster Trauer. Das Forum war übersät von weinenden Menschen in losen Trauergewändern. Alle hatten sich Asche ins Haar gestreut. Einige standen da wie düstere Statuen, ihre Mäntel über den Kopf gezogen. Andere streckten die Hände zum Himmel, jammerten und riefen Agrippas Namen. Kein Klageweib musste bezahlt werden. Das ganze Volk trauerte tief um seinen liebsten Helden. Und während Augustus an Agrippas Taten

erinnerte, zerrissen sich viele die Kleidung und zerkratzten sich die Brust.

Agrippas treuste Offiziere standen hinter der Bahre, sahen schweigend in sein eingefallenes Gesicht. Hart und fordernd war er zu ihnen gewesen. Aber jeder hatte gespürt, dass er sie auch geliebt und jeden einzelnen Legionär ernst genommen hatte. Nie hatte er ihnen Lob und die Achtung versagt, wenn einer etwas Herausragendes geleistet hatte. Nie hatte er sich davor gedrückt, zu Beginn einer Schlacht an der Spitze seiner Legionen voran zu reiten, um ihnen Mut zu machen. Nie hatte er sich über Kälte oder Hunger beklagt, wenn seine Soldaten froren oder hungerten. Sein Zelt war nur mit dem Nötigsten ausgestattet, und er hatte die gleichen Mahlzeiten gegessen wie seine Männer. Nie hatte er Sonderrechte in Anspruch genommen.

Dann waren da noch seine großen Siege, seine Erfindungen und genialen Strategien. Einen Anführer wie Agrippa würden sie nicht wieder bekommen, das war sicher.

Nur eine Reihe Senatoren alten Adels war nicht zur Trauerzeremonie erschienen. Sie zogen es vor, diesen Freudentag zu feiern.

Augustus nahm das sehr persönlich. Weiß vor Zorn befahl er, die noblen Herren aus ihren Häusern zu zerren, und zwang sie, dem Rest der Bestattung beizuwohnen.

Eine schier endlose Prozession zog nach der Rede des Augustus vom Forum hinaus aufs Marsfeld. Dort hatten hohe Offiziere den Scheiterhaufen aufgerichtet. Zum Zeichen der Trauer trugen sie keine Gürtel.

Schweigend hoben die Männer Agrippas Leiche, die in seine beste Toga gehüllt war, auf den Holzstoß. Darüber wehte seine meerblaue Standarte.

Fast endlos war die Reihe derer, die ihm ein letztes Geschenk machen wollten. Viele opferten kostbare Dinge, um ein letztes Mal ihre Liebe zu beweisen.

Endlich trat Augustus hinzu. Mit abgewandtem Gesicht stieß er die Fackel in den Scheiterhaufen.

Bald fing das Reisig Feuer. Ein Windstoß öffnete ein letztes Mal den Blick auf den Toten. Dann schlugen Rauch und Flammen über Agrippas geschundenem Körper zusammen.

Während Messalla laut klagte, stand Tiberius mit steinerner Miene dabei, und doch war seine Trauer nicht weniger tief.

Marcella klammerte sich mit verquollenem Gesicht an ihre Mutter und weinte verzweifelt.

Julia versuchte lange, ihre Söhne zu beruhigen. Vor allem Lucius schluchzte herzerweichend. „Vater kommt wieder, hat er gesagt", wiederholte er immer wieder. „Er hat es versprochen!" Nachdem seine Mutter einsehen musste, dass der Junge nicht zu trösten war, ließ sie ihn nach Hause bringen.

Den Rest des Trauerakts ließ sie regungslos über sich ergehen. Nur ab und zu strich sie sich über den Bauch, in dem Agrippas letztes Kind wuchs.

Nachdem das Feuer zusammengesunken und gelöscht worden war, sammelte Messalla die verkohlten Knochen ein, besprengte sie mit Wein und legte sie in eine goldene Urne. Augustus war dieser Ehrendienst in seinem neuen Amt als Pontifex Maximus untersagt, denn als solcher durfte er keinen Toten berühren. Doch er begleitete ihn auf seinem Gang zur letzten Ruhe.

Agrippa hatte veranlasst, dass man ihn in dem bescheidenen, runden Grabbau nahe dem Pantheon bestatten solle, den er für sich hatte errichten lassen.

Augustus folgte diesem Wunsch nicht. Er ließ die Urne in seinem eigenen Mausoleum beisetzen. So wollte er den Freund ein letztes Mal ehren. Denn das war Caesars Wille: dass Agrippa als einziger seiner Freunde über beider Tod hinaus bei ihm bleiben solle, Seite an Seite, für immer – zwei Körper, aber nur eine Seele.

EPILOG

Nach Agrippas Tod beobachteten die Römer Zeichen, die sie als Vorboten schwersten Unglücks interpretierten: Raben ließen brennendes Opferfleisch auf den Tempel des Romulus fallen, so dass er Feuer fing und niederbrannte. Eulen flogen durch die Stadt, und ein Blitz schlug in das Haus auf dem Albanerberg ein, in dem sich die Konsuln aufhielten. Ein Komet schwebte viele Tage lang über der Stadt und verglühte schließlich in Fackelbränden. Dies berichtet der Historiker Cassius Dio.

Er beschreibt auch, wie schmerzhaft Agrippas Tod empfunden wurde: „So endete das Leben Marcus Agrippas, des Mannes, der sich in jeder Hinsicht offensichtlich als die vornehmste Persönlichkeit unter seinen Zeitgenossen erwiesen und die Freundschaft des Augustus zu dessen und des Staates größtem Vorteil genutzt hat. Denn je mehr er die anderen an Tüchtigkeit übertraf, umso ergebener ordnete er sich freiwillig seinem Herrn unter. Und während er seine ganze Klugheit und seinen Heldensinn den entscheidenden Interessen des Kaisers zuwandte, benutzte er alle Ehre und Macht, die dieser ihm verlieh, nur dazu, anderen Wohltaten zu erweisen. (...)

Lange, lange Zeit spürte der Herrscher die Lücke, die dieser Mann hinterlassen hatte, und brachte ihn so auch in den Augen des Volkes zu Ehren. (...) Sein Tod war nicht allein für Agrippas Familie ein überaus schwerer Verlust, sondern für alle Römer."

Agrippas fünftes Kind mit Julia kam nach seinem Tod auf die Welt. Sie gaben ihm keinen julischen Namen, sondern nannten es Marcus Agrippa Postumus. Wie seine Brüder Gaius und Lucius, starb er als junger Mann.

Augustus, der erste römische Kaiser, regierte noch viele Jahre. Er führte wichtige Reformen durch und übergab seinem Nachfolger Tiberius ein Reich, das noch fast fünf Jahrhunderte überdauern sollte. Augustus starb im Jahr 14 n. u. Z. im Alter von 77 Jahren. Seine Gattin Livia überlebte ihn um 15 Jahre.

Kaum ein Kaiser wurde von der Geschichtsschreibung so sehr diffamiert wie Tiberius. Erst die neuere Forschung hellt das Bild wieder auf: Wischt man den Schlamm der Verleumdungen zur Seite, erscheint darunter ein pflichtbewusster, bescheidener und aufopferungsvoller Herrscher und vorzüglicher Feldherr.

Die enge Freundschaft Agrippas mit Herodes dem Großen ist vielfach belegt. Auch dieser Herrscher trauerte tief um den Vipsanier und benannte einen Enkel nach ihm: Herodes Agrippa. Aber auch das erstaunlich gute Verhältnis des Römers zum judäischen Volk entsprang keineswegs meiner Phantasie. Es ist überliefert – und hat mir viel zu denken gegeben.

Marcus Valerius Messalla Corvinus wurde Agrippas Nachfolger als Leiter der Wasserbehörde und blieb es fast bis zu seinem Tod. Messallas Familie, seit jeher eine der ruhmreichsten Roms, blieb weiterhin sehr einflussreich. Mehrere seiner Nachfahren wurden Konsuln und wichtige Würdenträger, Staatsbeamte, erfolgreiche Offiziere und Feldherren.

Eine entfernte Verwandte, Valeria Messallina, avancierte zur Gattin des Kaisers Claudius. Sie war eine der wenigen, die ihrem stolzen Namen keine Ehre gemacht hat. Heute noch ist „Messallina" ein Synonym für eine ausschweifende, intrigante und skrupellose Frau.

Die positive Erinnerung an Marcus Agrippa blieb noch lange Zeit im Bewusstsein des römischen Volkes bestehen. Nur eine Ausnahme ist bekannt: Sein Enkel, Kaiser „Caligula", schämte sich seiner Abstammung so sehr, dass er behauptete, seine Mutter Agrippina Maior sei nicht Agrippas Tochter, sondern einem Inzest des Augustus mit Julia entsprungen. Außerdem verbot „Caligula", die Siegesfeiern von Naulochoi und Actium zu begehen – sie seien eine Schande für Rom.

Rund hundert Jahre später kam mit Hadrian ein Kaiser an die Macht, der Agrippa nachweislich geehrt hat. Als das Pantheon niederbrannte, ließ Hadrian es wieder aufbauen. Er ersetzte den klassischen Tempel durch einen Rundbau und versah ihn mit jener spektakulären Kuppel, die zum Vorbild für die Architekten des Petersdoms wurde. Kuppelbauten gab es allerdings schon vor Hadrians Zeit. So lassen unter anderem die Fundamente der Agrippa-Thermen darauf schließen, dass eine solche sie bereits überspannte.

Hadrian ließ über dem Portal des neuen Pantheons nicht seinen eigenen Namen anbringen, sondern verwies auf den ersten Erbauer: „Marcus Agrippa, Sohn des Lucius, hat dies in seinem dritten Konsulat errichtet."

Agrippas Bücher, Karten und Memoiren sind leider verloren, doch ist Vieles von den römischen Historikern zu erfahren. Obwohl sie über die prominenten Größen ihrer Zeit oft kritisch, manchmal geradezu bösartig berichten, verlieren sie über ihn nicht ein einziges negatives Wort.

Heute noch stößt man rund um das Mittelmeer auf zahlreiche Spuren Marcus Agrippas. Einer seiner berühmtesten Bauten steht bei Nimes: der Pont du Gard. Köln und Beirut hat er gegründet. Vor allem aber in Rom finden sich noch viele Erinnerungen, darunter das Augustus-Mausoleum und Reste der großen Sonnenuhr. Auf der Ara Pacis ist Agrippa in voller Größe dargestellt, die Fontana di Trevi ehrt ihn als Begründer des römischen Wassersystems.

Für mich persönlich war Agrippa ein phantastischer Lehrer. In den über 15 Jahren Recherche habe ich viel über die Römer und ihre Zeit gelernt, über Philosophie, Architektur, Politik und Geschichte, aber auch über ihre Wurzeln. Dies hat das Bild, das ich zuvor von der Antike hatte, grundlegend verändert. Was auch immer wir Menschen des 21-ten Jahrhunderts den Römern anlasten mögen, wir verdanken ihnen mindestens ebenso viel. So waren sie – unter anderem – die Begründer unseres Rechtswesens und des europäischen Gedankens. Mehr als jede andere Kultur hat die der Griechen und Römer die westliche Welt geprägt, unabhängig von Zeitgeist und Religion.

Uns bleibt die Aufgabe, das reiche Erbe unserer geistigen Ahnen weiter zu erforschen und zu bewahren. Nur so können wir aus ihren Schwächen lernen, ihre Stärken nutzen – und unsere gemeinsamen Träume und Hoffnungen vielleicht irgendwann zur Vollendung bringen.

Claudia Magerl, im Januar 2010